De maneschijnsonate

Corina Bomann bij Boekerij:

Het vlindereiland
De maneschijnsonate
De jasmijnzussen
De stormroos
Een wonderlijke winterreis
Het klaprozenjaar
Winterbloesem
De rozentuin

De vrouwen van de Leeuwenhof
Agneta's erfenis
Mathilda's geheim
Solveigs belofte

De kleuren van schoonheid:
Sophia's hoop
Sophia's wens
Sophia's triomf

Waldfriede-saga:
Gloriedagen
Lichtpunt

CORINA
BOMANN

De maneschijn sonate

Een antieke viool blijkt de sleutel tot een dramatische familiegeschiedenis

BOEKERIJ

Eerste druk 2014
Elfde druk 2023

ISBN 978-90-225-9854-2
ISBN 978-94-6023-933-5 (e-book)
NUR 302

Oorspronkelijke titel: *Der Mondscheingarten*
Vertaling: Lilian Caris
Omslagontwerp: Johannes Wiebel | punchdesign, Munich
Omslagbeeld: © Shutterstock, Stock.adobe.com
Zetwerk: CeevanWee, Amsterdam

Proloog

Londen 1920

Verward keek Helen Carter naar haar spiegelbeeld. Een lange streep verdeelde haar lijkbleke gezicht in twee helften, schmink vermengd met tranen tekende een marmerpatroon op haar wangen. Haar exotisch gevormde barnsteenkleurige ogen, zwart omrand met dik opgebrachte kohl waardoor ze eruitzag als een filmsterretje uit een stomme flim, glansden eigenaardig.

Helen had zich nooit voor filmtheater geïnteresseerd, haar passie gold de muziek. Maar op dat moment voelde ze zich alsof ze in zo'n rolprent meespeelde. Wat daarnet gebeurd was, had zo uit de pen kunnen komen van een van die prulschrijvers die met hun scenario's voor de deur van filmstudio's rondhingen in de hoop een producent te treffen.

Helen lachte bitter, en snikte even. Weer vulden haar ogen zich met tranen, die zwart kleurden toen ze over haar wangen gleden.

Tot een paar minuten geleden was alles nog in orde geweest. Voor haar als opkomend violiste stond de hele wereld open. Over een halfuur zou ze op het podium van London Hall Tsjaikovski spelen – daarbij zou zelfs koning George v met zijn gemalin aanwezig zijn. Een eer die een musicus maar zelden te beurt viel.

Helen had van het begin af aan geluk gehad. Rond haar tiende als wonderkind bekend geworden, gold ze tegenwoordig, als net twintigjarige, als een van de beste musiciennes ter wereld. In Italië hadden de kranten haar, Engelse van geboorte, al als 'de nicht van Paganini' betiteld. Toen haar agent haar de krantenkoppen liet zien, had ze erom moeten glimlachen. De mensen moesten maar denken wat ze wilden! Zelf wist ze aan wie ze haar succes te danken had. Ze herinnerde zich maar al te goed de belofte die ze had gedaan.

Maar toen was die vrouw opgedoken. Als een schaduw had ze haar drie dagen lang bijna overal gevolgd. Telkens wanneer Helen door de straten van Londen liep, was de vrouw in haar blikveld verschenen. En telkens wanneer ze onder het studeren haar blik door het raam naar buiten richtte, had ze haar aan de overkant van de straat zien staan.

Op de eerste dag had Helen nog gedacht dat het toeval was, maar toen het de volgende twee dagen weer gebeurde, was ze nerveus geworden. Af en toe waren er gestoorde bewonderaars – ook vrouwelijke – die alles in het werk stelden om haar voor een ogenblik alleen te treffen. Trevor Black, haar agent, had het, toen ze het hem vertelde, weggewuifd. 'Het is maar een oude vrouw, een ongevaarlijke gekkin.'

'Ongevaarlijk? Gekken zijn nooit ongevaarlijk! Misschien heeft ze wel een mes in haar zak,' had Helen geantwoord, maar Trevor leek de overtuiging te zijn toegedaan dat de oude vrouw haar niets zou aandoen.

'Als ze je na het concert nog steeds lastigvalt, schakelen we de politie in.'

'En waarom niet nu?'

'Omdat ze ons zouden uitlachen. Kijk maar eens goed naar haar!' Trevor had gewezen naar het raam waardoor de onbekende vrouw aan het andere eind van de straat te zien was. Ze leek een beetje krom te lopen, haar zwarte jurk was ouderwets en haar gelaatstrekken hadden op de een of andere manier iets... Aziatisch! Helen wilde maar geen reden te binnen schieten waarom die vrouw achter haar aan zou moeten sluipen. Even voelde ze een herinnering aan haar kindertijd opkomen, maar die gedachte schoof ze vlug terzijde.

Inmiddels wist Helen echter dat die vrouw haar inderdaad in het oog had gehouden en op een gelegenheid had gewacht om haar onder vier ogen te spreken. Op de een of andere manier had ze het klaargespeeld haar kleedkamer binnen te dringen, kort nadat Rosie op verzoek van Helen was weggegaan om te kijken hoe vol de zaal zat.

Helen had eerst om hulp willen roepen, maar de vrouw had iets hypnotiserends gehad, wat het haar onmogelijk maakte te schreeuwen. Wat de bezoekster haar in het korte gesprek had meegedeeld, was zo verschrikkelijk en schokkend geweest dat er iets in haar geknapt was. Woedend had Helen het eerste het beste voorwerp binnen haar bereik naar de vrouw gegooid, maar ze had haar gemist en de kleedkamerspiegel geraakt.

Geschrokken had de oude vrouw zich uit de voeten gemaakt, maar wat ze gezegd had hing nog altijd in de lucht. Natuurlijk bestond de mogelijkheid dat ze loog, maar iets zei Helen dat daarvan geen sprake was. Alles paste in elkaar. Al lang vergeten beelden, herinneringen aan woorden die waren uitgesproken, gedachten, alles kreeg ineens betekenis.

Helen keek naar de viool naast haar. Voordat de onbekende was komen opdagen, had ze een bijzonder lastige passage van het concert nog eenmaal willen oefenen. Maar daar was het niet meer van gekomen.

Met trillende handen pakte de jonge vrouw het instrument en draaide het om. Terwijl haar vingers over de daar ingebrande roos gleden, dook er een gezicht voor Helens geestesoog op. Het gezicht van de vrouw die haar deze viool had geschonken. Was het echt mogelijk...?

Toen de deur achter Helen werd opengeduwd, gaf de viool een eigenaardig blikachtig geluid. De gesprongen snaar zwiepte tegen haar pols en liet een bloedige striem achter. Ontzet zag Helen bloeddruppels uit de snee komen. De herinnering aan haar vreselijke muzieklerares wekte woede in haar op. Ze wilde al opspringen en de viool boos in de hoek gooien, toen Rosies goedmoedige gezicht achter haar in de spiegel verscheen. 'Het is volle bak!' Het lachen verging haar meteen. 'Lieve hemel!' Geschrokken sloeg haar kleedster de hand voor de mond toen ze bloed tussen de vingers van de violiste zag opwellen. 'Gaat het wel goed met u?'

'Het is niets,' antwoordde Helen beheerst. De pijn in haar pols merkte ze nauwelijks op, want haar woede was sterker en overstemde alle lichamelijke gevoelens. 'Er is een snaar gesprongen, ik heb niet opgelet.'

Eigenlijk had ze de viool direct in orde moeten laten maken. Maar ze bracht het niet op van de taboeret op te staan. Ze betwijfelde zelfs of ze ooit weer op zou kunnen staan.

'Moet ik iets voor u halen, Miss Carter?' vroeg haar kleedster ontdaan, maar Helen schudde haar hoofd.

'Nee, Rosie, het is in orde, ik heb niets nodig.' De woorden kwamen onnodig fel over haar lippen.

'Maar u moet zo optreden, *madam*. Uw viool...'

Helen knikte afwezig. Ja, het optreden. Het bezoek had iets in haar veranderd, en daarbij had het haar ook het vertrouwen ontnomen dat ze dit concert kon spelen. Misschien betekende het het einde van haar carrière, maar op dat moment wilde Helen hier alleen maar weg en zien af te komen van die vervloekte viool, die haar, net als haar muzieklerares, pijn had gedaan. Het instrument dat haar door een dode was geschonken.

Met de viool in haar hand stond Helen op en ze liep met geheven hoofd naar de deur, deed hem open en stapte de kleedkamer uit. Het geroep van haar kleedster negeerde ze, evenals de gesprongen snaar, die tegen haar kuiten sloeg. Uit de concertzaal hoorde ze de geluiden van de musici die hun instrumenten stemden. Vergeefse moeite, want het concert zou niet plaatsvinden. En ook het verwachtingsvolle gefluister van het publiek was voor niets.

Doelgericht vond ze haar weg naar de achteruitgang. Op de verbaasde blikken van de toneelknechten sloeg ze geen acht. Ik hoor hier niet. Ik wil dit allemaal niet. Ik wil alleen maar rust, ik wil... duidelijkheid.

De viool in Helens hand liet een valse toon horen toen ze de deur openduwde, bijna alsof het instrument haar wilde waarschuwen. Vochtige koude lucht stroomde haar tegemoet. Rond deze tijd van het jaar was het in Londen 's nachts bijzonder onaangenaam, maar dat kon haar niets schelen. De snee in haar hand klopte, de viool werd ineens zwaar. De ogen van de dode vrouw achtervolgden haar, dreven haar ertoe zomaar de straat voor London Hall op te lopen.

Pas toen ze een doordringend getoeter naast zich hoorde, verstarde Helen en bij het zien van de op haar afkomende felle lichten stak ze haar armen omhoog.

1

Berlijn, januari 2011

Toen de wijzers van de grote staande klok bijna vijf uur aanwezen, was Lilly Kaiser er zeker van dat er niemand meer in haar winkel zou komen. Verstopt achter hoog opgetrokken jaskragen en onder diep over het gezicht getrokken mutsen haastten de mensen zich langs de etalage zonder de uitstalling met een blik te verwaardigen.

In de eerste weken van het nieuwe jaar had niemand meer belangstelling voor antiek. De portemonnees en rekeningen waren leeg, de mensen hadden er geen behoefte aan iets bijzonders voor hun dierbaren uit te zoeken. Daar zou in het voorjaar en de zomer, als de eerste toeristen van overal ter wereld weer toestroomden, verandering in komen. Tot zolang moest ze de slapte op de een of andere manier zien te overbruggen.

Zuchtend zakte Lilly neer op een kleine Louis XV-taboeret en keek door de etalageruit omhoog naar de lucht, waaruit al dagenlang voortdurend sneeuw viel. Daarbij gleed haar blik over de weerspiegeling van haar gezicht in de glanzend gepolijste wand van een kastje dat deel uitmaakte van haar groepje winkeldochters.

Haar fijne, bijna meisjesachtige gezicht maakte een bleke en vermoeide indruk; alleen haar rode haar en groene ogen glansden. De kerstdagen hadden haar niet veel ontspanning gebracht.

Het bezoek aan haar ouders was er weer op uitgelopen dat ze haar op het hart hadden gedrukt een nieuwe man te vinden.

Hoewel ze van haar ouders hield, was dat Lilly te veel geweest. Op van de zenuwen was ze terug naar Berlijn gereden, om daar de jaarwisseling in haar eentje door te brengen en daarna de inventaris van haar winkel op te maken.

Maar dat was nu afgehandeld en nu was het wachten op klandizie. Lilly had er een hekel aan niets omhanden te hebben. Maar wat moest ze dan doen?

Misschien moest ik de winkel maar gewoon sluiten en acht weken met vakantie gaan, bedacht ze. Als ik terugkom, is de sneeuw weg en de winkel weer vol klanten.

Het geluid van de deurbel – een exemplaar dat uit een landhuis kwam en dat telkens het beeld van druk rondlopende bedienden bij haar opriep – haalde haar uit haar gedachten.

Op de jas van de oude man die op de drempel stond en zich leek af te vragen of hij mocht binnenkomen, glinsterden sneeuwvlokken, die in de warmte van de winkel langzaam waterdruppels werden. Zijn verweerde gezicht zou heel goed dat van een zeeman uit een reclamespotje kunnen zijn. Onder zijn arm droeg hij een oude, op enkele plaatsen afgesleten vioolkist. Wilde hij die verkopen?

Lilly stond op, streek haar donkerblauwe gebreide jasje glad en liep naar de man toe. 'Goedemiddag, waarmee kan ik u van dienst zijn?'

De man nam haar kort op, toen verscheen er een ingehouden lachje op zijn gezicht. 'Ik neem aan dat u de eigenares van deze winkel bent?'

'Ja, dat ben ik,' antwoordde Lilly glimlachend, terwijl ze probeerde zich een beeld van haar klant te vormen. Was hij een ouder wordende musicus op weg naar huis na een uitvoering? Een vioolleraar die het te stellen had met matig getalenteerde leerlingen? 'Wat kan ik voor u doen?'

Weer nam de man haar aandachtig op, alsof hij naar iets in haar gezicht zocht. Toen haalde hij de vioolkist onder zijn arm vandaan.

'Ik heb iets voor u. Mag ik het u laten zien?'

Eigenlijk wilde Lilly die maand niets nieuws meer inkopen, maar dat iemand haar een muziekinstrument aanbood kwam zo zelden voor dat ze niet kon weigeren.

'Komt u alstublieft binnen, dan kunt u het me laten zien.'

Ze bracht de man naar een eenvoudige tafel naast de toonbank. Daar liet ze de klanten die haar iets kwamen aanbieden hun waar tonen.

Meestal was er weinig bruikbaars bij. De mensen schatten wat ze op zolder of in de nalatenschap van overleden familieleden aantroffen steevast als waardevoller in dan het in werkelijkheid was. Hoe vaak had ze niet verwijten moeten aanhoren als ze beweerde dat dat oude porseleinen figuurtje slechts een snuisterijtje was.

Maar toen de oude man de deksel van de vioolkist opende, had Lilly al een vermoeden dat haar iets bijzonders te wachten stond. Op de versleten en door motten aangetaste voering, die ooit dieprood moest zijn geweest, lag een viool. Een oude viool. Lilly was geen expert, maar ze schatte dat het instrument er minstens honderd jaar, zo niet meer, op had zitten.

'Haal hem er gerust uit,' zei de oude man terwijl hij haar heel strak observeerde.

Een beetje aarzelend deed Lilly wat hij voorstelde. Voor muziekinstrumenten had ze groot respect, hoewel ze er zelf geen bespeelde. Terwijl ze de hals van de viool omvatte moest ze denken aan haar vriendin Ellen, wier beroep en passie het was kostbaarheden als deze te restaureren. Zij zou al na een enkele blik de geschatte waarde van het instrument kunnen noemen.

Maar terwijl Lilly de viool bekeek – het ongewone lakwerk, de eigenaardig gevormde krul – zag ze op de achterkant een tekening. De roos leek grof en sterk gestileerd, bijna alsof hij door een kind was getekend. Maar het was onmiskenbaar een roos.

Welke vioolbouwer tooide zijn instrument met zo'n ornament? Lilly maakte in gedachten de aantekening dat ze Ellen die avond meteen moest bellen. Ze zou de viool beslist niet kunnen betalen, maar toch wilde ze haar vriendin over de tekening vertellen – en misschien zou de man haar toestemming geven er een foto van te maken...

'Ik ben bang dat ik niet genoeg geld heb om dit instrument van u te kopen,' zei ze terwijl ze de viool voorzichtig terug in de kist legde. 'Het is vast een vermogen waard.'

'Dat is het inderdaad,' antwoordde de oude man peinzend. 'Ik hoor spijt in uw stem. U vindt de viool wel mooi, nietwaar?'

'Ja, hij is... hij is zo bijzonder.'

'Nu, wat zou u er dan op zeggen als het mij er niet om gaat hem te verkopen?'

Lilly trok verbaasd haar wenkbrauwen op. 'Waarom bent u dan hier?'

De man glimlachte even voor zich uit, toen zei hij: 'Hij behoort u toe.'

'Pardon?' Verward keek Lilly de man aan. Dat kon hij toch niet echt gezegd hebben... 'Wilt u mij deze viool schenken?' sprak ze de gedachte, die haar absurd voorkwam, uit.

'Nee, dat niet, want je kunt alleen iets weggeven als het van jou is. Deze viool behoort u toe. Als je tenminste op het bevolkingsregister kunt afgaan. Tenzij u niet Lilly Kaiser bent.'

'Natuurlijk ben ik dat, maar...'

'Dan is het uw viool. En er is nog iets.'

Zijn hartelijke glimlach kon geen einde maken aan Lilly's verwarring. Haar verstand zei haar dat er misschien een rare streek met haar werd uitgehaald, of dat er sprake was van een verwisseling. Waarom zou die man haar een viool schenken? Ze had hem in haar hele leven nog nooit gezien.

'Kijk eens onder de voering,' hield hij aan. 'Misschien zegt wat u daar vindt u wel iets.'

Aanvankelijk aarzelde Lilly, daarna haalde ze met trillende handen een met schimmelplekken bedekt blaadje tevoorschijn en vouwde het open.

'Een muziekblad?' mompelde Lilly verrast.

Het daarop geschreven stuk had de titel 'Moonshine Sonata – A Tribute to a Moonshiny Garden'. Maneschijnsonate – Ode aan een maanverlichte tuin. Het notenschrift zag er schots en scheef uit, alsof het in grote haast was neergekrabbeld. De naam van de componist ontbrak.

'Waar komt die viool vandaan?' vroeg Lilly verward. 'En hoe wist u...'

Het geklingel van de deurbel onderbrak haar. De man ging er haastig met grote stappen vandoor, als een dief die zich uit de voeten maakt voor de politie.

Eerst bleef Lilly stokstijf staan, daarna rende ze naar de deur, rukte hem open en stormde onder woest geklingel naar buiten. Maar de oude man, wiens naam ze niet wist, was al verdwenen. Er was alleen de bijtende vorst op haar wangen en handen, die moeiteloos door haar kleren heen drong en haar uiteindelijk weer de winkel in dreef.

Daar lag de viool nog altijd in zijn kist, en nu pas merkte Lilly dat ze het muziekblad nog steeds in haar hand had.

Wat moest ze nu doen? Weer keek ze naar buiten, maar de oude man was nog steeds nergens te bekennen.

Ze huiverde toen ze haar blik op de vreemd getinte viool richtte, naar de strakgespannen zilverkleurige snaren op de slanke hals keek en vervolgens eindigde bij het filigraanwerk op de welving van de krul. Wat een prachtig instrument! Ze kon nog steeds niet geloven dat het echt van haar was. En hoe zat het met het muziekblad? Waarom had hij haar daar speciaal op gewezen?

Een knal deed haar ineenkrimpen. Geschrokken draaide ze zich om en zag nog net een groepje kinderen met veel lawaai langs de winkel rennen. Een sneeuwbal plakte op de eerste A van het opschrift ANTIQUARIAAT KAISER.

Opgelucht richtte Lilly zich weer op de viool. Die moet ik Ellen laten zien. Zij weet misschien wie hem heeft gebouwd – en met een beetje geluk achterhaalt ze ook de componist van het stuk.

Omdat ze zeker wist dat er geen klant en beslist ook niet nog een oude man met een of ander intrigerend muziekinstrument zou verschijnen, liep ze naar de deur, draaide het bordje met de kant GESLOTEN naar voren en pakte haar jas.

2

Met de vioolkist onder haar arm klom Lilly de trap naar haar etagewoning aan de Berliner Straße op. Het pand was behoorlijk oud en bevond zich pal naast een voormalig theater, dat al enkele jaren leegstond en op een nieuwe eigenaar of huurder wachtte.

De treden kraakten onder Lilly's voeten, de typische geur van het huis omgaf haar. In het trappenhuis hingen diverse geuren, op elke verdieping een andere. Beneden waren het katten, halverwege rodekool en helemaal boven zou het bedompt en naar klam wasgoed ruiken – en dat terwijl geen van de huurders zijn was in de gang ophing. Af en toe verschoven de geurgrenzen, maar ze werden altijd weer vernieuwd doordat iemand een zondagsmaal kookte, de katten naar buiten liet of iets anders deed dat de geur van zijn verdieping kenmerkte.

Lilly's verdieping was de etage die naar klam wasgoed rook, ze had vier trappen te beklimmen voor ze de bedompte lucht achter de deur van haar woning kon buitensluiten.

Slechts langzaam kwam er weer leven in haar door de kou verdoofde wangen. Ook haar handen waren ondanks de handschoenen gevoelloos. Lilly kon nauwelijks wachten om koffie te maken en daarna met Ellen te bellen.

Halverwege kwam ze Sunny Berger tegen, de twintigjarige studente met de vele tatoeages die af en toe in haar winkel hielp en een goede kijk had op antiek. Sommige klanten bekeken haar wel enigszins verbaasd als ze de afbeeldingen op haar huid ontdekten, maar meestal wist Sunny hen met haar charme snel voor zich te winnen.

Bij Lilly was dat in elk geval meteen het geval geweest; nog geen week nadat de studente hier was komen wonen was ze met haar bevriend geraakt.

'Hé, Sunny, hoe gaat het?' vroeg Lilly, en weer kwam het idee in haar op zich een korte vakantie te gunnen. Als ze iemand kon vragen voor haar in te springen, dan was het de studente wel.

'Goed, en met jou?' antwoordde de jonge vrouw en ze trok vrolijk de mouw van haar trui op. 'Kijk eens, dat is mijn nieuwste.'

De tatoeage vertoonde een pin-upgirl die op een zwarte biljartbal met nummer 8 reed. Lilly wist dat ze zichzelf er nooit toe zou kunnen zetten haar lichaam met plaatjes te laten tooien. Maar in dit geval kon ze slechts bewondering voor het precieze werk en het motief uiten.

'Dat is heel goed gedaan. Waar heb je die laten zetten?'

'In een winkel in de Torstraße,' antwoordde Sunny, waarbij er een bijna verliefd lachje op haar gezicht verscheen. 'Ik denk dat ik daar nog een keer naartoe ga, die tatoeëerder was echt gaaf.'

'Iemand voor het leven?' vroeg Lilly, want in tegenstelling tot haar tatoeages waren Sunny's relaties allesbehalve langdurig.

'Voor de volgende tatoeage zeker. Maar verder...' Spijtig stak ze haar linkerhand op en tikte met de rechter op haar ringvinger, waarop in fijne letters LOVE getatoeëerd was.

'Ah, getrouwd,' constateerde Lilly, waarop Sunny knikte.

'Ja, helaas. Het zou leuk zijn, nietwaar, om een tatoeëerder aan de haak te slaan. Dan zou hij de tatoeages gratis zetten.'

'En binnen een jaar zou je dan op je lijf geen vrij plekje meer overhebben.'

'Ook dat is juist. Dat zou gaan vervelen. Maar toch, Dennis is heel aardig...'

'Zorg dan maar dat je met hem bevriend raakt, misschien houd je er nog iets aan over.'

'Dat zien we dan wel weer. Hoe staat het ermee, heb je eerdaags nog hulp nodig in de winkel?' vroeg Sunny nadat ze haar mouw weer omlaag had gedaan.

Lilly glimlachte bij zichzelf. Sunny vroeg dat altijd als ze een nieuwe tatoeage had laten zetten. De lichaamsversieringen sloegen regelmatig een gat in haar portemonnee, maar dat weerhield haar er niet van zich telkens weer een nieuwe afbeelding te gunnen.

Lilly wilde al ontkennend antwoorden, toen haar het idee van de vakantie, om het druilerige Berlijn te ontvluchten, weer te binnen schoot.

'Dat zou heel goed kunnen,' antwoordde ze dus, want als ze Sunny niet warm hield, had ze misschien niemand die in geval van nood ter beschikking stond. 'Misschien over een of twee weken. Zou je dan kunnen?'

'Ja zeker!' antwoordde de jonge vrouw. 'Ik zal die tijd vrijhouden, je hoeft alleen maar te zeggen hoe lang je me nodig hebt. Ik heb immers binnenkort weer een collegevrije periode.'

Drie maanden vrij. Lilly dacht terug aan haar studietijd. Ook al was ze, net als Sunny, altijd op zoek geweest naar een baantje dat wat geld in het laatje bracht, de collegevrije periodes waren telkens de beste tijd van haar studentenbestaan geweest.

'En die wil ik niet helemaal voor je bederven, maar misschien kun je je op drie of vier weken instellen.'

'O, ga je op reis?'

'Misschien.' Er gleed een lachje over Lilly's gezicht, toen streek ze afwezig over de vioolkist onder haar arm.

'En daarbij leren vioolspelen?'

'Nee, die heb ik vandaag gekregen, en...' Als haar vriendin in de viool geïnteresseerd was, zou Lilly hem meenemen naar Engeland. Maar dat wilde ze Sunny niet vertellen. Nog niet. 'Dat zien we nog wel.'

'Oké, laat me maar weten wanneer je me nodig hebt. Voor jouw winkel laat ik alles schieten.'

'Dank je, ik zal binnenkort iets van me laten horen.'

'Prima!' Sunny glipte langs haar heen en verdween naar de kattenverdieping. Lilly liep verder naar boven tot de geur van wasgoed om haar heen hing.

'Ah, dag mevrouw Kaiser!' riep Martin Gepard, die net bezig was zijn deur op slot te doen. Hij was hier een maand na Lilly komen wonen en werkte in een supermarkt vlakbij. Hoewel ze ongeveer dezelfde leeftijd hadden en van elkaar wisten dat de ander geen partner had, was er geen verder contact tussen hen geweest.

Ook nu groette Lilly alleen maar en verdween toen in haar huis, waarin de bedompte lucht van de gang niet kon doordringen. Binnen haar vier muren rook het naar vanille, schoon wasgoed, hout en boeken.

Ze was nooit in de verleiding gekomen hier antiek uit haar winkel neer te zetten. Vroeger, in haar andere leven, had ze heel veel antiek meubilair gehad, maar sinds haar man er niet meer was, gaf Lilly in haar eigen huis de voorkeur aan modern. De meubels waren nieuw, niet bijzonder kostbaar maar afkomstig uit het alomtegenwoordige Zweedse meubelwarenhuis. Het enige wat ze van haar vroegere thuis had meegenomen was een schilderij, waarop een vrouw te zien was die bij een raam naar een enigszins vage tuin stond te kijken.

Vooral in het begin van haar nieuwe leven had Lilly zichzelf erin herkend. De vrouw had ook rood haar en leek een beetje vertwijfeld. Wat zich in de vage tuin bevond, viel niet goed uit te maken, maar de vrouw keek er niet blij naar. In plaats daarvan leek ze zich af te vragen wat ze doen moest en of het zin had weg te gaan, de tuin achter zich te laten.

Ook Lilly stelde zichzelf die vraag regelmatig. Op het huis was niets aan te merken en weggaan was alleen al vanwege de winkel onmogelijk. Voor een paar dagen of weken, ja, want daarvoor had ze Sunny, maar ze kon het zich niet voorstellen weg te gaan uit Berlijn. Waar zou ze dan heen moeten? Veel vrienden had ze nooit gehad, en hun aantal was sinds de dood van haar man verder geslonken. Eigenlijk was alleen Ellen nog over. Maar dat vond Lilly niet erg, integendeel, want Ellen was de enige van wie ze kon zeggen dat ze er altijd voor haar was.

Lilly bracht de vioolkist meteen naar haar bureau en legde hem er voorzichtig op. Het schijnsel van de bureaulamp, die ze aandeed, verleende het oude leer en het verweerde beslag een geheimzinnige glans.

'Wat denk je?' vroeg ze aan het portret van een man die vanuit een simpele lijst naar haar glimlachte. 'Moet ik me maar weer eens in een avontuur storten?'

Haar man was altijd de mening toegedaan dat ze alle kansen die zich voordeden moest benutten. En ook nu leek hij haar opbeurend toe te lachen. Lilly kon nauwelijks geloven dat er sinds zijn dood al drie jaar was verstreken. Nog altijd betrapte ze zich er soms op dat ze verwachtte dat hij de winkel binnenkwam, naargelang het seizoen warme koffie of ijs voor haar meebracht, om vervolgens haar nieuwe aanwinsten te bewonderen.

Peter had weinig verstand van antiek gehad, maar een trefzekere smaak. De viool zou hem zeker zijn bevallen.

Liefdevol streelde ze het portret, maar toen ze merkte dat de tranen in haar ogen sprongen, pakte ze de telefoon.

Het gesprek met Ellen zou haar gedachten verzetten. Terwijl ze het nummer koos, verscheen in haar gedachten het beeld van een levenslustige donkerharige vrouw, achter in de dertig, met stralende blauwe ogen, een korte neus en een wat al te energieke kin. Hoewel ze van dezelfde leeftijd waren, had Ellen altijd een rijpere en minder kinderlijke indruk gewekt dan Lilly zelf. Dat was nog steeds zo. Ellen, de sterke, zelfbewuste vrouw, tegenover Lilly, de kinderlijke, weifelende. Waarschijnlijk maakte juist die tegenstelling hun vriendschap zo hecht.

'Hallo, Ellen, je spreekt met Lilly,' zei ze, toen zich aan de andere kant van de lijn een doorrookte stem had gemeld.

'Lilly, mijn hemel!' riep haar vriendin uit. 'Hoe lang hebben we elkaar wel niet gesproken!'

'Veel te lang,' antwoordde Lilly terwijl ze dat naging. Het was inmiddels alweer drie maanden geleden dat ze voor het laatst met elkaar gebeld hadden. Natuurlijk hadden ze regelmatig contact via e-mails, maar dat was slechts een armzalig surrogaat voor de lange, innige gesprekken die ze vroeger hadden gevoerd.

'Dat vind ik ook!' Ellen liet haar typerende lachje horen, en toen vroeg ze: 'Waaraan heb ik dit telefoontje te danken?'

Waarschijnlijk stond Ellen net in de keuken, wat Lilly opmaakte uit de sissende geluiden op de achtergrond. In Londen was het nu even voor zeven uur 's avonds, de aangewezen tijd om het avondeten klaar te maken. Hoewel Ellen het zich zou kunnen permitteren, had ze geen kokkin in dienst, maar stond ze erop zelf te koken – in elk geval als ze thuis was.

'Ik had vandaag een heel bijzondere ontmoeting in de winkel,' antwoordde Lilly terwijl ze zich maar met moeite kon bedwingen om niet meteen over de viool te beginnen. Maar ze wist dat Ellen dol was op geheimzinnigheid en teleurgesteld zou zijn als ze gewoon alleen de naakte feiten zou presenteren. Bovendien vond ze zelf het gebeurde zo ongelofelijk dat ze er bijna aan twijfelde of ze het had meegemaakt.

Ze vertelde dus gedetailleerd over het verschijnen van de oude man, wat hij had gezegd en over het geschenk, zonder eraan te denken dat het een duur gesprek met het buitenland was.

'Hij heeft je dus een viool gegeven?' Ellens stem klonk vol ongeloof.

'Ja, dat heeft hij. En het vreemde eraan is dat hij zei dat deze viool voor mij bestemd was. En dat terwijl ik nergens daarvoor een aanwijzing heb gevonden. Tussen de voering zat alleen bladmuziek met de titel "Moonshine Sonata".'

'"Maneschijnsonate", wat mooi,' zei Ellen. 'En je hebt geen adres van de gever?'

'Nee, hij heeft niet eens gezegd hoe hij heette. En voor ik het wist was hij alweer weg.'

Ellen klakte afkeurend met haar tong. 'Dat moet een les voor je zijn. De volgende keer kun je het beter vragen. Het zou kunnen dat iemand je gestolen waar aansmeert.'

Daar had Lilly absoluut niet aan gedacht. Het was een van haar principes niet naar de naam van klanten te vragen – tenzij ze een gedetailleerde kwitantie wilden hebben.

Nu kreeg ze het er warm van en ze gaf zichzelf een standje voor haar naïviteit. 'Denk je echt dat hij gestolen kan zijn?' Wantrouwig keek ze naar de vioolkist.

'Nou, uitgesloten is het niet,' antwoordde Ellen. 'Maar dat hij je de viool geschonken heeft en zei dat hij van jou was, weerspreekt dat. Als dief zou ik eerder proberen een zo hoog mogelijke prijs ervoor te krijgen. En als dat niet lukte, zou ik hem uit een rijdende auto gooien.'

'Dat zou je beslist niet doen!' antwoordde Lilly, nu weer wat rustiger. Nee, de viool was niet gestolen. Er was duidelijk iets merkwaardigs mee, maar om gestolen goed ging het beslist niet.

'Oké, een muziekinstrument zal ik waarschijnlijk niet uit de auto gooien, maar ik ben dan ook geen dief. Nou, hoe ziet dat schatje er eigenlijk uit?'

Lilly beschreef zo goed als ze kon het uiterlijk van de viool, de welving van de krul, de lengte van de hals, de plaatsing van de f-gaten. En de grootte en kleur. De vermelding van de roos aan de achterzijde bewaarde ze voor het laatst. Toen ze vertelde dat het eruitzag alsof die met een heet ijzer of een soldeerbout in het hout was gebrand, hapte Ellen ontzet naar adem. Achter haar rammelde iets, blijkbaar kookte er iets over.

'Sorry,' zei ze, de hoorn kletterde op de keukentafel en Lilly hoorde een stevige vloek, voetstappen en nog wat andere geluiden.

Na een minuut werd de hoorn weer opgepakt en klonk Ellens stem.

'Sorry, de *stew* was bijna overgekookt.'

Lilly gnuifde. Ellen was geen bijzonder goede kokkin, haar talenten lagen duidelijk ergens anders. Dat weerhield haar er alleen niet van het telkens weer te proberen.

'En? Wat denk je bij de roos?'

'Allereerst ben ik geschokt,' antwoordde Ellen, waarna ze leek te gaan zitten, wat het geluid van een over de vloer schuivende stoel verried. 'Is die tekening zo'n beetje in de lak gebrand? Welke barbaar doet zoiets?'

'Rustig maar,' antwoordde Lilly terwijl ze naar de vioolkist keek. 'Het merkteken zit onder de lak. Haast alsof de vioolbouwer de decoratie eerst op het hout heeft aangebracht alvorens het te lakken. Bijna als een signatuur.'

'Dat zou dan uiterst ongewoon zijn. Vioolbouwers brengen hun signatuur niet op de buitenkant van de viool aan. Dat doen tegenwoordig alleen idiote musici die louter vanwege hun talent denken dat ze goddelijk zijn.'

'Maar op een of andere manier lijkt onze vioolbouwer iets bijzonders van zijn viool te hebben willen maken. Bestaan er echt geen andere violen met vergelijkbare merktekens?'

'Ja, natuurlijk bestaan er violen met decoraties. Maar die komen niet van grote meesters. Ik had wel eens willen zien hoe Guarneri of Stradivari had gereageerd als iemand hun om een beschilderde viool had gevraagd.'

'Als iemand ze daar goed voor wilde betalen, hadden ze dat vast gedaan.'

'Nee, dat heb je mis, lieve schat. Natuurlijk werkten ze in opdracht, maar ze pasten er wel voor op hun reputatie op het spel te zetten. Als iemand een met rozen gedecoreerde viool voor zijn dochter wilde hebben, ongeacht de invloed van de versiering op de klank, dan kon hij erop rekenen dat de meester weigerde en hem naar een minder goede collega stuurde. Bij Stradivari & Co hebben alleen instrumenten de werkplaats verlaten die de meester eer aandeden.'

'Dan kan ik ervan uitgaan dat ik een volkomen waardeloze viool heb gekregen.' Lilly kon niet zeggen dat ze daar teleurgesteld over was. Het zou helemaal idioot zijn geweest om een kostbare viool weg te geven.

'Daarvoor moet ik het schatje eerst maar eens zien. Waarom kom je niet gewoon hier zodat ik er een blik op kan werpen? En natuurlijk ook op het muziekblad.'

'Meen je dat echt? Je hebt vast veel te doen.'

'En of!' zuchtte Ellen, maar ze voegde er tegelijk aan toe: 'Maar je komt hoe dan ook! Het zal me een genoegen zijn jouw viool en muziekblad te bekijken en je een beetje op sleeptouw te nemen in Londen. We hebben elkaar al zo lang niet gezien, en eerlijk gezegd heb ik de laatste tijd voortdurend naar een reden gezocht om jou hierheen te lokken.'

'Heb jij me dan die rare snuiter met zijn viool op het dak gestuurd?'

'Nee, ik zweer dat ik daar niet achter zit. Maar het is een goed idee voor de volgende keer. Nou, wanneer kun je komen?'

'Maar bezorg ik je dan niet te veel werk? Ik wil niet dat die hele...'

'Onzin!' onderbrak Ellen haar. 'Je bezorgt me niet te veel werk, en het zal ook niet in stress ontaarden, beloofd. Ik ben hard aan een beetje afwisseling toe, en bovendien wil ik jou beslist zien. Ik mis je ontzettend, Lilly! En Dean, Jessi en Norma zullen ook blij zijn je weer eens te zien. Je weet toch hoe verzot mijn meisjes op jou zijn.'

'Dat weet ik. En ik verheug me erop jullie allemaal te zien.'

'Dat betekent dus dat je komt?'

Lilly begon stilletjes te juichen. 'Ja, dat betekent het. Ik moet alleen nog een vervanger voor mijn winkel regelen. En je moet me zeggen wanneer het uitkomt, dat je niet net weer naar New York moet.'

'Maak je geen zorgen, het komt uit. Ik vermoed dat er een heel interessante geschiedenis achter jouw viool zit. Of misschien wel een geheim dat we samen kunnen doorgronden. Weet je nog dat we vroeger thuis op zolder schatten gingen zoeken?'

Lilly glimlachte breed. 'Ja, dat weet ik nog. Alleen hebben we helaas nooit iets echt geheimzinnigs gevonden.'

'Maar wel een hoop rommel. Waarschijnlijk heb je daar toen de basis gelegd voor je liefde voor antiek.'

Ja, dat was heel goed mogelijk. Oude spullen hadden altijd al Lilly's belangstelling gewekt. De zolder van haar ouderlijk huis had haar een rijke speelplaats geboden, waar ze met Ellen maar al te graag had vertoefd. Overal oude kisten en meubels. Voorwerpen die de oorlog hadden overleefd, uit de mode waren geraakt of gewoon vergeten waren. Ellen had het leuk gevonden zich achter de kisten te verstoppen en haar aan het schrikken te maken. Lilly daarentegen kon urenlang opgaan in de aanblik van een gebeeldhouwde dekenkist, want daar waren verscheidene afbeeldingen op te zien, waarvan de betekenis haar als kind niet duidelijk was geweest. Inmiddels wist ze echter dat het om een dodendans ging.

'En jij hebt er mogelijk je liefde voor oude instrumenten ontdekt,' antwoordde Lilly, terwijl ze de herinnering opzijschoof.

Ellen lachte. 'Natuurlijk! Herinner je je die oude trekharmonica nog?'

'Nou en of! Daar heb je vreselijk op zitten jengelen.'

'Best mogelijk, maar sindsdien hebben instrumenten, hoe ouder, hoe beter, me gefascineerd.'

Even was het stil, alsof ze allebei herinneringen van zich af moesten schudden om in het hier en nu terug te keren.

'Oké, ik kan dus op je rekenen,' begon Ellen uiteindelijk, en Lilly hoorde haar gewoon tersluiks naar haar stew kijken. Er was intussen een halfuur verstreken, en Dean kwam vast gauw thuis uit zijn werk. Lilly's telefoonbedrijf zou blij zijn met de gemaakte kosten...

'Dat kun je. Ik moet alleen nog een oplossing voor de winkel vinden, en dan laat ik het je weten.'

'Prima! Hoor eens, zorg tot die tijd goed voor jezelf! En vergeet niet me morgen een mail te sturen.'

'Beloofd. Doe Dean en de meisjes de groeten van me.'

'Doe ik! Bye!'

Toen hingen ze op.

Lilly bleef daarna een paar minuten stilletjes zitten. Het telefoongesprek had een venster in haar ziel geopend. Sinds hun kindertijd waren Ellen en zij vriendinnen, nee, bijna eerder zussen, geweest, reden waarom hun omgeving hen vaak had benijd. Ze waren onafscheidelijk, en als ze toch eens ruzie hadden, duurde het niet lang voor ze zich weer verzoenden. Toen Ellen tijdens een vakantie in Engeland een jonge Engelsman had leren kennen, was Lilly de eerste geweest die te horen kreeg dat ze knalverliefd op hem was. Jaren later had Lilly als getuige naast Ellen gestaan en algauw meer gehuild dan de bruid zelf.

Die flarden van herinneringen speelden het telkens klaar wat licht in Lilly's hart te toveren. Niet de volle zonneschijn, maar toch een paar lichtplekjes die door de wolken van Peters dood drongen.

Uiteindelijk stond ze op, liep naar het bureau en klapte de vioolkist open. Het schijnsel van de lamp spreidde zich zachtjes uit over het vernis van het bovenblad. Of de viool nu iets waard was of niet, wie kon dat wat schelen? Lilly wilde alleen weten waarom de oude man er zo zeker van was dat de viool haar toebehoorde – en waarom hij zich zo vlug uit de voeten had gemaakt.

Voorzichtig haalde ze het muziekblad tevoorschijn en bekeek het. 'Maneschijnsonate', wat klonk dat vreselijk romantisch! En welke tuin kon de componist daarmee hebben vereeuwigd? En wie was hij? Was het muziekblad de sleutel tot de herkomst van de viool? En wat was het verband ertussen? Er waren zo veel vragen...

Haar besluit stond vast.

3

‘Denk eraan de winkel af te sluiten als je pauze neemt en naar buiten gaat. De mensen hebben anders misschien geen belangstelling voor antiek, maar als ze iets gratis kunnen krijgen, nemen ze het graag mee.’

‘Da’s toch duidelijk,’ antwoordde Sunny terwijl ze zichtbaar haar best deed niet met haar ogen te rollen. Terecht, want tot nog toe was de jonge vrouw heel betrouwbaar gebleken. Ook al was ze daarnaast bezig met haar scriptie, ze zou de winkel voortdurend in de gaten houden.

‘Als er iemand komt om iets te verkopen, geef hem dan ons kaartje en houd hem tot over veertien dagen aan het lijntje. Ik wil de spullen zelf bekijken.’

‘Nogal wiedes, jij hebt er tenslotte meer verstand van dan ik,’ antwoordde Sunny, zonder ook maar een spoortje gekrenktheid.

Toch voelde Lilly zich genoodzaakt eraan toe te voegen: ‘Ik denk wel dat je goed kunt inschatten wat voor waarde iets heeft. Maar soms zijn er dingen bij waar je nooit meer van afkomt.’ Ze wees op het kastje dat ze stiekem ‘het onverkoopbare’ noemde. ‘Je ziet, het is prachtig, maar om ondoorgrondelijke redenen wil niemand het hebben. Alsof het een slecht karma heeft.’

‘Ik vind het waanzinnig mooi,’ liet Sunny zich ontglippen, toen perste ze haar lippen op elkaar en lachte verlegen.

‘Als dat zo is, moet ik het je misschien maar als betaling voor het invallen geven, wat denk je?’

Sunny schudde afwijzend haar hoofd. 'Nee, Lilly, dan heb ik liever de vijfhonderd euro die je me hebt beloofd. Het kastje kun je me dan als huwelijkscadeau geven.'

'Met de tatoeëerder als gelukkige, neem ik aan?' vroeg Lilly met een knipoog.

'Met wie dan ook. Als hij dan nog in beeld is, want ik ben de komende tien jaar niet van plan te gaan trouwen.'

'Als het kastje er over tien jaar nog is, hoef je niet te trouwen, dan krijg je het voor je verjaardag.'

Lilly wist niet waarom, maar opeens werd ze zich er pijnlijk van bewust dat ze zelf een dochter van Sunny's leeftijd had kunnen hebben. Nou ja, niet helemaal, want ze had Peter leren kennen toen ze eenentwintig was, maar desondanks had ze, als het lot haar beter had bedeeld, een puberende dochter kunnen hebben die haar in de winkel assisteerde en haar over haar verdriet heen hielp. Soms betrapte ze zichzelf erop dat ze bijna moederlijke gevoelens voor Sunny koesterde. Dan floot ze zichzelf vlug terug, want ze mocht de studente weliswaar, maar ze wilde haar niet met haar eigen zielenroerselen opzadelen, die Sunny ongetwijfeld niet zouden interesseren.

Je bent nog jong, zei ze tegen zichzelf. Jong genoeg om een nieuwe man te vinden. Jong genoeg om een kind te krijgen. Maar haar biologische klok tikte door, en ze voelde zich er nog altijd niet klaar voor iets met een andere man te beginnen.

'Nou ja, in elk geval ben je vanaf nu de baas van de winkel, en ik vertrouw erop dat afgezien van de verkochte artikelen alles er nog is als ik terugkom.' Daarop haalde Lilly haar portemonnee uit haar tas en stak haar een briefje van honderd toe. 'Hier, als kleine aanbetaling. De rest krijg je als ik weer terug ben.'

'Dank je – da's duidelijk.' Sunny liet het biljet in de zak van haar spijkerbroek verdwijnen. 'En, ben je opgewonden?'

Lilly keek naar haar bagage, die naast de deur op haar stond te wachten.

Eigenlijk was ze niet van plan geweest veel mee te nemen, maar toen waren er steeds meer 'noodzakelijkheden' zoals gastgeschenken en andere kleine dingen bij gekomen, zodat ze nu een rolwagentje en een propvolle weekendtas bij zich had. En natuurlijk de vioolkist, die zich in geen koffer of tas had willen laten stoppen, alsof hij wilde dat de mensen Lilly en hem samen zagen.

'Ja zeker, ik heb mijn vriendin al een hele tijd niet gezien.'

'En de viool neem je mee?'

'Die wil ik ter beoordeling aan mijn vriendin toevertrouwen.'

'Is hij dan iets waard?'

'Geen idee. In elk geval wil ik weten van wie hij vroeger is geweest. Misschien kan ik dat achterhalen.'

'Dat zal vast wel lukken. En hij zal hier zeker ook niet tien jaar rondslingeren voor iemand hem koopt!'

Lilly zag ervan af Sunny uit te leggen dat ze niet van plan was de viool te verkopen. Later, als ze weer terug was, zou ze haar misschien de hele geschiedenis vertellen – als er tenminste iets te vertellen viel.

Nadat ze nog eenmaal achterom had gekeken, alsof ze zich de aanblik van haar winkel wilde inprenten, hing ze haar weekendtas om haar schouder, klemde de vioolkist onder haar arm en trok met haar vrije hand het rolwagentje achter zich aan.

'Het beste, Sunny!'

'Jij ook, Lilly!'

Nog eenmaal rinkelde de winkelbel achter haar, toen stapte ze de winterkou in.

Lilly vond het verbazingwekkend hoe snel dingen soms gingen. Ze had er nog maar net over gedacht op reis te gaan of het gebeurde al. De dag na het telefoongesprek had ze meteen bij Sunny aangebeld. De studente was er enthousiast over geweest dat ze direct kon beginnen, vooral ook omdat ze een rustige plek nodig had om haar scriptie bij te schaven.

Daarna was alles gesmeerd verlopen. Ellen bellen, de vlucht boeken, inpakken. En nu was ze dan op weg naar Londen. Over een paar uur ging haar vliegtuig.

Met een verwachtingsvol gekriebel in haar buik stapte Lilly

naar de halte van de sneltram. De vorst beet in haar wangen, en alsof het weer haar wilde zeggen dat het goed was wat ze deed, stond de zon ongehinderd door wolken aan een diepblauwe ochtendhemel te stralen. De sneeuwhopen die langs de straatkanten optorenden en parkeren vrijwel onmogelijk maakten, schitterden als ontelbare briljanten en ineens leken de gezichten van de voorbijgangers niet meer zo nors.

Lilly vond het op dat moment een beetje jammer dat ze nog maar zo zelden op reis ging. Tegenover haar omgeving schoof ze het op haar winkel, maar diep vanbinnen wist ze dat Peter de reden was. De angst om tijdens de reis alleen te zijn, geen aansluiting te vinden en dan gekweld te worden door herinneringen die alles bedierven was zo allesoverheersend dat ze er genoegen mee nam rond te zwerven in de botanische tuin als het haar eens allemaal te veel werd.

Na drie kwartier kwam Lilly aan bij vliegveld Tegel, waar ze meteen incheckte. Tussendoor ging haar mobiel, zonder dat ze kon opnemen. Toen ze haar bagage had afgegeven en ze er eindelijk naar kon kijken, ontdekte ze een bericht van Ellen op haar voicemail. Daarin liet ze weten dat Lilly na aankomst het best meteen naar haar huis kon gaan, daar had ze iets voor haar in petto.

Lilly lachte in zichzelf, toen ze het had afgeluisterd. Ook als ze gestrest was, kon Ellen het niet laten alles tot in de puntjes te regelen.

Bij het instappen oogstte ze een verwonderde blik van de stewardess vanwege de vioolkist, maar die zei niets en glimlachte plichtmatig. Lilly had zich er niet toe kunnen zetten het dierbare voorwerp met de overige bagage af te geven. Gelukkig was hij licht genoeg om voor handbagage te kunnen doorgaan.

Haar poging de kist in het bagagevak te tillen mislukte door haar gebrek aan lengte.

'Kan ik u helpen?' vroeg een mannenstem in het Engels.

Toen Lilly haar hoofd omdraaide, zag ze eerst een met een antracietkleurig overhemd bedekte borst, vervolgens daarboven het gezicht van een ongeveer veertigjarige man, dat omlijst werd door krullend, licht grijzend haar.

Een vent als uit een reclame, schoot het door haar heen. En hoewel ze eigenlijk dacht het op een of andere manier wel klaar te spelen met de vioolkist, knikte ze en antwoordde in het Engels: 'Ja, dat zou heel prettig zijn.'

De Engelsman borg de vioolkist weg en vroeg toen: 'Bent u violiste?'

Lilly schudde haar hoofd. 'Ik heb het instrument aangeboden gekregen en wil het nu door een deskundige laten bekijken.'

'En u speelt zelf niet?'

'Nee, ik verkoop antiek.'

'Wat jammer. U zou vast een goed figuur slaan op het podium.'

Was dat een compliment? Lilly merkte dat ze rood werd.

'Ik denk dat ze me op een krukje moeten zetten om me op het podium te kunnen zien,' zei ze in een poging haar verlegenheid te verdoezelen. Het was al zo lang geleden dat een man iets aardigs tegen haar had gezegd.

De onbekende begon hartelijk te lachen. 'En dan zeggen ze dat Duitsers geen humor hebben!' Hij stak haar zijn hand toe. 'Ik ben Gabriel Thornton en ik verheug me er al bijzonder op de vlucht met u door te brengen.'

'Lilly Kaiser,' antwoordde ze een beetje verlegen en ze stelde vast dat Mr Thornton een zitplaats had in dezelfde rij als zij.

Tussen hen was weliswaar een lege stoel, maar toen de man die daar eigenlijk hoorde te zitten kwam aanzetten, lukte het de Engelsman hem er op een heel charmante manier toe over te halen van plaats te wisselen. Een goede ruil, want hij had een stoel aan het raam aan te bieden. Een plaats die hij opgaf om met haar te kunnen praten...

Kort nadat ze waren opgestegen vernam Lilly dat Mr Thornton directeur was van een muziekschool in Londen en daarnaast muziekwetenschap doceerde. Hij was in Berlijn geweest voor een serie gastlezingen, die de vorige dag waren afgelopen. Terwijl hij praatte betrapte ze zichzelf erop dat haar blik zich op zijn mond, zijn neus en zijn ogen fixeerde. Om dat minder te laten opvallen keek ze omlaag, maar ook zijn handen waren een lust voor het oog. Sterk, maar toch soepel en vooral heel verzorgd – de handen van een musicus.

'En hoe is Berlijn u bevallen?' vroeg Lilly terwijl het nog altijd kriebelde in haar buik – nu alleen anders dan op het perron. Nog steeds was ze vol verwachting, maar daar kwam nu bij dat ze haar gesprekspartner bijzonder sympathiek vond.

'Het is een mooie stad. En het deed me goed te zien dat die niet meer door een muur in tweeën wordt gedeeld.'

'Dat is toch al twintig jaar niet meer het geval,' antwoordde Lilly geamuseerd. Was het mogelijk dat ze in het buitenland nog altijd verwachtten de doodszone langs het IJzeren Gordijn aan te treffen?

'Geloof het of niet, maar mijn laatste bezoek aan Berlijn was in 1987, en toen stond de Muur er nog.'

'Dus u bent als student hier geweest.'

Thornton knikte. 'Ja, een en al hoop en dromen. En heel nieuwsgierig naar de Duitse meisjes.' Toen hij naar haar knipoogde, voelde Lilly haar wangen warm worden. Werd ze rood? Die man was toch alleen maar iemand die naast haar zat. Waarschijnlijk was hij getrouwd, had hij een knappe vrouw en schattige kinderen, en zou ze hem, nadat ze waren geland, nooit meer zien.

'Hoe zit het met u, bent u Berlijnse van geboorte?' vroeg hij nu.

Lilly schudde haar hoofd. 'Nee, ik kom oorspronkelijk uit Hamburg. Na de Wende ben ik met mijn man naar Berlijn gegaan en ben ik daar een winkel begonnen.'

'Uw man mag zich gelukkig prijzen dat hij zo'n charmante vrouw heeft weten te krijgen.'

Lilly perste haar lippen op elkaar.

Het was eigenlijk niet haar gewoonte iedereen aan zijn neus te hangen wat er gebeurd was, maar omdat het een aardige man leek te zijn, maakte ze een uitzondering.

'Wellicht deed hij dat...'

Er verscheen een nadenkende rimpel tussen Thorntons wenkbrauwen.

'Hij is overleden,' was zijn juiste vermoeden. 'Dat spijt me.'

'Het is nu drie jaar geleden,' antwoordde Lilly en ze boog haar hoofd. Dat haar man een hersentumor had gehad, vertelde ze hem echter niet.

Thornton kneep onthutst zijn lippen samen, terwijl Lilly haar best deed iets te vinden om het zwijgen te doorbreken. De stewardess vroeg wat ze wilden drinken, waarop Lilly water en Thornton tomatensap bestelde.

'Wist u eigenlijk dat er in vliegtuigen het liefst tomatensap wordt gedronken?' vroeg hij, waarbij er weer een glimlach op zijn gezicht verscheen. 'En dat zelfs mensen die anders niets van tomatensap moeten hebben, het bestellen?'

Lilly ontkwam er niet aan ook te glimlachen. 'Bestaat daar een onderzoek over?'

'Nee, dat heb ik ergens gelezen. Maar vraag me niet waar.'

Hij lachte innemend en verdreef daarmee de donkere wolk die boven hun hoofd was komen te hangen.

'En hoe staat het met u, uw vrouw zal vast blij zijn als u na zo'n lange tijd weer thuiskomt,' merkte Lilly op nadat de stewardess hun drankjes voor hen neer had gezet. Toen ze een steelse blik naar opzij wierp, ontdekte ze in haar rij nog vier andere rood gevulde glazen.

Er verscheen een geheimzinnig lachje om Thorntons lippen. 'Ongetwijfeld – als ik tenminste een vrouw had.'

'Bent u niet...?' Pijnlijk getroffen brak Lilly haar zin af.

'Nee. Niet meer. We zijn als vrienden uit elkaar gegaan, en af en toe zien we elkaar nog, dat is alles.'

Weer volgde er een stilte, van verscheidene minuten, toen begon Thornton weer: 'U wilt de viool dus laten onderzoeken?'

'Ja, dat is de bedoeling. Maar het is geen bijzonder waardevol exemplaar, het heeft eerder... ideële waarde.'

'Hebt u hem van een familielid gekregen?'

'Eerder van een vluchtige kennis,' antwoordde Lilly. 'Er kwam een man in de winkel die hem aan mij gaf. Meer niet. Daarna verdween hij en ik heb geen idee waar ik hem moet zoeken. Nu wil ik weten waarom mij de eer te beurt is gevallen.'

'Dat klinkt spannend. Wie hebt u daarvoor in de arm genomen?'

'Ellen Morris. Die naam zegt u misschien niets, maar...'

'Jawel, die naam zegt me zeker iets! Ze is een van de besten op het gebied van restaureren. Persoonlijk heb ik nog niet het genoegen gehad kennis met haar te maken, maar ik hoor van alle kanten alleen maar lofzangen over haar.'

Dat zal Ellen plezier doen, dacht Lilly. Als hij het tenminste echt meent. Maar in zijn stem had ze geen ironie kunnen ontdekken.

'Hoe bent u aan haar gekomen? Ik bedoel, in Duitsland zijn er beslist ook experts op dit gebied.'

'Wij zijn sinds onze schooltijd vriendinnen. Ze is eigenlijk Duitse, maar is met een Engelsman getrouwd, en door haar voornaam wordt ze altijd als Engelse beschouwd.'

Thornton trok verrast zijn wenkbrauwen op. 'Goh. Dat wist dus tot nog toe niemand. Dank voor de informatie, misschien blijkt die nog eens nuttig te zijn.'

'Denkt u?' Lilly vertrok haar gezicht. 'Ik geloof toch niet dat ze zich er daardoor toe zal laten bewegen voor haar diensten met minder genoegen te nemen.'

'Maar ik heb een gespreksonderwerp als ik haar zie. Ik vraag haar gewoon hoe het met haar charmante vriendin gaat, en kom dan van het een op het ander.'

De melding van de gezagvoerder dat ze binnenkort op Heathrow zouden landen, maakte een einde aan hun gesprek. Gordels werden omgedaan, stewardessen liepen nog eenmaal snel door het gangpad voorbij, toen werd de landing ingezet.

Jammer, dacht Lilly. Ik had deze man op een langeafstandsvlucht moeten leren kennen. Ze wist zeker dat ze elkaar nog van alles te vertellen hadden.

Maar daar was geen tijd meer voor, en toen ze bij het uitstappen uiteindelijk afscheid namen en elkaar bij het wachten op de bagage uit het oog verloren, was ze haast een beetje bedroefd.

4

Lilly zag het als een goed voorteken dat Londen haar niet stereotiep met donkere wolken en regen verwelkomde. De hemel boven de luchthaven was blauw als op een ansichtkaart, en er was slechts hier en daar een vederwolkje zichtbaar. Het leek bijna of het mooie weer uit Berlijn met haar mee was gekomen.

Ellen had wel aangeboden haar van het vliegveld af te halen, maar dat had Lilly afgeslagen. Ze wist maar al te goed hoe druk haar vriendin het had met haar werk. Nadat ze kort had overwogen of het de moeite was een auto te huren, besloot ze een taxi te nemen. De chauffeur was rond de vijftig en een Schot, zoals duidelijk aan zijn accent viel te horen. Met zijn wat flodderige tweedjasje, ribbroek en kleppet zag hij eruit als een typische pubbezoeker uit Engelse televisieseries.

'Bent u musicus?' vroeg hij even nadat ze Heathrow achter zich hadden gelaten, en hij wees met zijn kin naar de vioolkist op haar schoot.

'Nee ik handel in antiek.' Lilly vroeg zich in stilte af hoe vaak ze de situatie nog zou moeten uitleggen.

'Speelt u dan voor uw plezier?' vroeg de chauffeur door. 'Mijn zoon stuurt zijn kleine meid naar een muziekschool in Belgravia, hij beeldt zich in dat ze ooit een stervioliste zal worden.' De man snoof verachtelijk.

'Speelt uw kleindochter niet goed?'

'Jawel, dat doet ze zeker – voor een zevenjarige. Ik vind alleen dat de kleine eropuit moet gaan en wat met andere kinderen van haar leeftijd zou moeten ondernemen.'

Lilly zweeg nadenkend. Natuurlijk had de man gelijk; als het meisje gedwongen werd viool te spelen, zou ze er waarschijnlijk onder lijden en het instrument aan de kant zetten zodra de puberteit haar rebels genoeg maakte. Maar misschien vond ze het ook wel leuk. Er waren veel artiesten die al op zo'n jonge leeftijd wisten wat ze wilden. En die het onverschillig liet of anderen hen normaal vonden of niet. Niet alle kinderen vonden het leuk om door de modder te banjeren en in bomen te klimmen.

'Misschien wordt ze echt een stervioliste,' antwoordde ze uiteindelijk. 'En geloof me maar, als ze dat niet wil, zal ze er gauw genoeg mee ophouden.'

Toen het gesprek met de chauffeur stilviel, richtten Lilly's gedachten zich weer op Mr Thornton.

Nu pas viel het haar op dat hij iets had wat haar aan Peter deed denken. Qua uiterlijk leken ze absoluut niet op elkaar – Peter had blond haar en blauwe ogen gehad, Thorntons haarkleur en ogen waren donker – maar in het karakter van de Engelsman ontdekte ze achteraf een paar overeenkomsten. In de manier waarop hij praatte of haar glimlachend aankeek...

'Lieve hemel, wat een kast van een huis!' De chauffeur floot bewonderend, waardoor Lilly uit haar gedachten werd gehaald. Toen ze opkeek, herkende ze het huis van haar vriendin.

'Moet u echt hier zijn?'

'Ja, daar woont mijn vriendin,' verklaarde Lilly en ze merkte dat er een warm gevoel door haar heen stroomde.

Ineens had ze weer de geur in haar neus van de kerstfeesten die ze hier met Ellen en haar gezin had gevierd. Het hele huis had toen naar geroosterde amandelen, zoetigheid, rozijnen en plumpudding geroken.

Voor de hoge ijzeren poort, die nog uit de tijd van Elizabeth I stamde, hield de taxi halt. Lilly betaalde de chauffeur, die daarop haar weekendtas en het rolwagentje uit de kofferbak tilde en er toen vlug vandoor ging. De mobilofoon, die zich onderweg al met een ongeduldig geruis had gemeld, belette hem langer dan noodzakelijk van de aanblik van het pand te genieten.

Maar die had Lilly meteen in zijn greep. Als betoverd spiedde ze tussen de spijlen door. En daarbij voelde ze een flinke steek van jaloezie. Haar vriendin had altijd het geluk aangetrokken. Niet alleen beoefende ze het beroep van haar dromen, maar ook had ze een geweldige man, twee schatten van dochters en ook nog dit huis. Waarbij de aanduiding 'huis' duidelijk een understatement was, want dit hier was een echt Engels landgoed.

Het door de vorst besuikerde woonhuis had diverse timpanen, torentjes en schoorstenen, de blauwe winterhemel weerspiegelde in de originele ouderwetse ramen.

Ellen en haar man Dean hadden het huis zo'n tien jaar geleden gekocht van een Engelse zakenman van adellijke komaf. Destijds was het behoorlijk verwaarloosd, de zakenman had zich er vrijwel niet mee bezig kunnen houden en was blij van de kast af te zijn.

Dean, die eigenaar was van een groot aannemersbedrijf in Londen, had binnen een halfjaar van de schandvlek een juweel gemaakt, dat de toeschouwer ondanks alle moderniseringen nog altijd naar de Tudortijd wist terug te voeren.

Lilly betreurde het ineens dat ze hier sinds Peters dood niet vaak meer was geweest. Dean en Peter hadden het uitstekend met elkaar kunnen vinden. Waarschijnlijk was ze bang geweest dat Dean en Ellen haar met medelijden zouden overstelpen. Maar dat was verleden tijd, Lilly voelde nu al dat het bezoek deze keer iets bij haar zou veranderen, en ze drukte op de knop van de intercom.

Als antwoord op haar aanbellen klonk er een onheilspellend diep geblaf. Even later kwamen er twee rottweilers aanrennen. De twee imposante dieren verdrongen elkaar op het smalle kiezelpad en lieten hun vervaarlijk blikkerende tanden zien. Maar toen ze Lilly herkenden, bedaarden ze, sprongen tegen het hek op en bliezen hijgend hun hete adem in haar gezicht.

Daardoor werden ze niet minder bedreigend, maar Lilly, die

uit voorzorg een stukje van de poort was teruggeweken, wist dat ze alleen op commando zouden bijten. In principe.

'Hallo?' meldde zich na luid gekraak een kinderstem, die Lilly direct herkende, hoewel hij sinds haar laatste bezoek een beetje rijper was geworden.

'Norma? Ik ben het, tante Lilly.'

'Hi!' antwoordde de stem blij. 'Wacht, ik doe open.'

Lilly hoorde hoe de poort openklikte, wierp toen een sceptische blik op de honden. Hoe heetten ze ook alweer? Skippy en Dotty?

Lilly besloot ze niet aan te spreken terwijl ze voorzichtig de poort openschoof.

Toen klonk er een schril gefluit. 'Hé, jullie, laat die dame eens met rust!'

Rufus, de tuinman, wenkte haar. Lilly haalde opgelucht adem. De honden gehoorzaamden hem. Nadat ze nog eenmaal in haar richting hadden gekeken, stormden ze met grote sprongen op hem af.

Toen ze dichterbij kwam, zag ze dat hij net een paar dikke takken had verzameld om te versnipperen.

'Hallo, Mr Devon!' begroette Lilly de tuinman, die iets uit zijn zak haalde en het wegslingerde. Met resultaat, want de honden renden het voorwerp, een balletje, achterna.

'Hallo, Mrs Kaiser,' antwoordde hij en hij veegde vlug zijn hand aan zijn werkbroek af voordat hij die Lilly toestak. 'Mrs Morris had me al gewaarschuwd dat u zou komen. Ik had gehoopt alles op tijd klaar te hebben, maar helaas houden die twee luizenbeesten me daar altijd weer van af.'

Rufus Devon was een grappenmaker – en een hondengek. Op de een of andere manier kreeg hij het voor elkaar dat zelfs de schuwste of meest roofzuchtige honden hem mochten. Misschien kwam het doordat hij uit een familie van hondenfokkers stamde, bij wie de viervoeters in het bloed zaten.

'Ik geloof dat zelfs David Copperfield geen viooltjes uit de sneeuw kan toveren,' antwoordde Lilly. 'Dat u hierheen komt en ook nu voor de tuin zorgt, is al heel wat, het eigenlijke seizoen begint toch pas over een paar maanden.'

'Dat klopt, maar voor die tijd wil ik alles in orde hebben. Het park moet er immers weer mooi uitzien.'

'Dat komt wel goed, daar ben ik zeker van!'

Nadat Lilly afscheid van Mr Devon had genomen, liep ze naar het huis. Daarbij probeerde ze zo goed mogelijk bewust adem te halen, want de lucht was hier heel anders dan in Berlijn. Het rook naar houtspaanders en humus, naar rottende bladeren en vuile sneeuw. Naar dennennaalden, oude balken, naar riet en vijverwater.

Achter Lilly begon de versnipperaar te ratelen, een geluid dat haar kippenvel bezorgde. Het werd tijd dat ze het huis in kwam. Bij alle sympathie voor Rufus Devon was ze haast allergisch voor lawaai, en blij dat het wat minder werd toen ze eindelijk voor de trap stond die naar de voordeur leidde.

Weer voelde ze zoiets als jaloezie toen ze naar de twee torentjes op de voorgevel opkeek. Zou koningin Elizabeth I hier hebben uitgerust wanneer ze jaagde? De langvervlogen tijd was nog altijd merkbaar.

Veel gelegenheid om over vroeger na te denken kreeg Lilly echter niet, want ze was nog maar net twee treden op gelopen toen de voordeur openvloog. Ellens dochtertjes stormden haar tegemoet alsof ze de Kerstman was en omhelsden haar zo onstuimig dat ze moest oppassen dat ze niet van de trap viel.

'Tante Lilly!' riepen ze in koor, en op het laatst, toen ze haar om de hals vielen en Lilly door het gewicht van de meisjes een stukje naar achteren werd gegooid, besefte ze dat ze allebei weer gegroeid waren. Maar ze zei er niets over, want van haar tante had ze dat altijd vreselijk gevonden.

'Fijn jullie te zien!' zei ze in het Engels, hoewel ze wist dat de kinderen dankzij Ellen heel goed Duits spraken.

'Fijn u te zien, tante!' antwoordde Jessi beleefd in het Duits, waardoor Lilly moest glimlachen. 'Mammie heeft gezegd dat we u naar uw kamer moesten brengen zodra u er was.'

'Ja, u moet eerst een beetje uitrusten,' voegde Norma eraan toe.

'Maar ik heb toch de hele tijd gezeten en ben niet het Kanaal overgezwommen.'

De meisjes giechelden om het grapje, toen draaiden ze zich om en liepen voor haar uit.

Terwijl ze Jessi en Norma door het huis volgde, vielen Lilly her en der een paar nieuwe meubels op, die er bij haar laatste bezoek nog niet waren geweest. De geur van zoetigheid van het kerstfeest van lang geleden was echter verdwenen, in plaats daarvan hing er een wolk lijmlucht in de gang. Vermoedelijk was een van de meisjes net bezig geweest met haar huiswerk.

De manier waarop de kinderen door de gang naar haar kamer liepen, deed Lilly aan Ellen en haarzelf denken. Ook zij waren met grote stappen door de gangen van haar ouderlijk huis gelopen – alleen waren ze geen zussen. Ellen was haar met haar lange benen altijd een eind voor geweest, wat Lilly alleen kon compenseren door achter haar aan te rennen.

'Mammie heeft gezegd dat we je niet mogen uithoren,' zei Jessi, de oudste, die met haar elf jaar al bijna net zo groot was als Lilly.

'Maar dat is raar,' antwoordde Lilly. 'Ik ben toch hier om uitgehoord te worden. Alleen ben ik bang dat ik jullie niet kan helpen als jullie willen weten welke band momenteel in Berlijn erg in is.'

'Mammie heeft gezegd dat u een viool hebt,' nam Norma het woord, alsof popbands en tassen haar niet interesseerden. 'Mag ik die zien?'

'Natuurlijk, die zal ik je straks laten zien. Maar laat me eerst even uitpakken.'

Voor een deur met houtsnijwerk, die als een van de weinige in originele staat was gebleven, bleven de meisjes staan. Lilly verheugde zich bij voorbaat. Dit was de kamer waarin ze altijd overnachtte als ze hier was. Hij deed haar sterk denken aan het huis van haar grootmoeder en dat gaf haar op een of andere manier het gevoel terug te keren naar een plaats uit haar kindertijd. Het ouderwetse hoge bed, de grove balken, de oude meubels...

Toen de meisjes de deur opentrokken, constateerde Lilly dat er nauwelijks iets veranderd was. Het bed was nog altijd de zware kolos uit haar herinnering, ook de antieke kleerkast, die uit de slaapkamer van Deans overleden ouders stamde, stond er nog steeds. En over alles waakte een oude hertenkop, Heinrich, zoals Lilly hem spottend noemde, naar een kinderboek dat ze een paar jaar voor de val van de Muur in Oost-Berlijn had gekocht. Toen ze voor het eerst voor het opgezette gedrocht stond, had ze ervan gegriezeld. Inmiddels joeg de aanblik haar nauwelijks nog angst aan. Het maakte gewoon deel uit van de kamer, net als de sokkel-lambrisering en het roodzijden behang, dat door een specialist uit Oxford was gerestaureerd.

Nieuw was echter de grote langwerpige doos die op het bed lag.

'Dat is een cadeau van mammie!' verklaarde Jessi trots alsof ze het zelf had uitgezocht. 'Ze heeft het gisteren meegebracht en ons verboden te kijken wat erin zit.'

'Mogen we nu kijken wat erin zit?' vroeg Norma meteen.

'Dat mag. Maar laat me eerst mijn spullen neerzetten.' Lilly zette haar bagage neer voor de kast, onder de nieuwsgierige ogen van de meisjes, die vol verwachting naast het bed waren blijven staan. Lilly moest inwendig lachen. Het was haast onvoorstelbaar dat het tweetal zich aan de instructies van hun moeder had gehouden. Waarschijnlijk zouden zij en Ellen, zodra hun moeder hun de rug had toegekeerd, erin hebben gekeken. Of deden de zusjes maar alsof?

Hoe dan ook, Lilly richtte haar aandacht op de doos en maakte hem behoedzaam open. Even later stokte de adem haar in de keel. Tussen lindegroen zijdevloei met een bladerpatroon lag een flessengroene jurk – precies de kleur die bij haar rode haar paste.

'O, wat mooi!' zei Norma verrast en Jessi vroeg: 'Mag ik hem ook eens passen?'

Lilly wist eerst niet wat ze moest zeggen. Ze hield het meestal eerder bij eenvoudige kleding; meer dan een spijkerbroek en een blouse, in de winter een zwarte pulli en soms ook een broekpak wanneer ze naar een jaarbeurs ging, had ze niet nodig. Het prettigst voelde ze zich in spijkerbroek en shirt.

De jurk, die nu glansde in het namiddaglicht, overtrof alles wat ze in haar kleerkast had. In een doodgewone pub of op straat zou ze daarmee totaal overdressed zijn.

'Vindt u hem niet mooi?' vroeg Jessi, alsof ze de jurk, die voor een elfjarige absoluut ongeschikt was, zo wilde inpikken.

'Jawel, hij is...' Waanzinnig duur, dacht Lilly, maar ze voegde er snel aan toe: 'Hij is prachtig!'

Voorzichtig liet ze haar hand over de stof glijden. Zo zacht als die eruitzag, voelde hij ook aan. Daarmee kon ze zich gerust in Buckingham Palace vertonen. Of op Ascot. En Ellen was ongetwijfeld beslist van plan haar naar zulke plaatsen mee te nemen. Misschien niet naar het paleis, en voor de paardenrennen was het nog te vroeg, maar wie weet wat ze in de zin had.

'Als ik groot ben, wil ik er ook zo een!' zei Norma nadrukkelijk en ze klapte in haar handen. 'Of leent u me die van u, tante Lilly?'

'Tegen de tijd dat je zo oud bent dat je zoiets kunt dragen, is de mode vast alweer veranderd,' antwoordde Lilly. Ze gunde zich nog een blik op de jurk en deed daarna het deksel weer op de doos.

De twee meisjes keken elkaar aan, en toen vroeg Jessi: 'Zullen we iets te drinken voor u halen, tante Lilly?'

Op-en-top de volmaakte gastvrouwen.

'Dank je wel, dat is aardig van jullie, maar eerst wil ik jullie iets geven.'

Ze liep naar de weekendtas en gaf hun even later hun cadeautjes. In een leuk winkeltje had ze met de hand bedrukte T-shirts en tasjes ontdekt. De verkoopster had haar verzekerd dat die momenteel erg in trek waren bij de jeugd.

'Wat zit erin?' vroeg Norma terwijl ze aan het pakje voelde.

'Berlijnse lucht,' antwoordde Lilly lachend. 'Pak het maar liever meteen uit – en pas het vooral.'

De meisjes leken het met Lilly's voorstel eens te zijn, want ze verdwenen met hun buit naar hun kamer. Weer moest Lilly aan haarzelf en Ellen denken. De kerstcadeautjes die ze van Ellens pleegmoeder kregen, hadden ze altijd samen uitgepakt. Waarschijnlijk deden haar kinderen dat nu ook. Ongewone kinderen, dacht Lilly terwijl ze de doos wegzette en de weekendtas op de sprei – een handgemaakte quilt met donkerrode rozen – liet vallen. Zo beleefd als ze in Berlijn nauwelijks meer te vinden zijn.

Terwijl ze haar spullen over de planken van de kleerkast verdeelde, dacht Lilly erover na wat Peter over de jurk zou hebben gezegd. Hij had niet graag gezien dat Ellen haar kostbare cadeaus gaf, maar Ellen had hem er telkens weer van overtuigd dat ze er niets voor terug wilde.

'Lilly en ik kennen elkaar al veel langer dan jullie tweeën,' had ze dan altijd gezegd. Peter was uiteindelijk steeds bezweken voor haar charme.

Het geronk van een motor en het geluid van knarsend grind onder aanrollende wielen haalden Lilly uit haar gedachten. Dat moest Ellen zijn!

Toen ze naar het raam liep en het zware gordijn opzijschoof, werd haar vermoeden bevestigd.

Glimlachend zag Lilly hoe Ellen uitstapte, naar de kofferbak liep en twee tjokvolle boodschappentassen tevoorschijn haalde. Bepakt en bezakt beklom ze de trap en verdween door de voordeur.

Jessi en Norma zouden hun moeder vast meteen laten weten dat ze gearriveerd was.

Lilly ging bij het raam weg en liep met haar cadeau voor Ellen haar kamer uit. Al op de gang hoorde ze dat Ellen in de keuken bezig was. Blijkbaar was ze zo vroeg terug omdat ze – zoals altijd als zij op bezoek was – voor haar wilde koken.

'Hi, Ellen!'

Haar vriendin schrok en liet bijna het pakje met vlees vallen dat ze net in de koelkast wilde leggen.

'Lilly, ben je wakker? Ik dacht dat je na de vliegreis eerst even zou gaan rusten.'

'Waarom zou ik?' antwoordde Lilly lachend. 'Ik kom toch niet uit Singapur. En ik ben veel te opgewonden om te kunnen slapen, want eigenlijk moet ik je op je kop geven...'

Lang kon ze haar verwijtende blik niet volhouden. Met een brede glimlach viel ze haar vriendin om de hals.

'Aha, je hebt hem gevonden,' antwoordde Ellen terwijl ze Lilly stevig tegen zich aan drukte. 'Zeg het maar, je vindt hem niet mooi.'

'Natuurlijk vind ik hem mooi! Maar hij moet toch waanzinnig duur zijn geweest! En zeg me alsjeblieft bij welke gelegenheid ik hem dan zou moeten dragen!'

Ellen liet haar weer los. Er lag een brede grijns op haar gezicht. 'Nou wat denk je, ik laat me de kans niet ontnemen mijn vriendin, die ik intussen nog maar een- à tweemaal per jaar zie, mee te nemen naar het Ritz? We kunnen ook naar zo'n decadent dure, pasgeopende tent gaan. Er zijn hier enkele stijlvolle restaurants waar je goede kans loopt een paar acteurs tegen te komen.'

Wilde ze dat? Op dit moment, hoe vreemd het haar ook voorkwam, wilde Lilly alleen maar de man uit het vliegtuig weerzien. In een pub of een chic restaurant, dat maakte niet uit.

'Daarbij vergeleken zijn mijn gastgeschenken bepaald armzalig.' Lilly stak haar het doosje toe dat ze had ingepakt in met echte gedroogde bloemen versierd cadeaupapier, dat ze jaren eerder had meegebracht van een uitstapje naar de bergen.

Ellen schudde haar hoofd toen ze met het pakje naar de tafel liep. 'Armzalig bestaat niet voor mij, dat weet je toch! Wat heb je dan voor me? Ze klonk weer als de veertienjarige die ze ooit geweest was.

Lilly had er lang over nagedacht wat haar vriendin mooi zou vinden. Iets meebrengen uit haar eigen winkel had haar krenterig geleken, dus was ze naar de concurrent gegaan en had een zilveren kandelaar gekocht die goed bij de lange tafel in de eetkamer paste.

Nu twijfelde ze een beetje of Ellen er blij mee zou zijn, maar toen deze het pakje openmaakte, gleed er een welgemeende glimlach over haar gezicht. 'Die is prachtig. Komt hij uit je eigen winkel?'

'Nee, van de concurrent in het centrum. Daar is een prachtige zaak opengegaan. Het verbaast me niks dat de klanten bij mij wegblijven.'

Er verscheen een licht zorgelijke rimpel tussen Ellens wenkbrauwen. 'Loopt de winkel niet zo goed?'

Lilly wuifde het weg. 'Het is maar een tijdelijke slapte. Dat is meestal zo na de kerst. Dat wordt later wel weer gecompenseerd als de toeristen komen. Ik heb er al over gedacht massaal koekoeksklokken te bestellen, daar komen vooral de Japanners op af.'

'Dat is dan ook typisch Berlijns.' Ellen schoot in de lach, toen sloot ze haar vriendin in de armen. 'Ik heb je zo gemist. De volgende keer blijf je niet weer een halfjaar weg, oké?'

'Ik zal zien wat er te regelen valt. Als de winkel goed loopt, kan ik het Sunny onmogelijk in haar eentje laten doen.'

'Helpt zij je nog altijd? '

'Ja, nu ook. Alleen jammer dat ze andere ambities heeft, eigenlijk is ze een geboren antiquair.'

Ellen kende Sunny van haar laatste bezoek aan Lilly. Toen was het zomer geweest en hadden de toeristen de deur zodanig platgelopen dat Lilly het niet in haar eentje redde. Zonder Sunny had ze niets kunnen beginnen. En dankzij haar had ze ook een beetje kunnen genieten van Ellens verrassingsbezoek.

'Probeer haar dan over te halen. Voor geesteswetenschappen ziet het er bij jullie niet rooskleuriger uit dan bij ons. Dan heeft ze tenminste werk.'

Lilly knikte. 'Dat zal ik proberen. Als de zaken weer beter lopen, wilde ik toch al een invaller inschakelen. Zodat ik bij jou op bezoek kan.'

'En niet te vergeten, de wijde wereld zien.'

Lilly liet bedroefd haar hoofd hangen. 'Tja, de wijde wereld... Als Peter nu nog leefde...' Ze hield op, in de veronderstelling dat dat het laatste was wat haar vriendin wilde horen. Maar Ellen legde meelevend haar arm om haar schouders.

'Laten we een eindje gaan wandelen voor de zon helemaal verdwijnt.'

5

Het knarsen van de kiezelstenen onder hun laarzen vond Lilly erg luid klinken in de winterse stilte. Rufus Devon was inmiddels klaar met versnipperen, van hem noch de honden was een spoor te bekennen. Terwijl de hemel langzaam lichtpaars kleurde en het kouder werd, ging er alleen een zacht ruisen door de bladerloze takken boven hen, en de wind voerde uit de verte gekras van kraaien mee.

Sinds ze uit de keuken waren weggegaan, hadden ze geen woord meer gesproken.

Peters dood was voor Ellen destijds een bijna even grote schok geweest – alsof ze een broer had verloren. Altijd als hij ter sprake kwam verviel ze in stilzwijgen, wat enkele minuten kon duren. Haast alsof het noemen van zijn naam beelden in haar opriep die ze beslist ongestoord wilde bekijken.

Lilly betreurde het een beetje dat ze het had uitgesproken. Ja, natuurlijk verviel ze af en toe in zwaarmoedigheid, vooral als reizen het gespreksonderwerp was. Maar het was niet meer zo dat ze er niet over kon praten.

Omdat haar vriendin niets zei en behoefte had aan die minuten voor haar herinneringen, zweeg Lilly eveneens en keek intussen naar haar.

Aan Ellen kon je met de beste wil van de wereld haar ware leeftijd niet afzien. Wel haar succes. Het zelfbewustzijn waarom Lilly haar heftig benijdde, stroomde bij wijze van spreken uit haar poriën. Zoals zo vaak drong zich de gedachte bij haar op dat het lot de behoefte had gehad haar vriendin schadeloos te stellen voor al het leed dat ze had ondergaan.

Toen Ellen, die toentertijd nog Ellen Pauly heette, drie jaar was, waren haar moeder en broertje bij een auto-ongeluk om het leven gekomen. Haar vader had ze nooit gekend, want haar moeder had zijn naam zelfs nooit aan haar ouders verteld en haar geheim mee het graf in genomen. Waarschijnlijk wist de man niet eens dat hij een dochter had.

Ellen werd eerst bij haar grootouders ondergebracht, maar die werden algauw te oud en te ziek om voor hun kleindochter te kunnen zorgen.

Dat Ellen in een pleeggezin terechtkwam, bleek een groot geluk – voor Ellen, maar ook voor Lilly, want daardoor leerden ze elkaar in de derde klas kennen.

Als Ellen het over haar pleegmoeder had, noemde ze haar 'mama', hoewel ze wist dat ze een andere moeder had gehad. Meer dan een verbleekt beeld in haar herinnering waren Miriam Pauly en haar broertje Martin voor Ellen toch al niet, en zoals het in haar aard lag, schonk ze haar onbegrensde genegenheid aan degene die er voor haar was en die haar een gevoel van geborgenheid gaf. Waarschijnlijk was dat de reden geweest waarom hun vriendschap zo bestendig was. Lilly mocht dan tegenwoordig degene zijn die enigszins de indruk wekte bescherming nodig te hebben, vroeger was zij het geweest die Ellen uit de problemen hielp en haar tegen pestkoppen beschermde.

En dan was er ook nog het gevoel van zielsverwantschap, dat Lilly ook nu weer heel duidelijk voelde terwijl ze naast haar vriendin over het grindpad rondom het huis liep.

'Waar denk je nu aan?' vroeg Ellen, die had gemerkt dat Lilly naar haar keek.

'Ik dacht eraan dat jij echt veel geluk hebt in je leven. Je hebt Dean, de kinderen... het huis...'

Ellen legde haar arm om haar heen. 'Dat zul jij over niet al te lange tijd ook hebben, dat verzeker ik je. Op een dag zal er een prins verschijnen en je uit je zo geliefde winkel ontvoeren. En met jou de hele wereld over reizen.'

'Misschien wel,' antwoordde Lilly een beetje bitter.

'Misschien? Je moet gewoon geloven dat het zal gebeuren!' Ellen trok haar stevig tegen zich aan. 'Hoe kan het nou wat worden als je eraan blijft twijfelen?'

'Ik ben ook maar een mens die graag de oplossing voor ogen heeft. Die weet waar het op uitdraait.'

'Dat kun je in het leven niet altijd weten. Als je een hoek omslaat, kan er al iets moois op je staan te wachten.'

Of iets verschrikkelijks, bedacht Lilly. Zo was het in elk geval bij Peter geweest. Als hij eerder klachten had gehad, had hij ze voor haar verzwegen. Tot – voor Lilly als een donderslag bij heldere hemel – de diagnose kwam.

'Alles welbeschouwd bestaat er geen mens die niet een kruis te dragen heeft,' voegde Ellen er na een korte denkpauze aan toe. 'Naturlijk is de last van de een misschien wat zwaarder dan die van de ander, maar problemen hebben we allemaal. Je zou me eens op de firma moeten horen foeteren! En soms op Dean, als die iets heeft uitgehaald. Belangrijk is dat je bij alle ellende die je meemaakt niet de moed verliest en een manier vindt om de negatieve dingen van je af te zetten.'

'Ik zou willen dat ik dat kon,' antwoordde Lilly een beetje terneergeslagen. 'Het is al een tijd geleden, maar ik betrap mezelf er soms toch nog op dat ik 's avonds op Peter zit te wachten. Om met hem te praten.'

'Dat is toch heel normaal! En ik zou heel ongevoelig zijn als ik je zou aanraden het los te laten. Maar misschien moet je er echt meer opuit gaan en mensen leren kennen. Dat je naar mij toe komt is al een begin, maar in Berlijn zijn vast ook leuke gelegenheden.'

'Ja zeker, maar...' Lilly perste haar lippen op elkaar. Ellen had gelijk. Maar als ze ergens naartoe ging, wilde het plezier niet erg komen. Dat was vroeger anders geweest.

'Maar wat?' ging Ellen erop in.

'Maar alles voelt zo verkeerd zonder hem. In parken zie ik gelukkige paartjes, en ik word verscheurd als ik ze elkaar zie omarmen en kussen. Ik zie gezinnen en zeg tegen mezelf: dat hadden wij kunnen zijn.'

Ellen zweeg even nadenkend. Lilly hoorde een raaf krassen en het zachte ruisen van zijn vleugels toen hij boven hen wegvloog.

'Het klinkt misschien hard, maar wat geweest is kun je niet terughalen, en ook niet veranderen,' begon haar vriendin ten slotte. 'Peter zou hebben gewild dat je verdergaat, dat je vooruitgaat. Dat je oog hebt voor de wereld zolang je kunt. Hij zou niet hebben gewild dat je in je herinneringen blijft steken.'

'Maar hoe kan ik me van hem losmaken?' vroeg Lilly. 'Hoe moet ik hem uit mijn hoofd krijgen?'

'Dat moet je ook niet. Maar misschien is er een mogelijkheid om je weer... tot leven te wekken...'

Tot leven wekken? Eerst wilde Lilly protesteren, maar het volgende moment zag ze in dat Ellen gelijk had. Ze ademde, ze nam dingen waar, ze bestond. Maar met Peter had alles anders aangevoeld – inderdaad levendiger.

Een tijdje stapten ze zwijgend door de tuin, liepen om de kleine fontein heen, die door een ijzeren hek werd omgeven en met planken was afgedekt, en passeerden twee mooi bewerkte banken die stonden te wachten tot de sneeuw smolt en de bewoners van het huis er weer op zouden gaan zitten om van de zon te genieten.

'Is er dan echt geen man die je zou kunnen interesseren?' zette Ellen het gesprek weer voort.

Lilly schudde haar hoofd. 'Nee, die is er niet. Er verschijnen alleen maar oude mannen die me iets ten geschenke komen brengen en dan spoorloos verdwijnen.'

'Nou, dat is mij nog altijd niet overkomen. Ik ben wel heel benieuwd naar je troetelkindje. Ik heb Terence geïnstrueerd mijn afspraken voor morgenochtend te verzetten, zodat ik tijd voor jou heb.'

'Terence?'

'Mijn secretaris.'

'En hoe wil je het aanpakken?'

'Op de gebruikelijke manier. Ik zal de viool grondig bekijken en dan een paar kleine lakproeven naar ons laboratorium sturen. Daarna zien we wel weer.'

'En als het nu alleen maar iets voor de rommelmarkt is?'

'Dan hebben we een grappig verhaal te vertellen. Maar nu kunnen we beter weer naar binnen gaan, zodat ik kan beginnen met koken.' Daarop haakte Ellen bij Lilly in en trok haar mee naar het huis.

Een uur later was het eten klaar. Ellen was er zonder grote ongelukken in geslaagd iets met kruiden, vlees, tomaten en aardappelen en witte wijn in elkaar te flansen. Bovendien zou er *rice pudding* zijn, een soort rijstebrij met vanille, kaneel en nootmuskaat.

Lilly, die in de brede vensterbank onder het keukenraam zat, voelde zich aangenaam beneveld door de warmte en de wijn die ze met Ellen onder het koken had gedronken. Omdat ze maar zelden alcohol gebruikte, merkte ze het effect ervan snel, het maakte haar licht in het hoofd en pinde haar vast op haar zitplaats. Hier zou ik kunnen blijven, schoot het door haar heen.

Vanuit het keukenraam had ze gezien hoe het licht volkomen achter de kale bomen verdween, hoe de violette hemel uiteindelijk diepblauw werd, bezaaid met duizenden ijzige sterren. De nachten in Berlijn zagen er nooit zo uit, er was overal licht, licht dat de sterren opslokte en de hemel zelfs in heldere nachten nevelig oranje kleurde. Lilly vroeg zich af of ze bij eerdere bezoeken wel gemerkt had hoe mooi het hier buiten was.

Toen werd de duisternis doorbroken door schijnwerpers die naar het huis toe kwamen.

'Daar is Dean,' kondigde Lilly aan en ze zette haar glas op de tafel.

Ellen deed haar schort af. Even wierp ze Lilly een schuchtere blik toe, alsof ze zich ervan wilde vergewissen dat het in orde was als ze nu haar man blij begroette. Lilly glimlachte naar haar, hetzelfde samenzweerderige lachje als vroeger op school, als ze elkaar voor domme streken hadden gedekt.

Toen Dean binnenkwam, begroette hij Ellen hartelijk als altijd en gaf haar een kus. Toen draaide hij zich om naar Lilly en grijnsde breed naar haar.

'Leuk je te zien, ik was bijna vergeten hoe je eruitziet.'

'Nou ja, zo lang geleden is het toch ook weer niet,' antwoordde Lilly terwijl ze zich even door hem liet omhelzen.

'Toch wel behoorlijk lang. Als ik een oude tante van je was geweest, dan zou ik zeggen dat je groot geworden was.'

'Maar goed dat je geen tante van me bent, want dan had ik gegeneerd met mijn ogen gerold.'

Dean nam haar mee naar de woonkamer, waar ze over van alles en nog wat en vooral over het bouwbedrijf kletsten tot ze voor het eten werden geroepen. De tafel was eenvoudig maar stijlvol gedekt; naast Lilly's kandelaar stond een sierstuk van kunstbloemen dat bedrieglijk echt leek.

'Vertel nu maar eens hoe dat met die viool gegaan is,' zei Ellen toen ze het hoofdgerecht hadden afgeruimd en op het toetje aanvielen.

Lilly schraapte haar keel, legde haar lepel neer en overdacht hoe ze het verhaal voor Dean en de kinderen zo spannend mogelijk kon vertellen. Maar toen besefte ze dat het gegeven dat een wildvreemde haar een viool in de hand had gedrukt en toen spoorloos was verdwenen, eigenlijk al spannend genoeg was. Ze begon dus bij de namiddag waarop ze de winkel al bijna had willen sluiten, en eindigde op het moment dat ze constateerde dat de man in rook leek te zijn opgegaan.

'Dat klinkt bijna alsof een spion je voor een ander heeft aangezien,' merkte Dean op, die zoals bekend een zwak had voor verhalen over de geheime dienst van Hare Majesteit. 'Heb je al gekeken of er geen staafjes plutonium tussen de voering zitten? Of nog andere geheime berichten?'

Lilly grijnsde breed. 'Bedoel je dat het muziekblad een code bevat?'

'Waarom niet?' was Deans wedervraag, alsof het de normaalste zaak van de wereld was.

'Blijkbaar wil mijn echtgenoot een nieuwe carrière beginnen als auteur van misdaadverhalen,' merkte Ellen lachend op.

'Nou, is dat dan zo verkeerd? Er zijn altijd al geheime berichten stiekem met onwetenden meegesmokkeld, zodat die ze onopvallend naar het juiste adres brachten.'

'Dan had de man me ook moeten zeggen op welk adres ik de viool moest afleveren.'

'Misschien bij Sherlock Holmes,' mengde Jessi zich in het gesprek. 'Daar heb ik pas over gelezen.'

'Laat jij je kinderen Conan Doyle lezen?' verbaasde Lilly zich.

'Nee, we hebben het op school gelezen,' verdedigde Jessi zich. 'Een verhaal waarin Sherlock Holmes vioolspeelde.'

'Ik denk niet dat ik met die viool deel van een geheim complot ben gaan uitmaken. Ik denk eerder dat het een vergissing is geweest. Als de oude man dat zou ontdekken, zou ik hem de viool in elk geval teruggeven.'

'Misschien is er in jouw familie een of ander duister geheim,' antwoordde Dean, die zich blijkbaar nog altijd niet van het geheimagentenidee wilde laten afbrengen. 'Waren er misschien musici in je familie?'

Lilly schudde haar hoofd. 'Nee, niet dat ik weet. De enige muzikale persoon die ik ken is je vrouw. Mijn ouders en grootouders hadden geen gevoel voor muziek, gelukkig maar, anders had ik ze enorm teleurgesteld.'

'En desondanks denkt een onbekende dat die viool jou toebehoort. Eigenaardig.' Dean nam een slok wijn en keek peinzend toe terwijl de vloeistof in het glas naar beneden liep.

'Laat Lilly nu maar even met rust,' kwam Ellen uiteindelijk tussenbeide. 'Ze is immers hier om uit te vinden wat er met het instrument aan de hand is, nietwaar? Jessi en Norma, jullie hebben me nog niets over school verteld. Sinds wanneer wordt daar Conan Doyle behandeld?'

Toen de twee meisjes over hun schooldag begonnen te vertellen, leunde Lilly ontspannen achterover, gelukkig omdat ze die avond deel uitmaakte van een gezin. De kinderen droegen allebei het T-shirt dat Lilly ze had gegeven, en ze was blij dat ze zo goed pasten.

Na het eten, toen de zusjes weg waren gegaan om televisie te kijken, vroeg Ellen Lilly de viool te halen, zodat ze hem kon bekijken. Dean vroeg of hij erbij mocht zijn, wat Ellen een beetje leek te verbazen. Blijkbaar interesseerde hij zich anders eerder voor grotere houtbouwprojecten.

Lilly droeg de vioolkist voor zich uit alsof er een kostbare relikwie in zat. Het muziekblad had ze weer tussen de voering geschoven. Ellen moest het openmaken van de vioolkist net zo beleven als zijzelf.

In de woonkamer legde Lilly de kist op de bijzettafel naast de chesterfieldsofa. Ellen had al een paar witte katoenen handschoenen aangetrokken, die aan een butler deden denken.

Behoedzaam opende ze het deksel en stapte toen opzij. Het licht van de kroonluchter boven hen deed de roodgevlamde lak oplichten, die zelfs leek te pulseren. Nu pas merkte Lilly dat de snaren een beetje versleten waren, en ook kon je aan de viool wat beter de ouderdom afzien. Maar het ging er Lilly niet alleen om te weten hoe oud en hoe waardevol de viool was. Veeleer wilde ze erachter komen waarom de oude man van mening was dat hij haar toebehoorde.

Toen Ellen de viool zag, zoog ze gespannen lucht tussen haar tanden door. 'Op het eerste gezicht ziet hij er heel normaal uit – afgezien van de bijzondere lak. Mag ik?'

Lilly knikte, waarop haar vriendin het instrument voorzichtig uit de kist tilde. 'Een mooi, elegant corpus,' constateerde ze terwijl ze de viool omdraaide. 'En daar zit hij dus.'

Voorzichtig wreef Ellen over de lak op de plaats waar de roos zich bevond. 'Volkomen onbeschadigd, afgezien van gebruikssporen. De roos moet voor het lakken op het hout zijn aangebracht.' Nu plukte ze aan de snaren. 'Totaal ontstemd,' stelde ze vast en begon toen voorzichtig de snaren te spannen. 'Maar de stemknoppen zijn verbazend goed onderhouden.'

Toen ze tevreden was over de klank van de snaren, trok ze haar handschoenen uit en pakte de strijkstok, spande hem, bestreek de paardenharen met wat terpentijnhars en zette het instrument onder haar kin.

'Kun je misschien spelen wat er op het muziekblad staat?'

Lilly haalde het blaadje tussen de voering van het deksel vandaan, waarop Ellen de viool weer neerlegde.

'"Maneschijnsonate",' mompelde ze. 'Geen naam van de componist. Misschien heeft de oude man het geschreven.'

Lilly schudde haar hoofd. 'Dat denk ik niet. Het papier moet veel ouder zijn, en kijk maar eens naar het schrift. Ik krijg vaak ook boeken met inscripties of handgeschreven opdrachten. En let eens op de inkt! Zwart, aan de randen licht bruinachtig. Als je het mij vraagt, is dit muziekblad algauw meer dan honderd jaar oud.'

Ellen stak haar onderlip naar voren en fronste haar voorhoofd. Dat was onmiskenbaar het teken dat ze probeerde de melodie in zich op te nemen. Lilly observeerde haar even gespannen, terwijl Dean zichzelf nog een glas wijn inschonk.

Na ongeveer vijf minuten liet Ellen het blad weer zakken.

'En?' vroeg Lilly, 'kun je er wijs uit worden?'

'Jawel, maar het is heel ongewoon...' Ellen draaide het blaadje om, maar op een paar schimmelvlekken na viel er niets op te ontdekken. 'Wat het papier betreft heb je misschien gelijk, maar als een componist het eind negentiende, begin twintigste eeuw geschreven heeft, moet hij erg vooruitstrevend zijn geweest.'

'Dan stel ik voor dat je het voor ons speelt, schat,' mengde Dean zich in het gesprek. 'Wie weet, misschien zijn wij de eersten in honderd jaar die dit stuk te horen krijgen.'

Terwijl Ellen eerst nog vastbesloten had geleken de viool uit te proberen, aarzelde ze nu.

'Alsjeblieft, Ellen,' zei Lilly. 'Ik heb me al de hele tijd zitten afvragen hoe het zou klinken.'

Daarop zette Ellen de viool weer onder haar kin en legde de strijkstok op de snaren.

Toen ze de eerste akkoorden speelde, kwam er een eigenaardig gevoel in Lilly naar boven. Het stuk klonk heel exotisch, maar tegelijkertijd leek het merkwaardig vertrouwd. Niet alsof ze het al eerder had gehoord, maar de tonenreeks straalde op een of andere manier geborgenheid uit.

Misschien kwam het door de titel, maar ineens zag ze weer een van de eerste afspraakjes met Peter voor zich. Toen, in het voorjaar, hadden ze 's avonds dicht tegen elkaar aan gevlijd onder een magnoliaboom gezeten terwijl boven hen een bleke maan scheen. Het beeld verdween even snel als het was opgekomen.

Lilly luisterde gefascineerd tot het stuk afgelopen was en Ellen de viool bijna eerbiedig liet zakken.

'Wow!' zei ze terwijl ze het instrument bewonderde, alsof het de melodie met toverkracht zelfstandig had gespeeld. 'Zo'n klank heb ik in geen tijden meer gehoord.'

'Dus het is geen slechte viool?' Lilly was nog steeds aangedaan door het spel van haar vriendin.

'Nee, het is beslist geen slechte viool. Degene die hem gebouwd heeft, moet een meester zijn geweest. Net als degene die het stuk heeft geschreven.'

'Het klinkt voor mij een beetje naar de Zuidzee,' bracht Dean in het midden. 'Maar zoals je weet ben ik een cultuurbarbaar.'

'Nee, dat ben je niet,' wierp Lilly tegen. 'Voor mij klonk het ook exotisch. Als... als een nacht onder een magnoliaboom in volle bloei.'

Ellen moest weer glimlachen. 'Jullie met je vergelijkingen! Maar misschien wilde de componist echt de indruk van een tuin wekken. Herinneren julie je *De vier jaargetijden* van Vivaldi? "De lente", waarin je de vogels en de stormen kunt horen?

'Wat *De vier jaargetijden* betreft vind ik "De winter" mooier, maar ik begrijp wat je bedoelt,' antwoordde Lilly.

'Ik ben echt vreselijk nieuwsgierig, in twee opzichten. Ten eerste naar de componist en voorts naar de bouwer van dit prachtinstrument.' Ellen draaide de viool weer om en bekeek de roos onder de laklaag.

Ondertussen keek Lilly naar Dean, die op de sofa zat en gefascineerd naar zijn vrouw staarde. Het leek wel of haar muzikale kant volslagen nieuw voor hem was.

'Die waarschijnlijk totaal onbekend was,' voegde Lilly er een beetje teleurgesteld aan toe.

'Veel meester-vioolbouwers zijn door de tijd verzwolgen en door de mensen vergeten. Laten we eens kijken of de schepper binnenin een spoor heeft achtergelaten.'

Ellen haalde een lampje uit een la en scheen ermee door de f-gaten van het bovenblad. Het duurde niet lang of ze klakte misprijzend met haar tong. 'Geen etiket en geen brandmerk. Het instrument moet voor die gast een pijnlijk geval zijn geweest.'

Lilly wist in elk geval dat 'etiket' in Ellens vocabulaire de aanduiding van de bouwer van een instrument betekende, een strookje papier dat na de voltooiing van het instrument met een pincet aan de binnenkant op het achterblad werd geplakt.

Ellen bekeek het instrument nog een keer, daarna legde ze het voorzichtig terug in de kist. 'Wel een lastig geval, maar niet uitzichtloos, zou ik zeggen.' Morgen ga je eerst maar eens met me mee, dan zien we wel verder. Ook als de lieve schat niet erg meewerkt, zal het ons lukken zijn geheim te ontraadselen.'

Die nacht kon Lilly ondanks de zachte matras en het naar lavendel geurende beddengoed niet in slaap komen. Terwijl de maan haar bleke licht door het raam liet schijnen, lag ze naar de balken van het plafond te staren en dacht nog altijd de melodie van 'De maneschijnsonate' te horen. Hoe zat het nu met die viool? Volgens Ellen was het een mooi instrument, maar waarom zou juist zij er aanspraak op mogen maken?

Lilly dacht gespannen na, zocht in haar herinneringen aan de verhalen van haar moeder en van grootmoeder Paulsen, maar ze kon geen aanwijzing vinden dat er iets ongewoons was gebeurd. Haar grootouders waren fatsoenlijke, betrouwbare mensen geweest, Hamburgers op-en-top. Bij hen op zolder lagen talloze aandenkens, maar vanuit het oogpunt van een volwassene was daar niets geheimzinnigs aan.

Inmiddels waren haar grootouders al enkele jaren dood; eerst was haar grootvader overleden, daarna haar grootmoeder. De aandenkens op de zolder waren met het huis verkocht. Had de viool daarbij gehoord? Er was nooit sprake van geweest dat haar grootouders een instrument hadden bespeeld. En zelfs als de viool ergens in huis verstopt was geweest, welke reden had de koper dan om hem aan Lilly te geven? Hij had hem net zo goed kunnen verkopen...

Lilly kneep haar ogen dicht, ging in gedachten weer naar de zolder. Was er ergens in de familie toch iets waar zelfs haar ouders niets van wisten? Waardevolle voorwerpen werden niet op zolder bewaard. Die verstopte je op een plek waar niemand ze kon vinden, maar binnen bereik. In elk geval had Lilly dat altijd zo gedaan als ze niet wilde dat iemand het vond.

Misschien moet ik mama bellen, bedacht ze.

Toen kreeg ze een ingeving. De bewakingscamera! Drie jaar eerder had ze er op verzoek van haar verzekeringsman een in haar winkel geïnstalleerd. Daar moest de oude man op staan. Waarom was ze daar niet eerder op gekomen?

Meteen schoot Lilly in bed overeind. Sunny! Misschien kon ze haar vragen de camerabeelden op haar computer te zetten en naar haar toe te sturen!

Automatisch pakte ze haar mobiel, die op het nachtkastje naast haar bed lag, maar toen schoot haar te binnen dat Sunny waarschijnlijk al in bed lag. Ze zou dus tot de volgende ochtend moeten wachten en haar dan in de winkel bellen.

Zuchtend liet ze zich weer in de kussens neerzakken. Nu voelde ze zich extra vrolijk. Als de oude man inderdaad op de film stond, bestond de mogelijkheid dat ze hem kon opsporen en hem vragen kon stellen. Hoe ze dat precies moest bewerkstelligen wist Lilly nog niet, maar ze wist zeker dat ze op een of andere manier een oplossing zou vinden.

Uiteindelijk werd ze toch door slaap overmand, en toen ze indommelde in het dromenrijk, dacht ze nog eenmaal de laatste akkoorden van 'De maneschijnsonate' te horen.

6

Padang 1902

'Een prachtig uitzicht, vind je niet?'

Paul Havenden, kersverse lord en sinds de dood van zijn vader hoofd van een wijdvertakte, zeer vooraanstaande Engelse adellijke familie, ademde de warme lucht vervuld met de geuren van de haven diep in.

Het uitzicht op de zee was grandioos!

Onder een wolkeloze hemel strekte zich een sprookjesachtig blauwe waterspiegel uit. Een paar palmen wiegden heen en weer in de vochtige warme bries die vanaf de zee door de stad trok. De gebouwen in de nabijheid van de haven waren overwegend in koloniale stijl gehouden, waaraan je het Nederlandse stempel duidelijk aflas. Huizen als deze – met brede zuilen en licht gebogen daken – had hij ook al in Amsterdam gezien, maar er stonden ook exotische inheemse gebouwen tussen, die de stad een bijzonder tintje gaven.

Al sinds ze hier waren aangekomen, was zijn gezondheid aanmerkelijk verbeterd. Van uur tot uur voelde hij hoe zijn lichaam zijn oude kracht herwon, hoe zijn huid alle kwalen afschudde waarmee hij in het vochtige Engelse klimaat te kampen had gehad. Wat had hij de afgelopen maanden naar warmte verlangd!

Maggie, sinds kort zijn echtgenote, leek het allemaal anders te zien. Languit liggend op een chaise longue wuifde ze zich met een Chinese waaier koelte toe, want de plafondventilator speelde het niet klaar de warmte enigszins te temperen. De moesson leek voor de deur te staan, want de luchtvochtigheid was enorm; precies het juiste weer als je aan huidziekten leed, maar het was de hel voor een vrouw die zich prettig voelde in de koele Londense salons en ook in de tropen beslist niet van het korset onder haar kleding wilde afzien.

'Voor zover ik het vanaf de boot kon beoordelen, lijkt het hier echt mooi te zijn,' antwoordde Maggie gekweld. 'Toch zou ik intussen liever in de koelcel van het schip zitten. Het is in deze hitte nauwelijks uit te houden. Om die verdraaglijker te maken heb ik al moeten zondigen tegen de welvoeglijkheid.'

Paul begon te lachen. 'Ach, lieveling, je zult wel aan het klimaat wennen. Over een of twee weken wil je hier helemaal niet meer weg, dat garandeer ik je. Wat stelt het grauwe Engeland nog voor vergeleken met de kleurenpracht hier! Heb je de fleurig geklede mensen bij de haven gezien? De handelaren? Een en al kleur zover het oog reikt! Een oosterse bazaar zou niet schitterender kunnen zijn.'

Omwille van hem glimlachte Maggie, maar Paul wist dat ze er allesbehalve gelukkig mee was dat hij de uitnodiging van de gouverneur hier had aangenomen. In deze tijd begon in Londen het balseizoen, en voor haar, die zich nergens prettiger voelde dan in gezelschap, moest het lijken of ze van alles was afgesneden.

Maar Paul had meneer Van Swietens uitnodiging niet kunnen afslaan. Ten eerste omdat hij een vriend van zijn vader was geweest, en ten tweede omdat hij hem een bijzonder lucratieve handel in het vooruitzicht had gesteld. Sumatra was beroemd om de suiker- en tabaksplantages, waarop de Nederlanders nog altijd het monopolie hadden. Van Swietens voorstel om een aandeel in een werkelijk goedlopende suikerplantage te verwerven waarvan de eigenaar slecht met geld wist om te gaan, klonk uiterst aantrekkelijk.

Maggie had hij in eerste instantie niets van het aanbod verteld, want ze ergerde zich als hij haar vanwege zaken opzadelde met een reis waarin ze absoluut geen zin had. Natuurlijk had hij haar ook in Engeland kunnen laten, maar Van Swieten had erop gestaan kennis te maken met de nieuwe Lady Havenden.

Dat had ze wel begrepen, en om haar voor te bereiden op een mogelijk langer verblijf had hij haar verteld dat hij inspiratie wilde opdoen voor een boek, om precies te zijn een reisverhaal, dat hij dacht te gaan schrijven. Daar was Maggie weer enthousiast over geweest, want in de Londense hogere kringen werd niets meer gewaardeerd dan verhalen uit verre landen.

Maar het vooruitzicht dat ze in haar eentje moest zitten wachten, het vooruitzicht geen pleziertjes te hebben of thee-uurtjes met welke dames dan ook, drukte Maggies stemming sinds hun aankomst steeds meer. Plotseling werd de hitte, die ze op de boot nog had weten uit te houden, onverdraaglijk, en ze verloor de belangstelling voor dit oord, dat zo veel prachtigs te bieden had.

'Dat grauwe Engeland is nog altijd een beschaafd oord,' wierp Maggie tegen. 'En er zijn veel bezienswaardigheden. Misschien kun je op z'n minst ergens een reisgids vinden waarin te lezen valt wat er hier eigenlijk allemaal is.'

'Ik zal er zo vlug mogelijk een voor je meebrengen,' beloofde Paul zachtmoedig. 'En ik beloof je dat ik, zolang de gouverneur niets van zich laat horen, met jou naar alle plaatsen ga die je maar zien wilt. Hoe zit het met het oerwoud achter de stad?'

'Oerwoud?' Maggie sperde verontrust haar ogen open. 'Je maakt zeker een grapje. Je neemt me weer eens in de maling.'

'Absoluut niet. Het is hier vast mogelijk zonder risico door de jungle te trekken. Misschien op een olifant, zoals in India?'

'Je weet dat ik hoogtevrees heb!'

'Dan zetten we je gewoon op een buffel.' Paul barstte in lachen uit. De gedachte aan Maggie op een waterbuffel was gewoonweg te grappig.

Zijn vrouw kon de grap echter bepaald niet waarderen.

'Paul Havenden!' viel ze uit. 'Ik weet werkelijk niet waaraan ik het verdiend heb het mikpunt van je spot te zijn!'

'Sorry, lieveling, ik wilde je niet krenken. Maar misschien zou je het oerwoud echt eens moeten zien. Dan heb je de dames iets opwindends te vertellen.'

Hun gesprek werd verstoord doordat er werd aangebeld.

'Dat zal de loopjongen van de gouverneur zijn,' zei Paul en hij liep haastig naar de deur.

Op de gang stond een bruinverbrande jongen die, zodra hij Paul zag, diens handen vastpakte en en ze naar zijn voorhoofd bracht.

Paul wist dat dit een beleefdheidsgebaar was waarmee kinderen volwassenen respect betuigden.

'Wat brengt je hierheen?' vroeg Paul in het Nederlands, de taal van zijn moeder, de dochter van een rijke Hollandse koopman. Zij had er pijnlijk nauwkeurig op toegezien dat hij zowel het Engels als haar moedertaal perfect beheerste, want het waren, zoals ze altijd benadrukte, de talen van de wereldhandel.

Aan het gezicht van de jongen zag hij dat hij hem verstond.

'Meneer Van Swieten heeft me gestuurd, ik moet u dit geven.' Het jongetje, dat gekleed was in een witte pofbroek en een kort, donkerrood jasje, reikte hem een dikke envelop aan waar hier en daar al een paar vlekken op zaten. Blijkbaar had de bode een ommetje langs een of andere markt gemaakt.

Paul stak de knaap een paar munten toe, waarop deze een buiging maakte en er vervolgens rap vandoor ging.

'Wat was dat?' vroeg Maggie vanaf de chaise longue.

'De gouverneur heeft ons bericht gestuurd,' antwoordde Paul nadat hij de deur had dichtgedaan. Met het mes dat hij op reis altijd in de schacht van zijn laars droeg, sneed hij de envelop voorzichtig open.

Van Swieten had, hoffelijk als altijd, de tekst in het Engels gesteld.

'We hebben een uitnodiging gekregen. Meneer Van Swieten nodigt ons in het weekend uit voor een galadiner op zijn residentie Welkom.'

'Heet zijn huis "Welkom"?' vroeg Maggie verwonderd.

'Ja, de Nederlanders zijn heel gastvrij, daar wil hij zeker aan refereren.'

Nu kwam er weer wat meer leven in Maggie. Bij het vooruitzicht een avond met beschaafde mensen door te kunnen brengen begonnen haar ogen te schitteren. 'Wat denk je, wie zouden daar allemaal komen? Vooraanstaande mensen uit de streek?'

Paul zag dat het achter Maggies voorhoofd flink begon te ratelen. Waarschijnlijk vroeg ze zich af hoe ze hier aan een goede naaister kon komen die binnen vijf dagen een avondjapon kon maken die andere dames van afgunst zou doen verbleken.

'Er zullen vermoedelijk vrienden van de gouverneur aanwezig zijn. En natuurlijk eigenaren van suiker- en tabaksplantages.'

'Engelsen?"

'Vast. En Hollanders en Duitsers. En die zullen allemaal hun echtgenotes bij zich hebben, zodat je niet bang hoeft te zijn dat je je zult vervelen.'

'Dat doe ik toch helemaal niet,' protesteerde Maggie, die nu zelfs van de chaise longue kwam. 'Het vooruitzicht wekenlang tussen de palmen en apen door te brengen leek me alleen niet bijzonder aantrekkelijk.'

'Je hebt nog helemaal geen palmen en apen gezien,' wierp Paul tegen, en ineens kwam hij op een briljant idee. 'Wat vind je ervan om wat te gaan boemelen in de stad? Er zijn hier vast veel winkels waar je vrolijk van wordt. Voor het diner bij de gouverneur heb je toch zeker nieuwe sieraden of misschien een nieuwe japon nodig.'

Doordat hij de ogen van zijn wederhelft zag oplichten, wist hij dat hij precies in de roos had geschoten.

'O ja, een nieuwe japon zou geweldig zijn. En ik heb gehoord dat Sumatra het eiland van het goud is. Misschien zijn hier echt mooie sieraden!'

'Fris je dan maar even op, dan gaan we de stad in om een geschikte japon voor het diner te zoeken.'

Terwijl Maggie in de badkamer verdween, liep Paul weer naar het raam en keek naar het reilen en zeilen op de straat onder hem. Een groepje vrouwen in stralend witte gewaden trok zijn blik. Tussen alle fleurig geklede mensen leken ze op madeliefjes in een rozenperk, maar dat maakte hen juist zo bekoorlijk. Hun haar was, zoals gebruikelijk bij de moslima's in het land, met een grote doek bedekt, maar hun gezichten waren een en al stralende schoonheid.

Zijn vader had altijd gedweept met de Balinese danseressen die hij bij bezoeken in huize Van Swieten had kunnen bewonderen. Zou de gouverneur ook voor hen een dergelijke opvoering in petto hebben?

Met een onbestemd gevoel van verlangen keek hij de vrouwen nog een tijdje na, tot Maggie uit de badkamer kwam.

Het vooruitzicht dat ze binnenkort in gezelschap van andere buitenlanders zou zijn, stemde Maggie wat milder. Ze stoorde zich niet aan de handelaren langs de weg en evenmin aan de hordes kinderen die af en toe op hen afkwamen en onder het daar gebruikelijke eerbetoon om een aalmoes vroegen. Toen de muezzin van een moskee de moslims opriep tot het gebed, merkte Maggie op: 'Het is bijna alsof we in Egypte zijn. Alleen is het hier niet zo droog en stoffig.'

Als zeer jonge vrouw, wist Paul, was Maggie, samen met haar moeder, met haar vader meegegaan op een van diens wetenschappelijke expedities. Hij was de financier van een opgraving in het Dal van de Koningen geweest, die helaas geen al te groot succes had gehad. Hoewel ze de meeste tijd in tenten had doorgebracht, gaf Maggie hoog op van de prachtige zonsondergangen in de woestijn of klaagde ze achteraf over de kou die ze 's nachts had moeten verduren.

De oproep tot het gebed bracht echter ook met zich mee dat ze zich binnen enkele ogenblikken in een dichte mensenmenigte bevonden en er niets anders op zat dan mee te gaan met de stroom tot ze in een kleine zijstraat aan de menigte konden ontkomen. Maggie klampte zich de hele tijd aan Paul vast en keek angstig om zich heen.

De wijk waarin ze zich nu bevonden, leek voorbehouden te zijn aan inlanders, want heel veel huizen waren, zoals in het land gebruikelijk, op palen gebouwd. Tussen de huizen rezen palmen op, tussen een aantal dicht op elkaar staande huizen waren waslijnen gespannen. Omdat er net tot het gebed was opgeroepen waren er geen mannen te zien, alleen maar vrouwen, die met hun kinderen op de veranda's zaten of bezig waren met huishoudelijk werk.

Meteen richtten de mensen hun blikken op hen. Een paar vrouwen staken de koppen bij elkaar en zeiden iets in een taal die Paul niet verstond. Hij merkte dat ze op dat moment de enige Europeanen in de straat waren – en bovendien verschilde hun kleding lichtelijk van die van de Hollanders. Het was hun in hun zondagse kleding aan te zien dat ze maar bezoekers waren.

'We moeten weer teruggaan,' fluisterde Maggie tegen hem, maar Paul streelde kalmerend haar hand.

'Je hoeft voor die mensen niet bang te zijn, ze zijn alleen maar nieuwsgierig. Mijn vader is in de straten van Padang nooit overvallen. En al helemaal niet door vrouwen.'

Maggie leek dat weliswaar niet te betwijfelen, maar toch vertrouwde ze de vreemde vrouwen niet. Dat leken deze echter te merken, want toen een paar kinderen naar hen toe wilden lopen, hielden ze hen tegen.

Paul glimlachte verontschuldigend en liep met Maggie verder.

Nadat ze de straat een tijdje hadden gevolgd, kregen ze een vertrouwde geur in hun neus. Het duurde niet lang of Paul had ontdekt waar die vandaan kwam.

'Kijk eens, liefje, daar staan kaneelbomen.'

Inderdaad bevond zich achter een van de grotere paalwoningen een soort kaneelplantage. Daarachter verhieven zich terrasvormig aangelegde rijstvelden, tot aan de grens van de jungle.

'Dat is de kaneel van Padang, waar mijn vader altijd zo enthousiast over was,' legde hij Maggie uit, terwijl hij naar de bomen wees. 'Hij vond dat die nog beter was dan die uit Ceylon. En daarachter zie je rijstvelden. Rijst is hier het hoofdvoedsel.'

Terwijl Maggie nog steeds de indruk wekte het liefst op de vlucht te slaan, was Paul erdoor gefascineerd dat Padang, in tegenstelling tot andere hoofdsteden, zich naadloos aan de natuur aanpaste. Het intense groen van de rijstvelden was overweldigend en de geur, die met elke stap sterker leek te worden, bedwelmde hem. Nu begreep hij wat zijn vader ertoe gebracht had hier telkens weer heen te gaan. Al na een paar uur was je verslaafd aan dit land. Misschien had Maggie alleen maar wat meer tijd nodig...

Uiteindelijk kwamen ze bij een laan waaraan nog maar sporadisch huizen te vinden waren. In plaats daarvan stonden er talloze palmbomen, waarin het bovenin geheimzinnig ritselde en waaruit vreemde kreten klonken.

'Waarom vestigen de Hollanders zich niet hier?' vroeg Maggie zich af terwijl ze een beetje benauwd om zich heen keek.

'Dat is niet omdat dit gebied gevaarlijk is,' antwoordde Paul. 'Heel veel Hollanders en Duitsers hebben hier plantages, ook een paar Engelsen trouwens. Ze wonen buiten de stad. Ik wil wedden dat die kaneelbomen bij een van die plantages horen.'

Plotseling schoot er vanuit de struiken iets voor hen langs. Paul zag alleen een roodbruin vel, toen was het beest alweer verdwenen.

Maggie kromp in elkaar van schrik. 'Paul, laten we alsjeblieft gaan,' zei ze toen terwijl ze zich tegen hem aan drukte.

Paul begon te lachen. 'Liefje, ik begrijp niet waarom je zo bang bent, het was maar een aap. Kijk eens naar boven in die palm, daar zit hij!'

Maggie leek wel verlamd.

'Het is niet vanwege de apen,' zei ze uiteindelijk. 'Ik voel me gewoon niet goed. En ik heb gehoord dat er hier tijgers zijn.'

'Die zijn er ook, maar die wagen zich niet in de buurt van mensen. Omdat hier overal op ze gejaagd wordt, ga ik ervan uit dat zij banger zijn voor ons dan wij voor hen.'

Maar Maggie was niet gerustgesteld. En ze leek ook elk plezier in de wandeling te hebben verloren.

'Oké, dan gaan we weer terug naar het centrum,' zei Paul en ze keerden om. 'Daar is vast een boetiek of een kleermakerij, waarin gegarandeerd geen tijgers rondsluipen.'

'Wees alsjeblieft niet boos,' zei Maggie gegeneerd. 'Ik... het maakt me alleen nerveus, al die dieren en vreemde mensen... In Egypte was dat net zo, ik moest eerst aan alles wennen. Ik hoop dat je het me niet kwalijk neemt.'

Paul pakte haar hand en kuste die. 'Natuurlijk, m'n liefje. Misschien was het mij net zo vergaan als mijn vader me niet zo veel over dit land had verteld. Ik vond zijn verhalen prachtig, misschien is me daarom al veel vertrouwd.'

Toen ze weer door de straat liepen, namen de mensen hen opnieuw grondig op. Maggie deed zichtbaar haar best hen te negeren – jammer genoeg, vond Paul, want het waren beslist geen vijandige blikken. De vrouwen keken nieuwsgierig, waarschijnlijk was wat ze in de vreemde taal tegen elkaar fluisterden ook niet afkeurend of kwaad bedoeld. Toch ontspande Maggie pas toen ze echt een kleermakerij vonden. De kleermaakster was een jonge Chinese, en de etalage van haar winkel was werkelijk indrukwekkend. Toen een van de daar aanwezige dames opmerkte dat de winkel zeer geliefd was bij de echtgenotes van de planters, kwam Maggie weer tot rust.

Paul verkortte de wachttijd door naar de drukte op straat te kijken, waarbij hij met een glimlach aan de verhalen van zijn vader dacht. Wat spijtig dat deze niet meer onder de levenden verkeerde! En nu werd Paul ook duidelijk hoeveel het voor hem zou hebben betekend als hij toen zijn vader nog leefde met hem samen had kunnen reizen.

Soerabaja 1902

Slechts gekleed in korset, hemdje en lange onderbroek zat Rose Gallway wijdbeens op haar stoel met de hese stem van Mrs Faraday, haar Londense vioollerares, weer in haar oren. 'Zoiets doet een dame niet! Dat is hoogst ongepast!'

Rose kon er niets ongepasts aan ontdekken, want het was voor haar nu eenmaal de comfortabelste houding om nieuwe snaren op haar viool te spannen en die vervolgens te stemmen. Inmiddels had ze Mrs Faradays Music School achter zich gelaten en om haar vermaningen die zo nu en dan in haar naklonken, moest ze tegenwoordig gniffelen.

Sinds een paar jaar was Rose op weg een van de beste violistes van het land, en misschien ook van de wereld te worden. Haar carrière was opmerkelijk. Ze had een Engelse naam, maar was afkomstig uit Padang. Ze was de dochter van een Engelse havenambtenaar die een inlandse vrouw had getrouwd.

Hoewel haar vader een zeer zuinige man was, had hij zijn principes overboord gegooid toen duidelijk werd dat zijn dochter over een bijzonder muzikaal talent beschikte. Een van de Nederlandse leraressen van de school, mejuffrouw Dalebreek, had na een muziekles volkomen buiten zichzelf haar ouders bezocht en hun gesmeekt hun dochter een instrument te laten leren bespelen.

Haar vader had Rose een viool gegeven, het instrument dat ze stiekem allang had willen hebben. En toen was haar leven van de ene op de andere dag veranderd. Op de lessen bij Anna Dalebreek was uiteindelijk een uitnodiging gevolgd voor de Music School van Mrs Faraday.

Rose herinnerde zich nog heel goed hoe haar wangen hadden gegloeid van opwinding – en haar maag was samengetrokken van angst.

Haar vader had haar eerst niet willen laten gaan, want zijn vrouw was na lange tijd weer zwanger geworden en had hulp nodig bij het huishouden. Maar toen had haar zachtaardige, maar wilskrachtige moeder ervoor gezorgd dat hij toegaf. Dat ze drie maanden later een miskraam zou krijgen, kon ze op dat moment nog niet weten...

Op de boot naar Engeland had Rose hartverscheurend gehuild, en er hadden nog meer tranen gevloeid toen ze constateerde dat het conservatorium bevolkt was met bijzonder eerzuchtige leerlingen en uiterst strenge leraressen. Maar ze was overal aan gewend geraakt – aan het koude, grijze weer, aan de schimpscheuten van haar medeleerlingen en ook aan de hatelijkheden van Mrs Faraday. En uiteindelijk had ze als beste abituriënt haar intrede gedaan in de Engelse concertzalen.

Het onderwijs aan het conservatorium van Mrs Faraday had Rose veel gebracht, maar enkele eigenaardigheden hadden zelfs de strenge leraressen haar niet kunnen afleren, waar ze erg blij om was, want ze was tenminste niet zo'n Engelse aankleedpop die haar viool aan de muur zou hangen zodra ze trouwde.

Toen ze klaar was, streek ze met de strijkstok licht over de snaren. De klank beviel haar nog steeds niet, en dus pakte ze haar stemvork en sloeg die aan. Na even draaien aan de stemknoppen had ze de juiste tonen gevonden. Net toen ze de viool onder haar kin wilde zetten vloog de deur van de kleedkamer open.

'Miss!' riep Mai opgewonden terwijl ze met een blaadje papier wapperde. 'Dit heb ik zojuist van meneer Colderup gekregen. Hij zei dat ik het u meteen moest geven.'

Ziedend nam Rose het schrijven in ontvangst en wierp het meisje, wie haar Chinese wortels maar al te duidelijk waren aan te zien, een giftige blik toe. 'De volgende keer kom je wat minder lawaaiig binnen, of wil je soms dat ik mijn viool laat vallen?'

'Nee, miss, maar ik...' Mai werd rood. Eigenlijk was ze een heel rustige bediende, en ze verafgoodde haar bazin. Maar af en toe vergat ze zichzelf.

'Geen gemaar, Mai. Van de viool moet niet alleen ik leven, maar ook jij. Zonder instrument kan ik niet spelen, zonder optredens heb ik geen geld, en zonder geld kan ik me geen kleedster permitteren, dus altijd pianissimo en niet forte!'

Mai knikte gedienstig, maar Rose betwijfelde of ze wist wat de begrippen betekenden.

Haar ergernis vervloog echter toen ze zag wie de afzender van de brief was.

‘Een brief van gouverneur Van Swieten?’ zei ze verbaasd hardop terwijl ze het zegel verbrak en en de envelop openmaakte. ‘Wat zou hij van me willen?’

‘Hij wil vast dat u voor hem komt spelen!’ riep Mai opgewonden.

Rose keek haar streng aan, waarop haar kleedster haar ogen neersloeg. Maar Mai’s vermoeden was juist.

Geachte Miss Gallway,

Nu mij ter ore is gekomen dat u momenteel een gastconcert in onze stad geeft, zou ik van de gelegenheid gebruik willen maken om u op de 25ste van de maand uit te nodigen voor een concert te mijnen huize. Ik bewonder uw spel al sinds ik u op het conservatorium in Londen heb gehoord, en het zou een bijzondere eer voor mij zijn u voor een concert op Welkom te mogen begroeten. Mocht u genegen zijn mijn uitnodiging te aanvaarden, wendt u zich dan alstublieft tot mijn secretaris Westraa; hij zal u nadere details geven.

Hoogachtend en vol bewondering,
Piet van Swieten

Rose floot verbaasd. Ze had nooit vermoed dat meneer Van Swieten tot haar bewonderaars behoorde. Al in haar jeugd was hij gouverneur van het eiland geweest en destijds had hij zich beslist niet voor Rose Gallway geïnteresseerd. Daar moest intussen verandering in zijn gekomen.

‘Mai, breng me alsjeblieft mijn agenda,’ droeg ze haar kleedster op, die er meteen als een haas vandoor ging. Afspraken maken was eigenlijk de taak van haar agent, maar voor de zekerheid noteerde Rose ze ook in haar eigen agenda.

Ze constateerde dat ze op de genoemde avond nog niet was geboekt. En zelfs al zou dat het geval zijn geweest, dan had ze die boeking waarschijnlijk ten gunste van de belangrijkere afspraak bij Van Swieten laten schieten. Bovendien verheugde ze zich op een paar dagen in haar geboortestad. Daar had ze eindelijk de gelegenheid haar ouders te bezoeken.

'Het ziet ernaar uit dat we geluk hebben,' zei ze vergenoegd tegen Mai, die zich intussen nuttig maakte door de overal rondslingerende spullen van haar bazin te verzamelen. Mai wist maar al te goed dat Rose een hekel had aan luiheid. Daarom gunde haar bazin ook zichzelf maar zelden rust. Als ze niet aan het optreden was, stemde ze haar viool of speelde, speelde, speelde.

'We gaan bij de gouverneur spelen, is dat niet fantastisch?'

Mai knikte plichtmatig, maar concentreerde zich toen weer op haar werk.

Rose stond nu op, nadat ze haar viool voorzichtig in de kist had gelegd, en liep naar het bureau. Daar schreef ze een antwoord aan de gouverneur en gaf het samen met een briefje voor haar agent, die vast met de eigenaar van het concertgebouw waar ze morgen speelde aan de zwier was, aan Mai.

'Verlies het niet, begrepen?'

'Ja, miss.' Gedienstig knikkend stak Mai de schrijfsels in de zak van haar jas.

'En haast je, ik heb je daarna nodig voor het optreden.'

'Ja, miss, ik ben zo weer terug.'

Toen de deur achter Mai dichtviel, gleed er een glimlach over het gezicht van Rose. De gouverneur van Sumatra had haar uitgenodigd. Dat was bijna net zo goed als spelen voor de sultan in eigen persoon. Nee, strikt genomen was het nog beter, want het was bekend dat de sultan op het eiland nauwelijks nog macht had. De meer invloedrijke lieden zouden bij de gouverneur te vinden zijn. En wie weet, kon ze daar misschien een paar contacten aanknopen die haar verder brachten in de wereld. Ze had dan wel door Europa en Azië gereisd, maar ze droomde van Amerika. Als ze daar speelde, zou ze echt de beste violiste ter wereld worden.

7

Londen 2011

De volgende ochtend reed Ellen met Lilly naar de stad om daar met het zoeken naar sporen te beginnen. Tijdens de rit streek Lilly afwezig over de vioolkist. Weer had ze Ellens spel van de vorige dag in haar oren. Wat voor prachtige klanken had zij aan de viool ontlokt!

'Waarom ben je eigenlijk nooit doorgegaan met vioolspelen?' sprak ze haar volgende gedachte hardop uit. 'Toen je gisteren speelde... Vroeger is het me nooit opgevallen dat je zo geniaal kunt spelen.'

'Noem je dat geniaal?' Ellen schudde lachend haar hoofd. 'Nou, wat je gisteren hebt gehoord was allemaal zuiver techniek. Puur nadoen van vingerbewegingen die ik als kind geleerd heb en nooit meer ben vergeten. Iedere serieus te nemen criticus had zijn handen om zijn oren geslagen en mijn spel als kattengejank afgedaan.'

Dat gevoel had Lilly niet. 'Naar mijn idee klonk het prachtig. Bovendien was het een totaal onbekend stuk. Je speelde het alsof je er al op geoefend had.'

'Het is net als fietsen, sommige dingen verleer je nooit,' hield Ellen vol.

Daarop zwegen ze allebei, tot Lilly vroeg: 'En je hebt echt geen flauw benul wie de viool met de roos gebouwd zou kunnen hebben?'

'Nee, met de beste wil van de wereld niet. De klank doet een beetje denken aan een stradivarius, maar is veel subtieler. Ik zou geen mij bekende vioolbouwer weten die zo'n klank met zijn instrument tevoorschijn zou kunnen toveren. Maar misschien heeft Mr Cavendish een idee.'

'Wat is eigenlijk zijn functie?'

'Hij is mijn hoofdconservator.'

Daar doemde het instituut al voor hen op. Ellen reed de parkeergarage onder het gebouw in en parkeerde haar auto op de voor haar gereserveerde plaats.

Lilly was nog nooit op het Morris Institute geweest. Ze vond het dus erg opwindend om te zien waar haar vriendin werkte.

De lift bracht hen naar de tweede etage. Moderne schilderijen sierden de wanden, eenvoudig maar toch duur aandoend tapijt bedekte de vloer.

'Hier ontvang ik mijn klanten. Op de eerste etage zijn de restauratiewerkplaatsen ondergebracht.'

'Die zou ik ontzettend graag zien,' zei Lilly, die het gevoel had dat ze een klein meisje was dat vol verwondering door een reusachtig museum liep.

'Dat zul je ook – maar eerst wil ik je mijn kantoor laten zien.'

Ellen nam Lilly mee naar de achterste deur van de gang. Die leidde naar een soort voorkamer, waar ze door een zeer verzorgde jongeman werden begroet.

'Dat is Terence, mijn secretaris. Terence, dit is mijn vriendin Lilly Kaiser.'

'Aangenaam kennis te maken.'

Terence zag er niet alleen verdomd goed uit, hij had ook een verdomd mannelijke handdruk. Lilly was van de wereld. Hoe lang was het wel niet geleden dat ze zo'n prachtexemplaar van een man had gezien, laat staan leren kennen?

'Terence, je hebt toch mijn agenda voor vanochtend vrijgehouden?'

'Maar natuurlijk, Mrs Morris. En deze keer is het me zelfs gelukt Mr Catrell van Sotheby's af te wimpelen. Hij belt morgen terug.'

‘Lieve help, dat wordt dan weer een gesprek van drie uur,’ kreunde Ellen gespeeld. ‘Bedankt, Terence, dat je me dat voor vandaag hebt bespaard!’

Toen ze naar het kantoor waren verdwenen, wees Lilly met open mond en grote ogen naar de deur. ‘Onbegrijpelijk, jij houdt er een tweede Markus Schenkenberg als secretaris op na?’ Toen Ellen het de eerste keer over Terence had gehad, had Lilly eerder een oudere man met morsmouwen voor ogen gehad.

‘Ja, Terence lijkt wel op hem, nietwaar? Als ik vrij was, zou ik echt op domme gedachten komen. Maar helaas zijn er nog andere factoren dan mijn trouwring in het spel die een relatie met hem in de weg staan.’

‘Je bent zijn baas.’

‘Dat zou niet echt een beletsel zijn.’

‘Ik snap het al, hij is gay.’

‘Bingo! Een geluk voor de mannenwereld, pech voor ons.’

Ellen bracht Lilly naar de hoge ramen, vanwaar je een fraai uitzicht had op de Theems en de London Bridge.

‘Magnifiek!’

Toen de telefoon ging, liep Ellen naar het bureau en nam op. Wie er aan de lijn was kon Lilly niet horen, maar ze kon zien dat haar vriendin het telefoontje al had verwacht.

‘Mr Cavendish heeft me zojuist laten weten dat hij voor ons klaarstaat. We kunnen naar zijn kantoor komen.’

De manier waarop Ellen over die man, haar employé, sprak, intrigeerde Lilly. Blijkbaar was hij echt een coryfee op zijn gebied, en ze was daarom behoorlijk opgewonden toen ze haastig naar de werkplaats liepen.

Ellen klopte kort, en nog terwijl een zware mannenstem ‘Binnen’ riep, opende ze de deur.

Lilly had zich de werkplaats van een restaurateur volkomen anders voorgesteld. En ook de restaurateur zelf. In films zag je mensen met lange witte jassen door een steriele ruimte rennen. De ruimte hier stond weliswaar niet vol met oeroude meubels, maar was toch behoorlijk gezellig. Langs een van de muren stond een hoog boekenrek. Achter het bureau, waarop een heleboel boeken en papieren lagen, stond een oude, versleten stoel. Op de werktafel naast het raam lag een viool, waaraan geen spoortje van schade te bespeuren viel, op een zachte doek. Het gereedschap was keurig opzijgelegd, blijkbaar was het werk aan dit instrument klaar.

Mr Cavendish zelf deed Lilly op het eerste gezicht denken aan het personage Q in oude James Bondfilms. Zijn lichtgebogen gestalte stak in een tweedjasje en een corduroy broek; zijn overhemd, dat netjes met een stropdas werd dichtgehouden, was hagelwit en gesteven. Van zijn haar resteerde alleen nog een grijze krans op zijn achterhoofd, maar de glinstering in de donkere ogen achter het degelijke zilveren brilmontuur herinnerde aan de jonge man die hij ooit was geweest. Lilly was ervan overtuigd dat de vrouwen achter hem aan hadden gelopen, want ook nu nog sloeg hij een goed figuur.

'Goedemorgen, Ben, mag ik je mijn vriendin Lilly Kaiser voorstellen?'

'Ah, de dame met de bijzondere viool.'

De hand die hij Lilly toestak, was warm en zacht.

'Volgens de etiquette zouden we nu allemaal beleefdheidsfrases moeten uitwisselen, maar etiquette is uit de mode en ik sta nu niet bepaald bekend om mijn geduld, zoals Mrs Morris kan beamen, dus ik moet bekennen dat ik vreselijk nieuwsgierig ben naar de viool en hem graag wil zien.'

'Maar natuurlijk.' Lilly keek vlug even naar Ellen, die naar de werktafel liep.

Toen Lilly de kist opende, kwam Cavendish naast haar staan. Zijn handen waren al in witte handschoenen gestoken. Even vroeg ze zich af of ze hem het hele verhaal moest vertellen, maar toen stapte ze zonder iets te zeggen opzij.

'Wat voor type bent u, Miss Kaiser?' vroeg hij terwijl hij de viool voorzichtig uit de kist tilde en zijn waakzame blik erover liet glijden. 'Wilt u op die viool spelen of wilt u hem achter glas bewaren?'

'Eerst zou ik wel eens willen weten waarom ik hem eigenlijk heb gekregen. Iemand heeft hem aan mij gegeven omdat hij vond dat hij mij toebehoorde. Maar ik heb geen flauw vermoeden waarom.'

Cavendish draaide de viool om en hapte toen hoorbaar naar adem. 'Kijk eens aan, wat hebben we hier?'

'Kunt u daar iets mee?'

'O ja, heel veel zelfs. U hebt een goede vangst gedaan, Miss Kaiser. Deze viool verkeert in zeer goede staat. Sommige onderdelen zou je kunnen vervangen, maar echt nodig is het niet. Hij moet schoongemaakt en gepoetst worden. Ik schat dat hij in de vroege achttiende eeuw is gebouwd. Maar dat kun je pas exact zeggen als de lak is onderzocht.'

Lilly keek Ellen aan. 'Niet schrikken, we halen niet alle lak eraf. We nemen alleen maar een heel klein monstertje. Na het schoonmaken en politoeren is het krasje vrijwel niet meer te zien.'

'Ja, dat garandeer ik u,' voegde Cavendish eraan toe terwijl hij de viool onder zijn werklamp hield. 'Een heel mooi exemplaar.'

'En de roos? Weet u wat die betekent?'

Cavendish nam de tijd voor zijn antwoord. 'Nee, dat weet ik helaas niet. In elk geval is het ongewoon, en de manier waarop de roos is getekend, bevestigt mijn vermoeden dat de viool uit het begin van de achttiende eeuw stamt.'

Cavendish riep iets op in zijn computer en schoof toen een endoscoop in een van de f-gaten.

Op het scherm verscheen het beeld van het inwendige van de viool. Zo zou een muis het waarschijnlijk zien als hij door het instrument trippelde.

'Geen brandmerk. En als ik het goed heb, heeft er ook nooit een etiket in gezeten.'

'Is het mogelijk dat de bouwer moeite had met de viool? Dat hij er niet tevreden over was en er niet zijn naam aan wilde verbinden?'

'Of misschien heeft iemand de viool gestolen voor de bouwer zijn etiket erin kon aanbrengen.' Cavendish haalde het cameraatje er weer uit. 'Dat wordt nog een flinke klus.'

Lilly dacht even na, toen kreeg ze een ingeving en haalde het muziekblad tevoorschijn.

'Mr Cavendish, mag ik u vragen hier een blik op te werpen? Dit muziekblad zat bij de viool. Mrs Morris en ik weten niet wie de componist is, maar misschien kunt u iets opmaken uit de stijl.'

Cavendish pakte het blad aan en keek er even naar. 'Als u het mij vraagt, kunt u hiermee het best naar Gabriel Thornton gaan. Hij is directeur van een muziekschool hier in Londen die ooit een heel beroemd conservatorium is geweest. Voor zover ik weet, doet hij onderzoek naar oud-leerlingen uit die tijd. Misschien hebt u geluk en herkent hij aan de stijl van het stuk iemand die vroeger het conservatorium heeft bezocht. Het zou natuurlijk helemaal fantastisch zijn als een van de vorige eigenaren van de viool de componist was.'

Toen de naam Thornton werd genoemd schrok Lilly even. Was het mogelijk? Maar misschien heette de directeur van de muziekschool toevallig net zoals haar buurman in het vliegtuig... Dat twee mannen met dezelfde naam allebei hoofd van een muziekschool waren, was echter tamelijk onwaarschijnlijk.

'Wat is er?' vroeg Ellen verbaasd toen ze merkte dat Lilly verstijfde.

'Ik heb Thornton gisteren ontmoet, tijdens de vlucht naar Londen. Het klinkt idioot, dat weet ik, maar het is echt zo.'

'Nou, als dat geen toeval is!' Mr Cavendish klapte enthousiast in zijn handen.

Ellen trok haar wenkbrauwen op. 'Daar heb je me nog niets over verteld.'

'Waarom zou ik dat ook hebben moeten doen? Ik wist helemaal niet wie die Thornton was, ik dacht dat hij gewoon een of andere muziekleraar was.'

'O, hij is heel wat meer dan een muziekleraar,' zei Cavendish. 'Hij is een uitstekend muziekwetenschapper. En bovendien een kenner van de instrumenten die destijds door de afgestudeerde studentes werden bespeeld.'

'Wat weet je daar precies van, Ben?' vroeg Ellen, en Lilly kon aan haar stem horen dat ze zowat plofte van nieuwsgierigheid. Haarzelf verging het evenzo, hoewel ze nog steeds niet wist wat ze opwindender vond: de viool zelf of de vraag waarom deze haar zou toebehoren.

Cavendish bleef echter volkomen rustig. 'Nou, er is daar een verhaal over dat me jaren geleden ter ore is gekomen. Ik heb het ergens in mijn hersenen opgeslagen zonder er veel aandacht aan te schenken, maar nu, ten aanschouwen van deze viool en het muziekblad...'

'Laat ons niet zo in spanning zitten,' eiste Ellen terwijl ze onrustig heen en weer begon te drentelen. Lilly nam de man, die nu duidelijk in zijn herinnering aan het wroeten was, aandachtig op.

'Destijds ging het gerucht dat een van de abituriëntes van het conservatorium een heel bijzondere viool had, een viool met een roos op het achterblad. Ik weet echter niet meer hoe ze heette, misschien heb ik niet goed geluisterd, of misschien heeft de tijd mijn geheugen aangetast, wie zal het zeggen. In elk geval kan Mr Thornton u veel meer vertellen, vermoed ik zo.'

8

Nadat ze de viool van alle kanten had gefotografeerd, de opnamen in haar kantoor had afgedrukt, een kopie van het muziekblad had gemaakt en alles aan Lilly had overhandigd, riep Ellen een taxi aan die Lilly naar de Faraday School of Music moest brengen – de muziekschool van Thornton, die vroeger zoiets als een conservatorium was geweest.

'Ondervraag die vent stevig en vertel me dan alles,' gaf ze haar vriendin mee. Toen knipoogde ze en Lilly glipte de deur uit, naar de taxi, die al ongeduldig had getoeterd.

Onderweg kon ze zich met moeite bedwingen haar hoofd te schudden. Hoe was het mogelijk!! Eerst de viool en nu weer dat toeval met Thornton! Klopte de theorie dat de vleugelslag van een vlinder een storm kon veroorzaken? Was het verschijnen van de oude man met de viool die vleugelslag geweest? En hoe zou de storm zijn die ongetwijfeld nog zou losbarsten?

'Alles in orde met u, ma'am?' vroeg de chauffeur, die met zijn rastakapsel een jonge Bob Marley leek.

'Ja, natuurlijk, ik moest alleen ergens aan denken.'

'Aan iets nogal onmogelijks zeker, als u er zo uw hoofd over moet schudden.'

Had ze het toch gedaan! Lilly glimlachte, toen vroeg ze: 'Geloof je in toeval?'

De taxichauffeur begon te lachen. 'Ja zeker. De wereld hangt van toeval aan elkaar. Gisteren heb ik toevallig een oude vriend getroffen die ik sinds mijn schooltijd niet meer had gezien. De dag ervoor had ik nog gedacht: hé, wat zou er van Bobby terecht zijn gekomen, en dan loopt hij me de volgende dag zo'n beetje omver.'

'Misschien heb je hem in gedachten opgeroepen?'

'Best mogelijk. Maar ik geloof wel dat toeval bestaat. En soms verandert er daardoor iets in ons. Toen ik met Bobby praatte, was het net alsof de tien jaar dat we elkaar uit het oog waren verloren er niet waren geweest. Nu weet ik dat hij naar Londen is verhuisd, en dit weekend komt hij mij en mijn vriendin opzoeken. Leuk, toch?'

'Ja, heel leuk,' antwoordde Lilly.

'En hoe zit dat met u? U zat zo uw hoofd te schudden, u kunt vast niet geloven dat u hem weer hebt gezien.'

'Beter gezegd, ik kan niet geloven dat ik hem weer zal zien.' Toen de chauffeur verwachtingsvol zijn wenkbrauwen optrok, voegde ze eraan toe: 'Ik heb in het vliegtuig een man leren kennen, die heel aardig was. En nu heb ik ontdekt dat hij de persoon is die me misschien met iets kan helpen. Grappig toeval, niet-waar?'

'O, maar dat is geen toeval,' zei de taxichauffeur veelbetekenend. 'Mijn oma zou zeggen: dat is het lot. Gods wil. Ik weet zeker dat die man u zal helpen, waarmee dan ook.'

Echt? vroeg Lilly zich af. Kon Thornton misschien zeggen waarom ze aan die bijzondere viool was gekomen?

Uiteindelijk stopte de chauffeur voor een classicistisch gebouw met twee verdiepingen.

'We zijn er!' verkondigde hij ten overvloede, waarop Lilly betaalde en uitstapte. 'Veel geluk, lady!'

'Jij ook!' antwoordde Lilly, toen ging de taxi ervandoor.

Een ijzige vlaag deed haar huiveren toen ze naar de façade keek, die door de middagzon werd beschenen. Zo had ze zich een conservatorium altijd voorgesteld. Toen ze dichterbij kwam moest ze echter constateren dat er inmiddels ook twee bedrijven in het gebouw waren ondergebracht. Volgens richtingaanwijzers in de naar een museum ruikende foyer deelden een makelaardij en een concertagentschap de benedenverdieping. De Faraday School of Music bezette de bovenste etage.

Resoluut beklom ze de marmeren trap, die vroeger vast door allerlei beroemde heren was betreden. Boven aangekomen begon ze volkomen onbewust de waarde te schatten van een oude ladekast die nog uit de tijd van de stichter moest stammen. Tegenwoordig diende het meubelstuk om bezoekers van flyers over de muziekschool en evenementen te voorzien.

Nu moest ze alleen nog het kantoor van Mr Thornton zien te vinden. Ze stapte door lange gangen, vernam gedempte muziek van violen, cello's en piano's van achter de deuren. Ten slotte hoorde ze ook een zangeres haar best doen op een melodie uit een opera.

Ik had moeten bellen, schoot het door haar heen. Hij zal het vast niet leuk vinden dat ik zomaar bij hem binnenval. Nadat ze doelloos een paar deuren langs was gelopen, sprak ze de eerste de beste aan die ze op de gang tegenkwam.

'U kunt het best hier de hoek omgaan, Mr Thorntons kantoor zit in het midden van de linkergang,' legde de jonge vrouw uit, die blijkbaar net uit haar muziekles kwam, want ze had een vioolkist onder haar arm.

Lilly bedankte haar en liep door.

Dat de deur openstond stemde haar eerst hoopvol, maar bij binnenkomst zag ze dat het een voorkamer was – inclusief secretaresse. Die was blond, naar schatting veertig jaar en heel mooi, maar had de uitstraling van een ijspegel.

'Dag, ik wilde vragen of ik Mr Thornton kan spreken,' begon ze terwijl ze een huivering onderdrukte. 'Ik heet Lilly Kaiser.'

'Hebt u een afspraak?' vroeg de secretaresse ijzig.

'Nee, dat niet. Maar ik kom net van het instituut van Ellen Morris. Het gaat om een viool die ik aan Mr Thornton wil laten zien.'

Alleen al uit de blik van de voorkamerdraak bleek onmiskenbaar dat ze van mening was dat haar baas zijn tijd wel voor iets beters kon gebruiken dan naar een viool te kijken.

'Het spijt me, maar Mr Thorntons agenda is momenteel volgeboekt. Op zijn vroegst kan ik voor u in april een afspraak noteren.'

Lilly dacht dat ze het niet goed had verstaan. April? In Duitsland kreeg je nog sneller een afspraak met een medisch specialist!

'Sorry, maar ik ben bang dat ik in april niet meer in Londen ben. Is het niet mogelijk hem deze of volgende week te spreken te krijgen? Ik wil alleen maar dat hij even naar het instrument kijkt, meer niet.'

Het gezicht van de secretaresse bleef bevroren..

'Dan zult u iemand anders moeten zoeken. Mr Thorntons agenda is deze en volgende week helemaal vol.'

Lilly zuchtte en probeerde te bedenken waar ze Thornton kon opwachten om hem een blik op haar viool te laten werpen. Misschien had het zin op de parkeerplaats op de loer te gaan staan.

'Waar gaat dit over?' vroeg een stem achter haar. Lilly draaide zich vlug om. Thornton stond tegen de deurpost geleund en lachte jongensachtig naar haar. Zijn secretaresse leek zijn plotselinge verschijnen nu pas op te merken, want ze hapte naar adem, maar herstelde zich snel.

'Deze mevrouw wil graag een afspraak met u maken,' bracht ze uit, maar toen vlamde in zijn blik al de herkenning op.

'Nou als dat niet de kersverse eigenares van de viool op de vlucht uit Berlijn is! Wilt u bij mij les komen nemen?'

Lilly voelde het bloed naar haar wangen stijgen. Van verlegenheid kon ze eerst geen geluid uitbrengen. Thornton knipoogde opmonterend naar haar, toen keek hij naar zijn secretaresse, die niet goed leek te weten wat er aan de hand was.

'Ja, ik bedoel, nee, ik... ik ben hier om een andere reden,' stamelde ze. 'Ik beloof u dat ik maar even beslag op u zal leggen. Ik kan helaas niet lang in Londen blijven, en het zou heel fijn zijn als u me zou helpen.'

Thornton nam haar even scherp op, toen wendde hij zich tot zijn secretaresse. 'Hoe staat het ervoor, Eva, heb ik nu iets dringends te doen?'

Vanuit haar ooghoeken zag Lilly dat Eva nu ook rood werd, en het verbaasde haar absoluut niet toen zij antwoordde: 'Nee, Mr Thornton, uw eerste afspraak is pas om half twee.'

'Uitstekend! Hebt u er bezwaar tegen als ik u naar onze prijswinnende kantine ontvoer om te eten, Miss Kaiser?'

'Dank u, dat is heel aardig van u.'

Lilly onderdrukte een valse grijns naar de secretaresse en liep achter Thornton aan.

'Overigens was dat van dat prijswinnende een grap,' zei Thornton toen ze door een lange gang slenterden die vol etensgeuren hing. 'Maar het eten is er echt goed. U moet de biefstuk met aardappelpuree maar eens proberen.'

Lilly voelde zich een beetje terug in haar studietijd toen ze met een dienblad in de rij voor de uitgiftebalie ging staan. Ze vond het heel sympathiek van Thornton dat hij zich voor het eten onder zijn medewerkers en leerlingen begaf. De rector van de universiteit had zich nooit in de mensa vertoond.

Hoewel Lilly eigenlijk geen honger had, koos ze toch voor de biefstuk die haar was aanbevolen, en die inderdaad behoorlijk goed bleek.

'Nou, waarmee moet ik u helpen?' vroeg Thornton nadat hij gretig een paar happen biefstuk en aardappelpuree naar binnen had gewerkt.

Lilly schoof haar bord opzij en haalde toen de foto's tevoorschijn. 'Ik weet niet of u Ben Cavendish kent, die voor Mrs Morris werkt, maar hij kent u wel en hij dacht dat u me verder kon helpen.'

'Barst maar los!'

'Herinnert u zich de viool die u zo vriendelijk in het bagagerek van het vliegtuig hebt getild?'

'Ja, die u wilde laten beoordelen.'

Lilly knikte en schoof de foto's naar hem toe. 'Dat is hem.'

Thornton fronste even zijn voorhoofd. 'U hebt hem niet bij u?'

'Nee, hij is bij Ellen, daar wordt hij momenteel onderzocht. Ik zou graag willen weten van wie hij vroeger is geweest, om uit te vinden hoe het kan dat hij bij mij terecht is gekomen. Hij werd me als een soort erfstuk overhandigd.'

Thornton bekeek de afdrukken. Bij de foto van de achterkant van de viool bleef hij steken. 'Lieve hemel,' murmelde hij zachtjes en hij legde de afdruk bijna plechtig voor zich op tafel. 'Ik dacht dat die vernietigd was.'

Lilly trok haar wenkbrauwen op. Ze begreep niet waar hij het over had. Tenminste, nog niet. 'Wil dat zeggen dat u die viool kent?'

Thornton knikte en staarde zonder iets te zeggen een tijdje naar de roos.

'Kom mee,' zei hij uiteindelijk.

'Waarheen?' vroeg Lilly verbaasd.

'Naar ons archief. Tenzij u de rest van uw biefstuk nog wilt verorberen.'

Daar had Lilly geen zin meer in. Haar hart ging ineens als een razende tekeer en haar wangen begonnen te gloeien. Ze sprong zo haastig op dat haar stoel vervaarlijk wankelde. Maar ze reageerde snel en wist hem nog op tijd te pakken, voor de hele kantine het in de gaten zou krijgen.

'Kalm aan, is het devies,' zei Thornton lachend. 'Wat ik u wil laten zien loopt heus niet weg.'

Gegeneerd griste Lilly de foto's bij elkaar en liep achter Thornton aan de kantine uit.

Het archief van het conservatorium bevond zich in de kelder.

'Ongehoorzame leerlingen werden er vroeger mee gedreigd hier te worden opgesloten,' vertelde Thornton toen de lift kwam en hen naar beneden bracht. 'Tegenwoordig zou dat niemand meer afschrikken, want er liggen hier heel interessante dingen opgeslagen. Oeroude geluidsopnamen, instrumenten, muziekbladen, leerlingendossiers en zo meer.'

Muziekbladen. Het liefst was Lilly meteen met haar tweede vondst op de proppen gekomen, maar ze beheerste zich.

'En foto's?' vroeg ze in plaats daarvan.

'Ja, heel veel zelfs. We houden regelmatig restaurateurs aan het werk, die zwaar beschadigde exemplaren herstellen. En natuurlijk digitaliseren we al onze museumstukken. Op het moment zijn we bezig van wasrollen en oude schellakplaten MP-3-opnamen te maken. Dat is niet altijd even eenvoudig, want die apparaten beschikken meestal niet over een USB-aansluiting.'

Lilly schoot in de lach. Het idee van een grammofoon met een USB-aansluiting was natuurlijk absurd. Ze had ooit een grammofoon in haar winkel gehad en ze betreurde het nog altijd dat ze hem niet zelf had gehouden.

'Hier is het!' Thornton wees op een glazen deur waarop in ouderwetse letters ARCHIEF stond. Daarachter zag het er niet bepaald stoffig uit. De lucht was aangenaam van temperatuur en het rook er voornamelijk naar oud papier en hout.

'Hopelijk vindt u het hier beneden niet te koud. Afgezien van oude instrumenten, geluidsopnamen en foto's hebben we ook veel deels zeer oude muziekbladen. Sommige stammen nog uit de tijd voor de grote Londense stadsbrand van 1666. Geen idee hoe ze de brand hebben kunnen doorstaan. In elk geval is het heel fascinerend om bijvoorbeeld een origineel uit de tijd van Hendrik VIII in de hand te hebben en de compositie te spelen.'

'Daar kan ik heel goed inkomen,' antwoordde Lilly, die bijna barstte van de spanning. 'Ik ben ook altijd heel opgewonden als ik iets echt ouds aangeboden krijg.'

'Wat was dan het oudste wat u ooit in uw winkel hebt gehad?'

'Een secretaire uit de zeventiende eeuw. De eigenaar had hem in een schuur gevonden en waardeloos bevonden. Ik heb hem laten restaureren en daarna heel duur kunnen verkopen. Het was werkelijk een prachtstuk, het had eerder in een museum thuisgehoord.'

'Dat zou kunnen, en het is ook goed dat musea zulke schatten aannemen. Maar oorspronkelijk worden dingen gemaakt om te gebruiken. Net als muziekinstrumenten. Mijn hart bloedt als ik hoor dat iemand een waardevolle stradivarius in een kluis in Zwitserland heeft gedeponeerd en er nooit op laat spelen. Afgezien van het feit dat daarmee het instrument grote schade wordt berokkend, zouden de beste virtuozen ter wereld er een moord voor doen om erop te kunnen spelen. Er bestaat geen simpelere manier om sterren in huis te halen.'

Thornton opende een kast en haalde er een soort kaartenbak uit. Daar zat niet bijzonder veel in, maar op de voorkant stond de naam ROSE GALLWAY.

'Dat is helaas alles wat we hebben,' zei hij verontschuldigend en hij haalde een foto tevoorschijn. 'De viool die in uw bezit is geraakt, behoorde inderdaad ooit toe aan een abituriënte van het conservatorium. Dat weet ik zeker.'

Op de foto stond een jonge vrouw met donker haar in een hooggesloten witte jurk die haar een serieuze uitstraling gaf. Haar gelaatstrekken waren wat vervaagd, maar de viool in haar hand was duidelijk te zien. Lilly vond het ongewoon dat Rose hem zo gedraaid hield dat de achterkant zichtbaar was. Normaal gesproken lieten musici zich toch altijd zo fotograferen dat de voorkant van hun instrument zichtbaar was. Het leek of ze erop wilde wijzen dat haar viool bijzonder was...

'Al jarenlang bewaren we foto's en portretten van iedereen die hier gestudeerd heeft. Meestal staan ze erop met hun instrument, dat we dan heel snel kunnen identificeren, mocht het nog in ons bezit zijn.' Thornton tikte op de foto. 'De jonge vrouw hier is zo'n beetje een legende in de vakwereld. Ze was een van de beste violistes van haar tijd. Maar soms verliezen helder stralende sterren snel hun glans. Ook Rose Gallways glans was van korte duur.'

'Wat is er gebeurd?'

Thornton haalde zijn schouders op. 'Dat is nooit helemaal duidelijk geworden. Ze zou op een concerttournee spoorloos zijn verdwenen. De kranten uit die tijd gaven zich over aan wilde speculaties. Er zou sprake zijn van ontvoering en moord; sommigen dachten zelfs dat ze met de vorst van een of ander exotisch koninkrijk was getrouwd. Maar het is nooit opgehelderd. Het was echter bekend dat ze op een uiterst bijzondere viool had gespeeld.'

'Mijn viool met de roos,' zei Lilly terwijl ze de foto niet uit het oog verloor. 'Had die Rose Gallway kinderen?'

'Dat weet niemand. Zoals gezegd, ze is van de ene dag op de andere verdwenen. En de viool dook weer op met een andere jonge vrouw. Helen Carter.'

Lilly had even nodig om de informatie te verwerken. Haar viool was van een beroemde violiste geweest! Maar hoe was hij dan nu bij haar terechtgekomen?

'Wie was die Helen Carter?'

'De dochter van een Engels echtpaar dat op Sumatra woonde. Helen was eveneens een zeer beroemd violiste. Op het hoogtepunt van haar carrière kreeg ze echter een ernstig ongeluk. Dat heeft ze weliswaar overleefd, maar daarna heeft ze nooit meer gespeeld. Het spoor van de viool ging verloren tijdens de Tweede Wereldoorlog. Wij waren ervan overtuigd dat hij bij de bombardementen op Londen verloren was geggaan. Maar daar hebben we ons dus grondig in vergist.'

'Had Helen Carter kinderen?'

'Ja, twee, maar die zijn samen met haar en haar Duitse echtgenoot in de oorlog bij een aanslag voor de kust van Sumatra om het leven gekomen.'

'En welk verband bestaat er nu tussen mij en de viool?' Het volgende moment merkte Lilly dat ze de vraag hardop had uitgesproken. 'O... ik bedoel, ik heb geen binding met Sumatra...' voegde ze er licht beschaamd aan toe. 'Mijn moeder en grootmoeder zijn afkomstig uit Hamburg en hebben het nooit over een viool gehad.'

Een gedachte doemde op aan de horizon van haar schemerige verstand. Tot nog toe was ze altijd alleen van zichzelf uitgegaan. Maar hoe zat het als Peter...

'Nou, ik ben bang dat we de weg van de viool heel precies terug moeten volgen als u dat wilt achterhalen,' verdreef Thornton haar vermoeden. 'Misschien heeft iemand hem in de oorlog in handen gekregen, hem misschien van de boot gered waarop Helen zich met haar gezin bevond. Komt de naam Rodenbach misschien toevallig voor in uw stamboom? Zo heette Helens man namelijk.'

Lilly schudde haar hoofd. 'Nee, niet dat ik weet.' Nu werd ze zich weer bewust van de kopie van het muziekblad in haar tas. 'Er zat trouwens nog iets anders in de vioolkist.'

Ze haalde de kopie tevoorschijn en reikte Thornton het blad aan. Die bekeek het even, deed een stap naar achteren en ging toen op de rand van het zware bureau naast hem zitten, alsof hij ineens duizelig was geworden.

'"De maneschijnsonate".' Zijn stem was nog maar een fluistering.

'Is het mogelijk dat Rose Gallway het gecomponeerd heeft? Of misschien Helen Carter...'

Een paar seconden lang zei Thornton niets, maar zijn ogen zogen de ene na de andere noot op, net zoals Ellen dat had gedaan. Waarschijnlijk had hij de melodie nu in zijn hoofd.

'Als de compositie echt van een van beide vrouwen stamt, zou dat sensationeel zijn,' begon hij ten slotte en hij keek weer op van het muziekblad.

'Het stuk klinkt tamelijk exotisch, en als u zegt dat Rose Gallway afkomstig was van Sumatra...'

'U hebt het dus al gehoord?'

'Mijn vriendin heeft het op de viool met de roos gespeeld.'

Thornton slaakte een diepe zucht. 'Dat zou ik ook maar al te graag eens doen...' Hij dacht even na, toen zei hij: 'Hoe staat u tegenover een deal, Miss Kaiser?'

'Een deal?'

'Ja. Ik help u bij uw speurtocht en u laat me een keer op uw viool spelen.'

Lilly trok verrast haar wenkbrauwen op. 'Maar u hebt een volle agenda en...'

'... en de wens graag meer over onze vroegere abituriënten te weten komen,' maakte hij haar zin af. 'Zowel bij Rose Gallway als bij Helen Carter bestaan er frappante leemtes in hun biografie. En dan die compositie. Tot nog toe was ons niet bekend dat een van beide vrouwen ook muziekstukken heeft geschreven. De vakwereld zou erg blij zijn met die wetenschap. En ik zou hebben bijgedragen tot het oplossen van het raadsel.'

'Denkt u dan dat dat mogelijk is?'

'Als we een tijdje in de geschiedenis rondwroeten zullen we zeker iets vinden.'

'Oké, Mr Thornton, als het niet al te veel moeite voor u is,' antwoordde Lilly, waarop haar kersverse partner breed naar haar lachte en haar zijn hand toestak.

'Noem me maar Gabriel.'

'Alleen als je Lilly tegen me zegt.'

'Ik denk dat dat wel zal lukken. En ik verzeker je dat het me groot plezier doet om aan dit project mee te werken. We zullen niet ophouden voor we weten hoe de viool naar je toe is gekomen. En wie van beide vrouwen het stuk gecomponeerd heeft. O ja, mag ik een kopie maken van het muziekblad?' Lilly knikte lachend en vroeg zich af hoe het stuk zou klinken wanneer hij het speelde.

Het werd een lange avond. Omdat Dean op stap was, hadden Ellen en Lilly samen met de kinderen gegeten en nu genoten ze van Franse rode wijn die Ellen van een reis naar Parijs had meegebracht.

Terwijl ze zich koesterden in de warmte van de open haard en hun ledematen door de rode wijn zwaar voelden van een weldadige loomheid, bracht Lilly nauwkeurig verslag uit van alles wat Gabriel haar had verteld en had aangeboden. Nog altijd kwam de hele situatie haar onwaarschijnlijk voor, maar intussen bedacht ze een plan, dat ze stap voor stap zou gaan uitwerken.

'Het was een juiste beslissing van je om zijn hulp te aanvaarden,' zei Ellen terwijl ze gedachteloos in haar wijnglas staarde. 'Als iemand erachter kan komen wie "De maneschijnsonate" gecomponeerd heeft, dan is het Thornton wel. Maar het klinkt allemaal nogal alsof er sprake is van weinig documentatie.'

'Er zijn vast meer aanwijzingen,' antwoordde Lilly.

'Ja, en mogelijk heeft die Rose ook nakomelingen. Misschien ben jij er daar wel een van.'

Lilly schudde haar hoofd. 'Nee, dat kan echt niet. Kijk eens naar mij, met mijn rode haar en sproeten. Rose heeft ravenzwart haar en een roomblanke huid. En ik heb in de verste verte geen muzikaal talent. Jíj zou eerder een nakomeling van een van hen kunnen zijn. Je hebt donker haar en speelt viool.'

'Onzin,' antwoordde Ellen droog. 'Die oude man kwam naar jou en niet naar mij, dus moet het een aangelegenheid van jouw familie zijn.'

'Of het heeft iets met Peter te maken.' Lilly zag dat Ellen haar bedrukt aankeek. 'Dat zou toch kunnen? De oude man was eigenlijk op zoek naar hem, merkte dat hij dood was en is toen naar mij toe gekomen. Ik was zijn vrouw en daarom...'

Lilly voelde een beklemming rond haar hart opkomen. Ineens vroeg ze zich af hoe goed ze haar man eigenlijk had gekend. Bevond het geheim zich niet in haar familie maar in de zijne?

'Heb je Sunny eigenlijk nog kunnen bereiken?' vroeg Ellen, alsof ze haar gedachten van Peter wilde afleiden. Ze dronk haar wijn op, maar hield het glas nog in haar hand, alsof ze aan de sporen daarin nog iets zou kunnen aflezen.

Op de terugweg had Lilly haar over haar plan met de camera verteld.

'Nee tot nu toe niet, ik ben bang dat dat morgen wordt. Maar als het haar lukt de band af te spelen en de juiste opname te vinden, kan ik hem aan mijn moeder laten zien. Misschien kan zij zich die man herinneren. En als ze hem niet kent...'

Lilly bedacht dat ze inmiddels al ruim twee jaar geen contact met haar schoonouders had gehad, en dat terwijl haar relatie met hen toch goed was geweest.

Waarschijnlijk niet goed genoeg om die ondanks Peters dood voort te zetten.

'Dan blijven Per en Anke nog over.' Ellen had niet alleen haar gedachten geraden, maar blijkbaar moest ze ook altijd nog aan hen denken.

Lilly knikte. 'Ja, Per en Anke. Wie weet wat ze zullen zeggen als ik gewoon voor hun deur verschijn en hun dan het hele verhaal vertel.'

'Ze waren op je gesteld, Lilly, dat weet je. Waarschijnlijk is dat nog altijd zo. En ze zullen heus wel begrijpen dat je niet elke zondag koffie kunt komen drinken. Peters leven is afgelopen, maar het jouwe niet.'

'Ja, wat denk je, hoe vaak ik niet gewenst heb dat het andersom was.' Lilly slaakte een diepe zucht, daarna zwegen ze een tijdje.

'Heeft Thornton gezegd wat hij nu van plan is? Jullie hebben toch wel telefoonnummers en mailadressen uitgewisseld, neem ik aan,' pakte Ellen de draad weer op.

Lilly knikte. 'Ja, uiteraard, maar het zal vast even duren voor hij iets meer weet. Mag ik jouw computer gebruiken om mijn mail te checken? Als ik had geweten dat het allemaal zo zou lopen, had ik mijn laptop meegenomen...'

'Natuurlijk, dat hoef je niet eens te vragen! De deur van mijn werkkamer staat voor je open. Jessi en Norma zouden voortdurend voor het beeldscherm hangen als ze 's middags niet naar school moesten.'

'Meen je dat serieus?'

'Dat van Jessi en Norma of de computer?'

'De computer.'

'Nogal wiedes, waarvoor staat-ie er anders? Gebruik hem gerust. Voer alles in wat je ontdekt. En misschien moet je Sunny waarschuwen dat je mogelijk wat langer hier zult blijven. Ik laat je in elk geval niet gaan voor ik weet uit welke werkplaats de viool afkomstig is en hoe hij in jouw handen terecht kon komen. Gelukkig hebben we Thornton er nu bij. De toegang tot zijn archief is echt goud waard.'

'Waarom heb jij eigenlijk nooit contact met hem opgenomen?' vroeg Lilly terwijl haar gedachten weer naar zijn gezicht met de donkere ogen dwaalden. Hij was echt heel erg aantrekkelijk! Dat ze meer met hem te maken zou krijgen verheugde haar aan de ene kant, aan de andere kant maakte het haar ook nerveus. Hoewel ze vreesde dat ze niet zijn type was.

'Tot nog toe waren er geen raakvlakken tussen onze organisaties. Hij doet onderzoek naar muziekbladen en abituriënten, ik onderzoek muziekinstrumenten. Voor het ene is weliswaar het andere nodig, maar onze doelstellingen zijn heel verschillend. Ik onderzoek en restaureer oude instrumenten en bepaal hun waarde. Het wetenschappelijke aspect van wat we doen is van ondergeschikt belang. Thornton is geheel en al wetenschapper, en voor het geval dat hij een instrument in handen krijgt dat gedateerd moet worden, heeft hij zijn eigen mensen.'

Ellen glimlachte naar haar, toen legde ze haar arm om Lilly's schouders. Net als vroeger wanneer ze op de zolder zaten. 'Het is fijn je hier te hebben. Samen iets te doen.'

'Waarheen deze speurtocht ons ook maar leiden zal,' antwoordde Lilly een beetje sceptisch. 'Thornton zei dat zowel Rose Gallway als Helen Carter iets met Sumatra te maken had. Heb je er ooit over gedacht daarheen te gaan met vakantie?'

'Nooit ofte nimmer!!' antwoordde Ellen, en Lilly wist dat ze sinds haar instituut zo succesvol was nog maar zelden vakantiereizen maakte. 'Maar om eerlijk te zijn, ik zou niets tegen een reisje hebben.'

'En je instituut?'

'Het is toch mijn eigen instituut? Ik boek dc reis gewoon in als onderzoekskosten.' Ze keken elkaar aan en lachten.

9

Padang 1902

Welkom, de residentie van de gouverneur, lag buiten Padang in de buurt van het Barisangebergte. Ingebed in een diepgroen tapijt van rijstvelden en groepjes palmbomen leek het witte gebouw een kostbare parel. De koloniale stijl van de Nederlanders onderscheidde zich enigszins van die van de Engelsen, maar Paul vond de architectuur geslaagd. De zuilen aan de ingang zagen er sierlijk uit, in de talrijke hoge ramen weerspiegelde zich de rozerode avondhemel. Dankzij de terrasvormige aanleg en een buitentrap met lage treden konden bezoekers het hoogteverschil moeiteloos de baas.

Het was nog veel mooier dan Paul het zich aan de hand van de verhalen van zijn vader en andere reizigers had voorgesteld. Het park waar Maggie en hij met hun koets doorheen reden had door de palmen en papajabomen iets Caribisch; van dichterbij bekeken bleken er ook jasmijnstruiken, orchideeën, frangipanes en andere heesters te groeien, die hij van veraf niet goed had kunnen herkennen. De bloesems gaven de lucht een heerlijk aroma, waarin een vleugje kaneel doorschemerde. Waarschijnlijk stonden er ook een paar kaneelbomen in de tuin van de gouverneur.

Alsof Van Swieten erin geslaagd was de natuur voor deze avond over te halen tot een bijzondere voorstelling, kroop roze mist van de bergen omlaag, waarachter de bleke schijf van de maan nog met het zonlicht wedijverde. Vanuit de verte bereikte hen het haast spookachtige gebrul van apen, die hier in groten getale en in veel soorten moesten voorkomen.

Paul keek ernaar uit de wilde mensapen die in het Maleis orang-oetans – bosmensen – werden genoemd, in de vrije natuur te zien. De Londense dierentuin beschikte weliswaar sinds kort over enkele exemplaren, maar door de tralies werd hun alle waardigheid en grootsheid ontnomen. Als bezienswaardigheid mochten ze daar veel eenvoudige zielen schrik aanjagen, maar Paul wilde ze in volle glorie zien, en dat kon alleen maar hier.

Maggie echter leek door de vreemdsoortige kreten op een of andere manier geïntimideerd. Ze klaagde er dan wel niet over, maar hij zag aan haar gezicht dat de exotische natuur haar eerder bang maakte dan blij. Had ze dan geen oog voor de schoonheid van dit land?

'Maggie, liefje,' zei Paul opmonterend en hij wees op een bijzonder mooie, in volle bloei staande frangipaneboom, een exemplaar dat er al vele decennia op moest hebben zitten. Tussen de takken haalden een paar vogels met zwart-witte veren en enorme gele snavels allerlei capriolen uit. 'Kijk eens naar die boom! Zo een zouden we in onze tuin in Engeland moeten hebben, vind je ook niet?'

De aanblik van de roze bloemen met gele hartjes wist uiteindelijk een glimlach op Maggies gezicht te toveren.

'Je hebt gelijk, hij is inderdaad prachtig. Zou de gouverneur een stekje willen afstaan?'

'Ik weet zeker dat hij dat doet als we het hem vragen. Zo'n boom zou zeker een sieraad voor onze oranjerie zijn. En wie weet geeft hij ons ook zo'n vogel ten geschenke. Weet je dat ze neushoornvogels heten?'

'Vanwege de reusachtige snavel.'

Even leek nu de gespannenheid van zijn vrouw eindelijk af te nemen.

'Precies, omdat ze een hoorn op hun snavel hebben. Om zo'n

exemplaar zou de hele Londense society met haar saaie papegaaien je vreselijk benijden.'

Maggie viel hem met een knikje bij en legde toen haar hoofd op zijn schouder. Haar vrolijkheid verdween weer een beetje. 'Hoe lang denk je dat we hier moeten blijven?'

'Zolang als nodig is.'

'En hoe lang is nodig?'

'We zullen dit prachtige land zo lang met onze aanwezigheid vereren tot ik het met de eigenaar van de suikerplantage eens geworden ben wat de deelname betreft.'

Paul boog zich bliksemsnel naar Maggie over, voor ze haar protest kenbaar kon maken, en drukte een kus op haar wang. De aanraking van zijn lippen bracht een blos op haar porseleinkleurige huid teweeg.

'Maar Paul, dat....'

'... is onbetamelijk?' Paul glimlachte breed en kuste haar ook op de andere wang. 'We zijn getrouwd, waarom zou dat onbetamelijk zijn? Ik betwijfel of iemand er iets op zou kunnen aanmerken, zelfs al zou ik je openlijk op je mond kussen – ik ben inmiddels toch je man!'

Maggies gezicht leek ineens wel een zomerappel die aan alle kanten volop zon had gekregen. Bedenkend dat er op de grote buitentrap nog andere mensen te zien waren, zag Paul echter van een volgende kus af.

Bij de ingang werden ze door een donkere bediende in de klederdracht van de Bataks verwelkomd. Karakteristiek was de donkere gedessineerde doek die op een bijzondere manier, als een soort tulband, om het hoofd was gebonden. Hij maakte een buiging voor Paul en Maggie en gaf hun te kennen dat ze hem moesten volgen.

In de hal bevonden zich al meer gasten. De enorme, prachtig versierde ruimte gonsde van flarden Duits, Engels en Nederlands; af en toe ving Paul ook een paar Franse woorden op. Vanuit zijn ooghoeken zag hij hoe Maggie de aanwezige dames opnam. Enkelen van hen waren nog heel jong en aan hun robes te zien behoorlijk rijk.

Paul was blij dat hij Maggie had weten over te halen tot de wandeling door de stad. Hij wist hoe makkelijk ze een minderwaardigheidscomplex kreeg als ze zag dat een andere vrouw beter gekleed was dan zij.

De perzikkleurige zijden japon die de Chinese naaister binnen drie dagen voor haar had gemaakt, kon het zonder problemen tegen de andere japonnen opnemen. Dienovereenkomstig hief Maggie trots het hoofd als ze door jaloerse blikken werd getroffen.

Het duurde niet lang voor de gouverneur de nieuw aangekomenen opmerkte.

Piet van Swieten was een forse man met een breed, plat gezicht, met grijze strengen in zijn blonde haar en een wit sikje. Zijn ogen schitterden blauw als de hemel boven de haven van Padang en zijn dreunende lach bestreek de hele ruimte.

Met uitnodigend uitgestoken armen kwam hij naar Paul en Maggie toe en riep in het Engels, met een licht accent: 'Beste mensen, het is me een genoegen u beiden hier te mogen begroeten!'

'Meneer Van Swieten, het genoegen is geheel aan mijn kant,' antwoordde Paul in het Nederlands. 'Mag ik u mijn vrouw, Lady Maggie Havenden, voorstellen?'

'Het doet me groot plezier, *mylady*.' De Hollander maakte een volmaakte buiging om haar hand te kussen. 'En ik hoop uitermate dat ik aan uw beslist hoge verwachtingen van een culturele bijeenkomst kan voldoen. Hier buiten, aan het einde van de wereld zogezegd, gelden heel andere regels dan in Europa, zou men kunnen denken. Alleen al door het ontbreken van bepaalde vanzelfsprekendheden uit de Oude Wereld is men genoodzaakt te improviseren.'

'Hebt u misschien Balinese danseressen uitgenodigd?'

Van Swieten barstte in lachen uit. 'Daar heeft uw vader u over verteld, nietwaar? Nee, deze keer mogen wij ons op ander kunstzinnig genot verheugen. Het is weliswaar ook een dochter van dit land, maar een die de laatste tijd voor voorpaginanieuws heeft gezorgd, iets waar ik heel trots op ben.' En u zou dat ook moeten zijn, Paul, want voor de helft is zij een landgenote van u.'

'Een halfbloed?' liet Maggie zich ontvallen.

'Als u dat zo wilt noemen... In elk geval zijn die zogenaamde halfbloeden een belangrijke steunpilaar van ons land en niet minder ijverig en betrokken dan ieder ander hier.'

Het ontging Paul niet dat Van Swieten enigszins gepikeerd klonk.

Hij wist maar al te goed dat de Hollanders anders tegen gemengde huwelijken met inlanders aan keken dan Engelsen. Hun doel was vooral de staatsmachine aan de praat te houden, met name de handel. Daarvoor hadden ze de inheemse bevolking evenzeer nodig als hun nakomelingen, ook die met blanken.

'Mijn excuses, Maggie bedoelt het niet kwaad. In Engelse kolonies zijn huwelijken tussen blanken en inlanders vrij zeldzaam. En natuurlijk betekent het ook niet dat ze twijfelt aan de bekwaamheid van uw gast.'

Van Swieten begon wat minder strak te kijken en hervatte de vrolijke toon die door Maggies opmerking was verdwenen. 'Als dat zo is, zult u volledig aan uw trekken komen. Maar eerst zou ik graag mijn vrouw en dochter aan u willen voorstellen. Ze branden van verlangen om kennis met u te maken.'

De gouverneur bracht hen onder de nieuwsgierige blikken van de andere gasten wat verder het vertrek in. Zijn echtgenote, die Paul van een foto kende, was juist in gesprek met een enigszins corpulente oudere vrouw. Het meisje dat naast haar stond was zo duidelijk haar evenbeeld dat het ongetwijfeld om hun dochter moest gaan.

'Geertruida, lieve, kom eens hier en maak kennis met de zoon van Horace en zijn eega.'

De gade van de gouverneur, die ruim tien jaar jonger was dan Van Swieten en in haar donkerblauwe japon een goed figuur sloeg, verontschuldigde zich bij de andere dame en gebaarde het meisje mee te komen.

'Dit is mijn vrouw, Geertruida, en dat is mijn dochter Veerle.'

Van Swieten stak trots zijn borst op. 'Zij gaat over twee maanden ook trouwen.'

De jonge vrouw, die maar net achttien of negentien was, glimlachte bedeesd, terwijl de echtgenote van de gouverneur Paul haar hand reikte. Die boog om haar een handkus te geven en stelde toen Maggie voor.

'Maggie en ik zijn vier maanden geleden getrouwd, kort voor vaders dood,' legde Paul uit, en hij merkte dat Maggie ontsteld haar lippen op elkaar perste. Ze zei het niet, maar hij wist dat ze de dood van zijn vader, zo kort na hun bruiloft, voor een slecht teken hield.

'Het spijt mij bijzonder van uw vader,' antwoordde Van Swieten getroffen. 'Maar zoals u ziet, schikt God in de wereld alles zo dat zij draaiende blijft. U zult een waardig opvolger zijn van de oude Lord Havenden.'

Even viel er een ongemakkelijke stilte tussen hen, toen merkte Van Swieten op: 'Jammer dat u uw bruiloft niet hier hebt gevierd. Als ik weer jong was en wilde trouwen, zou ik er met Geertruida beslist vandoor gaan – en in Padang mijn huwelijk sluiten.'

De vrouw van de gouverneur wierp hem een misprijzende blik toe. 'Piet, praat toch niet zo'n onzin, je weet toch dat een huwelijk moet worden voorbereid. Zelfs arbeiders durven er, als ze nog familie hebben, niet zomaar vandoor te gaan.'

'Als arbeiders het niet durven, kan de adel het zich toch juist wel veroorloven!' antwoordde de gouverneur, maar zijn vrouw schudde haar hoofd.

'Zoiets kun je beter niet in aanwezigheid van je dochter zeggen. Zij zal er in elk geval niet vandoor gaan, is het niet, Veerle?'

Door de bijna dreigende ondertoon moest Paul gniffelen. Blijkbaar had Geertruida van Swieten haar gezin strak in de hand.

De stemming leek de gouverneur te gaan benauwen, want hij zei: 'Welnu, ik moet u voorlopig in de steek laten, maar we zullen nog gelegenheid krijgen elkaar wat langer te spreken. Geertruida, wil jij je over onze gasten ontfermen?'

‘Met het grootste genoegen!’ De gouverneursvrouw glimlachte naar Paul en Maggie en bracht hen naar de dame met wie ze eerder had staan praten. Het paar oogstte bewonderende blikken, en Paul keek trots naar zijn vrouw. Ja, ze was een prachtige Lady Havenden. En misschien zou ze ook een zekere liefde voor dit land ontwikkelen – het land dat misschien binnenkort een van hun inkomstenbronnen herbergde.

De zachte poederkwast op haar huid te voelen, de fijne poederlucht in te ademen, dat gaf Rose een rustgevend gevoel. Minstens drie keer had ze al haar neus gepoederd, wat eingenlijk niet nodig was. Ze verbaasde zich over zichzelf: waarom had ze zo’n plankenkoorts? In de afgelopen maanden, waarin ze als rijzende ster in de muziekwereld werd gevierd, had ze al voor een veel groter publiek gespeeld dan hier.

Maar nu zat ze in dit met prachtige witte meubels ingerichte vertrek dat haar als kleedkamer ter beschikking was gesteld en voelde ze zich ineens net als voor de eerste keer dat ze moest voorspelen voor Mrs Faraday. Nee, erger nog, net als voor haar eerste concert in het conservatorium, toen Mrs Faraday haar van tevoren had gedreigd haar viool stuk te slaan als ze niet heel goed speelde. Omdat Rose toentertijd niet meer had bezeten dan de ongewone viool met de roos – wat ze trouwens, toen haar vader haar het instrument had gegeven, als een mooie analogie had ervaren – had ze als een espenblad zitten trillen op haar taboeret.

Maar het was allemaal goed gegaan, de viool was nog steeds in haar bezit. En eigenlijk had ze geen reden om onrustig te zijn. Het was natuurlijk wel vreemd om ‘De winter’ uit *De vier jaargetijden* van Vivaldi op Sumatra te spelen, maar Mrs Faraday had altijd gezegd dat muziek de taal was die overal ter wereld werd begrepen.

Of was ze onrustig omdat het hier om een zo intiem concert ging? Omdat ze in een privéwoning was? Of omdat de mensen elke fout zouden kunnen horen? Niet dat dat de laatste tijd vaak was voorgekomen. Haar agent had haar laatste concert al net zo in alle toonaarden geprezen als de pers. Maar een goede naam kon je zo verspelen! Vooral als vrouw werd je heel goed in de gaten gehouden. Onder de vrienden van de gouverneur hoefde maar iemand te zijn die in contact stond met de muziekwereld en overal rondbazuinde dat ze rampzalig had gespeeld.

Een klop op de deur haalde haar uit haar gedachten. Ze ging ervan uit dat Mai zou verschijnen om nog eenmaal haar haar in orde te brengen, maar het was Sean Carmichael, haar agent, die in de deuropening verscheen.

'Je ziet er betoverend uit, kindje!' riep hij uit en hij klapte in zijn handen. 'Als een engel die er alleen maar op wacht de mensen met zijn muziek willoos te maken en tot het goede te bekeren.'

'Overdrijf niet,' antwoordde Rose onaangedaan, want als er een constante in hun omgang met elkaar was, dan waren het Seans vleierijen voor een optreden. De eerste keren hadden die Rose nog goedgedaan, maar inmiddels wist ze dat hij haar ook wel zou vleien als haar haar in de war zat en ze er lelijk uitzag – hoofdzaak was dat ze uit de kleedkamer kwam, speelde en geld in het laatje bracht. Hoe hoger het bedrag, des te overdrevener het gevlei de volgende keer.

'Dat doe ik toch helemaal niet.' Sean spreidde zijn armen en keek naar binnen alsof hij van geen kwaad wist. 'Je ziet er echt charmant uit, de gouverneur en zijn gasten zullen tevreden zijn.'

'Hoe is de gouverneur dan?' vroeg Rose, want toen ze aankwam was er tegen haar gezegd dat de heer des huizes niet aanwezig was. Een bediende was Rose en Mai naar de hun toebedachte ruimte voorgegaan en had even later citroenlimonade en wat koekjes gebracht.

'Hij lijkt op het eerste gezicht een beetje... laten we zeggen onbehouwen, Hollanders zijn heel anders dan Engelsen.'

'Ik weet hoe de Hollanders hier zijn,' antwoordde Rose. 'En ik vind ze niet onaangenaam.'

'Ik wilde ook helemaal niet zeggen dat Van Swieten een onaangename man is.' Sean stak afwerend zijn handen op, toen ging hij achter haar staan. 'Ik weet toch dat je hiervandaan komt en veel aan je Nederlandse leraressen te danken hebt. Ik wilde je alleen maar waarschuwen voor de manier van doen van de gouverneur. Hij is van het type dat jonge vrouwen graag in hun achterwerk knijpt.'

'Sean!' riep Rose verontwaardigd uit, maar ze oogstte slechts gelach.

'Ach, Rose, bedaar! Al wat hier telt is dat je goed speelt. De gouverneur weet welke vrienden hij moet kiezen; gemeten naar het aantal koetsen en de grootte ervan zijn het allemaal invloedrijke mannen. Ik zal mijn voelhorens een beetje voor je uitsteken, het zou toch mooi zijn als we ooit een optreden in New York voor elkaar konden krijgen.'

Rose lachte tegen haar spiegelbeeld. Sean mocht dan wel overdrijven met zijn vleierijen, hij wist precies wat ze wilde. En tot nog toe had hij zijn beloftes altijd waargemaakt.

'Dat vind je wel leuk, nietwaar? Maar nu moet je je klaarmaken, het kan niet lang meer duren tot de gasten je willen horen spelen.'

Hij had het nog niet gezegd of Mai stormde de kleedkamer binnen. Eerst verstarde ze toen ze Sean zag, toen deed ze de deur achter zich dicht.

'De bediende van de gouverneur zegt dat u over een kwartier moet spelen. Ik kan beter nog even uw haar doen.'

'Breng je bazin liever haar viool en laat haar nog wat oefenen, dan wordt ze minder nerveus!' kwam Carmichael tussenbeide en verdween toen lachend uit de kleedkamer.

'Luister maar niet naar hem,' zei Rose, want ze zag dat Mai niet wist wat ze moest doen. 'Spelen kan ik zo ook wel. Maar je kunt mijn haar nog eens onder handen nemen, want nu zit het als een dweil!'

Toen Mai de borstel pakte en hem voorzichtig over haar lange zwarte haar liet glijden, deed Rose haar ogen dicht. Noot voor noot verscheen het stuk voor haar, ze stelde zich de begeleiding voor, die er vandaag weliswaar niet was maar die ze in zulke gevallen in haar ziel bij zich droeg, en bedacht op welke plaatsen ze cadensen kon aanbrengen. Terwijl ze dat deed verdween haar onrust en toen er ten slotte op haar deur werd geklopt omdat het zover was, stond ze zich stilletjes verheugend op.

Paul wist niet meer hoeveel handen hij intussen had geschud. Het was verbazingwekkend hoeveel mensen zijn vader kenden. Maggie was meegetroond door de gouverneursvrouw, die haar aan een paar vriendinnen voorstelde. Omdat Paul zag dat het haar plezier deed, had hij haar laten gaan – waarvoor hij nu de prijs moest betalen dat iedereen bij hem naar de oude Lord Havenden informeerde.

'Het spijt me echt dat Horace het tijdelijke al voor het eeuwige heeft verwisseld,' zei meneer Bonstraa, de eigenaar van een suikerplantage ten noorden van Padang. Over hem had zijn vader af en toe iets verteld. Hij had een gezonde handelsgeest – en een overweldigend effect op vrouwen. De dame die hij aan de arm had gehad voor hij naar Paul toe ging, was een inlandse, ruim twintig jaar jonger dan hij en heel mooi. Het zou echter onjuist zijn geweest te beweren dat zij zich alleen vanwege zijn rijkdom met hem had ingelaten, want Bonstraa zag er voor zijn leeftijd werkelijk bijzonder goed uit. Vroeger had hij beslist menig vrouwenhart gebroken.

'Dank voor uw deelneming, meneer Bonstraa.'

'Hij was echt een goede man. Zo heel anders dan sommige Engelsen die ik ben tegengekomen. Neemt u het me alstublieft niet kwalijk, maar uw landgenoten kunnen soms heel vermoeiend zijn.'

Paul moest om die woorden glimlachen. Als halve Nederlander wist hij wat Bonstraa bedoelde. Zijn moeder was ook een zeer levendig type, dat makkelijk vriendschap sloot en ook heel onbevangen op Maggies aanvankelijk wat gereserveerde moeder was afgestapt.

'U hebt overigens een heel mooie vrouw, Paul,' zei Bonstraa terwijl hij probeerde Maggie in de menigte te ontdekken. 'Dat is ze toch, of niet?'

Paul knikte. 'We zijn een paar maanden geleden getrouwd, slechts enkele weken voor vaders dood. Ik ben blij dat hij dat nog heeft kunnen meemaken, want zijn gezondheidstoestand was toen al heel slecht.'

'Arme Horace. U hebt een enorme erfenis aanvaard, maar ik ben ervan overtuigd dat u hem alle eer zult aandoen.' Bonstraa stak zijn hand uit en legde bijna vaderlijk zijn hand op Pauls arm. 'Welnu, stelt u uw vrouw aan me voor? Zoals uw vader u misschien heeft verteld, ben ik een bewonderaar van het schone geslacht.'

Paul kwam er niet aan toe Maggie te gaan zoeken en haar aan de vriend van zijn vader voor te stellen, want een zacht belgerinkel deed de gasten verstommen.

'Dames en heren, ik ben zeer verheugd u een heel bijzondere gast te mogen voorstellen,' begon Van Swieten, die zich midden in de zaal had opgesteld. 'Sommigen van u verwachten misschien dat ik net als de vorige keer Balinese danseressen heb uitgenodigd, maar het is niet mijn bedoeling u met herhalingen te vervelen. Omdat het toeval wilde dat een uiterst buitengewone dochter van ons land weer in haar vaderland verblijft, kan ik u nu een bijzonder kunstzinnig genot aankondigen. Miss Rose Gallway is een rijzende ster aan het muzikale firmament, in de hele wereld heeft ze succes met haar viool. Ik voel me buitengewoon vereerd dat ze aan mijn verzoek gehoor heeft gegeven en vandaag voor u zal spelen.'

Met een uitnodigend gebaar verzocht hij de violiste binnen te komen. Alle gasten strekten hun hals en ook Paul kon haar niet meteen zien.

'Dat meisje is echt bijzonder,' fluisterde Bonstraa hem toe terwijl hij applaudisseerde. 'Hebt u al eens van haar gehoord?'

Paul schudde zijn hoofd. Hij had nooit veel tijd aan kunst besteed – en sinds het niet goed met zijn vader ging had hij zich met het landgoed en de landerijen moeten bezighouden. Af en toe moest hij zich bij wel sociale aangelegenheden vertonen, maar dat was niet afdoende om te weten welke musici momenteel furore maakten. Maar toen week de menigte uiteen en betrad, met de fiere houding van een koningin, een jonge vrouw de zaal, met golvend zwart haar in een blouse met ruches en een zwarte tournurerok waarvan de opgenomen sleep bij elke stap bekoorlijk wipte. In haar linkerhand hield ze een eigenaardig roodgevlamde viool, in de rechter de bijbehorende strijkstok. Naast een zwarte piano, die onbezet was, stelde ze zich op, keek met een lichte glimlach om haar lippen de kring gasten rond en zette toen de viool onder haar kin.

Even was het zo stil dat je de spreekwoordelijke speld had kunnen horen vallen. Toen klonk de eerste toon, scherp en kristalhelder, en Paul kon niet anders dan de vrouw aanstaren, die letterlijk met de muziek leek te versmelten en de wereld om haar heen scheen te vergeten.

Zoals altijd wanneer het concert goed verliep, had Rose het gevoel dat haar strijkstok op een vreemde manier een eigen leven begon te leiden en haar hand aanstuurde, in plaats van door haar hand aangestuurd te worden. De tonen waren helder en zuiver, het tempo was precies goed, en als Rose haar ogen sloot kon ze de boosaardig fonkelende ijspegels zien, evenals verre velden die onder een zachte maar dikke laag sneeuw verborgen lagen. Er ging een rilling door haar heen, alsof ze werkelijk in de winterwind stond te kijken hoe de zon achter een door donkere dennentoppen omzoomde horizon verdween en de duisternis zo snel inviel alsof hij een jas achter zich aan had gesleept.

Voor ze naar Engeland was gegaan had ze er geen idee van gehad hoe de winter in Europa zou zijn. Hoe het aanvoelde als het vroor en de wind sneeuwkristallen in je gezicht blies. De winter was op Sumatra de regentijd, ze herinnerde zich nog goed de grote plassen waar ze op weg naar school omheen had moeten lopen terwijl ze zich met een hoed van palmbladeren tegen de regen probeerde te beschermen. Ondanks het vele water was het warm, de lucht zo vochtig als de damp boven een pan met soep.

In Engeland had ze algauw moeten constateren dat er daar ook veel regen was – maar geen warme regen die de bergen deed dampen. De regen in Londen was ijskoud en de mist ondoordringbaar, vijandig. Zelfs in de zomer had Rose in het begin op haar kamer of in de les zitten kleumen.

Toen de winter kwam, een zelfs voor Engelse begrippen zeer strenge winter, maakte ze kennis met een wonder – water dat door bevriezing gestold was. Hoewel ze meer last van de kou had dan de andere meisjes op het conservatorium, had ze urenlang bezig kunnen zijn met kijken naar het glinsteren van het zonlicht op het ijs, of sneeuw te laten smelten in haar hand tot haar huid rood en gevoelloos was.

De witte kristallen zag ze nu weer voor zich, ze voelde de kou in haar vingertoppen en de ijzige windvlaag op haar gezicht. Al die gewaarwordingen leidden haar door het stuk heen en het speet haar bijna toen ze aan het einde was gekomen.

Nu pas merkte ze haar zware ademhaling, het bonzen van haar hart en de druk van de viool onder haar kin. Het was alsof ze langzaam in haar lichaam terugkwam nadat ze het tijdens het spel had verlaten.

Enigszins versuft keek ze om zich heen en haar mond vormde een tevreden glimlach toen ze zag dat de toeschouwers haar sprakeloos aanstaarden. Had ze bij hen al die emoties gewekt die ze zelf had gevoeld? Dat zou ze wel nooit te weten komen, en waarschijnlijk waren er hier ook mensen die geen gevoel kregen bij muziek, maar dit moment van sprakeloosheid, vlak voordat het applaus losbarstte, stelde haar tevreden.

Het applaus, doorspekt met bravogeroep, zette uiteindelijk in, wat later dan gewoonlijk, maar waarschijnlijk waren de mensen niet op haar optreden voorbereid geweest, in tegenstelling tot de bezoekers van een concertgebouw.

Rose maakte een kniebuiging, zoals van een dankbare artiest werd verwacht, daarna strekte ze zich weer. Op dat moment viel haar blik op een jonge man die ze eerder, verzonken in haar spel, niet had opgemerkt. Zijn haar had een donkergouden tint en zijn ogen waren zo blauw als de zee wanneer die een heldere zomerhemel weerspiegelde.

Ze had in haar leven al veel lichte, blonde mensen gezien – ook haar lerares had vlasblond haar gehad, wat haar als kind enorm had gefascineerd. Maar nog nooit had ze iemand gezien die zo veel zon uitstraalde als hij.

Toen er geroepen werd om een toegift, kwam ze weer tot zichzelf en wendde haar blik af. Ze gaf met een knikje gehoor aan de wens van het publiek en even later was de feestzaal vervuld van de akoestische vibraties van 'De lente'.

Toen ze het stuk had beëindigd, kwam er een forse man naar haar toe die haar een beetje grof de hand schudde. Vanwege de beschrijving van zijn manier van doen en een paar opmerkingen die Mai zich bij het aankleden had laten ontvallen, concludeerde Rose dat het om Van Swieten moest gaan. Lieve hemel, die man was er echt zo een die meisjes in hun achterwerk kneep, Carmichael had wat dat betreft niet overdreven.

Rose deed haar best terughoudend te zijn, liet zijn enthousiasme en complimenten met geloken ogen over zich heen komen, en zoals Mrs Faraday het er bij haar had ingehamerd, bedankte ze rustig met welgekozen woorden, hoewel alles in haar erom schreeuwde jubelend de zaal uit te lopen en alleen maar blij te zijn dat ze beter gespeeld had dan ooit tevoren. Dat hoefde niemand haar te zeggen, dat wist ze gewoon.

De aandacht van de gouverneur wekte ook die van de andere mannen. Breed glimlachend of haar monsterend alsof ze een paard op de markt was, kwamen ze naar haar toe, terwijl hun echtgenotes met een zuur gezicht bleven staan. Rose was eraan gewend, maar aangenaam vond ze het niet. Maar één man had ze graag wat beter willen leren kennen.

Vergeefs zocht Rose naar de zonneman. Was haar optreden hem niet bevallen? Behoorde hij tot de gevoellozen, zoals zij ze noemde? Of was hij te bedeesd om zich net als de anderen bijna schaamteloos aan haar op te dringen?

Ten overstaan van de zich steeds dichter om haar heen dringende menigte bewonderaars restte Rose uiteindelijk slechts de vlucht. Onder het voorwendsel dat ze naar haar kleedkamer moest omdat ze zich enigszins onwel voelde, verontschuldigde ze zich, maar ze was niet van plan terug te gaan naar de kamer, waar Mai en mogelijk ook Carmichael op haar wachtten.

Vanuit het raam van haar kleedkamer had ze een goed uitzicht gehad op de tuin – welke plaats zou geschikter zijn om wat af te koelen en terug te kijken op het optreden? Ze glipte dus langs de gasten, negeerde de zure blikken van enkele oudere dames en bereikte ten slotte de gang. Daar trof ze een dienstmeisje dat een schaal met fruit droeg.

'Pardon, hoe kom ik in de tuin?' vroeg ze in het Maleis, waarop het meisje haar met grote ogen aankeek. Het was Rose duidelijk dat men haar haar afkomst van moederskant nauwelijks aanzag; met haar lichte huid gold ze bij de inlanders als Europese. Des te meer was haar gesprekspartner verrast toen ze hoorde dat ze accentloos de landstaal sprak.

'Ik bedoel, hoe kom je hier weg zonder langs de gasten te moeten,' voegde Rose eraan toe met een samenzweerderig glimlachje, dat het meisje niet minder in de war bracht dan haar talenkennis.

Maar ze wees Rose bereidwillig de weg, die haar door de gang in de richting van de keuken voerde. Een warme etenslucht stroomde haar tegemoet en ondanks de koekjes die ze 's middags had gegeten, begon haar maag te knorren. Toen ze een ander dienstmeisje tegenkwam met een blad pasteitjes, griste ze er zonder dralen eentje mee en verdween toen door een kleine achterdeur waarachter ze maanverlichte boomkruinen had ontwaard.

De warme windvlaag die haar buiten omhulde, ontlokte haar een weldadige zucht. De vochtige lucht was vervuld van de vertrouwde geur van frangipanes, orchideeën en jasmijn. Tussen de hoog oprijzende palmen in de tuin blonk de diepgele sikkel van de wassende maan. Het licht dat uit de ramen van de residentie viel, ontrukte hier en daar een tak met stralende bloesems aan de duisternis.

Nadat Rose het pasteitje had verorberd liep ze verder en liet de indrukken van de bekoring van de tuin en de door het donker verhulde kleurenpracht langzaam naar binnen sijpelen.

Naarmate ze zich van het huis verwijderde, werd de ruisende natuur om haar heen steeds beter hoorbaar. Het ritselde in de bomen en struiken, her en der vloog een nachtvogel klapwiekend op naar de hemel. In de verte riepen apen hun kreten door de nacht. Daartussen ruiste de warme nachtwind. De melodie van haar vaderland. Wat had ze die lang niet meer gehoord!

Terwijl de kiezels onder haar schoenen knarsten vroeg ze zich af of het mogelijk was al die indrukken in een muziekstuk te vatten. Vivaldi had het voor elkaar gekregen de vogelstemmen van de lente, de loomheid van de zomer, het rondwervelen van de bladeren in de herfst en het krakende ijs van de winter in tonen weer te geven. Waarom zou dat haar niet lukken? Het enige wat ze daarvoor nodig had was tijd en een plek waar ze ongestoord de noten in haar hoofd kon achterhalen.

Op een klein terras, waarvandaan je naar de zee en de stad Padang kon kijken, bleef ze uiteindelijk staan. Het water was een smalle donkere streep; het schijnsel van de maan had nog niet voldoende kracht om de golven met een zilveren glans te bedekken.

Lichtbakens wezen de schepen van verre de weg en ook uit een paar huizen kwam licht, dat van een afstand gezien afkomstig leek van vuurvliegjes die in de struiken waren neergestreken.

Nooit eerder had Rose haar geboorteland vanuit deze invalshoek bekeken. Slechts één keer had ze in haar kindertijd Padang verlaten, om haar grootmoeder te bezoeken, die ver weg in het achterland woonde. Daaraan had ze nog maar vage herinneringen, aan het rimpelige gezicht van haar stammoeder, aan de tuin die haar zo sprookjesachtig mooi had geleken. Afgezien van die spoortjes licht was de rest in de vergetelheid geraakt.

Maar ze wist nog steeds dat de tuin in terrasvorm was aangelegd en dat je, als je op het bovenste plateau stond, het hele dorp kon overzien.

'U lijkt van het uitzicht te genieten.'

Rose draaide zich met een ruk om. Eerst kon ze de man die het smalle pad op kwam niet herkennen, maar toen hij dichterbij was viel het maanlicht op zijn gezicht en nu zag ze dat het om de Engelsman ging die ze aan de rand van het publiek had gezien – de zonneman. Zonder dat ze precies wist waarom, begon haar hart opeens wild te kloppen.

'Ja, het is fantastisch. Het doet me denken aan...' Rose hield op. Nee, dat wilde ze hem niet vertellen. De herinnering aan de tuin van haar grootmoeder, die ze slechts één enkele keer als kind had gezien en daarna in haar fantasie steeds verder had opgesmukt, was van haar alleen.

Bovendien, wat had hij hier te zoeken?

'Waar doet hij u aan denken?' vroeg hij zonder zich te verroeren. Het leek bijna of hij haar aanzag voor een spookverschijning, die kon verdwijnen als hij te dichtbij kwam.

'Aan een plaats uit mijn jeugd. Het is verder niet van belang. Wat brengt u hier buiten, in de tuin?'

'Ik was op zoek naar u.'

'Op zoek naar mij?'

'Ik had niet eerder de gelegenheid met u te praten – en ik had ook het idee dat u zich in de kring van bewonderaars niet prettig voelde.'

Rose merkte dat het bloed haar naar de wangen steeg en was blij dat dat in het maanlicht waarschijnlijk niet te zien was. 'Ik ben musicienne en geen actrice. Acteurs voelen zich misschien prettig in de rol van geadoreerde, maar ik voel me het prettigst wanneer ik helemaal in mijn muziek opga.'

'Dat was u tijdens het spelen aan te zien. Vivaldi behoort tot de lievelingscomponisten van mijn moeder. En wie kent *De vier jaargetijden* niet?'

'Het zijn mijn lievelingsstukken, "De winter" en "De lente". Maar wilt u me niet eerst eens verklappen met wie ik te maken heb?'

'O, excuseer me, ik wilde niet onbeleefd zijn.' De Engelsman leek een beetje verlegen toen hij een korte buiging maakte. 'Ik ben Paul Havenden. Lord Paul Havenden, om precies te zijn, maar aan mijn titel ben ik nog niet erg gewend.'

'Het is me een genoegen.' Rose reikte hem haar hand, die hij heel teder in de zijne nam en licht kuste.

'Nu de formaliteiten afgehandeld zijn, kunnen we doorgaan over de muziek. U zei dat u van Vivaldi houdt.'

'Eigenlijk hou ik van alle soorten goed geschreven muziek die ik op mijn viool kan spelen,' antwoordde Rose glimlachend. 'Tsjaikovski is naast Vivaldi mijn lievelingscomponist. En niet te vergeten Mozart. Welke componisten bewondert u?'

Havenden vertoonde een wat betrapt glimlachje. 'Ik vrees dat u me voor een cultuurbarbaar zult houden. Ik hou van muziek, maar ik heb er niet veel verstand van. Vivaldi, die herken ik. Mozart waarschijnlijk ook, maar dat is het dan ook wel. Ik moest me al vroeg met ons landgoed in Engeland bezighouden, er bleef niet veel tijd over voor geestelijke verheffing. Toch kan ik me op een paar dingen verheugen die een eenvoudige boer niet vergund zijn te beleven. Bijvoorbeeld u hier te horen spelen.'

'Als die eenvoudige boer genoeg geld had om een toegangskaartje te kopen zou hij ook naar de Music Hall kunnen komen om naar mijn spel te luisteren. Inmiddels is kunst niet meer alleen iets voor de hogere klasse.'

De Engelsman glimlachte breed naar haar. 'Ik geef me gewonnen. En ik beloof plechtig dat ik me meer aan de kunst zal wijden.'

Rose wist dat hij dat niet zou doen. Zodra hij weer in Engeland was zouden zijn verplichtingen hem weer zo in beslag nemen dat hij het concert snel zou vergeten. 'En wat heeft u hierheen gebracht, Lord Havenden?'

'Zaken,' antwoordde hij strak. 'Meneer Van Swieten zou bemiddelen om mij deel te laten nemen aan een suikerrietplantage ten noorden van de stad. Een kennis van hem heeft daar de leiding en die heeft geen bezwaar tegen Britse deelname. Hij is een oude vriend van mijn overleden vader. En u – bent u hier op tournee?'

Rose knikte. 'Mijn agent heeft het zich in zijn hoofd gehaald dat ik, voor we in de Nieuwe Wereld doorbreken, mijn tijd moet besteden aan het amuseren van de gekroonde hoofden van Azië. En natuurlijk ook de hier wonende blanken. Ik ben al in Siam, Birma, China en Japan geweest en nu ben ik hier.'

'Dan hebt u vermoedelijk meer gezien dan ik in mijn hele leven.' Havenden begon hees te lachen. 'Ik heb tot nog toe op de verhalen van mijn vader kunnen teren.'

'Bent u niet eerder uit Engeland weggeweest?'

Zoiets kon Rose zich niet voorstellen. Wat was er – afgezien van de soms sneeuwrijke winters – dan zo plezierig aan Engeland? Als haar tournee voorbij was, wilde ze zich voorlopig in Parijs vestigen – tenzij ze voor die tijd een uitnodiging voor Amerika kreeg.

'Maar natuurlijk wel,' antwoordde Lord Havenden. 'Ik heb door Europa gereisd, Duitsland, Italië, Frankrijk en Spanje. Maar dit is mijn eerste bezoek aan een niet-Europees land.'

'En hoe bevalt het u?'

'Het is grandioos! Welk ander antwoord zou ik een dochter van dit land kunnen geven?' Hij keek haar diep in de ogen, haast al te diep, vond Rose. Verward deinsde ze achteruit.

'De waarheid,' antwoordde ze, barser dan eigenlijk haar bedoeling was.

'De waarheid is dat ik dit land echt fantastisch vind. Mijn vader had hier aardig wat vrienden en heeft altijd enthousiast verteld over de groene oerwouden en exotische bloemen. En over de schoonheid van de vrouwen, wat, zoals u wellicht kunt bedenken, bij mijn moeder niet veel weerklank vond.'

Hij lachte kort om zijn grapje, daarna vervolgde hij: 'Toen ik hier kwam, waren mijn verwachtingen natuurlijk zeer hooggespannen, maar ik werd niet teleurgesteld. En als alles goed gaat, zal ik weldra vennoot in een suikerplantage zijn. Dan zal ik dit land hopelijk vaker een bezoek kunnen brengen.'

Een ogenblik keken ze elkaar zwijgend aan, toen klonk er achter hen geroep: 'Paul?'

Havenden kromp even in elkaar, alsof hij onzacht uit een droom werd gewekt. Rose keek hem met opgetrokken wenkbrauwen aan.

'Mijn... verloofde,' verklaarde hij haastig en hij boog toen voor een handkus. 'Het was me een genoegen u te leren kennen, Miss Gallway.'

'Het genoegen is geheel mijnerzijds,' antwoordde ze, waarop hij zich omdraaide en naar de vrouw toe ging, die in de tussentijd opnieuw naar hem had geroepen.

Rose wist niet waarom, maar op een of andere manier maakte het haar treurig dat ze hem zag weggaan. Hij mocht dan wel niet veel verstand van muziek hebben, maar er was iets aan hem wat ze bijzonder interessant vond.

Toen ze zich weer naar het uitzicht wendde, had de maansikkel zich een stuk van de palmen af bewogen en nu was hij op weg naar de donker beboste berg.

'Blijkbaar vond die jongeman je wel leuk.'

Rose draaide zich haastig om. Het was een van Carmichaels onhebbelijke gewoonten om af en toe uit het niets achter haar op te duiken nadat hij haar stiekem had afgeluisterd.

'Wat moet dat?' vroeg ze bars. 'Waarom kom je als een dief naar me toe sluipen?'

'Ik sluip helemaal niet! Ik wilde alleen jullie gesprek niet verstoren.'

Het bloed steeg Rose naar de wangen. Wat had hij van hun gesprek opgevangen? Havenden was dan wel niet onfatsoenlijk geworden, maar toch had ze het gevoel dat Carmichael haar bij iets intiems had bespioneerd.

'Hij heeft alleen zijn bewondering uitgesproken, meer niet. Bovendien heeft hij een verloofde.' Waarom zei ze dat erbij? En waarom bespeurde ze daarbij zo'n eigenaardig brandend gevoel in haar maag?

'Ik heb met Van Swieten gesproken,' kwam Carmichael eindelijk ter zake terwijl hij met zijn handen in zijn zakken naar haar toe liep. 'Hij is bijzonder enthousiast over jou – en uiterst teleurgesteld dat je je niet op het feest laat zien. Hij zou zijn gesprek met jou graag voortzetten.'

Zoals zijn ogen bij die woorden flitsten, kon haar agent dat onmogelijk serieus bedoelen. Artiesten werden als zodanig geëngageerd en normaal gesproken werd van hen verwacht dat ze zich na het optreden discreet verwijderden.

'Je weet dat zulke gelegenheden voor mij maar net zo lang duren als ik speel. Ik ben er niet bepaald dol op als een stuk vee op de markt te worden aangegaapt. Bovendien is het niet gepast je alleen maar omdat je door hem geëngageerd bent aan de gastheer op te dringen.'

'En de Engelsman heeft je niet aangegaapt?'

'Dat is iets heel anders!' Met moeite kon Rose haar opkomende ergernis onderdrukken. Waar bemoeide Carmichael zich eigenlijk mee? Ze had met die man gepraat, dat was alles. Morgen zou ze vertrekken.

'Best, zoals je wilt. In elk geval heb ik goed nieuws voor je, ook al houd je je verre van het feestvierende gezelschap. Van Swieten heeft me verzocht je te vragen of je nog een tijdje in Padang zou willen blijven – als beroemde dochter van de stad en voor een aantal concerten die hij voor je wil organiseren.'

'Ik heb geen mecenas nodig voor welke optredens dan ook.'

'Echt niet?' Carmichael trok zijn wenkbrauwen op. 'Je zult moeten toegeven dat het toch heel prettig zou zijn concerten te kunnen geven waarbij je je geen zorgen hoeft te maken om het aantal toeschouwers.'

'Alsof wij te klagen hebben over gebrek aan toeschouwers.' Rose snoof verachtelijk en vroeg zich af of haar agent misschien te diep in het glaasje had gekeken. 'Het concert in Soerabaja is uitstekend bezocht.'

'Dat is zo, en we hopen dan ook dat deze geluksperiode nog lang aanhoudt. Maar het zou geen kwaad kunnen als een invloedrijk man als de gouverneur deel zou uitmaken van je kennissen-, of misschien zelfs vriendenkring. Dat hij de heerser over dit eiland is, betekent niet dat hij geen contacten in Europa heeft.'

'Met Europa hebben we wat engagementen betreft ook geen problemen gehad.'

'Maar dat kan op een dag misschien over zijn. Nu zien ze in jou nog de rijzende ster, maar ooit zul je je hoogtepunt hebben bereikt. En dan moeten we ervoor zorgen dat je zo lang mogelijk blijft stralen en niet meteen weer uit de hemel valt. Verwaandheid heeft niemand ooit iets opgeleverd, en het is nog schadelijker een uitgestoken hand af te wijzen – ook als je op weg naar boven bent. Het lijkt mij in elk geval een goed idee hier nog een tijdje te blijven en Van Swietens aanbod aan te nemen. En voor zover ik weet wonen je ouders hier. Waarom ga je hen tussen de engagementen door niet opzoeken?'

Daar had Rose al aan gedacht en ze had zich voorgenomen voordat ze de volgende dag zou vertrekken haar moeder op te zoeken. Omdat ze heel laat aangekomen waren, had ze daar van tevoren geen tijd voor gehad. Bovendien bestond dan de mogelijkheid dat ze Paul Havenden weer zou zien.

'Akkoord,' zei ze dus. 'We blijven een tijdje hier en ik geef die concerten.'

Carmichael grijnsde. 'Je zult het niet berouwen. Maar ik zal je nu moeten verzoeken mee te komen om Van Swieten het heuglijke nieuws zelf mee te delen. Hij zal enthousiast zijn!'

Bij haar terugkomst uit de tuin werd Rose door de gasten weer doordringend opgenomen. Van Swieten stond haar in een kring van mannen op te wachten.

'Ah, daar is onze muzikale sensatie!' riep hij uit en hij gaf een bediende, die zwijgend naast hem was verschenen, zijn glas. 'Ik dacht al dat u op de vlucht was geslagen.'

Dat was ze ook, maar nu zette Rose haar uitdagende glimlach op. 'Het spijt me als u die indruk hebt gekregen,' antwoordde ze in het Nederlands. 'Een concert grijpt me altijd zo aan dat ik na afloop even nodig heb om weer tot rust te komen en over mijn spel na te denken.' Ze kon aan de mannen zien dat geen van hen er een idee van had wat ze daarmee bedoelde. 'U hebt echt een prachtige tuin, meneer Van Swieten!'

'Nu maakt u me helemaal verlegen,' antwoordde hij lachend. 'Eigenlijk vind ik hem niet bijzonder geslaagd en moet er nodig iets aan worden gedaan. In Engeland hebt u vast veel mooiere tuinen gezien.'

'Dat moet ik tegenspreken. Uw tuin kan het tegen elke Engelse tuin opnemen, alleen al vanwege het feit dat het hier niet zo mistig is en je het hele jaar door van bloesems kunt genieten.'

Van Swietens blik bleef even op haar rusten, toen bood hij haar zijn arm en bracht haar naar het terras. 'U bent een zeer buitengewoon muzikaal talent en dochter van mijn land. En daarom voel ik me als het ware verplicht u te ondersteunen. Ik zal de komende weken veel buitenlandse gasten begroeten, onder anderen zeer invloedrijke mannen uit Europa, Azië en Amerika. Als die mannen u horen spelen, zullen ze zeker enthousiast zijn en ervoor zorgen dat uw naam overal ter wereld beroemd wordt.'

'Daaraan werken Mr Carmichael en ik al...'

'Maar het zou het allemaal heel wat makkelijker maken! Als deel van de muziekwereld hoef ik u wel niet te zeggen dat het vaak niet op talent en vaardigheid aankomt, maar op relaties en de juiste hulp op het juiste moment. Ik volg uw carrière al sinds de dag dat ik hoorde dat een jonge vrouw uit Padang opschudding veroorzaakt in de concertzalen. Sommige mensen vinden me misschien grof, maar als ik ergens onvoorwaardelijk van hou, dan zijn het mijn gezin en de muziek. Uw spel fascineert me en na alles wat ik tot nog toe over u heb gehoord, ben ik van mening dat ik u wat steun zou moeten geven.'

Waar was hij op uit? Rose kon zich niet aan de indruk onttrekken dat aan zijn mecenaat een voorwaarde verbonden zou zijn. Een voorwaarde waarop ze misschien niet zou willen ingaan.

'Zoals ik al tegen Mr Carmichael heb gezegd, zou ik graag willen dat u hier in Padang tien concerten geeft voor u uw tournee voortzet. Uw agent heeft me verzekerd dat dit mogelijk is.'

Tien concerten! Carmichael had het over een paar gehad, dat het er tien zouden zijn, had ze nooit kunnen denken. Lieten de plannen voor haar tournee dat wel toe?

'Dat is inderdaad mogelijk,' antwoordde Rose, terwijl ze alleen nog maar kon denken: Amerika! Hoe lang droomde ze er al niet van in New York te spelen!

Zou er echt iemand te gast zijn die ervoor kon zorgen dat ze daarnaartoe ging? Maar wat was daarvoor de prijs?

'En wat stelt u voor als tegenprestatie?' vroeg Rose een beetje benepen.

Van Swieten keek even naar haar, toen glimlachte hij. 'Niet wat u misschien denkt. Nee, ik moet toegeven dat ik maar één tegenprestatie van u verlang. Dat u zo beroemd mogelijk wordt en overal waar u komt, zodat de hele wereld het te horen krijgt, aan iedereen vertelt dat ons prachtige eiland bestaat. En dat u mij ziet als een vaderlijke vriend, meer niet.'

Rose schaamde zich er nu voor dat ze iets anders had gedacht. Zolang ze op het podium stond waren er altijd allerlei mannen geweest die hadden geprobeerd haar oneerbaar te benaderen op grond van het voorstel haar te ondersteunen. Blijkbaar was de Hollander een uitzondering.

'Dat beloof ik,' zei ze, waarop Van Swieten haar de hand reikte.

Toen ze in de concertzaal terugkwam, zag ze niet ver van haar Paul Havenden staan, de elegante vrouw aan zijn arm was blijkbaar zijn verloofde, in elk geval concludeerde ze dat uit de blikken die zij hem toewierp.

Zet hem uit je hoofd, zei ze tegen zichzelf en ze liep snel naar Carmichael, die er beslist op gebrand was te horen wat ze over het gesprek met de gouverneur te vertellen had.

10

Londen 2011

'Het kopiëren van de film zou geen probleem hoeven te zijn,' zo klonk Sunny's stem door de hoorn. Telefonisch geïnstrueerd door Lilly had ze de camera gedemonteerd en de geheugenkaart eruit gehaald. 'Maar het zijn heel veel uren film. Je moet af en toe wat wissen.'

'Kun je niet snel doorspoelen? Ik heb alleen het gedeelte nodig waarin die man met de vioolkist verschijnt.'

Lilly had kort geschetst waar het om ging. Natuurlijk was Sunny's fantasie meteen op hol geslagen en vermoedde ze nu dat het instrument 'gestolen goed' was waar de oude man met een of andere ongeloofwaardige smoes vlug van af had willen komen.

'En waarom heb je dat dan nodig als je denkt dat de viool niet gestolen is?'

Lilly zuchtte. Ze had moeten weten dat Sunny zou blijven doorvragen.

'Ik wil mijn moeder vragen of ze die man kent. Het is een familiekwestie. Maar voor je door gaat vragen: nee, ik zeg er verder niets meer over. Jij vertelt me toch ook niet je hele familiegeschiedenis?'

'Ach daar valt niet veel over te vertellen. Typisch kleinburgerlijke familie. Je zou eens moeten zien hoe ze naar me kijken wanneer ik een nieuwe tatoeage heb laten zetten.'

'Zo langzamerhand zouden ze toch wel aan de aanblik gewend moeten zijn.'

'Eigenlijk wel, maar ik kan je verzekeren dat elke nieuwe afbeelding weer een schok voor ze is. Maar... oké, ik zal de film meteen bekijken. Het is momenteel... eh een dooie boel in je winkel, sorry.'

Lilly haalde haar schouders op. 'Ach, ik had ook niet anders verwacht. Kun je me het filmpje sturen zodra je het hebt?'

'Ik zal het op z'n minst proberen. Anders brand ik het op een cd.'

'En installeer de camera weer als je klaar bent. Ik zou niet graag beroofd worden terwijl er niets kan worden opgenomen.'

Sunny snoof, alsof ze betwijfelde dat ook maar iemand zich aan Lilly's antiek zou vergrijpen. Toen zei ze: 'Maak je geen zorgen, Lilly, ik heb alles in de hand. En als er toch iemand komt die me wil beroven, dan zal ik...'

'... hem toch hopelijk niet de hersens inslaan!'

'Nee, de politie bellen, dat spreekt vanzelf.'

'Braaf meisje!' Lilly haalde even adem, toen voegde ze eraan toe: 'Zou je er overigens bezwaar tegen hebben de winkel nog twee weken langer draaiende te houden? Mijn vriendin denkt dat het onderzoeken van mijn viool nog een tijdje kan duren. Ik zal het bedrag dat we hebben afgesproken nog verdubbelen en er een kleine premie bovenop doen.'

'Geen probleem, mijn collegevrije periode duurt nog tot april, tot zo lang kan ik hier blijven.'

'Zo lang zal ik je niet nodig hebben,' antwoordde Lilly. 'Bovendien moet je ook iets met je vrije tijd doen. Anders geeft je tattooshop je nog als vermist op.'

'Nee, wees maar niet bang, die schrijf ik op Facebook, die missen me heus niet. En ik run je winkel met alle plezier. Stel je voor, gisteren heeft een oud dametje zelfs nog iets gekocht!'

'Dus toch niet helemaal een dooie boel?'

'Nee, af en toe komt er iemand.'

'Mooi dat stelt me gerust. Denk je aan de film?'

'Doe ik. Tot gauw, Lilly!'

'Het beste, Sunny.'

Omdat Ellen haar had aangeboden haar computer te gebruiken, liep Lilly naar de werkkamer en zette het apparaat aan. Stiekem hoopte ze op bericht van Gabriel, maar haar verstand zei dat dat onmogelijk was. Hij had een volle agenda en ze had geluk gehad dat hij zich de vorige dag meteen over haar had ontfermd.

Toch was ze een beetje teleurgesteld toen ze constateerde dat de inbox weliswaar vol was, maar dat na verwijdering van reclame en spam alleen een mailtje van haar vader overbleef, die informeerde hoe het met haar ging en kort vertelde over het uitstapje dat hij met clubgenoten zou gaan maken.

Even speelde Lilly met de gedachte hem op deze manier naar de oude man te vragen, maar iets weerhield haar. Ik heb de film nodig, zei ze bij zichzelf. Het zal beter zijn hun die man te laten zien in plaats van hen met allerlei verhalen te verontrusten.

Dus schreef ze alleen dat ze voor een paar dagen naar haar vriendin in Londen was gegaan en dat ze van zich zou laten horen als ze weer thuis was.

Vlak nadat ze de mail verzonden had, ging de vaste telefoon. Wilde iemand iets van Ellen? Of belde Sunny terug?

Een blik op het display vertelde haar dat het niet Sunny was, maar een Londens nummer.

'Met Kaiser,' nam ze op.

Tot haar verrassing hoorde ze eerst een snijdende vrouwenstem.

De voorkamerdraak, schoot het door haar heen. 'Miss Kaiser? Een ogenblik, ik verbind u door met Mr Thornton.'

Lilly sloeg haar hand voor haar mond om niet hardop te gaan jubelen. Hij belde haar! Opeens begon haar hart als een razende tekeer te gaan.

'Miss Kaiser?' vroeg de secretaresse, die een reactie had verwacht.

'Ja, ik ben er nog. Dank voor het doorverbinden.'

Daar kwam geen antwoord op, in plaats daarvan jengelde er

een melodietje, dat Lilly maar kort hoefde te verdragen.

'Hallo, Lilly!' klonk Thorntons stem goedgeluimd in de hoorn. 'Ik hoop dat je even tijd voor me hebt.'

'Dat heb ik natuurlijk. Waar ben je momenteel?' Lilly had achter de woorden een lichte echo gehoord, zo had het ook geklonken toen ze beneden in het archief waren.

'Ik sta midden tussen de oude wasrollen en schellakplaten,' verklaarde Gabriel geheimzinnig. En wat denk je dat ik hier gevonden heb?'

'Een opname van Rose Gallway?'

'Ja, en wel van het eerste concert dat ze op 12 juni 1895 in Cremona heeft gegeven. Rose was toen net veertien, als de gegevens kloppen. Mrs Faraday had haar getalenteerde leerling blijkbaar meegenomen naar de stad van de violen.'

'Heb je de opname al beluisterd?'

'Nee, nog niet. De rollen zijn heel gevoelig, en deze behoort tot de exemplaren die extra risico lopen. Omdat de kans bestaat dat we hem maar één keer kunnen afspelen, heb ik onze technicus opdracht gegeven er meteen een digitale opname van te maken.'

'O, natuurlijk...' Lilly beet op haar lip. Het liefst had ze gevraagd of ze bij het afspelen aanwezig mocht zijn. Hoe zou het hebben geklonken als Rose op haar viool speelde?

'De reden dat ik bel, is om te vragen of je misschien zin hebt samen met mij de opname te beluisteren. Vooropgesteld dat je tijd hebt.'

Lilly hapte naar adem. 'Natuurlijk heb ik tijd.' Wat zou ik ook anders moeten doen, voegde ze er in gedachten aan toe.

Thornton lachte. 'Prima, dan zou het me groot plezier doen als je het beluisteren van de wasrol zou komen bijwonen.'

'En wanneer wil je van start gaan?' Lilly keek op de klok. Tien voor half elf.

'Zodra je hier kunt zijn.'

'Dus nu meteen, neem ik aan?' Het hart klopte Lilly in de keel. Het liefst had ze Ellen gebeld, zodat zij de opname ook zou kunnen horen, maar toen herinnerde ze zich weer wat deze de vorige avond had gezegd, dat er geen raakvlakken waren tussen haar instituut en dat van Gabriel Thornton.

'Als je hier binnen tien minuten bent zal het niet lukken, maar ik denk dat we over een halfuur kunnen beginnen. Dus, kom je?'

Tijdens de hele taxirit zat Lilly op de achterbank op hete kolen. Het verkeer was die middag tamelijk druk en telkens weer kwamen de voertuigen stil te staan, waar de tijd geen rekening mee hield, want die bleef doortikken.

Zuchtend keek Lilly op haar horloge. Het halfuur was al voorbij. Thornton had beloofd op haar te wachten, maar ze had er een hekel aan later te komen dan afgesproken was.

Nadat de taxi noodgedwongen weer vijf minuten stil had moeten staan, kwam hij aarzelend in beweging.

Kunt u geen andere route nemen? had Lilly het liefst naar de chauffeur geroepen, maar toen doemde het instituut voor haar op. Gelukt!

'Excuses dat het zo lang heeft geduurd,' zei de bestuurder toen ze hem het geld overhandigde. ''s Middags breekt in de City altijd de hel los.'

'Het is al goed,' antwoordde Lilly beleefd, hoewel ze het vlak daarvoor nog bijna op haar zenuwen had gekregen. Toen draaide ze zich om naar de buitentrap.

Het inspelen van een aantal strijkers volgde haar door de gangen tot ze bij Thorntons kantoor aankwam. Zijn secretaresse keek geen haar vriendelijker dan de eerste keer, maar ze wist tenminste waar Lilly voor kwam en liet haar zonder bedenkingen bij haar baas toe.

Thornton leek al op haar te hebben zitten wachten. Toen ze binnenkwam schoot hij meteen overeind. Zo te zien aan de slordig zittende manchet van zijn overhemd had hij net nog op zijn horloge gekeken.

'Lilly, daar ben je eindelijk! Ik wilde er al een opsporingsteam op uitsturen!'

'Mijn excuses, het verkeer was vandaag bijzonder druk,' antwoorde Lilly. 'Ik hoop dat je nog niet bent begonnen.'

'Beslist niet. Kom mee.'

Gabriel leidde haar door een lange gang. Voor een deur waarachter doffe geluiden te horen waren, bleven ze staan.

'Ons geluidslab,' legde hij uit. Toen gingen ze naar binnen.

Bij een van de tafels stond een ongeveer veertigjarige man in spijkerbroek en grijs overhemd met opgestroopte mouwen op hen te wachten. De apparatuur naast hem zag er spannend uit.

'Bob? Hier is de dame op wie we gewacht hebben,' zei Thornton en hij wendde zich toen tot Lilly. 'Lilly, dit is Bob Henderson, een genie in het omgaan met computers en wasrollen.'

'Hij overdrijft mateloos,' merkte Henderson op toen hij haar een hand gaf. 'Ik doe gewoon wat ik moet doen.'

Zijn bescheidenheid toverde een glimlach op Lilly's gezicht.

'Nu, dan kunnen we beginnen!' zei Henderson en hij draaide zich naar zijn opstelling toe. Terwijl Lilly zich afvroeg wat het allemaal te betekenen had, ontdekte ze een smalle met was bedekte rol in het apparaat.

'Tot ons geluk is deze wasrol met de opname van Rose Gallway een van de modernere,' verklaarde Henderson, die achter de tafel ging staan.

Hij drukte op een knop. De rol begon langzaam te draaien, het geruis was haast oorverdovend, waardoor Lilly eigenlijk al dacht dat alles onbruikbaar was. Maar toen klonken de eerste tonen erdoorheen. De computer was zo ingesteld dat ze sterker werden weergegeven.

Lilly glimlachte breed toen ze door het nog altijd sterke geruis heen de eerste klanken van *De vier jaargetijden* herkende. 'De lente', dat wist ze meteen, want Vivaldi behoorde tot de weinige klassieke stukken waar ze altijd naar kon luisteren, die ze zelfs kon meeneuriën.

Het spel van de violiste was bijzonder virtuoos. Nu begreep Lilly wat Ellen de vorige dag bedoeld had – deze interpretatie was bezield, dat kon zelfs iemand die niet echt in klassieke muziek geïnteresseerd was horen.

De vingers van de violiste leken met gemak over de toets te vliegen; Lilly kon de cadensen in haar spel niet benoemen, maar het fascineerde haar dat iemand zo snel en vaardig klanken kon voortbrengen.

De opname duurde maar kort, de 'lente' haalde het maar tot de aprilstormen, en toen was het alweer voorbij. Er heerste een plechtige stilte; ook de mensen die zich bezighielden met het testen van de instrumenten, waren opgehouden met hun werk om te luisteren.

Thornton schudde na een tijdje verbijsterd zijn hoofd. 'Geen wonder dat de wereld van haar gefascineerd was. Ik zou zeggen dat dit wereldwijd een van de beste violistes is. Wat vind jij, Bob?'

'Alleen Paganini speelde beter, zou ik zeggen,' antwoordde de technicus, die eveneens zeer aangedaan was door het korte stukje muziek.

'En jij, Lilly?'

Gabriels blik leek haar op een onrustbarend aangename manier te doorboren. 'Het... het is... het was prachtig!' Lilly ergerde zich aan haar gestamel, maar Thornton knikte glimlachend naar haar en wendde zich toen weer tot Henderson.

'We kunnen Miss Kaiser vast wel een kopie van de opname meegeven, denk je niet?'

'Natuurlijk, maar dat duurt even. Hebt u nog zo veel tijd?'

'Miss Kaiser wilde toch ook nog wat documenten over Helen Carter meenemen,' antwoordde Gabriël in haar plaats.

Lilly keek hem verbaasd aan. Wilde ze dat? Gabriels speurwerk in de kelder moest wel erg succesvol zijn geweest.

'Dan is het goed,' zei Henderson. 'Ik zal hem naar uw kantoor brengen, Mr Thornton.'

'Bedankt, Bob!'

Daarop leidde Thornton Lilly weer het geluidslab uit.

'Je hebt dus gegevens over Helen Carter voor me?' vroeg ze toen ze een eind van de deur vandaan waren. Gabriel knikte veelzeggend. 'Heb je die ook in de kist met hopeloze gevallen gevonden?'

‘Geloof je mij niet, als ik zeg dat die kist bestaat?’

‘Jawel, maar gooien jullie alle onbruikbaar geworden rollen en platen daar zomaar in? Dan kun je ze net zo goed wegdoen.’

‘Geschiedenis doe je toch niet weg!’ zei hij met gespeelde verontwaardiging. ‘We slaan ook de rollen op die we met de huidige middelen niet meer kunnen beluisteren. Misschien worden er ooit methodes ontwikkeld waarmee het mogelijk is de oude klanken eraan te ontlokken. De kist met hopeloze gevallen is meer een box waarin alle vermeende hopeloze gevallen stuk voor stuk netjes en degelijk verpakt zijn. Net als de wasrol van Rose Gallway. Wat een vondst!’

Beneden in het archief had Gabriel een aantal documenten op een bureau opgestapeld.

‘Dat zijn dus de documenten over Helen Carter?’

‘Ja, dit zijn ze. Ik heb je toch verteld dat zij en haar gezin zijn omgekomen bij een aanslag op hun schip bij Sumatra? Ik heb in de oude opnameboeken van Mrs Faraday gekeken en op grond daarvan geprobeerd iets over haar ouders te weten te komen.’

‘Is Sumatra niet ooit Nederlands geweest?’ Lilly herinnerde zich vaag de wajangpoppen die haar ooit door een Nederlander waren aangeboden. De poppen waren zeer fijn opengewerkt, echte staaltjes van meesterkunst – alleen had ze zich niet kunnen voorstellen dat ze die in Berlijn zou kunnen verkopen. Wat er uiteindelijk mee was gebeurd wist ze niet, maar de Nederlander had haar verteld dat hij ze van zijn vader had, die vroeger een plantage op Sumatra had gehad. En dat ze gebruikt waren om schimmenspelen op te voeren.

‘Nu was het niet zo dat er op Sumatra alleen maar Hollanders woonden, er waren ook veel Duitsers, Fransen en Engelsen. Emily Faraday documenteerde de gegevens van haar leerlingen nauwkeurig, en dus werden ook hun herkomst en familie genoteerd. Ze was erg actief en ging over de hele wereld op zoek naar talent, zelfs in zulke afgelegen streken als Sumatra, want ze was van mening dat de mooiste bloemen in het verborgene groeiden. Rose Gallways moeder was afkomstig van Sumatra, terwijl haar vader een Engelsman was. Helen Carter was de dochter van James en Ivy Carter. Mr Carter had de leiding over een Engelse handelsnederzetting in Padang en was een vriend van Piet van Swieten, de toenmalige gouverneur van het eiland.'

'Is het mogelijk dat Rose Gallway en Helen Carter elkaar kenden? Misschien heeft Helen bij haar vioolles genomen!'

'Dat zou kunnen, alleen hebben we daarvoor geen bewijs.'

'Maar hoe zou Helen anders aan de viool met de roos zijn gekomen?'

'Misschien is Rose overvallen en hebben ze haar viool verkocht nadat ze haar hadden laten verdwijnen.'

'Dat zou wel heel akelig zijn.'

'Maar niet uitgesloten. Waarom zou Rose anders afstand gedaan hebben van haar kostbare viool?'

Lilly prentte de feiten in haar geheugen, maar had geen idee wat ze ermee aan moest.

'En je hebt echt geen vermoeden waar Rose Gallway kan zijn gebleven?'

'Nee. Alleen de viool zou ons daar misschien uitsluitsel over kunnen geven, maar helaas produceert die slechts klanken en geen woorden.'

Ondertussen zocht Gabriel even in zijn stapel en haalde ten slotte een blaadje tevoorschijn.

'Hier heb ik de belangrijkste informatie over Helen en Rose bij elkaar gezet. Helaas geven deze feiten, cijfers en opmerkingen van de leraressen geen uitsluitsel of een van hen ambities voor componeren heeft getoond. Maar ik zou erom willen wedden dat de "maanverlichte tuin" zich ergens op Sumatra bevindt – en een van deze vrouwen staat daarmee in verband.'

Lilly keek hem onderzoekend aan. 'Heb je het stuk intussen gespeeld?'

De glimlach die op zijn gezicht verscheen gaf haar het antwoord voor zijn mond dat kon doen.

'Natuurlijk. En als je wilt, speel ik je graag mijn interpretatie voor.'

'Ik ben een en al oor.'

Thornton schoot in de lach. 'Ik heb mijn viool niet hier. En ik zou nog een beetje willen oefenen.'

'Aha, en wanneer denk je zover te zijn?'

'Als je me de viool met de roos brengt. Eerlijk gezegd had ik er een beetje op gehoopt dat dat vandaag al het geval zou zijn.'

'Het spijt me, maar Ellen is nog steeds bezig met het onderzoek.'

Thornton knipoogde naar haar. 'Dan heb ik tenminste nog wat tijd om te oefenen.'

Toen ze weer in Thorntons kantoor waren, lag Hendersons opname al op hen te wachten, keurig netjes op cd opgeslagen. Bovendien had Thornton alles gekopieerd wat hij over Rose Gallway en Helen Carter gevonden had.

'Dus nu sta je bij me in het krijt.' Gabriel begon weer onbeschaamd te lachen terwijl hij met het doosje waarin de cd zat voor zijn gezicht wapperde.

'En hoe kan ik dat volgens jou compenseren?' vroeg Lilly.

'Ik dacht aan een persoonlijke schadeloosstelling.'

Lilly werd warm en koud tegelijk. Ze vermoedde dat Gabriel een fatsoenlijke man was, maar op een of andere manier klonken zijn woorden uiterst onfatsoenlijk. Of waren ze dat alleen maar in haar fantasie?

'En... wat zou dat dan moeten zijn?' vroeg ze ietwat onzeker.

'Wat denk je ervan als we eens samen uit eten zouden gaan? Op jouw kosten uiteraard.'

Ze kon er niets aan doen dat haar een bijna opgeluchte zucht ontsnapte. 'Ach ja, natuurlijk, dat zou alleen maar redelijk zijn, toch? Prima, dan nodig ik je uit voor het eten. Maar dan moet je me zeggen waar hier in Londen goede eetgelegenheden zitten, want ik ben eigenlijk niet zo goed op de hoogte, en het moet toch een passende schadeloosstelling zijn, nietwaar?'

'Ik zal mijn wensen in een fijnproeversgids aankruisen en die je doen toekomen. Ik kan je toch nog steeds bij Mrs Morris bereiken?'

'Ja, natuurlijk.' Lilly merkte dat haar wangen gloeiden. Even keken Gabriel en zij elkaar zwijgend aan, toen lachte ze verlegen. 'Nogmaals heel erg bedankt.'

'Graag gedaan. Ik hoop bijzonder dat je iets over Rose en haar viool ontdekt, ik denk dat ze dat verdient.'

Lilly knikte, toen toeterde buiten de taxi al.

11

'De testresultaten van de lak zijn er!' riep Ellen vrolijk toen ze de woonkamer binnenkwam en Lilly daar met een stapel blaadjes op de bank aantrof.

Na haar thuiskomst had Lilly terwijl ze de opname van Rose in repeteerstand op de cd-speler afspeelde alles wat ze van Thornton had gekregen op de salontafel uitgespreid en nog aangevuld met informatie die ze van internet had kunnen halen en afdrukken. Er was veel materiaal over Sumatra, en Lilly moest zich gewoonweg bedwingen om niet helemaal in de prachtige afbeeldingen van dichte palmenoerwouden, een rozekleurige hemel en heerlijke gerechten op te gaan.

'Dat is geweldig!' antwoordde ze en ze deed de dop op de stift waarmee ze passages in de artikelen die haar belangrijk leken had gemarkeerd. 'Wat heeft het lab ontdekt?'

Ellen liet haar blik over de blaadjes gaan. 'Zo te zien had je vandaag een zeer vruchtbare dag!'

'Uitermate! Thornton heeft me gebeld en me uitgenodigd om naar de muziekschool te komen – om een opname van Rose Gallway te beluisteren!'

Ellen trok haar wenkbrauwen op. 'Wil je dan zeggen dat er zoiets bestaat?'

'Ja, dat bestaat!" Lilly greep naar de afstandsbediening van de installatie. Even later klonken de licht vervormde klanken van 'De lente' door de woonkamer.

'De opname stond op een wasrol, en het is onvoorstelbaar wat ze allemaal in stelling hebben moeten brengen om het geluid op te nemen. Maar... hoe zit het nu met de lak?'

Ellen stond er even als door de bliksem getroffen bij. Het spel van Rose leek ook haar te fascineren.

'Dat is waanzinnig! Waarvandaan...'

'Thornton heeft de wasrol in een kist gevonden. De opname moet afkomstig zijn uit Cremona.'

'Daarbij steken mijn labresultaten bijzonder mager af.' Ellen legde de envelop op een lege stoel en ging toen bij Lilly zitten.

'Hoezo?'

'Omdat uit al die tabellen alleen maar blijkt dat de viool uit het begin van de achttiende eeuw stamt en waarschijnlijk in Cremona is vervaardigd. En dat onze viool geen stradivarius is.'

'Maar dat is toch geweldig!' Lilly kuchte. 'Ik bedoel, dat van de datering. Dat het geen stradivarius is, is dan wel jammer, maar eigenlijk maakt het mij ook niet zo veel uit wie hem gebouwd heeft.'

'Dat zie ik een beetje anders, mij interesseert dat wel. Maar de resultaten zijn eigenlijk slechts saaie theorie. Je hebt een opname van Rose – uit Cremona! Een echt spoor! Weet Thornton eigenlijk wel welke schatten hij daar bewaart?'

'Dat weet hij absoluut, en hij is er trots op, neem ik aan.'

Ellen schudde afwezig haar hoofd. Toen glimlachte ze breed. 'Vertel me iets over de opname. En waar komen al die papieren vandaan?'

'Voor een deel uit jouw printer, deels bij Thornton vandaan. Hij heeft me wat informatie over Helen meegegeven. Ik ben bezig het allemaal te ordenen.'

Gerinkel uit haar handtas haalde Ellen uit hun gesprek. Ze pakte haar mobiel eruit en bekeek het bericht dat ze net had ontvangen.

'O, wat een toestand!' liet ze zich ontvallen terwijl ze het sms'je las.

'Wat is er?'

‘Op Deans bouwterrein is een muur ingestort, waardoor er brand is ontstaan.’

Lilly hapte geschrokken naar adem. ‘Maar met hem gaat het toch wel goed?’

‘Jawel, maar hij zal er zeker tot na middernacht moeten blijven.’ Ze klapte haar mobiel weer dicht, toen glimlachte ze. ‘Ik heb een idee! Trek je nieuwe jurk aan, we gaan vandaag uit eten! We moeten onze vondsten vieren, anders laat het geluk ons in de steek!’

‘En de meisjes?’

‘Die nemen we natuurlijk mee.’ Ellen klopte Lilly op haar dij. ‘Vooruit, ik laat het ze weten, en jij gaat je optutten.’

Lilly schudde haar hoofd. Wat is het heerlijk om niet alleen te zijn, dacht ze terwijl ze opstond en vlug naar de logeerkamer liep.

Het restaurant dat Ellen had uitgezocht was uitstekend, maar gelukkig niet overdreven chic. Toen ze binnenkwamen oogstten de twee vrouwen verbaasde blikken.

‘Waarschijnlijk houden ze ons voor een lesbisch stel met kinderen,’ grapte Ellen fluisterend.

‘Wat betekent “lesbisch”?’ vroeg Norma prompt met opgetrokken wenkbrauwen.

‘Als twee vrouwen met elkaar getrouwd zijn, dompie,’ legde Jessi uit.

‘Maar tante Lilly is toch niet met mama getrouwd,’ wierp Norma tegen.

‘Ik moet beter op mijn woorden letten,’ fluisterde Ellen. ‘Mijn meisjes hebben mijn goede gehoor geërfd.’

Nadat ze door een onberispelijk ogende ober naar hun plaats waren gebracht en waren gaan zitten, stelde de ober die die avond hun wensen moest vervullen zich aan hen voor. Hij legde hun servetten op hun schoot, gaf de wijnkaart aan en verkondigde dat ze voor elke gang een voorgerechtje kregen om de smaakpapillen voor te bereiden.

Lilly voelde zich een beetje onzeker. Ze was nog nooit in zo’n deftig restaurant geweest. Ellens dochters leken daar al heel wat meer ervaring mee te hebben.

'Je zegt het toch tegen me als ik iets verkeerd doe?' wendde Lilly zich tot Jessi, die naast haar zat.

'Natuurlijk!' antwoordde het meisje, trots dat ze een volwassene mocht helpen.

Terwijl proefhapjes ter voorbereiding van de smaakpapillen op de afzonderlijke delen van een achtgangenmenu elkaar afwisselden, kletsten ze over Ellens dag op het instituut en de schatten van Thornton in diens kelder.

'Wat dacht je van een reisje naar Italië, nu we weten dat Rose daar gespeeld heeft?' vroeg Ellen ineens. 'Een beetje in het spoor van ons kleine genie treden...'

'Daar heb ik niets op tegen,' antwoordde Lilly, en ze stond verbaasd over zichzelf, want voordat de viool was opgedoken had ze beslist geaarzeld. 'Ik heb me net nog twee weken vrij weten te maken.'

'Doet Sunny het goed met de winkel?'

'Ja, prima! Volle kassa's zal ook zij niet krijgen, maar er steelt tenminste niemand iets en zij kan in alle rust aan haar scriptie werken.'

'Hoeveel tatoeages heeft ze intussen?'

'Geen idee, je zou met haar moeten trouwen om ze allemaal te kunnen tellen. En bij haar maak je weinig kans, want ze wil beslist een tatoeëerder als man.'

Ellen schoot in de lach, ietwat te luid naar de zin van het echtpaar aan de tafel naast hen, dat hun verbaasde blikken toewierp. Maar dat negeerde ze. 'Wat denkt ze van het filmpje?'

'Ze zal het kopiëren en op een cd zetten. Als ik terug ben, zal ik het aan mijn moeder laten zien, en als zij er niets mee kan, bel ik de ouders van Peter. Als de viool afkomstig is uit hun familie, willen ze hem wellicht hebben.'

'Je gaat dat schatje toch niet zomaar weggeven!' riep Ellen verontrust.

'Ook niet als hij niet van mij is?'

'Hoe kom je erbij dat hij niet van jou kan zijn? Je was Peters vrouw! Als je schoonouders ook maar een spoortje fatsoen hebben, en daar ga ik van uit, drukken ze je de viool toch meteen weer in de hand. Daarom is het vergeefse moeite om hem aan hen op te dringen.'

Even zwegen ze, en op dat moment werd het dessert opgediend. Het kunstwerkje van chocolademousse, karamel, slagroom en diverse vruchten was zo prachtig uitgevoerd dat Lilly het haast niet met de zilveren lepel stuk durfde te maken. Toen ze het toch deed, werd ze beloond met een heerlijke smaak, die uitsteeg boven alles wat ze eerder had gegeten.

'Lieve hemel, als dit dessert een man was, zou ik meteen zijn telefoonnummer vragen,' fluisterde ze zachtjes, in de hoop dat de ober het niet hoorde. Op hetzelfde moment moest ze aan Gabriel denken, en ze vroeg zich af welk restaurant hij voor haar zou uitzoeken.

Die nacht bleven het aroma van het heerlijke dessert en de gedachte aan Gabriel Thornton nog lang door haar hoofd spoken. Terwijl ze door het raam naar de maan keek, die zich achter een paar wolken verschool, probeerde ze zich de muziek voor de geest te halen, want ze wilde de cd nu niet afspelen. Toen het niet lukte, dacht ze aan Gabriels gezicht, dat die dag zo dicht bij haar was geweest.

Ze wist dat zijn vriendelijkheid mogelijk verder niets betekende, ze werkten samen aan een project, en als dat afgelopen was zou ieder zijns weegs gaan. Maar toch keek ze in gedachten naar zijn ogen, de kuiltjes in zijn wangen, zijn brede mond met de licht opgetrokken lippen. De manier waarop zijn haar naar voren was gevallen toen hij zich over het opnameapparaat boog. Op de een of andere manier leek ze alles veel duidelijker te zien, en ze merkte ook dat er bij die aanblik in haar iets naar boven kwam. In het laboratorium hadden de hartkloppingen het onderliggende gevoel overstemd, zodat ze het niet had opgemerkt. Maar nu werd ze het gewaar, en een weldadige warmte vervulde haar. Bovendien ervoer ze voor het eerst in lange tijd weer de behoefte de huid van een man tegen haar lichaam te voelen. Gabriels huid.

Toen ze bij die heerlijke gedachten wilde insluimeren, klonken er voetstappen voor haar deur, zo zachtjes dat ze al bijna geloofde dat een van de meisjes binnen wilde komen. Zouden ze de jurk willen gappen?

Ineens werd er geklopt. 'Lilly?' fluisterde Ellen gedempt.

'Ja?'

'Mag ik binnenkomen?'

Lilly kwam overeind. Was er iets met Dean gebeurd? Tot nog toe had ze zijn auto niet horen aankomen.

'Ja, natuurlijk, kom binnen. Is er iets met Dean?'

'Nee, maak je geen zorgen,' antwoordde Ellen toen ze, zoals soms in hun jeugd, op de rand van Lilly's bed ging zitten. 'Het idee om naar Cremona te gaan laat me alleen niet los. Ik ken daar iemand die ons misschien kan helpen om Rose te vinden.'

'Maar we hebben Thornton toch al?' wierp Lilly tegen, terwijl ze het weer aangenaam in haar buik voelde kriebelen.

'Dat wel, en ik trek zijn kennis ook niet in twijfel. Maar een extra paar ogen is nooit weg, misschien vindt mijn kennis iets over haar in Italië. Mogelijk is ze daar na haar verdwijning ooit weer opgedoken.'

Lilly schudde haar hoofd. Maar Ellens vurige ijver kon ze daarmee niet temperen.

'We moeten echt elk spoor nagaan. En zelfs als ze alleen als jong meisje in Cremona is geweest, is dat al heel wat. Wil je dan niet de stad zien die zij gezien heeft? Misschien helpt het ons om te ontdekken wat haar geheim was.'

En hoe zal dat allemaal naar mij leiden? vroeg Lilly zich af, maar iets weerhield haar om haar twijfel hardop te uiten.

'Wat denk je ervan om er dit weekend heen te gaan?' gooide Ellen eruit.

Lilly hapte verrast naar adem. 'En Deans bouwterrein dan? En je kinderen?'

'Norma en Jessi kunnen ook wel eens zonder hun moeder, en

Dean heeft me verzekerd dat alles voor het weekend weer in orde is en dat hij op de kinderen kan passen.'

'Wanneer heeft hij dat gezegd?'

'Daarnet aan de telefoon. Hij heeft gebeld en zei dat het allemaal minder erg is dan hij dacht. Hij komt tegen de ochtend naar huis en dan kunnen wij voorbereidingen gaan treffen.'

Lilly voelde zich nog steeds overrompeld. Eigenlijk had ze gehoopt de volgende dag Gabriel te zien. Maar kon ze zich Cremona laten ontgaan?

'Wanneer moet het dan gebeuren?' vroeg ze dus maar, en ze zag een brede grijns op Ellens gezicht verschijnen.

'Ik zal uitzoeken wat het best uitkomt, misschien kunnen we last minute een ochtendvlucht boeken.'

'Oké, zoek dat dan uit. Ik zal het geld zo snel mogelijk naar je overmaken.'

'Prima, dan doen we het zo,' antwoordde Ellen. 'Wij tweeën gaan er een leuk weekend van maken en komen misschien iets over Rose te weten.'

Toen stond ze op en liep de kamer uit.

Bij de gedachte naar Italië te gaan kreeg Lilly een gevoel van opwinding. Als ze Gabriel nou eens kon meenemen...

Gabriel! Ineens overviel haar een dringende behoefte hem over de reis te vertellen. Tenslotte zou hij al een datum voor ons etentje op het oog kunnen hebben, zei ze bij zichzelf, maar ze wist maar al te goed dat dat niet het enige was. Ze wilde hem over het plan vertellen omdat hij op de een of andere manier belangrijk voor haar was. Ook al was dat verwarrend.

Terwijl Ellen waarschijnlijk al begon in te pakken, stond Lilly op, sloeg haar peignoir om en sloop toen naar de werkkamer. Daar aangekomen deed ze het licht aan, liep naar de computer en opende het mailprogramma.

Beste Gabriel,

Ik schrijf je voor het geval dat je al een datum voor ons diner op het oog hebt.

Mijn vriendin heeft me overgehaald om zomaar ineens naar Cremona te gaan, in het spoor van Rose en onze viool. Je vindt dat nu vast heel verrassend, maar misschien heeft haar bezoek meer sporen nagelaten dan een geluidsopname. Ik hoop dat je daar begrip voor hebt en het me niet kwalijk neemt.
Zodra ik terug ben, zal ik het je laten weten. En dan gaan we alsnog uit eten, beloofd.

Veel groeten,
Lilly

Voor ze het mailtje verstuurde las Lilly het nog een keer door. Was de tekst te onpersoonlijk? Moest ze er misschien nog iets aan toevoegen? Iets waardoor hij een beetje in haar ziel kon kijken? Ze wilde daar al mee beginnen, maar toen trok ze haar hand weer terug. Nee, wat daar stond was wel genoeg. Genoeg om hem te laten weten dat ze het plan om samen te gaan eten serieus nam. Genoeg om zich niet belachelijk te maken. Dus klikte ze op 'verzenden'. Daarbij voelde ze zich eigenaardig licht en tegelijkertijd ook vreemd gespannen. Het was onwaarschijnlijk dat hij het bericht vandaag nog zou lezen, maar toch had ze er plezier in zich voor te stellen hoe hij achter zijn computer zat en haar mailtje opende. Hopelijk neemt hij het me niet kwalijk, dacht ze een beetje bezorgd.

Nog voor ze de computer kon uitzetten kwam er met een zacht 'pling' een nieuw bericht binnen. Het kwam van Gabriels kantooradres. Was hij nu nog aan het werk? Met trillende handen opende ze het mailtje en las:

Beste Lilly,

Tot mijn schande moet ik bekennen dat ik nog geen datum op het oog heb. In plaats daarvan heb ik een verrassing voor je, maar omdat je nu een paar dagen weggaat, lijkt het me een goed idee je daarmee aan het lijntje te houden, opdat je uit Cremona

terugkomt. Ik ben daar een keer geweest en vond de stad zo boeiend dat ik er bijna was gebleven. Opdat dit jou niet gebeurt en je naar mij terugkomt alleen dit: ik heb een klein nieuwtje opgedaan dat een heel nieuw licht op Rose Gallway werpt.
Ik wens je een goede tijd in Cremona en wacht in spanning af wat je aan het licht zult weten te brengen. Mijn beste wensen en gedachten zullen je begeleiden.

Je Gabriel Thornton

Glimlachend leunde Lilly achterover op de bureaustoel. Wat zou hij hebben ontdekt? Of zou het maar een trucje zijn om haar weer terug te lokken uit Cremona? Nee, dat kon ze zich van Gabriel niet voorstellen. Als hij zei dat hij iets had, dan had hij ook iets. Nog veel interessanter dan het nieuwtje vond Lilly het echter dat hij geschreven had dat ze naar hem terug moest komen. Hij had het ook in algemene termen kunnen formuleren, maar toen ze het mailtje nog een keer las, en nog een keer, viel dat 'naar mij' echt op.

Voor ze het bericht nog eens kon lezen, ging de deur open en kwam Ellen binnen. Verbaasd gingen haar wenkbrauwen omhoog.

'O, ik wist niet dat je hier boven zat!'

'Ik heb maar even gemeld dat ik er niet ben voor het geval dat Gabriel nieuwe informatie voor me heeft,' verklaarde Lilly en ze klikte het mailtje weg.

'Goed, laten we dan eens kijken wanneer de eerstvolgende vlucht gaat. Dean is trouwens net thuisgekomen; als je hem zoekt, hoef je maar de brandlucht te volgen.' Er verscheen een liefdevolle uitdrukking op Ellens gezicht. 'Ik ben zo blij dat alles met hem in orde is.'

'Ik ook,' antwoordde Lilly, toen gaf ze haar vriendin een kus op haar wang en ging terug naar haar kamer voor de herinneringen aan Peter weer kwamen aansluipen en deze mooie avond voor haar zouden bederven.

12

Padang 1902

Die middag vond Rose eindelijk tijd om haar ouders te bezoeken.

Sinds ze naar Engeland was gestuurd had ze hen niet meer gezien. Maar het verlangen naar het huis in de buurt van de haven en naar de mensen op straat was altijd gebleven. Evenals natuurlijk het verlangen naar haar moeder en vader, die zo verschillend waren, wat haar als kind al was opgevallen. Haar vader was een Engelsman, een lange, forse man met brede handen, blauwe ogen en haar zo stralend als de zon. Haar moeder was een inlandse, tenger, met dik zwart haar en fijngevormde amandelogen, die Rose van haar geërfd had. Als kind had ze soms gemerkt dat haar vader benijd werd om zijn mooie vrouw, en dat had ook haar met trots vervuld.

Terwijl ze haastig door de straten van Padang liep, langs marktkraampjes die fruit, kokosnoten en rijst te koop aanboden, dacht ze ook weer aan de Engelsman die op de ontvangst van de gouverneur met haar had gepraat. Sinds de weinige minuten dat ze met hem in de tuin alleen was geweest, had ze zijn gezicht steeds weer voor de geest gehad, de zeeblauwe ogen, het goudblonde haar. De vreemde verwarring die ze de vorige dag al had ervaren, was intussen sterker geworden. Nog nooit had ze een man zo aantrekkelijk gevonden, terwijl er de nodige mannen waren geweest die daar het hof maakten. In gedachten verzonken botste ze bijna tegen een oude man met een aap op, en ze deinsde achteruit.

'Zijn niet bang, lady. Aap niets doen,' bezwoer de oude man in gebroken Engels.

Zie ik er echt uit als een blanke? vroeg Rose zich af, en toen antwoordde ze in het Maleis: 'Ik ben niet bang. Maar hou hem goed vast, anders verdwijnt hij in een palm en dan moet je hem zoeken.'

De man staarde haar met grote ogen aan, niet in staat te antwoorden. Lachend draaide Rose zich om en liep verder.

Uiteindelijk werd de ziltc bries die door de straten van de stad waaide sterker en kouder. Het huis van haar ouders bevond zich in de buurt van een paar pakhuizen aan het water, die haar vader voor een grote handelsfirma beheerde. Het was niet net als de huizen voor de inlanders op Sumatra op palen gebouwd, maar in de stijl van de Hollanders, met dikke stenen muren met een witte verflaag, die altijd al meerdere barsten en een donkere schaduw had vertoond.

Dikwijls had Rose op school van andere meisjes moeten horen hoe riskant dat was. Als er een overstroming kwam – en die waren er vrij vaak op het eiland – zou het misschien wel verwoest worden. Maar dat was niet gebeurd.

Tot haar grote vreugde constateerde Rose dat het er nog altijd stond en niet erg veranderd was. De raamkozijnen moesten een tijdje geleden geschilderd zijn, want de blauwe kleur was nieuw voor haar. Op de dakspanen was nog meer mos gaan groeien, maar verder was alles bij het oude.

Met een van voorvreugde bonzend hart liep ze naar de voordeur. Zou haar vader er ook zijn?

Ze wist dat haar moeder eigenlijk alleen tegen de avond het huis verliet, om met de buurvrouwen te praten. De voorafgaande uren bracht ze door met werken. Ze vond altijd wel iets te doen, hoewel ze al een hele tijd alleen met haar man woonde.

Toen Rose binnenkwam hoorde ze stemmen, die ze eerst niet verstond. Ze spraken de taal van haar moeder Adit, en zo vlug dat

Rose in gedachten nauwelijks een woord kon vertalen. Wat had ze die taal lang niet gehoord!

Haar moeder had bijna altijd als ze alleen waren zo met haar gesproken. Maar sinds haar vertrek had Rose bijna alleen nog Nederlands en Engels gesproken, de taal waarvan Mrs Kavanagh, de Engelse lerares van het conservatorium, de correcte toepassing er bij de leerlingen regelrecht had ingehamerd.

Na een tijdje raakte ze er echter weer aan gewend en verstond ze ongeveer wat de stem die niet van haar moeder was, zei: 'Ik was er van het begin af aan op tegen dat je wegging. Het is niet volgens de adat dat een vrouw naar het huis van haar man gaat.'

Adat. Wat betekende dat woord ook alweer? Rose dacht even na, toen schoot het haar te binnen. Haar moeder had haar uitgelegd dat voordat de islam hier voet aan de grond kreeg, de adat, wat zo veel betekende als 'gewoonterecht', het leven van de stammen had bepaald. Van de geboorte tot de dood, van het bouwen van huizen tot het telen van rijst, alles werd door de adat geregeld.

'Maar dat heb ik toch al honderd keer gezegd,' antwoordde haar moeder zuchtend. 'Ik heb ervoor gekozen hier te wonen, samen met hem. Al die tijd hebt u me met rust gelaten, en nu, nu ik al bijna een oude vrouw ben, komt u hier en begint u er weer over.'

Wat bedoelde ze? Rose kon zich niet herinneren de oude vrouw eerder te hebben gezien. Ze strekte haar hals een beetje en probeerde het gezicht van de bezoekster te herkennen. Het was zo bruin als een noot, en de rimpels in haar wangen leken wel een rivierdelta te vormen. Ze moest meer dan tachtig levensjaren tellen.

'Het is je plicht je plaats bij ons in te nemen,' antwoordde de oude vrouw nu kwaad. 'De adat schrijft het voor. Waar zouden we zijn zonder onze voorouders? Je weet dat er veel eer aan verbonden is.'

'Eer die ik niet wil! Ik wil bij mijn man blijven, ik wil hem elke dag zien en niet alleen maar door hem bezocht worden. Geef voor mijn part een ander de eer en de bezittingen, ik heb toch nog altijd een zus.'

Rose fronste verbaasd haar voorhoofd. Haar moeder zou een of andere eer te beurt vallen? Eer die ze niet wilde...

Natuurlijk wist ze dat haar moeder uit het noorden was gekomen en vroeger bij haar volk had gewoond. Maar meer had zij haar niet verteld.

Plotseling kraakte de vloerplank onder haar schoenen.

'Is daar iemand?' vroeg haar moeder. Nu kon Rose zich niet langer verschuilen.

'Moeder?' vroeg ze en ze schoof vervolgens het gordijn opzij dat de achterkamer van de keuken scheidde.

De tengere vrouw, wier haar inmiddels een paar zilveren strengen vertoonde, staarde haar eerst aan alsof ze een geestverschijning zag.

'Rose!' riep ze toen, en ze sprong op en stormde op haar dochter af. De oude vrouw die op haar in had zitten praten leek helemaal vergeten.

Rose was intussen een hoofd groter dan Adit, maar dat belette haar moeder niet haar handen om haar gezicht te leggen en haar daarna zacht naar zich toe te trekken. 'Je bent er weer! Mijn Rose is bij me teruggekomen!'

Eigenlijk had Rose haar bij wijze van eerbetuiging een kus op haar voorhoofd moeten geven, maar zover liet haar moeder het niet komen. In plaats daarvan trok ze haar met verbazingwekkende kracht tegen zich aan en barstte in tranen uit. Rose verging het niet veel beter. Er leek een brok in haar keel te zitten, tot een bevrijdend slikken haar daar uiteindelijk van verloste. Een hele tijd bleven ze zo staan, hielden elkaar vast, probeerden elkaar te troosten. Op de oude vrouw letten ze allebei even niet meer.

Maar de oude vrouw herinnerde hen kuchend aan haar aanwezigheid.

Voor haar maakte Rose nu een buiging, zoals het hoorde, en ineens leek het of ze weer twaalf was en op het punt stond naar Engeland te vertrekken.

De oude vrouw nam het gebaar zonder het geringste blijk van ontroering in ontvangst.

'Dat is dus je dochter,' zei ze met een accent dat Rose niet kon thuisbrengen. 'Weet ze wat haar afstammming is?'

Haar moeder wierp Rose een waarschuwende blik toe. 'Dat weet ze. Maar ze heeft voor een ander leven gekozen. Een leven ver van het eiland. Een modern leven.'

Rose keek verwonderd van de ene vrouw naar de andere. Wat moest zij weten? Ze kon zich geen gesprek met haar moeder herinneren dat over haar afkomst was gegaan. Of over welke eer of plicht en welke oude vrouwen in klederdracht die er als een spook uitzagen dan ook.

De oude vrouw snoof verachtelijk. 'Een mens heeft het in zijn leven niet altijd zelf voor het kiezen. Dat geldt voor jou en ook voor haar. In jouw plaats zou ik er bijtijds voor zorgen dat ze te horen krijgt welke plichten ze ooit zal hebben. Als je dat niet doet, bestaat de kans dat je kind onheil overkomt en haar hele familie in het ongeluk stort.'

Toen draaide ze zich om en ging weg.

Rose staarde haar na. Wat was dat voor eigenaardig mens? Waarom bedreigde ze haar met onheil?

Toen de vrouw achter het gordijn verdwenen was, keek Rose haar moeder aan. Die leek verstard. Haar mond bewoog heel zwak, maar er kwam geen klank uit.

'Wat was dat voor vrouw, moeder?' vroeg Rose nadat ze een beetje van haar verbazing was bekomen.

'Een oude bekende,' antwoordde haar moeder enigszins afwezig, maar toen leek ze in de werkelijkheid terug te keren. 'Ik ben zo blij je terug te zien, m'n kind, je hebt me geen bericht gestuurd dat je zou komen.'

'Het is allemaal nogal snel gegaan, ik heb een uitnodiging van de gouverneur gekregen, om bij een ontvangst te spelen. En nu ben ik hier.'

'Daar ben ik blij om. Het is mooi dat je ondanks alles je ouders niet vergeet. Je bent nu immers een bekende dame.'

'Ik ben maar een gewone muzikant, moeder, dat weet u toch. Zijn mijn brieven en pakjes bij u aangekomen?'

'Allemaal, en ik heb ze allemaal bewaard. Soms wilde ik dat ik je terug kon schrijven, maar als je onderweg bent, kunnen mijn brieven je onmogelijk bereiken.'

Om de waarheid te zeggen had Rose post van haar moeder smartelijk gemist. Toen ze nog op het conservatorium zat, had haar moeder haar vaak geschreven. Dat was inmiddels echter onmogelijk geworden omdat ze elke dag op een andere plaats was en wel berichten en brieven kon versturen, maar niet ontvangen.

'Mijn tournee is over een halfjaar afgelopen,' zei Rose. 'Dan zal ik er bij mijn agent op staan dat ik langere tijd bij jullie kan blijven.'

'Je zou je tijd beter kunnen gebruiken om je door een jongeman het hof te laten maken,' zei haar moeder lachend terwijl ze naar het fornuis liep om theewater op te zetten.

'Ik zou niet weten wie mij het hof zou moeten maken,' antwoordde Rose. 'Bij mijn optredens leer ik maar zelden mannen kennen die me bevallen. Meestal zijn ze oud en wellustig en niet bepaald geschikt om een gezin mee te stichten. Bovendien...' Ze hield even op, want ze wist hoe graag haar moeder kleinkinderen wilde hebben.

'Bovendien behoort jouw hart de muziek toe,' maakte haar moeder de zin voor haar af. 'Dat is altijd al zo geweest, ook toen je nog klein was.'

Voor Rose iets kon zeggen, kwam haar moeder naar haar toe en legde haar tengere, zachte vingers op haar hand. 'Maak je geen zorgen, Rose, ik weet hoe het voelt om een droom te hebben. Mijn droom was aan alle verplichtingen van mijn familie te ontkomen. Ik...'

Ze boog haar hoofd, dat ze vervolgens schudde. 'Misschien heeft ze gelijk en moet ik je het vertellen.'

'Wat vertellen?'

Haar moeder zuchtte diep, liep toen zonder te antwoorden naar het fornuis en haalde de ketel, waarin het water inmiddels kookte, eraf. Nadat ze de thee had opgeschonken, zette ze twee kopjes op de tafel neer.

Rose keek naar haar moeder. Had ze zich altijd al zo langzaam bewogen? Had ze bij het bewegen altijd zo getrild?

Nee, ze dacht van niet. Er was iets aan de oude vrouw geweest wat haar bijzonder had verward.

'Moeder?' kwam ze er zachtjes op terug.

'Ja, m'n kind, ik ben het niet vergeten. Ik probeerde alleen maar alles op een rijtje te zetten. Eigenlijk zou ik willen dat jij nooit met deze wetenschap werd belast.'

'Welke wetenschap?' Rose begreep niet waar ze op uit was. Wat had haar afkomst daarmee te maken?

Nadat haar moeder voor haar en voor zichzelf een kopje thee had ingeschonken, ging ze zitten en vouwde haar handen boven het tafelblad alsof ze wilde bidden.

'Misschien herinner je je nog het bezoek aan je grootmoeder lang geleden?' begon ze, en Rose merkte dat haar stem trilde.

'Ik kan me de tuin herinneren,' antwoordde Rose naar waarheid. 'En grootmoeder nog een beetje. Maar slechts heel zwak.'

'Toen was je drie jaar. Ik kan begrijpen dat de tuin je meer is bijgebleven, tenslotte gaat er een bijzondere bekoring van uit. En het is ook volkomen duidelijk dat je niets van de gesprekken van de volwassenen hebt meegekregen.'

Hoe Rose ook haar best deed, ze vond geen herinnering aan welk gesprek dan ook dat haar ouders met haar grootmoeder gevoerd zouden kunnen hebben.

'Misschien speelt je herinnering je op een ander punt ook nog parten: ik was daar alleen met jou, zonder je vader.'

Rose schudde haar hoofd. 'Ik heb daar geen herinnering aan.'

'Maar het was zo. Ik was alleen met jou daar boven, omdat je grootmoeder om een onderhoud had gevraagd. Ik wist natuurlijk precies waar het om ging. Sinds ik met Roger naar Padang was gegaan, had ik haar niet meer gezien. Ze liet me komen om me aan mijn plichten te herinneren. Destijds was ik nog volgzaam genoeg om naar haar toe te gaan. Maar de middag eindigde in ruzie. Terwijl jij van het wonder van de tuin genoot, vielen tussen mijn moeder en mij vele boze woorden.'

Terwijl haar moeder sprak kwam er plotseling een lang verdrongen detail uit Rose' herinnering naar boven. Ze zag een huis met verscheidene spits toelopende daken. Toentertijd had het haar een paleis geleken! Haar fantasie had het gebouw met de jaren een gouden dak, muren van edelstenen, torens en enorme ramen gegeven, tot het absoluut niets meer met het eigenlijke huis gemeen had. Maar nu zag ze eigenaardig genoeg het oorspronkelijke huis voor zich, met zes puntdaken, die er als op elkaar gestapelde op hun rug liggende halvemanen uitzagen. Halvemanen van bruine dakspanen, en in plaats van edelstenen muren zag ze houtsnijwerk op een rode ondergrond en raamkozijnen die groen en rood geschilderd waren.

De herinnering was echter van korte duur. Toen Adit verderging, verdween het beeld uit Rose' hoofd.

'Je herinnert je vast ook niet meer dat ik je bij de arm heb gepakt en je heb meegesleurd naar de wagen waarop je vader ver buiten het dorp wachtte, omdat het hem niet was toegestaan de grens te overschrijden.'

Om eerlijk te zijn herinnerde Rose zich dit niet. Maar gemakshalve knikte ze.

'En wat betekent dat voor mij?'

'Dat je op zekere dag ook bezoek van hen krijgt. Ze zullen proberen je ertoe te bewegen in het stamhuis te trekken, als heerseres over de rijstvelden van ons volk. Dat mag op het eerste gezicht niet bijzonder ernstig lijken. Maar als je op dat moment al een man hebt, dan zul je gedwongen zijn hem te verlaten en bij je volk te gaan wonen. Hem zal in het beste geval worden toegestaan je te bezoeken, maar wonen moet hij bij zijn eigen volk. Daarom heb ik ervoor gekozen tegen de adat in te gaan – en daarmee heb ik ook afstand gedaan van mijn erfenis.' Ze keek Rose nu recht in de ogen. 'Je moet weten dat je vader mijn alles is. Nogal wat mensen trouwen omdat hun ouders dat zo geregeld hebben. Ik ben met hem getrouwd omdat er voor mij vanaf het eerste moment geen ander bestond. Ik kon het niet verdragen ook maar een ogenblik langer dan nodig van hem gescheiden te zijn. Nu zou je kunnen zeggen dat ik ook van hem gescheiden ben als hij naar zijn werk is, maar dat is niet hetzelfde, want ik heb tenslotte de zekerheid dat hij naar me terug zal komen. Als ik nu aan het verzoek van de oude vrouw gehoor geef, moet ik alles achterlaten en in het stamhuis trekken. Er was dus indertijd een reden dat ik uit het dorp ben weggegaan. Ik wilde niet zonder Roger leven.'

Ze legde haar ijskoude hand op de vingers van Rose. 'Jij bent nog te jong om te begrijpen wat ware liefde is. Maar ik zeg je, als je ooit echt verliefd op iemand wordt, zal elk moment dat je van hem gescheiden bent je vreselijk pijn doen. Voor mij is het een pijn die ik niet kan verdragen, begrijp je?'

Rose begreep het. En haar moeder vergiste zich als ze veronderstelde dat zij nog geen idee van de liefde had. Goed, ze had tot dusver nog niet zo van een man gehouden als haar moeder van haar vader. Maar de liefde voor de muziek was voor haar daarmee beslist te vergelijken. En Rose was niet van plan die voor de adat op te geven.

De rest van de middag bracht Rose door met huishoudelijk werk, dat haar intussen bepaald vreemd was geworden en dat ze samen met haar moeder deed, maar dat haar ook weer terugvoerde naar haar kindertijd, wat een heerlijk gevoel was.

Toen haar vader 's avonds thuiskwam, verstarde hij in de deuropening en liet van louter verbazing zijn tas vallen.

'Rose?'

Nog altijd was Roger Gallway een zeer imposante man, ook al had de tijd zijn haar volkomen gebleekt, zodat het nu wit was in plaats van goudblond.

Vroeger had Rose altijd gedacht dat haar vader heel belangrijk was omdat hij toezicht hield op de goederen van de Hollandse handelaren. Inmiddels wist ze dat ook hij maar een werknemer was, maar voor haar was hij toch belangrijk, want aan zijn werk en zijn goede wil had ze het te danken dat ze een uitstekende opleiding had gekregen en naar Engeland had mogen gaan om haar talent te ontwikkelen.

De aanblik van zijn blauwe ogen en de fijne rimpels op zijn wangen vervulde Rose met dezelfde warmte als ze bij het zien van haar moeder had ervaren. Ze liep simpelweg op hem af en omhelsde hem in de hoop dat de verstarring dan van hem af zou glijden. En dat gebeurde, want hij sloeg zijn armen om haar heen en drukte haar stevig tegen zijn borst, en even later voelde Rose een van zijn tranen op haar wang druppen.

De hele avond moest Rose vertellen hoe het haar de laatste tijd was vergaan, terwijl haar moeder het traditionele *makanan* bereidde, een combinatie van verschillende gerechten waar Padang in de wijde omtrek om bekendstond. Haar vader had natuurlijk al haar brieven meermalen gelezen, maar toch speelde hij het klaar telkens nog een paar details uit haar los te krijgen die ze niet had vermeld of die ze misschien onbelangrijk had gevonden.

Terwijl ze praatte, lukte het Rose even niet te denken aan de serie uitvoeringen die voor haar lag, de eisen die Carmichael aan haar stelde – en vooral aan het feit dat ze de komende dagen tien keer onder de auspiciën van de gouverneur zou optreden.

'En waarheen zal je tournee je nu brengen?' vroeg haar vader toen, terwijl ze de heerlijke geur van het gerecht in haar neus kreeg.

'Ik blijf een paar weken op Sumatra, de gouverneur wil graag dat ik bij verschillende gelegenheden speel.'

'Een grote eer!' constateerde haar vader waarderend. 'Als je wilt, kun je in die tijd weer bij ons wonen. Dat zal je moeder beslist plezier doen.'

Rose werd rood. 'Ik vrees dat dat niet gaat. Ik heb mijn kleedster en mijn agent bij me, bovendien zullen de optredens 's avonds plaatsvinden, zodat ik niet voor het ochtendgloren terug ben.' Toen ze zag dat haar vader bedroefd begon te kijken, voegde ze eraan toe: 'Maar ik zal jullie als ik niet hoef te studeren elke dag opzoeken, dat beloof ik.'

Maar dat monterde Roger Gallway absoluut niet op. Hij zei

weliswaar niets, maar Rose wist precies dat zijn zwijgende gebroei niets anders dan teleurstelling betekende.

'Ach, lieveling, laat ons meisje toch met rust,' zei haar moeder toen ze naar de tafel kwam. 'Ze is geen klein kind meer, zoals je ziet. Ze is een volwassen vrouw, en als ze eenmaal getrouwd is, kan ze ook niet meer zomaar bij ons zijn.'

'Maar ze is nog niet getrouwd.'

'Op een dag is het zover. Tot die tijd moet je gewoon blij zijn dat ze er is.'

Rose wist niet waarom, maar ineens zag ze Paul Havenden voor zich. Vlug zette ze de gedachte aan hem weer van zich af en wijdde zich aan haar schaaltje met rijst, die ze met een scherpe saus kruidde en waar ze nog een paar garnalen aan toevoegde.

Die nacht deed Rose geen oog dicht. Het kwam niet doordat ze vroeger in haar kinderkamer bang was geweest. Nee, juist het vertrouwde gevoel, dat er meteen weer was geweest zodra ze de deur door was gegaan, verdreef haar vermoeidheid en riep opnieuw beelden uit haar herinnering tevoorschijn.

Zolang het haar heugde had ze zich geheel aan de muziek gewijd. Veel meisjes op de school van Mrs Faraday waren door hun ouders gedwongen viool te leren spelen, maar zelf had ze het als een verlies ervaren als ze een dag niet kon spelen. Vol schrik herinnerde ze zich dat ze, toen ze nog geen drie maanden in Londen was, roodvonk had gekregen, in een verduisterde kamer moest liggen en nauwelijks geluid te horen kreeg omdat men niet wilde dat ze het licht in haar ogen en haar gehoor verloor. Die geluidloze weken waren de ergste van haar leven geweest, maar hadden haar de vaardigheid geschonken zich ook melodieën te kunnen voorstellen als ze ze niet hoorde.

Over mannen had ze echter niet veel nagedacht. Ze had veel vereerders, maar een echtgenoot kon ze zich niet aan haar zijde voorstellen. De Engelsman was de eerste die iets bij haar wakker had gemaakt, maar ook bij hem was ze er niet zeker van of ze haar talent zou opgeven om zijn vrouw te worden.

Uiteindelijk zag ze in dat al die gedachten onzin waren. Havenden is verloofd, zei ze tegen zichzelf. Hij zal nooit met me trouwen. Hij was gewoon alleen maar aardig, meer niet. En waarschijnlijk zie ik hem nooit meer.

De volgende ochtend, nadat ze afscheid van haar ouders had genomen en beloofd had niet weer jaren te laten verstrijken voor het volgende weerzien, begaf Rose zich op weg naar het hotel.

Ze wist zeker dat Carmichael al half gek van de zorgen zou zijn – als zij verloren ging, gingen ook zijn inkomsten verloren, en dat kon hij zich absoluut niet veroorloven.

Toen het haar toch nog gelukt was in slaap te vallen, had Rose een paar heel verwarrende dromen gehad. Dat schreef ze toe aan de geschiedenis van haar moeder, maar dat nam ze haar niet kwalijk. In elk geval was er iemand van haar volk verschenen en had van haar geëist dat ze haar huidige leven opgaf om als stammoeder een dorp te regeren!

Voor Rose stond het vast dat ook zij niet aan die eis zou voldoen. Ze wilde niet in een of ander dorp in de jungle verzuren! Ze wilde carrière maken, de wereld zien! De eisen van welke voorouders dan ook konden haar gestolen worden!

'Miss Gallway, wat een toeval!' klonk er een stem achter haar. Toen Rose zich omdraaide, stak Paul Havenden net de straat over.

'Lord Havenden,' antwoordde Rose een beetje stijfjes, want haar hart ging ineens als een razende tekeer.

'Wat verschaft mij de eer u zo vroeg in de ochtend door de stad te zien wandelen? Wilt u soms ook naar het hanengevecht?'

Rose trok haar wenkbrauwen op. 'U wilt toch niet naar zo'n vreselijk schouwspel gaan kijken?'

'Mij is verteld dat het heel boeiend is.'

'Is u ook verteld dat de hanen net zo lang met elkaar vechten tot een van de dieren dood is?'

'Dat is toch gebruikelijk bij hanengevechten, nietwaar?'

Rose vertrok misprijzend haar mond. 'Het is barbaars! Ook al is het een traditie in mijn vaderland, het is niet iets wat een toerist zou moeten worden aangeraden.'

'En wat zegt u er dan van dat kippen in de soep terechtkomen?' Pauls ogen lichtten schelms op. Blijkbaar vond hij het leuk met haar te bakkeleien. 'Dat zou dan ook barbaars zijn, maar ik heb gisteren nog een heerlijk inheems kipgerecht geproefd.'

'Dat is iets heel anders!'

'Maar het heeft hetzelfde resultaat: de kippen gaan dood. Ik weet zeker dat de verliezende haan heel goed zou smaken in de soep.'

Rose fronste haar voorhoofd. De blijdschap over het weerzien met Havenden vervluchtigde een beetje. De Engelsman leek dat te merken, want hij bond in: 'En wat stelt u in plaats daarvan voor?'

'Ik wist niet dat ik u voorstellen zou moeten doen,' antwoordde Rose snibbig, maar daar had ze meteen spijt van.

'Maar u raadt me af naar het hanengevecht te gaan.'

'Ik heb het u niet afgeraden, ik heb alleen maar opgemerkt dat die gevechten barbaars zijn,' zei ze iets milder.

Paul schoot in de lach, en hoewel Rose het eigenlijk niet wilde, kon ze niet anders dan meelachen.

'U kunt beter naar een stuk van een schimmenspeler gaan kijken, een wajang koelit,' zei ze toen. 'In mijn jeugd hier in Padang waren er altijd van die poppenspelers. De stukken duren heel lang, mij is het nooit gelukt er een helemaal te zien, omdat mijn ouders me altijd naar huis sleurden om me naar bed te brengen.'

Paul leek even na te denken, toen bood hij Rose zijn arm. 'Wat vindt u ervan als we zo'n poppenspeler zouden gaan zoeken?'

Rose keek hem verward aan, toen schudde ze haar hoofd. 'Ik vrees dat ik dat moet afslaan, want die stukken worden pas 's nachts gespeeld. Hebt u in Engeland nooit schimmentheater gezien?' Ze herinnerde zich levendig haar bezoek aan een zogenaamde cinematograaf, waarbij ook schimmenspelen waren vertoond. Toen had ze voor het eerst van haar leven bewegende beelden gezien, wat ze heel fascinerend had gevonden.

'Ik ben bang dat ik ook wat dit betreft geen idee heb. Maar ik kan u iets over het fokken van paarden vertellen als u dat leuk vindt.'

'Een andere keer misschien,' antwoordde Rose, want ze merkte dat Paul erop uit was meer tijd met haar door te brengen.

'En die andere keer is niet vanavond? Wat denkt u ervan om mij mee te nemen naar zo'n poppenspeler?'

'Ik denk dat uw verloofde daarbij beter gezelschap is. Goedendag, Lord Havenden.' Toen Rose zich omdraaide, klopte haar hart in haar keel.

'Rose, wacht!' riep Paul haar na, maar ze wilde niet blijven staan en zich ook niet naar hem omdraaien, want anders was ze misschien op andere gedachten gekomen.

Toen Paul in het hotel terugkwam, stond de verblindende schoonheid van Rose Gallway nog altijd op zijn netvlies gebrand. Wat was er met hem aan de hand? Hij was zakenman, hij had een vrouw en als alles goed ging zou hij binnenkort vennoot in een goedlopende plantage zijn. Toch bespeurde hij ineens een gemis, dat hij eerst niet kon verklaren. Waarom werd hij zo naar die vrouw toe getrokken? Waarom verloochende hij Maggie tegenover haar en zei dat ze zijn verloofde was? Hij was niet eens een bijzonder groot muziekliefhebber...

Dat ze zo'n beetje voor hem gevlucht was, betekende alleen maar dat haar sympathie voor hem niet zo sterk was als hij had aangenomen. Maar toch voelde hij een onweerstaanbare drang haar terug te zien, haar weer te horen spelen.

'Hoe was het in de stad?' onderbrak Maggies stem zijn gedachten. 'Heb je overeenstemming bereikt met de advocaat?'

Paul hoorde duidelijk het ongeduld in de stem van zijn vrouw, die op de chaise longue lag en een stuk fruit uit de schaal naast haar plukte. Waarschijnlijk hoopte ze hier zo vlug mogelijk weg te kunnen, en op de een of andere manier begon Paul zich daar zo langzamerhand aan te storen.

'Meneer Dankert is echt een aardige man, maar van overeenstemming kan nog geen sprake zijn. Eerst moet ik de plantage zien.'

Paul merkte dat er een bijna ontstelde uitdrukking in Maggies ogen kwam. Hij wist waar ze bang voor was en zei: 'Maak je geen zorgen, je kunt hier blijven, in de veilige omgeving van het hotel. Maar ik denk dat de dames in Londen zouden barsten van afgunst als je hun over je avonturen in de jungle vertelt.'

'Het spijt me, ik ben niet van plan een tweede Marianne North te worden en mijn tijd te verspillen aan het drogen van planten tussen krantenpapier.'

Het verraste Paul een beetje dat Maggie wist van het bestaan van de natuuronderzoekster, die onder meer ook door Zuidoost-Azië had gereisd. Pauls vader had haar bij een overtocht eens getroffen en had verteld wat een flinke vrouw zij was.

'Nu, zoals gezegd, ik zal je niet dwingen,' was Pauls weerwoord, en om een of andere reden vroeg hij zich af of Rose Gallway net zo overgevoelig was.

'Dank je wel,' antwoordde Maggie loom en ze waaierde zich weer koelte toe.

Paul bleef even zwijgend naast haar staan, zonder goed te weten wat hij nu zou gaan doen. Zijn zakelijke verplichtingen waren voor die dag afgehandeld en hij snakte gewoon naar een rijtocht of een wandeling. Maar Maggie zag eruit alsof ze van plan was met haar chaise longue te vergroeien.

'Iemand heeft me verteld dat hier 's avonds een bijzonder mooi schimmenspel moet zijn,' begon hij uiteindelijk, in de hoop dat Maggie voor een beetje cultuur wat enthousiasme zou kunnen opbrengen. 'Heb je geen zin daarnaar te gaan kijken?'

Nu kwam Maggie overeind. Rode vlekken brandden op haar wangen, alsof ze koorts had. Maar dat was niet het geval, ze was gewoon nog niet gewend aan de warmte. Zelfs de plafondventilator leek niet voldoende koelte te bieden.

'Schimmenspel?'

'Ja, een poppenspeler voert een stuk op met uitgeknipte silhouetten. Het is hier een traditie.'

Het kleine vonkje belangstelling dat even was opgevlamd, doofde meteen weer uit.

'Dat betekent dat we de stad in moeten. Tussen al die... mensen.'

'Ja.' Paul hurkte neer bij de chaise longue en pakte haar hand. 'Schatje, wat is er met je aan de hand? Op de ontvangst had ik het idee dat je je kostelijk vermaakte.'

'Dat was ook zo. Maar het heeft me wel uitgeput en ik weet niet of ik zin heb vandaag uit te gaan.'

'Zin? Maar je bent eenentwintig! Dan hebben vrouwen gewoonlijk nog overal zin in!'

'Maar niet in die hitte.'

Paul zuchtte. Op de een of andere manier kon hij het gevoel niet van zich afzetten dat Maggie niet alleen bang was voor dit land, maar het zelfs ook hartgrondig verachtte en verafschuwde. En waarschijnlijk was het zinloos om liefde voor dit oord bij haar te willen wekken, want ze had haar oordeel al geveld.

'Zoals je wilt, dan ga ik alleen,' zei hij bijna bokkig en trok zich in de slaapkamer terug. De kans dat Maggie bijdraaide was waarschijnlijk niet erg groot, maar misschien zou ze het nog overwegen.

's Avonds, vlak voor Rose zich klaar wilde maken voor de nacht, verscheen Mai heel opgewonden in haar kamer. In haar hand hield ze een envelop.

'Beneden staat een heer die me deze brief voor u heeft gegeven,' meldde ze buiten adem.

Weer een bericht van de gouverneur? Rose nam de brief aan, liep ermee naar de schrijftafel en ritste de envelop met een zilveren briefopener open.

Zeer geachte Miss Gallway,

Het is mij inderdaad gelukt een van de poppenspelers over wie u hebt gesproken te vinden. Zou u me de eer willen bewijzen met mij daarheen te gaan? Vandaag? Nu?

De uwe,
Paul Havenden

Elk afzonderlijk woord stuwde vuur door haar aderen. Haar wangen, haar voorhoofd begonnen koortsachtig te gloeien. Wat een vasthoudendheid!

Had ze hem niet duidelijk genoeg te verstaan gegeven dat ze niet geïnteresseerd was in een avond met hem samen?

'Hoe zag de man eruit die je de brief gegeven heeft?' vroeg ze peinzend.

'O, het was een heel knappe man. Ik geloof dat ik hem in het huis van de gouverneur heb gezien toen ik in de keuken was. Zijn naam ken ik niet, maar hij staat nog steeds beneden te wachten.'

'Staat hij beneden te wachten?' Rose keek haar verbijsterd aan. Had Havenden geen bediende gestuurd? Wat moest ze nu doen?

'Ja, hij heeft gezegd dat ik uw antwoord naar hem moest brengen, miss.'

Onder de verbaasde blikken van haar dienares, die niets van de nadere omstandigheden wist, begon Rose onrustig door haar kamer heen en weer te lopen. Ze zou niets liever doen dan naar het schimmenspel gaan. Maar was dat wel gepast? Weer bekeek ze de brief. Het klonk niet alsof zijn verloofde ook van de partij zou zijn. Ze kon toch niet 's avonds uitgaan met een man die een ander een trouwbelofte had gedaan!

Eigenlijk had ze de brief aan Mai terug moeten geven en tegen haar moeten zeggen dat ze hem weg kon sturen. Maar iets weerhield haar. Wat was er verkeerd aan om met hem mee te gaan? Het was toch alleen maar een onschuldig bezoek aan het schimmenspel. Daarna zouden hun wegen zich scheiden en zou alles weer net zo zijn als vroeger.

Terwijl Mai naar beneden liep om te laten weten dat haar bazin de uitnodiging aannam, liep Rose naar haar kastkoffer, die haar steevaste begeleider was tijdens tournees. Mai droeg de verantwoordelijkheid haar hele garderobe in orde te houden, maar hoewel alle japonnen zeer smaakvol waren betwijfelde Rose nu of ze de juiste bij zich had. Waren de concertjaponnen niet allemaal te burgerlijk?

Ten slotte koos ze voor een roze japon met ruches en biesjes op het bovenstuk, met strakke mouwen en een eveneens strak gesneden lange rok. Die kwam tenminste enigszins in de buurt van een avondjapon, maar was toch niet te pompeus voor een nachtelijke wandeling door de stad.

Ze zou met Lord Havenden door nachtelijk Padang gaan wandelen! Dat leek haar nog altijd ongehoord, maar voor ze zich kon bedenken liet ze haar peignoir van haar schouders vallen en schoot in haar jurk.

Na vijf minuten was Mai weer terug om zich met haar haar bezig te houden. Haar gezicht gloeide, alsof Havenden die paar ogenblikken had gebruikt om haar behoorlijk in verlegenheid te brengen.

'Echt een knappe man!' dweepte ze. 'Wat heeft hij een blauwe ogen!'

'Hou eens op met praten, breng liever mijn haar in orde,' zei Rose terwijl ze voor de schminkspiegel ging zitten.

Gehoorzaam pakte Mai de borstel, maar ze bleef kletsen, wat Rose echter niet meer merkte, want haar gedachten waren al bij de kraam van de poppenspeler, die waarschijnlijk net zijn lampen aanstak en zijn opengewerkte leren poppen controleerde.

Wat had ze die kunstwerken als kind altijd bewonderd! Elk poppentype was bestemd voor een bepaald karakter. Zo hadden de radja's en prinsessen, de goede meisjes en rechtschapen wijzen altijd heel lange lijven met lange smalle neuzen, terwijl de poppen van de booswichten vaak plomp waren, kokkerds van neuzen hadden en, als het om demonen ging, ook afschuwelijke lange tanden, die angstaanjagend uit de verwrongen muilen staken.

Zouden de poppenspelers nog altijd de sprookjes uit haar kindertijd spelen?

Toen ze eindelijk klaar was, voelde Rose zich een beetje als Assepoester in het sprookje dat ze lang geleden in het conservatorium had gehoord. Hoewel het verboden was, was Rose telkens weer stiekem naar de keuken geslopen en had toegekeken terwijl de vrouwen aan het werk waren, en af en toe had ze dan een *mince pie* of scones gekregen. Zo'n bezoek aan de kokkinnen ging meestal gepaard met een verhaal, vooral wanneer Laura toevallig avonddienst had. Terwijl Rose bij het vuur zat, luisterde ze naar de verhalen, die zo anders waren dan de sprookjes die ze uit haar geboorteland kende. Ook haar Hollandse leraressen hadden haar sprookjes en sagen uit hun land verteld, maar geen ervan was zo mooi als dat van Assepoester, die hard voor haar stiefzusters moest werken en toch met de hulp van een fee uiteindelijk haar prins kreeg. Op het gedeelte waarin Assepoester in haar prachtige jurk de balzaal betrad, was Rose altijd erg dol geweest en ze had gehoopt op een dag net zulke prachtige jurken te mogen dragen.

Nu verliet ze haar kamer met hartkloppingen en met de vraag of Paul Havenden, hoewel geen prins, maar toch nog altijd een lord, in haar misschien de prinses zou zien die hij op zijn witte paard naar zijn slot wilde ontvoeren.

Maar nee, vermaande ze zichzelf. Wees niet zo dwaas. Anders doet alleen maar je hart pijn als hij weer naar Engeland gaat en jij naar een land aan het andere einde van de wereld.

Bij de trap aangekomen ontdekte ze hem in de buurt van de receptie. In plaats van plaats te nemen in een gemakkelijke leren stoel had hij er de voorkeur aan gegeven onrustig heen en weer te lopen. Dat vertederde Rose op een of andere manier. Anders liet hij niets van onzekerheid merken, maar nu leek hij op een bruidegom die op zijn bruid wachtte. Het donkere kostuum met de rode Ascot-das stond hem uitstekend en versterkte de gouden glans van zijn haar. Onrustig draaide hij zijn wandelstok rond in zijn hand, toen haalde hij zijn zakhorloge tevoorschijn en klapte het open.

Rose besloot hem niet langer te laten wachten. Ze drukte haar hand tegen haar buik en probeerde ondanks het gefladder daarbinnen adem te halen. Toen dat niet hielp, zette ze resoluut een voet op de eerste trede en riep in gedachten op wat Mrs Faraday altijd had gezegd als ze last hadden van plankenkoorts: 'Als jullie eenmaal spelen, gaat het vanzelf, dat zul je zien.'

Haar voetstappen brachten Paul ertoe zich om te draaien.

Toen hij haar herkende, vlamde er ogenblikkelijk een lachje op.

'Miss Gallway, daar bent u!' riep hij uit. 'Ik was al bang dat u zich bedacht had.'

'Ik hou me aan mijn woord, maar een dame heeft wat tijd nodig om zich op te knappen.'

Paul nam haar heimelijk op, toen antwoordde hij: 'Ik kan me niet voorstellen dat er een situatie bestaat waarin u niet wondermooi bent.'

'Ik moet u er misschien aan herinneren dat uw verloofde zulke vleierijen aan mijn adres ongepast zou vinden.'

Pauls gezicht betrok en hij perste zijn lippen op elkaar, alsof hij zich moest inhouden om een opmerking te maken. 'Vergeeft u mij, ik...' begon Rose, want ze had het gevoel hem op een of andere manier gekwetst te hebben.

'Nee, het is al goed, en u hebt gelijk, het zou mijn verloofde heel beslist niet bevallen. Maar u bevalt mij, en daar kan ik niets tegen doen.' Toen bood hij haar zijn arm. 'Zullen we? Ik vrees dat tegen de tijd dat we bij het poppentheater aankomen, het stuk al begonnen is.'

De stad leek bij het schijnsel van de vele lampen en fakkels op een sprookje uit Duizend-en-een-nacht. De façades van de koloniale gebouwen schenen zich op de achtergrond terug te trekken, terwijl de traditionele huizen van de inlanders meer naar voren kwamen. Exotische geuren vulden de stegen, de heerlijke aroma's van de gaarkeukens verdreven de stank van de haven en het vuil.

Zelfs om deze tijd nog boden handelaren hun waar te koop aan. Hun geroep wedijverde met het gezang van de straatmuzikanten en de klanken van trommels, angkloengs, soelingfluiten, gamelans en oeds. Bij het licht van fakkels voerden fleurig geklede jonge vrouwen traditionele dansen op.

Hoewel ze als kind vrij vaak deze betovering had ervaren, had Rose nu het gevoel dat ze een lang vergeten wonderland betrad. Gewoonlijk verliet ze haar onderkomen alleen wanneer ze naar een optreden moest, de resterende tijd bracht ze door met voorbereidingen. Op z'n best nam Carmichael haar na een geslaagd concert mee uit, maar ze bleven nooit ergens lang genoeg om echt iets van de plaats van het optreden te zien.

Dat zou deze keer ook het geval zijn geweest als het genereuze aanbod van de gouverneur niet was gekomen. Ja, dan had ze zelfs geen tijd gehad om haar ouders te bezoeken. Misschien was ze Van Swieten op dit moment nog dankbaarder dan gisteren.

'U hebt me helemaal niet verteld dat uw geboortestad zo prachtig is,' merkte Havenden op, die net zo gecharmeerd leek te zijn van de betovering van Padang als zij, want dit waren de eerste woorden die hij uitsprak sinds ze het hotel hadden verlaten.

'Ik vrees dat ik dat was vergeten,' antwoordde ze. 'Al maandenlang ben ik voortdurend onderweg, en daarvoor heb ik meerdere jaren in Engeland doorgebracht.'

'Hebt u daar familie? Uw naam klinkt tenminste Engels.'

'Mijn vader is Engelsman, hij werkt voor de Nederlanders als pakhuismeester. In Engeland heb ik op het conservatorium van Mrs Faraday gezeten. Die naam zegt u vast niets.'

'En of die me iets zegt!' antwoordde Paul. 'Mrs Faraday is nog altijd een van de grootste concurrenten van het Trinity College. Terwijl dat laatste alleen mannelijke studenten aanneemt, neemt haar conservatorium alleen vrouwelijke leerlingen aan. Mijn vader heeft Mrs Faraday vrij vaak als anoniem donateur gesteund.'

'Dan heeft uw familie waarschijnlijk ook een aandeel gehad in mijn opleiding, waarvoor dank.' Rose lachte schelms naar hem.

'Nu ik weet dat Mrs Faraday zulke uitstekende vrouwelijke musici voortbrengt, zal ik die traditie natuurlijk voortzetten. Of hebt u nog een sponsor of mecenas nodig?'

'Ik vind het een beetje vreemd dat u mij zoiets aanbiedt, terwijl u hebt toegegeven geen bijzonder grote liefde voor muziek te koesteren.'

'Dat was tot nog toe zo, maar toen kende ik u nog niet. Uw spel heeft iets wat van de ergste cultuurbarbaar een hartstochtelijk vereerder van deze kunst kan maken. Ik ben daarvan het beste voorbeeld.'

'Dan hoop ik dat ik u ook voor deze vorm van theater enthousiast kan maken,' antwoordde Rose en ze wees naar voren. 'Dat is het toneel.'

Eigenlijk kon je de opstelling geen toneel noemen. Op een houten podium, dat ertoe diende dat ook toeschouwers die wat verderaf stonden iets gewaar konden worden, was tussen twee palen een groot wit doek gespannen. Dat werd aan de achterkant door een heleboel lampen belicht, die de silhouetten op de stof projecteerden.

Toen ze aankwamen was het stuk al begonnen. Op het linnen doek zag Rose de silhouetten van talloze bamboestokken, evenals de gedetailleerd uitgewerkte figuur van een jonge vrouw, die het gestileerde woud met een mes in de hand naderde. De bewegingen van de pop werden begeleid door gamelanklanken.

Onwillekeurig moest Rose glimlachen, want hier ging het zonder twijfel om een van de sprookjes die haar moeder haar altijd had verteld.

Toen ze opzij keek, merkte ze dat Paul verwonderd zijn voorhoofd fronste. Natuurlijk verstond hij geen woord, dus besloot ze hem een een beetje te hulp te schieten.

'Hij speelt het sprookje van de vergeten zuster,' verklaarde Rose op fluistertoon, zodat ze de andere toeschouwers, die merendeels uit de stad afkomstig waren, niet stoorde. 'Het gaat om de jongste van zeven zussen, die altijd vergeten wordt. Ze krijgt ook geen bruidegom en moet in plaats daarvan hard werken voor haar meedogenloze zusters – voor niets welteverstaan. Maar op een dag geeft een goedhartige visser het meisje een visje met gouden schubben. Het meisje houdt de vis bij zich, maar algauw komen de boze zusters erachter en willen haar de vis afhandig maken. Als het meisje zich verzet, maken de zusters hem dood.'

'Wat een vreselijk verhaal,' fluisterde Paul gefascineerd. 'In Engeland zouden ze daarmee de hele kinderschaar aan het schrikken maken.'

'Maar het is nog niet afgelopen,' vervolgde Rose nadat ze een blik op het witte doek had geworpen, waar de vergeten zuster net de glazen kom met het visje kreeg. De poppen waren buitengewoon fijn uitgewerkt. 'Als ze haar visje gaat zoeken, wordt ze door haar zusters bespottelijk gemaakt, en ze gooien haar de vissenkop voor de voeten.'

Paul snoof, maar Rose stootte hem aan, zodat hij zich van commentaar onthield.

'Het meisje pakt de vissenkop, begraaft hem in het bos en begint bitter te wenen. En ziedaar, uit de grond groeit een boom met gouden bladeren en gouden vruchten. Hij straalt zo helder dat een voorbijkomende radja – bij u zeggen ze "koning" – de vergeten zuster opmerkt. Hij maakt haar tot zijn vrouw, en ze plant haar boompje in de kasteeltuin. Jaren later heerst er grote droogte in het land. De buffels van de boze zusters komen om van honger en dorst, en algauw hebben ze niets meer te eten. Dan begeven ze zich naar het kasteel van de radja en treffen daar hun zuster aan, en ze smeken haar hen te helpen.'

'Daar zal ze wel niet toe bereid zijn geweest na alle wreedheid die ze had ervaren,' merkte Paul op, zichtbaar getroffen door het verhaal.

'Dat kun je wel zeggen, ze wijst haar zusters inderdaad de deur, en verwijt hun dat ze haar gekweld hebben. Maar dan begint het gouden boompje te zingen en smeekt de vergeten zuster het leed dat haar zussen haar hebben aangedaan te vergeten en genade te laten gelden. Daarop laat ze haar zusters in haar rijkdom delen. De zusters zijn daar zo beschaamd over dat ze nu tranen van echt berouw wenen en om vergeving smeken.'

Rose, die pas nu merkte hoe dicht ze bij Paul was komen te staan, ging weer een stukje opzij en keek naar voren naar het toneel, waar het verhaal van de vergeten zuster met muziek en gezang werd vervolgd.

Paul was vermoedelijk niet in staat iets te zeggen. Als betoverd keek hij naar de silhouetten, alsof hij probeerde te herkennen bij welk deel van het sprookje ze nu waren gekomen.

Pas toen het stuk ten einde liep en het boompje door de klanken van de gamelan begon te spreken, kwam hij weer in beweging.

‘Werkelijk een mooi verhaal. Mijn vader zou het prachtig hebben gevonden.’

‘En u?’

‘Ik vind het ook prachtig. En ik betreur bijna...’ Hij hield op en leek in tweestrijd of hij zou doorgaan.

‘Wat betreurt u?’ vroeg Rose.

‘Niets, het is niets...’ antwoordde Paul, hoewel aan hem te zien was dat hij ergens aan had gedacht. Rose besloot niet door te vragen. Ze was hier om een fijne avond bij het schimmentheater met hem door te brengen, meer niet.

Terwijl de poppenspeler de poppen zorgzaam in zijn kist legde, ontdekte Rose vlakbij een kraampje waar een heerlijke geur vandaan kwam.

‘Wacht, ik haal iets te eten voor ons,’ zei Rose, en voor Paul iets kon zeggen, ging ze erop af. Wanneer had ze voor het laatst *klepon* gegeten? Als kind was ze dol geweest op de door kokosrasp gerolde, met palmsuiker gevulde rijstbolletjes. Altijd als ze naar het poppenspel gingen, kocht haar moeder ze voor haar.

Bij het kraampje, waar de eigenaar zijn handen vol had aan het bereiden van de lekkernij, stonden een paar mensen in de rij, voornamelijk met kinderen aan de hand. Niemand ging naar een wajangvoorstelling zonder tussendoor iets te eten te halen. Dat wisten de handelaren en die concentreerden zich rondom het toneel.

Met twee kunstig uit palmbladeren gevlochten zakjes kwam ze weer bij Paul terug, net op het moment dat gamelanmuziek het begin van het volgende stuk aankondigde.

‘Ze zijn groen!’ riep hij verrast uit toen Rose hem een zakje gaf.

‘Wat bedoelt u? De palmbladeren? Natuurlijk zijn die groen!’ Rose lachte schalks. Ze wist uiteraard waar de lord zich zo over verbaasde.

‘Nee, de balletjes. Ik heb nog nooit totaal groene zoetigheid gezien. Behalve bij schandalig dure banketbakkers in Londen.’

‘Dat is sap van schroefpalmen,’ legde Rose uit terwijl ze een balletje in haar hand legde. ‘Daar wordt het deeg mee gekleurd.

Er zit ook rijstemeel en zoete aardappel in. Probeer het maar eens, het is lekker.'

Terwijl Rose een hapje nam en de zoete palmsuikervulling in haar mond liep, stond Paul nog een beetje sceptisch te kijken. Maar toen probeerde hij het. Eerst fronste hij zijn wenkbrauwen, maar algauw verdwenen de rimpels en begon hij te stralen.

'Mmm, het is echt lekker!

'Vindt u?'

'Ja, echt! Ik zou het recept mee moeten nemen en de lekkernij in Londen gaan verkopen.'

'Denkt u dat de Londense fijnproevers daaraan toe zijn?' schertste Rose en ze liet een tweede balletje in haar mond verdwijnen.

'Londense fijnproevers zijn altijd op zoek naar iets nieuws. U kent de Engelse keuken wel, die is op zich niet bijzonder fantasierijk, dus zijn er invloeden van buiten nodig.'

'Dan moet u misschien in een kleponkraampje investeren in plaats van een suikerplantage,' antwoordde Rose geamuseerd.

'Misschien doe ik dat wel,' zei Paul al kauwend terwijl hij het volgende balletje pakte. Ondertussen begon het volgende sprookje – 'De prinses uit het ei'.

Toen ze vlak voor het aanbreken van de morgen naar het hotel terugkeerde, voelde Rose zich zo licht alsof ze deel uitmaakte van de damp die rond deze tijd boven de kust hing. De nacht met Havenden had haar duidelijk gemaakt dat er nog andere dingen bestonden dan muziek. Dingen die een bijzonder prettig gevoel gaven, en verlangens die niets met muziek van doen hadden, maar met liefde en hartstocht. Het liefst zou ze honderden van zulke avonden beleven, met Paul aan haar zij.

Met een verzaligde glimlach om haar lippen deed ze de deur van haar kamer open – om het volgende ogenblik van schrik in elkaar te krimpen. Met moeite kon ze een kreet onderdrukken toen ze Carmichael op de bank zag zitten.

'Wat doe jij hier?' voer ze tegen hem uit terwijl ze de deur in het slot liet vallen.

'Ik wou eigenlijk met je praten over de concerten die Van Swieten voor je heeft gearrangeerd. Mai heeft me binnengelaten.'

Dom kind, dacht Rose kwaad terwijl ze de hoedenspelden uit haar haar trok.

'Waar was je?' vroeg Carmichael opvallend rustig – een teken dat hij vanbinnen gistte.

'Uit,' antwoordde Rose, want ze was niet van plan hem welke verklaring dan ook te geven, en al helemaal niet met betrekking tot Paul. Bovendien was het een veel te mooie nacht geweest om door Carmichael te laten bederven.

'Dat is al de tweede keer. Gisteren kon ik je ook al niet bereiken.' Carmichael kneep wantrouwend zijn ogen tot spleetjes en bekeek haar aandachtig.

'Toen was ik bij mijn ouders en daar ben ik 's nachts gebleven.'

'Je had zo goed kunnen zijn van je te laten horen, me tenminste op de hoogte te brengen.'

'Ik ben doodmoe,' zei Rose uitgeput. 'Laten we straks verder praten, ik heb geen zin om nu ruzie met je te maken.'

'Goed, zoals je wilt.' Hij stond op en slenterde naar de deur, bijna alsof het hem onverschillig liet. Maar voor hij die opendeed en echt verdween, draaide hij zich nog eenmaal naar haar om. 'Je bent met Havenden op stap geweest, nietwaar? Mai heeft het me verteld.'

Rose was te verrast om te antwoorden. Haar verstand zocht naar een uitvlucht, maar dat lukte niet zo snel. Waarschijnlijk was Carmichael haar zelfs achternageslopen om zich er met eigen ogen van te overtuigen.

'Je moet die vent uit je hoofd zetten!' voer Carmichael tegen haar uit terwijl hij op haar afkwam en haar dwong een paar stappen achteruit te doen. 'Weet je wel wat je op het spel zet? Je bent een van de beste violistes ter wereld! Als je nu je hoofd op hol laat brengen, als je je door hem laat afleiden, zul je alles ruïneren!'

'Wie zegt dat ik me door hem laat afleiden? Hoe kom je erop!' Woedend gooide ze haar hoed op haar bed. Ze zou Mai ervan langs geven zodra ze haar zag.

'Ik heb gezien hoe hij op de ontvangst naar je stond te staren. En vannacht was je met hem uit! Wat wil dat zeggen?'

'Dat wil zeggen dat ik af en toe ook een normaal leven heb en me niet voortdurend als een kleuter wil laten voorschrijven wat ik moet doen.'

Carmichael begon spottend te lachen. 'Jij en een normaal leven? Je bent artieste, wees blij dat je geen normaal leven hebt! Normaal gesproken zou je nu al getrouwd en zwanger zijn, misschien zelfs van de tweede! Je moet er niet naar verlangen een normaal leven te leiden, want dat zul je gelukkig nooit hebben! En als ik Havenden erop betrap dat hij je afleidt, zal ik persoonlijk zijn handen breken!'

Met die woorden stormde hij naar de deur, rukte hem open en verdween.

Rose staarde hem verbijsterd na. Wat had dat te betekenen? Anders bekommerde hij zich niet om haar vereerders, waarom juist nu dan wel?

Zuchtend liet ze zich op de bank neerzakken, die nog klam voelde van Carmichaels warmte. Tranen welden op in haar ogen, maar toen ze haar het zicht dreigden te ontnemen, sprong ze rebels op.

Ik zal het hem bewijzen, dacht ze. Ik zal hem bewijzen dat ik niet van de geneugten van een normaal leven hoef af te zien. Dat zul je nog wel merken, Sean Carmichael!

13

Cremona 2011

Een grijze winterhemel hing boven de stad toen de trein het station binnenreed. Lilly en Ellen stonden op van hun zitplaats en pakten hun koffers uit het bagagerek.

Behoedzaam klemde Lilly de vioolkist onder haar arm. Ze wist nog steeds niet zeker of het wel een goed idee was geweest het instrument mee te nemen. Een paar dagen geleden had het voor haar waarschijnlijk niets uitgemaakt, maar nu wist ze dat de viool waarde had – misschien geen grote financiële waarde, maar wel ideële, vooral voor Gabriel. Als ze de vioolkist kwijtraakte, zou de viool waarschijnlijk weer vele decennia verdwijnen, en daarmee ook het raadsel rond Rose Gallway.

Ellen had echter volgehouden dat het beter was als haar kennis het origineel te zien kreeg en geen foto's. Nog op Heathrow was het Ellen gelukt contact op te nemen met Enrico di Trevi, zoals de naam van de man luidde. Hij had beide vrouwen in zijn huis in de buurt van het Palazzo Trecchi uitgenodigd en beloofd hen bij hun speurtocht naar Rose Gallway te helpen.

Tijdens de vlucht naar Milaan hadden ze vervolgens een plan bedacht om het weekend optimaal te benutten en zo veel mogelijk over de violiste te weten te komen. 'Misschien zijn er oude krantenartikelen,' had Ellen optimistisch gespeculeerd. 'Enrico kan ze voor ons vertalen. Voor zover ik hem ken, zal hij er waarschijnlijk alles voor doen om de viool met eigen ogen te mogen aanschouwen.'

Toen de trein tot stilstand kwam, drongen ze met de andere passagiers naar de uitgang. De flarden Italiaans die Lilly omringden riepen de herinnering op aan een reis met Peter. Indertijd studeerden ze nog en waren ze met een rugzak door Toscane getrokken – zonder ook maar een woord Italiaans te verstaan.

De taal kende ze nog steeds niet, en de gedachten aan Peter brachten een bitterzoete pijn in haar borst teweeg. Vlug verdrong ze dat gevoel. Daarvoor was het nu niet het juiste moment. Misschien kon ze het zich vanavond veroorloven in haar herinneringen op te gaan, maar nu moesten ze eerst eens Ellens vriend zien te vinden.

Het station van Cremona was bijzonder, dat merkte Lilly al toen ze de hal door liepen. Het was meer dan honderd jaar oud en baadde dankzij de hoge rondboogvensters in het licht. Het viel haar niet zwaar zich voor te stellen hoe de passagiers in vroeger tijden over de glanzende stenen vloer ijlden: dames in uitnodigende tournurerokken met hoeden met strikjes op hun hoofd, heren in nauwsluitend rokkostuum. Meisjes in gesteven katoenen jurkjes die met jongetjes in kniebroeken speelden. Te midden daarvan krantenjongens met sportpetten die luidkeels de nieuwste editie van een of ander sensatieblad aanprezen.

Het beeld verdween toen ze het station verlieten en Lilly het voorplein zag, dat een enigszins troosteloze aanblik bood, maar in de lente en de zomer vast heel mooi was.

Auto's toeterden, motorrijders knetterden voorbij. Vlakbij bevond zich een taxistandplaats.

Voor ze zich daarheen begaven, draaide Lilly zich nog eenmaal om naar het station, waarvan de gele verflaag het enige kleuraccent in het winterse grijs leek te zijn. Het gebouw met zijn rondbogen deed haar aan een paleis denken.

'Lilly, kom, daar is een taxi vrij!' drong Ellens stem tot haar door. Toen ze zich omdraaide zag ze dat Ellen al haastig met grote stappen naar de wagen liep.

Het huis waarin Enrico di Trevi woonde moest vroeger het verblijf van een adellijke of op z'n minst zeer rijke man zijn geweest, want het deed in pracht en praal nauwelijks onder voor het naburige palazzo. Aan de voorgevel bevonden zich talrijke ornamenten, balkons en beelden. Twee atlanten droegen het enigszins uitspringende dak. De schijvenglasvensters zagen er op het eerste gezicht uit alsof ze nog uit langvervlogen tijden stamden, maar bij nader inzien waren de schijven te helder en was het verbindende lood te nieuw.

Het huis moest in de zeventiende eeuw zijn gebouwd, schatte Lilly. De linkermuur was door een scheur aangetast, misschien was die zelfs wel veroorzaakt door een aardbeving. Voor het overige verkeerde het huis in goede staat en gaf het haar het gevoel geschiedenis in te ademen.

Lilly had aangenomen dat Ellens kennis net als Ben Cavendish een oude man was. Des te meer verrast was ze toen een aantrekkelijke midveertiger opendeed. Hij droeg een spijkerbroek en een zwart overhemd, wat bij zijn lichtgebruinde huid simpelweg een overweldigend effect had. Zijn ravenzwarte haar droeg hij halflang, zijn ogen glansden als zilveren munten.

'*Buon giorno*, Ellen!' riep hij uit en hij sloot haar vriendin in de armen. Zo hartelijk dat Lilly bijna dacht een stelletje geliefden voor zich te hebben die elkaar al heel lang niet meer gezien hadden. 'Nou, je bent zo snel als de wind.'

Lilly vond dat hij verbazend goed Duits sprak.

'Je moet de Italiaanse spoorwegen bedanken,' wierp Ellen tegen, en toen draaide ze zich om naar Lilly. 'Dit is de vriendin over wie ik je verteld heb, Lilly Kaiser. Lilly, dit is mijn vriend Enrico.'

'Aangenaam kennis te maken.'

Di Trevi antwoordde met een handkus – wat het laatste was wat Lilly had verwacht. 'Het genoegen is geheel aan mijn kant. Waarom heb je voor me verzwegen dat je zo'n knappe vriendin hebt?'

'Waarschijnlijk omdat ik tot nog toe nooit in de gelegenheid ben geweest je over haar te vertellen.' Ellen knipoogde naar Lilly.

'Maar misschien moet ik jou eens vertellen wat een charmeur je bent.'

'Denk je soms dat ik lieg?'

'Dat heb ik niet gezegd!'

Voor Lilly het in de gaten had, legde Di Trevi zijn arm om haar schouders. 'Wat zeg je daarvan? Heeft een man niet het recht tegen een mooie vrouw te zeggen dat ze mooi is?'

'Uhm...'

'Ach, Enrico, je bent nog geen spat veranderd,' zei Ellen, en ze trok hem bij Lilly weg. Die klopte het hart in de keel en ze ergerde zich omdat haar wangen vast gloeiend rood waren. Alsof ze nog een tiener was!

'Je moet weten dat Enrico een geboren entertainer is,' verklaarde Ellen ondertussen.

Hij stapte opzij om hen binnen te laten. Daarbij knipoogde hij ondeugend naar Lilly.

In tegenstelling tot de oude buitenkant was zijn huis uiterst modern ingericht. Hier en daar stond een oud meubelstuk dat eruitzag alsof het zich al eeuwen op dezelfde plaats bevond en iedere nieuwe eigenaar het had overgenomen. Indrukwekkend en tegelijkertijd storend vond Lilly een reusachtig modern schilderij, dat een stier afbeeldde die blijkbaar net in de kling van een torero was gerend, felrode vlekken omgaven zijn gestileerde gestalte. Het schilderij hing vlak boven de sneeuwwitte sofa waar Enrico hen nu heen bracht.

'Willen de dames koffie?' vroeg hij terwijl hij vlug naar het keukenbuffet liep dat bij de enorme woonkamer hoorde en dat Lilly eerder in een enorme moderne loft had verwacht.

'Ja graag,' antwoordde Ellen voor hen beiden.

Even later stonden er drie espresso's voor hen op het bijzettafeltje, die Enrico voor hen uit zijn hoogmoderne koffiemachine had weten te toveren.

'Zo te zien heb je de viool meegebracht,' zo wendde Di Trevi zich tot Lilly toen hij in de leren stoel naast haar ging zitten. 'Mag ik er een blik op werpen?'

Bij de innemende glimlach die hij haar schonk kon Lilly niet anders en ze reikte hem de vioolkist aan.

Di Trevi liet de sloten openspringen en klapte het deksel omhoog. Toen zette hij grote ogen op. 'Dat is zonder meer een Cremonese viool.'

'Onderzoek van de lak heeft aangetoond dat hij tussen het midden en het einde van de achttiende eeuw is gebouwd. Maar draai het schatje eens om!' stelde Ellen voor.

Di Trevi voldeed aan haar suggestie en hapte naar lucht alsof hij zojuist een spook had gezien. 'De viool met de roos!' riep hij uit.

Ellen zuchtte diep. 'Ik vraag me af waarom iedereen in de wereld lijkt te weten wat voor viool dat is – behalve ik.'

'Hoe kun je deze viool niet kennen?' vroeg Enrico met gespeelde verontwaardiging. 'De viool van Rose Gallway!'

Bij het noemen van die naam kreeg Lilly hete rillingen.

'Weet jij iets over Rose?' flapte ze eruit.

'Niet bijzonder veel, maar in elk geval dat ze een van de beste violisten van haar tijd was. In Italië waren ze helemaal weg van haar.' Hij wierp een blik op de viool, en er verscheen een bijna tedere glimlach op zijn gezicht. 'Net als van de tweede eigenares.'

'Helen Carter.'

Di Trevi knikte. 'Ja, Helen en Rose. En nu ben jij de eigenares, Lilly. Misschien kunnen we van jou ook wel muzikale wonderen verwachten.'

'O nee!' Lilly stak afwerend haar handen omhoog. 'Nee, nee, ik speel niet. Iemand heeft me de viool alleen maar gegeven, mij ontbreekt werkelijk elk talent voor muziek.'

Dat Di Trevi haar diep in haar ogen keek maakte haar nerveus. Heimelijk wenste ze dat Gabriel meegegaan was. Dan had Di Trevi haar beslist niet zo verwarrend aangekeken.

'Echt? Je hebt zo'n mooie stem, je zou je kunnen voorstellen dat je een goede zangeres zou zijn.'

'Ik heb eerder verstand van antiek,' probeerde Lilly over te gaan naar het terrein waar ze zich zeker voelde. 'Ik zou je bijvoorbeeld kunnen zeggen hoeveel dat kastje daar waard is.'

'Echt?' Di Trevi lachte breed naar haar.

'Je wilde ons toch iets over Rose en Helen vertellen,' kwam Ellen tussenbeide, wat Lilly niet in het minst betreurde, want op de een of andere manier bracht Di Trevi haar in verwarring. 'Weet je toevallig waar onze knappe Miss Gallway gebleven is?'

'Tja, dat weet niemand precies...' Di Trevi stak enigszins radeloos zijn handen in de lucht. 'Er waren geruchten dat ze naar Italië zou kunnen zijn gegaan. Maar tot nog toe kon niemand dat bewijzen.'

'En wat weten ze hier in Italië over haar?'

'Dat ze een wonderkind was en als mooie jonge vrouw de plaatselijke concertzaal op stelten heeft gezet.' Enrico begon licht te glimlachen, toen keek hij op de klok. 'Ik heb een idee. Wat vinden jullie ervan om naar het vioolmuseum te gaan? Daar bewaren ze ook oude tijdschriften. Misschien mogen we, ook al is het weekend, in het archief kijken.'

'Bedoel je dat daar informatie over Rose is opgeslagen?' vroeg Lilly, wier wangen begonnen te gloeien van enthousiasme.

'Mogelijk zijn daar wat krantenknipsels bewaard. Over concerten werd in sommige gazetten uitvoerig geschreven – en als de artiesten pech hadden, kregen ze ook heel kwaadaardige kritieken. Maar dan zullen we ons door hele stapels heen moeten werken.'

'Ik geloof niet dat dat nodig is,' zei Lilly vlug en ze haalde de cd uit de tas, die ze had meegenomen. 'Ik heb hier de kopie van een opname van Rose, die in Cremona is gemaakt.'

'Op 12 juni 1859,' zei Enrico terwijl hij het opschrift op het zilverkleurige schijfje las. 'Dat is schitterend! Hoe kom je aan die opname?'

'Uit de Faraday School of Music. Daar doen ze onderzoek naar het leven van Rose Gallway.'

'Die moet je me vanavond absoluut laten horen. Maar nu kunnen we beter opbreken.'

'Goed idee!' antwoordde Ellen en ze wees naar de hal, waar ze hun bagage hadden neergezet. 'Maar eerst moeten we langs het hotel om van onze spullen af te komen.'

'Hotel?' zei Enrico verontwaardigd. 'Geen sprake van, jullie overnachten bij mij!'

'Maar wij...'

'Kom er nou niet mee aandragen dat jullie me niet tot last willen zijn.' Hij maakte een uitnodigend gebaar. 'Kijk eens naar dit palazzo, met al die lege ruimte. Denk je dat ik me de gelegenheid laat ontnemen eindelijk weer eens echte mensen om me heen te hebben en geen spoken?'

Lilly keek naar Ellen. Die leek te weifelen.

'Wat vind jij?' vroeg ze ten slotte.

'Ja, wat vind jij ervan, Lilly?' vroeg Enrico terwijl hij haar met een innemende glimlach een arm gaf. 'Wil je mij echt ook vannacht alleen laten met de spoken van het palazzo?'

'Zijn die er dan heus?' vroeg ze lachend.

'En of! Als je hier blijft, zal ik ze persoonlijk aan je voorstellen. Dus?'

Lilly kon niet anders dan zijn glimlach beantwoorden. Maar om een of andere reden had ze liever gehad dat hij haar losliet. Was dat een slecht geweten tegenover Gabriel? Vreemd genoeg was het niet Peter aan wie ze op dat moment dacht.

'Goed dan, omdat je ons niet met rust zal laten tot we ermee instemmen: ja, we blijven,' zei Ellen voor Lilly kon antwoorden. 'Laat me alleen nog even het hotel bellen om de reservering te annuleren, dan kunnen we weg.'

'Bel dan niet met je mobiel, maar pak de telefoon in mijn werkkamer, dat is goedkoper.'

'Ja papa!' schertste Ellen, die blijkbaar wist waar Di Trevi's werkkamer was, want ze verdween in de hal en stapte regelrecht op de trap af.

'Hoe oud is dit palazzo eigenlijk?' vroeg Lilly terwijl ze haar blik door de ruimte liet gaan, die ondanks de moderne inrichting iets van een museumzaal had. Enrico liet haar nu los en maakte een theatraal gebaar. 'O, ik schat zo'n vierhonderd jaar. Is het niet geweldig?'

'Dat is het zeker.'

'En je bent geïnteresseerd in zulke oude vervallen gebouwen als dit?'

'Ja, heel erg. Dat brengt mijn beroep met zich mee. Ik zou je weliswaar niet kunnen zeggen wat het gebouw in feite waard is, maar voor sommige meubels die je hier hebt staan, zou je bij ons een vermogen kunnen krijgen.'

Enrico grijnsde. 'Maar goed dat ik niet zo op geld uit ben als de duivel op zieltjes. Zo zeggen ze dat bij jullie, toch?'

'Zo ongeveer.'

Het volgende moment kwam Ellen binnenstormen.

'Ik moet je waarschuwen,' begon ze terwijl ze weer naar de sofa liep. 'Je kunt je de komende tijd beter niet in de buurt van het Visconti Hotel vertonen, want ik heb je er persoonlijk verantwoordelijk voor gesteld dat we de kamers moesten annuleren.'

'Dat heb je niet,' antwoordde Enrico zelfverzekerd. 'En dan nog, de mensen in het Visconti zullen me niets doen, ik heb daar vrienden.' Hij knipperde met zijn ogen. 'Kom, laten we gaan.'

Het vioolmuseum was gevestigd in het Palazzo Communale, een dertiende-eeuws gebouw met twee verdiepingen met enorme rondbogen en hoge ramen, dat aan de Piazza Communale lag. Recht ertegenover bevond zich de dom, daarnaast de Torazzo, de beroemde toren, van waaraf je de hele stad kon overzien.

In het latemiddaglicht leek het plein wel betoverd. Lilly kon zich levendig voorstellen hoe het er hier in de middeleeuwen uit had gezien. Hoe de gelovigen de kerk in stroomden of voor het raadhuis met kennissen of zakenpartners stonden te praten.

Het museum zelf wekte een zeer barokke indruk met al het grijze en witte marmer, de kroonluchters en de crèmekleurige empirestoelen.

Lilly keek haar ogen uit toen ze langs de tentoongestelde stukken liep, terwijl Enrico probeerde te regelen dat ze toegang tot de documenten kregen waarover hij het had gehad. Ze probeerde wat flarden op te vangen van wat Enrico met de suppoost besprak. Hoewel ze geen Italiaans sprak, meende ze te begrijpen dat de man van het museum allesbehalve enthousiast was om hun nu nog toegang tot het archief te verschaffen.

Na een tijdje was het gesprek afgelopen en kwam Enrico bij hen terug.

'We hebben geluk,' verklaarde hij. 'Ze laten ons een paar kranten bekijken. Maar we moeten ons haasten, ze zijn niet zo lang meer open.'

Enrico bracht hen naar de suppoost en stelde hen voor, toen verlieten ze de eigenlijke tentoonstellingsruimte en betraden het archief, waarin niet alleen tentoonstellingsstukken waren opgeslagen, maar ook akten en in dikke leren banden gebonden kranten en tijdschriften. Een kopieerapparaat stond in de hoek zachtjes te zoemen.

'Ik heb eerst de kranten uit de week van 12 juni voor ons aangevraagd,' verklaarde Enrico de twee dikke leren folianten op de tafel terwijl hij de lampen aandeed. 'Het is denkbaar dat de gebeurtenis van tevoren is aangekondigd. Tenslotte is er zelfs een geluidsopname van gemaakt, dat was destijds uiterst zeldzaam.'

Toen Lilly de eerste foliant opensloeg, zag ze een enigszins vergeeld, welhaast met afbeeldingen overladen titelblad. Daar waren opvallend veel tekeningen bij, en nauwelijks foto's. Met de vette koppen kon ze echter net zo weinig beginnen als Ellen.

'Ik denk dat we het zoeken aan jou moeten overlaten,' zei deze tegen Enrico. 'Die koppen zijn voor ons abracadabra.'

'Nou, daar hebben jullie mij toch voor?'

Vlug begon Di Trevi door de grootformaatpagina's te bladeren, tot hij uiteindelijk op een bepaalde plaats stopte.

'Hier heb ik iets,' verkondigde hij en draaide de foliant om. 'Kijk eens naar deze foto.'

Lilly's blik viel op een wat onhandig ogend meisje, dat zo'n dertien à veertien jaar oud was. In haar hand hield ze een viool – zo, dat je de roos aan de achterkant kon zien. Later in het conservatorium had Rose er op dezelfde manier bij gestaan, alleen was ze toen opgebloeid tot een mooie jonge vrouw. Als tiener was ze ook al knap, dat moest Lilly toegeven. En de Zuidoost-Aziatische afkomst was nog wat meer aan haar af te zien dan later.

Naast de jonge Rose stond een oudere vrouw in een hooggesloten zwarte japon. Haar licht grijzende haar was volgens de toenmalige mode bij de slapen geonduleerd, op de kraag van de jurk was een in metaal gevatte onyxbroche te herkennen. De ene hand van de oudere vrouw, van wie Lilly aannam dat het Mrs Faraday was, rustte op Rose' schouder, in de andere zat een notitieboekje geklemd. Terwijl Rose onzeker, maar heel sympathiek overkwam, ging er van Mrs Faradays gezicht een kilte uit die de toeschouwer ook meer dan honderd jaar later nog ontzag inboezemde.

'Naar de tekst te oordelen dacht de hele prominentengemeenschap het concert te gaan bezoeken. Daarbij zal een aantal meer in de geluidsopname geïnteresseerd zijn geweest, daar ben ik van overtuigd. Maar het verschijnen van Rose Gallway moet toentertijd heel belangrijk zijn geweest.'

Lilly wist niet waarom, maar ze voelde bij het zien van de foto een eigenaardige betovering. Alsof ze de gelegenheid had gekregen door een raam naar Rose te kijken. Had ze erg te lijden gehad onder haar strenge lerares? Of leek Mrs Faraday strenger dan ze in werkelijkheid was geweest? Had Mrs Faraday in het notitieboekje de fouten van Rose genoteerd? Of had het geen bijzondere betekenis?

'Kan ik hier een kopie van krijgen?' vroeg ze terwijl ze zich met moeite van de foto losmaakte.

'Ik denk het wel. Ik zal de tekst van het artikel voor je vertalen, dan kun je er wat makkelijker iets mee beginnen.'

'Maar heb je daar dan tijd voor?'

'Natuurlijk!' antwoordde Enrico, en weer vlamde die onbeschaamde glimlach in zijn blik op. 'Als het niet voor jou is, voor wie dan wel?'

Ze doorzochten de kranten nog een tijdje, en inderdaad stuitte

Enrico op meer materiaal. Er was nog een foto van het concert, evenals een tekening in een ander blad die op basis van de foto van het concert was gemaakt. Die liet Rose zien terwijl ze uiterst geconcentreerd de strijkstok hanteerde en eruitzag alsof ze alles om haar heen volkomen was vergeten.

'De kritieken pakten allemaal heel goed uit, men was verrukt van het schuchtere wonderkind,' meldde Enrico. 'Ik vrees echter dat we hier niet veel uitsluitsel zullen krijgen over haar latere leven.'

'Is dan bekend of Rose nog eens in Italië heeft gespeeld?

'Mogelijk. Ik ben geen expert wat Rose Gallway betreft, maar daar is vast wel achter te komen. Maar ik kan niet zeggen hoe lang dat gaat duren. Jullie zijn eigenlijk alleen morgen nog echt hier, dus moet je degene die je kent aan de Faraday School of Music bellen, dan kan ik je misschien beter verder helpen.'

Er gleed een glimlach over Lilly's gezicht, toen merkte ze dat Ellen haar ook glimlachend aankeek.

'Dat zal ik doen,' beloofde ze.

'Je mag ook met alle plezier mijn telefoon gebruiken, zodat de kosten van je mobiel geen gat in je begroting slaan.'

'Is dat niet wat veel gevraagd?' vroeg Lilly een beetje ongemakkelijk, want ergens had ze het gevoel dat Enrico er iets voor terugverwachtte.

Maar dat wuifde hij weg. 'Onzin! We zijn een raadselachtige vrouw op het spoor, dan komt het voor mij niet op een euro meer of minder aan!'

Voor ze verder konden gaan, verscheen de suppoost om hen eraan te herinneren dat het museum zo zou sluiten.

Di Trevi kwam met de dame van het archief, die net met haar werk wilde ophouden, overeen dat ze de volgende dag, hoewel het dan zondag was, nog eens konden komen om meer kranten te doorzoeken. Daarna verlieten ze het Palazzo Communale.

Buiten werden ze met oorverdovend klokgelui ontvangen, dat de duiven deed opschrikken die op het plein waren neergestreken. Toen het gelui voorbij was, zei Enrico: 'Wat vinden jullie ervan als ik jullie voor het eten uitnodig? Dan kunnen we het verhaal over Rose en Helen een beetje verder uitdenken.'

Daartegen had Lilly noch Ellen bezwaar.

Na een heerlijk avondmaal in Enrico's favoriete *trattoria* en een nachtelijke rondgang door de oude binnenstad voelde Lilly zich aangenaam moe. Omdat Di Trevi's palazzo over meer logeerkamers beschikte, had ze er een voor zich alleen – inclusief een klerenkast uit de zeventiende eeuw, een rijkbewerkte bruidskist en een hemelbed met dikke fluwelen gordijnen, die een lichte lavendelgeur verspreidden.

Wie zou er in vroeger tijden in dit bed hebben gelegen?

Voor ze onder de zware dekens kroop liep ze nog eens naar het raam, vanwaar ze goed zicht had op de oude binnenstad, die nu door straatlantarens werd verlicht. Ze ging in de brede vensterbank zitten en observeerde de weinige voorbijgangers die rond deze tijd nog langs het huis kwamen. Daarbij moest ze weer aan Peter denken. Het zou hem hier zeker zijn bevallen.

Maar algauw werd zijn beeltenis overlapt door het gezicht van Gabriel Thornton! Mijn hemel, dacht Lilly, die was ik bijna vergeten! Ze keek naar de wekker naast haar bed. Was Gabriel om half elf nog wakker? Kon ze het telefoontje niet beter uitstellen tot morgenochtend? Nadat ze even in tweestrijd had verkeerd, pakte ze haar mobiel. Toen schoot haar weer te binnen dat Di Trevi had aangeboden van zijn vaste aansluiting gebruik te maken.

Maar kon ze dat aannemen? Wilde ze wel beneden in de woonkamer met Gabriel zitten praten?

Ze besloot van niet. Hoewel ze het hoogstwaarschijnlijk niet over persoonlijke dingen zouden hebben, wilde ze niet dat er per ongeluk iemand meeluisterde. Ze haalde eens diep adem, toen riep ze Gabriels nummer op. Het kraakte in de ether, toen hoorde ze zijn stem.

'Thornton.'

'Gabriel... ik... ik hoop dat ik niet stoor.'

'Lilly!'

Klonk het ontsteld? Lilly kreeg het warm en koud tegelijk. Misschien had ze toch tot morgen moeten wachten.

'Ik weet dat het laat is,' begon ze. 'Ik... kan ook morgen bellen...'

'Nee, zeg maar wat er is, Lilly. Nu heb je me aan de lijn. Is er iets gebeurd?' Dat hij bezorgd klonk, versterkte Lilly's slechte geweten nog eens.

'Nee, alles is in orde. Alleen... we hebben foto's van Rose gevonden. In een krant. Op een ervan staat zij met Mrs Faraday, naar ik vermoed.'

'Dat is fantastisch! Van wanneer is die foto?' Blijkbaar volstond die korte mededeling om hem meteen in vuur en vlam te zetten.

'Van de dag dat de geluidsopname werd gemaakt.'

'Uitstekend! Voor zover ik weet zit die niet bij de documenten. In de oorlog zijn sommige dossiers verwoest. Dat is een geweldige vondst.'

'Echt?' Het hart klopte Lilly in de keel. Waarom was dat zo? Ze had hem toch alleen verteld dat ze de foto had gevonden!

'Een zeer geweldige zelfs. Breng alsjeblieft een kopie mee!'

'Dat zal ik doen. Signore Di Trevi zal voor ons de tekst vertalen.'

'Di Trevi?'

'De kennis van Ellen. We overnachten in zijn palazzo en hij heeft voor elkaar gekregen dat we morgen nog een keer de kranten mogen bekijken. Daarin stonden ook een paar concertkritieken en misschien vinden we nog meer over Rose.' Ze moest zich inhouden. Je kunt niet zo blijven doorratelen, straks denkt hij nog dat je een overdosis cafeïne hebt genomen.

'Het klinkt allemaal prachtig!' antwoordde Gabriel. 'Maar ergens heb ik het gevoel dat dat niet de enige reden is dat je me belt.'

'Nee, ik...' Lilly hield op toen ze bedacht hoe hij dat bedoeld kon hebben. Maar ze dwong zichzelf rustig te blijven. 'Ik wilde je vragen of Rose mogelijk meer concerten in Italië heeft gegeven. En zo ja, wanneer. Dan kunnen we makkelijker de kranten vinden waarin over haar is geschreven. Het zijn nogal dikke banden en het zou anders weken duren...'

Lilly stokte toen ze het gevoel kreeg dat Gabriel aan de telefoon zat te lachen.

'Dat hoeft geen probleem te zijn,' antwoordde hij, en inderdaad klonk in zijn woorden een lichte geamuseerdheid door. 'Maar ik ben al thuis.'

'O, sorry, ik wilde niet...'

'Je hoeft je niet te verontschuldigen, voor jou ben ik altijd bereikbaar. Nou ja, bijna dan. Onder de les en tijdens vergaderingen neem ik de telefoon meestal niet op.'

'Dat is begrijpelijk...' Lilly vroeg zich opnieuw af waarom ze zo verdomde onzeker was. Gabriel was zo vriendelijk, het was eigenlijk nergens voor nodig...

'Heb je een computer ter beschikking in het palazzo? Of brengt de huisgeest de berichten over?'

'Ik denk het wel. Ik bedoel, dat van de computer. De huisgeest heb ik nog niet gezien.' Lilly giechelde bij de gedachte aan een schimmige butler die haar op een zilveren dienblad een uitgeprinte e-mail aanreikte.

'Goed, ik mail je de gegevens morgenvroeg meteen. Natuurlijk zijn ze niet compleet, op een bepaald moment heeft Mrs Faraday haar pupil uit het oog verloren, maar wat ik heb, krijg je van me.'

'Dank je, dat is heel aardig.'

'Met alle genoegen, Lilly.' De manier waarop hij haar naam uitsprak, vervulde haar met een warmte die ze voor het laatst had ervaren toen ze met Peter samen was. En toch was het heel anders.

'Nou dan... welterusten, Gabriel.'

'Welterusten, Lilly. En vergeet niet uit Cremona terug te komen. Ik kijk ernaar uit je weer te zien.'

Toen hing hij op. Lilly hield haar mobiel nog even aan haar oor, ook al was het gesprek afgelopen. Haar hart bonsde nog steeds en het leek erop dat het daar niet meer mee op zou houden. Precies zo had ze zich destijds gevoeld toen ze Peter had leren kennen. En waarschijnlijk was ze toen ook zo zenuwachtig geweest. Wat was dat allemaal lang geleden...

Een vlaag van bedroefdheid verdringend legde ze haar mobiel naast zich op het bed en ze merkte vlak voordat ze insliep dat haar gezicht een en al glimlach was.

Later, in een droom, vond ze zichzelf terug in een kleedkamer zoals ze die uit oude theaterfilms kende. Een grote spiegel overheerste de ruimte, aan de deuren van een oude kastkoffer hingen een peignoir en twee jurken – kledingstukken van een volwassen vrouw.

Des te meer verrast was Lilly toen ze in een hoek van de ruimte een kind hoorde lachen. Toen ze die kant op keek, zag ze het gezicht van een meisje van zes of zeven, dat in de verte op Helen Carter leek. In elk geval had ze dezelfde zwarte lokken.

'Zoek je iets?' vroeg het meisje, absoluut niet verlegen.

Lilly wist eerst niet wat ze moest zeggen. 'Ik... ik...' stamelde ze, maar toen kwamen de woorden weer terug. 'Ik ben op zoek naar Rose.'

'Ik ben Helen,' antwoordde het kind giechelend.

'Maar je bent toch een kind!'

'Ben jij dat dan niet geweest?' was de wedervraag van het meisje en ze huppelde naar de tafel, waarop een vioolkist lag.

'Natuurlijk ben ik dat geweest. Maar...'

Wat wilde ze zeggen? Ze wist het niet.

Het meisje streek met haar hand over de viool. De viool! Misschien moest ze naar de viool vragen.

'Hoe kom je aan die viool?' hoorde ze haar droomstem zeggen.

'Ik heb hem ten geschenke gekregen,' antwoordde de kleine Helen.

'Van wie?'

'Van een vrouw.'

'En hoe heet die vrouw?'

Daarop giechelde het meisje alleen maar. Had Mrs Faraday de viool aan het meisje gegeven? Dat was aannemelijk.

Het liefst had Lilly het kind, dat een spookverschijning van Helen was, willen vragen wat er van haar geworden was. Maar nu klapte het kind de kist open. De viool daarin zag er duidelijk nieuwer uit dan nu. Toen Helen er met haar vingers overheen streek, klonk er een valse toon, alsof hij ontstemd was.

'De oplossing van het raadsel zit verborgen in "De maneschijnsonate"', fluisterde het meisje toen de rare toon was weggeebd.

Lilly keek het kind in de ogen, en het viel haar op dat die niet gewoon bruin waren, maar merkwaardig goudbruin. Alsof er een lichtstraal op de iris was gevallen.

'Hoe bedoel je dat?' vroeg ze door, maar het meisje had geen zin welke vraag van haar dan ook te beantwoorden.

'Kijk, ik kan toveren!' riep ze, en terwijl haar lach door de ruimte schalde, loste ze voor Lilly's ogen op in de lucht. Toen Lilly wakker werd, constateerde ze dat de maan uit het raam was verdwenen. Over de straat beneden reed een motor knetterend voorbij.

Onder de zware dekens vond ze echter niet zo snel rust meer. Telkens weer zag ze het droombeeld voor zich. De kleine Helen, die gezegd had dat de oplossing van het raadsel in 'De maneschijnsonate' verborgen zat. Natuurlijk betekende dat alleen dat wat ze de vorige dag op de foto had gezien zich in haar brein had genesteld. Maar stel dat de oplossing van het raadsel echt op het muziekblad te vinden was?

Het liefst was Lilly opgestaan om het te controleren, maar ze was nog te moe. Ze gaf zich over aan het domein van de slaap, die deze keer droomloos bleef.

14

De volgende ochtend voerde Lilly haar voornemen uit. Terwijl een merkwaardige onrust de resterende vermoeidheid verdreef, liep ze naar de tafel waarop de vioolkist lag en haalde het muziekblad uit de binnenvoering.

Daarbij moest ze weer denken aan wat Dean had gezegd. Zat er een code in verborgen?

Zo ja, dan was het er een die zich aan haar niet openbaarde, want het stuk was zuiver instrumentaal, er was geen tekst die je kon interpreteren. Zuchtend gaf ze het op, ze legde het blad op de tafel en ging onder de douche. Met het warme water spoelden ook de vragen weer over haar heen.

Misschien konden Ellen en Enrico iets in de noten herkennen...

Nog steeds onrustig draaide ze de kraan dicht en kneep het water uit haar haar. Toen sloeg ze een van de fluweelzachte badhanddoeken om waarom ze Enrico vreselijk benijdde – wat haar wasmachine uitspuugde kon af en toe ook als plank worden betiteld.

In de gangen van het huis hing de geur van koffie, die haar rechtstreeks naar de keuken lokte. Daar zat Ellen aan een lange houten tafel, met haar handen om een rode koffiebeker. Aan het kolossale meubelstuk maakte ze haast een verloren indruk. Had Enrico hier echt soms zo veel gasten dat ze allemaal een plaats hadden aan die tafel?

‘Ha, daar ben je dan!’ riep haar vriendin. ‘Ik dacht al dat je vandaag helemaal niet naar beneden zou komen.’

‘Ik heb gisteren Gabriel nog gebeld,’ bekende Lilly, waarop Ellen verbaasd haar wenkbrauwen optrok.

‘Jij durft! Dat haalt mannen zomaar uit hun slaap.’

‘Hij sliep nog niet. In elk geval klonk hij niet zo.’

De herinnering aan het telefoontje toverde een glimlach op Lilly’s gezicht en drong de vragen met betrekking tot het muziekblad even naar de achtergrond.

‘Nou, hij zal in elk geval klaarwakker zijn geweest toen hij jou hoorde,’ wierp Ellen tegen en ze nam een slok uit haar beker. ‘Mijn hemel, die is bijna net zo lekker als die van Terence,’ merkte ze op.

‘Waar is je vriend?’ vroeg Lilly terwijl ze haar blik door de ruimte liet gaan. In die keuken zou je waarschijnlijk ook het optreden van een of andere gourmetkok kunnen filmen.

‘Enrico is de stad in gegaan om voor ons ontbijt te zorgen. Maar we moeten geen grote verwachtingen koesteren, Italianen eten ’s ochtends nooit veel.’ Ellen stond op en liep naar de dure koffieautomaat. ‘Wat denk je van een cappuccino in ruil voor het verhaal over je telefoontje met Gabriel?’

‘Ja, graag,’ antwoordde Lilly en ze hoorde de machine brommen en pruttelen. ‘Maar ik weet niet of het verhaal over het telefoontje wel zo spannend is. Je vermoedt vast dat Gabriel er niet afwijzend tegnover stond om me te helpen.’

‘Dat vermoed ik niet alleen, daar had ik de inhoud van mijn klerenkast om verwed.’

Even later zette Ellen de koffie naast haar op tafel en ging weer zitten. Lilly blies in het melkschuim en proefde aarzelend.

‘Nou, wat zeg je? Kan hij tegen die van Terence op of niet?’

‘Zeker.’ Lilly nam nog een slok, toen zette ze de kop neer. ‘Gabriel wil me dus straks de concertdata mailen. En verder... heb ik een droom gehad.’

‘Een onbehoorlijke over Gabriel?’ Ellens ogen begonnen schelms te schitteren.

'Nee, dat niet... Ik heb over Helen gedroomd. Een heel kleine Helen. Ze zei tegen me dat de oplossing van het raadsel in "De maneschijnsonate" zit. Kun je je nog herinneren wat Dean heeft gezegd? Dat over die code?'

'Denk je echt dat er een in de melodie verborgen zit?'

'Zou dat dan kunnen? Ik heb nooit begrepen hoe het met die noten werkt, maar jij kunt ze tenminste spelen.'

'Dat wel, maar MI6 is nog niet bij me langsgekomen om een contract op tafel te gooien. Ik zou een code niet eens herkennen als ze me er met mijn neus bovenop duwen.' Ellen dacht even na, toen vervolgde ze: 'Bovendien was het maar een droom, Lilly. Kennis die je in je brein hebt verwerkt.'

'Daar heb je gelijk in. Maar misschien is het echt zo. Misschien was de componist zo geniaal om een boodschap in de noten te verstoppen.'

Lilly haalde het muziekblad, dat ze mee had genomen, uit haar tas en spreidde het voor zich uit. Voor haar zagen de noten eruit als de afdrukken van vogelpootjes. Niet als een boodschap, niet als een code.

Ellen bekeek de noten beslist met andere ogen, maar nadat ze een tijdje naar het blad had gekeken, schudde ze haar hoofd. 'Een muziekstuk. Ik zie alleen een muziekstuk, meer niet. En ik ben getrouwd met een man die James Bond als zijn grote held beschouwt.'

Voor Lilly daar antwoord op kon geven, ging de deur open.

'Zo te zien zijn jullie wakker en schoon als de vroege morgen,' kraamde Enrico goedgehumeurd uit toen hij de keuken binnenzoefde en een mand op de tafel zette waarin twee naar de bakker ruikende papieren zakken en een grote pot vruchtengelei zaten.

Lilly bedwong zich om niet met haar ogen te gaan rollen en kon alleen maar naar Ellen kijken, die echter niet reageerde.

'Ha, dames, wat is er met jullie?' informeerde Enrico, die duidelijk een reactie had verwacht.

'Niets, we zitten alleen een beetje te denken,' antwoordde Ellen, waarna ze nog een slok koffie nam. 'Lilly had een verwarrende droom, en nu vragen we ons af of je in bladmuziek een code kan opslaan.'

'Een code waarvoor?'

'Voor iets wat Rose of misschien Helen aan de komende generaties wilde nalaten,' antwoordde Lilly en ze draaide het blaadje zo om dat hij de compositie kon zien. 'Een geheim misschien. Mogelijk ook de verblijfplaats of het lot van Rose.'

Enrico stond even te peinzen, toen haalde hij zijn schouders op. 'Ik sluit het niet uit. In vroeger tijden moeten de mensen heel vindingrijk zijn geweest wat coderen betreft. Ik ben echter niet de juiste persoon om die vraag te beantwoorden. Maar ik heb een vriend, een historicus, die zich bezighoudt met spionage in de middeleeuwen. Rose komt natuurlijk uit een heel andere tijd en heeft niets met de Borgia's te maken, maar misschien kan hij antwoord geven op jullie vraag.'

Ellen grijnsde naar Lilly. 'Zo langzamerhand staan we zo diep bij je in het krijt dat we het van ons leven niet meer kunnen goedmaken.'

'Dat hoeft ook niet,' antwoordde Enrico ditmaal volkomen serieus en zonder een spoortje flirterigheid. 'Als er in de bladmuziek echt een code verborgen zit, is dat sensationeel! Jullie moeten nu goed ontbijten, want het archief wacht. En ik zal proberen mijn vriend te bereiken. Misschien kan hij me verder helpen.'

Die hele ochtend kon Lilly de droom niet van zich afzetten. Was het mogelijk dat er in de noten een geheime boodschap verborgen zat? Ze ergerde zich een beetje dat ze bij muziekles op school niet beter had opgelet. Maar dan nog, zou ze dan in staat zijn geweest een code te herkennen? Waarschijnlijk niet. En het was niet eens zeker dat er een geheime boodschap bestond. Het was een droom, Lilly, een droom, vermaande ze zichzelf telkens weer. Maar iets zei haar dat ze het niet moest opgeven.

Enrico had zijn vriend echter niet meteen kunnen bereiken. Hij had een bericht op diens voicemail achtergelaten, en nu zat

Lilly op gloeiende kolen terwijl het lachende stemmetje van de kleine Helen door haar hoofd spookte.

'Dus Mr Thornton is echt een grote hulp,' merkte Enrico op toen ze weer in het museum waren en hij nog een krantenartikel tevoorschijn haalde. 'Het verwondert me alleen dat hij niet zelf hierheen gekomen is en naar het artikel heeft gezocht.'

'Hij heeft nu eenmaal de leiding over een instituut en beschikt niet steeds over de tijd om zich met vroegere abituriënten bezig te houden,' antwoordde Lilly, verbaasd over haar felle toon. Enrico's woorden hadden niet eens verwijtend geklonken.

'Sorry, ik wilde je kennis niet aanvallen. Ik verwonderde me alleen een beetje.'

'Nee, ik ben degene die sorry moet zeggen, ik ben een beetje gespannen vanwege Rose,' antwoordde Lilly pijnlijk getroffen terwijl ze een geamuseerde blik van Ellen opving. 'En ik moet bekennen dat ik nerveus ben vanwege het muziekblad.'

'Pietro zal wel van zich laten horen,' antwoordde Enrico optimistisch. 'Waarschijnlijk is hij vandaag alleen maar door zijn vrouw ontvoerd, zij hecht er veel waarde aan de weinige vrije tijd die hij heeft samen door te brengen. Waarschijnlijk slentert hij momenteel door het park, genietend van het mooie weer terwijl hij naar zijn mobiel verlangt, die hij tijdens de wandelingen niet mag aanzetten.'

Door het park slenteren. Lilly glimlachte bedroefd toen ze die woorden in gedachten herhaalde. Met Peter had ze ook 's zondags door het park geslenterd als de tijd het toeliet. Altijd als de eerste magnolia's in bloei stonden waren ze naar buiten gegaan, altijd als de zon scheen. Zou ze ooit weer zulke wandelingen maken? Met Gabriel kon ze zich dat voorstellen, maar of het ook zou gebeuren?

'Kijk eens!' haalde Enrico haar uit haar gedachten. 'Rose als achttienjarige. Waarschijnlijk de laatste keer dat die knorrige oude dame haar begeleidde.'

Op de foto, die een dominante plaats op de pagina innam, stond nu de Rose die Lilly ook al bij de documenten van Thornton had gezien. Mrs Faraday leek ouder, en wat verder op de achtergrond ontdekte Lilly een man. De minnaar van Rose? was Lilly's eerste gedachte, maar toen schudde ze haar hoofd. Dat had die strenge muzieklerares beslist niet toegestaan. Maar wat had hij op de foto te zoeken? Het zag er helemaal uit alsof hij zich er op het laatste moment bij had gesmokkeld.

'Staat er in het artikel iets over die man?' vroeg Lilly terwijl ze op de foto wees.

Enrico's ogen vlogen over de regels, toen schudde hij zijn hoofd. 'Die vent doet me aan voetbalfans denken,' zei hij toen, waarop Ellen lachte.

'Voetbal?'

'Ja, ken je dat niet? Fans die hun gezicht of hun vingers voor de camera houden terwijl hun idool voor hen wordt geïnterviewd.'

'Denk je echt dat dit fenomeen toen al bestond?' vroeg Lilly terwijl ze hem heimelijk gelijk gaf. Ja, het zag er echt uit alsof hij zich had opgedrongen om in beeld te komen.

'De mensen zijn de afgelopen eeuwen niet wezenlijk veranderd,' antwoordde Enrico lachend. 'Ook toen waren er al schaamteloze en opdringerige figuren. Misschien was die man een hartstochtelijk bewonderaar van Rose.'

Een schril gerinkel verstoorde onverwachts de stilte die intussen was ontstaan. Enrico's hand verdween vlug in zijn broekzak. De jonge suppoost die hen in het oog moest houden, trok misprijzend zijn wenkbrauwen op, maar liet hem zijn gang gaan.

Het gesprek was kort en snel en toen Enrico weer ophing glinsterden zijn ogen geheimzinnig.

'Dat was Pietro. De in de natuur wandelende historicus. Hij heeft het bericht dat ik had ingesproken afgeluisterd en me om een kopie van het muziekblad gevraagd. Hij wil het graag bekijken.'

Lilly uitte een zachte jubelkreet. 'Dus het is mogelijk?'

'Volgens Pietro wel. Maar je moet toch rekening houden met de mogelijkheid dat het niets oplevert. Mijn vriend kan geen code vinden als er geen is.'

'Maar hij gaat het proberen.'

'Je kunt er zeker van zijn dat hij de bladmuziek grondig zal bekijken. En als die ook maar een spoortje van een geheim bevat, zal hij het gegarandeerd vinden.'

'Dan moeten we hem het muziekblad zo snel mogelijk doen toekomen,' zei Ellen. Woont hij hier in de buurt?'

'Nee, in Rome. We zullen het hem dus moeten toesturen. Als jullie de brief nog vanavond schrijven, zal ik hem morgen meteen verzenden.'

'Stuur je alles nog met de post?' vroeg Ellen verbaasd. 'Heeft je vriend geen mailadres?'

'Natuurlijk wel, maar ik heb geen scanner om het muziekblad in te voeren. Je weet dat ik me wat techniek betreft alleen met het hoogstnoodzakelijke afgeef.' Hij wendde zich weer tot Lilly. 'Heb je het blad meegenomen? Dan kunnen we het het best hier kopiëren. Een kopieerapparaat heb ik namelijk ook niet.'

Lilly knikte en gaf hem haar kopie van het muziekblad.

Als beloning voor alles wat Enrico voor hen had gedaan, boden Lilly en Ellen aan die avond voor hem te koken.

'Duitse keuken, weten jullie het zeker?' grapte hij met een gespeeld ontstelde gezichtsuitdrukking. 'Ik weet niet of ik braadworst en zuurkool in mijn koelkast heb.'

'Altijd die clichés!' antwoordde Ellen en ze rolde met haar ogen. 'Bovendien ben je een Italiaan en geen Amerikaan. Je zou ons wat beter moeten kennen.'

'En we zijn niet van plan je *Eisbein* voor te schotelen,' voegde Lilly er lachend aan toe. Het speet haar bijna dat ze de volgende ochtend alweer vertrokken. Enrico was van een vermeend charmeur in een vriendelijke, hulpvaardige vriend veranderd. En Cremona beviel haar heel goed. Alleen jammer dat ze er niet aan toegekomen waren de vioolbouwerswerkplaatsen te bekijken. Een volgende keer zou ze zich dat niet laten ontgaan.

Enrico's vrees werd niet bewaarheid. Lilly en Ellen wisten een acceptabel pastagerecht in elkaar te flansen, dat ze gezellig in een kringetje rond de keukentafel verorberden. Daarna stond Enrico erop hun een rondleiding door het palazzo te geven – met inbegrip van de ruimtes die afgesloten waren omdat hij ze niet gebruikte. Na een paar griezelverhalen over vermoorde graven, ontrouwe gifmengsters en de geest van een vroedvrouw die door een *contessa* was vermoord nadat ze een bevalling had verprutst, keerden ze terug naar de woonkamer.

'Wat gaan jullie nu doen?' vroeg Enrico terwijl ze genoten van rode wijn uit de eigen wijnkelder van het palazzo. 'De krantenknipsels helpen niet echt om te verklaren aan welke omstandigheid je de viool te danken hebt.'

'Maar ik ben in elk geval meer over Rose te weten gekomen,' antwoordde Lilly. 'Bovendien komt de analyse van de bladmuziek er ook nog aan. Misschien levert die meer op dan we denken.' Meteen bij hun thuiskomst had Lilly de kopie van het muziekblad in een envelop gedaan. Nu was het afwachten.

'En zo niet?'

'Dan zullen we proberen nieuwe sporen te vinden. Misschien kom ik in de tussentijd te weten wie de raadselachtige man was die me de viool heeft gebracht. Hij kan me vast en zeker vertellen hoe hij op het idee komt dat ik er recht op heb.'

'Als hij je niet weer ontsnapt,' gaf Enrico ter overdenking. 'Blijkbaar had hij zo zijn redenen om je niets te vertellen. Waarom zou dat anders zijn als je hem weer ontmoet?'

'Ik moet het op z'n minst proberen. Ik zou niet graag iets bezitten wat me niet toebehoort.'

'O, maar misschien behoort de viool je wel toe. Je kunt nooit zeggen welke kronkelige wegen mensen – of dingen – volgen. Na Helen Carter zal iemand de viool in bezit hebben gehad – voor zover ik weet, kon zij na een ongeluk niet meer spelen. Misschien heeft ze hem verkocht – aan een van jouw voorouders.'

Lilly wilde al protesteren dat dat uitgesloten was, maar Enrico voegde er vlug aan toe: 'Je zult er wel achter komen – en het zou me groot plezier doen als je het me laat weten als je de oplossing van het raadsel hebt gevonden.'

‘Dat zal ik doen,’ beloofde Lilly en ze verzonk vervolgens in de aanblik van de wijn in haar glas.

Toen ze uiteindelijk onder de zware dekens van haar bed kroop, waarden er geuren en woorden rond in haar hoofd. En omdat gedachten zich op de achtergrond hielden, gaf ze zich over aan de weldadige zwaarte en liet zich erdoor in slaap brengen.

15

Padang 1902

Het concert in het Grand Hotel, waarbij alle prominente planters van Padang waren verschenen, verliep geweldig. Terwijl Rose in de melodie opging, wist ze dat ze nog nooit zo goed gespeeld had. Dat lag ongetwijfeld aan het feit dat ze Paul in het publiek had ontdekt. Toen ze hem zag had ze zich oneindig licht gevoeld – des te meer omdat ze had gezien dat zijn verloofde niet met hem mee was gekomen.

Volkomen voldaan had ze haar strijkstok op haar viool gezet en gespeeld tot de stroom van beelden haar omspoelde en uit de concertzaal leek weg te voeren. Ja, ze had voor Paul gespeeld, en wat nog bevredigender was, Sean Carmichael kreeg geen gelijk. Door de ontluikende gevoelens voor Paul – ook al wist ze niet of hij die beantwoordde – ging ze eerder beter spelen.

Toen ze onder het gejuich van het publiek het podium verliet, wierp ze haar agent een vernietigende blik toe. Sinds het voorval na haar thuiskomst van het wajangspel hadden ze nauwelijks nog een woord tegen elkaar gezegd. Wat ze te bespreken hadden, wisselden ze schriftelijk uit – via Mai. Die had van Rose een flinke uitbrander gekregen omdat ze Carmichael over haar avond met Havenden had verteld. Eigenlijk had ze ook haar met zwijgen moeten straffen, maar ze had het meisje nodig. Dat ze na de oorvijg die Rose haar had toegediend wel een halfuur had zitten huilen, was straf genoeg geweest.

Terwijl ze met ruisende rokken terugging naar haar kleedkamer, had Rose het gevoel op wolken te lopen. Deze keer zou ze niet schromen zich onder de gasten te begeven, want misschien zou het haar lukken weer een paar woorden met Paul te wisselen.

Maar eerst wilde ze zich omkleden.

'Mai, haal die blauwe japon met kant voor me! Haast je!'

Zwijgend voldeed de Chinese aan de opdracht. Sinds de strafactie van Rose beperkte ze zich ertoe alleen het hoognodige te zeggen en haar bazin niet nog meer te ontstemmen. Dat verteederde Rose een beetje, want net zo had zij zich gedragen als Mrs Faraday weer eens niet tevredengesteld had kunnen worden en haar roodgestifte mond giftige opmerkingen had gemaakt.

Omdat alles zo goed gegaan was en het lot met de aanwezigheid van Paul op haar hand leek te zijn, besloot ze wat mildheid te betrachten. Ze wilde in geen geval zo'n vreselijke draak worden als Mrs Faraday!

Toen Mai haar de japon bracht, schonk Rose haar een bemoedigende glimlach, die het meisje onzeker beantwoordde.

'Heb je zin vanavond een tijdje vrij te hebben?' vroeg ze terwijl Mai de sluitingen van haar japon begon los te maken.

'Maar, miss, u hebt me toch nodig,' antwoordde Mai voorzichtig, alsof ze vermoedde dat er iets achter stak wat haar nog een oorvijg zou kunnen opleveren.

'Natuurlijk heb ik je nodig, maar ik vind dat je ook wel een paar uur vrij mag hebben. Ik zal me zo meteen onder de gasten begeven, als je wilt hoef je pas vannacht weer terug te zijn. Er zijn vast wel een paar dingen in Padang die je zou willen zien.'

Mai's mond viel even open, zonder dat ze een woord kon uitbrengen. 'Bedoelt u dat serieus, miss?'

'Ik zeg het toch! Maar als je niet wilt, kun je ook naar het hotel gaan en mijn ondergoed verstellen, aan jou de keus.'

'Nee, nee, ik bedoel, ik zou graag even vrij hebben, als u dat goedvindt.'

'Ga naar het wajangtheater, de verhalen die ze daar spelen zijn heel mooi. En je treft er misschien een paar landgenoten met wie je kunt praten.'

'Dank u wel, miss,' zei Mai en ze maakte een lichte buiging. 'Ik zal stipt op tijd terug zijn en u verder ook geen ergernis meer bezorgen.'

'Goed, help me dan maar in mijn japon en doe mijn haar. Zodra je klaar bent, ben je vrij.'

Een halfuur later verliet Rose de kleedkamer. Een paar gasten hadden geprobeerd binnen te komen, maar Mai had ze resoluut weggestuurd met de mededeling dat Miss Gallway zich zo onder de gasten zou vertonen.

Nu ze, in haar mooiste blauwe japon, door de gang naar de ruimte voor de gasten liep, klopte Rose het hart in de keel. Zou het ervan komen met Paul te praten?

Toen haar aanwezigheid werd opgemerkt, barstten de gasten in applaus uit. Van Swieten kwam naar haar toe, gaf haar een handkus en bracht haar toen naar het midden van de zaal. Naar zijn korte toespraak luisterde ze maar half, haar ogen zochten Paul in de menigte. Eerst kon ze hem niet ontdekken. Was hij misschien al weg?

Paniek overviel haar. Als hij er niet was om met haar te praten, zou ze aan de andere mannen overgeleverd zijn. Hun vragen kende ze uit-en-te-na, die waren altijd hetzelfde. En de vrouwen praatten slechts zelden met haar, die leken haar veeleer te zien als iemand die haar lichaam voor geld verkocht.

Natuurlijk dromden de mannen meteen om haar heen en overlaadden haar met complimenten. Omdat ze Paul niet kon vinden, keek ze uit naar Carmichael, doch ook hem kon ze niet in de menigte ontdekken.

Maar ineens, toen het woud aan zwarte rokkostuums en pakken dunner werd, ontdekte ze Havendens blonde haardos.

Natuurlijk kon ze zich niet van de anderen losmaken en naar hem toe gaan, dat had zeker praatjes gegeven. Maar alsof hij haar stille hulpkreet had gehoord, keek Paul op en kwam toen naar haar en de mannen om haar heen toe. Het duurde even voor hij tot haar doorgedrongen was, alleen al het feit echter dat hij in de buurt was gaf Rose de kracht de vragen en opmerkingen te verduren en met humor te pareren.

Ten slotte slaagde Paul erin haar uit de menigte los te maken onder het voorwendsel dat hij haar aan zijn verloofde wilde voorstellen. Dat die niet aanwezig was leek de andere mannen niet te zijn opgevallen.

'U weet niet half hoe dankbaar ik u ben!' fluisterde Rose toen ze in de gang verdwenen waren die naar de bibliotheek van het hotel leidde, die rond die tijd nauwelijks werd bezocht.

'Het plezier in de conversatie met uw bewonderaars is er niet groter op geworden, neem ik aan,' zei Paul geamuseerd terwijl Rose haar zakdoek tevoorschijn haalde en zich een beetje koelte toewaaide.

'Als er tenminste sprake zou zijn van conversatie! Die mannen vragen me of ik al vergeven ben, hoe het voelt om op het podium te staan en of ik als vrouw geen behoefte heb aan een beschermer.'

'Zo te zien hebt u daar wel degelijk behoefte aan.' Paul grijnsde breed naar haar.

'Natuurlijk heb ik daar geen behoefte aan!' wierp ze tegen. 'Ik ben in deze stad geboren, ik ben als kind hier weggegaan om in Londen te kunnen studeren. Ik heb niemand nodig om me te beschermen. Hoogstens iemand die me behoedt voor mannen die zich als minnaar willen aanbieden of die met die bedoeling hun zonen aanbevelen.'

Rose merkte dat ze rood werd toen ze dat zei. Zo open had ze tegenover Paul niet willen zijn. Maar hij leek haar niet kwalijk te nemen wat ze had gezegd.

'Welnu, u bent ongetwijfeld een heel moderne vrouw. Veel van de aanwezige dames zouden er vast om vechten om door een gefortuneerde planter beschermd te worden.'

'Maar die dames zijn er ook tevreden mee op de plantage oud te worden. Dat zou voor mij niet genoeg zijn, vrees ik. Ik heb de muziek nodig, en het podium.'

'En het applaus?'

‘Welke artiest kan zonder?’

‘Maar toch schrikt u terug voor de bewondering na een concert.’

‘Zoals ik al zei, die heeft niets met mijn kunst te maken.’

Bij die woorden keek Paul haar lang aan.

‘Wilt u me toestaan uw viool van dichterbij te bekijken?’ vroeg hij toen, wat Rose enigszins in verwarring bracht, want eigenlijk wilde geen van haar bewonderaars ooit het instrument zien. Of verwachtte Havenden misschien dat ze hem dan in haar kleedkamer uitnodigde? Even had ze er spijt van dat ze zich over zijn aanwezigheid had verheugd, maar toen zei ze bij zichzelf dat Paul niet zo was als de anderen. En zo ja, dan zou ze hem eens flink de waarheid zeggen!

‘Natuurlijk, maar dan moet ik hem eerst uit de kleedkamer halen.’

‘Daar zou u me een groot plezier mee doen,’ antwoordde Paul en hij deed een stapje achteruit.

Er gleed een glimlach over Rose’ gezicht. Ze had zich dus niet in hem vergist!

‘Goed dan. Ik ben zo terug.’

‘Ik zal op u wachten.’

Toen ze de kleedkamer in liep, zag ze dat Mai al weg was. Die had het vertrek echter niet verlaten zonder eerst op te ruimen. Rose glimlachte even bij zichzelf, het meisje leek haar echt geen ergernis meer te willen bezorgen.

Met trillende handen pakte ze de vioolkist. Ze was wel een beetje jaloers dat Pauls belangstelling de viool betrof. Maar tenslotte hoorden zij en de viool bij elkaar...

Rose vond zichzelf net een dievegge toen ze, nadat ze eerst om zich heen had gekeken, de gang in glipte.

Daar stond Paul nog op haar te wachten, nonchalant tegen de muur geleund. Gelukkig had niemand hun schuilplaats ontdekt en hun afwezigheid was blijkbaar ook niet opgemerkt.

Rose legde de vioolkist op een tafeltje waar een vaas met bloemen op stond. Met de geluiden in de feestzaal op de achtergrond opende ze het deksel en nam de viool er voorzichtig uit.

'Uw viool is echt prachtig,' zei Paul, nadat hij hem eerbiedig had bekeken. 'Hoe komt u eraan? Hij is vast al heel oud.'

Rose keek dromerig naar het instrument, toen raakte ze met haar vingertoppen bijna teder de klankkast aan.

'Het was een geschenk van mijn vader. Hij heeft hem bij een Chinese handelaar gekocht.'

'Een Chinese handelaar?'

'Ja, verbazingwekkend, nietwaar? Ik heb in Londen eens een stradivarius gezien die enigszins op deze viool leek. Maar hij is heel zeker niet in China gebouwd. En de roos...

'... is echt ongewoon bij zo'n instrument.' Op het moment dat Rose de viool wilde omdraaien, bewoog Pauls hand en schampte licht haar vingers.

Meteen hield Rose haar beweging in en keek op. De manier waarop Paul haar opnam verontrustte haar een beetje, maar het riep ook een tot dan toe onbekend gevoel bij haar op.

'Ik... kan nu beter gaan,' zei ze en ze legde de viool terug in de kist.

Opeens voelde ze zich dwaas en vreselijk onfatsoenlijk. Paul had een huwelijksgelofte gedaan. Ze kon toch niet...

'Wacht...'

Pauls hand omsloot warm haar pols.

Rose keek hem verward aan. Wat ze nu bij de aanrakingen voelde, dat branden in haar borst, had ze tot nog toe alleen maar ervaren als ze zich volkomen overgaf aan de muziek.

'Laat me alstublieft los,' zei ze zachtjes, hoewel alles in haar wenste meer van hem te voelen dan alleen zijn hand.

'Ik zou u graag weer willen zien,' zei hij bijna smekend. 'Gaat u alstublieft mee naar de plantage. Dan hebben we tenminste een paar uur samen.'

'Maar uw verloofde...'

Even leek Paul opgeschrikt. Toen antwoordde hij: 'Maggie is panisch voor de natuur, ze zou nooit met me meegaan. Maar u bent niet bang en ik kan me niets mooiers voorstellen dan een middag met u door te brengen. Alstublieft.' De druk van zijn hand werd sterker. En ook Rose' verwarring nam toe.

'Dat kan niet,' antwoordde ze, maar ze merkte hoe zwak haar stem klonk en hoezeer haar ziel ernaar verlangde met hem alleen te zijn. Het gaat maar om een middag, zei ze tegen zichzelf. Wat kan er nu gebeuren? Ik ga met hem mee, bekijk de plantage en dan gaan we weer terug. Over een paar dagen vertrek ik naar India en dan zullen we elkaar hoe dan ook uit het oog verliezen.

Maar er was ook Mrs Faraday, die haar gedragsregels bij Rose had ingeprent en haar steeds had gemaand zich niet met welke bewonderaar dan ook in te laten. Bovendien zouden ze het hier beslist niet goedkeuren als ze aan een avontuurtje begon. Haar gedrag had invloed op de reputatie van de gouverneur, die haar zo edelmoedig ondersteunde.

Het is slechts een tochtje, een uitstapje naar de jungle, praatte haar hart op haar in. Er zullen zeker nog andere mensen bij zijn. En misschien kun je met je kennis van het land anderen helpen.

'Alstublieft, Miss Gallway,' zei Havenden nu bijna smekend. 'Ik beloof u dat u er geen spijt van zult krijgen. En wie anders kan me door de wildernis van uw geboorteland leiden?'

'Er zijn vast wel geschikte gidsen die u graag hun diensten aanbieden.'

'Daar hebt u gelijk in, maar mijn Maleis is niet bijzonder goed.'

'De gidsen spreken ook heel goed Nederlands en Engels.'

Paul nam haar vingers nu tussen zijn warme handpalmen. 'Willig mijn wens alstublieft in, Miss Gallway. U hebt mij naar de wereld van het inheemse poppenspel ontvoerd, nu zou ik u graag naar de jungle ontvoeren. Het is maar een uitstapje, meer niet. En het is goed mogelijk dat u zich op de plantage een beetje amuseert, want voor zover ik weet beschikt die ook over een uitgestrekte tuin.'

Nu hij haar zo nabij was, zo indringend als hij haar nu aankeek, kon Rose niet anders. 'Goed dan, ik ga met u mee. Maar ik zal deze week nog een paar concerten moeten geven.'

'Laat me maar weten wanneer het u schikt, ik zal mijn plannen aanpassen. U moet wel beloven dat u me bij het geringste teken dat er een tijger verschijnt, in veiligheid brengt.'

'Ik geloof niet erg dat er een tijger zal verschijnen,' antwoordde Rose. 'Ze zijn heel schuw, en hoewel ik als kind vaak in de jungle heb rondgebanjerd, meestal ondanks het verbod van mijn vader, heb ik er nog nooit een ontdekt. U ziet, ik zou u niet eens kunnen waarschuwen.'

'Dan zal ik wel voor onze veiligheid zorgen.'

Ineens waren hun gezichten zo dicht bij elkaar dat een kleine beweging al had volstaan om elkaar te kussen. Maar Rose dacht plotseling een blik op zich gericht te voelen en trok zich terug. Toen ze zich naar opzij draaide, zag ze een man die ze niet kende, maar die haar een beetje gebruuskeerd aankeek.

'Ik moet nu echt gaan,' zei Rose, en ze pakte de vioolkist en verdween ermee in de richting van de kleedkamer.

Toen Paul die avond in het hotel terugkwam, voelde hij zich uiterst verward. Nog steeds had hij Rose' geur in zijn neus, nog steeds meende hij haar hand in de zijne te voelen. Hoewel hij wist dat het niet hoorde, voelde hij dat hij een fout had begaan door met Maggie te trouwen.

Hoe was zoiets in zo korte tijd mogelijk?

Raakten door de tropen zijn zinnen soms in de war? Speelde de hitte hem parten?

Nee hij wist zeker dat Rose hem ook in Londen zou zijn opgevallen. Daar vooral, want in de grauwe straten en bij alle stijve conventies zou ze het effect hebben van een orchidee in het gras.

Mocht hij die bloem voor zichzelf opeisen? Waarschijnlijk zou het een enorm schandaal veroorzaken als hij zijn verlangen om te scheiden alleen al uitsprak. Zelfs zijn tolerante moeder zou daar geen begrip voor kunnen opbrengen. Om van Maggie en zijn schoonouders maar te zwijgen. Hij zou in Londen een paria worden met wie niemand die belang hechtte aan zijn reputatie, wilde omgaan...

Verhit trok Paul zijn das van zijn hals en slingerde hem op de chaise longue, die leeg was, want Maggie was al naar bed gegaan. Ze zou vast met hem mee naar het concert zijn gegaan, maar hij had haar verteld dat hij naar een bijeenkomst met investeerders wilde, waarbij zij zich maar zou vervelen. Ze had hem geloofd en was in het hotel gebleven, terwijl hij stiekem naar het concert ging.

Hij schaamde zich er een beetje voor dat hij tegen Maggie gelogen had – en hij schaamde zich ook dat hij inmiddels een behoorlijke aversie jegens haar voelde als hij haar op de chaise longue zag liggen. Waarschijnlijk zou ze op de boot naar huis weer in een opperbest humeur zijn.

Zwaar liet Paul zich op de bank neervallen. Wat moest hij doen? Doorgaan zoals altijd, zijn steeds toenemende hartstocht beteugelen en met Maggie teruggaan naar zijn vaderland?

Of doen wat zijn hart verlangde? Rose veroveren, scheiden en met zijn nieuwe vrouw gelukkig worden. Het klonk allemaal zo eenvoudig...

Maar wat als Rose niet wilde? Ze voelde zich duidelijk tot hem aangetrokken, maar was dat voldoende om zijn aanzoek in te willigen? Of kon hij daar beter mee wachten tot hij daadwerkelijk gescheiden was? Wilde hij eigenlijk wel echt scheiden? Nog nooit was hij aan zo'n grote verwarring ten prooi gevallen!

Omdat hij hoofdpijn had, stond hij op en liep naar de badkamer. Daar goot hij water in een kom en doopte zijn hoofd erin. Het water was niet zo koud als de bedoeling was, maar hij merkte dat zijn aderen zich vernauwden en de pijn enigszins afnam.

'Voel je je niet goed?' vroeg Maggie ineens achter hem, waarop hij verschrikt omhoogkwam. Ze had haar peignoir over haar nachtjapon aangetrokken, haar haar viel los over haar schouders.

Zoals ze daar nu stond, zou hij anders een diepe begeerte hebben bespeurd – maar nu voelde hij niets. Erger nog, zijn gedachten dwaalden naar Rose, en hij vroeg zich af hoe zij er in zo'n situatie uit zou zien.

'Ja, het was allemaal een beetje veel,' verklaarde hij terwijl hij een handdoek pakte en zijn haar droogwreef. Door zijn ogen samen te knijpen verdreef hij het beeld van Rose.

'Het komt allemaal door die vreselijke hitte en dit vreselijke land,' bromde Maggie en ze stak haar arm door de zijne. 'We moeten hier zo snel mogelijk vertrekken. Wanneer ga je naar de plantage kijken?'

Maggies woorden wekten opnieuw grote weerzin bij hem op. Het land, altijd was dit land de schuld van alles! Waarom zag ze niet hoe prachtig het hier was? Waarom wilde ze beslist terug naar de grijze kilte van Engeland? Als het aan hem lag, zou hij hierheen verhuizen. Naar de warmte. Naar het land waar Rose vandaan kwam. Misschien zou hij hier veel gelukkiger worden dan in een koud land, met een vrouw die voortdurend klaagde!

Hoe graag had hij haar dit in haar gezicht geslingerd, maar zoals zijn vader het hem had bijgebracht toomde hij zijn gevoelens in en hield ze voor Maggie verborgen. Hij haalde haar arm niet weg zoals hij graag had gedaan, en hij wond zich ook niet op over haar afschuw. Hij speelde de toegewijde echtgenoot, zoals van hem werd verwacht.

'Het spijt me, maar je zult nog een paar dagen geduld moeten hebben. Mijn advocaat overlegt nu met de eigenaar en maakt een afspraak voor de bezichtiging. Als ik bericht krijg, zoek ik een gids en vertrek dan met meneer Dankert.'

Dat de afspraak uitsluitend van Rose afhing en de advocaat net als de eigenaar alleen maar op zijn teken wachtte, hoefde ze niet te weten.

'Dan hoop ik vurig dat die afspraak spoedig zal zijn. Ik zou graag eindelijk weer eens tijd met je doorbrengen zonder door de zon geroosterd te worden.'

Met die woorden trok ze hem mee de slaapkamer in. Paul liet het over zich heen komen, maar toen Maggie naast hem weer was ingeslapen, bleef hij naar het plafond liggen staren en probeerde zijn gedachten de baas te worden, die onophoudelijk naar Rose afdwaalden.

Omdat Rose Mai, ondanks alle beloften haar geen ergernis meer te bezorgen, niet meer vertrouwde wat haar discretie tegenover Carmichael betreft, besloot ze de informatie over de concertdata persoonlijk naar Paul toe te brengen. Natuurlijk wist ze van zijn verloofde, en ze wist ook dat ze niet zomaar zijn kamer kon binnenstuiven. Maar de portier van zijn hotel zou er niets op tegen hebben als ze zijn stilzwijgen afkocht. Ze trok daarom een eenvoudige bruine reisjapon aan, stak haar haar op en stelde voor de spiegel tevreden vast dat ze er als een gewone huisvrouw uitzag, een van de vele bewoonsters van Sumatra die half Engels, half inlands waren.

Nadat ze de onopvallende envelop, waarop alleen Pauls naam stond, in de zak van haar rok had gestopt, verliet ze haar kamer. Mai was net weggegaan naar een naaister in de stad, want bij het uitkleden was er een ongelukje met haar japon gebeurd. Omdat Rose Mai opdracht had gegeven te wachten tot de naaister de gescheurde naad had dichtgenaaid, zou ze genoeg tijd hebben om ongezien naar Paul te gaan.

Het had haar niet veel moeite gekost te ontdekken in welk hotel hij onderdak had gevonden. Er was in de stad een hotel waar de Engelsen de voorkeur aan gaven en dat ze elkaar aanbevalen – in Londen bij Mrs Faraday was de naam destijds al vrij vaak gevallen. Het Newcastle Hotel lag in de buurt van de haven, als een van de weinige had het een Engelse naam. Haar eigen hotel, het Batang, lag midden in het centrum van de stad en werd uitgebaat door inlanders. Eigenlijk had Carmichael ook naar het Newcastle gewild, maar de kamers waren allemaal bezet geweest en eigenlijk was Rose blij dat ze midden in de stad, haar oude thuis, verbleef.

Nadat ze zich ervan vergewist had dat Carmichael niet in de buurt van het hotel rondhing – misschien was hij op zijn kamer, of zat hij op een of andere godvergeten plek te lanterfanten – stapte ze de glazen deur door en sloot zich toen aan bij de stroom voorbijgangers. Velen van hen waren inlanders, de vrouwen hadden of kinderen in draagdoeken aan hun lichaam gebonden of droegen manden met rijst, zoete aardappels of fruit. De Nederlanders, meestal in pak of rokkostuum, converseerden levendig met elkaar, hun echtgenotes kletsten met hun buurvrouwen. Rose kende haar geboortestad nog altijd goed genoeg om ergens via de snelste route te komen. Omdat ze niet al te zeer rekening hoefde te houden met haar kleding, liep ze vlug door smalle steegjes waarin de walm van kruiden en afval een ondoordringbare muur leek, sprong over een stroompje waswater dat iemand op straat had gegooid en verdreef met de zoom van haar rok een hondje dat het zich op de hoek van een huis gemakkelijk had gemaakt.

En toen zag ze het Newcastle ineens voor zich!

Het hotel was een van de chicste van Padang. De witte voorgevel had ook heel goed in Londen gepast, op de balkons waarover sommige kamers beschikten stonden heren in lichte kleding naar het verkeer te kijken, of zaten dames met brede hoeden de tijd tot de lunch te verdrijven. Omdat de inlanders wisten dat de Engelsen graag souvenirs meenamen, lagen op de doeken langs de rand van de straat sieraden, versierde doosjes, prenten en houtsneefiguren. Enkele Europees uitziende mensen dromden ervoor samen, terwijl de inlanders geen tijd verspilden aan het bekijken van de waar.

Rose haalde de brief uit de zak van haar rok en liep met ferme passen naar de deur van het hotel, een meesterwerk van houtsnijkunst en glas.

Het interieur van het hotel leek op dat van hotels in Londen en Parijs en afgezien van de Soendanese pages herinnerde nauwelijks iets eraan dat ze zich op Sumatra bevonden. De kristallen en lampjes van de prachtige kroonluchters werden weerspiegeld in de blankgepolijste marmeren vloer, die in het midden bedekt was met rode tapijten. De geur van koffie en thee hing in de lucht, maar hier ontbraken de kruidige dampen die de gangen van haar eigen hotel vervulden.

Voorgevend dat ze maar een bode was, een dienstmeisje van een anonieme bazin, gaf Rose de brief aan de in rode livrei gestoken portier. 'Overhandig die alstublieft aan Lord Havenden – alleen aan hem, en niemand anders.' Haar woorden onderstreepte ze met een bankbiljet, dat ze discreet over de balie van de receptie schoof.

De portier keek haar vragend aan, knikte toen en liet het bankbiljet onder zijn hand verdwijnen. De brief legde hij zorgvuldig in een la, waarna Rose hem bedankte en rechtsomkeert maakte. Buiten hadden de Engelsen blijkbaar tot de aankoop van een paar sieraden besloten. Een van hen keek opzij en glimlachte naar Rose. Die beantwoordde de glimlach en liep vlug verder.

Op dat moment zag ze Paul, die eveneens voor een uitstalling van de handelaren was blijven staan. De vrouw aan zijn arm was ongetwijfeld zijn verloofde, gekleed in een crèmekleurige japon, vast uit Parijs, met een hoogrood gezicht van de warmte. In haar vrije hand hield ze een opengewerkt wit parasolletje, dat, zo dacht Rose licht boosaardig, niet erg zou helpen. Als ze weer in Engeland terug was, zou haar huid ofwel zo bruin zijn als de dop van een hazelnoot ofwel geruïneerd door zonnebrand.

Maar het gaf haar een steek dat Maggie verliefd op zijn arm leunde en hem iets in het oor fluisterde. Paul zag er niet uit alsof deze vrouw hem niet gelukkig maakte. Hij had alleen maar oog voor haar, keek niet naar de straat en zag Rose ook niet.

En als hij het deed – zou hij me dan herkennen? Zou hij naar me toe komen, haar aan me voorstellen, met me praten? Of me voorbijlopen alsof ik een heel gewone vrouw was? Schept hij misschien alleen behagen in mijn glans?

Carmichaels woorden schoten haar weer te binnen en ze vervloekte zichzelf dat ze dat liet gebeuren. Een normaal leven... Eigenlijk wilde ze gewoon een leven aan de zijde van een man van wie ze hield. Zou Paul die man kunnen zijn? Ze wist het niet. Op dat moment besloop haar de twijfel, en die werd algauw zo sterk dat ze de neiging had naar het hotel te gaan en haar bericht terug te halen. Als ze niets van zich liet horen, als ze hem gewoon vergat... Ongetwijfeld zou hij een gelegenheid vinden om zich bij haar te vertonen. En dan zou ze beslist niet de kracht hebben hem weg te sturen.

Terwijl ze nog door twijfel werd verscheurd, kwam het paar weer in beweging. De parasol van de Engelse belemmerde Paul het zicht op de straat, en dus merkte hij Rose niet op. Voor haar was het echter al te laat om nog naar het hotel terug te gaan. Dan zou hij haar zien, en ze wilde zich niet voor hem en zijn verloofde belachelijk maken. Dus vervolgde ze haar weg en sloeg, bevrijd van de ban van zijn aanblik, de eerstvolgende zijstraat in.

Het was nu aan hem. Als hij van gedachten veranderde, zou ze hem uit haar hoofd zetten.

Toen ze in de straat van haar hotel kwam, zag ze net dat Mai vlakbij met een wat oudere Chinese vrouw stond te praten.

Eigenlijk was er geen reden voor haar als bazin om bang te zijn voor haar bediende, maar toch voelde Rose het in haar buik kriebelen toen ze haastig over de straat liep in de hoop dat Mai haar niet zag.

Het was bijna net zoals destijds in Londen, toen ze met een paar andere meisjes 's nachts stiekem naar de stad was gegaan, hoewel hun was verteld dat dat vanwege het rondzwervende gespuis gevaarlijk was. Onderweg hadden ze elkaar wilde verhalen over Jack the Ripper verteld, die jaren geleden zijn misdadige praktijken had uitgeoefend en nooit gepakt was, en bij het schijnsel van de gaslantarens aangename rillingen gevoeld. Bij hun thuiskomst was dat gevoel nog versterkt toen ze door de gang slopen waaraan Mrs Faradays slaapkamer lag. Het was hun daadwerkelijk gelukt haar niet wakker te maken – en toen Rose, eenmaal binnen in het hotel, omkeek, constateerde ze dat Mai haar ook niet had opgemerkt. Met een bevrijdende lach draaide ze zich daarop om naar de trap en negeerde de verbaasde blik van de portier toen ze die op stormde.

'O kijk eens, wat een beeldige olifanten!' riep Maggie enthousiast en ze wees naar de houtsneefiguren die voor een donkere jongen in traditionele kleding lagen uitgestald.

Paul keek haar enigszins verbaasd aan. Vandaag leek ze omgeslagen als een blad aan een boom. Zeker, ze had nog steeds last van de hitte, maar ze had tijdens hun wandeling door de stad niet één keer geklaagd. Ze had zelfs niet tegengestribbeld toen Paul voorstelde te gaan kijken naar de vissers die hun netten binnenhaalden uit de zee – en dat terwijl ze toch moest vrezen zand in haar schoenen of een zoutkorst op haar lippen te krijgen. Was ze een beetje aan dit oord gewend geraakt? Of had ze onbewust zijn onvrede opgemerkt? Zijn innerlijke verscheurdheid, die in de loop van de nacht nog sterker was geworden?

'Ja ze zijn inderdaad beeldig,' zei hij en hij probeerde zijn bedruktheid niet te laten merken. 'Wil je er een hebben?'

Maggie knikte en Paul kocht het gladgeslepen figuurtje, waarvan de rug met talloze insnijdingen bewerkt was.

'Hij lijkt wel een beetje Indiaas,' zei hij toen hij hem haar aanreikte.

'Hopelijk brengt hij geluk,' antwoordde Maggie terwijl ze met haar in een handschoen gestoken vinger over het gladde oppervlak streek.

'Dat doen olifanten altijd.' Paul kuste haar licht op haar slaap en bracht haar vervolgens naar de deur van het hotel.

'Er is een bericht voor u gekomen, sir,' zei de portier zodra hij Paul in het oog kreeg, en hij stak hem een kleine envelop toe. Eerst leek Paul verbluft, maar toen hij het schrijven aannam herkende hij het handschrift en kon hij zich met moeite beheersen om niet te glimlachen.

'Wat is dat voor brief?' vroeg Maggie, die had gemerkt dat hij hem vlug in zijn zak liet verdwijnen.

'Niets bijzonders. Gewoon een bericht vanwege de plantage.'

Nu betrok Maggies gezicht weer, alsof ze intussen was vergeten om welke reden ze daar waren.

Paul probeerde het te negeren en bracht haar naar de trap. Er kwam geen woord over Maggies lippen tot ze hun kamer hadden bereikt.

'Moet je die plantage echt kopen?' vroeg ze nadat ze haar hoed had afgedaan.

Paul trok verbaasd zijn wenkbrauwen op. 'Om welke reden

denk je dat we de reis hierheen dan hebben gemaakt? En ik koop de plantage niet, ik krijg er een aandeel in.'

'Maar ook als aandeelhouder zul je telkens weer hierheen gaan, nietwaar?'

'Vanzelfsprekend, want ik moet me om mijn aandelen bekommeren. Bovendien verwacht de eigenaar van me dat ik me ermee bezighoud. Waarvoor zijn partners er anders?'

Maggie kneep haar lippen op elkaar. Had ze daarnet nog zo tevreden geleken, nu was ze weer helemaal omgeslagen. Terwijl ze pas nog gelukkig had geschenen, leek het nu compleet in haar te rommelen.

Zou ze misschien... Nee, het was onmogelijk dat ze iets vermoedde, stelde hij zichzelf gerust. Op de avond dat ik met Rose naar het poppenspel ben geweest, is ze al vroeg naar bed gegaan en toen ik thuiskwam sliep ze nog. Bovendien zou ze niet in haar eentje door de straten van een vreemde stad gaan sluipen om me in de gaten te houden.

'Wat is er met je aan de hand, Maggie?' vroeg hij sussend, hoewel het hart hem in de keel klopte en hij zich weer afvroeg of het wel een goed idee was geweest haar tot zijn vrouw te maken. Zijn moeder had haar man altijd overal in gesteund. Als zoiets als het deelnemen in een plantage en daarmee het consolideren van hun vermogen al verzet wekte, hoe zou het er dan bij andere dingen uitzien?

'Ik wil hier gewoon niet langer blijven!' barstte ze uit. 'Ik verfoei dit land! Ik vind die hitte verschrikkelijk! Ik heb een hekel aan de mensen hier! Heb je de kinderen gezien? Je komt niet van ze af, het zijn net bromvliegen. En dan die vreselijke stank overal! Ik wil hier alleen maar weg!'

Die uitbarsting kwam voor Paul zo onverwachts dat hij er niet meteen op kon reageren. Met die van woede gloeiende ogen leek ze niet meer op zijn Maggie. Wanneer had die enorme woede haar in bezit genomen?

Eerst was hij verbijsterd over wat ze net had gezegd, maar toen kookte hij over van woede, als vergeten melk op het fornuis.

'Dat land dat je zo verafschuwt, heeft mijn familie rijkdom gebracht! En ik zie niet in waarom ik me de kans zou moeten laten ontnemen hier een succesvolle transactie af te sluiten! De enige fout die ik inzake Sumatra heb gemaakt was dat ik dacht dat je me zou steunen. Ik had je thuis moeten laten, in het grijze, mistige Londen, dat was je beter bekomen en dan had ik niet voortdurend jouw kinderlijke gejammer hoeven aan te horen!'

Maggie staarde hem aan alsof hij haar een oorvijg had gegeven, toen vertrok haar gezicht en brak ze in tranen uit. Waarschijnlijk hoopte ze hem daarmee milder te stemmen, maar Paul maakte geen aanstalten haar te troosten. In plaats daarvan zag hij al zijn beschuldigingen bevestigd. Maggie was in veel opzichten nog een kind, en ze gedroeg zich ook als een kind. Het ontbrak er nog maar aan dat ze stampvoette omdat ze niet kreeg wat ze wilde. Nee, zo'n echtgenote wilde hij niet. Hij had een sterke vrouw nodig die hem ruggensteun gaf bij zijn ondernemingen!

Nog even liet Paul haar zo staan, toen besefte hij dat hij iets moest doen als hij niet de hele middag haar geklaag wilde aanhoren.

'Neem me niet kwalijk, het was niet mijn bedoeling grof te worden,' zei hij, en hij liep naar haar toe om haar in zijn armen te nemen. Alsof ze daarop had gewacht, vlijde ze zich tegen hem aan en hij streelde over haar haar en schonk geen aandacht aan de tranen die over zijn overhemd stroomden. Zijn gedachten waren bij de brief in de zak van zijn jasje, die slechts op een gelegenheid wachtte geopend en gelezen te worden.

Toen Maggie ten slotte in de badkamer verdween om de tranen van haar gezicht te wassen, was het zover. Haastig scheurde hij de envelop open; hij kromp een beetje in elkaar toen hij alleen maar een rijtje getallen op het papier ontdekte. Een geheime code? Dat had hem passend geleken, maar toen bedacht hij wat het werkelijk was: de data van Rose' concerten. Op de dagen ertussen was ze vrij en het toeval wilde dat er vlak voor zijn vertrek drie dagen waren waarop ze met hem mee kon gaan.

Terwijl het water in de badkamer klaterde ging hij aan de secretaire zitten om een antwoord op te stellen. Maggie mocht dit land dan verafschuwen, Rose deed dat niet. Hij kon zich geen beter gezelschap voorstellen dan zij. Zij zou de reis voor hem veraangenamen, zou hem verhalen vertellen en hem misschien ook sympathieker maken in de ogen van de planter, dingen die hij van Maggie niet kon verwachten. Hij legde dus de datum vast en schreef meteen de eigenaar van de plantage, die hem wat de afspraak betreft de vrije hand had gelaten.

Op de dag dat de reis zou plaatsvinden was Rose uitermate zenuwachtig. Noch Mai, noch Carmichael wist waar ze heen ging. Ze had zich geëxcuseerd onder het voorwendsel dat ze met haar moeder naar het binnenland zou gaan om haar grootmoeder te bezoeken. Drie dagen had ze gekregen, daarna moest ze zich op het volgende concert voorbereiden.

Nog steeds was ze onzeker wat haar gevoelens voor Paul Havenden betrof. Het antwoord dat hij haar had gestuurd was meer geweest dan louter data, het had heel gevoelvol geklonken.

Hoewel het nu bijna een week geleden was, had ze het beeld van Paul en zijn verloofde nog in haar hoofd. Stel dat hij alleen maar met haar speelde? Of was het de mooie Engelse die hij bedroog? Hoe zag het er in zijn hart echt uit?

Bij de concerten had hij zich in elk geval niet vertoond; of hij had zaken te doen, of hij moest zich om de Engelse bekommeren.

'Miss, neem me niet kwalijk, maar u wilde om zeven uur vertrekken,' haalde Mai, die er nog een beetje slaperig uitzag, haar uit haar gedachten. Pas ruim na middernacht was Rose van haar concert teruggekomen, het op een na laatste van de hele serie. Ze zou er nog maar één geven, een dag voor haar vertrek naar India. En dan zou ze tijdens de overtocht moeten proberen er niet aan te denken dat Paul alweer op weg was naar Engeland en dat ze hem misschien nooit meer zou zien.

'Ja, je hebt gelijk, ik moet weg,' zei Rose, die haar elegante groene reisjapon aanhad, en ze pakte haar tas van tapijtstof, waarin alles zat wat ze onderweg nodig had. Toen ze het gewicht van haar bagage voelde, moest ze glimlachen. Toen ze als kind met haar moeder in de jungle onderweg was, had ze maar een fractie van de spullen voor de reis nodig gehad. En ook nu zou ze zich in de wildernis weten te behelpen met wat proviand. Maar Paul was erbij, en waarschijnlijk ook een gids en andere begeleiders. Dan moest ze zich zo netjes mogelijk voordoen, want eigenlijk was het allesbehalve betamelijk dat ze zonder chaperonne met een man meeging.

'Pas goed op mijn spullen en kijk de japonnen na,' droeg ze Mai op, opdat deze haar tijd niet met dagdromen zou verdoen. 'Als je vlekken of beschadigingen vindt, zorg er dan voor dat alles weer in orde is wanneer ik terugkom. Ik zal het controleren!'

'Ja, miss, ik zal ervoor zorgen dat alles in orde is.'

Rose knikte. Na het verraad aan Carmichael had haar kleedster haar geen reden tot wrevel meer gegeven.

'Uitstekend, pas goed op jezelf, gedraag je behoorlijk en zorg dat Mr Carmichael in een goed humeur blijft, zodat hij niet op het idee komt me achterna te reizen om me terug te halen omdat ik nog even in een of andere kroeg moet spelen.'

'Dat zal ik doen, Miss Rose,' antwoordde Mai, nu lachend, want ze wist dat het laatste een grapje was. 'Past u ook maar goed op uzelf in de wildernis.'

'Die is minder wild dan je denkt. Als je gebruikmaakt van de wegen die mijn volk al jarenlang neemt, loop je geen gevaar door tijgers te worden opgevreten.' Rose stond verbaasd van zichzelf. Wanneer had ze de bewoners van Sumatra voor het laatst als 'mijn volk' betiteld? 'En de bosmensen doen niemand iets.'

'Bosmensen?' Mai zette grote ogen op van verbazing.

'Orang-oetans, zo worden ze door de inlanders genoemd. Grote apen die vroeger voor mensen werden aangezien. Ik zal je erover vertellen wanneer ik terugkom.' Rose nam afscheid en verliet de kamer.

Ze had gehoopt dat Carmichael zou vergeten afscheid van haar te nemen, maar hij kwam haar al in de gang tegemoet.

'Goede reis.' Het waren de eerste woorden die hij tegen haar sprak sinds de ruzie. De aankondiging dat ze op reis ging had ze hem nog schriftelijk doen toekomen; toen ze elkaar tegenkwamen, had ze zowaar een groet voor hem over. 'Pas goed op jezelf en vooral op je handen. Zonder die...'

'... ben ik waardeloos, ik weet het,' antwoordde Rose enigszins verstoord. 'Maak je maar geen zorgen, dit is mijn land, ik ben hier goed bekend. Over twee dagen ben ik weer terug.'

Toen ze hem wilde passeren, schoot zijn hand uit en hield haar vast. Carmichaels blik boorde zich in haar ogen.

'Hoe lang wil je nog blijven mokken? Had ik dan geen gelijk dat je geen gewone vrouw bent? Je zou eens moeten horen hoe lovend de mensen zijn over je concerten! Velen zien je als een engel. En wanneer de roddelbladen hier eindelijk uitkomen, kan ik je de kritieken laten lezen. Ze zijn beter dan ooit.'

Rose maakte zich los uit zijn greep. Te horen dat ze bij het publiek in de smaak viel, vleide haar, maar bevestigde haar er ook in dat idolatie, verliefdheid misschien zelfs, haar alleen maar goeddeed.

'Dan moet je je misschien bij mij verontschuldigen,' antwoordde ze koeltjes. 'Of bewaar je excuses voor als ik weer terug ben. Ik heb niets verkeerds gedaan, mijn spel is briljant als vanouds, dus was de scène die je hebt geschopt volkomen ongerechtvaardigd. En neem me niet kwalijk, ik wil mijn moeder niet laten wachten!'

Toen draaide ze zich om en ook zonder nog naar Carmichael om te zien wist ze dat hij haar met een zuur gezicht nakeek.

Voor het geval dat haar agent het niet kon laten haar te bespioneren had Rose alles met Havenden grondig doorgesproken. Ze zou daadwerkelijk naar de haven gaan, en voor iemand die haar volgde, zou het lijken of ze naar haar ouderlijk huis liep. Maar vlak daarvoor zou ze een steegje inslaan – daar zou hij op haar wachten.

Het hart klopte Rose in de keel terwijl ze probeerde de plassen te ontwijken. De afgelopen nacht had het hevig geregend, maar het was er niet in het minst koeler door geworden. Op de berghellingen hing nu de nevel als watten die over groen fluweel waren uitgestrooid.

Vlak voor ze bij het steegje kwam, hield ze in. Haar handen waren koud van verwachting, haar wangen gloeiden. Als er tijdens de reis iets gebeurt, zal niet alleen Carmichael me tot in de eeuwigheid vervloeken. Maar ze zette die gedachte van zich af en stapte energiek door. Toen hoorde ze de paarden snuiven.

Nadat ze de hoek was omgeslagen zag ze drie paarden. Een bruine inlander hield twee daarvan bij de teugels, Paul streelde het derde over de manen.

'Ach, daar bent u dan!' riep hij, toen hij Rose gewaarwerd. 'Ik dacht al dat u van gedachten was veranderd.'

'Waarom zou ik?' antwoordde Rose, toen begroette ze haar landgenoot in het Maleis. 'Maar u wacht toch zeker nog op iemand, of niet soms?'

'Nee, hoezo?' Paul glimlachte naar haar. 'Mijn advocaat, meneer Dankert, is al vooruitgereden, hij wilde alvast met mijn toekomstige zakenpartner praten, de deuren openen, zogezegd.'

'Wil de eigenaar van de plantage de zaak dan niet met u afhandelen?'

'Natuurlijk wel, maar de plantage waarin ik wil gaan deelnemen, loopt niet zo slecht dat er geen andere compagnon gevonden zou kunnen worden. Als de eigenaar me bijvoorbeeld niet mag, zou de zaak vast niet beklonken worden.'

Rose moest erkennen dat de mannenwereld nog steeds een raadsel voor haar was. Ook Carmichaels verhalen over de manier waarop arrangementen tot stand kwamen vond ze soms bijzonder absurd, maar ze zei tegen zichzelf dat ze artiest was en van zaken geen verstand hoefde te hebben.

'Dan moet u ervoor zorgen dat hij u mag,' antwoordde ze, waarop Paul lachte.

'Uw bekoorlijke gezelschap zal daartoe bijdragen. Al het andere zal mijn advocaat afhandelen. Ik hoef dan alleen nog maar te glimlachen en een paar intelligente opmerkingen te maken.'

'Denkt u echt dat ik de eigenaar kan overhalen?'

Toen Pauls blik haar ogen trof, viel ze stil. Dat was niet de blik van een man die in haar alleen de begeleidster zag met wie hij een goede indruk kon maken bij zijn zakenpartner. Die blik gaf iets heel anders te kennen.

Alle moraliserende vermaningen van Mrs Faraday keerden in haar verstand terug. Het was niet gepast voor een jonge vrouw om alleen met een man door de wildernis te trekken. Ze had een chaperonne of op z'n minst een dienares moeten meenemen. Maar nu stond ze hier, met een man die ze uiterst aantrekkelijk vond, slechts vergezeld door een gids, die beslist niets zou doen om haar deugdzaamheid te bewaren.

Maar wilde ze haar deugdzaamheid wel bewaren? Ze was niet de verfijnde dochter uit een adellijke familie. En ze achtte zich ook verstandig genoeg om een schandaal te vermijden. Waarom zou ze geen gevolg geven aan de wens van haar hart?

'Welnu, als u verder op niemand wacht...' Rose keek om zich heen. Alles in haar was er ineens op gespitst weg te komen uit de stad, want je kon nooit weten of Carmichael niet toch...

'Dan kunnen we inderdaad vertrekken. Ik hoop dat u niet voor het eerst op een paard zit.'

Rose schudde haar hoofd. 'Nee, mijn vader heeft me leren rijden. Het kan zijn dat het nog wat onwennig gaat, maar als ik eenmaal weer in het zadel zit, zal ik er zo weer aan gewend zijn.'

Toen ze de stad achter zich hadden gelaten, voelde Rose zich enorm opgelucht. Tot het laatste moment was ze bang geweest dat Carmichael zou opduiken, zou zien hoe de zaak ervoor stond en haar dan van haar paard zou trekken. Dat was niet gebeurd en nu was ze omringd door de groene pracht van de jungle met het gekwetter van vogels en de kreten van apen.

'Het lijkt u echt niet uit te maken om hier buiten te zijn,' merkte Paul op toen hij naast haar kwam rijden. De gids reed een stuk vooruit, maar Rose wist dat er op deze wegen weinig gevaar te duchten viel. De tijgers bevonden zich dieper in het oerwoud, alleen oude dieren die te zwak waren om te jagen waagden zich in de buurt van de mensen. Slangen en spinnen werden door het hoefgetrappel verjaagd en de vredelievende orang-oetans deden reizigers net zomin kwaad als de kleinere apen en meerkatten. In plaats daarvan kon de opmerkzame beschouwer prachtige vogels en vlinders waarnemen.

'Natuurlijk niet, dit is toch mijn geboorteland,' antwoordde ze lachend. 'Geloof me, ik zou er eerder voor vrezen door bepaalde wijken van Londen te rijden. Hier buiten is niets wat gevaarlijk voor ons zou kunnen zijn.'

Er gleed een glimlach over Pauls gezicht. 'Zo erg als u het voorstelt is het goede oude Londen ook weer niet. Maar ik begrijp wat u bedoelt. Dit is het paradijs. Hoe meer ik van het eiland zie, hoe meer ik tot de conclusie kom dat de Hof van Eden zich hier moet hebben bevonden.'

'Waarschijnlijk zouden reizigers dat ook van andere landen zeggen. Ik heb in elk geval al vele schone oorden gezien.'

'Maar geen zoals uw geboorte-eiland, nietwaar?' Paul keek haar onderzoekend aan.

Rose zag in dat ontkennen geen zin had.

'Nee, vrijwel niets kan het tegen Sumatra opnemen.' Er verscheen een glimlachje op haar gezicht. 'Bent u eigenlijk van plan hier vaker te komen?'

'Na alles wat ik gezien heb, ja. Dit eiland is echt inspirerend, en het doet mijn gezondheid goed eens niet in die vochtige kou te zijn. Natuurlijk moet ik me ook met mijn zaken in Engeland bezighouden, maar ik kan me voorstellen een paar maanden per jaar hier door te brengen – misschien wel in de winter, als het in Engeland het ongezelligst is.'

'En wat zegt uw verloofde daarvan?' Rose betreurde het bijna die vraag gesteld te hebben toen ze zag dat Pauls gezicht betrok.

'Nou ja, Maggie...' Hij viel stil en het leek of hij meteen al spijt had van zijn antwoord. 'Zij vindt dit land maar niets. Eigenlijk heb ik het gevoel dat ik dat iedereen wil vertellen met wie ik te maken heb, elke dag.' Hij schudde zijn hoofd. 'Eerlijk gezegd weet ik intussen niet meer of Maggie de vrouw is...' Hij zweeg even, en gezien het gezicht dat hij trok, moest er wel een sombere gedachte door zijn hoofd spelen. 'Ik bedoel, ik weet niet of ik nog wel met haar... wil trouwen.'

Rose hapte verschrikt naar adem. 'Zoiets moet u niet zeggen!'

'Ik zeg het toch,' viel hij uit, heftig alsof hij zich de woorden zelf moest inprenten. 'Ik zeg het omdat ik het zo voel! Als ik overeenstemming bereik met de eigenaar van de plantage, zal ik hier nu en dan tijd moeten doorbrengen. Veel tijd, waarin ik niet alleen wil zijn. Ik heb een vrouw nodig die genegen is met mij te reizen, die bereid is ook het onbekende te onderzoeken. Ik kan geen vrouw gebruiken die bang is voor apen en inlanders terwijl ze daar niets van te vrezen heeft.'

Rose keek Paul geschokt aan. Een dergelijke openheid had ze niet van hem verwacht. Voor een deel verheugde ze zich daarover, maar voor het merendeel voelde ze zich geschokt. Was haar heimelijke wens zo sterk geweest dat alles zich ten gunste van haar zou ontwikkelen?

Maar stel dat die in vervulling dreigde te gaan? Was ze bereid Pauls vrouw te worden? Of op z'n minst zijn minnares? Zou ze bereid zijn de muziek voor hem op te geven?

Dat laatste zeker niet, maar Paul zou daar alle begrip voor hebben. Zwijgend reden ze door tot de zon geleidelijk ter kimme neigde en de lucht nevelig werd.

Uiteindelijk kwam de gids naar hen toe rijden en gaf in hakkelig Nederlands te kennen dat de plantage vlakbij was.

'Hebt u het gehoord?' wendde Paul zich met een lachje tot Rose. 'Zo meteen zullen we zien of de plantage een lonende investering of een geldverslinder is.'

Het huis op de plantage zag er enigszins verweerd uit, maar toch straalde het als een parel in het omliggende groen. De eigenaar hield voor de bewaking van het terrein twee grote honden, bloedhonden, wist Rose, want in Londen hadden sommige vermogende heren dergelijke dieren ter bewaking van hun eigen grond aangeschaft.

De hoge zwarte ijzeren poort, waarop in het midden een kunstig gebogen rozet prijkte, had een wat afwijzend effect, net als de hoge haag die naast de gemetselde posten oprees en het zicht van buitenaf volkomen belemmerde.

Waarom al die veiligheidsmaatregelen? vroeg Rose zich af. Hier buiten zou niemand op het idee komen de eigenaar te beroven. En wilde dieren kwamen op hun eigen manier wel binnen. Tegen tijgers waren de honden kansloos.

Om zich aan te melden was er een bel, waarvan het geluid over grote afstand op het terrein weergalmde. Kort nadat Paul aan het touw had getrokken, hoorden ze woedend geblaf, en de twee gespierde zwarte beesten sprongen zo fel tegen het hek op dat de paarden verschrikt achteruitdeinsden.

'Nou, als de heer des huizes de bel niet heeft gehoord, dan hoort hij de honden beslist wel,' merkte Paul droog op.

Inderdaad kwamen even later twee mannen de weg op lopen. Een van hen, een lange, sterke kerel die Rose aan een jachtopziener deed denken, had twee riemen in zijn hand, waarmee hij de razende honden in een mum van tijd aanlijnde. Hij riep ze op scherpe toon iets toe en trok toen hard aan de riemen. De honden jankten even en gingen toen gedwee aan zijn voeten liggen.

'Prikkelbanden,' fluisterde Paul, die haar vraag blijkbaar van haar gezicht had afgelezen.

Toen deed de andere man open. Hij was vermoedelijk niet de eigenaar, maar de butler van de heer des huizes.

'Hartelijk welkom, meneer Havenden,' zei hij en hij wendde zich met een vragende blik naar Rose.

'Dit is mijn verloofde, Maggie Warden,' stelde Paul haar voor, waarvan Rose dusdanig schrok dat ze geen woord kon uitbrengen.

'Meneer Van den Broock en meneer Dankert zitten al op u te wachten. 'Wilt u mij volgen alstublieft? Anders zal voor de paarden zorgen, ze zijn bij hem in goede handen.'

De bediende, die veel maar tegelijkertijd ook weinig weg had van een Engelse butler, draaide zich om. Nu pas waagde Rose het Paul een verontruste blik toe te werpen. Wat was zijn bedoeling geweest toen hij haar zomaar als zijn verloofde voorstelde? De twee mannen die ze straks zouden ontmoeten, wisten toch vast wel hoe Pauls verloofde eruitzag? Het liefst had ze hem meteen de les gelezen, maar ze hield zich in. Als het uitkwam en de mannen zich verbaasden, moest hij maar zien hoe hij zich eruit redde!

Door haar schrik en boosheid had Rose nauwelijks een blik op de prachtige tuin kunnen werpen. Pas toen ze bijna bij de buitentrap die naar het huis leidde waren gekomen, merkte ze dat ze zich in een zee van bloemen bevond. De plantagebezitter zag blijkbaar niet veel in de Engelse tuinierskunst en liet alles wild woekeren – bijna net zoals de voorouders van haar moeder het deden.

Terwijl ze de trap beklommen ontdekte ze achter het huis, bijna verborgen door al het groen, de keten van de planters en de oogsthulpen. Daarachter strekten zich de in terrassen aangelegde suikerrietvelden uit.

'Op het eerste gezicht ziet het er hier heel aardig uit, vind je niet, lieveling?' vroeg Paul met een onbeschaamde grijns op zijn gezicht.

Rose gaf daar geen antwoord op. Waarschijnlijk had de echte Maggie ook niet gereageerd, bedacht ze.

De bediende bracht ze door de foyer naar een soort ontvangkamer, waarvan de houten lambrisering bijna bezweek onder de vele schilderijen.

Rose had intussen het gevoel te zullen barsten. Zolang de bediende aanwezig was, gedroeg ze zich betamelijk, maar toen verliet hij eindelijk het vertrek.

'Wat is hiervan de bedoeling?' siste ze woedend tegen Paul. 'Uw advocaat weet toch vast wel dat ik niet uw verloofde ben?'

'Zulke dingen laten mijn advocaat onverschillig en hij heeft Maggie nooit gezien.'

'Bent u dit de hele tijd al van plan geweest?'

Er gleed een schelms lachje over Pauls gezicht. 'Nee, het was een spontane inval. En het bespaart ons een heleboel uitleg. Iedereen zou willen weten wie u bent, in welke relatie u tot mij staat enzovoort. Als mijn verloofde wordt u geaccepteerd zoals u bent en kunt u anoniem blijven.'

'Toch is het een ongehoorde brutaliteit!'

'Kom nou, Miss Gallway, ik weet zeker dat u niets tegen een spelletje hebt. Zie het als zodanig en geniet ervan. Het is maar voor een paar dagen. Bovendien ben ik ervan overtuigd dat onze gastheer mij om een zo betoverende vrouw als u benijdt en daarom tegenover mij wat milder gestemd zal zijn wat de voorwaarden betreft.'

Betoverende vrouw? In een andere situatie zou dat haar misschien plezier hebben gedaan, nu maakte die opmerking haar kwaad. Stak Havenden de draak met haar? En als het allemaal een spelletje was, waarom wijdde hij haar als medespeler dan niet in?

Voor Rose een nieuwe tirade kon beginnen, ging de deur weer open en verschenen er onder begeleiding van de bediende twee mannen. Een middellange donkere, enigszins gedrongen figuur met een lange baard, en een rijzige blonde man wiens eenvoudige maar stijlvolle kleding verried dat hij de baas van de plantage moest zijn. Paul wierp Rose nog een smekende blik toe, toen reikte hij de blonde man de hand. 'Meneer Van den Broock, het doet me plezier persoonlijk met u kennis te maken. Dit is mijn verloofde Maggie Warden, die gewoon verrukt is van dit heerlijke stukje aarde van u.'

Rose bedwong haar woede en wist op een of andere manier een glimlach te produceren. Ze merkte dat de man haar onderzoekend aankeek, waarschijnlijk zag hij het licht exotische van haar uiterlijk, maar omdat ze Paul geen schade wilde berokkenen antwoordde ze: 'Het verheugt mij ten zeerste kennis met u te maken, Paul heeft het al dagen over niets anders dan de plantage.'

Van den Broock, die er niet naar uitzag over veel humor te beschikken, begon te lachen. 'Nu, dan moeten we maar eens kijken of hij zo enthousiast blijft. Mijn plantage loopt goed, maar zou nog winstgevender kunnen zijn als ik een betrouwbare partner had.'

'Dat geloof ik graag, en ik weet zeker dat Paul de juiste man daarvoor is.'

Ging ze daarmee te ver? In elk geval merkte ze dat Van den Broock haar sceptisch opnam.

'Overigens spreekt u uitstekend Nederlands, mag ik vragen waar een Engelse dat leert?' vroeg hij ten slotte.

Het was Rose helemaal niet opgevallen dat ze in de moedertaal van de plantagebezitter had geantwoord. Nu bedacht ze dat ze als de echte Maggie Warden had moeten doen alsof ze hem niet verstond. Meteen begon haar hart te bonzen.

'Ik heb het van mijn moeder geleerd,' antwoordde ze, en dat was geen leugen. Schijnbaar bedeesd sloeg ze haar ogen neer, maar in werkelijkheid wilde ze haar ergernis over Paul niet laten blijken. 'Zij heeft in haar jeugd de taal geleerd.'

'Opmerkelijk. Maar daar ben ik blij om, want nu hoef ik hier niemand met mijn slechte Engels te beledigen. Maar zullen we naar de eetkamer gaan? Mijn kok is een echte tovenaar, ik vrees dat ik zijn wonderdaden niet echt naar waarde weet te schatten. Maar ik compenseer dat geregeld door gasten uit te nodigen en hem dan alle registers te laten opentrekken.'

Het menu dat de kok op tafel toverde bestond vooral uit inheemse specialiteiten, die heel scherp gekruid waren. Van den Broock leek net als Rose aan deze keuken gewend te zijn, maar Paul had zichtbaar moeite met de scherpte. Dat hij met tranende ogen zijn waterglas pakte, te trots om toe te geven dat het voor hem gewoon te veel was, stelde haar een beetje schadeloos voor het spel dat ze onvrijwillig moest spelen. Zelf kreeg ze van het eten weliswaar ook rode wangen, maar haar moeder kookte soms nog scherper dan de kok van de plantagebezitter.

Na het avondeten verwikkelde Van den Broock hen in een eindeloos gesprek over de suikerproductie. Hij wist heel veel over het klimaat, dieren en de gebruiken en was zeer goed op de hoogte van de politieke omstandigheden.

Paul vertelde hem in reactie daarop anekdotes over zijn Engelse landgoed, de paardenfokkerij en de landbouw, waarvoor beide mannen een zwak leken te hebben.

Rose was blij dat de plantagebezitter maar zelden het woord tot haar richtte. De vragen die hij stelde hadden het meest betrekking op Londen, waar Van den Broock nooit was geweest, zodat Rose ze moeiteloos kon beantwoorden. Daarbij moest ze haar tong nogal in bedwang houden om niet in anekdotes over het instituut van Mrs Faraday te vervallen. Eenmaal, toen het over haar interesses ging, verried ze zich bijna, doordat ze vertelde dat ze grote belangstelling had voor het werk van Vivaldi. Paul had er daarbij plezier in gehad op te merken dat ze heel aardig vioolspeelde, waarop de plantagebezitter natuurlijk een staaltje van haar kunnen wilde horen. Gelukkig was zijn viool een nogal eenvoudig model, en omdat ze haar spel wat liet sloffen, merkte niemand dat de vrouw voor hen een van de beste violistes ter wereld was. Na die voor hem bijzonder amusante grap knipoogde Paul samenzweerderig naar haar, en toen kon Rose eigenlijk niet meer boos op hem zijn. Ze vond het zelfs best amusant de plantagebezitter een beetje voor de gek te houden. Rose speelde mee en de rest van de avond verliep vreedzaam voor alle betrokkenen.

Toen ze eindelijk in bed lag – Van den Broock, die vrouw noch kinderen had, was gelukkig van mening dat verloofden nog niet in dezelfde kamer behoorden te slapen – keek ze peinzend uit het raam, waarachter af en toe vleermuizen en nachtvogels voorbijvlogen.

Die avond had ze een voorproefje gekregen van wat het betekende om Pauls verloofde te zijn. Aan de ene kant was het haar bevallen door mannen gewaardeerd te worden zonder dat ze hun eerst moest laten zien wat ze kon. Maar aan de andere kant had ze ook gemerkt dat ze in hun ogen niet meer dan Pauls aanhangsel was. Op het podium en ook daarna waren aller ogen op haar gericht; niemand die haar had horen spelen, twijfelde aan haar kunnen. Naast Paul had ze zich behoorlijk nutteloos gevoeld – of lag het aan het feit dat hij haar een vreemde identiteit had opgedrongen?

Nog steeds koesterde ze om die reden wrok tegen hem. Wat zou erop tegen zijn geweest haar als een kennis voor te stellen? Van den Broock wekte weliswaar niet de indruk een groot muziekliefhebber te zijn, maar dan had ze heel wat meer tot de conversatie kunnen bijdragen.

En desondanks, bij alle ergernis die ze ten aanzien van Paul ervoer, genoot ze ervan in zijn nabijheid te zijn. Ook al gedroeg Paul zich als een ellendige schoft, ze wilde er toch voor zorgen dat hij zijn aandeel in de plantage kreeg. Op de terugweg – vooropgesteld dat de advocaat, die de hele tijd zeer terughoudend was geweest, niet met hen meereed – zou ze hem dan eens goed de waarheid zeggen.

De volgende ochtend werd ze door Paul in alle vroegte gewekt, want Van den Broock had beloofd hun de suikerplantage te laten zien.

Eerst wist ze niet waar ze was, toen zag ze Paul en schoot overeind. Hij was na het aankloppen meteen haar kamer binnengegaan.

'Wat doet u hier?' riep ze verschrikt en ze trok de deken op tot aan haar kin.

'Goedemorgen, Rose, excuseer me alsjeblieft dat ik zo binnendring, maar ik... ik had gisteren een ingeving. Het heeft me gewoon niet losgelaten, en ik denk dat ik mijn kans moet waarnemen.' Hij hield even in en haalde diep adem, alsof hij zichzelf wilde kalmeren.

'En dat kan niet tot later wachten?' vroeg Rose verwonderd en tegelijk ook een beetje nerveus, want Paul scheen volkomen in de war te zijn.

Tot haar grote verbazing knielde hij ineens naast het bed neer. 'Rose, wil je mijn vrouw worden?'

Daar had ze niet op gerekend. Rose sperde verschrikt haar ogen open en deinsde terug alsof hij haar een akelig insect voorhield.

'U hebt uw verstand verloren.'

'Absoluut niet,' antwoordde hij. 'Ik meen het serieus. Kun je het je voorstellen mijn vrouw te worden? Aan mijn zijde te leven, hier op Sumatra?'

'U vergeet dat mijn beroep me ertoe dwingt over de hele wereld te reizen. En ik ben niet van plan mijn viool en de optredens op te geven.'

'Dat hoef je ook helemaal niet. Dit wordt alleen onze hoofdwoonplaats, jij maakt je reizen en als je het goedvindt, ga ik met je mee. En als je niet door je agent de hele wereld over wordt gejaagd, ben je bij mij en zullen we lange tochten door de jungle ondernemen en alles wat je maar wilt.'

Rose schudde haar hoofd. 'U vergeet uw verloofde.'

'Een verloving kun je verbreken.'

Nu was Rose ervan overtuigd dat Paul echt zijn verstand had verloren. Misschien was het toch beter hier afscheid van elkaar te nemen. Dan moest Paul maar uitleggen waarom zijn 'verloofde' zich zo vlug uit de voeten maakte.

Ze deinsde achteruit, en terwijl ze de deken meetrok stond ze uiteindelijk op.

'Ik weet niet waarom u met zoiets op de vroege ochtend komt aanzetten, maar volgens mij permitteert u zich hiermee weer een van uw grappen.'

'Dit is absoluut geen grap!' wierp Paul onthutst tegen terwijl hij bij het bed vandaan ging.

'Des te erger! Weet u dan niet welke consequenties het zou hebben? Wat voor schandaal het zou geven?'

'Dat kan me niet schelen! Ik heb er de hele nacht over liggen piekeren. Ik weet nu dat het goed voelt. Dat het het juiste is.'

Rose schudde haar hoofd. Haar hart klopte in haar keel. Ook zij had er haar gedachten over laten gaan wat het zou betekenen om zijn vrouw te zijn – dat hij het serieus zou overwegen, daar had ze absoluut niet op gerekend. En nog steeds was ze ervan overtuigd dat de hitte zijn verstand geen goed had gedaan. Hoe zou hij immers anders op het idee komen zijn verloving te willen verbreken?

'Ik had niet met u mee moeten gaan,' zei ze ten slotte terwijl ze niet wist of het teleurstelling was die in haar woedde, of iets anders. 'Ga nu alstublieft weg, ik moet me aankleden. Per slot van rekening moet ik nog een tijdje aan uw farce meedoen.'

Paul keek haar lang aan. Hij leek teleurgesteld, maar ook verlangend. Meende hij het misschien serieus?

Maar dan nog was het allemaal grote waanzin!

'Oké,' zei hij ten slotte zuchtend en hij sloeg verward zijn ogen neer. 'Neem het me alstublieft niet kwalijk, ik dacht...'

Rose had graag willen weten wat hij dacht, maar voor ze de moed kon opbrengen het hem te vragen, draaide hij zich om en verliet de kamer.

Met een grote klomp in haar maag verscheen Rose in de eetkamer, waar de kok voor een heerlijk ontbijt had gezorgd. De drie mannen onderhielden zich al levendig met elkaar en stonden op toen zij naar hen toe kwam.

'Ik hoop dat u een aangename nacht hebt gehad, Miss Warden,' zei de planter in het Engels, dat inderdaad allesbehalve goed klonk.

'Heel aangenaam, dank u,' antwoordde Rose zo accentloos mogelijk, want ze geloofde nog altijd dat Van den Broock haar op de proef wilde stellen.

Terwijl ze ging zitten wierp ze een blik op Paul, die net als de anderen ook op zijn plaats ging zitten. Maar hij keek in zijn theekopje alsof daarin iets onvoorstelbaar interessants te zien was. Rose zag de teleurstelling op zijn gezicht. Verward keek ze in haar eigen kopje, waarin in de morgenthee melkwolkjes opkwamen, want een Soendanese bediende was geruisloos naast haar verschenen en had die voor haar ingeschonken. Had ze zojuist een kans laten lopen?

Terwijl ze, toen Paul de kamer verliet, van mening was geweest dat ze het juiste had gedaan, begon ze nu te twijfelen, en die twijfel bedierf haar eetlust en maakte haar zwijgzaam.

Er kwam pas weer leven in haar toen ze opbraken voor de bezichtiging van de plantage.

‘Ik hoop dat de wandeling niet te inspannend voor u zal zijn, Miss Warden,’ zei Van den Broock toen ze onder het geblaf van de bloedhonden over het erf liepen.

Het liefst had ze geantwoord dat ze wel meer dan een kleine ronde over een plantage op Sumatra had gelopen, maar gelukkig kon ze haar tong in bedwang houden.

‘Ik maak graag lange wandelingen, wees over mij maar niet bezorgd.’

De plantagebezitter begon te lachen. ‘Ik geloof echt dat u met de juiste vrouw gaat trouwen, Lord Havenden, die spirit kunnen we hier op Sumatra gebruiken.’

Daarop knikte Paul alleen maar, hij keek haar nog steeds niet aan. Gelukkig leek Van den Broock er niet op gespitst te zijn dat ze voor zijn ogen blijk gaven van hun liefde. Hij besprak iets met zijn reusachtige beheerder, die de vorige dag zo moeiteloos de bloedhonden had getemd, toen verzocht hij Paul, Rose en de advocaat hem te volgen.

De plantage was over vele terrassen verdeeld en leek wel een paradijs. Uit de verte drong gekrijs van apen tot hen door, er fladderden bonte vogels boven hun hoofd. Rose werd daardoor enigszins herinnerd aan haar bezoek aan haar grootmoeder van zo veel jaren geleden, maar ze merkte algauw dat Van den Broock er niet op uit was hier een tuin in te richten. Overeenkomstig de aard van de Hollandse planters werden alle percelen doelmatig geëxploiteerd om optimale productie op te leveren.

Het suikerriet gedijde hier bijzonder goed, en terwijl aan de ene kant van de plantage de groene stamstekken opschoten, werden aan de andere de stevige lange stengels met scherpe messen gekapt. De mannen die hier werkten droegen bijna zonder uitzondering felgekleurde wijde broeken en eenvoudige katoenen hemden, sommige deden hun werk met ontbloot bovenlijf. Hun hoofd was bedekt met een doek, die het zweet moest opnemen. Handig stapelden ze het geoogste suikerriet op elkaar, maakten er bundels van en droegen het vervolgens naar beneden naar de schuur, waar het verder werd verwerkt.

Van den Broock liep niet achter de mannen aan, maar leidde zijn gasten nog een stuk verder naar boven. Natuurlijk besloeg zijn plantage niet de hele berghelling, maar het laatste terras bood een geweldig uitzicht op het landschap, dat een groene zee leek waarvan de branding zich aan de rand van de plantage uitstortte.

'Vooral in de beginperiode waren er dagen dat ik betwijfelde of het me zou lukken. Mijn vader heeft de plantage aangelegd, maar hij heeft niet lang genoeg geleefd om te zien hoe ze tot volle bloei kwam.'

'Dat is dan ongetwijfeld uw verdienste geweest.'

'Daar heb ik althans mijn best voor gedaan,' antwoordde Van den Broock schijnbaar bescheiden, maar Rose hoorde duidelijk de trots in zijn stem. 'Maar nu ben ik op het punt beland dat ik het alleen niet meer red. Ik heb een sterke partner nodig, iemand die me helpt bij de expansie.'

'Dan hoop ik aan uw eisen te kunnen voldoen.'

'U moet er goed over nadenken, want het zal veel van u vergen om mede-eigenaar van een plantage te zijn. Waarschijnlijk zult u maanden hier op Sumatra moeten zijn. U zult moeten overwegen of uw toekomstige vrouw en uw familie dat zullen accepteren.'

Paul keek om naar Rose, die verlegen haar ogen neersloeg. Maar waarom? Van haar hing het niet af of hij aan deze zaak kon beginnen. Niet zij was die vrouw, maar die Maggie! De Maggie die Sumatra maar niets vond en die er blijkbaar alleen maar naar verlangde weer te vertrekken.

Eigenaardig genoeg maakte die gedachte haar toch een beetje verdrietig. Niet om het eiland, maar om Paul. En om haar eigen gevoelens. Ze was nog nooit verliefd geweest, ze had dus geen idee hoe dat voelde. Maar het brandende gevoel in haar borst kon daar heel goed bij horen.

Uiteindelijk keerden ze de aanplant de rug toe en liepen achter een paar suikerrietdragers aan naar beneden naar de schuur, waaruit een luid geklapper klonk.

In de van bamboe gemaakte gebouwen werkten voornamelijk

vrouwen, die het suikerriet in een enorme pers duwden, die via een brede v-snaar door een stoommachine werd aangedreven. Het geratel en gepuf daarvan overstemde alle andere geluiden en ook Van den Broocks uiteenzettingen waren nauwelijks te verstaan.

Gefascineerd zag Rose hoe de machine het suikerriet opzoog en vermaalde – als er een arm tussen de ijzeren tanden kwam, was die reddeloos verloren. Maar de vrouwen deden hun werk uiterst voorzichtig en zorgvuldig; de handelingen, die ze overduidelijk al duizenden keren hadden uitgevoerd, verrichtten ze routineus en met grote precisie.

Langs een bamboe goot stroomde het dikvloeibare geelbruine sap in een ketel, die zodra hij vol was, door een van de vrouwen naar een stookplaats werd gedragen. Daar werd het sap ingekookt en werd de dikke stroop in vormen gegoten.

'Dit hier is puur goud,' beweerde Van den Broock terwijl hij een afgekoelde klomp omhooghield. 'Wat de goudmijnen nog voor hoe lang opbrengen, kan niemand zeggen, maar de rijkdom hier raakt nooit uitgeput zolang we deze vruchtbare bodem onder onze voeten hebben.'

Terwijl Van den Broock verder verslag uitbracht van de fantastische mogelijkheden van de suikerteelt, viel het Rose op dat de hier werkende vrouwen een beetje angstig naar hun baas keken, maar daarna vlug hun blik afwendden. Sommige leken onder hun gewaad behoorlijk mager. Zorgde de planter niet goed voor hen?

In haar jeugd had Rose af en toe gehoord dat er plantagebezitters waren die hun arbeiders naar willekeur behandelden, hen sloegen en uitbuitten. In de stad was daar weinig van te merken; natuurlijk deden de inlandse mannen in de haven zwaar werk, maar je zag nooit dat de Hollanders zich openlijk slecht tegen hun arbeiders gedroegen. Haar vader zorgde ervoor dat de mensen die voor hem werkten genoeg te eten hadden en ook hun gezin konden onderhouden.

Maar nu kreeg Rose een flauw gevoel in haar maag. Ze was

tenslotte voor de helft inlandse, ook al kon je dat niet aan haar zien, en ze schaamde zich ineens naast van Van den Broock te staan en naar de vrouwen met de grote bange ogen te kijken. Slechts zelden had ze er vroeger bij stilgestaan dat de Hollanders de baas over het land waren, want ze waren er al ruim voor haar geboorte geweest. Maar op dat moment ervoer ze het als onrechtvaardig dat de baas van de plantage die vrouwen voor zich liet zwoegen – en hen blijkbaar niet goed betaalde, als je afging op hun schriele lichamen en holle wangen.

Een van de vrouwen keek haar recht aan. Haar ogen waren donker als de vruchtbare bodem van de plantage, en Rose zag dat ze een litteken op haar wang had. Waarschijnlijk veroorzaakt door een zweepslag of een haal met een mes. Had Van den Broock dat gedaan? De blik van de vrouw grifte zich in haar ziel.

'Miss Warden, komt u mee?' deed een stem haar uit haar gedachten opschrikken. Zonder dat ze het had gemerkt stonden de mannen al bij de deur. Ze keek nog eenmaal naar de vrouw, die zich nu weer naar de suikerklompen wendde, toen draaide ze zich met een wee gevoel in haar maag om.

Na het bezoek aan de schuren, die vervuld waren van een zoete geur, leek de lucht die hen buiten opwachtte bepaald fris en kruidig. Vanuit de bergen klonk een licht gerommel. De hele tijd was de hemel al betrokken geweest, zou de regen nu komen? Op de een of andere manier verlangde Rose ernaar midden in een stortbui te staan, in de hoop dat die haar gedachten zou opklaren en haar verwarring van haar af zou wassen. Maar zelfs als er regen kwam, zou ze niet zomaar naar buiten kunnen lopen en het water met gespreide armen verwelkomen. Rose Gallway zou dat misschien in een onbewaakt ogenblik kunnen doen, maar Maggie Warden zou dat beslist niet eens in overweging nemen.

'We moeten teruggaan, de regen komt in deze streek heel snel, en we willen het de dame niet aandoen dat ze van top tot teen doorweekt raakt.' Met die woorden liep Van den Broock vooruit en leidde hen over een smal, bijna onzichtbaar pad terug.

Nauwelijks waren ze bij het huis aangekomen of Rose werd weer overvallen door de herinnering aan het gesprek van die ochtend. Omdat Paul besloten had mede-eigenaar van de plantage te worden en Van den Broock daarmee akkoord ging, zaten zij beiden met de advocaat rond de tafel om de details van de zaak te bespreken.

Omdat noch de 'verloofde' noch welke andere vrouw dan ook bij de bespreking aanwezig mocht zijn, ging Rose bij het raam van haar kamer zitten, van waaruit ze op de tuin kon kijken. Tot haar verrassing stonden er Europese fruitbomen, die waarschijnlijk niet door Van den Broock, en ook niet door diens vader, waren geplant. Ze gedijden heel goed, maar leken er behoorlijk te misstaan. Ze hoorden eerder thuis in een tuin in Engeland of Frankrijk.

Precies zo verkeerd had Pauls vraag aangevoeld. Zijn vrouw worden zou voor haar misschien vele deuren openen, maar ook vele sluiten. Maar allesoverheersend was toch dat ze naar hem verlangde. Ze kon zich niets mooiers voorstellen dan met hem samen te leven. Tot nog toe had ze zulke gevoelens nooit voor een man gekoesterd. En ze kon zich ook niet voorstellen dat een andere man haar zo in beslag zou kunnen nemen.

Terwijl ze aan Paul dacht roerde zich ook weer haar slechte geweten met betrekking tot de arbeidsters. Zou er iets veranderen als Paul vennoot was? Misschien moest ze het hem wel afraden. Maar kon ze dat doen? Ze was niet zijn verloofde, die zoiets tegen hem kon zeggen. Misschien veranderde dat als ze zijn aanzoek aannam. Als ze zijn vrouw werd, zou ze niet alleen aan haar eigen verlangen tegemoet kunnen komen, maar op een of andere manier misschien ook iets kunnen doen voor de vrouwen hier. Eigenlijk verbaasde ze zich daarover, want tot voor kort had ze alleen de muziek in haar hoofd gehad en nooit over andere dingen nagedacht. Maar de blik in de ogen van de vrouwen had een venster in haar ziel geopend, en ineens leek Pauls aanzoek helemaal niet zo slecht en verkeerd meer. Ze zou misschien iets voor de arbeidsters hier kunnen doen – en, meer nog, het brandende verlangen van haar eigen hart kunnen stillen.

’s Nachts hield ze het niet lang uit in bed. Door alle belevenissen was ze zo rusteloos dat ze opstond, haar peignoir omsloeg en onrustig begon te ijsberen. Wat moest ze doen? Wat was juist? Nog altijd leek het haar absurd dat Paul haar een huwelijksaanzoek had gedaan. Maar was dat niet net waar ze heimelijk van droomde? Had hij haar wens aangevoeld?

Rose legde haar voorhoofd tegen de ruit en glimlachte in zichzelf bij de gedachte aan Pauls gezicht toen hij haar voorstelde zijn verloofde te spelen. Werd niet altijd gezegd dat verliefden zich irrationeel gedroegen? Mrs Faraday had haar er voortdurend voor gewaarschuwd haar hart te verliezen, omdat ze daarmee ook haar verstand zou kwijtraken. Ze had niet het gevoel dat ze haar verstand was verloren, maar als haar oude lerares het bij het rechte eind had, vertoonde Paul duidelijke tekenen van verliefdheid. Wat kon ze zich nog meer wensen? Paul beantwoordde haar gevoelens. En welbeschouwd had zij voor hem ook al een domheid begaan doordat ze heimelijk met hem mee was gegaan...

Terwijl voor haar raam bliksemflitsen te zien waren en de regen tegen de ruit kletterde, kwam ze tot een besluit. Ze moest met Paul praten!

Vlug deed ze haar peignoir dicht en sloop op haar tenen naar zijn kamer. Paul lag in bed rustig te ademen, maar schrok op toen hij haar aanwezigheid bespeurde.

‘Rose!’ riep hij verrast uit. ‘Wat doe je hier in mijn kamer?’

‘Ik kon niet slapen,’ bekende ze, terwijl ze verlegen aan haar peignoir frunnikte. ‘Ik wilde u iets vragen.’

‘Wat dan?’

‘Meen je... meent u het serieus?’

Paul kwam slaperig overeind. Hij had het gevoel dat hij zijn ogen niet kon vertrouwen of dat hij droomde.

‘Wat bedoelt u? antwoordde hij slaapdronken, maar toen er een vlaag van teleurstelling over haar gezicht gleed, wist hij het weer.

‘Maar natuurlijk meen ik het! Wil je me toch hebben?’

Rose zag opnieuw de ogen van de vrouw voor zich. En ze voelde haar hart bonzen, voelde hoe haar lichaam brandde van verlangen. Je droom kan in vervulling gaan, schoot het door haar heen. Laat je deze kans niet ontglippen...

'Ja,' antwoordde Rose met vaste stem en ze negeerde het stemmetje in haar achterhoofd dat ervoor waarschuwde zijn aanzoek serieus te nemen – er waren immers genoeg obstakels die een huwelijk konden verhinderen. 'Maar het zou voor jou wel veel problemen betekenen. Je moet je verloving verbreken en je moeder...'

Er gleed een schaduw over Pauls gezicht, maar slechts even, al snel verdreef hij die met een glimlach. 'Pieker daar maar niet over. Mijn moeder zal je mogen, echt waar.'

'Maar ik ben niet van adel. Bovendien heb ik gemerkt dat sommige adellijken musici klaplopers vinden.'

'Maar toch niet een violiste die voor gekroonde hoofden heeft gespeeld! Als zelfs de gouverneur van Sumatra je uitnodigt om hier te spelen, ben je allesbehalve een klaploper. Dat zal ik mijn moeder ook duidelijk maken als ze erover begint. Maar ze is een in- en ingoede vrouw en ze zal zich er misschien over opwinden, op een gegeven moment kalmeert ze wel weer. Ik garandeer je dat als ik je aan haar voorstel, ze een en al vriendelijkheid zal zijn.'

Rose knikte. Op dat moment was ze geneigd alles te geloven wat hij zei.

'En hoe zit het met Maggie?' uitte ze haar volgende zorg. 'Ik denk dat zij van ons allemaal degene is die het zwaarst teleurgesteld wordt.'

'Maggie verdient een andere man, geloof me. Ik ben te avontuurlijk ingesteld, dat heb ik hier op Sumatra gemerkt. Terwijl ik me voor van alles en nog wat interesseer, is zij al bang voor de inlanders. Het zal beter zijn als zij met een man trouwt die met haar in Londen blijft, die haar mee uit neemt en aan zijn vrienden voorstelt en ervoor zorgt dat ze in het gezelschap verkeert van vrouwen met wie ze onbeduidende gesprekken kan voeren over mode en personeel. Voor mij is het echter beter om een avontuurlijke vrouw te hebben, een die de jungle niet mijdt en die zich zo gemakkelijk aanpast dat ze probleemloos in de rol van mijn verloofde kan kruipen, terwijl ze dat niet is.'

Daarbij pakte hij haar hand en bleef die vasthouden. Het hart klopte Rose nog altijd in de keel. Nu twijfelde ze niet meer aan zijn oprechtheid.

'Maar de beslissende vraag is of je van me houdt,' zei hij terwijl zijn blik de hare fixeerde. 'Want wat mij betreft, ik hou van jou en ik ben bereid alle mogelijke weerstand te trotseren als ik maar weet dat jij hier op me wacht.'

Rose peilde haar hart. Hield ze van hem?

'O ja, ik hou van jou!' antwoordde ze. 'Waarschijnlijk al vanaf het moment dat wij elkaar voor het eerst ontmoetten in de tuin van Van Swieten.'

Paul trok haar resoluut naar zich toe en kuste haar. 'Laat de rest mijn zorg zijn. Ik zal bij Maggie weggaan en wanneer ik terugkom, trouwen we.'

Opnieuw raakten zijn lippen haar mond en lieten een wild, ongekend verlangen in haar ontwaken. Hoewel ze wist dat het verkeerd was, dat het tegen alles inging wat Mrs Faraday haar had ingeprent en dat ze beter kon maken dat ze de kamer uit kwam, liet ze toch toe dat zijn lippen van haar mond gleden, over haar hals zwierven en toen op haar schouder bleven rusten.

'O Rose,' fluisterde hij terwijl er een siddering door zijn lichaam ging. Even hield hij op, keek naar haar, werd zich vermoedelijk bewust van het gevoel van haar huid tegen zijn handen. Zijn aanrakingen zetten haar lichaam in brand, maakten haar schoot wakker en daarmee ook het allesverterende verlangen dat ze alleen soms 's nachts voelde zonder dat ze wist hoe ze dat kon verlichten. Maar nu wist ze het. Pauls warmte, de geur van zijn huid waren het antwoord.

Haar hartslag bonsde in haar oren en toen hij haar ten slotte op het bed trok, verweerde ze zich niet. Hijgend schoof Paul haar nachthemd omhoog over haar dijen en deed toen zijn pyjamabroek omlaag. Zijn geslacht zag Rose niet, maar toen hij voorzichtig bij haar binnendrong, voelde ze het en dat benam haar de adem. De pijn duurde echter maar even en maakte weer plaats voor verlangen.

'Ik hou van je, Rose,' hijgde hij terwijl hij zich op haar neer liet zakken en voorzichtig begon te bewegen. Rose sloeg haar armen om hem heen en probeerde de verwijtende stem van Mrs Faraday, die haar een hoer noemde, uit te bannen.

Wat ze deed was wat ze wilde, en het voelde als juist aan. Ze wilde hem eeuwig toebehoren. En op dat moment liet alles wat ze over zogenaamde zedelijkheid had gehoord haar onverschillig. Ze wilde hem, zijn huid, zijn geur, zijn kussen en het gewicht van zijn lichaam op haar. Haar handen voelden de spieren onder zijn stevige huid, en de aanzet van zijn haar in zijn nek.

En toen Paul in haar leegstroomde, explodeerde er iets in haar, wat alle twijfel, alle verwijten, verjoeg.

16

Londen 2011

Het was waterkoud toen Lilly en Ellen de terminal van de luchthaven verlieten. Op de dag van hun vertrek had Cremona zich van zijn mooiste kant laten zien, de zon had op het stationsgebouw geschenen en hen tot Milaan vergezeld.

'We hadden in Italië moeten blijven,' mopperde Ellen terwijl ze probeerde met één hand haar wollen mantel strakker om zich heen te trekken. Tevergeefs, de stevige stof was weerbarstig en de wind rukte een punt van haar sjaal uit de halsopening naar buiten. Ellen kneep haar ogen samen en draaide haar hoofd opzij. Zonder resultaat.

Ten slotte bleef ze staan, zette haar koffer neer en maakte de zaak toen in orde. 'Jammer dat de plicht roept, anders zou ik Dean vragen of we in de toekomst voor de wintermaanden naar Italië konden verhuizen.'

'En wat moet er dan van je violen terechtkomen?' vroeg Lilly lachend. Zij merkte de vochtige kou weliswaar ook, maar vanbinnen voelde ze zich warm, want ze verheugde zich op het weerzien met Gabriel. Wat zou hij zeggen van de foto's en de krantenartikelen?

Enrico had twee ervan meteen vertaald, de andere zou hij doormailen. Zodra ze alle teksten had, zou ze proberen een afspraak met Gabriel te maken. Of moest ze hem misschien eerst al voor het beloofde etentje uitnodigen?

Terwijl ze met andere reizigers in de rij stonden voor een taxi, stelde Lilly zich hun ontmoeting voor, en daarbij sloegen haar gedachten algauw een andere richting in. Ze zag magnoliabloesems en Gabriel, met wie ze in een park in lentetooi ging wandelen en over Rose en Helen praatte...

'Hé, sta je te dromen?' Ellen gaf haar een lichte por. Lilly had tijdens haar dagdroom niet gemerkt dat ze aan de beurt waren. De taxichauffeur laadde hun bagage in, terwijl zij op de achterbank plaatsnamen.

'Zeg eens, waar zat je daarnet met je gedachten?' vroeg Ellen, maar voor Lilly antwoord kon geven stapte de chauffeur al in. 'Waarheen voert de reis, lady's?' vroeg hij.

Nadat Ellen het adres had genoemd draaide hij niet alleen de verwarming hoger, maar zette hij ook de radio harder. De Indiase dansmuziek die uit de boxen blèrde, stond zo hard dat hij de mobilofoon nauwelijks kon verstaan.

Terwijl de taxi zich in het Londense verkeer voegde, keek Lilly gefascineerd naar het Ganesha-figuurtje aan de spiegel, dat bij elke slingerende beweging van de wagen begon te dansen. Dat zag er zo grappig uit dat zelfs knorrige passagiers vast moesten lachen als ze met deze taxi meereden.

Algauw begon hij tegen hen te praten met een zwaar accent, dat Lilly af en toe niet verstond, maar Ellen leek eraan gewend te zijn, want ze kletste opgewekt met hem alsof ze een oude vriend was tegengekomen.

Na een paar korte files en ongeveer een uur reistijd kwamen ze bij het huis van Ellen aan.

De Indiase muziek dreunde ver over het terrein en verjoeg een paar kraaien uit de bomen, die van hun kant probeerden de klanken met hun gekras te overstemmen. Ellen betaalde de chauffeur, die er meteen vandoor ging.

'Je hebt nog geen antwoord gegeven op mijn vraag,' merkte Ellen op toen ze de code van de poort intikte, waarna het slot opensprong.

'Welke vraag?' vroeg Lilly terwijl ze haar koffer door de poort manoeuvreerde.

'Waaraan je dacht voordat Sha Rukh Khan ons liet kennismaken met zijn favoriete muziek.'

'Wie is Sha Rukh Khan?'

'Een Indiase acteur, hij is heel beroemd. Maar daar gaat het nu niet over, je zat aan hem te denken, nietwaar? Aan Gabriel Thornton.'

Het bloed steeg Lilly naar de wangen.

'Ik wist het wel!' was Ellens reactie. 'Was het iets pikants?'

'Nee, wat denk je wel! Ik mag hem gewoon graag, dat is alles. En als je iemand graag mag, dan denk je ook aan hem, toch?'

'Uiteraard.' Ellen lachte besmuikt.

'Hoe zit het eigenlijk met Enrico?' deed Lilly een poging het gesprek van Gabriel af te leiden, want het stond haar tegen vooruit te lopen op dingen die wellicht nooit zouden gebeuren. 'Ik had de indruk dat jullie elkaar erg goed kennen. Is er misschien iets wat je me nooit hebt verteld?'

Ellen begon te lachen en schudde haar hoofd. 'Nee, in elk geval niet wat je denkt. Ik zou Dean nooit ontrouw kunnen zijn. Maar ik moet toegeven dat Enrico, toen we elkaar voor het werk leerden kennen, nogal geïnteresseerd was. Ik ben daar nooit op ingegaan, en op een gegeven moment zijn we bevriend geraakt. Dat is alles. Bovendien had ik de indruk dat hij meer in jou geïnteresseerd was. Waarom heb je je daar niet meer voor opengesteld?'

'Hoezo, "meer voor opengesteld"?' Lilly fronste haar voorhoofd. 'Had ik dan een striptease moeten geven, of zo?'

'Nee, maar je hebt toch wel gemerkt dat hij met je aan het flirten was? Waarom ben je daar niet op ingegaan, dat was vast leuk geweest.'

'Omdat...' Lilly hield op. Ze kende de reden, maar ze wilde niet weer over dat onderwerp beginnen.

'Gabriel Thornton, klopt dat? Hij is de reden.'

'Daar geef ik pas antwoord op als ik het zelf weet,' antwoordde Lilly, maar ze besefte dat haar vriendin gelijk had. Wat ze voor Gabriel voelde, was meer dan sympathie. Maar dat wilde ze niet laten merken. Wie weet, wil hij mij helemaal niet, dacht ze. En ergens had ze ook nog last van een slecht geweten tegenover Peter. Laten we maar afwachten, zei ze bij zichzelf. Eerst wil ik hem weer zien.

Een licht geruis trok door de boomkronen boven hen, verder was het stil. Ellen haalde diep adem en glimlachte toen mijmerend. 'Als het erop aankomt, wil ik helemaal niet de hele winter in Italië doorbrengen. Het is nergens fijner dan thuis, toch?'

'Daar heb je gelijk in,' antwoordde Lilly, hoewel ze niet zeker wist of ze zich wel verheugde op haar terugkeer naar Berlijn, want daardoor zou ze alleen maar verder van Gabriel en de mogelijkheid hem beter te leren kennen verwijderd zijn.

'Wat vind je ervan om vanavond weer samen te koken?' vroeg Lilly en ze haakte bij Ellen in terwijl ze de koffers over het pad trokken.

'Graag, wat mij betreft. Dean zal het wel leuk vinden te horen dat er nu iemand gaat proberen een code in de bladmuziek te ontdekken.'

Ze was net begonnen met uitpakken toen de telefoon ging. In de veronderstelling dat het een telefoontje van Ellens instituut was, schonk Lilly er geen aandacht aan en ging gewoon verder, tot ze stappen in de gang hoorde die voor haar kamerdeur ophielden.

Nadat ze een keer geklopt had, kwam Ellen binnen. Op haar gezicht lag een veelzeggend glimlachje terwijl ze fluisterde: 'Voor jou!'

Lilly hapte naar lucht, pakte de telefoon aan en zei haar naam.

'Zo, weer terug?' vroeg Gabriel Thornton.

'Zoals je hoort,' repliceerde Lilly en ze keek naar Ellen, die net de kamer uit sloop. Ze keek even om, grijnsde naar Lilly en trok toen de deur achter zich dicht.

'Ik hoop dat je iets aan de data hebt gehad,' zei Gabriel intussen.

'Heel veel zelfs, je bent echt een grote hulp geweest! We hebben een paar artikelen gevonden, die je hopelijk nog niet hebt.'

'Ik heb je al verteld dat er in de Tweede Wereldoorlog veel materiaal verloren is gegaan. Ik ben ervan overtuigd dat wat je gevonden hebt een grote verrijking zal betekenen.'

Lilly aarzelde even, toen zei ze: 'In Cremona had ik een rare droom.'

'Over mij soms?' schertste Gabriel met een lach.

'Nee, over Helen. Helen als kind... Denk jij dat er in bladmuziek een code kan worden verwerkt?'

'Een code?'

'Nou ja, het was natuurlijk maar een droom, maar misschien wilde mijn onderbewuste me iets vertellen. Er moet toch een reden zijn waarom dat ene muziekblad tussen de voering zat. De Helen in mijn droom zegt dat de oplossing van het geheim zich in "De maneschijnsonate" bevindt.'

Er volgde een stilte op haar woorden. Was Gabriel nog wel aan de lijn? Zat hij zich misschien over haar te amuseren? Ineens voelde ze een steek in haar maag. Misschien had ze er beter niets over kunnen zeggen...

'Gabriel?' vroeg ze aarzelend, en toen hoorde ze zijn stem.

'Ja, ik ben er nog. Ik zit alleen maar na te denken.'

'Dat is vast onwaarschijnlijk, nietwaar?'

'Dat zou ik niet zeggen. Het is voorgekomen dat er geheime boodschappen in muziekstukken werden verborgen. Misschien zit er ook zoiets in "De maneschijnsonate". Als dat klopt, was een van beide vrouwen echt een genie. Als zij het tenminste zelf gecomponeerd heeft...'

'De kennis van Ellen heeft een vriend die veel ervaring heeft met codes. Misschien kan hij iets aan het licht brengen. Als jij...'

'Ik heb helaas geen verstand van codes, maar ik zal de bladmuziek toch nog eens wat beter bekijken. Misschien openbaart het geheim zich als je er maar lang genoeg naar kijkt...'

Lilly glimlachte tegen haar spiegelbeeld in de ruit. Gabriel was echt fantastisch.

'Bedankt,' zei ze zachtjes.

'Geen dank, Lilly. We werken immers samen?'

'Dat wel, maar je had evengoed kunnen vinden dat ik gestoord was. Wie hecht tegenwoordig nog waarde aan dromen?'

'Jij!' antwoordde hij. 'En als ik eerlijk ben, ik ook.'

'En hoe zit het met dat nieuws van jou?' vroeg Lilly. die haar wangen nu tegen de ruit koelde.

'Nou, wat dat betreft zouden we elkaar persoonlijk moeten spreken.'

'Prima, wanneer heb je tijd?'

'Komt morgenmiddag je goed uit? Dan kunnen we weer in de kantine gaan zitten en ons door de culinaire creaties van de kok laten verrassen.'

'In dat geval, akkoord,' antwoordde Lilly vrolijk.

'En jij vertelt me wat je allemaal nog meer in Cremona hebt beleefd. Ik zie ernaar uit je visie op de stad te vernemen.'

'Ik zal mijn best doen.'

'Oké, tot morgen dan, ik verheug me erop!'

Nadat ze het gesprek hadden beëindigd, hing Lilly op en ging even op de rand van het bed zitten. Het deed haar zo goed om Gabriels stem te horen! En ze verheugde zich zeer op het weerzien. Niet alleen vanwege het geheim dat hij klaarblijkelijk had ontdekt, maar vanwege hemzelf, want ze had hem erg gemist.

'Je moet hem hier uitnodigen,' zei Ellen toen Lilly de telefoon weer terugbracht. Het leek wel of ze de inhoud van het gesprek dat Lilly net gevoerd had, aan haar gezicht kon aflezen.

'Wat?' vroeg Lilly verward.

'Voor het avondeten. Om kennis uit te wisselen, hoe dan ook.'

'Maar... we hebben net al een afspraak gemaakt voor het middageten. In de kantine.'

'Maar ik zou er ook graag bij zijn als jullie gegevens uitwisselen. Maak toch gewoon een andere afspraak!'

'Dat... kan niet.'

'Waarom kan dat niet? Je weet toch hoe je met een telefoon om moet gaan?'

'Dat wel, maar ik kan hem toch niet zomaar hier uitnodigen?

Ellen hield haar hoofd scheef en bekeek haar onderzoekend.

'Hm, eigenaardig. Ik geloof niet dat het aan gebrek aan gezelligheid van jouw kant ligt. Je lijkt Gabriel niet alleen maar graag te mogen, het is meer dan dat. Zo veel meer dat je hem liever niet met me deelt.'

'Hoe kom je daar nu bij!'

'Omdat je altijd als je een man geweldig vindt, net zulke rode wangen krijgt als een Hummel-beeldje.'

Lilly beet betrapt op haar lip. 'Ik heb toch al gezegd dat ik hem sympathiek vind. Maar dat heeft nog helemaal niets te betekenen.'

'Heeft dat niets te betekenen?' Ellen sloeg haar armen over elkaar. 'Lilly Kaiser vindt een man sympathiek. Hoe vaak heeft de wereld dat meegemaakt? Wanneer heb je voor het laatst iemand sympathiek gevonden en daarbij rode oortjes gekregen?'

'Je bent flauw,' pareerde Lilly, maar haar vriendin had wel gelijk. Voor Gabriel had ze zich voor geen enkele man geïnteresseerd, had ze het nauwelijks gemerkt als ze haar op straat nakeken. En de mannelijk clientèle van haar winkel was of getrouwd, of onuitstaanbaar of veel te oud voor haar.

'Ja, dat ben ik, maar desalniettemin, bel hem en nodig hem uit.'

'En daar heb je echt niets op tegen?'

'Van wie komt dit voorstel?'

'Oké, als het je ernst is.' Omdat Lilly niet wilde laten horen hoe ze op Gabriels stem reageerde – Ellen zou haar vast weer plagen – trok ze zich terug op haar kamer. Daar toetste ze met bonzend hart en bibberende vingers het nummer in en dacht zorgvuldig na over de bewoordingen waarin ze hun eerdere afspraak teniet zou doen.

Ze kreeg echter niet Gabriel aan de lijn, maar zijn secretaresse. Van pure schrik hing Lilly weer op, maar daarna vroeg ze zich meteen af waarom. Ze was toch niet van plan geweest hem onbehoorlijke dingen toe te fluisteren!

Ik probeer het later nog wel een keer, zei ze bij zichzelf en ze richtte zich toen weer op haar bagage.

Een halfuur later, Lilly was net bezig haar gegevens te ordenen, ging de telefoon. Zonder lang na te denken nam Lilly op en ze wilde de kamer al uit stormen om hem naar Ellen te brengen, omdat het telefoontje vast voor haar was. Maar toen verstijfde ze.

'Ik dacht al dat jij het was geweest,' begon Gabriel zonder omhaal. Lilly's oren begonnen weer te gloeien.

'Hoezo?' vroeg ze, maar ze wist dat ze er heel slecht in was zich onschuldig voor te doen. Waarschijnlijk had de secretaresse hem over het vreemde telefoontje verteld en aan het nummer had hij natuurlijk gezien wie te laf was geweest om met de voorkamerdraak te praten.

'Je telefoontje. Wilde je alleen maar mijn stem horen, of is er nog een andere reden?'

'Je bent blijkbaar nogal van jezelf overtuigd, Gabriel,' diende ze hem van repliek en ze kon een grijns niet onderdrukken. 'Maar ja, er is een reden.'

'Een die je niet tegen mijn secretaresse wilde zeggen?'

'Precies.' Lilly haalde diep adem en vervolgde toen: 'Ik zou onze lunch willen afzeggen en je in plaats daarvan hier voor het avondeten willen uitnodigen. In het huis van mijn vriendin Ellen.'

'Bij Ellen Morris? Nou, dat is echt een hachelijk onderwerp! Je had rustig tegen mijn secretaresse kunnen zeggen dat je me wilde uitnodigen.'

'Nu heb je het toch gehoord.'

'En je vriendin is akkoord?'

'Zij draagt bij aan het onderzoek!' antwoordde Lilly. 'En ze heeft er niets op tegen jou te leren kennen, integendeel.'

'Goed, zeg me dan alleen wanneer ik mijn opwachting bij jullie mag maken.'

'Wanneer komt het jou uit?'

'Dat moeten jullie als gastvrouwen bepalen,' pareerde Gabriel. 'Bovendien weet ik niet hoe lang je nog in Engeland blijft, dus we moeten geen tijd verliezen, en ten tweede richt ik me helemaal naar jullie. In geval van nood laat ik Eva een paar afspraken verzetten.'

'Wat vind je van morgen?' vroeg ze dus, waarop van zijn kant als een pistoolschot het antwoord kwam: 'Perfect!'

'Om acht uur?'

'Perfect!'

'In smoking met vlinderdas?'

'Wat?'

'Ik wilde alleen maar controleren of je wel luistert en niet zomaar wat zegt,' antwoordde Lilly lachend.

'Ik luister naar je. En ik kom in elk tenue waarin je me wilt zien verschijnen. Maar ik kan dit niet beschouwen als het beloofde etentje waarvoor je me zou uitnodigen.'

Lilly liep rood aan. Het beloofde diner schoot haar weer te binnen. Eten bij haar en Ellen thuis kon echt niet als zodanig gelden. 'Ehm... nee, natuurlijk niet, het gaat om uitwisseling van informatie.'

'Nou, tot morgen dan.' Je kon aan Gabriel horen dat hij glimlachte,

'Tot morgen!' antwoordde Lilly grijnzend. Toen hing ze op.

'En?' informeerde Ellen toen ze de woonkamer weer in kwam. Blijkbaar kon ze aan Lilly zien met wie ze zojuist had gesproken.

'Hij komt morgen om acht uur. Met de nieuwste informatie.'

Ellen klapte enthousiast in haar handen. 'Dat is geweldig! Intussen heb ik ook een idee wat ik zal klaarmaken.'

'Heb je daar dan eigenlijk wel tijd voor?' vroeg Lilly sceptisch. 'Je moet toch weer naar het instituut. En Dean?'

'Zeker, dat ben ik niet vergeten. De opdrachten zullen het me wel betaald zetten dat ik me dit korte intermezzo gegund heb, maar dat is geen probleem. En Dean zal er ook geen bezwaar tegen hebben eindelijk weer eens bezoek te krijgen, na al die stress op zijn bouwterrein...'

'Dan laten we toch pizza's komen! Gabriel eet in de kantine, ik denk niet dat hij daar iets op tegen zal hebben.'

Ellen schudde heftig haar hoofd. 'Geen sprake van! Mensen die bij mij te gast zijn, worden niet simpelweg met pizza afgescheept maar krijgen hier fatsoenlijk te eten! Het zou toch wel sterk zijn als ik dat niet voor elkaar zou krijgen!'

Voor Lilly daar iets op kon zeggen, werd er aangebeld. Jessi en Norma kwamen uit school. Juichend vielen ze Ellen om de hals en kusten haar, toen werd ook Lilly platgedrukt, en uiteindelijk moesten ze een heleboel vragen van de twee meisjes over Cremona beantwoorden.

17

Padang 1902

Terneergeslagen keek Rose uit het raam en betreurde het nu toch een beetje niet een hotel in de buurt van de zee te hebben. Als dat zo was geweest, had ze tenminste de boot kunnen zien waarmee Paul was vertrokken.

Zijn belofte brandde net zo sterk in haar als de herinnering aan de hartstochtelijke omhelzingen in de nacht op de plantage. 'Ik kom terug,' had hij gezegd, en daarna had hij haar hartstochtelijk gekust. 'Laat me alleen nog de kwesties in mijn vaderland oplossen.'

Zou hij zich daaraan houden? Of zou hij haar al op de oceaan vergeten zijn?

Nee, zo was Paul niet. Ze mocht dan wel niet veel van hem weten, maar wat dat betreft wist ze het zeker.

Rose liep terug naar haar openstaande koffer midden in het vertrek. Eigenlijk zou het Mai's taak zijn geweest hem in te ruimen, maar die had een japon bij de kleermakerij vergeten en was op weg daarheen.

Toen Rose net begonnen was wat lichte kledingstukken in te pakken, kwam Mai volkomen ontdaan en bleek de deur door.

'Mr Carmichael zegt dat u meteen moet komen, miss,' zei haar kleedster hijgend.

'Waar moet ik dan naartoe?' Hij heeft toch hopelijk niet nog een engagement hier geregeld, voegde Rose er in gedachten aan toe. Het enige wat ze wilde, was vertrekken, weg van het onverdraaglijke wachten op Pauls terugkeer. Ze moest afleiding hebben, de wereld zien. Alleen op die manier zou ze de tijd kunnen verduren tot ze eindelijk weer in Pauls armen kon liggen.

'Naar de haven. Er is een ongeluk gebeurd.' Mai sloeg haar hand voor haar mond, alsof ze al te veel had gezegd. Rose staarde haar een ogenblik aan, schoot toen als een roofvogel op haar af en pakte haar bij de schouders.

'Wat is er gebeurd?' schreeuwde Rose, vrezend dat het ongeluk met Paul te maken had. Paul, die misschien van gedachten was veranderd en teruggekomen was.

Mai staarde haar ontsteld aan. Omdat ze geen antwoord gaf, schudde Rose haar resoluut door elkaar. 'Zeg op, wat is er aan de hand?'

'Uw vader, miss...' wist Mai uiteindelijk uit te brengen.

Rose liet haar weer los en stapte achteruit. Toen rende ze naar de deur.

Met wapperende haren, zonder er acht op te slaan dat haar kleren scheef zaten en haar make-up uitgelopen was, haastte Rose zich door de straten van Padang. Mai was haar gevolgd, maar had haar niet bij kunnen houden. Dat was maar beter ook, want Rose had de hulp van haar kleedster op dat moment toch niet nodig.

Terwijl haar hartslag de geluiden om haar heen overstemde, probeerde ze zichzelf voor te houden dat het niet zo erg was, dat haar vader, zodra ze de hoek omsloeg, haar tegemoet zou komen en haar uit zou lachen omdat ze zich zorgen had gemaakt.

Bij de haven aangekomen, stuitte ze algauw op een mensenmenigte die om een omgevallen hijskkraan dromde. Havenarbeiders waren bezig met touwen en andere werktuigen om bij de plaats te komen waar het was gebeurd.

'Laat me erdoor!' riep Rose opgewonden tegen de mensen in haar moedertaal en in het Nederlands. Degenen die haar kenden gingen meteen opzij. Rose probeerde de ontstelde blikken te negeren. Waar was haar vader? Dat ze haar hadden geroepen, betekende dat hij gewond moest zijn. Maar hij had vast alleen een paar schrammen opgelopen. Niemand kreeg immers een man als Roger Gallway klein...

Bij de hijskraan gekomen zag ze dat een heleboel mannen bezig waren het zware geval overeind te krijgen. Hij was op straat neergestort, had een aantal kisten en een klein houten huisje bedolven. Er werd gegild en gejammerd. Een paar vrouwen in de menigte huilden. Langzaam steeg er een onaangename geur van de grond op.

Rose staarde naar de kraan alsof het een monster was. Ze vermeed het de gedachte die haar als een tijger besprong ten einde te denken. Er is weinig met hem aan de hand, probeerde ze zichzelf wijs te maken. Hij is vast zo weer op de been.

Verzonken in de aanblik van de kraan als ze was, zag ze de man die met grote passen op haar af kwam lopen pas toen hij vlak naast haar stond.

Dokter Bruns, die haar familie al vaak had geholpen, pakte haar bij haar arm. Rose werd misselijk toen ze het bloed op zijn hemdsmouwen en manchetten zag.

'Kom alsjeblieft niet dichterbij, Rose,' zei hij, want hij kende haar al van jongs af aan en had het nooit kunnen opbrengen haar 'mejuffrouw Gallway' te noemen. 'Je vader is met enkele arbeiders door de kraan bedolven.'

'Maar u kunt hem toch zeker wel redden!' ratelde Rose terwijl het in haar oren ruiste en ze moeite had te horen wat de arts zei. 'Dat kunt u toch wel, dokter?'

Bruns' toch al bleke gezicht werd nog bleker terwijl hij beschaamd zijn hoofd liet hangen.

'Ze hebben je vader al geborgen. Ik kon helaas niets meer voor hem doen.'

Rose deinsde ontsteld achteruit. Haar mond ging open, maar ze gilde niet. Nee, schreeuwde alles in haar. Dat kan niet waar zijn! Dat mag niet waar zijn!

'Ik wil hem zien! wist ze ten slotte uit te brengen. 'Misschien is het een vergissing, misschien is hij niet...'

'Rose,' zei de dokter langgerekt, net als vroeger, als hij haar moest overhalen de medicijnen te slikken tegen de koorts waar ze als kind onder had geleden. 'Het spijt me, maar er is geen twijfel aan dat het om je vader gaat. En ik vind het geen goed idee als je hem nu ziet.'

Door de nadruk waarmee hij dat zei, werd het verzet van Rose gebroken. Haar verstand weigerde nog steeds het te geloven – maar was Bruns iemand die in zo'n situatie zou liegen?

'Je kunt het best naar huis gaan, naar je moeder. Ik wilde er iemand naartoe sturen, maar het is beter als jij je zelf om haar bekommert.'

Rose knikte verdoofd en draaide zich toen langzaam om.

'Ik kom vanavond nog naar jullie toe, tegen die tijd zijn we hier wel klaar,' riep hij haar na, maar ze hoorde het al niet meer. Verdoofd en op een vreemde manier duizelig, waardoor ze het gevoel had over het dek van een deinend schip te lopen, bewoog ze zich door de mensenmenigte. Ditmaal hoefde ze niet te vragen of ze haar doorlieten, de aanblik van haar geschokte gezicht was al genoeg om de mensen te doen wijken. Af en toe raakte iemand haar arm aan, waarschijnlijk mensen die haar kenden, maar Rose lette niet op de gezichten. Ze merkte het niet eens toen ze de mensenmenigte achter zich had gelaten.

'Miss Gallway!' riep een heldere vrouwenstem. Toen pas bleef Rose staan en keek ze op. Mai had haar ingehaald, maar durfde niet al te dicht bij haar in de buurt te komen.

'Ga naar het hotel, Mai,' hoorde Rose zichzelf zeggen. 'Ik heb je op het moment niet nodig.'

'Maar, Miss Gallway, ik...'

'Doe nou eindelijk eens iets zonder tegen te spreken!' siste Rose; op van de zenuwen sloot ze haar ogen. Ze merkte dat er tranen over haar wangen rolden. Het laatste wat ze nu kon gebruiken was een praatziek meisje dat er geen idee van had hoe het haar te moede was.

Mai deinsde verschrikt terug. 'Ja, miss, ik ga al, miss,' zei ze en ze maakte rechtsomkeert. Rose keek haar niet na, maar liep door in de richting van haar ouderlijk huis.

Ze voelde zich overweldigd door verdriet en door angst voor de reactie van haar moeder. Even verkeerde ze in de verleiding zichzelf wijs te maken dat de dokter zich had vergist. Dat haar vader thuis op haar wachtte, haar in zijn armen zou nemen en haar gerust zou stellen.

Toen ze door de voordeur naar binnen liep, rende haar moeder op haar af. Haar ogen werden groot van schrik toen ze het gezicht van haar dochter zag. 'Wat is er gebeurd?' vroeg ze terwijl ze zich aan Rose' onderarm vastklampte. Haar handen waren vochtig en koud, en haar mond beefde. Vermoedde ze wat er was gebeurd?

Rose kon eerst geen woord uitbrengen. Je moet het haar vertellen, vermaande ze zichzelf. Zeg nou eens iets! Maar haar mond wilde haar niet gehoorzamen.

Pas na een hele tijd speelde ze het klaar één woord uit te brengen. 'Vader...'

Meer zei ze niet. Alleen 'vader'. Maar dat was al genoeg voor Adit. Met een vreselijke jammerkreet stortte ze zich in de armen van haar dochter, en ze braken allebei in tranen uit.

De volgende dagen gingen als in een roes aan Rose voorbij. Ze werd 's ochtends wakker, stond op, verzorgde haar moeder, die het niet opbracht uit bed te komen of het daglicht te aanschouwen. Soms kwamen er mensen langs, de pastor, de doodskistenmaker, buren. Rose sprak met hen allemaal, zonder zich later het gesprek te kunnen herinneren.

In haar verdriet om haar vader verlangde ze nog meer naar Paul. Wanneer zou ze hem weerzien? Wanneer zou ze zich in zijn armen kunnen vlijen, zich door hem laten troosten? Wanneer zou hij het vreselijke verdriet dat in haar woedde van haar weg kunnen nemen?

Op zeker moment was dan de dag ten einde, zonder dat ze iets gedaan had, zonder dat ze ook maar één keer haar viool had gepakt, die Mai de eerste dag na het ongeluk had gebracht.

Rose had er nooit over nagedacht of ze in staat zou zijn op een begrafenis een requiem vooor een dierbare te spelen.

Maar omdat ze wist hoe graag haar vader haar had horen spelen – laatst had hij het haar nog gevraagd, omdat hij dol was op vioolmuziek – verzocht ze Carmichael het nodige te regelen en de desbetreffende bladmuziek te brengen, zodat ze kon oefenen.

Het requiem van Mozart had ze in haar hele leven slechts één keer gespeeld, en toch herinnerde ze zich elke afzonderlijke noot.

Aan het graf van haar vader moest ze al haar kracht gebruiken om de strijkstok op de snaren te zetten. Haar handen trilden, en bij de gedachte dat ze haar vader nooit meer zou zien werden haar knieën slap en zakte ze bijna in elkaar.

Maar toen de eerste zwaarmoedige klanken over het kerkhof zweefden, werd het verdriet een beetje draaglijker, Rose liet zich meedrijven op de melodie en negeerde de tranen die over haar wangen stroomden. De ziel van haar vader moest met mooie klanken naar de hemel opstijgen. Toen ze klaar was met spelen, stapte ze met hangend hoofd achteruit. Ze lette niet op de begrafenisgangers, maar ze merkte dat ze aangegrepen waren. Ook de pastor kon eerst geen woorden vinden. De melodie echode nog even na voor de teraardebestelling werd voortgezet.

Toen ze van het kerkhof terugkwamen, waren Rose en haar moeder erg stil. Het had Adit ongepast geleken een begrafenismaal aan te richten, dus bedankte ze de aanwezigen alleen maar en trok zich daarna terug.

Rose wist niet of de mensen daar begrip voor hadden, maar dat kon haar op dat moment ook niet schelen. Telkens weer vroeg ze zich af of haar vermetelheid om haar eigen geluk te zoeken niet de oorzaak was van het hele gebeuren. Maar wat had ze kunnen doen om ervoor te zorgen dat haar vader niet door de omvallende kraan zou worden getroffen? Ze was niet daar bij de haven geweest, zij had toch niet kunnen vermoeden...

De twee vrouwen gingen aan de keukentafel zitten, en hoewel ze elkaar aankeken, waren ze alle twee ver weg met hun gedachten. Rose wenste op dat moment dat Paul er nog was, dat ze de gelegenheid had met hem te praten, tegen zijn borst aan te leunen. Maar haar geliefde was mijlenver en zij zat hier, zelfs nog toen de duisternis boven het huis inviel en de stilte het lawaai op straat verdreef.

Er volgden meer dagen van lethargie. Rose zat meestal voor het raam en probeerde een melodie in haar hoofd te achterhalen, die ze dan toch niet te pakken kreeg.

Nadat Carmichael zich twee weken lang geduldig had getoond, verscheen hij aan het begin van de derde week bij het huis van de Gallways. Toen ze hem voor de deur zag staan, zou Rose zich het liefst hebben verstopt of door de achterdeur naar buiten zijn gegaan, maar ze wist dat dat kinderachtig was. En ze wist ook dat ze niet zou kunnen ontkomen aan dat wat Carmichael kwam vragen. De tournee moest worden voortgezet, naar India en uiteindelijk naar Australië. Rose had alle data in haar hoofd en wist dat hij al drie optredens had afgezegd. Meer was onmogelijk. Maar zou ze gewoon op het podium kunnen gaan staan alsof er niets gebeurd was? Zou ze wel kunnen spelen?

Toen Carmichael voor de zoveelste keer aanklopte, keek ze naar haar handen. Die leken na het requiem op het kerkhof niet veranderd te zijn, maar toch betwijfelde Rose of ze er net zo mee kon spelen als voor het ongeluk. Muziek kwam niet alleen uit de handen, maar ook uit de ziel, en die was nu zelfs twee keer beschadigd. Ze kon niet maar gewoon doen alsof er niets gebeurd was.

'Ga je niet opendoen, kind?' vroeg haar moeder ineens. Het hardnekkige geklop had haar uit bed gelokt, bleek en ellendig stond ze in de keuken. 'Ik weet toch dat je hier niet eeuwig kunt blijven. Het leven roept, Rose.'

'En hoe moet het dan met u?' vroeg Rose hulpeloos, en in de hoop dat Carmichael rechtsomkeert zou maken. Maar hij bleef staan luisteren. Waarschijnlijk had hij hun stemmen allang gehoord.

'Met mij komt het allemaal wel goed, Rose. Het zal me zwaar

vallen, en ik weet niet hoe ik zonder je vader moet leven, maar stel je eens voor dat je nu niet toevallig hier was, maar aan het andere einde van de wereld. Dan had het bericht je waarschijnlijk pas weken later bereikt en was je pas na nog eens zo veel weken hier aangekomen.'

'Maar...'

'Ga nu maar opendoen, anders slaat hij nog een gat in de deur. Hoor op z'n minst aan wat hij te zeggen heeft, en beslis dan.'

Rose knikte en terwijl haar moeder zich weer in haar slaapkamer terugtrok, streek ze haar jurk glad en liep naar de deur.

'Rose, goddank!' riep Carmichael uit, die zich zichtbaar zorgen had gemaakt. 'Ik dacht al...'

'Maak je geen zorgen, niemand hier in huis is ernstig ziek of suïcidaal,' antwoordde ze lomp en ze stapte opzij. 'Kom binnen, ik neem aan dat je me wilt spreken.'

Carmichael nam haar aandachtig op, toen liep hij langs haar heen.

'Hoe gaat het met je moeder?' vroeg hij terwijl hij een beetje onthutst in de keuken bleef staan.

Rose onderdrukte een cynisch antwoord en zei alleen: 'Naar omstandigheden.'

'Goed, goed...' antwoordde hij, waarna hij een beetje verlegen naar de punten van zijn schoenen keek.

'Ga toch zitten,' zei Rose terwijl ze langzaam naar de keukenplank liep. Had haar lichaam altijd zo zwaar aangevoeld? De afgelopen dagen had ze er niet op gelet, maar Carmichaels bezoek leek haar in de werkelijkheid te hebben teruggehaald. 'Je komt me zeker vertellen dat ik me moet gaan voorbereiden op de tournee.'

Carmichael keek haar eerst verrast, en daarna schijnbaar opgelucht aan, omdat zij in zijn plaats het onderwerp had aangeroerd. 'Je weet dat we achterlopen op het tijdschema. In jouw situatie is dat natuurlijk begrijpelijk, en niemand kan dat beter begrijpen dan ik, want ik heb ook mijn vader bij een ongeluk verloren. Maar de organisatoren zullen niet eeuwig wachten. En als we een heel land teleurstellen, zal dat je reputatie schaden.'

Dat wist Rose, maar haar twijfel was groter dan haar angst voor het verlies van haar goede naam. Maar deze keer kwam niet voor het eerst in haar op dat ze vanaf dit moment voor haar moeder moest zorgen – vooral financieel, want of de eigenaar van de omgevallen kraan een uitkering of schadevergoeding zou kunnen betalen, was nog maar de vraag.

'Wat is de eerstvolgende haalbare afspraak?' vroeg ze dus, waarop Carmichael haar verrast aankeek, alsof hij het tegendeel had verwacht.

'Uhm... voor zover ik weet... Delhi... ja precies, Delhi... op de zeventiende.'

Natuurlijk had Rose die afspraak al in haar hoofd zitten. Het was niet de eerste keer dat ze in India optrad. In Delhi was ze kort na haar eerste grote concert geweest, op uitnodiging van een earl die haar in Londen had gezien. De kleurrijke stad met haar prachtige paleizen had haar gefascineerd. Misschien zou het haar wat afleiding brengen om daar op te treden.

'Oké, we gaan naar Delhi,' besloot ze ten slotte, hoewel ze nog steeds niet wist hoe ze haar oorspronkelijke repertoire weer moest opnemen. 'Laat alles inpakken en laat me weten wanneer we vertrekken. Ik blijf zolang nog bij mijn moeder, die heeft me nodig.'

Carmichael knikte en stond toen op. 'Breng haar mijn medeleven over, ja?'

Rose knikte en liep met hem mee naar de deur.

Toen hij weg was, liep Rose de slaapkamer van haar ouders binnen. Haar moeder was tegen de verwachting in niet weer gaan liggen, maar zat in de rieten stoel voor het raam, van waaruit ze tussen de twee huizen aan de overkant door de zee kon zien.

'Je gaat weer op tournee, nietwaar?' vroeg ze zonder om te kijken.

'Ja, moeder. En dat doe ik niet omdat de muziek voor mij belangrijker is dan u, maar dat doe ik om voor u te kunnen zorgen.'

Haar moeder, die ongetwijfeld had meegeluisterd bij het gesprek, zei daar eerst niets op.

'En zelfs als je de voorkeur zou geven aan de muziek boven mij, zou ik niet boos op je zijn,' zei ze toen en ze stond moeizaam op, alsof ze niet de last van vierenveertig jaar maar van vijfentachtig jaar met zich meetorste.

'Maar, moeder, ik...'

'Al goed, kindje. Je was de trots van je vader, en het zou een schande zijn als je hier bleef en zou toekijken terwijl je roem vergaat. Ga gerust weer op tournee, speel, en speel goed voor je vader, want die zal je waarschijnlijk vanuit de hemel zien.'

Ze kwam heel dicht bij Rose staan en nam haar gezicht tussen haar handen. 'Je bent speciaal, Rose. Beloof me dat je altijd goed op jezelf zult passen, want in jou en je kinderen leeft je vader voort.'

'Mij zal niets overkomen, maakt u zich geen zorgen,' antwoordde Rose flink, 'Ik heb me tot nog toe toch ook altijd goed door het leven heen weten te slaan.'

'Ja, dat is zo. Maar nu ik alleen jou nog heb, moet je extra goed oppassen.'

Dat verzoek vond Rose wel wat merkwaardig, maar ze knikte, pakte de handen van haar moeder vast en bracht ze naar haar voorhoofd.

'Bedoelt u dat die oude vrouw...' begon Rose aarzelend toen ze zich weer had opgericht. 'Bedoelt u dat ze ons vervloekt heeft nadat u geweigerd hebt...'

Adit schudde haar hoofd. 'Nee, m'n kind, het ligt niet in haar macht ons te vervloeken. Als dat zo was, als het mijn schuld zou zijn dat je vader dood is, dan had ik onmiddellijk een einde aan mijn leven gemaakt. Waarschijnlijk wilde het lot me met het verschijnen van die vrouw waarschuwen. Maar een ander besluit had je vader niet kunnen redden. Soms zijn dingen in het leven voorbestemd. Blijkbaar moet ik het erfgoed van mijn volk aanvaarden. Op een dag zul jij degene zijn die voor die keus wordt gesteld. Zolang ik leef, zal ik verhinderen dat ze naar jou toe komen, maar als ik dood ben, ben jij de volgende stammoeder. En dan moet je beslissen wat voor jou belangrijk is.'

Rose keek haar nadenkend aan. Eigenlijk had ze haar beslissing al genomen. Zodra Paul terugkwam, zou ze met hem meegaan. Maar dat wilde ze nog niet tegen haar moeder zeggen, niet nu deze net haar man had verloren. 'Dat zal ik,' zei ze alleen, en ze pakte opnieuw haar moeders handen en terwijl ze die naar haar wangen bracht, zond ze een stille wens de verte in, dat Paul spoedig terug mocht komen.

18

Londen 2011

Opgewonden schoof Lilly op de bank heen en weer. Ze voelde zich alsof er elk ogenblik een partij dynamiet onder haar achterste kon ontploffen.

Ze had er nu haast een beetje spijt van dat ze met Ellens voorstel had ingestemd. In eerste instantie had het een geweldig idee geleken, maar nu was ze bang dat Ellen in de gaten zou krijgen hoeveel verwarring Gabriel bij haar opriep. Dat ze zich als een schoolmeisje gedroeg was daar een duidelijke aanwijzing voor.

Ellen grijnsde naar haar. 'Je lijkt je wel erg op Gabriel te verheugen.'

'Ik?' Lilly verstijfde betrapt.

'Je hobbelt op de bank heen en weer alsof je peper in je gat hebt. Zo opgewonden heb ik je voor het laatst gezien toen Markus Hansen je voor het eindexamenbal zou komen afhalen.'

'Onzin!' antwoordde Lilly. Als ze eerlijk was, voelde ze zich net zo opgewonden als op de dag dat Peter en zij hun eerste afspraakje hadden. Omdat er voorafgaand aan de date totale chaos had geheerst, had Ellen toen niets van haar enorme opwinding gemerkt. Dat lag nu anders.

'Ik vind het gewoon spannend wat hij ontdekt kan hebben.'

'Ja, waarschijnlijk heeft hij uitgevonden welk parfum Rose Gallway altijd gebruikte.'

‘Wees niet zo gemeen!’ Lilly kneep Ellen even in haar zij.

‘Dat ben ik toch helemaal niet. Ik denk alleen dat wij hem meer te vertellen hebben dan hij ons.’

‘Dat moeten we maar afwachten!’

Het geluid van een motor maakte een einde aan de discussie.

‘Daar is hij!’ Lilly sprong van de bank en wilde al naar de deur lopen, maar Ellen hield haar tegen.

‘Wacht, laat hem eerst eens uitstappen!’

Lilly bleef staan, streek haar jurk glad en trippelde een beetje rond. ‘Eigenlijk moet jij opendoen, toch? Jij bent tenslotte de vrouw des huizes.’

‘Dat wel, maar hij komt voor jou. Laten we samen gaan, we zijn immers een team!’

Toen er werd aangebeld, moest Lilly zich bedwingen om niet naar de deur te rennen. Op hun gemak, alsof ze gewoon een goede bekende verwachtten, liepen ze naar de ingang, en Ellen liet het opendoen aan Ellen over.

‘Goedenavond, Mr Thornton, het doet me plezier dat u het hier hebt kunnen vinden.’

Thornton glimlachte breed naar hen. ‘Dat was eerlijk gezegd niet zo eenvoudig, maar het is me gelukt.’ Daarop gaf hij hun allebei een bosje bloemen. ‘Een klein bedankje omdat ik vanavond jullie tijd mag stelen.’

‘Kom toch binnen, Mr Thornton.’

Gabriel knipoogde naar Lilly, die breed naar hem glimlachte, toen werd hij al de woonkamer in geleid.

Ellen had alles tot in de puntjes voorbereid. Als aperitief had ze kleine hapjes en een alcoholvrije cocktail gemaakt, in de keuken stond *pasta milanese* met de onvermijdelijke kalfsschnitzel te wachten – ze waren het er vanwege hun terugkeer uit Cremona over eens geworden Italiaans eten op te dissen – en heerlijke tiramisu, waarvan Lilly meteen het recept had opgeschreven.

Jessi en Norma waren er niet bij, die hadden een pizza gekregen, die ze bij wijze van uitzondering op hun kamer mochten opeten, waar ze behoorlijk enthousiast over waren. De muziek waarnaar ze daarbij luisterden, stond niet overdreven hard, maar was toch ook in de woonkamer te horen, maar dat stoorde Ellen niet.

Dean had helaas niet op tijd thuis kunnen komen, de bouwplaats nam hem nog volledig in beslag. Maar hij had beloofd later aan te schuiven, alleen al omdat hij wilde weten hoe Gabriel over de vermeende code in de bladmuziek dacht.

Onder het eten vertelden Ellen en Lilly hun gast om de beurt wat ze hadden meegemaakt. Gabriel luisterde aandachtig en bekeek vol interesse de kopieën van de krantenartikelen.

'Dat is echt goud waard,' zei hij terwijl hij de kopie bekeek waarop de jonge Rose naast Mrs Faraday te zien was. 'Die foto ken ik niet, en dat geldt ook voor de andere artikelen. Waarschijnlijk heeft Mrs Faraday zich een exemplaar van de kranten laten toesturen, maar de oorlog heeft veel verwoest. Bovendien zijn er vanwege de bombardementen enkele kisten met materiaal in veiligheid gebracht. Materiaal dat na de oorlog niet meer boven water is gekomen. We kunnen ervan uitgaan dat het eveneens vernietigd is – of ergens op een zolder staat te verschimmelen.'

'En hoe zit het met Rose?' flapte Lilly eruit. 'Je hebt ons toch een nieuwtje beloofd!'

Gabriel grijnsde en stak zijn handen omhoog. 'Goed dan, ik geef me over, je hoeft geen martelwerktuigen te gebruiken.'

'Dat waren we ook niet van plan,' antwoordde Ellen. 'Maar je kans op een toetje is zojuist een stuk groter geworden.'

'Na dit heerlijke hoofdgerecht kan er eigenlijk niet nog iets beters komen, maar omdat ik zo nieuwsgierig ben, verheug ik me er natuurlijk bijzonder op.' Hij ging wat meer rechtop zitten, alsof hij in zijn herinnering moest graven, en toen stak hij van wal: 'Voordat jullie naar Cremona gingen, heb ik ons archief nog eens grondig doorgespit, maar ik heb daar niet veel nieuwe informatie gevonden. Rose Gallway is zoals jullie weten in ons instituut iemand van bijzonder belang. De informatie die over haar beschikbaar is, werd al door mijn voorgangers verzameld en gearchiveerd. Maar daarbij hebben ze iets over het hoofd gezien. Misschien leek het voor hen niet zo belangrijk, maar bij het doorkijken van de documenten trof het me als een donderslag bij heldere hemel.'

'En wat heb je dan gevonden?'

'Bij onze muziekschool hoorde vroeger ook een internaat, waar de pupillen die niet uit Londen kwamen werden ondergebracht. Het verhaal gaat dat Mrs Faraday in een bepaalde tijd van het jaar de hele wereld afreisde om overal jong talent te bekijken dat haar door muzieklераressen werd aanbevolen. Het internaat werd door een zekere Miss Patrick geleid, over wie afgezien van haar geboorte- en sterfdatum nauwelijks iets bekend is. Maar zij verzamelde nauwgezet data en documenten over haar beschermelingen. Vanaf het moment dat Mrs Faraday besloten had een meisje onder haar hoede te nemen, kwam Miss Patrick in actie en maakte notities in haar huisboek.

Die huisboeken – voor elke jaargang was er een – bevatten berichten over het gedrag van de leerlingen, waarbij alleen bij zware overtredingen namen werden genoemd. Maar ook lijsten van dingen die werden aangeschaft – en gegevens over iemands herkomst. Zodra er een nieuwe leerling was gekomen, schreef ze alles op wat ze over het meisje in kwestie wist. Rose moet haar tamelijk uitvoerig hebben ingelicht, want er staat heel veel op haar pagina.'

'En waarom hebben je voorgangers daar geen aandacht aan geschonken?' vroeg Ellen, nadat ze een slok wijn had genomen.

'Omdat ze dachten dat die jaarboeken alleen maar kostenberekeningen en stichtelijke verhalen bevatten, die Miss Patrick er inderdaad ook in heeft genoteerd. Daarbij ontging het hun niet alleen dat die stichtelijke verhalen van de meisjes zelf afkomstig waren, maar zagen ze ook niet de keurig opgestelde blaadjes met gegevens tussen al die andere dingen.'

'Stel ons nou niet langer op de proef, wat heb je gevonden?'

Gabriel pakte een kleine envelop uit zijn zak, waarin, naar Lilly vermoedde, weer een paar kopieën zaten. Die haalde hij echter niet tevoorschijn, maar hij antwoordde: 'Dat Rose Gallway van Sumatra afkomstig was, wisten we al. Ook kenden we haar geboortedatum, 9 mei 1880. Maar al bij haar ouders wacht ons een kleine sensatie.' Nu haalde hij toch een van de kopieën uit de envelop. 'Haar moeder heette Adit en stamde uit het dorp Magek – terwijl haar vader een Engelsman was.'

'Wat je overigens niet erg aan Rose afziet,' antwoordde Lilly knikkend. 'Ze lijkt eerder een Italiaanse of Spaanse.'

'Haar ogen zijn een beetje exotisch,' voegde Ellen eraan toe terwijl ze op de foto van de nog heel jonge Rose tikte. 'Dat zie je vooral op die foto.'

Gabriel knikte. 'Daar heb je gelijk in, maar die trekken zijn bepaald gering, ook Europese vrouwen hebben soms kattenogen en pikzwart haar. Die foto's laten nog geen spoortje zien van het feit dat haar moeder een Minangkabau was, wier stam midden op het eiland was gevestigd.'

Lilly trok haar wenkbrauwen op. Ellen zette haar espresso neer.

'En hoe zit het met die Minangkabau?' vroeg Lilly, want die naam hoorde ze voor het eerst.

'Dat is een volksstam op Sumatra, waar de zogeheten adat heerst, een maatschappijvorm waarin de vrouwen het voor het zeggen hebben.'

'Dus een matriarchaat,' constateerde Ellen, waarop Gabriel knikte.

'Dat klopt. Natuurlijk heerst daar de islam, Koranstudie is aan de mannen voorbehouden, maar het grondbezit wordt via de vrouwelijke lijn overgeërfd. Elke familie heeft een zogeheten stammoeder, die door alle nakomelingen wordt geëerbiedigd. De oudste dochter is telkens uitverkoren om de stam te leiden, terwijl haar zussen er op hun beurt voor zorgen dat de familie wordt uitgebreid of dat er een nieuwe stam ontstaat.' Hij vouwde het blaadje open en gaf het aan Lilly. Daarbij raakte hij opzettelijk haar hand.

Hoe zacht voelde zijn huid aan, en hoe sterk zijn vingers! Het was de hand van een musicus, maar ook de hand van een man die van aanpakken wist.

Verward richtte Lilly haar blik op de kopie. Er stond niets op over de Minangkabau, maar Rose moest met enige trots hebben verteld dat haar moeder tot dit volk behoorde. En er stond nog meer. Dat ze in Padang hadden gewoond en dat Rose daar naar school was gegaan, waar ze haar Nederlandse muzieklerares opviel en deze doorzette dat ze vioolles kreeg.

'Laat me eens raden!' zei Ellen. 'De moeder van Rose was huishoudster bij een Engelsman, en die heeft haar zwanger gemaakt.'

Gabriel begon te lachen. 'Mrs Morris, waar haalt u die slechte opvatting over mannen in de negentiende eeuw vandaan?'

'Nou, is dat dan niet het gangbare cliché? Overal waar Engelse kolonialen inlands personeel namen, zetten ze met de vrouwen soms ook kinderen op de wereld.'

Gabriel leek nog steeds geamuseerd. 'Ja, dat mag het bekende cliché zijn, aangewakkerd door boeken en films, en zulke gevallen zijn er zeker geweest. Maar in dit geval ziet het er iets anders uit.'

Gabriel zweeg, keek afwisselend naar Ellen en Lilly, tot zijn blik bij de handelaarster in antiek bleef hangen. Lilly's wangen gloeiden van opwinding, en het kriebelde in haar maag.

'In feite heeft Rose Gallway een onberispelijke zedelijke afkomst. Haar vader was de havenmeester van Padang, een Engelsman, en hij is netjes met Adit getrouwd. Het verbazingwekkende is dat zij bij haar man heeft gewoond. Ik heb me een beetje verdiept in de Minangkabau. Bij hen is het eigenlijk gebruikelijk dat de vrouwen in het huis van hun moeder blijven en dat ze met hun man, die in hun ogen tot de familie van zijn eigen moeder behoort, een soort bezoekhuwelijk hebben. De kinderen die daaruit worden geboren, behoren tot haar familie, niet tot de zijne.'

'Dus Rose' moeder heeft met die traditie gebroken.'

'Dat zou je zo kunnen zeggen. Maar dat betekent nog niet dat het zo is gebleven. De Minangkabau zijn erg traditioneel, misschien heeft ze zich haar volk weer herinnerd. Ik denk dat dit een punt is waar we kunnen beginnen. Per slot van rekening verdween het spoor van Rose op Sumatra. Toen haar carrière al was begonnen te tanen ging ze daarheen, zonder iemand te zeggen wat ze daar van plan was. Ik ga ervan uit dat ze haar ouders wilde bezoeken. Misschien zijn er in Padang en Magek sporen van haar en haar familie te vinden. Omdat grondbezit in de vrouwelijke lijn wordt overgeërfd, moet haar naam bekend zijn – hoewel er geen kerkelijke registers zijn, hebben de Minangkabau misschien ook gegevens over hun voorouders. Of op z'n minst een mondelinge overlevering.'

'Dan zit er niets anders op dan naar Indonesië te gaan,' merkte Ellen op, maar je kon aan haar zien dat ze dat zelf niet serieus overwoog.

'Dat zou een mogelijkheid zijn,' stemde Gabriel in. 'Een andere zou kunnen zijn gegevens van daar aan te vragen. Er zijn in Indonesië ook zeer goede muziekscholen, die me misschien wel willen helpen.'

Lilly zat als versteend. Ze voelde dat het niet voldoende zou zijn om contacten met Indonesië aan te knopen. Ze moest de weg van Rose volgen. Ze moest naar Sumatra!

'Nou, met dit verhaal heb ik mijn toetje toch op z'n minst wel verdiend, of wat denken de dames?'

Even later, nadat ze het toetje verorberd hadden en het zich op de zitgroep bij de open haard gemakkelijk hadden gemaakt, namen ze het gesprek over de viool met de roos en haar eigenaressen weer op.

'Heb je ook nieuws over Helen Carter?' vroeg Lilly terwijl ze haar gepieker over hoe ze naar Indonesië moest komen verdrong.

'Ik heb natuurlijk in de huisboeken ook naar haar gekeken, maar de goede Miss Patrick was inmiddels gestorven en haar opvolgster hield de boeken lang niet zo nauwgezet bij. Nieuwelingen werden nog altijd genoteerd, maar de aantekeningen over Helen brachten weinig nieuws. Haar ouders zijn James en Ivy Carter uit Padang, ze is geboren op 12 december 1902 en de oude Mrs Faraday, die met haar drieëntachtig jaar altijd nog rondreisde om jong talent te beoordelen, merkte haar op doordat de mensen haar enthousiast over Helen vertelden. Haar vaardigheid zou deze namelijk merendeels door zelfstudie hebben verkregen, zoals bij zo'n muzikaal genie vaak het geval is. Na de aardbeving van 1910 duikt haar naam tamelijk vaak op, en uiteindelijk wordt ze door Mrs Faraday bezocht. Waarschijnlijk kreeg ze het aanbod voorgelegd bij haar in de leer te gaan, want in 1911 kwam Helen Carter als een van de jongste leerlingen naar het conservatorium. Mrs Faraday gaf haar de eerste jaren nog persoonlijk les, maar na drie jaar moest ze het onderwijs aan haar leraressen overlaten, want ze kreeg een beroerte. Desondanks bekommerde ze zich tot aan haar dood in 1916 om Helen en maakte ze van haar de ster die ze in de jaren 1919 en 1920, de beginnende Golden Twenties, was.'

'En toen gebeurde het ongeluk.'

'Ja, toen gebeurde het ongeluk, om precies te zijn een verkeersongeluk, ze werd aangereden door een autobus, en de wereld had een ster minder. Helen overleefde het weliswaar, maar heeft nooit meer gespeeld omdat haar linkerhand verminkt was.'

'Dat moet verschrikkelijk zijn geweest,' murmelde Ellen terwijl ze naar haar eigen handen keek. 'Als het je grote passie is... Ik heb als kind wel eens gewenst dat er iets met mijn handen zou gebeuren. Na mijn aanvankelijke enthousiasme over het vioolspelen verloor ik de interesse ervoor, maar mijn ouders stonden erop dat ik doorging. Ter wille van hen heb ik dat gedaan, maar Lilly kan bevestigen dat me dat behoorlijk op de zenuwen heeft gewerkt.'

'O ja!' beaamde Lilly.

'Maar ik kan me ook voorstellen hoe het zou zijn als ik het met hart en ziel was blijven doen. Het moet vreselijk zijn om een blessure op te lopen die het je onmogelijk maakt je beroep uit te oefenen. Dat is eigenlijk net zoiets als wanneer mijn instituut zou afbranden.'

'Waarvoor je je heden ten dage kunt verzekeren,' antwoordde Gabriel. 'Ik ken heel veel beroepsmusici die hun handen zwaar laten verzekeren – meer dan hun leven. Maar destijds bestond zoiets nog niet. En ik geloof niet dat een bevlogen musicus met geld getroost kan worden als hij niet meer in staat is om te spelen. Zijn financiële situatie is dan wel gewaarborgd, maar wat stelt dat voor vergeleken met passie?'

'Is Helen misschien getrouwd omdat ze geen andere keus had en anders aan de grond had gezeten?'

'Nee, dat denk ik niet, ze zal haar man met haar hart hebben uitgekozen. Er is in elk geval niets wat erop wijst dat ze er financieel belang bij had.'

'In elk geval heeft ze dan nog liefde gekend,' mompelde Ellen peinzend. Toen verdween haar blik weer in de verte.

Ze zwegen even, ieder in eigen gedachten verzonken.

'Je hebt me overigens beloofd dat ik een keer op je viool mag spelen,' wendde Gabriel zich ten slotte tot Lilly. 'Heb ik me er met mijn verhalen voor gekwalificeerd hem in de hand te mogen houden?'

Lilly werd rood. Eigenlijk had ze hem de viool meteen moeten laten zien, wat onattent van haar!

'Maar natuurlijk, ik ga hem halen.'

Terwijl ze opsprong voelde ze Gabriels ogen tussen haar schouderbladen. Weer terug met de viool haalde ze het instrument omzichtig tussen de rode bekleding vandaan en gaf het Gabriel aan. Die draaide het voorzichtig en vol eerbied om, bekeek de roos even en richtte toen zijn aandacht op de voorkant.

'De viool van Rose Gallway. Ik had niet gedacht dat ik die ooit nog eens in mijn handen zou kunnen houden, maar soms gebeuren er nog wonderen.'

'En weet je echt niet hoe de viool bij de kleine Helen Carter terecht is gekomen, terwijl hij toch van Rose Gallway is geweest?' vroeg Ellen peinzend.

'We vermoeden dat Rose de viool beleend of verkocht heeft. Of dat hij van haar gestolen is. Als ze het slachtoffer van een misdrijf is geweest, is het laatste waarschijnlijk, en het zou ook haar verdwijning verklaren.'

'Maar was er dan niemand die op haar lette? Musici hadden destijds toch ook al zoiets als een manager of agent?'

'Dat klopt, en in het geval van Rose weten we zelfs wie die agent was. Hij heette Sean Carmichael, een nogal bedrijvig type dat al vroeg oog had voor de potentie van Rose. Helaas heeft haar neergang hem behoorlijk zwaar getroffen, mogelijk heeft hij haar ook laten vallen. Ook dat is nog steeds onderwerp van ons onderzoek, en nu je dit idee hebt geopperd, zal ik als eerste naar hem nasporingen gaan doen.'

Daarna zette hij de viool onder zijn kin. Lilly had willen vragen of hij 'De maneschijnsonate' kon spelen, maar toen begon hij al. Verrast constateerde ze dat het dat stuk was. Blijkbaar had hij het uit zijn hoofd geleerd.

Overweldigd sloot ze haar ogen en probeerde zich een tuin voor te stellen. Een tuin met wilde bloemen, bomen waarvan lange bladerranken afhingen, dicht struikgewas waarin kleine dieren zich verscholen. Daarboven een maan die alle kleuren deed verbleken, wat echter geen afbreuk deed aan de schoonheid van het oord.

Dit visioen hield een paar minuten aan, toen hield Gabriel op met spelen. Langzaam deed hij de strijkstok omlaag en bekeek de viool toen vol ontzag.

'Geen wonder dat ze dachten dat Helen Carter de kleindochter van Paganini was. Als ik met mijn bescheiden talent de viool zo kan laten klinken, hoe zou het dan wel niet zijn bij een genie als zij? Of bij Rose Gallway, die misschien nog iets meer talent had?'

Voor Lilly kon protesteren, kwam er een auto aanrijden. Even later verscheen Dean in de woonkamer.

'Mijn excuses dat ik zo laat ben,' zei hij zuchtend. 'Ik word nog eens gek van dit bouwterrein!'

'Dean, dit is Mr Thornton,' stelde Ellen hun gast voor. 'En ik denk dat er nog wel wat verhalen voor jou over zijn.'

Pas ver na middernacht nam Gabriel afscheid en liep achter Lilly aan naar buiten. 'Het was echt een heerlijke avond,' zei hij met een schuchter lachje terwijl hij zijn handen in zijn zakken stak. 'Je vriendin en haar man zijn heel aardig.'

'Het zijn geweldige mensen. Ik heb heel veel aan hen te danken. Ze waren er altijd voor mij, vooral na de dood van mijn man.'

Gabriel leek het zich te herinneren. 'Ja, daar heb je me in het vliegtuig over verteld. Het is goed als je je op mensen kunt verlaten. Ik wilde dat ik op zulke goede vrienden had kunnen terugvallen na de scheiding van Diana.'

'Je vrouw.'

Gabriel knikte en even zag hij er zo kwetsbaar uit dat ze hem het liefst in haar armen had genomen. Maar Lilly hield zich in. Ze merkte dat hij haar mocht, maar dat gaf haar nog lang niet het recht hem om de hals te vallen.

'Dat spijt me,' zei ze toen, omdat haar niets beters te binnen schoot.

'Dat hoeft niet. Diana en ik waren gewoon niet voor elkaar geschapen. En ik was zo erg met mijn werk bezig dat ik mijn vriendschappen heb verwaarloosd. Dat heeft zich gewroken. Maar een mens maakt fouten om ervan te leren, nietwaar?'

Hij glimlachte naar haar, toen haalde hij iets uit zijn zak. 'Hier heb ik nog iets voor je.'

Lilly zag dat het de tweede kopie was, die hij nog niet uit de envelop had gehaald. Het ging om de geschreven versie van een sprookje met de titel 'De vergeten zuster'.

'Dit verhaal moet onze goede Miss Patrick van Rose hebben opgevangen. Het is een heel bekend Indonesisch sprookje, voor zover ik weet komt het in diverse verzamelingen voor. Er bestaat helaas geen aanwijzing dat Rose "De maneschijnsonate" gecomponeerd heeft, maar het laat zien welke invloeden in de jeugd van Rose een rol hebben gespeeld. Ik heb gelezen dat de sprookjes bij de schimmenspelen in Indonesië werden opgevoerd, misschien heeft Rose zelf voorstellingen bezocht...'

'Misschien. Dank je wel.'

'Geen dank. Zoals altijd geldt dat als ik nog iets tegenkom, ik het je zal geven.'

'Wanneer zien we elkaar weer?'

Gabriel grijnsde. 'Je bent me nog een etentje verschuldigd,

nietwaar?' Het was vanavond heel gezellig, maar ik beschouw het meer als een werkdiner.'

'En wat stel je je dan voor bij ons etentje?'

'Dat zou meer een privékarakter moeten hebben, vind je niet?'

Lilly werd rood. Wanneer was ze voor het laatst met een man uit geweest?

'Ik hoop dat ik je daarmee niet heb afgeschrikt,' voegde Gabriel eraan toe toen hij haar aarzeling opmerkte.

'Nee, helemaal niet. En... je hebt gelijk, misschien moeten we...'

'Alleen als je het echt wilt. Je moet weten dat het niet zo is dat ik je help omdat ik met je uit wil. Mijn hulp krijg je hoe dan ook, maar ik dacht...'

'Vrijdag,' ontglipte Lilly. 'Heb je dan tijd?'

Gabriel trok verrast zijn wenkbrauwen op. 'Ja zeker. En als ik tegen de verwachting in toch een afspraak heb, zeg ik die af. Je bent naar het schijnt een snelle beslisser, of toch niet?'

'Nou ja, ik weet niet hoe lang ik nog hier blijf. En wie weet, misschien...'

'... bevalt het ons zo goed dat we het willen herhalen.'

'Dat zou toch kunnen, nietwaar?'

'Dat zou best eens kunnen.' Gabriel keek haar indringend aan, toen boog hij voorover en gaf haar een kus op haar wang. 'Goedenacht, Lilly.'

'Goedenacht, Gabriel. Wel thuis.'

'Maak je niet ongerust, dat etentje laat ik me niet ontgaan.'

Daarop liep hij naar zijn auto, zwaaide nog even en stapte in.

19

Padang 1910

Helen vond het heerlijk zich te verstoppen. Wanneer ze onder de dichte struiken achter het huis zat en zeker wist dat niemand haar kon vinden, bedacht ze de wildste verhalen. Over prinsen en radja's, over demonen en wondermooie prinsessen. Soms verstopte ze zich voor haar moeder, soms ook voor Miss Hadeland, haar muzieklerares.

'Helen!' klonk de stem van haar moeder vanaf het huis, maar het meisje hoorde haar niet. Ze liep verder om het huis heen, in de richting van de tuinpoort, daar waar dicht struikgewas het zicht op de straat belette.

Op een bepaalde plaats hadden de takken een soort beschuttende koepel gevormd, waaronder Helen zich geweldig kon verstoppen.

Normaal gesproken was ze hier helemaal alleen – tot haar moeder haar vond, natuurlijk – maar deze keer zag ze voor de hoge poort een slanke vrouw met donker haar in een prachtige donkerblauwe japon. Zoekend keek zij de weg langs, alsof ze op iemand wachtte. Blijkbaar had ze Helen nog niet opgemerkt. Het meisje dacht na. Moest ze die mevrouw aanspreken? Haar moeder zag niet graag dat ze met vreemde mensen praatte. Maar gold dat ook voor iemand die er heel ongevaarlijk uitzag? Ten slotte vatte ze moed en kwam achter de hoge stenen post van de poort tevoorschijn.

'Dag,' zei ze tegen de mevrouw, die meteen een beetje terugdeinsde. Met grote ogen keek ze naar Helen. Maar sinds wanneer maakte een klein meisje een grote vrouw aan het schrikken?

'Wie ben jij?' vroeg Helen en ze glimlachte in de hoop dat de onbekende mevrouw dan wat minder ontdaan zou kijken.

'Ik...' zei de mevrouw, die nog steeds angstig leek te zijn.

'Je hebt toch zeker wel een naam?' hield het meisje aan en ze dacht erover na of ze de onbekende niet moest vragen binnen te komen. De kokkin had nu vast wel de scones klaar, die ze altijd aten bij de middagthee. Met slagroom erop waren die gewoon heerlijk en ze zouden de vrouw ook zeker smaken.

'Ja, ik heb een naam,' zei de mevrouw, nu een beetje moediger. Ze hurkte voor Helen neer, en die merkte dat er tranen in haar ogen stonden.

'Waarom huil je nou?' vroeg Helen en ze stak haar hand naar de vrouw uit. Wat zag die er toch mooi uit. Zelfs haar mama was niet zo mooi.

'Ik huil omdat ik blij ben jou te zien,' zei de mevrouw en ze deed haar ogen dicht toen het meisje haar wang aanraakte. Helen merkte duidelijk dat de vrouw begon te beven, en er drupte een traan op haar vingertoppen.

'Maar als je blij bent, hoef je toch niet te huilen?' Helen trok haar hand terug en keek verbaasd naar de traan, die net een dauwdruppel leek.

'Soms huilen mensen als ze gelukkig zijn,' antwoordde de mevrouw, en ze haalde een zakdoek uit haar mouw en bette daarmee haar ogen. Toen bleef ze nog een tijdje naar Helen kijken, alsof ze zich elk lijntje, de vorm van haar wenkbrauwen, ja, elke porie wilde inprenten.

'Jullie hebben een prachtige tuin,' zei de mevrouw toen en ze wees over Helens schouder.' Weet je hoe de bloemen erin allemaal heten?'

Helen schudde haar hoofd. 'Nee, niet allemaal. Maar ik weet wat rozen zijn en fangi... fragi...'

'Frangipanes,' hielp de onbekende vrouw haar op weg.

'Ja, precies, frangi... panes. Als Helen langzaam praatte, kon ze het woord de baas. 'En orchideeën en jasmijn.'

De mevrouw lachte even. 'Je kent al veel bloemen! De belangrijkste, zou ik zeggen.'

'Maar we hebben er nog veel meer,' antwoordde Helen. 'Zou je die eens willen zien?'

'Misschien later.'

Toen ze Helens moeder hoorde roepen, kwam de onbekende verschrikt omhoog.

'Ik denk dat ik nu moet gaan,' zei ze en ze stopte de zakdoek weer in haar mouw. Haar stem klonk ineens zachter, haast alsof ze wilde fluisteren.

'Kom je me nog eens opzoeken?' vroeg Helen terwijl ze haar moeder terug hoorde komen.

'Ja, ik kom terug,' beloofde de onbekende vrouw. 'Maar zeg alsjeblieft niets tegen je moeder. Ze hoeft niet te weten dat ik hier ben geweest.'

'Waarom dan niet?'

'Omdat het een geheimpje is.'

'Een geheimpje?'

'Ja, een geheimpje. En als je het niet verklapt, breng ik de volgende keer iets moois voor je mee.'

'Wat dan?' vroeg Helen, maar de mevrouw keek over haar schouder en zag toen Helens moeder, die met grote stappen naar de poort kwam lopen.

'Dat zul je wel zien. Ik kom gauw terug.' Toen draaide ze zich om en liep haastig weg.

Niet veel later dook haar moeder achter haar op. 'Helen, daar ben je! Ik heb je de hele tijd geroepen!'

Dat wist Helen, maar ze kon onmogelijk tegen haar moeder zeggen dat ze geen zin had gehad erop te reageren.

'Wie was die mevrouw met wie je praatte?' Helens moeder, Ivy Carter, strekte haar hals en probeerde de onbekende nog te zien, maar die was al verdwenen.

'Dat weet ik niet,' antwoordde Helen, maar ze besefte tegelijkertijd dat ze haar moeder niet meer mocht vertellen, als ze wilde zien welk cadeau de mevrouw voor haar had.

'En wat wou ze van je?'

Helen beet op haar onderlip. Wat moest ze zeggen? Het zou van haar levensdagen niet in haar opkomen tegen haar moeder te liegen. Maar ze mocht de vrouw, die mooie onbekende vrouw, die misschien wel een prinses of een goede fee was, niet verraden.

'Ze zei dat we een mooie tuin hadden.' Dat leek haar een goed antwoord, want de vrouw had de tuin inderdaad geprezen.

Helens moeder glimlachte nu en tilde haar met een zwaai op. 'Nou, hopelijk was je zo beleefd haar daarvoor te bedanken.'

Helen knikte. 'Ja, dat heb ik gedaan, en ik heb ook gevraagd of ze binnen wilde komen, maar dat heeft ze niet gedaan en toen is ze weggegaan.'

Ivy gaf haar dochter een kus op haar voorhoofd. Tegelijkertijd werd de zorgelijke rimpel tussen haar ogen dieper, waardoor haar gezicht altijd een peinzende, soms wrevelige uitdrukking kreeg.

'Heb ik iets verkeerds gedaan?' vroeg Helen, die deze uitdrukking maar al te goed kende, want haar moeder keek soms ook zo als ze iets had uitgehaald.

'Nee, je hebt niets verkeerds gedaan, lieve schat,' antwoordde haar moeder. 'Het was heel beleefd dat je haar binnen wilde laten. Maar je moet het me eerst laten weten, want je kunt nooit weten wat voor iemand het is.'

'Maar ze was heel aardig!' verklaarde Helen met opgetrokken wenkbrauwen.

Ivy zuchtte. Hoe moest ze haar dochter uitleggen dat mensen die aardig leken niet altijd ook aardig waren? Dat volwassenen soms geheimen verborgen achter een lachend gezicht?

'Goed, kom nu maar naar binnen, de scones zijn klaar en daar wil je er vast wel eentje van proeven.'

Helen knikte enthousiast en huppelde toen achter haar moeder aan het huis in.

Die nacht lag Helen lang wakker en keek naar de schaduwen op het plafond. De omtrek van het raam met de silhouetten van de bomen die buiten op de zeewind wiegden, had ze vroeger wel eens griezelig gevonden. Inmiddels wist ze dat het maar bomen waren en geen demonen. Toen ze dat ontdekt had, was ze een beetje teleurgesteld geweest, want ze was dol op sprookjes. Vooral in het schimmenspel, waar haar vader haar pas nog mee naartoe had genomen, had ze plezier gehad. Met haar vriendin Antje Zwaneweeg had ze het nog dagenlang over de fraaie en soms ook enge poppen gehad die zich zo mooi hadden bewogen achter het belichte witte doek.

Toen ze echter naar de schaduwen op het plafond keek, waarvan ze vroeger altijd zo aangenaam had moeten griezelen, zag ze in dat de bomen echt alleen maar bomen waren. En dat wat er voorbijflitste slechts nachtvogels op zoek naar eten waren.

Maar daarvoor in de plaats had ze nu een echt geheim! Zou die onbekende mevrouw morgen weer komen? Ze had 'gauw' gezegd, maar Helen wist dat dat geen precieze tijdsaanduiding was. Als ze tegen haar moeder zei dat ze haar kamer gauw op zou ruimen, duurde het minstens een of twee dagen voor ze het ook echt deed.

Hoe lang zou het bij die vreemde mevrouw duren?

De volgende ochtend, toen ze met haar moeder in de leskamer zat en eigenlijk letters moest oefenen, kon Helen er alleen maar aan denken wanneer de onbekende vrouw zou komen. Ze vreesde dat ze bij het hek zou verschijnen als zij er niet was. Misschien zou ze dan denken dat Helen zich niet aan haar belofte wilde houden...

Het liefst was ze naar buiten gelopen en gaan kijken. Maar ze wist dat haar moeder haar niet zou laten gaan voor ze de rijtjes met letters had geschreven.

'Helen, luister je wel naar me?'

Het meisje kromp in elkaar. Ze had wel gehoord dat haar moeder iets had gezegd maar ze had de woorden niet tot zich laten doordringen.

'Helen, wat is er vandaag met je aan de hand?' vroeg haar moeder bezorgd en ze legde haar boek weg. 'Je bent met je gedachten heel ergens anders.'

Beschaamd keek Helen op de tafel voor haar. Wat moest ze zeggen? De lessen van Miss Hadeland vond ze niet leuk, maar bij haar moeder leerde ze graag, omdat die haar had beloofd haar op een dag naar een heel fijne school te sturen waar ze een heleboel boeken mocht lezen en muziek mocht maken.

Toen Helen geen antwoord gaf kwam haar moeder naar haar toe, hurkte bij haar neer en streek een haarlok uit haar gezicht. 'Ben je moe, schatje? Heb je misschien slecht geslapen?'

Gemakshalve knikte Helen, want veel geslapen had ze inderdaad niet. Maar ze kon, nee mocht niet toegeven dat ze eigenlijk zo afwezig was omdat ze er alleen maar aan kon denken wanneer de vrouw met haar geschenk zou verschijnen. Als ze nou maar een dag en uur had genoemd!

Deze keer liet haar moeder het erbij en ging ze wel door met de les, maar ze drong er niet al te zeer op aan dat Helen meedeed. Helen wist echter dat het zo niet kon blijven doorgaan. Hoe moest ze de gedachte aan de mooie vreemde mevrouw van zich afzetten?

De volgende dagen liep Helen telkens als haar moeder er niet was naar de poort om naar de geheimzinnige bezoekster uit te kijken. Natuurlijk was ze niet helemaal alleen thuis, de kokkin was er en ook het kamermeisje, maar die zaten als de vrouw des huizes ergens heen was in de keuken met elkaar te kletsen en thee te drinken.

Meer dan ooit was Helen blij dat eigenlijk niemand zich om haar bekommerde en iedereen ervan uitging dat ze braaf op haar kamer aan haar huiswerk zat.

De gedachte aan de vreemde mevrouw beheerste Helens denken al zodra ze 's ochtends haar ogen opendeed. Bij het ontbijt zat ze verveeld in haar pap te roeren, onder de lessen was ze ongeconcentreerd. Steeds weer dwaalde haar blik naar het raam en gingen haar gedachten naar het geschenk dat de vrouw haar zou geven. Wat zou dat zijn? Een armband? Een bos bloemen? Nee, daar hoefde je geen groot geheim van te maken. Maar misschien was het een kistje met een juweel erin? Of nog iets veel spannenders, zoals een toverboek of een sprekende pop?

Terwijl ze bij de poort stond te wachten, ging ze alle dingen na die ze kende, en als ze geen bekende voorwerpen meer kon bedenken, verzon ze nieuwe.

Ze liet zich er ook niet door ontmoedigen dat haar wachten tevergeefs was. Als haar moeder haar met een verbaasde blik bij de poort kwam halen en vroeg waarom ze daar stond, bedacht ze meteen een antwoord – en zei tegen zichzelf dat ze de volgende dag terug zou gaan.

Die dag had ze weer muziekles van Miss Hadeland. Helen sprak haar aan met 'miss', hoewel ze eigenlijk een Hollandse was, maar de Nederlandse aanduiding voor ongetrouwde vrouwen wilde haar niet zo makkelijk van de tong rollen.

Miss Hadeland leek tevreden te zijn zolang Helen vlijtig oefende op de piano.

Maar vooral de laatste tijd was ze een beetje ontevreden over haar. Eenmaal had Helen haar tegen haar moeder horen zeggen: 'Het lijkt wel of ze niet vooruitgaat. Het kind speelt alsof ze er geen plezier in heeft.'

'Misschien is dat ook wel zo,' had haar moeder geantwoord. 'Hoe zou het zijn als ze het eens op een ander instrument probeerde?'

'De piano is een van de gemakkelijkste instrumenten voor dames! Als ze dat niet beheerst, hoe kan ze dan een ander instrument leren spelen?'

'Gunt u haar nog wat tijd, ze is immers pas acht. Haar handen groeien nog, ze zal de grepen beter beheersen als ze wat ouder is.'

'Mozart was zes toen hij al hele sonates kon spelen!'

'Onze Helen is toch geen wonderkind en hoeft dat ook niet te worden. Ik wil alleen dat ze een goed muzikaal gehoor ontwikkelt en plezier in het spelen krijgt. Wees maar een beetje toegevend tegen haar.'

Maar Miss Hadeland was niet toegevend tegenover haar. Alsof ze erop gebrand was van Helen net zo'n wonderkind als Mozart te maken, van wie ze stukken moest spelen, zat ze haar leerling steeds meer achter de vodden. Weer regende het stokslagen op haar hand, eenmaal zo erg dat Helen huilend naar haar moeder ging.

Die had de lerares ter verantwoording geroepen, en sindsdien sloeg ze niet meer zo hard en zo vaak, maar trakteerde ze Helen op woorden.

Zo ook op die bewuste dag

'Een kameel zou nog niet zo lomp over de toetsen gaan als jij met je vingers!' schimpte ze terwijl ze met klikkende hakken voor Helen heen en weer liep. 'Dat ik dat moet aanhoren, is een straf voor mijn oren. Vooruit, speel die passage nog eens!'

Helen, die allang genoeg had van het stuk en bovendien volkomen onzeker was geworden, zette haar vingers op de toetsen en begon de gehate passage opnieuw te spelen. Ditmaal zelfs beter dan eerst, vond ze zelf.

Maar toen gebeurde het! Voor ze het wist zwiepte de roede over haar vingers. Verschrikt trok ze haar hand terug, een afgrijselijke wanklank echode door de kamer.

Nu was het voor Helen genoeg geweest! Ze sprong op, stampte met haar voet en schreeuwde: 'Ik speel niet meer!' Toen rende ze, voor Miss Hadelands woede haar kon bereiken, naar buiten.

Haar hart ging panisch tekeer in haar borst. Met één oor luisterde ze naar achteren, in de veronderstelling dat haar pianolerares haar achterna zou komen. Ze hoorde nog niets, maar misschien had Miss Hadeland even tijd nodig om van de verrassing te bekomen.

Woedend en ook een beetje angstig liep Helen weer naar het struikgewas waar ze elke dag op de vrouw wachtte. Op dat moment dacht ze daar echter niet aan, ze wenste alleen maar haar pianolerares alle mogelijke ziektes toe, waaronder de builenpest, waarover Antje haar had verteld.

Toen ze bij de struik met de stralende bloesems kwam, bleef Helen plotseling staan.

Als een geest was voor haar de vreemde mevrouw verschenen. Heel stil, alsof ze door een betovering in steen was veranderd, stond ze naast de poort. Toen ze Helen zag, verscheen er een glimlach op haar gezicht.

'Daar ben je weer!' zei ze zacht.

Op slag vergat Helen de pijn in haar hand. Al die dagen had ze gewacht, en nu, op een dag dat Miss Hadeland weer eens zo akelig deed, kwam de onbekende mevrouw naar haar toe als een goede fee die haar troost zou bieden voor wat er was gebeurd! Meteen stapte Helen naar het hek toe. De vrouw stak haar hand uit, die aangenaam koel aanvoelde op haar van woede gloeiende wangen. En toen zag Helen dat ze in haar andere hand een langwerpige koffer hield.

'Ik ben hier elke dag geweest, ik hoopte dat je terug zou komen,' bekende Helen terwijl ze met moeite haar vreugdetranen wist te bedwingen.

'Mijn excuses dat ik je zo lang heb laten wachten, het... het ging niet zo goed met me,' antwoordde ze. 'Bovendien moest ik nog iets afhandelen. Maar nu ben ik er en heb ik het cadeau voor je meegebracht.'

De vrouw schoof de zwarte koffer tussen de spijlen door.

'Wat zit daarin?' vroeg het meisje gefascineerd.

'Iets heel bijzonders. Een viool.'

De ogen van het meisje werden groot. 'Een viool? Voor mij?'

'Ja, als je wilt, is de viool van jou. Maar dan moet je er ook op leren spelen. Ik heb gehoord dat je pianospeelt.'

'Hoe weet je dat?'

'Ik weet een heleboel over jou, Helen. En daarom schenk ik jou deze viool. Die is vroeger van mij geweest, maar nu kan ik er niet meer op spelen.'

'Waarom? Heb je het verleerd?' Hoewel Helen niet erg genoot van de pianolessen, zou ze toch nooit de vingerzettingen kunnen vergeten die Miss Hadeland haar had bijgebracht.

'Nee, het komt door iets anders.' Even keek de vrouw aandachtig naar het meisje, toen vroeg ze: 'Je hebt toch wel een sterk hart?'

'Natuurlijk heb ik dat!' beweerde Helen, zonder precies te weten hoe je de kracht van een hart kon meten. Maar als het erom ging hoe snel het kon slaan, dan had ze op dat moment het sterkste hart van de wereld.

'Mooi, dan zul je heel lang op de viool kunnen spelen.'

'Maar hoe leer ik erop spelen? Kun jij me dat laten zien?'

'En de vrouw dan die je pianoles geeft?'

'Die houdt niet van violen,' antwoordde Helen. 'Ik weet niet eens of ze viool kan spelen, want ze zit altijd alleen maar op onze piano te rammelen en slaat mij met een roede op mijn vingers als ik het niet goed doe.'

'Slaat ze je?' vroeg de mevrouw geschrokken.

'Alleen als ik iets fout doe. Dat doe ik niet vaak.'

De mevrouw perste haar lippen op elkaar, pakte toen door het hek heen de hand van het meisje en bekeek de striemen. Toen aaide ze heel voorzichtig over de rug van haar hand. Weer leken er tranen te glinsteren in haar ooghoeken.

'Ze heeft niet het recht je te slaan! Je kunt het het best tegen je moeder zeggen als het weer gebeurt. Ze mag je berispen als je iets fout doet, maar je in geen geval slaan!'

'Het is allemaal niet zo erg,' wimpelde Helen het af, want ze merkte dat de vreemde mevrouw zich ernstig zorgen over haar maakte. 'Het doet wel zeer, maar ik kan doorspelen. En ik noem haar stiekem een stom mens.'

De mevrouw schoot in de lach – of verslikte ze zich? Helen wist het niet precies.

'Bovendien heb ik het al tegen mama gezegd en die heeft met haar gepraat. En vandaag ben ik gewoon weggelopen.'

'Zul je goed op je handen passen?' vroeg de mevrouw nu, terwijl ze Helens hand strak vasthield. 'En wil je me alsjeblieft iets beloven?'

Helen knikte gedienstig. Voor zo'n cadeau zou ze bijna alles hebben beloofd, en al helemaal aan die vreemde mevrouw.

'Beloof me dat je op een dag een fantastische musicienne wordt. Een violiste. Vooropgesteld dat je met het instrument overweg kunt.'

'Dat beloof ik,' antwoordde Helen, maar toen zag ze in dat dat misschien wat voorbarig was. 'Maar eerst moet ik op de viool leren spelen!'

De vrouw keek langs haar heen naar het huis. Kwam er soms al iemand aan? Toen Helen omkeek, zag ze niets.

'Ik kan je wel een beetje leren hoe je moet spelen. Maar dan hebben we een plek nodig waar de mensen op straat of je moeder of je muziekleraren het niet kunnen zien. Ik zal je voordoen hoe je hem vast moet houden en je de toon voorzingen die het instrument zou maken. Denk je dat je het op die manier kunt leren?'

'Maar hoe moet ik dan oefenen met spelen?' vroeg Helen verbaasd, die nog nooit van zo'n oefenmethode had gehoord.

De mevrouw keek weer naar het huis, maar ditmaal niet om te kijken of er iemand aankwam.

'Het huis waar je in woont is flink groot, misschien kun je een kamer vinden. Bovendien doet je moeder vast ergens op de dag boodschappen.'

'Ja, dat doet ze, elke middag twee of drie uur lang. Dan kun je zelfs binnenkomen.'

De mevrouw schudde haar hoofd. 'Nee, dat kan niet. Als je moeder me ziet zou ze het zeker niet goedvinden dat ik er ben. Bovendien moet het ons geheim blijven, nietwaar? Hou je van geheimen?'

Helen knikte. Ja, ze was dol op geheimen, ook als het, zoals ze gemerkt had, niet meeviel om ze te bewaren.

'En waar ontmoeten we elkaar?' vroeg ze.

'Zeg jij dat maar! Ik neem aan dat je niet in je eentje hier weg mag.'

Helen dacht na. Waar kon ze zich met haar nieuwe vriendin verschuilen en oefenen met vioolspelen?

Toen kwam ze op een idee. Op die plek was ze maar een enkele keer geweest, omdat hij eigenlijk niet op hun terrein lag, maar op dat van de buurman, die zijn tuin liet verwilderen. In haar herinnering was het beeld van een tuinhuisje blijven hangen, dat nu weer voor haar geestesoog verscheen. Daar moest ze met de vreemde mevrouw heen gaan!

'Ik weet iets. Maar dat moet ik je laten zien, want het is niet zo makkelijk te vinden.'

'Is het bij jullie in de tuin?' De mevrouw leek daar niet echt blij mee te zijn.

'Nee, erbuiten. Loop gewoon om de omheining heen tot je bij een heg komt. Daar zien we elkaar.'

Helen glipte door de struiken. Met gemak vond ze het gat tussen de omheining en de heg waardoor je op het verwaarloosde terrein kwam.

Helen spiedde door het gat, en omdat haar vriendin nog op zich liet wachten, wierp ze een blik op het witte houten huis, waar de verf met grote flarden van afbladderde. Woonde daar eigenlijk nog wel iemand? De ramen leken net droevige ogen. Waarschijnlijk voelde het huis zich eenzaam zonder bewoners. Toen het achter haar ritselde, draaide Helen zich om. De vrouw verscheen, behoorlijk buiten adem, alsof ze had gehold. Maar dat had ze niet, want dan was ze er wel eerder geweest.

'Dit is dus je geheime plek,' zei ze terwijl ze met een zakdoek haar voorhoofd bette. Helen zag dat de lippen van de vrouw zo blauw waren als bosbessen, waar ze in een van haar boeken plaatjes van had gezien.

'Is alles in orde?' vroeg ze bezorgd, want ze had nog nooit iemand met blauwe lippen gezien.

'Ja, het gaat alweer,' zei de mevrouw toen, maar op een toon die haar moeder gebruikte als ze zei dat alles in orde was terwijl ze hoofdpijn had.

'En bevalt het je hier?'

De mevrouw keek naar het huis. 'Het ziet er een beetje griezelig uit. Ben je niet bang?'

'Daar gaan we ook niet oefenen. Kom, ik zal het je laten zien!' Ze pakte de vrouw bij de hand en trok haar mee door het gras, dat zo hoog stond dat ze er zelf bijna helemaal in verdween. Hoewel het haar een beetje het zicht belemmerde, vond ze even later het tuinhuisje, dat er niet veel vrolijker uitzag dan het huis. Maar misschien zou er meer leven in komen als het weer regelmatig werd bezocht.

'Dat is het!' zei Helen, en ze wees stralend op het gebouwtje, waarvan de zijkanten met dunne planken waren beschot.

'Denk je echt dat het hier veilig is?'

'Ja, zelfs mama heeft me hier nooit gevonden. Als we niet te veel lawaai maken, zal niemand merken dat we er zijn.'

'Goed, dan ontmoeten we elkaar dus hier. Zullen we zeggen, elke dinsdag- en donderdagmiddag? Ik zal hier wachten tot je komt, akkoord?'

'Akkoord.'

'En berg je de viool goed weg, zo goed dat niemand hem kan vinden?'

Helen knikte gedienstig.

'Je bent een braaf meisje.' De mevrouw streelde liefdevol over haar wangen. 'Maar nu zul je wel weer naar huis moeten.'

'En kom je echt terug?'

'Beloofd. En ditmaal laat ik je niet zo lang wachten. Over twee dagen is het donderdag, dan zal ik er zijn.'

Verheugd klemde Helen de vioolkist tegen zich aan, toen nam ze afscheid van haar vriendin en liep met een licht hart terug naar huis. Maar ze nam niet de ingang aan de voorkant, waar Miss Hadeland misschien stond te wachten. Ze glipte door de dienstingang, schoot toen de trap op naar haar kamer en verstopte met bonzend hart de viool onder haar bed.

Toen ging ze haar kamer weer uit. Misschien moest ze uitkijken naar een plek waar ze stiekem kon oefenen? De zolder had ze altijd een beetje eng gevonden, maar die bood de viool misschien bescherming, en met haar muziek kon ze de geesten die daar boven huisden, verdrijven...

Maar voor ze bij de trap kwam die naar de zolder leidde, klonken er voetstappen achter haar.

'Waar zat je toch, Helen?' vroeg Ivy Carter verwijtend toen ze haar dochter zag. 'En waarom verstop je je hier boven, je hebt toch eigenlijk muziekles?'

Helen hield haar hand omhoog, liet haar moeder de verse striem zien en zei toen met volle overtuiging: 'Ik speel nooit, nooit, nooit meer piano!'

20

Londen 2011

Zuchtend bekeek Lilly de inbox van haar e-mail. Nog steeds geen bericht van Enrico of zijn vriend. Ze had er zo op gehoopt snel te weten hoe het met de bladmuziek zat. En met haar droom.

Bovendien was er nog iets anders dat haar dwarszat.

Sinds Gabriels bezoek kon ze de gedachte niet van zich afzetten dat ze naar Sumatra moest vliegen. Ze voelde dat de oplossing van het raadsel op dat eiland te vinden was. Maar zou ze die reis alleen durven maken? Sinds Peters dood had ze geen verre reizen meer gemaakt. Maar bij haar was er vanbinnen iets veranderd, iets waarin de viool, Rose en Helen en ook Gabriel een aandeel hadden gehad.

Nu was ze al de hele ochtend bezig een betaalbare reis te vinden. Het resultaat was echter ontmoedigend. Alleen al de prijzen voor een vlucht naar Sumatra waren exorbitant. Haar antiekwinkel bracht wel brood op de plank, maar er bleef niet zo veel over dat ze naar Padang kon reizen om daar de sporen van beide violistes na te gaan. Was de zoektocht daarmee ten einde?

Het rinkelen van de telefoon haalde haar uit haar gedachten. Ze verwachtte eigenlijk geen telefoontje, maar toch rende ze de trap af en nam op.

'Lilly?' vroeg een mannenstem die ze maar al te goed kende. Daarachter klonk luid geruis, alsof hij op een drukke straat stond.

'Gabriel, waaraan heb ik de eer te danken?' vroeg ze. Kan hij al niet eens meer wachten tot we uit eten gaan? De ochtend na zijn bezoek had hij meteen al een paar voorstellen voor eetgelegenheden in Londen gestuurd.

'Ik vrees dat ik slecht nieuws voor je heb,' klonk het een beetje aarzelend. 'Ik heb een telefoontje gekregen van Diana, mijn exvrouw, weet je wel?'

'Ja,' antwoordde Lilly, 'is er iets gebeurd?'

'Dat kun je wel zeggen, ik moet naar haar toe, ze heeft mijn hulp nodig. Ik vertel je meer als we elkaar zien, nu sta ik op het punt te vertrekken, en tot mijn grote spijt kan ik niet eens een nieuwe datum voor ons etentje noemen. Vrijdag lukt helaas niet.'

Lilly slikte. De blijdschap over het feit dat Gabriel van zich liet horen verschrompelde tot een dikke klomp in haar maag.

'Oké,' zei ze, en hoewel ze haar best deed het niet te doen, klonk ze beledigd.

'Het spijt me echt, Lilly, maar ik beloof je dat ons etentje doorgaat. Uitstel betekent nog geen afstel, of hoe zeggen ze dat bij jullie?'

Lilly lachte onzeker. 'Ja, zo zeg je dat.'

'Mooi. Ik neem weer contact op als ik in Londen terug ben, goed?'

Een dik brok in haar keel maakte het haar onmogelijk antwoord te geven. Maar ze had graag geweten wanneer dat precies zou zijn.

Alsof hij haar gedachten had gelezen, voegde hij eraan toe: 'Het kan een dag of een week duren, maar ik kom terug, dat beloof ik.'

'Oké,' antwoordde Lilly en ze had het liefst willen ophangen, maar toen hoorde ze zichzelf zeggen: 'Pas goed op jezelf, Gabriel.'

'Jij ook. Tot gauw, Lilly.' Toen hing hij op.

Lilly stond nog even als verdoofd naast het telefoontafeltje. Hij gaat naar zijn ex, ging het door haar heen, en hoewel er eigenlijk geen reden voor was, voelde ze zich enorm teleurgesteld. Ze had zich zo op het avondje verheugd, en nu...

Wees niet zo kinderachtig, zei ze tegen zichzelf. Jij hebt hem ook afgezegd.

Resoluut zette ze de telefoon terug en liep de trap weer op.

Misschien was er toch een mogelijkheid om naar Sumatra te gaan. Dan hoefde ze er tenminste niet aan te denken dat Gabriel bij zijn ex-vrouw was – en dat Diana misschien belangrijker voor hem was dan zij...

'Waar ben je naar op zoek?' vroeg Ellen terwijl ze zacht op Lilly's schouders leunde en op het beeldscherm keek. Het was intussen middag en Lilly zocht nog steeds naar een speciale aanbieding. En nog steeds was het haar niet gelukt over haar teleurstelling over Gabriels afzegging heen te komen.

'Naar een lot uit de loterij,' mompelde Lilly.

'En dat zou je in Padang moeten vinden? Hebben ze daar een speciale loterij of zo?'

'Nee, dat heb ik nodig om naar Indonesië te kunnen gaan. Maar waarschijnlijk is het hoe dan ook onzin.'

Ellen zweeg even, toen draaide ze de bureaustoel voorzichtig om en dwong zo Lilly haar aan te kijken.

'Wat is er aan de hand?'

Lilly perste haar lippen op elkaar en keek naar haar knieën. Doe niet zo kinderachtig, vermaande ze zich. Jij hebt zelf ook een afspraak afgezegd. Het heeft allemaal niets te betekenen. 'Gabriel heeft gebeld.'

'En?'

'We zouden vrijdagavond uit eten gaan, maar hij heeft afgezegd.'

Ellen schudde ongelovig haar hoofd. 'Heeft hij je de reden verteld?'

'Hij zei dat er familieaangelegenheden waren die moesten worden geregeld.'

'Och, dat kan gebeuren.'

'Het gaat om zijn ex-vrouw.'

Weer viel er een stilte.

'Zijn ex-vrouw.'

'Ja, Diana.' Hij zei dat ze zijn hulp nodig had en dat hij naar haar toe moest.'

Er verscheen een glimlach op Ellens gezicht. 'Je bent jaloers.'

'Onzin, waarom zou ik jaloers moeten zijn?' zei Lilly afwerend, om niet te hoeven toegeven dat Ellen in de roos had geschoten. 'We zijn alleen maar vrienden, meer niet.'

'Echt? De blikken die hij je tijdens zijn bezoek toewierp waren anders heel geïnteresseerd.'

'Daar heb ik niets van gemerkt,' beweerde Lilly een beetje wrevelig.

'Ach, Lilly,' zei Ellen en ze trok haar in haar armen. 'Mij hou je niet voor de gek. Je bent bang dat hij zijn ex weer leuk gaat vinden, nietwaar? Bovendien weet je niets over de omstandigheden rond zijn scheiding. Ze kunnen in pais en vree uit elkaar zijn gegaan en nog altijd goede vrienden zijn. Gooi niet meteen het bijltje erbij neer. Hij heeft jullie afspraakje toch alleen maar uitgesteld, of niet soms?'

Lilly knikte. 'Ja, hij zei dat hij het wilde verzetten. Maar hij heeft geen datum genoemd.'

'Wie weet wat er aan de hand is, liefje. Wacht af en laat hem bericht sturen. In jouw plaats zou ik me geen zorgen maken. Laten we liever uitzoeken of er niet toch een mogelijkheid is om naar Padang te gaan.'

Tot de avond zaten ze op de computer naar een passende reisaanbieding te zoeken, maar iets betaalbaars viel niet te vinden. Lilly merkte dat haar humeur er niet beter op werd, en het hielp ook niet dat Ellen haar probeerde op te monteren door grapjes te maken over de reisbureaus. Ze zou geen afspraakje met Gabriel hebben en waarschijnlijk ook nooit naar Sumatra gaan. Het raadsel van de twee violistes zou altijd onopgelost blijven en ze zou zich tot op hoge leeftijd blijven afvragen welk familiegeheim ertoe had geleid dat ze nu de eigenares van een beroemde viool was.

Bij het avondeten was ze heel zwijgzaam en en ze kon niet eens zeggen of dat lag aan het feit dat ze de reis naar Indonesië niet kon betalen of dat ze voortdurend aan Gabriel moest denken, Gabriel die naar de vrouw was gegaan met wie hij ooit getrouwd was geweest. Dat ze niet meer over hem en zijn verleden wist, maakte haar gek. Had Ellen gelijk dat ze nog vrienden waren? Was er nog iets tussen hen? Maakte ze zichzelf belachelijk als ze meer van hem verwachtte? Samen uit eten gaan betekende nog niet dat ze elkaar ook privé zouden ontmoeten.

Al die kwesties bleven haar tot in bed achtervolgen en resulteerden in een onrustige, volkomen warrige droom over Indonesische tempels en landschappen, waarin ze achter Gabriel aan liep en hem toch niet bereikte.

Na twee dagen waarin ze weer tevergeefs op bericht uit Italië had zitten wachten, vond Lilly een envelop naast haar koffiekopje. Omdat ze zich had verslapen, was Ellen al naar haar werk, de kinderen waren allang naar school en ook Dean was ze die ochtend misgelopen. Was dit de brief waarop ze zo lang had gewacht?

Omdat er LILLY op de envelop stond in Ellens mooie, zwierige handschrift, was er geen twijfel aan dat hij voor haar bestemd was.

Omdat Ellen hem dichtgeplakt had, alsof er geheime staatspapieren in zaten, pakte Lilly zonder dralen haar mes en schoof het voorzichtig in de spleet. Zo te voelen bevatte de envelop inderdaad papieren.

Eerst kwam er niets anders dan dik, wit papier tevoorschijn. Toen ontdekte Lilly dat het witte blaadje een briefje was, waartussen nog een tweede, smallere, bontbedrukte envelop zat. Toen Lilly hem omdraaide, verdween elke uitdrukking op haar gezicht. Verbijsterd keek ze naar de envelop, toen legde ze hem op tafel en liep de keuken uit om de telefoon te halen.

Het duurde even voor ze contact kreeg, de lijn naar Ellens kantoor was 's ochtends rond die tijd notoir bezet.

Ten slotte hoorde ze een mannenstem. Terence, de secretaris van Ellen.

'Wat kan ik voor u doen?' vroeg hij op een toon die beslist iedere boze belster meteen zou hebben gekalmeerd.

Lilly vroeg naar Ellen en kreeg te horen dat haar vriendin in bespreking was maar zo snel mogelijk zou terugbellen.

Het liefst had Lilly hem gevraagd hoe lang ze het zou moeten zien uit te houden, maar ze bedankte hem alleen en hing op.

Hoofdschuddend staarde ze naar de twee logo's op de envelop. Het ene was een lichtpaarse geitenkop op een grijze achtergrond, bij het tweede waren blauwe en turquoise lijnen zo geordend dat ze de vleugels en kop van een vliegende adelaar vormden.

'Ellen, Ellen, wat heb je gedaan,' mompelde Lilly. Hoofdschuddend bestudeerde ze de zinnen, las ze nog eens en nog eens, in de veronderstelling dat ze het niet goed gelezen had.

Toen de telefoon ging, schoot ze naar voren en nam op voor hij nog een keer kon overgaan.

'Ellen?' vroeg ze, voor degene die belde iets kon zeggen.

'Lieve help!' antwoordde de vrouwenstem, die inderdaad van haar vriendin was. 'Wat is er aan de hand?'

'Dat wil ik aan jou vragen!' Weer keek ze naar het blauw met turquoise embleem. 'Ik heb hier een brief van jou!'

'En, wat vind je ervan?' antwoordde Ellen, en de grijns waarmee ze dat zei was bijna hoorbaar.

'Vind je dit niet wat overdreven? Ik kan je dit van mijn levensdagen niet vergoeden.'

'Het is maar een waardebon. En een voorstel waarvoor je die kunt gebruiken, als je wilt.'

'Dit is meer dan een waardebon!'

Lilly kon echt hóren dat Ellen een afwijzend gebaar maakte.

'Ik heb twee reizen voor je uitgezocht, waarbij je ongeveer een kwart van de prijs moet bijbetalen. Ik had je ook de hele reis kunnen schenken. Na het gesprek met Gabriel Thornton wist ik dat je naar Rose' geboorteland toe moest. Doe me daarom het genoegen, neem de waardebon aan en boek de reis. Beschouw het maar als een vervroegd verjaardagscadeau.'

Lilly streelde in gedachten verzonken met haar duimen over

het logo van Garuda Airlines, een Indonesische luchtvaartmaatschappij. De geit hoorde bij Qatar Airways – de vluchten zouden haar naar Padang brengen. Ze hoefde alleen maar te boeken...

'Hallo, Lilly ben je er nog?' vroeg Ellen, toen het zwijgen van haar vriendin te lang begon te duren.

'Ja, ik ben er nog. Maar ik verwacht nog steeds dat er iemand van zo'n programma met een verborgen camera opduikt en het allemaal een grap blijkt te zijn.'

'Lilly, we kennen elkaar nu meer dan ons halve leven. Heb je ooit meegemaakt dat ik je een poets bakte?'

'Nee. Maar dan nog, het is te duur, het is...'

'... geen probleem voor je rijke vriendin. En je weet dat ik een tegenprestatie van je verwacht. Ik wil gewoon dat je sporen van Rose en Helen vindt. En dat je je leven weer oppakt. Als je alleen gaat kun je jezelf en Peter bewijzen dat je het zonder hem wel redt en alles voor elkaar kunt krijgen. Je moet je eindelijk van de ban bevrijden die je in zijn greep houdt. De viool was een teken, en ik voel dat hij al iets in je veranderd heeft. Grijp nu de gelegenheid aan, je bent zover!'

Daarop had Lilly eerst helemaal niets te zeggen. Haar vriendin had gelijk, zonder reden zou ze nooit in haar eentje naar Indonesië zijn gegaan. Zelfs als ze de financiële middelen ervoor had gehad. De viool had haar leven op z'n kop gezet. Of beter gezegd, Rose en Helen.

'Laten we het er vanavond nog maar over hebben, Terence begint al aan te dringen,' klonk Ellens stem door de hoorn. 'Maar ik raad je aan de vluchten tijdig te boeken, anders kan het niet meer. En mocht je besluiten mijn cadeau aan te nemen, gebruik dan je tijd om zo veel mogelijk over Indonesië te weten te komen.'

'Oké. Bedankt!' was het enige wat Lilly kon uitbrengen.

'Al goed. Kusje, liefje!' Toen hing Ellen op.

Lilly had nog een tijdje nodig om de schok te verwerken. Langzaam aan week die voor ongekende vreugde, ongekende angst. Zonder Peter was ze nooit verder gevlogen dan Londen. Vóór de reis naar Ellen was ze nauwelijks uit Berlijn weggeweest. En nu zou ze naar het andere einde van de wereld gaan? Die gedachte bezorgde haar vlinders in haar buik en klamme handen.

Desondanks belde ze het reisbureau, waarvan Ellen het nummer voor haar had opgeschreven, en boekte de vluchten, die haar al over twee dagen naar Padang zouden brengen.

Tegen de middag was ze min of meer gewend aan de gedachte dat ze de reis echt zou gaan ondernemen. Ze vond het weliswaar nog steeds pijnlijk om zo'n genereus geschenk van Ellen aan te nemen, maar ze wist ook dat het haar goed zou doen.

En... ze wilde naar Indonesië! Ze wilde erachter komen wat er met Rose was gebeurd, en ze wilde ook iets te weten komen over het blijkbaar zo beschermde leven van Helen Carter.

Daarbij moest ze ineens aan Gabriel denken, en ze betrapte zich erop dat ze hem wilde bellen, om hem over haar onverhoopte reis te vertellen.

Maar kon ze dat wel doen? Sinds de vorige dag was hij bij Diana. En eigenlijk was het feit dat ze op reis ging niet bepaald wereldschokkend. Voor haar was het echter belangrijk, en ze had er dringend behoefte aan het hem te vertellen.

Ze diepte dus zijn mobiele nummer op en toetste het in.

Inderdaad nam Gabriel na drie keer overgaan op.

'Lilly, wat een verrassing! Verlang je nu al zo erg naar me?'

De schertsende toon in zijn stem ontzenuwde haar twijfel dat haar telefoontje niet gelegen kwam.

'Ik wilde je iets vertellen. Er... er is iets... er is iets gebeurd.'

'Ik hoop niets vervelends. Is alles oké met jou? Heeft de Romeinse vriend van jullie kennis uit Cremona van zich laten horen?'

'Nee, dat niet. Het gaat om iets anders...' Lilly haalde diep adem. Als ze het nu tegen hem zei, was er geen weg terug meer. 'Ik vlieg over twee dagen naar Sumatra.'

Hoe onwerkelijk klonken die woorden uit haar mond. Gabriel leek er ook door verrast, want hij zei een tijdje niets.

'Gefeliciteerd!' antwoordde hij, en Lilly wist zeker dat hij weer zo'n schaamteloos brede grijns op zijn gezicht vertoonde. 'Dan zullen we ons etentje nog verder moeten verzetten.'

'Ik vrees van wel,' antwoordde Lilly terwijl ze daar diepe spijt over voelde opkomen. 'Maar je hebt vast toch nog veel te doen vanwege je... familieaangelegenheid...'

'Een beetje, maar het is minder erg dan ik dacht. Hoe komt het dat je er zo snel op uitgaat?'

'Mijn vriendin vond dat ik het spoor moest volgen nu het nog vers is. Een oude jagerswijsheid.'

'Heb je dan jagers in de familie die dat bevestigen?'

Lilly begon te giechelen. 'Nee, natuurlijk niet. Maar het is een ongekende kans, en ik denk dat ze gelijk heeft als ze vindt dat ik me eindelijk van de ban moet bevrijden.'

'Welke ban dan?'

Had ze te veel gezegd? Even aarzelde ze, toen besloot ze dat Gabriel het gerust mocht weten.

'Na de dood van mijn man heb ik nauwelijks ergens heen durven gaan. Ik heb me afgesloten, me in mijn eigen wereldje teruggetrokken. Op de dag dat ik de viool kreeg... Toen is er iets uit de rails gelopen. Dat heeft mijn blik op de wereld verschoven.' Ze zweeg even, luisterde of ze een reactie uit de ether kreeg, maar aan het andere eind hoorde ze alleen Gabriels regelmatige ademhaling.

'In elk geval gaat mijn vliegtuig over twee dagen, om tien uur 's ochtends. Volgens de dienstregeling ben ik dan de volgende ochtend in Padang.'

'Dat is mooi. Ik bedoel, dat je gaat vliegen. Niet alleen vanwege Rose en Helen, maar ook voor jouzelf.'

Klonk hij een beetje teleurgesteld? Het liefst had ze gevraagd of hij niet mee wilde gaan – als baas van de Music School beschikte hij zeker over de nodige middelen. Maar dat kon niet.

'Als je het voor elkaar krijgt ook maar een paar stukjes van de puzzel te vinden, zul je de ban verbreken. Dan ben je vrij en kun je een nieuwe richting inslaan. En bovendien heb je me dan een heleboel te vertellen. Vooropgesteld dat je me niet helemaal vergeet.'

'Hoe zou ik dat nou kunnen!' antwoordde Lilly lachend.

'In Indonesië zijn er vast talloze knappe mannen die je het hoofd op hol willen brengen.'

'Dat zou kunnen, maar ik geloof...' Bijna had ze bekend dat hij haar hoofd al behoorlijk op hol had gebracht, maar ze krabbelde op het laatste moment terug. 'Ik geloof niet dat ik alweer...'

Bijna had ze weer iets verkeerds gezegd. Natuurlijk voelde ze zich nog niet rijp voor een nieuwe relatie, maar als ze dat tegen hem zou zeggen, zou hij misschien alle mogelijke hoop laten varen.

'Ik denk dat ik wel weet wat je bedoelt,' antwoordde Gabriel, waarop Lilly alleen maar kon denken: alsjeblieft niet! Hij moet het niet op die manier opvatten! 'En ik zal geduldig wachten tot je er weer bent. Je hebt me nog niet verteld hoe lang je wegblijft.'

'O, een week.'

'Echt? Ik dacht dat je voor een maand zou verdwijnen.'

'Nee, eerder een aantal dagen. Maar hopelijk voldoende voor het sporenonderzoek. Je hebt niet toevallig een kennis daar die me een beetje wegwijs kan maken?'

'Nee, helaas niet. En zelfs als dat zo was, dan zou ik je erop willen wijzen dat het de bedoeling is dat je de zaak alleen over het voetlicht brengt. Ook als het allemaal vreselijk verloopt, zal die week je nog lang heugen. En wie weet wat het oplevert.'

Tegen de tijd dat Ellen van haar werk terugkwam, had Lilly alweer wat meer zelfvertrouwen gekregen. Weliswaar geloofde ze bij tijd en wijle nog steeds zich in een droom te bevinden, maar toen haar vriendin na het eten glimlachend bij haar kwam zitten, verdween ook het laatste restje twijfel en zag ze in dat ze over krap twee dagen in een vliegtuig naar Jakarta zou zitten.

'Het is alleen jammer dat ik jou niet mee kan nemen,' zei ze spijtig.

'Maak je niet ongerust, Dean zal de tijd wel voor me veraangenamen,' antwoordde Ellen schouderophalend en ze wierp haar man, die ditmaal stipt op tijd was voor het avondeten, een liefdevolle blik toe.

'Daar twijfel ik niet aan, maar...'

'Het is jouw reis, Lilly,' antwoordde Ellen terwijl ze zich over de tafel boog en haar handen streelde. 'Als het daar zo mooi is als de foto's op internet beloven, gaan we die reis ook nog een keer samen maken.'

'Of ik maak een tweede huwelijksreis met jou daarnaartoe,' voegde Dean eraan toe.

'Hebben we dan al een echte huwelijksreis gehad?' vroeg Ellen lachend.

'Natuurlijk. Destijds, naar Schotland?'

'O god!' kreunde Ellen. Lilly onderdrukte een grijns. Uiteraard kende ze het verhaal van de mislukte vakantie.

'Jij en ik in een tent,' vatte Dean samen. 'Je moet toegeven dat dat toch romantisch was.'

'Het was romantisch tot het begon te stortregenen. We hebben zitten vernikkelen van de kou.'

Jessi en Norma zaten zachtjes te giechelen. Waarschijnlijk gebruikte niemand bij hen op school die uitdrukking nog.

'Maar toen hebben we dat kasteel gevonden.'

'Je bedoelt die ruïne!' Ellen schonk haar man een liefdevolle glimlach. 'Maar ja, het was romantisch. Zolang jij bij me was, was het romantisch. En dat geldt vandaag nog steeds.'

Lilly glimlachte, maar vanbinnen voelde ze zich vreemd. Weer dacht ze aan Peter, maar nu was de pijn niet meer zo snijdend. En als ze zich voorstelde dat ze samen met Gabriel naar Schotland zou gaan... Dan kon het waarschijnlijk stormen en hagelen zonder dat er een klacht over haar lippen kwam.

'Maar allereerst zijn we er nu vooral benieuwd naar wat jij te vertellen hebt,' haalde Dean haar uit haar gedachten.

'De dame van het reisbureau zei dat het hotel heel comfortabel is en tamelijk oud, misschien is Rose of Helen er ooit geweest,' merkte Ellen op. Er zijn daar zeker musea en archieven, en je Engels is goed genoeg om je verstaanbaar te maken. Bovendien ben je een volwassen vrouw en zoals het reisbureau me verzekerde, is Indonesië geen erkend crisisgebied. Je kunt dus overal heen om te zoeken, en als je niets vindt, geniet dan maar van het verre oord.'

Lilly was er niet zeker van dat haar dat zou lukken, maar dat zou ze wel zien. Bijna was het weer zoals kort na het moment dat het verdriet om Peter op een draaglijk niveau was gekomen: de weg voor haar was onduidelijk, wat er zou gebeuren stond helemaal open. Destijds had ze zich naar binnen gekeerd, had de moed verloren en zichzelf geïsoleerd om niet weer door een verlies te worden gekwetst. Nu zou ze de stap naar buiten wagen en zich van haar kwetsbaarste kant laten zien. Maar misschien was dat wel precies wat ze nodig had...

'Breng je ook wat voor ons mee uit Indonesië,' flapte Norma er verwachtingsvol uit, blijkbaar mede namens haar zusje, dat Lilly smekend aankeek.

'Natuurlijk,' antwoordde Lilly. 'Misschien hebben ze daar wel toffe T-shirts.'

'Of sieraden!' ontschoot Jessi.

'Nou, nou, jongedames, doe niet zo hebberig,' vermaande Ellen.

'Het is oké,' zei Lilly sussend. 'Als ik iets geschikts zie, breng ik het voor jullie mee.'

'Maar dan wil ik ook iets!' bracht Dean lachend te berde.

'Ja, een geluksolifant voor je bouwterrein, die kun je op het moment wel gebruiken.'

Dean maakte een afwijzend gebaar. 'Dat zal wel, maak je geen zorgen, Lilly. Geniet van je reis en kom heelhuids terug, dat is alles wat we willen.'

21

Opgewonden wrong Lilly haar handen terwijl ze in de wachtruimte van de luchthaven heen en weer liep. Naar Indonesië! Ze zou naar Indonesië, naar Sumatra vliegen. Helemaal alleen! Hoezeer ze zich ook op de reis verheugde, op het moment was ze alleen maar opgewonden en wenste ze dat Ellen mee had kunnen gaan. Hoe moest ze zich zien te redden in dat vreemde land? Ze sprak de taal niet eens! Stel je niet aan, berispte ze zichzelf even later. Als Gabriel je zou horen, zou hij zich kapotlachen.

Nu wenste ze dat ze de vorige dag nog met hem gebeld had. Maar door alle voorbereidingen voor de reis had ze daar geen tijd voor gehad. Sneller dan ze had voorzien was het middernacht geweest, en toen had ze nog maar enkele uren gehad om onrustig in bed te liggen woelen.

Tegen de ochtend had ze nog een mailtje van Sunny op Ellens computer aangetroffen, waarin de studente meldde dat het filmbestand vanwege de omvang niet per mail kon worden verstuurd.

De film! Die was Lilly bijna vergeten! Maar het had geen zin hem naar Londen te sturen. Lilly wilde hem thuis bekijken, als ze de gelegenheid had haar moeder op te zoeken en haar vragen te stellen.

Ze had dus maar geantwoord dat Sunny de film goed moest opbergen tot zij weer terugkwam.

En nu stond Lilly hier, terwijl ze het gevoel had een zwerm bijen te hebben ingeslikt, en wenste dat haar vlucht eindelijk zou worden omgeroepen.

'Lilly!' klonk het plotseling achter haar. Even kwam ze in de verleiding achterom te kijken, maar ze zei tegen zichzelf dat er hier meer Lilly's konden zijn, en misschien had een van hen wel iets vergeten...

'Lilly!' werd er nu weer geroepen. Toen ze zich toch maar omdraaide, ontdekte ze Gabriel, die hevig naar haar stond te zwaaien. Wat had hij hier te zoeken? Was hij niet bij zijn ex-vrouw? Hij had toch gezegd dat het nog wel even zou duren...

'Even dacht ik dat je een dubbelgangster had,' zei hij toen hij hijgend voor haar stond. 'Een plotseling gehoorverlies was toch wel onwaarschijnlijk geweest, nietwaar?'

'Maar wat doe jij nou hier?' vroeg ze verbaasd.. 'Ik dacht dat je bij...'

'De zaak is geregeld. Diana's moeder was in het ziekenhuis opgenomen, en ik had altijd een heel goede relatie met de oude dame.'

'En hoe gaat het met je...' Bijna had ze schoonmoeder gezegd, maar dat klopte toch eigenlijk niet meer?

'Met mijn ex-schoonmoeder gaat het inmiddels weer beter. Diana was daardoor nogal van slag, begrijpelijk, want tot nog toe ging het heel goed met haar moeder. Omdat ze wist dat ik erg op Jolene gesteld ben, heeft ze het me laten weten, en omdat het er eerst vrij ernstig uitzag, ben ik erheen gegaan.'

'De relatie met je ex-vrouw is dus...'

'Een vriendschappelijke relatie,' maakte Gabriel haar zin af. 'Ja, inmiddels kunnen we het weer goed met elkaar vinden. Niet genoeg om het nog eens met elkaar te proberen, daarvoor zijn we te verschillend. Maar we hebben contact met elkaar en laten het weten als er iets bijzonders aan de hand is. Haar nieuwe vriend is overigens een liefhebber van zeilen, een sport die mij nooit zo heeft aangetrokken.'

Nou, dat moet je eens tegen mijn vader zeggen, dacht Lilly, maar ze zei het niet. Hoewel ze niet om deze rechtvaardiging had gevraagd, was ze blij dat Gabriel haar nu meer had verteld dan aan de telefoon.

'En waarom ben je na die hele toestand naar het vliegveld gekomen?'

'Omdat ik je wilde zien.' Het lachje dat om zijn lippen speelde was gewoonweg onweerstaanbaar. 'Want ik moet het nu een hele week zonder jou doen. Bovendien heb ik iets voor je. Ik zou weliswaar kunnen denken dat het een goed lokmiddel zou zijn om ervoor te zorgen dat je bij me terugkomt, maar ik vind dat je het nu al moet weten. Het zou een volkomen nieuw licht op je zoektocht kunnen werpen.'

Gabriel glimlachte verwachtingsvol naar Lilly, toen overhandigde hij haar een brief. Hij was erg verfomfaaid, alsof Rose hem jarenlang onder haar kleren had gedragen. Hij was geadresseerd aan ene Lord Paul Havenden op een landgoed in de buurt van Londen.

'Waar heb je die gevonden?' vroeg Lilly verrast en ze moest zich inhouden om de envelop niet meteen open te maken.

'In de papieren van Mr Carmichael, de agent van onze geliefde Rose. Ik heb een beetje rondgerommeld en ben op een van zijn nazaten gestuit. Zij had een oude map in bewaring met brieven van haar grootvader. Toen duidelijk was dat Jolene erbovenop zou komen, ben ik die oude dame een bezoekje gaan brengen. Ze had er geen behoefte aan gehad dieper in zijn verleden door te dringen, maar ze had het ook niet over haar hart kunnen verkrijgen de map weg te gooien. Toen ik haar opzocht, gaf ze me de papieren zonder met haar ogen te knipperen. Ze leek zelfs opgelucht dat ik haar van dat stofnest afhielp.'

'Misschien wist ze wel wat er in de map zat.'

'O, ik ben ervan overtuigd dat ze dat wist! Maar zoals ik al zei, ze zal de brieven als waardeloos hebben beschouwd. Voor zover ik weet, is er geen familie Havenden meer, en dus kan er ook geen schandaal van komen.'

'Schandaal?' Het papier in Lilly's hand leek ineens warmer te worden, wat echter waarschijnlijk alleen maar kwam doordat alle warmte uit haar vingers verdween.

Padang, 16 december 1909

Lieve Paul,

Waarschijnlijk ben je me allang vergeten, in elk geval lijken de dagen op de plantage en je belofte zo ver weg alsof er een mensenleven tussen ligt.
Inmiddels ben je vast getrouwd. En loopt je plantage geweldig, en kun je je ogen vestigen op een rijke kinderschaar. Je denkt wellicht niet meer aan onze kussen en hartstochtelijke omarmingen. Maar ik kan je niet vergeten. Niet omdat ik nog altijd van je houd, nee, zulke gevoelens zijn me intussen vreemd geworden. Het samenzijn met jou heeft mijn leven volkomen uit de rails doen lopen, zodat ik soms heb gewenst dat ik de uitnodiging van de gouverneur om naar Welkom te komen, gewoon had verscheurd.
De reden waarom ik je schrijf, is dat uit die nacht van destijds een vrucht is ontsproten, een klein meisje. Met dat gevolg had ik wel kunnen leven, en ik ben er ook goed in geslaagd je uit mijn hart te verbannen.
Maar nu heb ik een rampzalige diagnose gekregen. Dokter Bruns zegt dat ik nog maar een paar maanden, hooguit een jaar te leven heb. Daarom verzoek ik je om je over je dochter te ontfermen, omdat ik het niet kan. Als je de brenger van deze brief je instemming betuigt, zal hij je vertellen waar je haar kunt vinden. Als je het niet wilt, zul je haar naam ook nooit te weten komen.

Rose

Lilly, die de tekst halfluid had voorgelezen, viel stil. Ze had even nodig om te verwerken wat ze zojuist gelezen had. De rillingen liepen haar over de rug. 'Had Rose een kind?'

'Ja, een dochter, naar het zich laat aanzien.'

'En waarom heeft niemand daar iets van geweten?' Verbijsterd keek Lilly naar de geschreven regels, waaruit zowel teleurstelling als vertwijfeling sprak.

'Omdat onze beste Mr Carmichael blijkbaar een geheim kon bewaren. En omdat hij zich vast bewust was van het schandaal dat deze brief zou hebben veroorzaakt als hij in de openbaarheid was gekomen. Ik heb iemand van de Music School erop uitgestuurd om iets over de Havendens te weten te komen, en wat hij aan het licht heeft gebracht is bepaald interessant. Lord Havenden was met zijn echtgenote Maggie naar Sumatra gereisd om een plantage te kopen. Op zeker moment moet hij Rose daar hebben ontmoet en haar zwanger hebben gemaakt.'

Lilly schudde verbijsterd haar hoofd. 'Die brief is sensationeel!'

'En of hij dat is! Rose vroeg Havenden om hulp voor haar kind omdat ze ernstig ziek was! Ook iets waarvan we niets wisten, maar wat enigszins kan verklaren waarom ze zo plotseling verdween. Ze zal aan die ziekte, die ze hier niet nader beschreven heeft, zijn gestorven.'

'En waarom had Carmichael de brief in zijn bezit??'

Er gleed een glimlachje over Thorntons gezicht. 'Wat vind je ervan om dat bij een kop koffie te bespreken? We hebben toch nog wel wat tijd voor de vlucht gaat?'

Nu moest ook Lilly lachen. Hij was hierheen gekomen om haar de brief te laten zien. En dat vlak voor ze naar Sumatra ging!

'Natuurlijk, nog behoorlijk wat tijd zelfs. Ik was hier veel te vroeg.'

'Goed, loop dan maar met me mee. Ik weet waar je snel koffie kunt krijgen en ook nog een beetje kunt praten.'

Met een beker hete koffie zaten ze uiteindelijk voor een fastfoodrestaurant dat bij de Food Court van de luchthaven hoorde.

'Nou, welke theorieën heb je hierover?' vroeg Lilly nadat ze een slok van de vreselijk hete, vreselijk slappe koffie had genomen.

'Welnu.' Gabriel haalde diep adem, alsof hij een lange voordracht ging houden. 'Er zijn diverse mogelijkheden. Ten eerste kan Rose Carmichael de brief hebben gegeven met het verzoek het bericht door te sturen. Het is ook niet uitgesloten dat hij het bericht heeft overgebracht. Dan heeft Havenden ofwel het verzoek afgewezen ofwel Carmichael niet eens binnengelaten.'

'Denk je niet dat dat nogal laag zou zijn geweest? Een vrouw zwanger maken en haar dan gewoon laten zitten?'

'Tja, zo was de Engelse aristocratie. Maar ik heb besloten Havenden niet bij voorbaat te veroordelen. In die tijd zaten adellijke personen vast aan allerlei verplichtingen, voor een deel is dat nu ook nog het geval. Het kan om een gearrangeerd huwelijk zijn gegaan, iets wat ook in het begin van de vorige eeuw nog vaak voorkwam. Misschien hield hij echt van Rose. En mogelijk wilde hij wel iets voor zijn dochter doen, misschien heeft hij dat zelfs ook gedaan. Of dat klopt, kunnen we alleen ontdekken als we weten hoe die dochter heette.'

'En waarom heeft Carmichael de brief dan gehouden?'

'Dat is een goede vraag. In de eerste plaats kan Havenden het verzoek van Rose afgewezen hebben. Bovendien... zou de brief wel bij Havenden kunnen zijn aangekomen, maar heeft hij hem teruggegeven zodat geen onbevoegde hem zou vinden.'

'Maar daarmee had hij zich tegenover Carmichael chantabel gemaakt. Als die Rose als agent vertegenwoordigde, had hij vast geen hoge dunk van hem, hij had immers zijn kip met gouden eieren geslacht door haar zwanger te maken.'

'Misschien heeft Carmichael Havenden ook wel gechanteerd, wie weet. De derde mogelijkheid is dat de agent de brief heeft gehouden en helemaal nooit heeft afgegeven.'

'Waarom zou hij zoiets doen? Per slot van rekening vraagt Rose haar vroegere geliefde om hulp. En ik zie het vast niet verkeerd als ik denk dat Havenden zich gerust om zijn dochter had kunnen bekommeren.'

'Dat klopt, hij had het kunnen doen. Ik zal nu in twee richtingen gaan zoeken. In de eerste plaats zal ik de nakomelingen van Carmichael nog een keer een bezoek brengen en vragen of ze nog wat meer in hun familiegeschiedenis willen wroeten. En dan zal ik proberen de nazaten van Havenden te traceren. Zoals je gelezen hebt, had hij een verloofde of echtgenote, in elk geval een levenspartner, en Rose' vermoeden dat hij kinderen met haar had, zou wel eens bewaarheid kunnen worden.'

'De erven zullen allesbehalve enthousiast zijn om over het buitenechtelijke kind te horen.'

'Het is maar hoe je het opvat. Buitenechtelijke kinderen behoorden in adellijke families van oudsher tot de orde van de dag. En het is ook al een eeuw geleden. Als het kind ergens tussen 1902 en 1909 is geboren, is het nu zeker al dood.'

'Hoe kom je aan die periode?'

'Tot 1902 is het leven van Rose goed gedocumenteerd, daarna zijn er een paar leemtes, zoals een pauze van zes maanden, waarin niet duidelijk was waar ze zich bevond. Misschien is die pauze toeval, maar misschien heeft ze toen ook het kind gekregen.'

Lilly knikte, toen kreeg ze een ingeving. 'Maar het kind van Rose kan toch zelf kinderen hebben gekregen. En er zouden kleinkinderen kunnen zijn die in aanmerking komen voor haar erfenis. Ik heb er geen verstand van, maar kan me voorstellen dat een genentest nog steeds een eventuele verwantschap kan aantonen. Dan zouden die mensen de rechtmatige eigenaars van de viool zijn!'

'Kalm aan, Lilly, denk eraan dat er nog een tweede figuur in het spel is: Helen. Zij was de laatste eigenaar van de viool. Het zouden eerder haar nakomelingen zijn die er aanspraak op zouden kunnen maken. Ik leg de nadruk op "zouden", want hun familie zou de viool net zo goed verkocht kunnen hebben als Rose.'

Lilly zuchtte. 'Je hebt gelijk. Daarmee is nog lang niet duidelijk wie de viool werkelijk toebehoort.'

'Je detectivewerk zal nog wel wat meer inhouden. Maar geniet eerst maar eens van je dagen op Sumatra – gebruik ze goed. Terwijl ik bij de mensen hier navraag doe, kijk jij of je niet een spoor van Rose en haar dochter vindt. En tegelijkertijd kun je ook kijken naar Helen Carter. Ik wed dat je over haar nog veel meer zult vinden.'

'Dat zal ik doen,' beloofde Lilly, toen keek ze hem in de ogen.

Er leek een gedachte bij hem op te komen, maar hij sprak die niet uit.

'We houden contact, oké?'

'Natuurlijk,' antwoordde Lilly. 'Ik hou je op de hoogte.'

'En ik jou.'

Even keken ze elkaar aan, toen boog Gabriel zich resoluut naar haar toe en kuste haar.

Eerst verstarde Lilly, maar toen liet ze toe dat hij haar omarmde en tegen zich aan trok. De aanraking van zijn lippen joeg een hete rilling door haar lichaam.

'Ik hoop dat ik de kans dat je me schrijft nu niet heb bedorven,' zei hij zachtjes toen hun lippen elkaar weer hadden losgelaten.

Lilly staarde hem verward aan, in eerste instantie niet in staat te antwoorden.

'Natuurlijk niet,' bracht ze uit. 'Integendeel zelfs.'

Gabriel knikte glimlachend naar haar. 'Oké, ik geloof dat we een stuk dichter bij een etentje met z'n tweeën zijn gekomen. Zodra je terug bent van Sumatra, hou ik je eraan, hoor je?'

Lilly knikte. Haar wangen gloeiden koortsig, zodat ze het liefst haar ijskoude handen ertegenaan had gedrukt. Maar Gabriel hield haar vast en keek haar nog even in de ogen. Toen viel het moment van het afscheid niet meer uit te stellen, want Lilly's vlucht werd omgeroepen.

Terwijl het vliegtuig naar Dubai onderweg was, kon Lilly de brief maar niet uit haar hoofd zetten. Rose had een kind gekregen van een Engelse lord. Wat zou er van het kind geworden zijn? Was het net als haar moeder spoorloos verdwenen? Was het na haar dood in een weeshuis terechtgekomen? Of bij een andere familie?

Dat kon allemaal, en dus maakte Lilly een lijstje om de mogelijkheden na te gaan. Omdat Rose half Engels was, bestond de kans dat haar kind gedoopt was. Als er nog ergens kerkregisters waren, zou die doop tenminste geregistreerd zijn. Gabriel had de periode tussen 1902 en 1909 afgegrensd. De waarheid lag vast ergens in het midden. Desondanks zou het een behoorlijke klus worden om acht jaar kerkregisters door te kijken. Zou ze dat in die ene week klaarspelen?

Na de tussenlanding in Dubai om kwart voor zeven had Lilly nog twee uur tijd om een beetje uit te rusten voor het toestel naar Jakarta vertrok. Eerst haalde ze iets te eten, toen wandelde ze langs de winkels in de terminal, zonder echt zin te hebben om iets te kopen. Ten slotte zocht ze een plekje in de vertrekhal en hield zich bezig met het observeren van de mensen die gehaast voorbijliepen.

Ze zag een zeer corpulente Arabier in de traditionele djellaba, die vergezeld werd door twee vrouwen in boerka's. In Berlijn had ze zoiets ook wel eens gezien, maar de boerka's van deze vrouwen waren nogal rijkelijk geborduurd, blijkbaar was de man die voor hen uit liep zeer vermogend. Een groepje Arabische zakenlieden was in een geanimeerd gesprek verwikkeld, dat gepaard ging met veel gebaren. Duitsers stonden er daarentegen stokstijf bij als ze met elkaar praatten. Naast de traditioneel geklede inheemse bewoners waren er ook veel Aziatische en Europese toeristen, de meeste stapten hier alleen maar over.

Omdat een blik op haar horloge duidelijk maakte dat er nu nog maar een paar minuten waren verstreken, verdiepte ze zich weer in haar reisgids. De foto's waren prachtig en riepen herinneringen bij haar op. Herinneringen aan een reisbeurs die ze met Peter had bezocht. Destijds hadden ze plannen voor reizen gemaakt die ze zouden ondernemen als hij beroepsmatig wat meer voet aan de grond had gekregen. Op dat moment hadden ze niet kunnen vermoeden dat het er niet van zou komen – in elk geval niet samen.

'De verleidingen van de taxfreeshops zijn niet aan u besteed, nietwaar?' vroeg een stem naast haar.

Van schrik liet Lilly de reisgids bijna uit haar handen vallen. De man die op de stoel naast haar was gaan zitten, grijnsde naar haar. Zijn donkerblonde haar was grijzend aan de slapen, zijn gezicht zongebruind. In wat hij zei klonk onmiskenbaar een Nederlands accent door. 'Nee, ik zou niet weten wat ik hier zou moeten kopen, ik heb al genoeg aan mijn bagage.'

'Gaat u ook naar Padang?'

'Ja,' antwoordde Lilly enigszins verward en ze klapte de reisgids dicht. 'Hoe...'

De man wees op de reisgids. 'Ik ben vrij goed in raden. Ik geloof dat we net in hetzelfde toestel zaten. Qatar Airlines, toch?'

Lilly knikte totaal overrompeld.

De man leek even na te denken, toen vervolgde hij: 'Ik ben Derk Verheugen, en u bent de eerste Duitse die ik sinds de landing hier zie.'

'Echt?' vroeg Lilly verwonderd, toen bedacht ze dat ze eigenlijk ook tegen hem moest zeggen hoe ze heette.

'Ik zweer het.'

'Lilly Kaiser,' stelde ze zich nu voor.

'Aangenaam kennis te maken. Ik hoop dat ik u niet tot last ben. Het is gewoon fijn een gelijkgestemde ziel te vinden. Wat brengt u naar Padang? Of is dat een indiscrete vraag?'

Lilly keek de man verbluft aan, ze was ook een beetje bang voor hem, want nog nooit had iemand haar zo direct aangesproken. Bovendien was hij haar type niet, hoewel hij vriendelijk uit zijn blauwe ogen keek en hij nog geen tien jaar ouder leek dan zij.

Straks is het een vrouwenhandelaar, dacht ze met een onbehaaglijk gevoel, maar omdat ze hoopte straks in het vliegtuig van hem verlost te zijn – en er vlakbij twee luchthavenagenten stonden – antwoordde ze: 'Ik ben op zoek naar een violiste.'

'Bent u concertorganisator?'

Lilly schudde haar hoofd. Misschien is hij toch niet zo gestoord, zei ze bij zichzelf, maar ze nam zich voor verder op haar hoede te blijven.

'Nee, ik doe onderzoek naar een violiste die meer dan honderd jaar geleden leefde. Ze is spoorloos verdwenen op Sumatra. En ze had een kind, waar niemand iets van wist.'

'Waarschijnlijk heeft ze een rijke planter ontmoet. Daar waren er vroeger veel van op het eiland.'

'Maar dat zou een verdwijning toch niet rechtvaardigen! Nee, ik denk dat er een andere reden voor was. Die wil ik achterhalen en ook waarom de viool die in haar bezit was in de handen van een andere violiste is gekomen, die ook op Sumatra is geboren.'

'Dat klinkt ongelofelijk spannend. Nu heb ik bijna spijt dat ik geen geschiedenis heb gestudeerd.'

'Wat doet u dan beroepshalve?' vroeg Lilly en ze merkte dat haar schroom gaandeweg verdween. Op een of andere manier had hij iets vertrouwenwekkends, dat echter beter naar voren zou komen als hij niet zo direct was.

'Ik ben tandarts.'

'Tandarts?' Lilly had alles verwacht, maar dat niet.

'Wees niet bang, ik heb mijn instrumenten thuisgelaten,' grapte hij. 'Ik ben helemaal privé op stap en ben niet van plan hier bij wie dan ook tanden te trekken. Tenzij u erop staat.'

'Ik dacht dat u uw instrumenten niet bij u had.'

'Ach, daar valt altijd wel iets op te vinden.' Verheugen begon te lachen. 'Maar u hebt gelijk, dat ben ik niet bepaald van plan. Ik geniet liever van het mooie land.'

Het volgende moment werd hun toestel omgeroepen.

'Ik geloof dat we moeten gaan,' zei Verheugen vrolijk. 'Wat denkt u, zal uw buurman met mij willen ruilen?'

'Waarschijnlijk niet,' antwoordde Lilly lachend. 'Maar u kunt uw geluk beproeven.'

Natuurlijk wilde Lilly's buurman niet ruilen, en ook in het volgende vliegtuig hadden ze pech. Lilly wist niet zo goed of ze dat moest betreuren of er juist blij om moest zijn. De Nederlander was humoristisch en had vast de nodige anekdotes in voorraad. Maar zijn manier van doen was haar wat al te direct.

Dus genoot ze van de rustige Indonesische zakenman naast haar, die een inheemse krant las, en bestudeerde ze haar reisgids.

De luchthaven Minangkabau was door de tsunami van 2004 grotendeels verwoest en daarna in de traditionele bouwstijl van het eiland herbouwd, las ze, en ze strekte haar hals naar het raam.

In het dunne boekje heette het dat je de uitgestrekte palmwouden van het eiland al bij het aanvliegen kon zien. Maar het eiland lag onder een dikke mistlaag. Slechts hier en daar torenden een paar groene bergtoppen boven de witte sluiers uit.

In de reisgids stond ook dat er in het groene palmentapijt door houtkap en afbranden talrijke gaten waren gekomen, die de regering echter inmiddels bezig was opnieuw te bebossen.

Misschien was het toch maar goed dat het woud onder mist verborgen lag.

Toch kon ze een korte blik op de luchthaven werpen voor de machine de landing inzette. De terminal was naar het voorbeeld van de traditionele bouwwijze van de Minangkabau gebouwd, de schijnbaar op elkaar gestapelde daken leken op maansikkels die op hun rug waren gevallen. Dat klopte op een of andere manier, net als de naam van de luchtvaartmaatschappij waarop ze in Jakarta waren overgestapt. Die was genoemd naar Garuda, de nationale vogel van Sumatra, een wezen dat half mens, half vogel was en de naam had de mensen op het eiland te beschermen.

Wat zou ze hier vinden? Bestond de 'maanverlichte tuin' misschien nog? Zou ze erachter komen wat er van Rose Gallway was geworden en hoe de viool in Helen Carters handen was gekomen?

In de hal van de terminal stond Verheugen al op haar te wachten. Nog steeds wist Lilly niet goed wat ze van hem moest denken – maar haar gevoel zei haar dat hij alleen maar hulpvaardig was – en misschien ook een beetje behoefte had aan gezelschap. 'En, hebt u alles bij u?' Hij wees op haar koffer.

'Ja, en nu heb ik een behoorlijke portie slaap nodig.'

'Dat is begrijpelijk, maar daar kunt u misschien beter nog even mee wachten, dan raakt u eerder gewend aan het tijdverschil. Of u zet de wekker en doet een kort dutje, zodat u weer fit bent voor het avondeten.

'Komt u vaker op Sumatra?'

De tandarts glimlachte. 'Ik beschouw het eiland bijna als mijn tweede thuis. Ik ben hier twee, soms ook drie keer per jaar.'

Lilly moest zich beheersen om geen grote ogen op te zetten

van verbazing. Als ze eraan dacht wat Ellen voor haar reis had moeten betalen...

'Ik hoop dat u een goed hotel hebt.'

'Het Batang Hotel,' antwoordde Lilly en ze sloeg de overeenkomstige bladzijde van de reisgids open. 'Ik weet echter alleen wat erover in de reisgids staat.'

'Het Batang is echt heel goed, het wordt gerund door twee Engelsen. Het gebouw stamt van mijn landgenoten, voor zover ik weet was het vroeger ook al een hotel. Mensen die er overnacht hebben, hebben er alleen maar goede dingen over verteld.'

'En waar verblijft u?'

'Bij kennissen in de stad. Het is goed dat u het Batang hebt gekozen, dat ligt niet ver van mijn adres, en als u wilt laat ik u zien waar u het archief kunt vinden waarin de documentatie uit de koloniale tijd wordt bewaard. U moet er geen wonderen van verwachten, in de tussentijd zijn er telkens weer aardbevingen geweest, het zou kunnen dat er belangrijke stukken voor altijd verloren zijn gegaan.'

'Wilt u dat doen? Ik bedoel, mij het archief wijzen?'

'Ja, heel graag, vooropgesteld dat u dat niet te opdringerig vindt. Weet u, het is een van mijn slechte gewoontes dat als ik over iets hoor waarbij ik kan helpen, in mij de drang ontwaakt dat ook te doen. Als u het niet gepast vindt, trek ik me weer terug, maar anders help ik u graag. Als u wilt kan ik ook als tolk fungeren. Veel documenten zullen in het Nederlands zijn opgesteld, en met de mensen die het archief beheren kun je natuurlijk Engels spreken, maar met Maleis en Nederlands komt u een stuk verder.'

'Maar hou ik u dan niet te veel op?' vroeg Lilly een beetje onzeker. Afgezien van Ellen had ze zelden mensen ontmoet die bereid waren haar onvoorwaardelijk en zonder dat ze het hoefde te vragen te helpen. 'U hebt toch vast ook plannen.'

'Degene die ik zou treffen, komt pas over twee dagen aan, ik heb dus tijd voor u. En wanneer kom je hier nou iemand tegen die in de koloniale geschiedenis van Sumatra wil rondwroeten? Ik sta u graag ter beschikking als u me wat meer over die twee vrouwen vertelt. Als ik weer in Amsterdam ben, moet ik mijn patiënten toch iets avontuurlijks kunnen vertellen.'

Alsof het niet al avontuurlijk was om hier te zijn, dacht Lilly in stilte, maar ze was blij dat ze Verheugen niet genegeerd of afgewezen had.

'Goed dan, ik verheug me erop. Bedankt voor uw hulp, en ik zal u graag iets over de vorige eigenaressen van mijn viool vertellen.'

'Goed, zien we elkaar morgen om tien uur voor uw hotel? Ik blijf niet langer bij u dan u me nodig hebt. Als u last van me krijgt, moet u het zeggen.'

'Prima,' antwoordde ze en ze stak hem haar hand toe. De tandarts glimlachte, toen begaven ze zich naar buiten, waar de taxi's stonden te wachten.

22

Padang 1910

Helen rende alsof ze aan een woedende meute honden moest ontkomen. Haar moeder was later dan verwacht weggegaan voor haar dagelijkse ronde, en ook het dienstmeisje had maar niet van Helens zijde willen wijken. Maar uiteindelijk was ze vrij geweest en had ze naar boven kunnen lopen om de vioolkist te halen. Helemaal buiten adem kwam ze aan bij de heg en gunde zich een paar minuten om uit te blazen voor ze langs de hoeve van de buren naar het tuinhuisje sloop.

Terwijl haar hart nog tekeerging maakte ze met de vioolkist onder haar arm de deur open en haalde verlicht adem toen ze in de stoffige lichtstraal die door het raam naar binnen viel de gedaante in de blauwe japon zag. Nu waren haar lippen weer roze en ze maakte een kalme indruk toen het meisje de deur door kwam. Tijdens het wachten had ze iets in een schrift geschreven, dat ze nu vlug weglegde.

'Daar ben je dan!' zei ze blij en ze stak haar hand uit om Helen over haar wang te aaien.

'Het spijt me, ik kon niet eerder wegkomen,' verontschuldigde Helen zich, want ze wist dat ze een paar minuten te laat was.

'Het is in orde. Dit tuinhuisje is heel geschikt, mooi beschermd tegen de blikken van de mensen op straat. En intussen weet ik ook dat er niemand in het huis woont. We zullen dus niet gestoord worden.'

Daarop nam ze Helen de vioolkist af en maakte hem open. Toen ze met haar vingers zacht over de snaren streelde, kwam er een weemoedige blik in haar ogen. Het was alsof ze een foto van een vriendin bekeek die jaren geleden was gestorven. Helen had eens gezien hoe haar moeder de foto van haar zus had bekeken, die al een paar jaar dood was. Dan keek ze altijd precies zo, en even later wendde ze zich dan af om beschaamd met een zakdoek een paar tranen van haar wangen te vegen.

De vrouw huilde echter niet, ze tilde de viool voorzichtig uit de kist.

'Heb je al geprobeerd hem aan te leggen?' vroeg ze. 'Weet je hoe je hem moet vasthouden?'

Helen schudde haar hoofd. 'Nee, dat durfde ik niet.'

'Maar je hebt de viool toch vast wel bekeken?'

'Ja, natuurlijk!' antwoordde Helen.

'En hoe vind je hem?'

'Hij is prachtig!'

'Heb je de roos op de achterkant ook gezien?'

Helen knikte enthousiast. Meteen nadat haar moeder haar alleen had gelaten was ze naar haar kamer geglipt en had ze naar de viool gekeken. Zoiets moois had ze nog nooit gezien. Zodra ze het gelakte hout voorzichtig, alsof het onder haar vingertoppen uit elkaar zou vallen, aanraakte, wist ze al dat dit het instrument was waarop ze graag wilde spelen.

'Goed, dan hoef ik je die niet meer te laten zien.'

'Waarom staat die roos op de viool? Heeft iemand die erop getekend?'

'Nee, liefje, de roos is in het hout gebrand door degene die hem gebouwd heeft. Hij wilde hem extra mooi maken. Gelukkig heeft dat geen gevolgen voor de klank.'

'Kun je er eens op spelen, zodat ik weet hoe het klinkt?' vroeg Helen, waarop de mevrouw aarzelde. Maar toen knikte ze, legde de viool aan de linkerkant onder haar kin en begon met de strijkstok eroverheen te strijken. Hoewel ze van plan was niet al te luid te spelen, klonk de muziek krachtig door het tuinhuisje. Maar niet langer dan een minuut, toen haalde ze de strijkstok er weer vanaf. 'Helaas moet dat genoeg zijn voor het eerste begin.'

Helen keek haar stralend aan. 'Dat was heel mooi! Zal ik ooit ook zo kunnen spelen?'

De vrouw schonk haar een brede glimlach. 'Ik hoop dat je nog veel beter zult gaan spelen dan ik. Maar laten we eerst eens met de houding beginnen.'

Ze liet Helen de viool precies zo onder haar kin plaatsen als ze het zelf had gedaan – alleen met het verschil dat ze de strijkstok niet op de snaren mocht neerzetten maar hem erboven moest laten zweven. Dat viel Helen eerst zwaar, maar ze probeerde het net zolang tot de vrouw tevreden was.

'Hoe zit het eigenlijk met je muzieklerares?' vroeg ze toen ze Helen een korte adempauze gunde – iets wat Miss Hadeland nooit had gedaan.

'Mama heeft haar met verlof gestuurd,' antwoordde Helen, niet zonder leedvermaak. Miss Hadeland had raar staan kijken toen Ivy haar terecht had gewezen en haar voor de daaropvolgende vier weken had geschorst.

'Als u zich in die tijd op uw onderwijsmethoden hebt bezonnen, zullen we u weer les laten geven. Is dat niet het geval, dan zien we niet alleen af van een verder dienstverband, maar zullen we openbaar maken dat u uw leerlingen slaat. Ik denk niet dat een andere familie u dan nog zal aanstellen,' had Ivy Carter de lerares meegegeven.

Miss Hadeland had kunnen beweren dat ze veel andere opdrachtgevers had en dat ze het niet van hun geld hoefde te hebben, maar ze had niets gezegd en was stilletjes het huis uit geslopen. Toen ze dat zag had Helen vergenoegd in haar handen geklapt. De gehate pianoles was voorlopig voorbij.

Voor de mevrouw verdere uitleg kon geven, werd Helen ergens door afgeleid. Bij het raam fladderde een grote bonte vlinder rond, die blijkbaar niet wilde begrijpen dat de ruit hem van de buitenwereld scheidde.

Toen de mevrouw dat merkte, glimlachte ze: 'Kijk eens, daar

heb je al het eerste publiek! Maar de vlinder moet nog een beetje geduld hebben voor hij echt van je spel kan genieten.'

'Denk je dat vlinders kunnen horen?'

'Waarom zouden ze dat niet kunnen? Ik ben van mening dat zelfs planten kunnen horen. Als ze mooie muziek horen, groeien ze duidelijk beter.' De mevrouw zweeg even, toen voegde ze eraan toe: 'Hoe denk je dat het komt dat de jungle hier zo goed groeit? Hier is 's avonds altijd wel ergens muziek, en ook de apen zingen hun lied.'

'Echt waar?'

De vrouw knikte. 'Later, als je goed kunt spelen, moet je het maar eens proberen. Maar nu moeten we de grepen oefenen. Ik vertel je hoe je je vingers moet houden en zing je dan de toon voor die de viool daarbij zou maken. Hopelijk gaan je oren niet klapperen van mijn gezang.'

Helen begon te lachen en de vrouw liet haar nu horen hoe het zou kunnen klinken. Daarbij viel het het meisje op wat een mooie zangstem de vrouw had. Ze had ook heel goed een operazangeres kunnen zijn, dat wist ze zeker.

Veel te snel ging het uur voorbij. Helen ergerde zich een beetje dat ze niet op tijd was geweest en dat die minuten nu verloren waren. Maar haar vriendin troostte haar. 'Dinsdag zien we elkaar weer. En probeer te spelen, als je dat op een of andere manier kunt. Ook als je spel nog niet zo klinkt als dat van mij, geef het niet op, je zult zien, op een dag ben je zover!'

Toen ze weer terug in het huis was, gloeiden Helens wangen. Toen ze het dienstmeisje lawaai hoorde maken, rende ze de trap op, zodat ze de viool niet zou zien. Het liefst had ze geoefend, maar toen hield er al een koets halt voor het huis en stapte haar moeder uit.

De volgende middag had ze meer geluk. De mevrouw had gelijk; zoals zij het instrument tot klinken bracht, dat kon je nog geen spelen noemen, maar als ze een beetje oefende, zouden de melodieën mooier gaan klinken.

Van nu af aan oefende Helen alles wat de vrouw haar telkens op dinsdag en donderdag leerde. Maar alleen als haar moeder niet thuis was. Het dienstmeisje dat op haar moest passen, had wel iets anders aan haar hoofd. Sinds kort had ze stiekem afspraakjes met Jim, de paardenknecht van de buren. Zo kwam het dat Helen elke dag minstens nog een uur alleen was. Een uur waarin ze zich op de zolder terugtrok en speelde.

Hoe anders klonken de melodieën toch als ze uit het instrument kwamen! Bij het oefenen had ze altijd alleen het gezang van de vrouw in haar oren, maar nu hoorde ze echt de viool – en die klonk heel wat luider dan ze eerst had aangenomen. Omdat ze geen bladmuziek had, probeerde Helen zich niet alleen de grepen, maar ook de stem van de vrouw te herinneren. Zo creëerde ze een klein repertoire voor zichzelf, dat ze maar al te graag haar volwassen vriendin had voorgespeeld, maar die stond erop alleen geluidloos of met zacht gezang te blijven oefenen.

Daarbij vertelde de mevrouw, wier naam Helen nog altijd niet kende, tussendoor, als ze pauze had, prachtige sprookjes, over meisjes met gouden vissen of over een prinses die als een vogel uit een ei was gekropen. Soms bracht ze voor Helen zoetigheid mee. Helen hield het meest van de met palmsuiker gevulde groene balletjes die met kokos waren bestrooid.

'Eet er niet te veel van,' vermaande de mevrouw haar toen ze haar eens een hele zak gaf. 'Als je moeder merkt dat je geen honger hebt, wordt ze wantrouwig, en dan komt ons geheim in gevaar en kan ik niet meer komen.'

'Maak je niet ongerust, ik zal een deel bewaren,' verzekerde Helen, want ze wilde in geen geval van de heerlijke uren met haar vriendin afzien – helemaal omdat ze het gevoel had dat die haar meer leerde dan Miss Hadeland. Soms betrapte ze zich erop dat ze ernaar verlangde haar vriendin aan haar moeder voor te stellen en haar tot haar echte muzieklerares te maken. Toen ze die wens een keer uitsprak, verduisterde het gezicht van de vreemde vrouw.

'Je mag haar in geen geval over mij vertellen.' Zonder dat de vrouw de vriendelijkheid in haar stem verloor, merkte Helen dat ze op het punt stond een grens te overschrijden en dat haar dat de vriendschap met de vrouw zou kunnen kosten.

'Ik beloof dat ik niets zal zeggen,' antwoordde ze vlug. 'Eerlijk waar. Het zou alleen zo mooi zijn als je mijn echte muziekleraares kon zijn. Als je kon horen hoe ik op de viool speel.'

'Misschien zal ik dat op een dag ook doen,' antwoordde de vrouw, maar ze keek daarbij zo verdrietig dat het leek of ze geloofde dat dat nooit zou gebeuren.

Een paar weken later kreeg Helens moeder bezoek van haar vriendinnen en buurvrouwen. Zij ontmoetten elkaar onregelmatig bij de middagmaaltijd, telkens bij een ander thuis. Ditmaal was Ivy Carter aan de beurt om de koffietafel te organiseren.

Al op de dag ervoor stond ze samen met het dienstmeisje en de kokkin in de keuken om te bakken en koffiebonen te malen. Omdat ze toch niet van het gebak, dat een heerlijke geur verspreidde, mocht snoepen, haalde Helen de viool onder haar bed vandaan en oefende geluidloos de grepen terwijl ze zich de daarbij horende klanken voorstelde.

Omdat het bezoek van de buurvrouwen en vriendinnen op een woensdag plaatsvond, kon Helen haar vriendin die dag nog zien, alleen moest ze nog voorzichtiger te werk gaan dan anders, want haar moeder ging die dag niet weg maar bleef in de keuken.

Nadat ze zich ervan vergewist had dat niemand haar had gezien, rende ze naar de heg en stapte even later het tuinhuisje in. Weer trof ze de mevrouw al schrijvend aan.

'Wat ben je daar aan het schrijven?' informeerde Helen, want als zo vaak verborg haar vriendin ook dit keer het schriftje achter haar korset, dat de laatste weken steeds losser was gaan zitten.

'Een dagboek,' antwoordde de vrouw. 'Ik schrijf alles op wat ik op een dag meemaak.'

'Schrijf je dan ook over mij?'

'O, over jou schrijf ik heel veel.'

'Waarom?' vroeg Helen met grote ogen.

'Omdat ik je graag mag en graag bij je ben.'

'Mag ik het ooit eens lezen?'

De vrouw glimlachte naar haar. Haar lippen zagen weer een beetje blauw, en ze leek net Helens moeder als die migraine had.

'Misschien. Op een dag zeker, want ik zal het je schenken. Dan kun je daarin lezen hoe je was als kind, en ik heb alle sprookjes opgeschreven die ik je heb verteld. Als je groot bent, kun je ze aan je kinderen vertellen.'

Dat beviel Helen op een of andere manier, hoewel ze er moeite mee had zich voor te stellen hoe ze er als volwassen vrouw uit zou zien. Misschien net als haar moeder? En zou ze dan nog steeds vioolspelen?

De volgende dag kon Helen niet oefenen, want de vriendinnen van haar moeder kwamen tegen de middag, en zijzelf kreeg niet alleen een jurk met ruches aan die kriebelde en prikte, maar er werd ook van haar verwacht dat ze de hele tijd stilzat, goede manieren vertoonde en vrolijk reageerde als de vrouwen constateerden dat ze zo groot was geworden. Helen wist maar al te goed dat ze niet groot geworden was – naar haar eigen idee was ze nog veel te klein. En met haar acht jaar wist ze ook precies dat het tijdverspilling was hier te zitten en naar alle rare verhalen te luisteren in plaats van op zolder te zitten oefenen.

Helen zat dus naast haar moeder op de sofa, onderdrukte de drang met haar benen te bengelen en luisterde naar de vreselijk saaie gesprekken. Haar enige troost was dat ze nu eindelijk van alle lekkernijen die haar moeder had gebakken mocht proeven.

'Lieve hemel, mevrouw Carter, wie speelt bij u toch zo goddelijk viool?' vroeg een van de buurvrouwen plotseling nadat ze haar koffiekopje had neergezet.

Ivy Carter trok verrast haar volmaakt geëpileerde wenkbrauwen op. 'Viool? Dat moet u toch verkeerd hebben gehoord, mevrouw Hendriks, hier in huis speelt niemand viool.'

'Echt niet?' vroeg de buurvrouw door, waarbij haar blik op Helen viel. 'Ik heb uw dochter anders altijd horen pianospelen. Ze is dus niet van instrument veranderd?'

Verward keek Ivy naar haar dochter. ‘Helen? Kun je misschien uitleggen wat dat te betekenen heeft? Hebben we soms sinds kort een vioolspelend spook in huis?’

Helen gaf eerst geen antwoord. Ze ergerde zich eraan dat hun buurvrouw zulke goede oren had. Maar had ze niet moeten weten dat je de viool tot ver in de omtrek kon horen? En dat een geheim nooit eeuwig duurde?

Langzaam stond Helen op van de sofa. Dat haar moeder stomverbaasd haar hoofd schudde, negeerde ze. Ivy Carter was niet iemand die zich snel opwond, en waarschijnlijk zou ze haar dochter ook niet achternagaan. En ze zou Helen waarschijnlijk pas een standje voor haar gedrag geven als de andere vrouwen weg waren. Maar dat maakte haar niet uit.

‘Helen? Waar ga je heen?’ vroeg haar moeder. Maar Helen liep onverstoorbaar verder. Ze liet de salon met de verbaasde dames achter zich, en ze was nog maar nauwelijks de gang door of ze begon te rennen. Sneller dan een volwassene haar had kunnen volgen stormde ze de trap op. Haar hart ging als een razende tekeer. Wat moest ze doen? Zich verstoppen? Wachten tot haar moeder naar boven kwam en wilde weten wat er aan de hand was?

Toen ze de deur achter zich had dichtgegooid, bleef ze er minutenlang tegenaan staan luisteren. Er gebeurde niets. Er kwamen geen voetstappen de trap op, er werd niet geroepen. Kon het haar moeder niet schelen wat ze gedaan had? Of was ze nog te verlamd om iets te ondernemen? Maakten de buurvrouwen haar verwijten?

Helen moest iets doen!

Met bonzend hart kroop ze onder haar bed en haalde haar viool tevoorschijn. Wat moet ik nu doen? vroeg ze stilletjes aan het instrument terwijl ze het deksel van de vioolkist openklapte en met haar wijsvinger over de snaren streelde.

De viool gaf op zijn eigen wijze antwoord: met zacht geruis alsof de wind om de hoek van een huis streek. Betekende het misschien dat het tijd was om het geheim te onthullen? Maar hoe moest het dan met de onbekende vrouw? Zij had toch gezegd dat ze niemand iets mocht vertellen. Hoe moest het nu verder, nu de buurvrouw haar had gehoord en het geheim van de viool was verraden?

In dat geval zou ze toch niet voor de schuldige worden aangezien als ze haar belofte verbrak!

Na een paar minuten stond haar besluit vast – en toen voelde ze zich vreselijk opgelucht. Het was heel lastig om een geheim te bewaren, vooral voor de mensen van wie je hield!

Helen klapte de kist weer dicht, pakte hem bij het handvat en droeg hem haar kamer uit.

Van beneden hoorde ze opgewonden gekakel. De vrouwen praatten op haar moeder in, sommige beweerden dat Helen slecht opgevoed was, andere waren nieuwsgierig wat het allemaal te betekenen had.

Toen Helen de deur door kwam, werd het ineens stil. Aller ogen richtten zich op haar, maar niemand zei iets. Nadat ze haar aandachtig hadden opgenomen, dwaalden de blikken af naar de viool naast haar.

Helen wist dat ze als ze de viool wilde houden, moest laten zien dat ze erop kon spelen. Anders zou haar moeder eisen dat ze de viool weer teruggaf. Maar dat wilde ze in geen geval.

Langzaam, terwijl ze de blikken van de vrouwen en de vraag van haar moeder wat dit allemaal te betekenen had negeerde, legde Helen de kist op de vloer neer, liet het slot openspringen en haalde de viool tevoorschijn.

Er klonk geroezemoes onder het bezoek. 'Ivy, wat...' begon een van de vrouwen, die haar moeder wat beter kende.

Maar voor ze antwoord kon krijgen, zette Helen de viool onder haar kin en begon te spelen – zoals ze de klanken had ontdekt, zoals ze dacht dat ze het best klonken. Ze speelde een oud liedje dat haar moeder wel eens voor haar had gezongen toen ze nog klein was. De melodie was eenvoudig maar mooi en Helen had die veel vaker op de piano willen spelen, maar dat had Miss Hadeland niet goedgevonden.

Toen ze klaar was, heerste er stilte. De klanken waren door het raam verdwenen, en de gedachte dat ze misschien als dauwdruppels op de aarde waren gevallen en ervoor zorgden dat de bloemen groeiden beviel Helen.

Met een ernstig gezicht legde ze de viool weer in de kist en wachtte op het oordeel van de toehoorders.

Die waren sprakeloos. Het liefst had Helen gevraagd of mevrouw Hendriks dit lied had gehoord, maar ze had al haar moed verbruikt bij het weglopen en het presenteren van de viool. Nu voelde ze zich alsof ze een stuk gekrompen was omdat er zo veel uit haar was gekomen.

Na een tijdje stond Ivy op. Ze zag bleek, maar leek niet geërgerd. In plaats daarvan blonken er tranen in haar ogen.

'Dat was prachtig, Helen,' zei ze toen ze voor haar neerknielde. 'Wie heeft je geleerd zo te spelen?'

Helen perste haar lippen op elkaar. Ze had nu al zo veel verraden, kon ze ook over de mevrouw vertellen? De vrouw die haar in het tuinhuisje had laten zien hoe ze de viool moest vasthouden? Hoe ze haar vingers op de toets moest zetten om een bepaalde toon voort te brengen? Hoe de mevrouw haar had geleerd geluidloos te spelen, zodat ze kon oefenen als haar moeder thuis was?

'Ik heb het mezelf geleerd,' zei ze toen. 'Elke dag als u er niet was, heb ik geoefend. Gespeeld, luid.'

'Maar waarom heb je het stiekem gedaan?' wilde haar moeder weten. 'En waar heb je eigenlijk die mooie viool vandaan?'

Het was duidelijk dat die vraag zou komen. Ivy wist heus wel dat er bij hen op zolder niet zomaar een viool rondslingerde. De piano waarop Helen altijd oefende, was van haar moeder, maar de viool...

Nee, ze mocht het niet zeggen, ze mocht de onbekende vrouw niet zomaar verraden!

'Helen, vertel het me,' vroeg haar moeder met die zachte stem waaraan Helen nooit weerstand kon bieden.

Ineens begon de aarde te beven.

23

Padang 2011

De volgende ochtend had Lilly het gevoel dat haar hoofd vol watten zat. Dankzij de WLAN-aansluiting van het hotel had ze Ellen 's avonds nog een kort mailtje gestuurd dat ze goed aangekomen was. En ook Gabriel had ze een kort bericht gestuurd. Van geen van beiden had ze antwoord gekregen, maar het gaf haar rust dat de twee mensen die voor haar belangrijk waren wisten dat het goed met haar ging.

Ze had de raad van de tandarts willen opvolgen, maar ze was zo moe geweest dat ze de wekker wel had gehoord, maar erdoorheen had geslapen. Toen ze wakker werd was het drie uur 's nachts. Slapen kon ze toen niet meer, dus had ze in de reisgids gelezen en notities gemaakt over waar ze naar zou gaan zoeken.

In de eenzaamheid van de kamer raakte ze in gedachten verzonken. Een gewone, ontspannende vakantie zou het niet worden, daarvoor had ze te veel te doen, was de drang om iets te ontdekken te sterk. Zou het haar lukken sporen van de twee violistes te vinden? En welk verband bestond er tussen de viool en haar? Of de viool nu uit haar eigen familie stamde of die van Peter, was totaal irrelevant. Bovendien moest ze eindelijk de schuwheid overwinnen waar ze zich sinds Peters dood in had gehuld. Misschien zou het haar nu eindelijk lukken, en zou ze weer mensen echt tot zich toe kunnen laten, iemand kunnen liefhebben zonder bang te zijn dat ze hem weer zou verliezen.

Gabriel, dacht ze en ze sloot met een glimlach haar ogen. Misschien was hij iemand die ze weer dichter bij zich toe kon laten. Zijn kus was allesbehalve onaangenaam geweest en had haar het gevoel gegeven dat hij er zou zijn wanneer ze terugkwam. Waarom zou ze hem dan op afstand houden?

Bovendien was hij een heel aangename man, een ziel waarin ze zich graag wilde onderdompelen en die ze graag wilde onderzoeken. Misschien moest ze na haar terugkeer wat meer moeite doen...

Toen de wijzers van de klok bij de zeven kwamen, stapte ze het balkon op om de ochtend te zien ontwaken. Op de straat onder haar heerste al drukke bedrijvigheid: mannen op snorfietsen vervoerden kratten, blijkbaar waren ze op weg naar de haven, waar om deze tijd de zware netten werden binnengehaald. Gaandeweg werd het verkeerslawaai, dat net als in alle wereldsteden nooit tot rust kwam, weer luider, er klonk geroep vanaf de straat. Een vrachtwagen reed moeizaam de hellende weg op en kwam voor het hotel tot stilstand.

Lilly benijdde de gasten aan de andere kant van het hotel een beetje, want die konden uitkijken over de haven en het oud-Hollandse schip dat in de smalle rivierarm voor anker lag. De nevelige, roze ochtendhemel boven het water moest een geweldige aanblik bieden.

Toen het verkeerslawaai haar te veel werd, ging ze weer haar kamer in en controleerde nogmaals haar mail, maar van Ellen noch Gabriel was er antwoord gekomen. Waarschijnlijk was het nu, terwijl hier de zon opkwam, in Europa nog steeds avond.

Na het ontbijt, even voor tien uur, ging ze naar beneden naar de lobby. Eigenlijk paste het helemaal niet bij haar om met een wildvreemde door een totaal onbekende stad te zwerven. Maar de tandarts leek echt geen andere bedoelingen te hebben dan haar te helpen – ook al had ze hem maar heel weinig verteld. Was hij echt gewoon alleen maar vriendelijk en overmatig behulpzaam? Kwam het doordat Nederlanders een meer open instelling hadden dan Duitsers?

Inderdaad stapte Derk Verheugen slechts enkele minuten later uit een van de minibussen met open zijkant die Lilly al op straat had zien rijden en die zo'n beetje als taxi fungeerden. Het hemelsblauwe voertuig was opgesierd met de airbrushgezichten van een filmpaar, dat Lilly een beetje aan Bollywood-affiches deed denken.

Ze hing haar tas om haar schouder en liep de tandarts tegemoet, die een spierwit, beschaafd geborduurd hemd en een lange kaki broek droeg.

'Goedemorgen, hebt u goed geslapen?'

'Voor zover dat kan,' antwoordde Lilly eerlijk. 'Ik was van plan uw advies op te volgen, maar mijn wil was gewoon te zwak.'

'Dat is geen punt, na een ritje in een taxibusje bent u klaarwakker.'

'Hoe bedoelt u dat?' vroeg Lilly verontrust, want dat klonk alsof er allesbehalve voorzichtig zou worden gereden.

'Laat u zich eens verrassen! Het leven zou zonder een beetje risico maar saai zijn, toch?'

Toen ze het hotel verlieten, werden ze op straat verwelkomd door een wirwar van mensen en voertuigen. De zwoele lucht was vervuld van verscheidene geuren, waarvan benzinedamp overheerste.

Tussen de Minangkabau ontdekte Lilly ook talloze Chinezen en wat Europeanen en Indiërs. De inheemse vrouwen droegen, zoals gebruikelijk volgens de islam, kleurige hoofddoeken en lange rokken, sommigen van hen reden knetterend voorbij op snorfietsen. In de verte ontdekte Lilly de minaret van een moskee. De oproep tot gebed had ze de vorige avond door louter vermoeidheid niet gehoord, maar wel 's ochtends toen ze onder de douche stond. Aan een huis ontdekte ze een lange stoffen banier waarop een kitscherig verliefd stelletje was geschilderd.

'Dat is een filmreclame,' verklaarde Verheugen.

'Het ziet eruit als een Bollywood-affiche.'

'De mensen hier houden net zo veel van romantiek. Hoewel de Indonesische films toch anders zijn. Maar soms vind je hier ook import uit India. En natuurlijk onze blockbusters, keurig netjes ondertiteld.'

Hoe zou het er hier honderd jaar geleden hebben uitgezien? Lilly stelde zich voor dat de mensen zich in koetsen hadden verplaatst, misschien ook in riksja's.

Ze dacht aan een van de internetsites die ze op zoek naar informatie over het land had afgezocht en vroeg zich af of er nog altijd hanengevechten waren en of de poppenspelers, waarom Indonesië bekendstond, nog steeds hun tot aan het ochtendgloren durende schimmenspel opvoerden.

Op straat reden behalve motorfietsen, auto's, bestelwagens en fietsen ook van die minibussen met open zijkant, waar soms een bizarre opbouw op zat. Het geknetter van de motoren werd begeleid door getoeter en muziek. Het viel Lilly op dat er geen markeringen op de weg stonden. En vermoedelijk waren er ook geen regels om aan te geven wie waar moest rijden. Voetgangerslichten zocht ze ook tevergeefs.

Lilly's duffe hoofd duizelde van het overweldigende lawaai. Verschrikt sprong ze opzij toen er een vreemd signaal klonk. Dat kwam van een knalroze geschilderde minibus, die vlak bij hen stopte. Hij leek op het hemelsblauwe Bollywood-busje, maar was niet alleen voorzien van een verstrengelde tribal maar ook nog eens van een spoiler aan de achterkant.

'Ik geloof dat hij ons wil meenemen,' zei de tandarts. 'Kom mee!'

Inderdaad stopte het voertuig vlak voor hen. Verheugen vroeg iets aan de bestuurder, toen gebaarde hij Lilly dat ze moest instappen.

Terwijl uit de luidsprekers harde muziek jengelde, reed de chauffeur alsof het erom ging langs de andere verkeersdeelnemers te slalommen. Aan een gesprek viel in dit vehikel niet te denken. Dat leken de drie vrouwen en twee mannen die ook in het aan één kant open busje zaten, te weten, want ze wuifden zichzelf alleen verveeld koelte toe met hun krant.

Hoewel ze probeerde zich zo stevig mogelijk in de stoel te drukken, had Lilly in de bochten het gevoel dat ze elk moment naar buiten kon worden geslingerd. Tussendoor stopte de bestuurder met veel geraas, enkele passagiers stapten uit, andere in. Lilly constateerde dat de passagiers aan het begin van de rit betaalden, blijkbaar had de tandarts dat voor haar gedaan.

Na tien minuten was de helse rit voorbij. De chauffeur toeterde en hield toen naast een trottoir halt. Verheugen beduidde haar dat ze kon uitstappen.

'Ik hoop dat u niet misselijk bent,' zei hij nadat het voertuig er met luide muziek vandoor was gegaan. 'U ziet wat pips om de neus.'

'Het gaat wel,' antwoordde Lilly, hoewel ze het flink voelde rommelen in haar maagstreek. Maar dat duurde slechts even, want nu had ze weer vaste grond onder de voeten.

Een straat verder zei Verheugen: 'We zijn er!'

Hij wees op een park waarin een groot huis stond dat erg leek op het luchthavengebouw van de stad. Net als dat had ook het museum het traditionele maansikkel-, of zoals Lilly gelezen had, 'buffelhoorndak'. De inlanders noemden deze bouwstijl *rumah gadang*, wat zo veel betekende als 'groot huis'.

'Dit is het Adityarwaman Museum, het nationale museum van Padang,' verklaarde de tandarts. 'Hier worden voornamelijk museumstukken over de Minangkabau geëxposeerd, maar er zijn ook veel koloniale objecten. Bovendien beschikt het over een uitstekend archief. Alles wat uit de Nederlandse periode is overgebleven wordt hier opgeslagen.'

'Hebt u dan al eens iets gezocht?'

'Een paar jaar geleden wilde ik informatie hebben over een bepaald huis en kreeg ik de tip het hier te proberen.'

'En hebt u iets kunnen vinden?'

'Ja, en ik stond ervan te kijken wat ze hier allemaal hebben.'

Toen ze de met rood tapijt beklede trap beklommen en een

modern vormgegeven toren passeerden, bekeek Lilly gefascineerd het dak met de vele gedraaide spitsen. 'Kent u het verhaal waarom de Minangkabau hun huizen op deze manier bouwen?' vroeg Verheugen, wie dat niet was ontgaan.

'Het heeft iets met buffels te maken, nietwaar?'

'Heel juist. Hebt u al over het buffelgevecht gehoord?'

Lilly schudde haar hoofd. 'Nee, zo goed is mijn reisgids nu ook weer niet.'

'U zou de uitgever moeten voorstellen daarin verbetering te brengen,' zei Verheugen schertsend. Toen vertelde hij: 'In een grijs verleden bedreigde een Javaans leger het eiland. Om bloedvergieten te voorkomen spraken de twee koningen af in plaats van strijders buffels tegen elkaar te laten aantreden. Terwijl de Javanen een grote buffel uitkozen, lieten de Minangkabau een buffelkalfje een tijdje honger lijden en bevestigden ze een lange ijzeren punt op zijn bek.'

'O, ik snap het al!' liet Lilly zich ontvallen. 'Het hongerige kalfje stormde op de grote buffel af in de veronderstelling dat het een koe was die melk gaf.'

'Precies! Daarbij doodde het kalf de grote buffel en de Javanen moesten het eiland verlaten.'

'Eigenlijk een heel schrandere oplossing voor die tijd. Bij ons hadden ze elkaar vast weer met knotsen of zwaarden op de kop getimmerd.'

'De Minangkabau zijn eigenlijk een vreedzaam volk. De Nederlanders hoefden niet veel moeite te doen om Sumatra te koloniseren. Later, toen de economische situatie slechter werd, hebben de Nederlanders hier enige schade aangericht. Maar daar vertel ik u liever later over.'

Daar ging Lilly mee akkoord, want ze was vreselijk benieuwd wat het museum haar te bieden had. Zou ze hier iets vinden over de kerkregisters en daarmee over de dochter van Rose?

'Op Sumatra zult u maar weinig echt oude gebouwen aantreffen,' zei Verheugen terwijl hij zijn zonnebril op zijn dikke haar zette.

‘Vanwege de aardbeving zeker?’

‘Ja, vanwege de aardbeving en andere pech. Dat er nog altijd huizen uit het begin van de twintigste eeuw zijn is een groot wonder en is waarschijnlijk te danken aan het goede huizenbestand. Het museum is overigens in de jaren zeventig gebouwd, en het is tamelijk goed gebleven, vindt u ook niet?’

In het museum probeerden ventilatoren de lucht een beetje te verfrissen. In de vitrines zag Lilly luisterrijke gewaden en gebruiksvoorwerpen uit vergane eeuwen. Er viel zelfs een zogenoemde *sunting*, een bruidskroon, te bewonderen. Lilly vroeg zich af wat voor vrouw zo’n enorm, kunstig bewerkt en bijna helemaal uit goud bestaand bouwsel kon dragen zonder een nekblessure op te lopen.

Het duurde niet lang voor haar begeleider iemand had opgespoord die iets wist over het archief. Na een kort gesprek maakte Verheugen kenbaar dat ze mee moest komen.

De vrouw die met hem had gesproken droeg over haar haar een hemelsblauwe doek, en daarbij een donkerblauw mantelpak met een lange rok. Lilly was verrast dat ze in het Engels groette.

‘Ik ben Iza Navis en het doet me plezier u van dienst te kunnen zijn.’

‘Ze is de plaatsvervangend directeur van het museum en weet waar de schatten liggen,’ voegde Verheugen eraan toe, waarop de vrouw, die ongeveer eind twintig was, ietwat verlegen werd.

‘Ik zal althans mijn best doen zo goed mogelijk te helpen.’

De bescheidenheid die Iza Navis aan de dag legde deed Lilly denken aan Japanse films, waarin de helden ook altijd heel bescheiden zijn en hun kennis niet aan de grote klok hangen.

‘Wat kan ik voor u doen?’ vroeg de plaatsvervangend directeur.

‘Ik... ik ben op zoek naar kerkregisters,’ begon Lilly met het meest voor de hand liggende, en ze oogstte een verbaasde blik.

‘Kerkregisters?’

‘Zoiets als doopregisters,’ schoot Verheugen haar te hulp.

‘Ach, natuurlijk,’ antwoordde Iza Navis. We hebben enkele

kerkregisters, zoals u ze noemt, een schenking uit de nalatenschap van een kerk die bij een van de aardbevingen van lang geleden werd beschadigd. Daarin zijn bezoekers nauwelijks geïnteresseerd, daarom bewaren we ze achter slot en grendel. Maar als u even wilt wachten, laat ik ze naar de leeszaal brengen.'

De leeszaal was een kleine, niet bepaald luxueuze ruimte waarin een paar tafels met leeslampen stonden en een boekenkast met uitsluitend Maleise titels.

Lilly en Verheugen gingen zitten nadat de dame van het museum hun had meegedeeld dat ze even geduld moesten hebben.

'Wat wilt u precies met die kerkregisters?' vroeg de tandarts terwijl hij zijn leesbril tevoorschijn haalde en hem begon te poetsen.

'Vlak voor mijn vertrek heb ik ontdekt dat de violiste, Rose, een kind moet hebben gekregen. Ik wil kijken of het gedoopt is en in de boeken geregistreerd staat. '

'Indonesië is in de vroege twintigste eeuw door een aantal aardbevingen geteisterd. Het is goed mogelijk dat moeder en kind door een ongeluk om het leven zijn gekomen.'

'Vlak daarvoor heeft ze de vader gevraagd zich om het kind te bekommeren. Óf hij heeft de brief nooit gekregen, óf hij wilde zich er niet om bekommeren...'

'Of hij heeft zich erom bekommerd en het gered, maar niet laten weten wie hij was...'

Op dat moment ging de deur open, en een jongeman rolde op een serveerwagentje een aantal dikke oude banden naar binnen. Behalve kerkregisters had Miss Navis ook nog ingebonden kranten uit die tijd en een paar andere boeken erbij laten leggen, die op het eerste gezicht niet veel te maken hadden met wat Lilly wilde weten. Toch nam ze zich voor er een blik op te werpen, want je kon nooit weten.

Het doorvlooien van de kerkregisters bleek behoorlijk lastig, want veel ervan hadden zware waterschade opgelopen en waren daarna niet vakkundig gedroogd. Hoewel Lilly niet veel verstand had van het restaureren van boeken, deed de aanblik van de verkleefde boeken haar hart pijn. Dit waren waardevolle tijdsdocumenten die wel werden bewaard, maar niet opgeknapt!

'Dat ziet er bepaald niet goed uit,' merkte Verheugen na een korte blik op. 'Ik had toch mijn instrumenten mee moeten nemen, met scalpel en pincet zou je misschien sommige bladzijden van elkaar kunnen halen zonder ze meteen te beschadigen.'

Toch gingen ze voorzichtig aan het werk. Eerst keken ze alleen de kerkregisters door, vervolgens, toen ze er voorlopig genoeg van hadden, richtten ze zich op de ingebonden kranten, die wel in betere staat waren, maar vooral in het Nederlands waren gesteld.

'Als u iets vindt wat u interessant lijkt vanwege een naam of een foto, geeft u het dan gerust aan mij, dan vertaal ik het voor u.'

De geur van het oude papier, dat deels door vochtvlekken werd ontsierd, steeg naar hen op bij het doorbladeren. Dik waren de afzonderlijke kranten niet geweest, de meeste edities bestonden uit acht pagina's, waarvan de ene kant in beslag werd genomen door reclame voor huishoudelijke artikelen, zeep, pommade en sokophouders.

Lilly vloog de tekst door op zoek naar een bekende naam. Ze bekeek de foto's, die heel oude opnamen van het koloniale Padang lieten zien, maar af en toe ook foto's van suikerriet- en tabaksplantages. Soms stonden er families op, maar Rose Gallway kon ze niet ontdekken.

'Misschien heb ik hier iets voor u,' zei Verheugen na een tijdje; hij draaide de band om en wees op een naam die in een voor haar volkomen onbegrijpelijke tekst stond.

'Wordt de naam van uw violiste misschien zo geschreven?' vroeg de tandarts, waarop Lilly knikte en een sprankje hoop voelde.

'Wilt u alstublieft voorlezen wat daar staat!' verzocht Lilly, terwijl ze haar blik op een foto richtte. Het zag eruit of er iets was ingestort...

'Afgelopen maandag is er een betreurenswaardig ongeluk gebeurd. Een niet goed beveiligde hijskraan stortte neer op een groep arbeiders die door hun werkgever, meneer Gallway, werden geïnstrueerd. Er vielen drie dodelijke slachtoffers te betreuren, onder wie meneer Gallway, die een vrouw achterlaat en een dochter, de beroemde violiste Rose Gallway, die pas nog enkele concerten in haar geboortestad heeft gegeven.'

Rose' vader was dus het slachtoffer geworden van een ongeluk! Lilly was verbijsterd. Hoe zou het Rose en haar moeder daarna zijn vergaan? Zelf had ze na Peters dood het gevoel gehad dat iemand haar ziel uit haar lichaam had gescheurd.

'Dat moet een vreselijke tijd voor haar zijn geweest,' zei ze toonloos en ze dwong zichzelf niet aan haar eigen vreselijke tijd te denken.

'Voor wie is het dat niet als je een geliefd mens verliest?' Ook Verheugen leek daar ervaring mee te hebben, zoals een diepe rimpel boven zijn neuswortel verried. 'Dat wist u blijkbaar niet?'

'Nee, dat weet zelfs de directeur van de muziekschool waarop Rose Gallway haar opleiding heeft gevolgd niet eens.'

'Nou, het is nogal lang geleden, de krant is van 1902.' En het is in een ander land gebeurd. Hoe zou hij het moeten weten?'

'Daar hebt u gelijk in, op Sumatra heeft hij nog geen onderzoek gedaan.'

Lilly bekeek het artikel even en vond het jammer dat ze het Nederlands niet beheerste.

'Er staat dat Rose in die tijd een aantal keren in Padang heeft opgetreden,' zei Verheugen. 'Misschien staat daar iets over in eerdere edities.'

Weer bladerden ze door de kranten, en inderdaad toverde de tandarts uit zijn foliant nog elf andere artikelen tevoorschijn.

Omdat de kranten in omgekeerde volgorde waren ingebonden, bekeek Lilly de artikelen van achteren naar voren.

De twee foto's bij het eerste artikel waren erg mooi. De ene liet Rose zien, die tussen de gouverneur en andere mannen in frak en rokkostuum stond en bijna verlegen naar de camera glimlachte. De tweede foto toonde het achterterras van het huis, dat uitzicht bood op een enigszins vaag, maanverlicht landschap. De zwart-witfoto liet slechts vermoeden wat voor fantastische aanblik dat moest zijn geweest.

Lilly vergaapte zich aan de opnamen terwijl Verheugen het artikel voor haar vertaalde.

Daarin werd gezegd dat Rose Gallway op uitnodiging van de gouverneur bij de jaarlijkse ontvangst van de planters uit de streek had gespeeld. Hoe zou die ontvangst er hebben uitgezien? Welke kleuren had de kleding van de aanwezigen gehad? Ineens had Lilly het gevoel dat ze terug was in haar kindertijd, toen ze nog geen kleurentelevisie hadden.

De volgende artikelen waren overwegend concertkritieken, die Rose' muziek en haar verschijning in alle toonaarden loofden, blijkbaar was heel Padang verrukt van haar.

Maar toen toverde Verheugen een knaller uit de foliant.

'Hoe is het mogelijk,' zei Lilly terwijl ze het tweepersoonsportret in het midden van het nogal kleine artikel bekeek. Het fotoonderschrift verried wie de man aan Rose' zijde was

'Wat bedoelt u?' vroeg Verheugen.

'Dat is Paul Havenden. Lord Paul Havenden.'

Het gezicht van de man was grotendeels van de camera afgewend, wat Lilly jammer vond – die man was toch degene die Rose tot zijn minnares zou maken en van wie ze zwanger zou raken. Vlug noteerde ze het artikel voor een kopie en ze verheugde zich enorm over de foto.

'Ah, de vader van het onbekende kind,' voegde Verheugen eraan toe en hij snoof verontwaardigd. 'Ik kan echt begrijpen dat die vrouw hem een brief heeft geschreven. Wat mij betreft had ik hem de levieten gelezen!'

'Misschien is er een verklaring voor zijn gedrag.'

De tandarts schudde zijn hoofd. 'Dat geloof ik niet. Hij heeft zijn minnares zwanger gemaakt en is er toen vandoor gegaan, daar ben ik van overtuigd.'

Lilly bekeek het symmetrische gezicht van de jonge man, zijn mooie ogen, die haar een beetje aan Gabriel deden denken. Had

Paul Havenden bewust zo gehandeld? Was hij Rose vergeten toen hij in Engeland terug was? Of waren er verplichtingen geweest waaraan hij zich niet had kunnen onttrekken?

'Voor we hem veroordelen moeten we de hele geschiedenis achterhalen,' zei Lilly, nog altijd blij met haar vondst. Gabriel zal beslist verrukt zijn, dacht ze.

Tegen de avond had ze nog meer artikelen over Rose' optredens, een bericht over haar kleding bij het afscheidsconcert en over het fatale ongeluk van haar vader. In het kerkregister was echter de naam Gallway nergens te vinden geweest.

Wat had je dan verwacht? vroeg ze zich af. Dat je het raadsel meteen op de eerste dag zou oplossen? Je mag tevreden zijn dat je een foto hebt van haar met haar geliefde. Gabriel zal er heel blij mee zijn!

Het was heel waarschijnlijk dat de Nederlanders toen ze zich van het eiland moesten terugtrekken veel documenten hadden meegenomen. Wat Rose Gallways dochter betreft, was een bezoek aan Amsterdam misschien beter. Als er documentatie over de koloniale tijd was, zou die zeker in een museum voor koloniale geschiedenis worden bewaard.

'Het spijt me dat u niet veel hebt gevonden,' zei de plaatsvervangend directeur toen ze de documenten terugbrachten.

'We hebben toch wel het een en ander naar boven weten te halen,' antwoordde Lilly glimlachend. 'Hartelijk dank dat we de kranten mochten doorkijken.'

'Als u meer documenten uit de Nederlandse periode zou willen inzien, dan moet u eens gaan kijken in het vroegere weekendhuis van de gouverneur.'

'Weekendhuis?' vroeg Lilly verbaasd. Toen viel bij haar het kwartje. Dat moest het huis zijn waarvan het terras op de foto bij een van de artikelen te zien was. Het huis waar Rose Gallway had gespeeld.

'Dat is erg modern uitgedrukt, ik weet het. Maar op een beter woord kon ik niet komen. De gouverneur heeft natuurlijk hier in

Padang gewerkt, maar hij had een landgoed buiten de stad, waar hij ontvangsten hield. Dat heeft de aardbeving redelijk goed doorstaan. Maar er is al jaren geen koper voor te vinden. Als het leeg blijft staan, zal het op een dag moeten worden gesloopt.'

'Kan dat dan zomaar?'

'Ik vrees van wel. Weliswaar bestaat er ook hier zoiets als monumentenzorg, maar als gebouwen te sterk beschadigd zijn, worden ze toch afgebroken.'

'Zou het niet lonend zijn er een museum van te maken?' sprak Verheugen de gedachte uit die op hetzelfde moment bij Lilly opkwam.

'Dat zou wel kunnen, maar helaas ontbreken de gelden daarvoor. Bovendien zijn hier nog atijd mensen die op gespannen voet staan met het koloniale verleden. Het onderzoek naar en presenteren van de cultuur van de Minangkabau vinden de overheidsinstanties belangrijker.'

Dat leek ze een beetje te betreuren, hoewel zij ook vast tot de Minangkabau behoorde.

'En wat zullen we in het weekendhuis aantreffen?' vroeg Lilly. 'Bewaart u daar ongeordende bestanden?'

'Zo zou je het kunnen zeggen. In het gebouw staan diverse kratten die wij hier nog niet hebben kunnen onderbrengen. Er is een bewaker die op het huis en de inhoud ervan past. Als u tegen hem zegt dat ik u gestuurd heb, zal hij u binnenlaten.'

'Heel erg bedankt, dat is bijzonder aardig,' antwoordde Lilly en ze deed haar best niet te grijnzen als iemand die van plan was grootmoeders kostbare porselein te jatten. Het huis waarin Rose een concert had gegeven! Het huis waar ze misschien Paul Havenden had ontmoet. Zou je haar geest daar kunnen voelen? Zelfs als er daar in die kratten alleen maar doorweekte troep lag, zou de reis erheen lonend zijn, daar was ze van overtuigd.

'En? Wilt u het huis van de gouverneur zien?' vroeg Verheugen toen ze het museum verlieten. Intussen begon de avondschemering, de lucht werd aanmerkelijk vochtiger.

‘Ja, in elk geval. Misschien vind ik de toegang tot het terras dat op de krantenfoto staat.’

‘Vast wel. Als de bewaker of bouwvallige plafonds u daar niet van weerhouden.’

‘Maar dan heb ik iemand nodig die me erheen brengt.’

‘Die iemand staat voor u,’ beweerde de tandarts.

‘Echt waar?’ Lilly fronste weifelend haar wenkbrauwen. ‘Heb ik u nog niet genoeg van uw tijd beroofd?’

‘Ik zie het niet als beroving van tijd, maar als tijdverdrijf. Wat mij betreft kunnen we erheen gaan en kijken of we iets vinden. En als u last hebt van een slecht geweten, kunt u me op een etentje trakteren, wat denkt u?’

‘Als u zegt waar we heen gaan. Ik heb absoluut geen idee.’ Lilly dacht aan Gabriel en hoopte dat hun etentje al vlug na haar terugkeer eindelijk zou plaatsvinden.

‘In de buurt van het hotel is er een heel goede eetgelegenheid waar je heerlijke *rendang* kan krijgen. Of een hele *makanan padang*.’

‘En wat is dat?’

‘Je moet je makanan padang voorstellen als een soort buffet, je krijgt verschillende gerechten voorgezet met verschillende soorten scherp gekruid vlees, groenten en rijst. Je zoekt iets uit en betaalt alleen wat je hebt gegeten.’

‘Klinkt interessant.’

‘Dat is het ook, maar in veel tenten moet je een beetje op de prijs letten. Met rendang loop je geen risico, dat bestaat uit rundvlees, is ook heel scherp en er wordt rijst bij gegeten. Ik hoop dat u een sterke maag hebt.’

‘Eigenlijk wel,’ antwoordde Lilly, die inderdaad geen moeite had met scherp eten. Vroeger had ze met Peter bijna alle Indische of Thaise restaurants bezocht en was ze in tegenstelling tot haar man aardig resistent tegen scherp eten gebleken.

‘Goed, dan stel ik voor dat ik u over een uur kom afhalen om onszelf te belonen voor alle moeite en die bedompte papierlucht.’

In de zaak die Verheugen had aanbevolen was het rond die tijd een drukte van belang, dus het eten moest echt goed zijn. Het nadeel was alleen dat er aanvankelijk geen tafeltje vrij was. Er zat derhalve niets anders op dan achter aan de rij wachtenden aan te sluiten.

'Met een beetje geluk gaat het vlugger dan je zou denken,' zei de tandarts, en op dat moment wenste Lilly dat ze een beetje vertrouwen van hem kon overnemen. Op de een of andere manier leek niets voor hem een probleem te zijn. Als hij moest wachten, verdreef hij de tijd gewoon met rondkijken of een gesprekje.

Maar Lilly merkte op den duur dat iets van die geest bij haar begon door te sijpelen. In Duitsland zou ze voor een overvol restaurant direct rechtsomkeert hebben gemaakt, maar nu bleef ze staan en piekerde er niet over terug naar het hotel te gaan. Ze zoog de geuren en klanken in zich op, de stemmen en de kleuren, want sommige inheemsen waren in traditionele bonte sari's gekleed.

Anderen droegen witte hemden en broeken, de vrouwen hadden hun haar vrijwel zonder uitzondering bedekt met fleurige doeken.

Na ongeveer een halfuur kwam er eindelijk een tafeltje vrij.

'Geloof me, het wachten wordt beloond,' zei Verheugen terwijl ze plaatsnamen op de zitkussens, die op grote rotanmatten lagen. Daartussen stond een laag tafeltje met fraai inlegwerk. De kelner verscheen nog geen minuut later met de menukaart, die in dik leer was gebonden. De kaart was deels in het Maleis, deels in het Nederlands gesteld. Af en toe stond er ook een Engelse vertaling bij, die echter behoorlijk slecht was.

'Wat betekent dit?' Lilly wees op een regel op de kaart.

'O, dat is koffie van de kat!'

'Koffie van de kat?'

'Daarvoor laten ze koffiebonen door een bepaald soort civetkatten eten, die deze ook weer uitscheiden. Van de op die manier gefermenteerde bonen maken ze koffie, die heel erg duur is. Voor de prijs van een kopje kun je hier een hele maaltijd krijgen.'

‘Ik weet niet of ik koffie zou willen die...’ Lilly rilde.

Verheugen schoot in de lach. ‘Het is een delicatesse! Hier in het land wordt het zeer gewaardeerd en liefhebbers van over de hele wereld bestellen de prijzige bonen.’

‘Die door een civetkat worden uitgescheiden.’

‘Ik zie het al, u moet het bij *tuak* houden.’

‘Zolang het niet uit een dier afkomstig is.’

‘Nee, tuak is zoiets als het voorstadium van arak. Het wordt gewonnen uit de bloesems van suikerpalmen en bevat maar heel weinig alcohol.

‘Dat klinkt acceptabel.’

‘Is het ook. Zullen we dan maar?’ Vanuit zijn ooghoeken had hij de kelner al gezien, die resoluut op hun tafeltje afstevende.

Verheugen bestelde, terwijl Lilly hem geïmponeerd observeerde. ‘Ik heb er geen verstand van, maar blijkbaar is uw Maleis uitstekend.’

‘Als je zo verbonden bent met dit land als ik, wil je ook met de inheemse bevolking kunnen praten zonder hen te herinneren aan de verhalen die hun grootouders over de Nederlanders vertellen. Er zijn er nog genoeg die niet zo best over ons te spreken zijn.’

Lilly moest hem vragend hebben aangekeken, want hij zei nu: ‘Indonesië heeft een nogal wisselende geschiedenis. U hebt wellicht iets gehoord over de koloniale overheersing en de VOC?’

‘U bedoelt de Oost-Indische Compagnie?’

‘Ja, een verbond tussen Nederlandse handelslieden en zeevaarders. Het is een veelomvattend en soms ook bloedig onderwerp. Enkele gouverneurs van Sumatra en Bali waren zo wreed dat het koningshuis ingreep en de vertegenwoordigers van de VOC beval zich te matigen. Toen de VOC in 1799 op de klippen liep, verbeterde het klimaat en namen de wreedheden af. Desondanks klonken er op den duur luide stemmen tegen de kolonialen op. In de jaren twintig van de twintigste eeuw ontstond er een beweging voor bevrijding van de Nederlanders. In de Tweede Wereldoorlog werd Indonesië kortstondig bezet door Japan, wat het einde van de koloniale overheersing betekende.'

'Met al die kennis zou u een goed historicus zijn.'

'Misschien word ik dat nog eens wanneer ik op een dag met pensioen ga. Of ik word schrijver van reisverhalen en vertel over mijn tochten door dit land. Als het eenmaal zover is, geloof ik niet dat ik nog naar Nederland terugga.'

Gezien wat ze van Sumatra had meegemaakt, kon Lilly dat wel begrijpen.

De hele avond vertelde de tandarts over het dagelijks leven in het land, en ook wat over zijn praktijk, maar die leek niet zo belangrijk voor hem te zijn als Indonesië. Even vroeg Lilly zich af of degene die hij hier zou treffen misschien een vrouw was. Verheugen was een knappe man en had humor. Zoals hij over Sumatra en de gebruiken hier vertelde, was aan hem te merken dat zijn band met het land door meer dan liefde voor de natuur en de mensen werd gevoed. Er moest een persoonlijke band zijn. En hoewel ze bij zichzelf zei dat het haar niets aanging, interesseerde het haar wel hoe de vrouw eruit zou zien die hij hier mogelijk zou ontmoeten. Was het een knappe inheemse, zoals de moeder van Rose? Ze had voor zichzelf besloten dat Rose haar veelgeprezen schoonheid vooral aan haar moeder te danken had.

'Ik hoop dat het eten niet te scherp was,' zei de tandarts toen ze door de nachtlucht werden omgeven. Hoewel ze het nog best warm had, huiverde Lilly een beetje. Dat gebeurde altijd als ze uit een warme omgeving naar buiten kwam. 'Veel toeristen hebben er de eerste keer last van.'

Lilly haalde haar schouders op. Dat de maaltijd scherp was geweest merkte ze nog aan haar lippen. Maar het had haar weinig uitgemaakt.

'Ik hou van scherp eten,' antwoordde ze. 'Ik heb er nooit last van gehad. Als ik aan Peter denk...'

'Uw man?'

Lilly boog haar hoofd. Over haar goede stemming trok een grauwe wolk. 'Dat was hij, ja. Hij is enkele jaren geleden gestorven.'

'Dat spijt me. En ik kan me indenken hoe u zich hebt gevoeld. Ook ik heb in mijn leven de nodige verliezen meegemaakt. Maar sinds ik dit land heb leren kennen, geloof ik dat het beter wordt, steeds beter. Omdat u ook hier bent, kan ik nu al voorspellen dat u als een ander mens terug zult gaan. En dat het geluk voortaan aan uw kant zal staan.'

Over die woorden dacht Lilly lang na terwijl ze, beschermd door het muskietennet, onder de koele luchtstroom van de airconditioning op haar bed lag. Tegelijkertijd kwam er een verdenking bij haar op. Was Verheugen misschien niet zomaar aardig, maar koesterde hij verwachtingen? Verwachtingen die ze niet kon vervullen... Ineens kreeg ze een ongemakkelijk gevoel. Ze vond Verheugen gestoord, op een leuke manier, en dat hij haar zo bereidwillig hielp vond ze een beetje beschamend, maar ze was er heel blij mee. Ze kon zich zichzelf niet als zijn partner voorstellen. Ze wist niet zeker of Gabriel als zodanig in aanmerking kwam, maar Verheugen in elk geval niet. Maar wilde hij dat echt? Ellen zou zeggen dat ze een beperkte kijk op de situatie had. Dat je ook tegenwoordig nog mensen had die belangeloos hielpen.

Je moet hem niets in de schoenen schuiven, zei ze bij zichzelf. Die Nederlander is heel aardig, je moet hem niet voor het hoofd stoten. Alleen als hij echt avances begint te maken, moet je hem laten weten dat je daar niet van gediend bent.

Ten slotte deed ze haar ogen dicht en ging bij zichzelf te rade. Was de verandering waarover de tandarts het had gehad al begonnen? Zou ze het pas merken als ze weer bij Ellen was?

Nee, ze merkte het nu al. En terwijl ze zich verheugde op Londen en Gabriel, gaf ze zich over aan de slaap.

24

Padang 1910

Met haar instrument dicht tegen haar borst geklemd hurkte Helen neer in het gras en staarde apathisch naar de punten van haar schoenen. Toen de aarde was begonnen te wankelen, was het allemaal heel snel gegaan. De bezoeksters waren als opgejaagde kippen weggestoven, haar moeder had haar bij haar arm gepakt en mee naar buiten gesleurd. Ze hadden het huis nog niet verlaten of de trillingen werden heviger. Stenen brokkelden af, dakpannen hagelden neer op het gras.

Haar moeder sleurde Helen naar de tuin, naar de plek die Helen altijd het saaist had gevonden omdat er niets anders dan gras groeide.

'Ga liggen!' riep Ivy en ze strekte zich toen naast haar uit. Helen deed haar na, maar hield de viool bij zich, want ze wilde niet dat er iets mee gebeurde.

De aarde onder hen beefde een ogenblik lang heel hevig, toen hield het op en volgde er een stilte die dieper was dan Helen ooit had meegemaakt. Zelfs de apen, wier gekrijs altijd zelfs in de stad te horen was, waren stil. Het ruisen van de zee was verdwenen, bijna alsof de aardbeving al het water had verzwolgen. Antje Zwaneweeg beweerde altijd dat er bij een aardbeving diepe scheuren in de bodem kwamen die alles verslonden wat zich in hun nabijheid bevond.

En nu zat Helen hier. Was dit haar straf omdat ze de onbekende vrouw had verraden? Misschien was het toch een toverfee uit een sprookje geweest! Maar kon haar wraak zo gruwelijk zijn terwijl ze haar zo'n prachtig geschenk had gegeven?

'Helen, Ivy!' klonk de stem van haar vader. 'Godzijdank is jullie niets overkomen.'

Ivy Carter, die de hele tijd net zo zwijgzaam was geweest als haar dochter, stond nu op. 'James! Daar ben je eindelijk!'

Helens vader trok zijn vrouw in zijn armen en kuste haar.

'Het spijt me, ik kon niet eerder komen, in de stad zijn verscheidene huizen ingestort. Er zijn heel veel doden.'

'Mijn god, wat vreselijk! Zijn er bekenden bij?'

'Dat weet ik niet, maar voor zover ik heb gehoord, waren de slachtoffers voornamelijk inlanders en Hollanders. Toen mijn hulp niet meer nodig was, ben ik meteen hiernaartoe gegaan om te kijken hoe het met jullie is.'

Daarbij boog hij zich voorover naar Helen. 'Gaat het goed met jou, m'n kleintje?'

Helen knikte, ze keek echter niet op maar hield haar blik strak op haar schoenen gericht, terwijl ze de vioolkist stijf tegen zich aan drukte. Toch merkte ze dat haar vader en moeder een blik wisselden, en ze wist dat haar moeder in staat was met haar man te praten zonder een woord te zeggen.

'Waar heb je die kist gevonden?' vroeg James Carter en hij strekte zijn handen er al naar uit, maar toen zei Ivy: 'Dat heeft geen zin. Ze staat hem niet af.'

'Is hij zo belangrijk voor je?' vroeg haar vader vol begrip verder, waarop Helen knikte.

'Ze heeft door de aardbeving nogal een schok gekregen,' meldde Ivy. 'En vlak daarvoor... Vlak daarvoor heeft ze voor ons allemaal iets gespeeld op de viool die daar in die koffer zit.'

Haar vader keek even naar Helen, toen legde hij zijn hand zachtjes onder haar kin. Minutenlang keek hij haar in haar barnstenen ogen, toen vroeg hij: 'Heb je een viool?'

'Ja,' antwoordde Helen waarheidsgetrouw. Toen kwamen er tranen.

‘Waarom moet je huilen?’ Haar vader wreef zachtjes met zijn duimen de tranen van haar wangen.

‘Omdat ik bang ben dat jullie hem weer afpakken,’ bekende ze toen.

‘Waarom zouden we dat dan doen? Kun je daar misschien een reden voor bedenken?’

Helen, die vermoedde wat haar vader eigenlijk wilde vragen, schudde haar hoofd. ‘Nee, hij is van mij, ik heb hem niet gestolen.’

‘En van wie heb je hem gekregen? Of heb je hem soms op zolder gevonden?’

Het zou makkelijk zijn geweest die laatste vraag van haar vader met ja te beantwoorden, maar Helen wist dat hij haar dan als leugenaarster zou ontmaskeren. Net als Ivy wist hij heel goed wat er op zolder lag.

‘Hoe kom je eraan?’

‘Dat mag ik niet zeggen.’

Even schoten haar vaders wenkbrauwen omhoog. ‘Waarom niet?’

‘Omdat ik het heb beloofd.’

Haar vader zuchtte. Hij was niet een man die snel boos werd, maar hij hield er absoluut niet van als er iets voor hem verborgen werd gehouden.

‘Aan wie heb je die belofte dan gegeven?’ vroeg hij door, maar nu sloop er iets hards, iets dreigends in zijn stem.

‘Dat mag ik niet zeggen.’ Helen keek haar vader bijna smekend aan. ‘Alstublieft, papa, dwing me niet nog meer te zeggen.’

Nu keek haar vader haar moeder aan. ‘Ze kan spelen.’ verklaarde deze. ‘Ze kwam gewoon naar beneden en speelde ons wat voor.’

‘Misschien heeft Miss Hadeland...’

‘Dat denk ik niet, die is zo verzot op de piano. Naar het zich laat aanzien heeft ons meisje een ander instrument uitgezocht.’ Zacht streelde ze het hoofd van haar dochter. ‘Sommige dingen laten zich niet oneindig verloochenen.’

Helen wist niet wat haar moeder daarmee bedoelde, en ze dacht er verder ook niet over na. Op dat moment wilde ze alleen maar dat de viool niet van haar werd afgepakt. Ook al was er een aardbeving geweest – ook al was ze daar door haar verraad schuldig aan.

'Mag ik eens naar de viool kijken?'

Helen perste haar lippen op elkaar. Weer stroomden er tranen uit haar ooghoeken. Haar dunne armen sloten zich als ijzeren klemmen om de kist. 'Maar u pakt hem toch niet af?'

'Beloofd. Ik wil hem alleen maar even bekijken.'

Omdat ze haar vader vertrouwde, liet Helen haar greep verslappen en zette ze de kist voor zich neer. Het openklikken van de sloten leek haar enorm luid te klinken, en toen haar vader de viool aanraakte kromp ze in elkaar, alsof hij hem onverhoeds had vastgepakt.

'Wat een mooie viool,' mompelde hij terwijl hij hem voorzichtig in zijn handen omdraaide. Toen hij de roos op de achterkant zag, werd hij op slag bleek.

'Ivy...' Meer dan de naam van zijn vrouw wist hij niet uit te brengen. Hij liet haar de viool zien, waarop zij geschrokken haar hand voor haar mond sloeg. Nu wisselden ze alleen nog maar blikken uit, zoals altijd wanneer Helen iets niet mocht horen.

Helen was ervan overtuigd dat ze zich allebei afvroegen of ze de viool niet toch had gestolen. Innerlijk wapende ze zich al tegen dat verwijt, toen haar vader ineens hardop tegen haar moeder zei: 'Blijkbaar heb je gelijk, er zijn dingen die niet eeuwig verborgen blijven.'

Weer waren er die stille blikken, toen legde hij het instrument weer in de koffer.

'Wie heeft je geleerd op de viool te spelen?'

'Ik heb het mezelf geleerd.'

Dat klopte natuurlijk niet helemaal, maar als ze de waarheid had verteld, had ze de mevrouw verraden.

'Je bent een heel bijzonder meisje, Helen.' Haar vader deed de koffer dicht en nam toen zijn dochter in zijn armen.

‘En hoe zit het nu met de viool?’ Het liefst had Helen de koffer meteen weer tegen zich aan geklemd.

‘Zolang niemand hem komt opeisen mag je hem houden,’ antwoordde haar vader na kort beraad. ‘Maar je begrijpt wel dat ik ga informeren of de viool misschien ergens gestolen is. Mogelijk is er iemand heel verdrietig omdat hij zijn instrument mist.’

Helen knikte glimlachend, want ze wist dat de onbekende vrouw de viool niet zou komen terugeisen.

De vraag waar de viool vandaan kwam, stelde haar moeder Helen nog vaker, maar ze kreeg er nooit antwoord op. Helen wist zeker dat de aardbeving een waarschuwing was geweest. Als ze nog meer van haar geheim prijsgaf, zou er misschien iets veel ergers gebeuren. Dat wilde ze in geen geval.

Nadat de door de aardbeving veroorzaakte wanorde was opgelost, werden de muzieklessen met Miss Hadeland hervat. Eerst was deze helemaal niet enthousiast dat Helen wilde ophouden met pianospelen en in plaats daarvan viool wilde oefenen.

‘De viool is een instrument voor zigeuners!’ beklaagde ze zich bij Ivy Carter. ‘De piano is meer iets voor jongedames die in de hogere kringen achting willen genieten.’

‘Maar u hebt zelf gezegd dat Helen op de piano niet noemenswaard vooruitging. Misschien heeft ze zich daarbij verveeld of...’ Ze hief haar hand op en legde Miss Hadeland, die al wilde protesteren, het zwijgen op. ‘Of de piano is gewoon niet het goede instrument voor haar. Misschien moet u eens horen hoe ze vioolspeelt, dan verandert u beslist van mening.’

Helen, die het gesprek vanaf een stoel naast de deur had gevolgd, kwam nu overeind alsof haar moeder haar een onzichtbaar bevel had gegeven.

Behoedzaam pakte ze de viool uit de koffer en smeekte hem niet weer een aardbeving te veroorzaken, want ze wilde nu echt goed leren spelen, en dat was toch wat de onbekende vrouw gewild had. Dat ze speelde.

Toen ze de strijkstok naar de snaren bracht, vertrok Miss Hadeland haar gezicht. ‘Hoe wil ze die viool nu vasthouden? Bij het spelen hoor je te staan!’

‘Laat Helen het eerst eens alleen proberen,’ zei Ivy, en hoewel haar stem zacht klonk, lag er een onuitgesproken dreiging in die de muziekleraress ervan weerhield Helen verder te bekritiseren. Met toegeknepen mond zat ze rechtop tegen de leuning van haar stoel en haar blik verried dat ze Helen geen enkele zuivere toon op de viool toevertrouwde. Helen, die vastbesloten was haar te laten zien dat ze absoluut kon spelen, zette vastbesloten de strijkstok op de snaren.

Terwijl de eerste tonen door de muziekkamer klonken, constateerde ze vanuit haar ooghoeken dat Miss Hadeland volkomen anders begon te kijken. Haar arrogante blik verdween, haar mond viel open alsof ze getuige was van een wonder. Dat gaf Helen het vertrouwen dat ze goed speelde, en dus deed ze nog meer haar best, waarbij haar hartslag de maat leek aan te geven.

Toen ze klaar was, voelde ze zich gewichtloos. Hijgend haalde ze de viool onder haar kin vandaan, voelde hoe zweet haar lichaam verkoelde en dat haar verstand volkomen helder was, alsof er een koel briesje door een raam binnen was komen waaien en alle mufheid had verdreven.

Minutenlang heerste er stilte. Ivy Carter keek verwachtingsvol van haar dochter naar de muziekleraress en terug. Helen hield haar ogen angstig op Miss Hadeland gericht. De blik van haar muziekleraress beviel haar niet.

‘Wat is er, Miss Hadeland?’ vroeg Helen een beetje angstig. Naar haar mening had ze goed gespeeld, haar vreemde vriendin zou zeker tevreden zijn geweest. Maar de ogen van de muziekleraress bleven nog een hele tijd op de viool in haar hand gericht.

‘Niets, er is niets,’ wist deze uiteindelijk met moeite uit te brengen. ‘Het was een mooie voordracht.’

‘Dan denkt u dus dat het de moeite waard zal zijn haar les te geven?’

‘Zeker,’ antwoordde Miss Hadeland wat stijfjes. ‘Natuurlijk moet ze nog het een en ander leren, ze moet vooral die... ongewone stijl afleren, maar ik ben ervan overtuigd dat ze hiervoor meer talent heeft dan voor de piano. Het is nu eenmaal niet iedereen gegeven die kunst te beheersen.'

Bij het horen van de laatste zin zei Helens moeder: 'Goed, dan gaat u het haar leren. We zullen uw salaris wat verhogen, want ik denk dat het echt de moeite waard is dat Helen het instrument goed beheerst.'

Miss Hadeland knikte en haar blik viel op de viool, die nu weer op zijn fluwelen bedje in de kist lag te sluimeren. Helen zag even begeerte in haar ogen opvlammen, maar toen leek de muzieklerares weer tot zichzelf te komen.

'Dank u wel, Mrs Carter, ik zal mijn uiterste best doen. Misschien heeft de wereld binnenkort een nieuw wonderkind.'

Dat haar talent een wonder zou zijn, geloofde Helen niet. Vioolspelen viel haar wel veel minder zwaar dan het produceren van ingewikkelde melodieën op de piano, maar dat zag ze allemaal als het product van haar ontmoetingen met de vreemde mevrouw. De vreemde mevrouw die ze nog steeds niet had teruggezien. Miss Hadeland was in tegenstelling tot deze een zeer strenge leermeester, ze deed het meisje werkelijk niets cadeau, liet haar onzuivere akkoorden telkens weer herhalen, tot haar vingers door de druk op de snaren helemaal verdoofd voelden.

Als Miss Hadeland bijzonder lastig tevreden te stellen was, moest Helen sterk aan de onbekende vrouw denken, die haar zo gewoon en zo vriendelijk had laten zien hoe ze moest spelen. Wanneer de tijd het toeliet ging ze naar de omheining om naar haar vriendin uit te kijken, maar die vertoonde zich niet. Was er tijdens de aardbeving misschien iets met haar gebeurd?

Een andere keer zei ze tegen zichzelf dat de mevrouw misschien boos op haar was omdat Helen de viool niet geheim had gehouden. Het liefst had ze haar uitgelegd dat ze niet anders had gekund, maar de mevrouw was en bleef weg.

Af en toe kwam haar moeder in de muziekkamer om de vorderingen van haar dochter te beoordelen. Miss Hadeland liet de teugels dan een beetje vieren en berispte Helen niet zo scherp als ze iets fout deed. Haar moeder leek in elk geval heel tevreden te zijn over haar spel.

'Helen zegt dat ze zichzelf heeft leren spelen,' fluisterde ze tegen de muzieklerares toen ze dacht dat haar dochter het niet kon horen. Maar Helen hoorde dankzij haar goede oren duidelijk wat ze bespraken.

'Dat kan heel goed,' antwoordde Miss Hadeland. 'Veel grote violisten waren autodidact. En zoals ze speelt is het mogelijk dat ze inderdaad een eigen techniek heeft ontwikkeld. Maar ik ben benieuwd hoe ze aan die viool is gekomen.'

'Daar zwijgt ze hardnekkig over, het heeft geen enkele zin haar daarover eens goed toe te spreken,' zei haar moeder. 'Maar een tijd geleden had ze het over een onbekende vrouw die ze bij de poort had ontmoet. Misschien heeft zij haar de viool gegeven. Misschien was het een zwerfster die niets met het instrument wist te beginnen.'

'Dan is de viool wellicht gestolen.' Helens moeder ontging het begerige oplichten van de ogen van de muzieklerares misschien, maar Helen zag het heel duidelijk. Ze drukte het instrument stevig tegen haar borst en bezwoer zachtjes dat ze het ervoor zou behoeden dat iemand er de hand op legde.

'Nee, dat denk ik niet. En als hij al ontvreemd is, dan niet hier in de buurt. James heeft overal in de stad geïnformeerd, maar niemand mist een instrument. Natuurlijk hebben de mensen nog steeds te maken met de gevolgen van de aardbeving, maar als er een viool ontbrak, was dat zeker opgevallen.'

Helen merkte dat Miss Hadeland daar een tijdje over nadacht, en weer voelde ze de drang de viool stevig tegen zich aan te drukken en hem te verzekeren dat hij in geen andere handen zou geraken dan de hare.

25

Padang 2011

'Wilt u rijden, of zal ik het doen?' vroeg Verheugen, wijzend op de jeep. Die zag eruit alsof hij voor militair gebruik was uitgerust, de camouflageverf bladderde op een aantal plaatsen een beetje af. Roestsporen sierden de achterkant en de deuren op. Lilly lag al de opmerking op de tong dat dit vehikel in Duitsland vast niet door de periodieke keuring zou komen, maar ze wilde niet gaan mopperen terwijl de tandarts zo attent voor haar was.

'Ik denk dat u met zo'n wagen meer ervaring hebt dan ik.'

'Als u daarmee bedoelt dat ik er al vaker in gereden heb, klopt dat. Maar het is makkelijker rijden dan u zou denken. Op de terugweg moet u het eens proberen!'

Met die woorden zwaaide hij zich op de bestuurdersstoel. Lilly bekeek de wagen nog steeds ietwat sceptisch, maar als haar begeleider er vertrouwen in had, waarom zou zij dat dan niet ook hebben?

'Nou, de motor lijkt in elk geval in orde,' grapte Verheugen nadat die na aanvankelijke startproblemen brullend was aangeslagen. 'Stap maar in, ik beloof u dat ik niet zo zal rijden als de taxichauffeurs in Padang!'

Lilly deed wat hij zei, en ze reden weg.

Toen ze zich in het stadsverkeer van Padang voegden was Lilly blij dat ze niet zelf hoefde te rijden. Sommige voertuigen raasden met grote snelheid langs, andere sneden hen zonder ergens rekening mee te houden. Met doodsverachting stormden voetgangers de straat over; sommige lieten het erop aankomen en liepen op hun gemak tussen de voorbijrazende auto's door. Er klonk schel getoeter, hier en daar leek iemand te vloeken, maar zodra de ruststoorder van de straat was, ging alles weer verder.

Uiteindelijk kwamen ze aan de rand van Padang, waar de huizen er heel armoedig uitzagen. In tegenstelling tot de binnenstad waren veel huizen hier nog op palen gebouwd, volgens de Indonesische traditie. Ook waren er een paar 'maanhuizen' te zien, maar over het geheel genomen overheersten andere typen huizen.

Nadat ze een tijdje de drukke hoofdweg naar het noorden hadden gevolgd, sloeg Verheugen een zandweg in.

'Weet u zeker dat dit goed is?' schreeuwde Lilly boven het gebrul van de motor uit, dat luider scheen te zijn geworden.

Verheugen knikte. 'Ik heb gisteravond een kaart bestudeerd. We moeten door een stukje rimboe, maar de weg lijkt redelijk betrouwbaar te zijn. Hij is in elk geval nog tot in de jaren vijftig gebruikt. Daarna is het huis gewoon vergeten. Na het einde van de koloniale overheersing was niemand er belust op de geschiedenis van de vroegere heersers te onderzoeken. Bovendien waren er veel te veel duistere gebeurtenissen die men liever wilde vergeten. Bijvoorbeeld de massaslachting in Rawagede op Java.'

'Wat is er toen gebeurd?'

'De Nederlanders wilden hun koloniale bezit met een oorlog heroveren. Daarbij kwam het tot die massaslachting. Er vielen 431 doden. Niet iets waarmee je je bij de mensen geliefd maakt. Inmiddels is er weer belangstelling voor de koloniale tijd, zoals in het museum is gebleken. Maar er is nog veel te doen.'

Tijdens de rit merkte Lilly dat er af en toe schaduwen door de bomen gleden. Op Sumatra waren er talloze soorten apen, maar de dieren die ze zag verdwenen zo snel in het gebladerte dat ze ze niet kon herkennen.

Na ongeveer een halfuur dook tussen de palmen een verweerd rood dak op, even later schemerde er een vuilwitte muur door in het groen.

Verheugen parkeerde de jeep voor de ingang, waaraan je kon zien dat het huis niet helemaal verlaten was. De bewaker maakte niet veel werk van de beplanting, maar zorgde er wel voor dat het gras niet al te hoog stond.

Toen het geluid van de motor was weggestorven, kwam er een aangename stilte over het terrein. Slechts hier en daar hoorde Lilly geritsel en gekwetter van vogels.

Gefascineerd keek ze naar de kunstig gesmede ijzeren poort, die een beetje scheef in de hengsels hing en met een ketting was afgesloten. Van de vroegere pracht en praal was niet veel meer over. De hoge gemetselde stenen post was met mos begroeid, en omdat de tuin niet door mensen in toom was gehouden had die vrijelijk zijn gang kunnen gaan en de hele omheining overwoekerd. De weg die naar het herenhuis voerde was nog herkenbaar, maar tussen de keien tierde hoog gras. De wegranden waren geen rechte lijn meer maar eerder groene golven. Zwaar hingen de lange takken van de bomen neer.

'Deprimerend, nietwaar? U hebt de oude foto gezien, vroeger kon deze tuin het tegen elke tuin in Engeland opnemen. En nu wordt het steeds meer een oerwoud.'

Omdat de ketting aan de poort geen slot had, trok de tandarts hem er resoluut af en duwde een van de poortdeuren open. Door het schrille gepiep werden een paar vogels in de struiken opgeschrikt en wat lager bij de grond maakte zich iets tussen de ritselende bladeren uit de voeten.

Maar de bewaker was nergens te bekennen.

'Stel dat hij er vandaag niet is?'

'Dan kan hij ons ook niet storen,' antwoordde de tandarts terwijl hij om zich heen keek.

Vanwege de abominabele beveiliging verbaasde het Lilly dat het huis nog niet was leeggeplunderd. Natuurlijk zouden er binnen geen bruikbare meubels meer staan, maar ook de stenen waarmee het was gebouwd hadden beslist waarde en zouden heel goed doorverkocht kunnen worden.

Toen ze bij het huis kwamen, dook ineens de bewaker tussen het groen op en riep iets naar hen. Verheugen verstond het en gaf antwoord, waarop de gespannen uitdrukking op het gezicht van de man meteen verdween.

'Wil hij niet dat we hier rondkijken?' vroeg Lilly toen het gesprekje afgelopen was en de bewaker de buitentrap van het huis op liep.

'Hij heeft gevraagd wat we wilden. Ik heb de naam van onze vriendin bij het museum genoemd en toen werd hij zo mak als een lammetje. Hij gaat het huis voor ons openmaken, maar wil geen rondleiding geven.'

'Die hebben we ook niet nodig, toch?'

'Het enige wat we hier nodig hebben zijn goede oren en vindersgeluk.'

'Waarom goede oren?'

'Omdat ik niet zeker weet hoe betrouwbaar de vloeren daar binnen nog zijn.'

'Dus kapotte plafonds en kapotte vloeren. Misschien moeten we zwevend naar binnen.'

'Geef me maar instructies als u die kunst op een of andere manier verstaat,' antwoordde Verheugen lachend.

De bewaker maakte de grote huisdeur open, waardoor vroeger de gasten naar binnen gestroomd moesten zijn. Een bedompte geur van oude bladeren, zand en vocht sloeg hun tegemoet. Doordat de ramen niet al te zorgvuldig met planken waren dichtgetimmerd, viel er diffuus licht op het parket, dat onder de dikke laag vuil nog nauwelijks te onderscheiden was. Wel te onderscheiden was de route die de bewaker steeds door het huis nam. Het goed belopen pad, waaronder het parket glansde alsof het echt was schoongemaakt, leidde rechtstreeks naar een kleine deur, waarachter Lilly een toilet vermoedde.

Maar zij sloegen een andere richting in. De bewaker had Verheugen uitgelegd dat de kratten met documenten zich in de bibliotheek bevonden, die in het achterste deel van het huis lag.

Nadat ze door de hal waren gelopen, waar het licht een lange bordestrap tevoorschijn bracht, kwamen ze bij de balzaal, waarvan de voormalige luister nog maar flauw te vermoeden viel. Lilly herinnerde zich de foto's in de krant en zag als het ware het voorname feestgezelschap waar Rose voor gespeeld had voor zich. De vadermoordenaars en frakken van de mannen die elkaar hier ontmoetten om zakelijke betrekkingen aan te gaan of de concurrentie in het oog te houden. En al die zijden robes van de dames, die wellicht edelstenen of veren in hun haar droegen. In 1902 was de charleston nog niet uitgevonden, en veel vrouwen hadden vast nog een korset gedragen.

Daartussen stond Rose met haar prachtige golvende lokken en haar bijzondere viool. Weer vroeg Lilly zich af of ze Paul Havenden hier had leren kennen... Als hij bij de gouverneur te gast was geweest, kon hij het concert hebben gehoord en Rose hebben gezien. Waren ze hier verliefd op elkaar geworden?

Lilly zocht naar het raam waardoor de foto van het terras was gemaakt, maar door de planken kon ze niet uitmaken om welk raam het ging.

'Ik denk dat ik weet waar de bibliotheek is,' zei Verheugen ineens. Blijkbaar had hij de tijd waarin zij mijmerend had rondgekeken gebruikt om de plaats van de kratten op te sporen. 'Komt u mee.'

Lilly rukte zich los van de aanblik van de hoge ramen en het houtsnijwerk op het plafond van de feestzaal en liep achter hem aan.

Zoals altijd wanneer ze met oude interieurartikelen of huizen te maken had, ontwaakte de antiekhandelaarster in haar, maar dit keer was er weinig van haar gading. Hier was geen waardevolle ingelegde kast vergeten, hier stond geen secretaire met laden vol oude liefdesbrieven. Het huis had zijn interieur allang verloren, slechts schaduwen op de muren of de vloer wezen op schilderijen, meubels en tapijten.

En toch... had het huis iets bijzonders. Veel oude huizen die aan het verval waren prijsgegeven hadden een sombere uitstraling, alsof ze gefrustreerd waren dat ze waren vergeten. Dit huis straalde ondanks alles warmte uit. Misschien beeldde ze het zich alleen maar in, maar het was alsof het blij was eindelijk weer opgemerkt en door vreemden bezocht te worden – net als vroeger, toen zijn oude eigenaar nog leefde.

'Dit moet de bibliotheek zijn.' Verheugen wees op de openstaande dubbele deur waarvan de witte verf afbladderde. Daarachter kwam een ruimte tevoorschijn die groot genoeg was om ook als balzaal te dienen.

Eigenlijk was dit vertrek niet aan te zien dat het vroeger als bastion van lering en vermaak had gediend. Boekenkasten waren er niet meer. In plaats daarvan stonden er een heleboel kartonnen kratten op de vloer. De lucht was vervuld van muffe vochtigheid en het had Lilly niet verbaasd als er voor hun neus een dikke tropische spin naar beneden was komen zakken.

'Goeie help,' ontsnapte haar toen ze de wanordelijk opgestapelde papieren en boeken zag. De vochtigheid had haar tol geëist van het karton van de kratten, lange scheuren gaapten als open muilen in de zijkanten. Het was slechts een kwestie van tijd tot de kratten het zouden begeven en hun inhoud over de smerige vloer zouden verspreiden.

'Het is echt jammer dat niemand belangstelling heeft voor dit huis,' zei Verheugen. 'Ik zal thuis maar eens een paar mensen aanspreken die genoeg geld hebben om het gebouw te kopen.'

'Denkt u dat de regering dat zomaar toelaat?'

'Zeker. En als een stichting het zou kopen, zou dat nog beter zijn. Het zou overigens ook een geweldig hotel zijn. Dat nog niemand die mogelijkheid heeft ingezien!'

'De mensen hier hebben vast andere dingen te doen dan zich bekommeren om het weekendhuis van hun vroegere onderdrukker. En zelfs als ze dat niet zo zien, zijn er waarschijnlijk dringender kwesties.'

'Daar hebt u ook weer gelijk in. Laat ons eens kijken welke schatten zich hier verbergen.'

‘Prima. Ik stel voor dat u aan de rechterkant begint en ik aan de linker. Dan werken we langzaam naar elkaar toe.’

De tandarts knikte, toen gingen ze aan de slag. Sceptisch bekeek Lilly het eerste krat.

Er zaten alleen wat rekeningen uit de jaren veertig in. Die hadden inmiddels hun waarde verloren, de vorderingen waren allang vereffend of vergeten, de betrokken firma’s bestonden niet meer. De bodem van dit krat was bedekt met schimmel, reden voor Lilly om haar hand schielijk terug te trekken. Het volgende krat zag er niet veel beter uit. Rekeningen, reçu’s, restanten van oude schoolschriften, waarop de namen niet meer leesbaar waren. Lelijk kinderhandschrift, waaraan af te lezen viel dat de bezitter zich bepaald niet graag met algebra bezig had gehouden. Ook een paar Nederlandse schoolboeken. Vast interessant voor deze of gene, maar voor haar volkomen waardeloos.

‘Hebt u al iets gevonden?’ informeerde ze in de richting van Verheugen.

‘Nee, alleen maar troep. Blijkbaar hebben ze vergeten dit hier te verbranden en denken ze nu dat het waarde heeft. En bij u?’

‘Precies hetzelfde. Kent u misschien iemand die een bestemming weet voor door vocht aangetaste oude schoolboeken?’

‘Nee, en ik stel voor dat we ze hier laten.’

‘Goed idee,’ viel Lilly hem bij. Ze wilde ook het derde krat al opgeven, toen ze onder een voddig rekenblaadje op dik bruin leer stootte.

‘Niet te geloven!’ fluisterde ze zo zacht dat de tandarts het blijkbaar niet hoorde, en ze haalde het fotoalbum tevoorschijn. Het was gebonden in dik leer met ingedrukte stempels en behoorlijk zwaar, wat niet verwonderlijk was, want het bevatte heel veel foto’s, afgedrukt op papier of dunne loden platen. Eerbiedig sloeg Lilly het open en stond oog in oog met de gouverneur en zijn huishouding. Naast zijn vrouw en dochter was ook het voltallige personeel te zien. Dienstmeisjes met gesteven schorten en kapjes, een butler met een strenge blik, een kokkin, en als Lilly het goed zag aan de voorschoten, twee huisknechten en twee staljongens. Opvallend was dat het hele personeel uit inlanders bestond – en ze wekten niet de indruk dat hun baas hen slecht behandelde.

De volgende foto's lieten het interieur van het huis zien en het uitzicht uit de ramen. Het terras naar de tuin kwam daarbij ook in beeld, en ook de tuin zelf, die een mengeling was van inheemse vegetatie en Nederlandse hovenierskunst. Lilly moest gniffelen toen ze zag dat er zelfs een perk met prachtige tulpen was.

De foto's daarna waren niet erg interessant. Blijkbaar was het album niet zozeer een persoonlijk familiealbum als wel een soort fotodocumentatie over de geschiedenis van het huis. Er waren foto's van de ontvangst van een sultan, hoogst belangrijk uitziende mannen die met de gouverneur waarschijnlijk kaneelsigaretten rookten, van officiële gelegenheden en een van een metershoge spar die wie weet waarvandaan was gehaald ter ere van het kerstfeest.

De foto die daarna kwam bezorgde Lilly kriebels in haar buik. De vrouw in het midden was onmiskenbaar Rose Gallway. De foto was maar een beetje anders dan die ze in de krant had gezien. Blijkbaar had de gouverneur – Lilly was ervan overtuigd dat het album van hem was – een foto voor zichzelf gevraagd.

Helaas boden de verdere bladzijden weinig nieuws. Nog eenmaal dook Rose op, weer tussen een paar mensen die duidelijk met haar aanwezigheid wilden pronken. Daarna volgden opnieuw taferelen met belangrijke mannen, na een tijdje een foto van de hele huishouding, waarop de dochter van de gouverneur nu een man en een kind had.

Toen ze verder bladerde, ontdekte ze onder een halfdoorzichtig, perkamentachtig tussenblad iets diks, dat geen loden plaatje kon zijn. Voorzichtig sloeg ze het blad om en zag dat er tussen de bladzijden een dun zwart schriftje was gestoken. Dat hoorde daar heel duidelijk niet, maar in de loop van de jaren dat het in het album was vergeten, was het er een deel van geworden. Voorzichtig maakte Lilly het schriftje los en deed het open.

Tussen de fotoplaten was het gespaard gebleven voor het

vocht, het papier zag er nog goed uit, en hoewel de inkt een beetje was uitgelopen, waren de woorden nog heel goed leesbaar.

De tekst was in het Engels gesteld, en het benam Lilly de adem toen ze zag wie de auteur was.

Dit is het dagboek van mijn boetedoening. Rose Gallway.

De woorden op de eerste bladzijde van het schriftje brandden zich rechtstreeks op haar netvlies. Rose Gallway had een dagboek bijgehouden! En ze had het over boetedoening! Wat zat daar wel niet achter verborgen? En hoe was het hier terechtgekomen? Waren alle documenten die na het vertrek van de Nederlandse koloniale heersers waren gevonden hier opgeslagen?

Heimelijk keek Lilly naar Verheugen, die net aan een nieuw krat begon. Het liefst had ze hem het schriftje meteen laten zien, maar iets weerhield haar. Misschien was het ondankbaar, maar voor ze hem deze schat liet zien, wilde ze er eerst zelf in lezen, helemaal alleen, in opperste intimiteit met de vrouw die ooit de eigenares van haar viool was geweest.

Bovendien, hoe zou hij reageren als ze hem meedeelde dat ze het mee wilde nemen? Dit waren archiefstukken, en het zou kunnen zijn dat ze zich verschrikkelijk strafbaar maakte als ze het zomaar meenam. Maar dit schriftje was voor Gabriels Music School een ware sensatie!

Omdat de tandarts nog steeds in zijn kratje verdiept was, schoof Lilly het schriftje kordaat onder haar shirt. Ik beslis later wel wat ik ermee doe, dacht ze. Eerst ga ik het lezen.

'Nou, hebt u iets gevonden?' klonk het plotseling van de andere kant. Lilly schrok op. Had hij soms gemerkt dat ze het schriftje bij zich had gestoken?

'Dat kun je wel zeggen,' antwoordde ze een beetje onzeker en ze pakte het album. Het schriftje nam al snel haar lichaamstemperatuur aan, en toen ze opstond en naar het andere eind van het vertrek liep, merkte ze er niets meer van.

'Zou iemand er iets op tegen hebben als ik dit meeneem?' vroeg Lilly en ze overhandigde Verheugen het fotoalbum.

Die floot bewonderend. 'Als dat geen vondst is! Het verbaast me dat niemand het nog heeft willen hebben. Het is toch een belangrijk tijdsdocument.'

Dat beantwoordde Lilly's vraag. 'Dan is het dus beter om het hier te laten.'

'In uw plaats zou ik het meenemen. Niemand zal er iets op tegen hebben als u de foto's kopieert.'

Lilly knikte. 'Hebt u iets interessants gevonden?'

'Geen idee of het interessant is, mij leken het allemaal kasboeken. De gouverneur heeft naar het schijnt voornamelijk kranten en tijdschriften achtergelaten.'

'Dat zou meer iets zijn voor de mensen in het museum.'

'Klopt, maar we moeten desondanks verder zoeken. Misschien vinden we nog een kerkregister of iets anders. Misschien zijn hier ook wel vurige liefdesbrieven achtergelaten.' Verheugen knipoogde naar haar. 'Bedankt dat ik erbij mag zijn, dit is de spannendste speurtocht die ik ooit heb ondernomen.'

'Weet u dat zeker?' vroeg Lilly een beetje terughoudend. 'U hebt toch al tamelijk veel van de wereld gezien.'

'Dat wel, maar ik heb nooit meegedaan aan onderzoekswerk als dit. Het is echt geweldig om een deel van de geschiedenis van mijn land te ontdekken. U moet weten dat Sumatra in Nederland nog altijd erg in de belangstelling staat, er zijn zelfs musea over. Ik ben er ooit in een geweest, maar dat is iets heel anders dan de geschiedenis daadwerkelijk aan te kunnen raken.' Hij wees naar de kratten. 'Het is in elk geval erg leuk, en ik ben blij dat ik u op het vliegveld heb aangesproken.'

Meende hij dat serieus? Natuurlijk was het leuk om de kratten te doorzoeken, maar was zijn reactie niet wat overdreven?

Vermoedelijk niet, dacht Lilly. Blijkbaar ligt het in zijn aard.

'Ik ben ook blij dat ik u heb leren kennen,' antwoordde ze en ze glimlachte. 'Ik weet niet of ik zonder u zover was gekomen.'

'Natuurlijk was u dat!' antwoordde Verheugen, maar het leek hem zichtbaar plezier te doen dat ze zijn inzet wist te waarderen. 'Laat ons eens kijken of we meer kunnen vinden voor het donker wordt. Ik geloof niet dat de elektriciteit tot hier gekomen is, en de bewaker wil vast ook zijn werkdag beëindigen.'

Lilly stemde daar lachend mee in en zette zich weer aan het werk. Maar nu barstte ze van ongeduld. Wat er ook nog meer kwam, vannacht zou ze allereerst lezen waarvoor Rose met haar dagboek boete wilde doen.

26

Padang 1910

Een maand na de aardbeving was het leven in Padang gaandeweg weer normaal geworden. De zee ruiste weer, de wind zong en in de stad was weer het gekrijs van de apen vanuit de bergen te horen.

De bewoners hadden de puinhopen opgeruimd en de doden begraven. Voor een deel hadden die niet geïdentificeerd kunnen worden, dus werd er een leeg kruis op hun graf gezet in de hoop dat er zich ooit iemand zou melden die hen miste of op z'n minst kende.

Helen oefende verbeten op haar viool en verloor hem geen moment uit het oog. Zelfs onder de maaltijden, onder de lessen en bij het naar bed gaan hield ze hem bij zich. Als ze even niets te doen had haalde ze het instrument tevoorschijn en speelde dan liedjes die Miss Hadeland haar niet leerde, eenvoudige liedjes die voor haar des te mooier klonken.

Soms merkte Helen dat haar moeder bezorgd naar haar keek, maar dan niets zei.

Op een dag verscheen Ivy Carter in de oefenkamer. Ze had een vrouw bij zich, die Helen oeroud toescheen. Haar sneeuwwitte haar was in een knot opgestoken, haar magere lichaam was in een zwarte jurk gehuld die haar nog magerder maakte. Haar gezicht zag er zo hoekig uit dat het leek of het leven alle rondingen eraf had geslepen en haar neus stak uit als de snavel van een vogel.

'Helen, ik wil graag Mrs Faraday aan je voorstellen,' zei haar moeder. 'Ze is toevallig in Padang om naar de leerlingen van mejuffrouw Dalebreek te kijken. Maar ze heeft ook van jou gehoord en ze zou willen dat je haar iets voorspeelt.'

De vrouw bekeek Helen met een stekende blik. Helen durfde niet weg te kijken, maar haar aankijken kon ze ook niet. Dus concentreerde ze zich op de in goud gevatte edelsteen die de oude vrouw op de kraag van haar jurk droeg.

'Mrs Faraday, het is voor mij een grote eer...' begon Miss Hadeland, maar de oude vrouw, die haar ogen niet van het meisje afhield, stak haar hand op en legde haar zo het zwijgen op.

Terwijl Helen haar blik nog steeds op de broche richtte, kwam de oude vrouw dichterbij.

'Hoe oud ben je, kind?' vroeg ze met een snijdende stem die deed denken aan de klank van een slecht gestemde viool. Haar klauwachtige hand strekte zich uit naar de kin van het meisje, en even later legden koude vingers zich op haar huid.

'Acht jaar, *madam*,' antwoordde Helen zo beleefd mogelijk, want ze wilde geen ergernis wekken bij die vogelachtige oude vrouw. Het beeld dat ze van een heks had was weliswaar anders – deze vrouw zag er daarvoor veel te netjes uit – maar je kon nooit weten wat er achter iemand schuilging.

'Acht jaar. Dat is precies de juiste leeftijd. Als ze te oud zijn, zijn de vingers al te stijf om de grepen goed te leren.'

Hoewel ze het over vingers had, bekeek de vrouw onderzoekend Helens gezicht, wat deze heel eigenaardig vond. Toen zei de oude vrouw: 'Speel ons eens iets voor. Het moeilijkste stuk dat je beheerst.'

Daar hoefde Helen niet lang over na te denken. Bedachtzaam pakte ze haar viool van de standaard en zette hem onder haar kin. Daarbij merkte ze dat de blik van de oude vrouw op haar viool viel. Wat er in haar ogen opvlamde kon Helen niet thuisbrengen, maar ze concentreerde zich ook liever op het stuk.

Na een tijdje stak Mrs Faraday haar hand op en haalde Helen daarmee uit haar spel.

'Je speelt werkelijk buitengewoon, meisje. En de klank van je viool is echt fantastisch. Hoe ben je eraan gekomen?'

'Het is een geschenk van een bekende,' antwoordde haar moeder vlug in Helens plaats.

De oude vrouw reageerde daar niet op.

'Je doet me sterk denken aan een meisje dat ooit bij mij les heeft gehad. Ook zij was zeer begaafd, ook zij had deze manier van spelen. Iemand heeft heel duidelijk geprobeerd jou je natuurlijke manier van spelen af te leren...' Daarbij viel haar blik bijna vertoornd op Miss Hadeland, maar toen richtte ze haar ogen weer op Helen. Niet bepaald vriendelijker, maar in elk geval niet verwijtend. 'Dat meisje was een van mijn beste leerlingen. Niet altijd gehoorzaam, maar ze had het ver kunnen brengen. Helaas heeft ze alles vergeten wat ik haar heb bijgebracht en haar carrière vergooid.' Ze zweeg even, pakte toen weer Helens gezicht vast. 'Ja, je hebt veel van haar weg. Waarschijnlijk ben je net als zij. Maar ditmaal zal ik niet toelaten dat een groot talent verspild wordt...'

Helen wist niet waarom, maar bij die woorden begon haar hart wild te kloppen. Wat bedoelde ze daarmee?

'Hoe denk je erover om naar Engeland te gaan en daar op de juiste manier viool te leren spelen? Ik leid in Londen een muziekschool, waar ik je zou opnemen. Je kunt het wel, maar ik ben ervan overtuigd dat er nog meer in zit. Ik weet niet hoe lang ik nog op deze wereld zal zijn, waarschijnlijk is dit mijn laatste reis. Wat er daarna komt, kan ik niet zeggen, maar het staat vast dat je een kans als deze niet nog eens zult krijgen. Dus?'

Helen wist niet wat ze moest zeggen. Nadat ze besluiteloos haar handen had gewrongen, kwam haar moeder tussenbeide.

'Excuseert u mij, maar ik denk niet dat Helen al kan bevatten wat een grote eer het is...'

'Praat met uw dochter,' zei Mrs Faraday. 'En als het nodig is, beslis dan voor haar. U moet in uw achterhoofd houden dat dit meisje het misschien tot grote hoogten in de wereld kan brengen – vooropgesteld dat ze het juiste onderricht krijgt.'

'Ik zal met haar praten,' antwoordde Ivy Carter terwijl Helen naar Miss Hadeland keek. Die leek een beetje verward en staarde de hele tijd over de standaard met de viool heen. Pas toen Mrs Faraday afscheid nam, kwam er weer leven in haar. Samen met Ivy Carter begeleidde ze de oude dame naar de deur.

Helen bleef achter en terwijl ze haar viool met een zachte doek afwreef en hem toen in de koffer teruglegde, vroeg ze zich af wat die oude vrouw nou bedoeld had. Moest ze in Engeland viool leren spelen? Speelden ze in Engeland anders dan hier?

De rest van de dag was Helen niet meer in staat helder te denken. De ontmoeting met de oude vrouw hield haar stevig in de ban, en dus begon ze rusteloos door de tuin te lopen. Daarbij bleef ze in de buurt van de heg en hoopte dat de vreemde mevrouw zou verschijnen. Die kon haar vast vertellen wat Mrs Faraday bedoeld had!

Maar hoe goed ze ook keek, de vrouwen die langs de omheining van haar ouderlijk huis kwamen, waren geen van allen zo mooi als de vreemde mevrouw die haar de viool had geschonken. Zuchtend ging Helen onder een boom zitten. Wat moest ze doen?

Ze keek naar het huis, waar haar moeder nog met Miss Hadeland aan het praten was. Wilde haar lerares misschien niet dat ze naar Engeland ging? Engeland, dat klonk zo ver, maar eigenlijk ook koud. Het was er vast niet zo warm en zonnig als hier, maar op een of andere manier klonk Londen toch ook avontuurlijk.

's Avonds barstte ze bijna van opwinding. Uit angst dat haar moeder een beslissing had genomen die haar niet zou bevallen, kreeg ze bij het eten geen hap door haar keel. Onrustig schoof ze op haar stoel heen en weer, terwijl haar moeder met haar vader kletste en ogenschijnlijk geen notitie van haar nam. Het bezoek van Mrs Faraday kwam uiteindelijk ook aan de orde, maar haar moeder sprak alleen haar lof uit dat ze zo mooi gespeeld had – en kondigde haar man aan dat ze daar later nog met hem over zou praten.

Ten slotte moest Helen naar haar kamer, waar ze erg blij om was. Misschien zou ze doen wat ze altijd deed sinds ze de viool had: het met hem bespreken. Ook hij zou immers de reis naar Londen moeten maken.

Ze trok de koffer onder haar bed vandaan en klapte het deksel open.

Het volgende moment deinsde ze terug.

Haar viool was weg.

Helen huilde urenlang onafgebroken, terwijl haar moeder haar vertwijfeld probeerde te troosten. Helens lippen waren intussen bijna blauw geworden en blijkbaar merkte ze niets van wat er om haar heen gebeurde. Ze treurde als om een levend mens en Ivy Carter hoopte maar dat haar man iets zou ontdekken. Een spoor. Nadat de verdwijning van de viool was geconstateerd, was hij meteen op weg gegaan naar het onderkomen van Miss Hadeland.

Inwendig verzette Ivy Carter zich tegen de gedachte dat de muzieklerares de viool kon hebben gestolen, maar wie had het anders kunnen doen? De oude Mrs Faraday? Nee, dat was onmogelijk, die was nauwelijks in het huis geweest.

Ten slotte hielden Helens tranen op, niet omdat ze nu minder verdrietig was, maar omdat haar ogen, haar hele lichaam niet meer konden. Ze verviel in een eigenaardige verstarring, die haar moeder zelfs niet met scones en zoete melk kon doorbreken. Met gezwollen lege ogen staarde ze naar het plafond tot haar oogleden te zwaar werden en ze door slaap werd overmand.

Maar zelfs toen had Helen geen rust. Ze werd geplaagd door vreselijke dromen. De vreemde mevrouw verscheen, met een bleek gezicht en zwarte schaduwen onder haar ogen, en verweet haar niet goed op de viool te hebben gepast. Voortdurend herhaalde ze haar verwijten en haar gezicht werd steeds dreigender.

Toen Helen huilend wakker werd, zag ze dat ze alleen in haar kamer was. De deur stond op een kier, een felle lichtstraal viel naar binnen. Van beneden drongen stemmen tot haar door. Een daarvan was van haar vader, die terug moest zijn van zijn speurtocht.

'Ik heb de hele stad afgezocht naar Miss Hadeland – zonder resultaat,' zei hij tegen Helens moeder. 'Ze heeft haar kamer vanmiddag opgezegd en is op stel en sprong vertrokken, bijna alsof ze op de vlucht sloeg. Ik heb met de verhuurster gepraat, maar die kon ook geen verklaring geven voor haar gedrag.'

'Heb je haar verteld dat ze de viool van onze dochter heeft gestolen?'

'Ik heb in elk geval de verdenking kenbaar gemaakt. Ze zal het me laten weten als ze haar weer ziet.'

Had haar muzieklerares haar bestolen? Helen herinnerde zich weer de hebberige blikken, en haar borst verkrampte. Miss Hadeland had haar soms nogal streng behandeld, maar dat ze haar waardevolste bezit zou stelen, dat had ze nooit gedacht.

Terneergeslagen sleepte ze zich terug naar haar bed. Daarbij had ze nu het gevoel dat niet alleen haar ogen brandden, maar haar hele lijf. Stel dat de viool nooit terugkwam? Hoe moest ze dan doorgaan met spelen, en wie zou haar lesgeven? Die oude vrouw met haar koude ogen misschien? Trillend kroop ze onder de deken en dacht nog een tijdje over het gebeurde na. Het is niet mijn schuld, zei ze tegen zichzelf. Ik heb toch niet kunnen zien dat ze aan mijn vioolkist zat...

Toen Ivy Carter de volgende ochtend de kamer van haar dochter binnenkwam, trof ze het meisje koortsig en vrijwel bewusteloos aan. Geschrokken over Helens toestand, riep ze haar man.

'Dat moet van het vele huilen komen, ze heeft zich ook zo vreselijk opgewonden,' constateerde hij en hij liep weg om de dokter te halen.

Hem vertelden ze het hele verhaal niet, ze vermeldden alleen dat het meisje heel erg gehuild had omdat ze iets persoonlijks had verloren.

'Waarschijnlijk is het zenuwkoorts,' constateerde de arts terwijl hij Helens pols voelde. 'Ze heeft een krachtige hartslag en ik kan ook geen andere oorzaak voor een ziekte vinden. Ik geef u wat koortspoeder en raad u aan koude omslagen te maken. En indien mogelijk datgene wat de kleine verloren is, te vervangen.'

Toen de dokter was weggegaan, begon James Carter in de eetkamer onrustig heen en weer te lopen tot zijn vrouw eindelijk weer beneden kwam.

'Hoe is het met haar?' vroeg hij, waarop zij haar hoofd schudde.

'Niet beter. Ik heb haar gewoon niet wakker genoeg kunnen krijgen om haar het koortsmiddel te geven. Ook de omslagen halen haar niet uit haar slaap. Maar ik zal het later nog eens proberen.'

'Vervloekt wijf,' mompelde Carter woedend voor zich uit. 'Hoe heeft ze het in haar hoofd kunnen halen!'

'Ik weet zeker dat de politie Miss Hadeland vindt.'

'Ik heb het niet over haar!' voer haar man tegen haar uit. 'Je weet wie ik bedoel! Ze had het recht niet het kind op te zoeken. Niet na alles wat er gebeurd is. En dan de viool! Waarom is ze in godsnaam naar Helen op zoek gegaan? En hoe heeft ze haar kunnen vinden? Is ze van plan haar nu weer weg te halen? Na alles wat wij gedaan hebben?'

'Ik denk niet dat ze dat doen zal, want anders had ze zeker al bepaalde stappen ondernomen. En wie weet waarom ze haar dit geschenk heeft gegeven.'

'Ze heeft onze Helen laten beloven dat ze niets zou zeggen. Wie weet wat ze haar verteld heeft!'

'Ik denk niet dat ze iets tegen haar heeft gezegd wat onze autoriteit in twijfel trekt, anders was Helen allang op een of andere manier in opstand gekomen.'

'En hoe zit het dan met die koorts?'

'Die kan moeilijk zijn gekomen doordat Helen haar gezien heeft. Helen verafgoodt die viool, ze behandelt hem bijna als een mens.'

'Dat is toch niet normaal,' bromde Carter kwaad. Ze moet niet zo veel liefde aan een voorwerp besteden!'

'Weet je wat Mrs Faraday heeft gezegd?' vroeg Ivy daarop zonder hem gelijk te geven of zijn bewering te betwisten. 'Dat ze net als zij was. Dat ze hetzelfde talent had. Het zou zonde zijn als het verspild werd, hoewel...'

‘Ik weet het niet, Ivy,’ zei James, nu weer wat rustiger. ‘Als we haar voor al die toestanden bewaren, als we haar vooruitgang niet meer stimuleren, blijft haar misschien het een en ander bespaard.’

‘Maar we onthouden de wereld iets geweldigs als we het niet doen. Mrs Faraday mag dan een hardvochtige vrouw zijn, ik had de indruk dat ze heel precies weet wat ze doet.’

‘Je bedoelt dus dat we Helen naar Engeland moeten brengen.’ Ivy kon de onuitgesproken gedachte achter die woorden vermoeden. Als Helen naar Engeland ging, kon die vrouw haar ook niet meer opzoeken...

‘Ik zou voorlopig met haar mee kunnen gaan,’ stelde ze dus voor. ‘Ik zal erop toezien dat ze fatsoenlijk wordt ondergebracht en dat het goed met haar gaat.’

‘En wat denk je, hoe lang zal het duren voor ze de waarheid te weten komt? Met haar vermoeden was Mrs Faraday zo dicht bij de waarheid, als ze een en een bij elkaar optelt kan ze grote verwarring bij Helen veroorzaken.’

‘Het zijn vermoedens, meer niet,’ kalmeerde Ivy haar man. ‘Bewijs daarvoor zal ze nergens vinden, meneer Van Swieten heeft ons zijn erewoord gegeven en dat zal hij niet breken.’

‘Ik wil mijn kleine meisje niet verliezen, Ivy,’ zei James, toen trok hij zijn vrouw in zijn armen.

‘Dat zal ook niet gebeuren,’ beloofde ze hem. ‘Onze dochter zal op een dag een beroemde vrouw zijn, de hele wereld zal naar haar opkijken. Die kans mogen wij haar niet ontzeggen, ongeacht wat er in het verleden is gebeurd. Bovendien kunnen we als Helen in Engeland is, haar er beter voor bewaren dat ze opnieuw probeert contact op te nemen.’

James dacht over die argumenten na en knikte uiteindelijk.

‘Oké, dat is misschien het beste.’ Maar voordien moet ik Helen wel een nieuwe viool bezorgen. Ik vrees namelijk dat die vervloekte Hadeland met het instrument verdwenen is en het mogelijk al te gelde heeft gemaakt.’

Ivy kuste hem teder op zijn mond. ‘Ik ben ervan overtuigd dat je een nieuw instrument vindt. Daarmee kunnen we Helen dan hopelijk weer wat opmonteren.'

Intussen droomde Helen weer, maar geen droom vol toorn en verwijten. Ze bevond zich in een tuin die grotendeels door mist was ingesloten. Af en toe drongen er bontgekleurde vlekken door het wit heen, de bloesems van rododendrons, magnolia's, frangipanes en schitterende orchideeën.

Waar Helen ook keek, ze kon begin noch einde aan de tuin ontdekken. Iemand had haar ermiddenin neergezet en geen aanwijzing gegeven waar ze naartoe moest gaan. Aarzelend deed ze een stap naar voren en merkte dat ze haar witte zondagse jurk aanhad.

Was ze misschien gestorven? Ze had nog nooit een dode gezien, maar ze wist van vriendinnen die al eens iemand uit hun familie hadden verloren dat doden altijd heel mooi werden aangekleed voor ze werden begraven. Waarschijnlijk omdat ze die kleren naar de hemel meenamen en de engelen niet graag zagen dat iemand niet passend gekleed was.

Maar als ze echt dood was, waarom kwam er dan geen engel om haar op te halen?

'Daar ben je dan,' zei plotseling een zachte stem.

Toen Helen zich omdraaide, zag ze de vreemde mevrouw. Ze droeg dezelfde japon als toen ze haar voor het eerst had gezien. Ze was nog steeds heel mooi, maar nu was ze veel bleker dan eerst. Ze strekte haar hand naar haar uit. 'Wil je een stukje met me meegaan?'

Helen wist eerst niet of ze bang moest zijn en weg moest lopen. Maar waarheen? Er was alleen maar de tuin.

Ze stak de vrouw dus haar hand toe, en die bracht haar een stuk door de mist, tot ze uiteindelijk bij een witte stenen bank stopten.

'Het spijt me,' zei Helen voor ze gingen zitten. Hoewel de vrouw een goedmoedige gezichtsuitdrukking had, vreesde ze dat ze hetzelfde zou meemaken als in de dromen ervoor. 'Ik weet niet hoe de viool is verdwenen, toen ik 's avonds de kist opendeed was hij ineens weg.'

'Het is niet jouw schuld,' antwoordde de vrouw met zachte stem. 'Degene die hem gestolen heeft wordt vast vlug gevonden en bestraft.'

'Hoe weet je dat?'

'Omdat dat altijd zo gaat. Je kunt onrecht begaan, maar je moet weten dat het ooit aan het licht komt. Zorg dat je geen onrecht begaat, Helen.'

Het meisje knikte gedienstig en was tegelijk opgelucht dat de vrouw niet boos op haar was.

'Waarom zijn we hier?' vroeg Helen terwijl ze om zich heen keek. De mist was nog steeds niet opgetrokken, hij zat als watten tussen de struiken om hen heen.

'Ik wil graag dat je me iets belooft,' antwoordde de mevrouw.

'Wat dan?'

'Als je de viool terugkrijgt, zou ik willen dat je er alles aan doet om een beroemd violiste te worden. Wil je me dat beloven?'

'O ja, dat beloof ik!' antwoordde Helen vol vuur.

'Je krijgt hem terug, dat beloof ik. Maar nu moet ik weg.'

'Zien we elkaar weer? Mijn mama denkt erover me naar Mrs Faraday in Engeland te sturen...'

'Ik weet niet of we elkaar zullen weerzien. Maar denk aan je belofte, ja? Speel zo goed als je kunt.'

'Dat zal ik doen!' antwoordde het meisje, waarop de mevrouw opstond en langzaam de mist tegemoet liep.

'Het ga je goed, Helen!' zei ze, en ze draaide zich nog eenmaal om en werd toen door het wervelende wit verzwolgen.

Helen bleef nog een tijdje op de bank zitten en keek naar de plek waar de mevrouw verdwenen was. Ze verwonderde zich dat hun ontmoeting zo vredig was geweest. Zou ze de viool echt terugkrijgen? Voor ze kon opstaan en een uitweg uit de tuin kon zoeken werd ze in duisternis gehuld, en ze sliep droomloos verder.

Drie dagen later vonden bosarbeiders Imela Hadeland in een onherbergzaam gebied, met gebroken nek en half begraven onder een paard, dat de val evenmin had overleefd.

In haar haast om uit de stad weg te komen had ze een weg door een deel van de rimboe gekozen die vanwege het risico met paarden en voertuigen af te glijden zelfs door inlanders werd gemeden. Dat ze te paard was gegaan verbaasde de mensen toch al een beetje, want tot nog toe had ze zich niet als geoefend amazone onderscheiden. Ze had beter een boot kunnen nemen of een koets. Waarschijnlijk was ze dan weggekomen. Maar de angst dat iemand haar wegens diefstal zou kunnen vervolgen was groter geweest dan haar verstand.

Het motief, daarvan waren Helens ouders overtuigd, was hebzucht geweest; blijkbaar verkeerde Imela Hadeland in geldnood, wat ze met de verkoop van de viool had willen oplossen. Ze had haar daad handig uitgedacht. Doordat ze de vioolkist had achtergelaten, had ze zich een kleine voorsprong verschaft, want het ontbreken van de kist zou eerder zijn opgevallen dan het ontbreken van de inhoud ervan.

Dat ze haar muzieklerares met gebroken nek hadden gevonden, betekende een grote schok voor Helen. Natuurlijk was haar dat niet openlijk gezegd, ze hadden haar alleen verteld dat Miss Hadeland een ongeluk had gehad en het niet had overleefd. Maar Helen hoorde haar moeder en haar vader praten toen ze voor haar deur stonden en haar slapend waanden.

Ook over de diefstal van de viool werd niet gesproken. Het instrument was onbeschadigd in de buurt van het lijk gevonden en omdat er nog altijd niemand was die er aanspraak op had gemaakt, kreeg Helen het terug. Als bij toverslag lag het op een morgen op de stoel naast haar bed, en toen verdween ook de eigenaardige ziekte van het meisje. De koorts nam in een mum van tijd af, binnen een paar uur was Helen weer monter als vanouds. En ze speelde. Zo intensief en zo lang alsof ze alle gemiste uren op één dag wilde inhalen. Ze had de vreemde mevrouw een belofte gedaan en daar wilde ze zich ook aan houden.

Een paar dagen later lieten haar ouders haar naar de salon komen en vroegen haar of ze graag naar de muziekschool van Mrs Faraday wilde. Helen was opgetogen. Ze had intussen een paar verhalen uit Londen, de plaats waar haar overgrootouders vandaan kwamen, gehoord en stond te popelen om de stad eens in het echt te zien. Dat haar moeder met haar mee zou gaan, vergemakkelijkte voor haar de beslissing alleen maar. Dat ze haar vader lange tijd niet meer zou zien maakte haar wel verdrietig, maar ze dacht weer aan wat de mevrouw had gezegd. Als ze zich aan haar belofte hield, als ze deed wat zij van haar had gevraagd, zou het misschien allemaal weer goed komen en goed blijven.

27

Padang 2011

'S Avonds in haar hotelkamer, nog vol van de indrukken van de afgelopen dag, haalde Lilly het dunne dagboek uit haar tas, dat ze daar bij haar terugkeer in eerste instantie in had gestopt.

Nadat ze het huis van de gouverneur weer hadden verlaten zonder verder noemenswaardige vondsten te hebben gedaan, waren ze teruggereden naar Padang. Tijdens de rit raakte Lilly in gedachten verzonken. Moest ze Ellen en Gabriel vandaag meteen schrijven? Of kon ze beter met het nieuws wachten tot ze terug was? Na wat wikken en wegen besloot ze de bom pas te laten barsten wanneer ze terug was in Londen. Ze moest toch ook eerst haar vondst eens zelf bekijken.

Verheugen had aangeboden het album bij het museum af te geven en ervoor te zorgen dat de foto's gekopieerd werden. Lilly had hem bedankt en zich toen door hem naar het hotel laten brengen, waar Verheugen afscheid nam met de mededeling dat hij diezelfde avond nog naar het viegveld moest om iemand op te halen.

Nu, na een verfrissende douche en wat fruit dat een vriendelijk kamermeisje haar had gebracht, voelde ze zich in de stemming om zich aan het schriftje te wijden. Voor haar raam breidde zich een grandioze zonsondergang uit over Padang. Oranje, rood en violet vermengden zich tot een adembenemende sluier, terwijl overal in de gebouwen licht opvlamde en buiten de geluiden veranderden. Weliswaar bruiste het verkeer nog altijd, het geluid van de claxons nam Lilly al niet eens meer afzonderlijk waar, maar af en toe drong er een flard muziek tot haar door. Zou er nu in de stad ergens een schimmenspel zijn? Of een concert?

Ellen had er vast op gestaan te gaan kijken, maar voor Lilly was deze avond gereserveerd voor Rose Gallway.

Eerbiedig streek Lilly met haar vinger over de kaft van het schriftje, toen liep ze naar haar bed, vanwaar ze een geweldig uitzicht op de avondhemel had.

'Nou, Rose,' mompelde ze. 'Vertel het maar eens...'

Uit de aantekeningen van Rose Gallway

Misschien is het te laat om met een dagboek te beginnen, maar ik heb er behoefte aan mijn gedachten te ordenen.

Het schrijven kost me moeite, maar ik zou graag willen dat er iets van mij achterblijft. Iets wat misschien de tijd doorstaat, iets wat nakomelingen verklaart waarom ik zo gehandeld heb als ik het heb gedaan.

Sinds de dokter de diagnose heeft gesteld en ik weet hoe weinig tijd ik nog heb, word ik door nog slechts één gedachte bezield: mijn fout van destijds goedmaken.

Al die jaren heb ik mezelf verwijten gemaakt. Ik mag dan wel een groot schandaal hebben vermeden, waarvoor ik meneer Van Swieten eerst heel dankbaar was. Maar de prijs daarvoor was leegte, eenzaamheid. Het verlies van mijn gave. Mijn neergang. In de mensen had ik nauwelijks meer vertrouwen, tegenover mannen was ik gevoelloos.

En toch is er weer een man die me nieuwe hoop geeft. Hij is volkomen anders dan degenen die in mij alleen maar een mooie vrouw zien wier beeld ze voor ogen houden bij het uitleven van hun smerige lusten.

Swanson is wel de onaantrekkelijkste man die ik ken, en dat geeft mij juist vertrouwen. Hij praat alleen voor zover het nodig is, luistert in plaats daarvan lang en onvermoeibaar naar je en geeft je het gevoel dat zijn verstand als een spons elk detail opzuigt.

Hij is bereid aan mijn wens te voldoen. Ook als het moeilijk zal zijn. Van Swieten is al drie jaar dood – en zijn er echt documenten over de gebeurtenissen van destijds? Dat betwijfel ik. Er is vast alles aan gedaan om geen sporen achter te laten.

Maar ik wil bij het begin beginnen. Bij de tweesprong in mijn leven waar ik, zonder het te beseffen, de verkeerde weg ben ingeslagen.

Nadat mijn vader bij het ongeluk in de haven was omgekomen, veranderde het leven voor mijn moeder en mij. Ik bereidde me voor op het voortzetten van mijn tournee, zonder er een idee van te hebben of ik daar ook echt toe in staat was. Mijn moeder begon voorbereidingen te treffen voor de terugkeer naar haar geboortedorp Magek. Omdat het huis nog maar een paar maanden van haar zou zijn – er was al een nieuwe havenmeester gevonden – stuurde ze een bode naar haar dorp om de oude vrouw die haar had opgezocht te laten weten dat ze haar plaats in het dorp bij haar familie zou innemen.

Bij het afscheid vergoot ik daar bittere tranen om. Tijdens mijn reizen had het me altijd erg goed gedaan te weten dat zij daar was, in het huisje aan de haven. Nu zou ik, als ik haar wilde zien, diep de jungle in moeten trekken – wat onmogelijk was bij het tijdschema dat Carmichael voor me had opgesteld.

Onze wegen scheidden zich een dag voor mijn schip uit zou varen, want het dorp had al een ossenwagen gestuurd om haar af te halen.

Weer drukte ze me op het hart naar datzelfde hart te luisteren als ik voor een beslissing stond. Onwetend in welke situatie ik me toen al bevond, beloofde ik het haar en keek de wagen na die met haar in de jungle verdween.

Vol verdriet en verlangen, vol tegenzin en onzekerheid ging ik uiteindelijk aan boord van het ms Flora, dat ons naar India zou brengen.

Al tijdens de overtocht begon ik me vreemd te voelen. Mijn stemmingen wisselden, deinden mee met het schip op de zeegang. Nu eens op, dan weer neer. Op het ene moment leek mijn kleedster Mai me het liefste wezen ter wereld, op het andere verafschuwde ik haar hartgrondig en joeg haar weg als ze mijn haar wilde doen. Ik kon me indenken hoe ze tegen Carmichael over me praatte. Ze hield me voor volkomen gestoord. En Carmichael? Nee, hij zal haar vast geen gelijk hebben gegeven. Hij had al met een paar artiesten gewerkt en wist dat velen van hen overspannen waren.

In mijn geval dacht hij dat mijn toestand werd bepaald door de voorafgaande gebeurtenissen. Dus liet hij me begaan als ik raasde en tierde, zei niets als ik Mai een oorvijg gaf en liet zich niet zien als ik in een slecht humeur was. Zelf besefte ik echter dat er iets in mij gebeurde, iets wat me als een marionet bespeelde en me ertoe bracht me onmogelijk te gedragen. Anders was ik nooit zo'n vreselijke draak geworden.

Bij aankomst in Delhi – we moesten nog mijlen over land afleggen – ging het vreselijk slecht met me. Mijn benen zwollen op alsof ik oedeem had, ik zweette bij de geringste inspanning, en daarbij kwam nog de misselijkheid.

Eerst probeerde ik het te verbergen. Ik maakte mezelf wijs dat het kwam door het vreselijke eten op de boot en tijdens de reis over land. In geen geval mocht Carmichael in de gaten krijgen wat er aan de hand was, omdat hij dan weer met verwijten zou komen en zou zeggen dat ik de tournee niet zomaar mocht laten schieten. Hij zou het voor elkaar hebben gekregen me zelfs vlak voor een flauwte tegen een pilaar te zetten en me de viool in de hand te duwen. Daarom bezocht ik in Delhi heimelijk een Engelse arts, die me iets vertelde wat me ten zeerste choqueerde – en wat me van de ene op de andere dag van de vaardigheid beroofde om net zo te spelen als vroeger. Het was alsof ineens iets in mij zich verzette tegen de muziek, die me vroeger zo wonderbaarlijk had vervuld.

Al bij de eerste oefeningen voor het concert merkte ik dat de beelden ontbraken. Zolang ik me kon heugen waren beelden onlosmakelijk met mijn muziek verbonden geweest. Elk stuk riep nieuwe in me op. Wanneer ik speelde, was ik van de last van de wereld verlost, ik merkte zelfs niet eens dat ik op het podium stond. Maar nu voelde ik alleen nog zwaarte. Zelfs toen ik bij het graf van mijn vader speelde had ik me niet zo zwaar, zo onbekwaam gevoeld.

Door het gemis van de beelden, het ontbreken van de euforie werd mijn hand onzeker. Ineens vreesde ik de muziek geen recht te doen. En alles werd overheerst door angst. Angst dat ik wat ik tot dusver had weten te verbergen niet langer meer geheim zou kunnen houden. Dat maakte me nog onzekerder en zo werd de boosaardigheid die ik aan de dag legde mijn schild en wapen waarmee ik de mensen verjoeg.

Ik herinner me de dag dat het geheim niet meer te verbergen viel nog goed. Het was de dag waarop ik moest inzien dat mijn bezieling voor de muziek tanende was.

'Het concert was een ramp!' schimpte Carmichael terwijl hij in mijn hotelkamer voor me liep te ijsberen. 'Wat was er met je aan de hand? Je speelde alsof je met je hoofd heel ergens anders was. Als je je zoiets nog eens permitteert, is je carrière naar de maan!'

Ik gaf geen antwoord. Over de muziekstandaard heen staarde ik in de leegte. De herinnering aan het desastreuze concert galmde als de dissonant van een gesprongen snaar in me na. Telkens weer hoorde ik de passage, voelde hoe mijn vingers faalden en hoe zwak mijn strijkhand was.

Ik had het verprutst! En wel zo ernstig dat de geschoktheid daarover duidelijk aan het publiek te merken was geweest. Nooit eerder was me zoiets overkomen!

En nooit eerder had ik me zo klein gevoeld. Opeens bespeurde ik alle gevoelens die ik onder de dekmantel van mijn opvliegende temperament had verborgen: de rouw om mijn vader, het verlangen naar mijn moeder en de allesverterende hunkering naar

Paul. Sinds onze zondige nacht op de plantage hoopte ik elke dag op bericht van hem. Natuurlijk was dat ijdele hoop, want hoe kon hij me in Delhi bereiken? Ik had in het hotel waarin ik had overnacht een bericht achtergelaten voor het geval dat hij zich daar zou melden, maar waarschijnlijk was hij nog niet eens terug in Engeland.

Bij mijn toestand van onzekerheid hoorde nog iets anders. Hatelijke stemmen kwamen in mijn geest op. Stemmen die me toefluisterden dat hij me alleen maar had gebruikt om zijn lust op te botvieren, om me aan zijn verzameling trofeeën te kunnen toevoegen.

Hoezeer die zich ook aan me opdrongen, ik weigerde er geloof aan te hechten.

Kon de man die zo teder mijn rug had gestreeld, zo hartstochtelijk mijn huid en mijn lippen had gekust, werkelijk tegen me hebben gelogen?

Nee, dat was onmogelijk. Paul mocht dan misschien in een maatschappelijk keurslijf vastzitten, aan een ander beloofd zijn en uiteindelijk niet de kracht hebben de verloving te verbreken, maar een leugenaar was hij beslist niet.

Door dat alles kwam er een eigenaardige trots bij me op. Terwijl Carmichael zijn tirade voortzette en me voorhield wat me allemaal te wachten stond als ik niet tot bezinning kwam, haalde ik diep adem en zei: 'Ik ben zwanger.'

Carmichael zonk gechoqueerd tegen de deurpost neer. Nooit zal ik zijn gezichtsuitdrukking vergeten. Geen vuistslag had hem zo effectief het zwijgen kunnen opleggen als die woorden. 'Wat zeg je daar?' vroeg hij verward.

'Dat ik zwanger ben,' antwoordde ik.

Carmichael bracht een geluid uit dat leek op dat van een leeglopende ballon. 'Lieve help! Het was die Engelsman, nietwaar? Ik draai hem de nek om als ik hem nog eens zie! Wanneer hebben jullie... Soms op die avond dat jullie weg waren?'

'Dat gaat jou niet aan!' voer ik tegen hem uit.

Carmichael snoof als een stier in de arena. 'Weet je wat dat betekent?'

'Dat ik een kind krijg.'

'Dat je je hele carrière bederft, verdomme!' Carmichael sloeg met zijn vlakke hand zo hard op de ladekast naast de deur dat ik verschrikt in elkaar kromp. 'Wat denk je dat de concertorganisatoren zullen zeggen als er een zwangere vrouw op het podium verschijnt? Om van het publiek maar helemaal te zwijgen. Als je getrouwd was, zou het anders liggen, maar nu...'

Ik keek hem fier aan. Wat hij zei, was juist; desondanks voelde ik me op dat moment boven hem verheven. En ik bespeurde ook leedvermaak dat ik de oorzaak was van zijn misnoegen.

Natuurlijk was het slecht voor mijn carrière, want de rol van engel werd alleen geaccepteerd als je rein bleef en de schijn wekte dat je net als een bloem slechts van licht en lucht leefde. Hartstocht en vleselijke lust pasten daar niet bij.

'Je moet naar een engeltjesmaakster gaan.'

Die woorden troffen me als een zweepslag. Ik had moeten weten dat een man als Carmichael in de tegenaanval zou gaan!

'Heb je je verstand verloren?' bracht ik verbijsterd uit.

De diagnose van de dokter mocht me dan eveneens gechoqueerd hebben, het laatste waaraan ik had gedacht was me van het kind te ontdoen. Het was Pauls kind, een kleine Lady of een kleine Lord Havenden. Het was mijn zekerheid dat hij bij me terug zou komen.

'Natuurlijk niet hier,' bond Carmichael in, zonder mijn antwoord juist te interpreteren. 'We gaan naar Engeland. En daar laat je het gewoon wegmaken.'

'Nee,' antwoordde ik koud. 'Afgezien van het feit dat het mij ook het leven zou kunnen kosten, zou het pure moord zijn!'

De derde reden, namelijk dat ik hoopte algauw Lady Havenden te zijn, noemde ik niet, want daarmee had ik me ongetwijfeld zijn spot op de hals gehaald. En het was al erg genoeg dat de stemmen in mijn achterhoofd me voorhielden dat Pauls bedoelingen oneerbaar zouden kunnen zijn geweest.

Carmichael keek me gekweld aan. 'Rose, begrijp het dan! Dit kan allemaal een vreselijk schandaal veroorzaken! Een buiten-

echtelijk kind! Niemand zal je weer laten spelen zolang je niet getrouwd bent!'

'We kunnen het toch geheimhouden?' stelde ik voor. 'Ik zal misschien een paar maanden niet kunnen spelen, maar...'

'En hoe leggen we het publiek uit hoe je aan het kind gekomen bent?'

'Ben ik het publiek dan rekenschap verschuldigd?' vroeg ik verontwaardigd. Als ik aan de mensen dacht die die dag bij mijn miskleun hadden gekeken alsof ik de duivel had opgeroepen, draaide mijn maag om.

'Je staat in de openbaarheid, in de schijnwerpers! Je bent niet iemand die zomaar een paar maanden kan verdwijnen om een kind te krijgen. Er zijn afspraken!'

'Maar wat is erop tegen een halfjaar vrij te nemen?' was mijn weerwoord. 'We zijn nu al twee jaar onderweg. Het publiek zal er begrip voor hebben.'

Weer snoof Carmichael. 'En in de tussentijd werpt zich iemand anders op als nieuwe lieveling van het publiek. Nee, dat laat ik niet toe!'

'Ik laat het kind niet aborteren!' Mijn stem schoot schril omhoog. 'Als ik bij de engeltjesmaakster het leven laat, heb je nog minder aan me, dan zal ik helemaal niet meer spelen. Ik krijg het kind, tijdens de tournees breng ik het onder bij mijn moeder, en daarmee basta!'

Carmichael knarsetandde. Hij was woedend. Goed zo! Ik wist hoe hij reageerde als hij woedend was. Dan ging hij gewoon weg. Dan draaide hij zich op zijn hakken om en knalde de deur achter zich dicht. Zo ook deze keer. Het knarsen van de in het slot vallende deur deed me in elkaar krimpen.

Die nacht ging ik aan de schrijftafel zitten en schreef Paul een brief. Ik deelde hem mee wat er was gebeurd in de hoop dat het hem zou sterken in zijn besluit om naar mij terug te keren.

Bij het volgende concert overkwam me geen fout. Ik speelde elke noot zo dat niemand er iets op aan te merken kon hebben. Maar weer zag ik de muziek niet. En ik merkte hoe zielloos mijn viool ineens klonk.

Carmichael verscheen deze keer niet om mij verwijten te maken, een hele week lang communiceerden we, als we dat al deden, via Mai, aan wie ik merkte dat haar sympathie voor mij meer en meer verdween. Waarschijnlijk had Carmichael haar over mijn situatie verteld.

Ik speelde het ene concert na het andere en verloor elke keer meer bezieling bij het spelen. Diep vanbinnen voelde ik dat het allemaal weer beter zou gaan als Paul terugkwam. Een paar keer verbeeldde ik me hem tussen het publiek te zien, en dan werd mijn spel waarempel beter, en hoewel er geen beelden meer voor mijn geestesoog verschenen, kreeg de melodie toch meer ziel.

Des te dieper was het gat waarin ik viel als ik na het concert vaststelde dat ik me vergist had en dat hij het niet was. Ik voelde me alsof ik kostbare energie had verspild, dus ging ik mijn bewonderaars uit de weg en als ik niet aan een gesprek met hen kon ontkomen, hield ik het zo kort mogelijk.

'Nou, het wordt tenminste weer wat,' voelde Carmichael zich geroepen te zeggen toen hij na twee weken weer mijn kleedkamer in kwam. Nee, fouten maakte ik nog steeds niet, maar mijn spel werd zo vlak en koud als een marmeren tegel. Week na week, tourneeplaats na tourneeplaats wachtte ik op bericht van Paul. Ik beeldde me in dat hij, als hij het had gewild, me had kunnen bereiken, dat hij, als hij echt van me hield, halsbrekende toeren zou uithalen om waar dan ook ter wereld naar me toe te komen. Maar er gebeurde niets. Als hij al verscheen, dan slechts in een droom, waardoor ik dan urenlang moest huilen.

Toen viel op een dag mijn toestand niet meer te verbergen, mijn buik welfde zichtbaar onder mijn japon, zelfs als ik de wijdste droeg die ik had.

Het was een illusie me te verbeelden dat ik wie dan ook kon misleiden. Diepe vertwijfeling beving me als ik mezelf in de spie-

gel zag. Wat bij andere vrouwen vast verrukking veroorzaakte, joeg mij meer en meer angst aan.

Maar ik zei tegen mezelf dat het wel zou gaan als Paul eenmaal kwam opdagen. Als hij me tot zijn vrouw maakte, zoals hij had beloofd.

Carmichael begon steeds meer te knarsetanden. De tijd om me nog aan een engeltjesmaakster toe te vertrouwen was voorbij. Het idee voor het kind te moeten zorgen was voor hem een nachtmerrie, maar voor mij stond allang vast dat het moest leven – het was toch mijn kind, dat van mij en Paul.

Toen kwam mijn agent op een dag naar me toe. Ik had er tot dan toe niet over nagedacht waar ik naartoe zou gaan. Het huis van mijn moeder was er niet meer, zij zat in de jungle, in Magek, een plaats die slechts een vage herinnering uit mijn jeugd was en waar mij aanspraken wachtten waarop ik nog niet voldoende voorbereid was. Bovendien zou Paul me bij zijn terugkeer daar nooit ofte nimmer vinden!

Carmichael bleek heel behulpzaam, hoewel ik hem niet om hulp had gevraagd. Hij had me, nu ik hem niet meer van nut was, gewoon kunnen laten vallen, maar dat deed hij niet. Hij gebruikte de contacten die we in de afgelopen maanden hadden gelegd en vond iemand die bereid was me op te nemen.

Beschaamd stond ik slechts een week later tegenover Piet van Swieten. Er blonk spijt in zijn ogen, alsof zijn dochter en niet ik deze misstap had begaan. Waarschijnlijk had ook hij me als een engel gezien, als een etherisch, bovenzinnelijk wezen dat geen vleselijke lusten kende. Maar nu moest hij erkennen dat ik ook maar een mens was, zwak en verdorven.

Dat zei hij natuurlijk niet tegen mij. In plaats daarvan bood hij me het bijgebouw van zijn huis aan, het zogenaamde gastenverblijf. Daarin nam ik diezelfde dag nog mijn intrek, met Mai en mijn bagage, want meer dan ik in mijn koffer had bezat ik niet.

Vervolgens wachtte ik vier lange maanden. Dag na dag zat ik bij het raam te wachten. keek ik uit op de sprookjesachtige tuin, die ik algauw in elke stemming kende, want soms keek ik er ook 's nachts naar en vooral in de regentijd, wanneer het sombere grijs mijn ziel verduisterde. Behalve Mai en Carmichael was er niemand bij me. Het personeel van het huis had instructies gekregen zich niet te laten zien. En ook de heer des huizes bleef uit mijn buurt. Toen wist ik dat ik bij hem in ongenade was gevallen, dat zijn toestemming om me hier te verstoppen niet meer was dan een simpele daad van naastenliefde, die hij verrichtte zonder begrip voor me te hebben.

Het bijgebouw van Welkom had desondanks voor mij een oord van rust en ontspanning kunnen worden. De feërieke tuin had mijn ziel kunnen sterken, me het vertrouwen kunnen schenken dat ik het met het kind zou redden. Dat ik ondanks alle schande weer mijn weg zou vinden.

Maar mijn vertrouwen verdween zienderogen. Toen de geboorte naderde, huilde ik bijna elke dag en wenste dat dat schepsel in mijn buik er eindelijk uit was; soms had ik er zelfs spijt van niet voor de engeltjesmaakster te hebben gekozen.

Carmichael zag mijn vertwijfeling en voelde zich gedwongen in te grijpen, zonder eerst mijn toestemming te vragen.

'Van Swieten biedt aan het kind aan een zeer vooraanstaande familie hier in Padang te geven,' deelde hij me op een dag mee. 'Zij zullen het grootbrengen en jij kunt je carrière voortzetten.'

De woorden kwamen als ijzige wind over me heen. Ik voelde echter geen ontsteltenis.

'Is er nog post gekomen?' vroeg ik alleen maar, alsof ik hem niet had gehoord, alsof ik mijn verstand was verloren. In feite probeerde ik een besluit te nemen.

'Nee,' antwoordde Carmichael toonloos en een beetje medelijdend. 'Er was geen post.'

Mijn agent legde me het aanbod van de gouverneur nog drie keer voor alvorens ik me op een ochtend realiseerde dat Paul niet zou komen. Hij had bijna negen maanden de tijd gehad om me op te zoeken, ook zonder mijn brief was er genoeg tijd geweest om terug te keren. Of op z'n minst een bericht te sturen waarin hij verzekerde dat alles goed zou komen. Korte tijd speelde ik met de gedachte een bode naar de eigenaar van de plantage te sturen en te laten navragen of de transactie tussen hem en Paul door was gegaan. Maar stel dat me dan zou worden meegedeeld dat hij en zijn bekoorlijke echtgenote daar zojuist verbleven en zich geweldig vermaakten?

Ik liet Carmichael de gouverneur berichten dat ik akkoord ging.

De bevalling zelf was een van de vreselijkste ervaringen die ik ooit heb meegemaakt. Urenlang lag ik pijn te lijden en om verlossing te smeken. Achteraf ben ik blij dat de herinnering veel details van die gebeurtenis heeft opgeslokt. Ik kan me alleen nog het moment herinneren dat het kind uit me gleed en ik vervolgens een geweldige opluchting voelde. De inlandse vroedvrouw, die blijkbaar niet van de afspraak op de hoogte was, legde het huilende kind op mijn borst, maar haalde het snel weer weg toen de dokter haar iets toefluisterde wat ik niet verstond.

Maar dat moment was voldoende. Ik had het tere gezichtje gezien, waaraan je nog geen echte verwantschap kon toekennen, maar dat toch prachtig was. En ik had ook gezien dat het een meisje was. Ik had een dochtertje!

Het was echter te laat om terug te krabbelen. Het kind was aan een andere familie beloofd, en de bevalling had me zodanig verzwakt dat ik niet in staat was me te verzetten. Ze brachten het weg en mij restte niets anders dan de herinnering aan de bevalling en een week van totale verstandsverbijstering en met vele tranen, die een litteken in me achterliet, ja zelfs bijna mijn hart brak.

Hoewel het opzien had gebaard dat ik, praktisch van de ene dag op de andere, voor zo lang van het toneel was verdwenen, vergaf mijn publiek me mijn afwezigheid en verwelkomde mij, net her-

steld van het kraambed, weer in de schijnwerpers. Eigenlijk had ik ervan moeten genieten dat ik weer de bewonderde musicienne was. Maar ik kon niet blij zijn met het applaus, want ik was er vast van overtuigd dat ik het niet verdiend had.

Carmichael liet het echter onverschillig. Hij organiseerde het ene concert na het andere; de zalen werden kleiner, de belangstelling van de mensen taande, maar ik speelde. Speelde zonder ziel, speelde alleen maar om mijn slechte geweten te sussen. 's Avonds na de optredens staarde mij vanuit de spiegel een lege huls aan en 's nachts werd ik gekweld door nachtmerries, waarin ik een bloederig kindergezichtje zag dat me verweet dat ik het had verkocht.

Maar 's morgens zette ik weer mijn masker op, en na een tijdje raakte ik daar zo aan gewend dat ik dacht weer de oude Rose te zijn, degene die alleen voor de muziek leefde. Uiterlijk mocht me dat lukken, maar dat het slechts bedrog was herkende ik aan het feit dat de beelden bij het spelen nog steeds wegbleven.

Toen, een paar jaar later, leerde ik Johan de Vries kennen, een planter uit de buurt van Padang. Hij kwam naar mijn concerten, en hoewel mijn wangen geen blos meer vertoonden en mijn ogen niet meer straalden, stond hij op zekere dag schroomvallig voor mijn kleedkamer met een bos donkerrode rozen in zijn hand die schandalig duur moest zijn geweest.

Op dat moment, toen hij me nauwelijks durfde aan te kijken, besefte ik dat hij misschien mijn redding was. Dat ik door hem mijn ziel kon redden.

Ik wil het geen liefde noemen. Die had Paul mee over zee genomen, die had hij daar blijkbaar lachend in gegooid zodat de haaien haar konden opvreten.

In tegenstelling tot de relatie met Paul kwamen Johan en ik langzaam nader tot elkaar. Rozen in de kleedkamer, korte gesprekken, brieven, wandelingen. Hij spande zich vol toewijding in om elke wens van mij te vervullen en ik nam zijn gaven welwillend aan. Omdat mijn blik niet meer door liefde werd vertroebeld, zag ik in dat hij mijn kans op eerherstel was.

Toen hij op een dag voor me neerknielde om me een huwelijksaanzoek te doen, zei ik zonder lang na te denken ja. Carmichael was dat allesbehalve naar de zin, maar het betekende dat ik nu voorgoed ver van het podium vandaan zou blijven en niet als violiste in een kroeg in Jakarta zou eindigen. Ik betaalde Carmichael een aanzienlijke som en verzekerde hem van mijn vriendschap; bovendien droeg ik Mai aan hem over, die ik nu niet meer nodig had.

Ik had nog eenmaal opzien kunnen baren met een grootse bruiloft, maar ik verzocht Johan me in alle stilte te trouwen, met een intiem feest in besloten kring. Ik wilde de wereld niet herinneren aan wat ik ooit geweest was, maar me stilletjes en rustig terugtrekken. Er kwam niet eens een huwelijksaankondiging in de krant – op mijn verzoek. In zijn verering deed Johan echt alles wat ik wilde.

Onze huwelijksnacht is me nauwelijks bijgebleven, net als alle andere nachten waarin echtelijke bijslaap plaatsvond. Hij was geen lompe minnaar, integendeel, hij was teder, deed moeite voor me, bewoog voorzichtig en deed me geen pijn. Maar het was alsof zijn toewijding op een steen afketste. Ik liet het over me heen komen en als ik mijn ogen sloot en aan Paul dacht, was het beter te verdragen.

En ik werd al snel zwanger, wat bij de familie van mijn man grote vreugde teweegbracht. Ik deed alsof ik ook blij was en ik verdroeg de ongemakken waardig. Wat me weinig moeite kostte, want er stonden geen publiek en geen ongeduldige agent te wachten. Af en toe speelde ik nog viool, maar alleen omdat ik mezelf wijsmaakte dat het kind in mij misschien muzikaal was, dat ik met de klanken iets goeds voor hem of haar deed.

Ook deze bevalling was afschuwelijk, maar ditmaal zette ik mijn kracht in, in de wetenschap dat ik nu een kind zou krijgen dat misschien troost zou bieden voor het verlies van mijn eerstgeborene. De vroedvrouw legde een jongetje op mijn borst dat net zo mooi was als het mij onbekende kind.

Deze keer herstelde ik niet zo snel. Ik kreeg kraamvrouwen-

koorts en lag dagenlang te ijlen. Ik heb geen idee wat me in die tijd is ontglipt, in het ergste geval heb ik om Paul geroepen, telkens weer om Paul die naar me terug moest komen. Toen ik weer ontwaakte was hij de eerste aan wie ik dacht, maar gelukkig was ik wakker genoeg om te zien dat niet hij zich over mijn bed boog maar Johan, die bijna gek van de zorgen was.

'Je bent er weer!' zei hij opgelucht, en hij streelde over mijn haar en kuste me. 'Ik dacht al dat ik jou ook zou verliezen.'

Die woorden had hij nogal onnadenkend gekozen, want ze maakten mij meteen wantrouwig.

'Wat is er met onze zoon?' vroeg ik zwakjes terwijl de angst aan mijn ingewanden vrat.

Toen leek Johan zijn fout op te merken. Hij beet even op zijn lippen, maar zag in dat liegen geen zin had. 'Onze zoon... is dood,' zei hij toonloos en hij trok mij in zijn armen.

Had het verlies van mijn dochter mijn ziel al diep verwond, deze woorden braken haar voorgoed in tweeën. Naar ik later hoorde, had mijn jongen een hartkwaal gehad, die hij van de familie van zijn vader moest hebben geërfd, want Johan had twee zussen die ook aan hartfalen waren gestorven.

Toen overviel me plotseling een eigenaardige zwakte. Die werd toegeschreven aan de melancholie die ik als treurende moeder voelde. Maar toen ik op een dag onder aan de trap in elkaar zakte, haalde Johan de dokter, en die kwam met een ernstig gezicht bij me zitten.

'Mevrouw De Vries, ik ben bang dat ik geen goed nieuws voor u heb. Uw hart is door de kraamvrouwenkoorts ernstig beschadigd. In elk geval zult u zich de komende tijd erg moeten ontzien, anders vrees ik...'

De woorden bleven hem in de keel steken, maar ik wist wat hij wilde zeggen. Als ik mezelf niet ontzag zou ik sterven. Met nog maar net negenentwintig levensjaren!

Toen Johan na het doktersbezoek bij me kwam, nam hij me zonder iets te zeggen in zijn armen. Ik merkte hoeveel liefde er in die aanraking lag, merkte hoeveel vertwijfeling zijn tranen bevatten, maar zelf voelde ik niets.

Ik was er alleen maar van overtuigd dat niet de kraamvrouwenkoorts mijn hart had beschadigd, nee, veeleer had het verlies van mijn beide kinderen het in tweeën gebroken, en ik voelde dat ik als ik niet op z'n minst mijn dochter zou terugvinden, na mijn dood ten prooi zou vallen aan de eeuwige verdoemenis.

13 februari 1910

Vandaag is dan de dag gekomen. Ik heb afgesproken met de detective. Ik ben vreselijk nerveus, iets waarvoor mijn dokter me heeft gewaarschuwd, want mijn zwakke hart kan geen opwinding meer verdragen, en de aangetaste ader kan elk moment barsten. Ik hoop niet dat God zo wreed is mij het leven te ontnemen voor ik weet waar mijn meisje verblijft. Zeker, ik heb gezondigd, maar ieder mens verdient toch vergeving?

Later op de dag...

Ik kan nauwelijks beschrijven wat ik voelde toen ik voor het detectivebureau stond. Mijn snelle hartslag benam me de adem, en ik kon eerst geen stap verzetten. Mijn lichaam trilde van boven tot onder, een paar bezorgde voorbijgangers vroegen of ik me niet goed voelde. Ik stuurde ze weg met de verklaring dat het warme klimaat me parten speelde, wat hen niet bijzonder verbaasde, want ik kan goed voor een Engelse doorgaan. (Pauls verloofde had voortdurend over de hitte geklaagd.) Ten slotte lukte het me het pand waarin Cooper Swanson werkte binnen te gaan. Afgezien van zijn onaantrekkelijkheid heeft hij een vrij twijfelachtig verleden; de geruchten die over hem de ronde doen luiden dat hij vroeger in het Engelse leger in India heeft gediend, maar daaruit moest vluchten omdat hij bij een ruzie een kameraad had doodgeslagen. Een andere versie houdt in dat hij met Chinese bandieten heeft samengewerkt om in India Engelse vil-

la's leeg te roven. Welke versie ook de juiste is, en of ze misschien allebei verzonnen zijn, interesseert me niet. Ik wil maar één ding: antwoord op de vraag die ik hem weken geleden heb gesteld.

Hij ontving me met een bezorgde blik; waarschijnlijk waren mijn lippen weer blauw geworden, zoals altijd wanneer ik onder grote spanning sta.

'Uw verzoek was echt een grote uitdaging voor mij, Mrs De Vries,' begon hij terwijl hij op de oude leren stoel achter het bureau ging zitten. Maar ik heb positieve berichten voor u.' Daarbij schoof hij een dunne zwarte map over de tafel. Aarzelend maakte ik hem open, wapende me innerlijk tegen het onbekende en was toch niet voorbereid op wat ik nu te zien kreeg.

De fotoplaat liet een meisje zien van ongeveer acht jaar dat zo sprekend leek op mijn spiegelbeeld uit vroegere tijden dat ik alleen maar verschrikt naar adem kon happen. Er was geen twijfel mogelijk, dit was het kind wier gezichtje ik zo lang geleden op mijn borst had gezien!

'Ik moest een paar mensen omkopen, maar die moeite is wel beloond,' merkte Swanson zelfgenoegzaam op, want hij voelde aan dat ik vond dat hij zijn opdracht had vervuld. 'Het meisje bevindt zich onder de hoede van James en Ivy Carter, een zeer vooraanstaande familie in Padang. Het adres vindt u onder de fotoplaat. U kunt natuurlijk overwegen of u nog meer... gebruik wilt maken van mijn diensten. Er is in elk geval geen sprake van goede beveiliging.'

Eerst vroeg ik me af wat hij daarmee bedoelde, maar toen ging me een licht op.

15 februari 1910

Ik kan het bijna niet geloven! Dat meisje, dat kleine meisje met haar barnsteenkleurige ogen! De detective had gelijk, ze was het echt. En ik heb met haar gepraat. Ik heb geen idee hoe ik als kind was, maar dit meisje is zo open, zo meevoelend... Al die jaren heb ik me voorgesteld hoe ze zou zijn. Ik heb me afgevraagd op wie van ons tweeën, haar vader of mij, ze zou lijken. En nu heb ik haar gezien.

De trekken van mijn voorouders zijn bij haar nauwelijks meer aanwezig, de vorm van haar ogen is die van haar vader, en ook is haar huid heel blank. Niemand kan merken dat het bloed van de Minangkabau door haar aderen stroomt. Maar de kleur van haar ogen – die is net als die van mijn moeder. Mijn moeder, die ik niet meer gezien heb sinds ze naar haar dorp is teruggegaan. Ze zou zo vreselijk trots op haar kleindochter zijn. En ik ben trots op mijn dochter, hoewel ik weet dat ik een zware zonde tegen haar heb begaan...

Ik heb nooit van mijn leven in welke god dan ook geloofd, maar wie me de genade heeft verleend haar te zien, met haar te praten, hem dank ik met heel mijn hart. Ook al heeft dat hart me vandaag nog duidelijker laten merken hoe zwak het eigenlijk is.

27 maart 1910

Na een maand ziekte en zwakte, waardoor ik bijna het vertrouwen had verloren dat ik mijn belofte zou kunnen nakomen, kan ik nu eindelijk weer naar haar toe. Terwijl mijn hart moeite deed om door te gaan met kloppen, stelde ik me mijn kleine meisje voor, zoals ze daar achter die traliepoort stond. Het zag er niet uit als een gevangenis, het leek meer op de hemelpoort, van een hemel waar ik buitengesloten was. Maar ik ben dankbaar dat ik er tenminste een blik op mag werpen.

Later...

Mijn kleine Helen heeft de viool nu bij zich, en ik voel me op een of andere manier alsof ik nu zelf bij haar ben, dag en nacht, om op haar te passen. We hebben afgesproken elkaar regelmatig te ontmoeten, zodat ik haar kan leren spelen.

Ik zou haar maar wat graag mee willen nemen, maar dat kan niet. Ze zou binnen een paar maanden wees zijn, en dan zou er misschien niemand meer zijn die zo goed voor haar zou zorgen als de Carters.

Maar er zijn nog twee dingen die ik moest doen voor ik mijn ogen voor eeuwig sluit.

Het eerste is al afgehandeld – ik heb Paul een laatste brief geschreven.

Inmiddels is mijn wrok tegen hem verdwenen, ik begrijp zelfs een beetje dat hij toen niet anders kon. Ja, ik verzet me nog altijd tegen de gedachte dat hij te kwader trouw zou hebben gehandeld. Waarschijnlijk werd hij zodra hij voet op Engelse bodem had gezet weer dusdanig door zijn verplichtingen in beslag genomen dat hij geen andere keus had.

Toch heb ik Carmichael, met wie ik ondanks het beëindigen van onze zakelijke relatie de afgelopen jaren sporadisch contact heb gehad, onlangs verzocht hem dit laatste bericht van mij over te brengen. Paul moet weten wat er van zijn kind is geworden. Misschien hebben de jaren hem ook veranderd en is hij nu bereid de verantwoordelijkheid op zich te nemen. Maar zelfs als hij het niet doet, weet ik haar in heel goede handen, de Carters zijn een zorgzame familie en hun rijkdom komt haar zeer ten goede.

En nu ga ik nog eens achter het bureau zitten, om een brief aan mijn moeder te schrijven, die ik al zo lang niet heb gezien.

Dat ik haar niet deelgenoot heb gemaakt van mijn zwangerschap, dat ik haar niet heb uitgenodigd bij mijn huwelijk, dat zijn nog meer ernstige zonden die ik op me heb geladen. Ik wilde zozeer tot elke prijs voorkomen dat de adat eisen aan mij zou stellen dat ik vergat dat het geen dwingende oude vrouw zou zijn die me daar verwachtte, maar mijn moeder, mijn moeder, die van me houdt en die me had kunnen helpen een andere beslissing te nemen...

28

Toen Lilly wakker werd was het al bijna middag. Vermoeid knipperde ze met haar ogen in het druilerige daglicht dat door het raam naar binnen viel.

Pas na enkele minuten werd haar duidelijk dat ze de hele nacht met het dagboek van Rose Gallway bezig was geweest. Het schriftje lag onder haar op het hoofdkussen en had een afdruk op haar gezicht achtergelaten.

Toch had ze in geen tijden meer zo goed geslapen. Wat een verhaal! Gabriel zou opgetogen zijn als hij het schriftje in handen kreeg. En zij had nu een uitgangspunt! Rose Gallway was verdwenen omdat ze niet meer Rose Gallway heette maar Rose de Vries. Misschien zou ze die naam ergens vinden. Ze was per slot van rekening de echtgenote van een planter, en als ze gestorven was, was er zeker ook iemand die dat had gemerkt.

Omdat ze nu een halve dag verloren had, ging ze snel onder de douche en nam zich voor daarna bij Verheugen langs te gaan om hem van het dagboek te vertellen.

Beneden bij de receptie lag er een bericht van hem.

U bent na onze tocht van gisteren vast moe, maar het zou me toch plezier doen als u vanavond een feestje wilt bijwonen. De persoon over wie ik u heb verteld is eindelijk terug en ik zou jullie graag aan elkaar willen voorstellen.

Hartelijke groeten,
D.V.

Zijn vriendin is terug, bedacht Lilly, en er gleed een glimlachje over haar gezicht. Ze verheugde zich er echt op die vrouw te leren kennen.

Omdat haar eerlijkheid toch de overhand had op haar zelfzucht, ging ze met het schriftje naar een soort kopieerwinkel, die ze niet al te ver van het hotel vond. Het schriftje zelf bracht ze daarna naar het museum, waar ze het aan de plaatsvervangend directeur overhandigde, die het verbaasd inkeek.

'Dit is een waardevol document, het kan zijn dat de Faraday School of Music u benadert om het te verwerven.'

Iza Navis glimlachte welwillend, toen gaf ze het schriftje weer terug. 'Geeft u het dan aan die school met mijn beste wensen. Het maakt me trots dat een dochter van ons land banden met Engeland heeft, en misschien kunnen we samenwerken.'

'Dat is heel genereus, hartelijk dank,' antwoordde Lilly verbluft. Tegelijkertijd kreeg ze een idee. 'Zou ik misschien een blik in kranten en overlijdensregisters tussen 1909 en 1915 mogen werpen? Het schriftje heeft me een nieuw uitgangspunt voor mijn zoektocht gegeven.'

'Natuurlijk, ik laat de documenten voor u opzoeken,' antwoordde de plaatsvervangend directeur en ze liep met Lilly mee tot de deur van de leeszaal.

De massa papier die een assistent voor haar op tafel legde, leek Lilly in eerste instantie overdonderend, maar even later kwam haar ambitie naar boven. Ze had het gevoel dat er nog maar één puzzelstukje van Rose' geheim ontbrak. Misschien bevond het zich tussen die vele pagina's.

Terwijl ze erdoorheen bladerde, moest ze steeds ook aan Helen denken. Zou zij ooit hebben geweten wie haar moeder was? In het dagboek stond niet vermeld of Rose zich bekend had gemaakt.

Lilly kon zich voorstellen welke enorme verwarring dat bericht bij haar had kunnen veroorzaken...

Hoewel Lilly de betekenis van de Nederlandse krantenartikelen niet kon begrijpen, stuitte ze ten slotte op een foto die eigenlijk voor zich sprak en geen nadere toelichting behoefde.

'Aardbeving', luidde het onderschrift. Dat was bijna hetzelfde als het Duitse woord. De foto toonde ingestorte huizen en omgevallen hijskranen. Mensen keken geschokt naar de zee van puin.

Lilly zocht naar een datum en vond hem uiteindelijk: 6 juni 1910. Maar een paar maanden nadat Rose Helen had teruggevonden.

Opeens werd ze door een eigenaardige onrust overvallen. Ze vloog over de vreemde woorden, waarvan sommige erg veel op het Duits leken. Geen naam. Koortsachtig bladerde ze verder, zocht naar overlijdensadvertenties en dergelijke. Er waren er diverse, maar geen van Rose de Vries. Toen stuitte ze op een lange opsomming van namen.

Een lijst met slachtoffers!

Het begon in haar maag vreselijk te kriebelen. Bijna angstig liet ze haar vingers over de namen glijden. Het waren overwegend Nederlandse en inheemse namen, maar ook een paar Engelse.

'O mijn god!' bracht ze ten slotte uit en ze sloeg haar hand voor haar mond. Daar stond ze, Rose de Vries, echtgenote van Johan de Vries.

Dat moest ze eerst even verwerken. Rose was bij de grote aardbeving om het leven gekomen. Was ze op weg naar haar dochter geweest? Was Helen haar laatste gedachte geweest voor delen van huizen haar hadden getroffen en gedood?

Tranen welden op in Lilly's ogen. Niet alleen vanwege Rose' tragische einde, maar ook vanwege het leven dat ze had gehad. Kon iemand zo veel pech hebben?

Toen ze haar tranen de baas was voelde ze opluchting en bijna ook een beetje blijdschap. Ze moest weer aan Gabriel denken. De oplossing van het raadsel van Rose Gallway en het verband tussen haar en Helen Carter zouden hem enorm plezier doen. En zij verheugde zich erop zijn ogen te zien schitteren, te zien hoe er een brede glimlach op zijn gezicht verscheen. Ze miste hem zo! Bijna nog meer dan Ellen.

Toen ze verder doorbladerde kwam ze uiteindelijk ook Rose' overlijdensadvertentie tegen. Haar man mocht dan geen huwelijksaankondiging hebben geplaatst, het bericht over het verlies van zijn vrouw had hij zo liefdevol verwoord dat je duidelijk merkte hoeveel hij om Rose had gegeven. Zou hij ooit hebben vermoed dat haar hart eigenlijk een ander toebehoorde?

Met kopieën van het artikel, de lijst en de overlijdensadvertentie verliet ze ten slotte het museum. Haar melancholische glimlach werd in de stralende zon, die nu door de dikke wolken brak, een blije. Misschien had Rose nu rust, bedacht ze. Hoewel ik nog steeds niet weet waarom de viool naar mij toe is gekomen, kan ik ermee leven dat ik weet wat er met de eigenaressen ervan is gebeurd.

's Avonds kwam Lilly aan op het adres dat Verheugen haar had gegeven. Ze voelde zich een beetje onhaaglijk. De hele tijd door had ze niet het idee van zich af kunnen zetten dat hij nader in haar geïnteresseerd was. Stel dat zijn bericht maar een voorwendsel was? Onzin, zei ze bij zichzelf. Zoiets heeft een man als hij, bij wie het hart op de tong ligt, niet nodig. Al van verre kon ze de feestvierders horen, waardoor ze zich een beetje geremd voelde, want ze vroeg zich af of ze wel echt welkom zou zijn. Hoe moest ze degene die aan de deur verscheen duidelijk maken dat Verheugen haar verwachtte? Gelukkig deed hij zelf open.

'Nou, bent u uitgeslapen?' vroeg hij met een brede glimlach toen hij haar binnen noodde. 'Toen ik in het hotel naar u vroeg, zeiden ze tegen me dat op uw deur nog steeds het bordje NIET STOREN SVP hing. Omdat ik een positief denkend mens ben, ben ik er niet van uitgegaan dat u iets was overkomen, maar dat u gewoon moe was.'

'Dat was ook zo,' antwoordde Lilly glimlachend terwijl ze hem langs de andere gasten het huis in volgde. 'Ik ben gisteren lang verdiept geweest in een document.'

'Dan hoop ik dat u er iets aan hebt gehad.'

'O ja, zeer zeker. En ik ben vandaag ook nog een keer naar het museum geweest en heb een geweldige ontdekking gedaan. Als u wilt, vertel ik het u later.'

'Dat aanbod neem ik graag aan,' antwoordde de tandarts. 'Maar nu wil ik u aan iemand voorstellen.'

Verheugen maakte zich van haar los en liep naar een groepje mannen. Hij sprak even met een van hen, toen kwam hij met hem terug.

Het was een goed uitziende gespierde man met zwarte lokken en donkerbruine ogen.

'Mag ik u Setiawan voorstellen, mijn levensgezel? Setiawan, dit is mijn nieuwe vriendin Lilly Kaiser.'

Verrast trok Lilly haar wenkbrauwen op en ze was blij dat haar verstand reageerde voor haar reactie verkeerd kon worden begrepen.

'Het doet me plezier kennis met u te maken!'

'Het genoegen is geheel mijnerzijds,' antwoordde de man.

'Setiawan werkt bij een grote computermaatschappij en geeft in het hele land seminars.' Verheugen glimlachte trots, en zijn partner stemde wat schuchter in.

'Een heel verantwoordelijke taak. Ik heb helaas niet zo veel verstand van computers, hoewel dat eigenlijk wel zou moeten. Tot nog toe dacht ik altijd dat ik dat niet nodig had voor mijn winkel.'

'Ik denk dat ik u daarbij zou kunnen helpen,' antwoordde Setiawan. 'Maar nu moet u eerst iets eten en een paar mensen leren kennen.'

'Setiawan is een Minangkabau,' verklaarde Verheugen Lilly later, toen hij na het eten even bij haar kwam zitten. Hij glimlachte naar zijn vriend, die zich naar hem had omgedraaid en eruitzag alsof hij hem smeekte hem van de andere mannen te verlossen. 'Ik heb hem tien jaar geleden tijdens een vakantie leren kennen en ben meteen verliefd op hem geworden.'

'Dan hebt u groot geluk gehad,' antwoordde Lilly bijna een beetje weemoedig. 'Het is niet zo makkelijk iemand te vinden die van je houdt en wiens liefde je kunt beantwoorden.'

'En zo iemand is er niet in uw leven?'

'Misschien wel,' antwoordde Lilly. 'Maar op een of andere manier... Ik denk nog altijd vaak aan mijn man en sta nog niet zo open voor een nieuwe relatie als ik zou willen.'

'Dat u een nieuwe relatie begint, betekent bij lange na niet dat u uw man wilt vergeten. Hij zou het zeker goedkeuren als u weer een verbintenis aangaat.'

'Dat weet ik, maar toch...'

'U zou altijd uw hart moeten volgen. Kijk eens naar mij en Setiawan. We hebben onze relatie een tijd geheimgehouden uit angst voor wat zijn familie ervan zou zeggen. Maar door hen ben ik heel open ontvangen. In Atjeh zijn er wel radicale machtspartijen die homoseksualiteit het liefst strafbaar zouden stellen, maar in het grootste deel van het land wordt het geaccepteerd, wat ik als een grote opluchting ervaar. Daarmee wil ik zeggen dat dingen ons vaak meer angst aanjagen dan nodig is. Dus ga met die nieuwe man in zee, probeer het, u zult misschien verrast zijn hoe simpel het is.'

Lilly knikte en verzonk even in gepeins.

'Setiawan gaat hier een bezoek brengen aan het gezin van zijn zus en wil daarna naar zijn moederdorp, waar de rest van de familie woont. Als u wilt en nog tijd hebt, nemen we u graag mee, dan kunt u de moederhuizen van dichtbij bekijken.'

'Dat zou leuk zijn,' antwoordde Lilly. 'Ik heb echter nog maar twee dagen.'

'Geen probleem, ik breng u weer op tijd terug. Zo'n dorp moet u gewoon gezien hebben!'

Lilly knikte enthousiast. 'Een vriend in Engeland heeft ontdekt dat Rose Gallway voor de helft een Minangkabau was. En haar dochter was dat dus voor een kwart.'

Ze kon nog steeds niet geloven dat Helen het kind van Rose was en dat het Rose inderdaad gelukt was haar te vinden.

'Dan konden beide vrouwen misschien ook aanspraak maken op een erfenis,' merkte Verheugen op. 'Bezit wordt volgens de vrouwelijke lijn doorgegeven. Als er nakomelingen waren...'

'Die zijn er helaas niet,' zei Lilly bijna een beetje bedroefd. 'Helen is met haar gezin bij een aanslag om het leven gekomen.'

'Dat is betreurenswaardig,' antwoordde Verheugen getroffen. 'Weet u althans bij welk dorp ze hoorden? Het zou toch een geweldige afsluiting van uw reis zijn als u ook het dorp zou zien waaruit de moeder van Rose stamde.'

'Ja, ik heb ontdekt dat het dorp Magek heet.'

'Niet te geloven!' barstte Verheugen uit. 'Setiawan komt ook uit Magek, zijn zussen, zijn moeder en zelfs zijn grootmoeder wonen daar! Misschien kennen ze in het dorp de twee vrouwen.'

Lilly schudde haar hoofd. 'Dat betwijfel ik. Rose moest niet veel hebben van de adat. En ze wilde ook niet in de voetsporen van haar vrouwelijke voorouders treden.' Maar misschien kennen ze Adit, bedacht Lilly. Die was immers naar het dorp teruggegaan. Mogelijk zijn er zelfs nog een paar familieleden die me iets over haar kunnen vertellen.

'Magek ligt ongeveer een dag reizen hiervandaan,' vervolgde de tandarts. 'Dan moeten we gauw vertrekken, of hebt u morgen al iets te doen?'

'Nee, eigenlijk niet.'

'En, wilt u het dorp zien?'

'Maar wat zal uw partner daarop zeggen?'

'Hij zal enthousiast zijn om u alles te kunnen laten zien. Het zal zijn familie plezier doen als hij zich weer eens vertoont, vanwege zijn werk komt hij er maar twee keer per jaar.'

'En leg ik echt niet te veel beslag op jullie tijd? Misschien moet u dat Setiawan nog maar vragen.'

'Ik weet al precies wat hij daarop zal zeggen,' antwoordde Verheugen met een brede glimlach. 'Dat hij zich erop verheugt u zijn dorp te laten zien. En dat ze u hartelijk zullen verwelkomen.'

Van louter plezier en opwinding deed Lilly die nacht geen oog dicht. De beelden van de afgelopen nacht en de kennis over Rose Gallway en Helen Carter verdrongen elkaar, en ze kon maar nauwelijks geloven wat ze de afgelopen tijd allemaal ontdekt had.

Tegen de ochtend stond ze toen maar op, ging bij het raam zitten en zag hoe de stad langzaam weer tot leven kwam. Wat zou ze in de jungle vinden? Zou daar 'de maanverlichte tuin' zijn?

Toen Verheugen en Setiawan met hun auto voor het hotel verschenen, zat ze al twee uur in de lobby de kopieën te lezen, die ze eigenlijk niet meer nodig had.

'Hier, voor u,' zei ze tegen Verheugen toen ze hem de blaadjes aanreikte. 'Dit is het dagboek waarover ik u gisteren heb verteld. En kopieën van het artikel over de aardbeving.'

De vorige avond had ze hem niet alleen over de aardbeving en Rose' dood verteld, maar ook had ze met een slecht geweten opgebiecht dat ze iets uit de gouverneursresidentie had meegenomen dat ze hem niet had laten zien.

De tandarts had zijn wenkbrauwen opgetrokken, maar zijn verwondering verminderde toen Lilly hem het verhaal van het dagboek vertelde – en dat ze het ten geschenke had gekregen van de museumdame.

'Ik neem aan dat u mijn hulp nodig hebt voor het vertalen van het artikel.'

'Ja, dat zou heel fijn zijn. Maar alleen als ik u daarmee niet al te veel last bezorg.'

Terwijl ze het zei, bedacht Lilly dat ze nog steeds wachtte op bericht van de man die de bladmuziek op een code zou onderzoeken. Als er iets gekomen was, had Ellen het haar beslist laten weten. Maar welk geheim – als dat er al was – zou het muziekblad verborgen houden?

'Last?' Verheugen schoot in de lach. 'Intussen zou u me toch moeten kennen. Het bezorgt me geen last, maar groot plezier.' En toen voegde hij er knipogend aan toe: 'U hebt me in het begin vast gestoord gevonden, nietwaar?'

Lilly schoof met een besmuikt lachje een haarlok achter haar oor. 'Een klein beetje. Maar ik ben vooral blij dat ik u ben tegengekomen. '

Even later waren ze op weg naar de jungle. De wegen waren voor het grootste deel heel goed, maar af en toe moesten ze ook over kapotgereden landweggetjes rijden, waarop ze flink door elkaar werden geschud. Na een paar uur kwamen ze uiteindelijk aan in Magek, dat zich in het hart van het gebergte bevond, vlak na een van de hoogste bergen van het land, de Gunnung Singgalan.

Het dorp midden in de jungle leek afkomstig uit een sprookje. Grote, met buffelhorens gekroonde huizen, in verschillende kleuren geverfd om de diverse families te onderscheiden, staken uit boven het vele groen.

Volkomen gefascineerd bekeek Lilly de gebouwen, en ook de planten, die hier welig tierden en beslist het hart van iedere botanicus sneller zouden doen kloppen.

Setiawan werd door zijn familie zeer hartelijk verwelkomd, bijna alsof hij jaren weg was geweest.

'Een mannelijke Minangkabau stijgt in aanzien bij zijn familie als hij veel tijd in de *rantau*, in het buitenland, doorbrengt. Ze zullen Setiawan zeker op een dag de titel van *datuk* verlenen en hem tot woordvoerder van de familie maken. Momenteel vervult zijn oom nog altijd die functie, maar zoals u ziet, is hij erg geliefd.'

'Wil hij die titel dan hebben? '

'Natuurlijk! Datuk zijn betekent dat je de belangen van de familie in de openbaarheid behartigt. Het betekent voor de mannen hier een grote eer, en die slaat ook een computerdeskundige niet af, vooral ook omdat het zijn werk absoluut niet in de weg zit.'

Nadat alle leden van de familie Setiawan en Verheugen hartelijk hadden verwelkomd, werd Lilly aan hen voorgesteld. Enkele vrouwen spraken heel goed Engels, en naar ze ontdekte hadden een paar van hen ook gestudeerd. Hoe dat honderd jaar eerder was geweest wist Lilly niet, maar ze merkte dat Rose' angst voor de Minangkabau ongegrond was geweest. Ze zou beslist in het familieverband zijn opgenomen en had met haar kind kunnen samenleven.

Uiteindelijk werd Lilly bij de stammoeder gebracht, een zeer oude vrouw die Indah bleek te heten. Ze was gehuld in een fleurig gewaad en droeg ter ere van de feestelijke dag net als veel vrouwen een hoofdbedekking van fijne stof, die evenals de huizen aan buffelhorens deed denken, maar dan wat minder gewelfd.

Geanimeerd vroeg de vrouw naar de reden van haar reis, en Lilly liet weten dat ze het spoor volgde van twee vrouwen wier oorsprong ook in dit dorp lag. Ze vertelde over Rose en Helen, maar ze merkte algauw dat de mensen daar niet veel mee konden beginnen.

'Kunt u alstublieft vragen of ze een vrouw met de naam Adit heeft gekend? Dat was de moeder van Rose, die weer naar het dorp is teruggegaan.'

Setiawan, die als tolk fungeerde, knikte, vervolgens vroeg hij het de oude vrouw. Die wiegde even met haar hoofd, toen begon ze te glimlachen en zei iets.

'Het lijkt erop dat Indah haar inderdaad heeft gekend. Ze zegt dat stammoeder Adit het dorp bestuurde toen zij geboren werd. Destijds moet deze eind zeventig zijn geweest.'

Lilly's wangen begonnen te gloeien. 'Dat is geweldig! Kunt u vragen wat voor iemand Adit was? Waarom ze naar het dorp is teruggegaan?'

Haar vraag leerde Lilly dat Adit een heel strenge, maar goede stammoeder was geweest, aan wie ze lange tijd hadden moeten vragen haar plicht op zich te nemen. Maar toen ze dat uiteindelijk deed, vervulde ze hem zeer gewetensvol en zorgde ze ervoor dat de rijkdom van haar clan toenam.

'Er wordt over haar gezegd dat ze een reis naar Londen heeft ondernomen om haar kleindochter te zoeken,' vertaalde Setiawan. 'Ze heeft haar ook gevonden, maar net als ooit zijzelf weigerde de jonge vrouw met haar mee te gaan. Maar later kreeg Adit een brief van haar, waarin haar kleindochter beloofde naar haar toe te komen. Helaas is dat niet gebeurd, omdat ze met haar gezin in de oorlog is omgekomen.'

Dit sloot aan bij wat Gabriel al over Helen Carter had ontdekt.

De reden waarom de violiste, die eigenlijk in Londen woonde, naar Sumatra was gereisd, was Rose' moeder. Daarmee was de cirkel gesloten, en Lilly had nu zekerheid dat Helen had geweten wie haar moeder was.

Even later stond Lilly drie terrassen hoog boven de tuin en herinnerde zich de melodie van 'De maneschijnsonate'. Als Rose het stuk gecomponeerd had, kon ze alleen maar deze plek in gedachten hebben gehad.

De tuin die voor haar lag was niet het werk van mensenhand zoals bij de residentie van de gouverneur. Hier had de natuur zelf een volmaakt afgestemd evenwicht geschapen. Deze tuin bevatte bomen en struiken, bloemen en grassoorten en straalde in alle mogelijke kleuren. Een sprookjestuin had niet mooier kunnen zijn.

Hoe vaak zou Rose hier naar de tuin hebben staan kijken? Hoe vaak zou ze tussen de bloemen hebben rondgelopen? Het was jammer dat Adit dood was en haar niets over Rose kon vertellen. Maar op dit moment voelde ze zich eigenaardig dicht bij Rose.

Misschien moet ik de tuin ook nog eens bij maanlicht zien, bedacht ze en ze maakte een paar foto's om Ellen te kunnen laten zien hoe prachtig hij was.

Ze was net weer op weg naar het dorp toen ze Setiawan en Verheugen tegenkwam.

'We waren naar u op zoek!' riep de tandarts terwijl hij haar wenkte.

'Ik heb de tuin eens van bovenaf bekeken,' meldde Lilly. 'Een grandioze aanblik. Jammer dat ik hem niet bij maanlicht kan zien.'

'Ik zal u een foto sturen. En misschien komt u nog een keer hiernaartoe om alles eens rustig te bekijken.' Verheugen lachte opmonterend naar haar. 'Maar nu moet u meekomen, Indah zou zeer gekrenkt zijn als u alvorens te vertrekken niet nog een goede maaltijd zou krijgen.'

29

Londen 1920

De dagen na het ongeluk vloeiden in het delirium in elkaar over. Af en toe had Helen een helder moment, waarin ze besefte dat ze in het ziekenhuis lag en dat ze pijn had. Maar algauw raakte ze weer bewusteloos en verkeerde ze in het rijk van warrige dromen. Ze zag een dorp voor zich, waarvan ze wist dat ze er nooit geweest was. Eigenaardige daken met spitse gevels die aan buffelhorens deden denken rezen op naar de hemel.

Na drie weken sluimertoestand werden haar gedachten helderder en begon ze haar lichaam weer te voelen. De dokters spraken haar nu aan, probeerden met haar te praten. Het kostte haar eerst moeite antwoord te geven, want haar tong leek haar verstand niet te kunnen volgen. Toen de dokters dat merkten, legden ze uit dat dat door de opium kwam die ze haar toedienden om de pijn van haar botbreuken te verzachten.

Het laatste wat Helen zich bij het ontwaken herinnerde waren de lichten van de bus die in razende vaart op haar afkwam, en een vreselijk getoeter, de ergste valse toon die ze ooit te horen had gekregen. Alles erna was een afwisseling van licht en schaduw, van warmte en koude, van stilte en gedempte geluiden.

Toen ze voor het eerst weer helder uit haar ogen kon kijken, zag ze een metalen stang boven zich. Eerst werkte haar geest nog te traag om te beseffen waar ze was, maar toen realiseerde ze het zich en ze merkte ook dat ze haar ene hand niet kon bewegen.

Toen de verpleegster merkte dat ze wakker was, haalde ze de dienstdoende dokter, een man met vriendelijke blauwe ogen en grijzend haar.

'Mijn viool, dokter, wat is er met mijn viool gebeurd?' was het eerste wat ze hem vroeg.

Er gleed een glimlach over het gezicht van de arts, die zich had voorgesteld als dokter Fraser. 'Blijkbaar gaat het zo goed met u dat u weer aan muziek kunt denken.'

Het ontging Helen niet dat hij wat meewarig keek. Hij is vernield, schoot het door haar heen, en hoewel ze in de laatste momenten voor het ongeluk een hekel aan het instrument had gehad, voelde ze bij de gedachte dat haar kostbare viool vernield zou kunnen zijn een pijnscheut in haar borst. Of kwam dat door haar gebroken ribben? Nee, de pijn zat dieper.

'Wat uw viool betreft kan ik u geruststellen, die is er wonder boven wonder met wat krassen en gesprongen snaren vanaf gekomen. Iemand die op de plaats van het ongeluk aanwezig was heeft hem opgeraapt en ervoor gezorgd dat hij meeging naar het ziekenhuis. Er zijn toch nog eerlijke mensen op de wereld, en dat in deze tijd...'

Tranen welden op in Helens ogen. De viool was heel gebleven. Ook als haar carrière door het ongeluk in gevaar was gekomen, zou ze weer kunnen spelen.

Maar haar plezierige gedachten met betrekking tot de muziek werden algauw in de kiem gesmoord, want toen het gips van haar hand werd gehaald merkte Helen dat er iets niet in orde was. Haar duim en haar wijs- en middelvinger waren gevoelloos. Eerst dacht ze dat het door de verdovende middelen kwam, maar dokter Fraser was geschokt toen ze het hem vertelde.

Enkele dagen later kwam de arts haar kamer binnen met een röntgenfoto. Bij de aanblik van zijn bedrukte gezicht kreeg Helen kramp in haar maag. Tot nog toe had ze niet toegestaan dat die vreselijke gedachte vorm aannam – maar nu...

Met een diepe zucht kwam Fraser bij haar bed staan en zei in eerste instantie helemaal niets. Het leek of hij de gemoedsgesteldheid van zijn patiënte wilde peilen, alsof hij wilde weten of ze het nieuws dat hij haar moest brengen aan zou kunnen.

'Bij het ongeluk zijn vermoedelijk ook zenuwen beschadigd,' begon hij aarzelend. 'Ik ben wat huiverig om een prognose te geven, maar ik vrees...'

'Ik zal nooit meer kunnen spelen, nietwaar?' Helens stem sneed als glas door haar keel.

Fraser zuchtte. Het was hem duidelijk aan te zien dat hij wenste dat hij haar iets anders kon vertellen. 'Misschien...' begon hij, maar hij hield meteen weer op, alsof hij moeite had de juiste woorden te vinden. 'Misschien, op zekere dag. Zenuwen herstellen soms, genezen. Als u uw handen oefent, zult u het misschien weer kunnen.'

De woorden van de oude vrouw die had beweerd haar grootmoeder te zijn, klonken Helen weer in de oren. En weer zag ze de foto. Bij de ontmoeting in de kleedkamer had die ertoe geleid dat Helen de oude vrouw eruit had gegooid en uiteindelijk in diepe verwarring de straat op was gelopen...

'Je bent de dochter van Rose,' zei de oude vrouw terwijl haar waakzame ogen Helen opnamen.

'Dat begrijp ik niet,' antwoordde Helen verward. 'Mijn moeder was Ivy Carter.'

De oude vrouw schudde haar hoofd en schikte haar hoofddoek. 'Nee, Ivy Carter heeft je aangenomen omdat je moeder je vanwege de muziek heeft weggegeven.'

Waar had het oude mens het over? Helen voelde een vreemde spanning in haar buik. Ze had er nooit aan getwijfeld dat Ivy Carter haar moeder was. En nu beweerde die vrouw dat zij haar moeder niet was.

'Kijk eens, heb je deze vrouw ooit gezien?' Met trillende handen haalde ze een fotoplaat uit haar bundel. De foto was vlekkerig, de plaat een beetje verweerd, maar de vrouw die erop stond was goed herkenbaar.

Helen hapte naar adem. Dat was de vrouw die haar bij de omheining had aangesproken! De vrouw die haar de bijzondere viool had gegeven. Na de aardbeving had ze haar nooit meer gezien.

'Deze vrouw heet Rose. Rose Gallway. Haar naam kent u vast niet...'

'O ja, die ken ik wel!' riep Helen geschrokken. 'Twintig jaar geleden was ze een van de beste soloviolistes ter wereld!'

Er verscheen een bitter lachje op het gezicht van de oude vrouw. 'Jij bent het kind van Rose,' zei ze toen. 'En ik maak mezelf grote verwijten dat ik er niet voor je ben geweest.'

'U?'

'Ik ben de moeder van Rose, Adit. Na de dood van mijn man ben ik teruggegaan naar mijn dorp om mijn erfenis te aanvaarden. Het erfgoed van mijn voorouders. Wat er met Rose gebeurd is, heb ik te laat gemerkt.'

Ze slaakte een diepe zucht en streelde liefdevol met haar duimen over de plaat. 'Ik had gehoopt dat ze me zou weten te vinden, dat ze me in geval van nood in vertrouwen zou nemen. Maar daar was ze blijkbaar te trots voor. Pas later heb ik ontdekt wat er gebeurd is. Dat ze getrouwd is en bij de aardbeving om het leven is gekomen. En dat ze een dochter had die bij vreemden opgroeide.'

Helen schudde ongelovig haar hoofd. Dit had allemaal niets met haar te maken! Die oude vrouw kletste maar wat, misschien wilde ze alleen maar geld.

'Je gelooft me niet,' constateerde de oude vrouw. 'Ik had ook niet verwacht dat je dat zou doen. Maar ik ben oud en zal spoedig sterven. Andere dochters dan Rose heb ik niet gekregen. Jij bent mijn kleindochter, Helen. En het is aan jou of onze vrouwelijke lijn uitsterft of behouden blijft.'

Vrouwelijke lijn? Kleindochter? Het duizelde Helen. Wat had dat allemaal te betekenen? Haar moeder was toch...

Ineens zag ze het gezicht van de onbekende vrouw weer voor zich. Barnsteenkleurige ogen, een beetje exotisch van vorm. Een stevige kin, volle lippen. In de loop der jaren was de herinnering aan haar vervaagd, maar niet helemaal verdwenen, en de foto maakte het innerlijke beeld weer scherper. Wat was die vrouw toch mooi geweest!

'Ga weg!' zei ze en ze merkte zelf niet dat haar stem hysterisch door de ruimte galmde. 'Laat me met rust!'

Met een bedroefde glimlach draaide de oude vrouw zich om en ging weg...

Met een lange zucht keerde Helen in de werkelijkheid terug. Bitterheid rees op in haar hart. Vertwijfeling. Misschien was het ongeluk een straf van het lot, de straf omdat ze haar grootmoeder niet had geloofd.

Had ze nu nog een andere keuze dan teruggaan naar haar wortels? Het glansrijke bestaan van een musicienne kon ze nu niet meer leiden. Misschien zou ze ooit weer kunnen spelen, ze was er zeker van dat haar dat zou lukken, maar in het beste geval zou ze er een avondgezelschap mee kunnen amuseren, dat aansluitend zou zwetsen over het tragische lot van de vroeger zo glansrijke Helen Carter. Bij de gedachte alleen al draaide haar maag zich om.

Treurig keek ze naar de vioolkist naast haar, tot tranen hem voor haar ogen lieten zwemmen. Zou mijn grootmoeder me aan zo'n vloek blootstellen? vroeg ze zich af, toen strekte ze haar gewonde hand naar de kist uit. Terwijl ze de sloten probeerde open te maken, raakte haar huid bedekt met een laagje zweet waardoor haar nachthemd aan haar buik en rug plakte, maar ze gaf niet op. Ze had een zuster kunnen roepen, maar ze wilde met die handeling zichzelf iets bewijzen. Zichzelf en de oude vrouw die haar leven zo vreselijk op z'n kop had gezet.

Toen ze het deksel ten slotte open had geklapt, voelde ze zich ongekend zwak. Bij het ademhalen deden haar ribben zeer en haar half gevoelloze hand voelde nog gevoellozer aan. Maar ze kreeg het voor elkaar de hals van de viool vast te grijpen en hem uit de kist te trekken.

Als een kind hield ze hem tegen haar borst terwijl ze zich weer in de kussens liet zakken. De gedachte dat ze hem nooit meer tot klinken zou kunnen brengen leek haar haast onverdraaglijk, maar haar verdriet en droefenis werden door trots omgeven. Het zal me lukken, zei ze tegen zichzelf. Hoe dan ook.

Een paar weken later werd Helen uit het ziekenhuis ontslagen, echter niet om naar huis te gaan, maar naar een sanatorium in Zwitserland, waar ze van de verwondingen door het ongeluk moest herstellen. Haar agent had geschokt gereageerd op de diagnose van de dokter, maar had haar verzekerd het nieuws niet naar buiten te brengen voordat vaststond dat de toestand van haar hand niet zou veranderen.

In het sanatorium had Helen haar viool bij zich en had ze bij toeval een muziekblad onder de voering van de kist ontdekt met een heel ongewone compositie, die waarschijnlijk van haar moeder afkomstig was.

Terwijl ze over de tuin uitkeek, hield ze het muziekblad in haar hand. Welke tuin zou haar moeder voor ogen hebben gehad? Was het stuk echt door haar gecomponeerd?

Door het verblijf in het sanatorium had ze de vaardigheid om viool te spelen weliswaar niet teruggekregen, maar was haar levenszin weer toegenomen. Telkens opnieuw had ze zich het gesprek met de oude vrouw voor de geest gehaald, en gaandeweg had zich bij haar de wens uitgekristalliseerd om meer over haar moeder te weten te komen.

De vragen, die heel duidelijk voor de hand lagen, hadden haar kunnen ontmoedigen, maar vanbinnen voelde ze opeens een kracht die ze tot dusver niet had gekend. Ik mag het niet opgeven!

Maar misschien kon ze helemaal opnieuw beginnen. Misschien was afstand van Londen niet het slechtste wat haar kon overkomen.

Naar huis, dacht ze. Sumatra is ver weg van alles. Het is mijn geboorteland, het was het geboorteland van mijn moeder. En van mijn voorouders. Zodra ik er de gelegenheid toe heb, zal ik ernaar terugkeren.

30

Londen 2011

De voorjaarszon brandde op haar huid toen Lilly het grindpad naar Ellens huis op liep. Weliswaar was deze warmte niet te vergelijken met de hitte die ze op Sumatra had meegemaakt, maar voor Europese begrippen was het al behoorlijk warm. In de perken naast het pad staken sneeuwklokjes en krokussen zelfs hun kopjes al uit de grond.

Bij het huis gekomen zocht ze tevergeefs naar de tuinman – was Rufus ziek of was ze hem alleen maar misgelopen?

Uit het feit dat Ellens auto er stond concludeerde ze dat haar vriendin kort voor haar moest zijn aangekomen. Ze had er expres van afgezien haar exacte aankomsttijd door te geven omdat ze Ellen niet van haar werk af wilde houden. Maar blijkbaar beschikte die over een zesde zintuig.

'Als dat onze reizigster niet is!'

Lilly schrok toen Ellen naast haar opdook. In haar in tuiniershandschoenen gestoken handen hield ze een bosje berkentakken, die ze waarschijnlijk nodig had als bladvulling voor een bloemstuk.

De twee vrouwen vielen elkaar in de armen. 'Wat heerlijk je weer te zien! Ik heb je de afgelopen week vreselijk gemist!'

'En ik jou vooral! Je had mee moeten gaan, ik heb zo veel ontdekt!'

‘Nou, kom dan maar gauw binnen om te vertellen, ik ben ontzettend benieuwd!’

In de woonkamer, bij thee met gebak, deed Lilly uitgebreid verslag van alles wat ze in Indonesië had meegemaakt. En ook wat ze over Rose en Helen had ontdekt. Het dagboek en de kopieën lagen op tafel een eigenaardige energie uit te stralen, alsof ze brandden van verlangen om in Gabriels handen te geraken en zo ook weer naar Rose en Helen terug te keren, zelfs al waren die in de Music School niet veel meer dan schaduwen uit het verleden.

‘Waren die twee moeder en dochter?’ Ellen schudde verbijsterd haar hoofd. ‘Ik begrijp niet hoe een moeder het over haar hart kan verkrijgen haar kind weg te geven.’

‘Het waren toen andere tijden,’ verklaarde Lilly, hoewel ze wist dat zij het ook niet over haar hart zou kunnen verkrijgen. ‘Ze had naar haar moeder in Magek kunnen gaan. Dat zou de enige manier zijn geweest om aan het schandaal te ontkomen. Maar dat durfde Rose niet. Ze was bang dat ze haar zelfbeschikkingsrecht zou verliezen, en daarvoor heeft ze een hoge prijs betaald.’

Ellen zweeg nadenkend, toen zei ze: ‘Ik ben echt blij dat ik nu leef. In een tijd waarin een vrouw niet meer hoeft te kiezen tussen gezin en carrière.’

‘Daar heb je gelijk in,’ viel Lilly haar bij en ze verzonk even in gedachten. Hoe zou het Rose in mijn plaats zijn vergaan? Zou ze nog een keer verliefd kunnen zijn geworden als Paul was gestorven? Paul had haar laten zitten en ze had waarschijnlijk, in tegenspraak met wat ze geschreven had, tot het einde van haar leven nog een klein sprankje hoop gehad hem nog eens terug te zien. Terwijl ik Peter voor altijd heb verloren. Rose kon haar hart niet meer openstellen, maar ik kan het.

‘In elk geval heeft de aardbeving haar waarschijnlijk een lange lijdensweg bespaard,’ zei Ellen treurig toen ze de kopie van het overlijdensbericht pakte. ‘Geen wonder dat de mensen dachten dat ze verdwenen was. Historici hadden zich, zonder de wetenschap dat ze getrouwd was, suf moeten zoeken.’

‘Ja, dat is zo! En ik ben zo blij dat die energieke Hollander me heeft geholpen. Ik dacht dat hij iets van me wilde, maar nee, hij had de ware al gevonden.' Lilly zette haar gedachten even op een rijtje, toen vroeg ze: 'Is er al post uit Italië?'

Ellen schudde haar hoofd. 'Nee, helaas niet. Ik heb Enrico op de dag dat je vertrok een e-mail gestuurd, maar alleen kort antwoord gekregen dat zijn vriend nog niets van zich had laten horen. Waarschijnlijk heeft hij nog wat tijd nodig.'

'Ja, waarschijnlijk. Of er valt niets voor hem te vinden.'

'Dat is mogelijk. Maar eigenlijk hoeft hij ook niets meer te vinden, toch?'

'Nou ja, afgezien van de vraag waarom de viool naar mij toe is gekomen, heb ik het raadsel rond Rose en Helen opgelost. En ik vermoed dat het muziekblad me bij dit laatste deel van het raadsel niet echt kan helpen, wat jij?'

'Vermoedelijk niet, tenzij een van beide vrouwen koffiedik kon kijken.'

Ellen zweeg even en glimlachte toen ondoorgrondelijk naar haar. 'En?'

'En wat?' vroeg Lilly, maar ze kon het wel raden.

'Het zal Gabriel vast plezier doen dit allemaal te horen, nietwaar?'

'Nou en of!' antwoordde Lilly lachend.

'Dan moet je hem niet langer pijnigen. Jullie zouden toch uit eten gaan?'

'Ja, dat was de bedoeling. En...' Lilly besefte dat ze door alles wat ze in Padang had meegemaakt helemaal niet had verteld dat Gabriel voor haar vertrek nog naar haar toe was gekomen. 'Hij is naar me toe gekomen.'

'In Padang?'

'Nee. Hoewel, in zekere zin. Ik heb aan hem gedacht. Maar hij kwam vlak voor mijn vlucht ging nog naar me toe. Ik had hem gebeld, en het laatste waarop ik had gerekend was dat hij zou komen opdraven. Maar hij kwam en gaf me een brief waarin Rose ene Paul Havenden verzoekt zich om hun beider dochter te bekommeren. Dat was uiteindelijk het balletje dat alles aan het rollen bracht.'

'En dat heb je allemaal voor mij geheimgehouden, schaam je!' Ellen grijnsde. 'Je weet wat dat betekent?'

'Dat Havenden haar heeft laten zitten?'

'Nee, dat bedoel ik niet. Ik bedoel Gabriel. Je weet toch dat hij zoiets niet zou doen als hij niet verliefd op je was? En dat je bange vermoedens met betrekking tot zijn ex-vrouw op niets gebaseerd waren.'

Lilly boog enigszins beschaamd haar hoofd. 'Ik weet het.' Toen keek ze glimlachend op. 'En ik ben nu ook zeker van mezelf wat hem betreft.'

'Nou, bel hem dan! Maar ik denk dat ik dat niet steeds tegen je hoef te zeggen, toch?'

'Nee, dat hoeft in dit geval niet meer.'

Lilly stond op en liep naar het telefoontafeltje. Ellen kon het niet laten haar nog een goede raad te geven: 'Ga met hem naar het restaurant waar wij geweest zijn. En trek je groene jurk aan! Ik weet zeker dat hij gevloerd zal zijn als hij je ziet!'

Onrustig keek Lilly uit het raam. Inmiddels was het al half acht. Misschien had ze toch een taxi moeten nemen. Toen ze Gabriel dat had voorgesteld, had hij het heftig afgewezen.

'Je denkt toch niet dat ik mijn lady aan de rijkunsten van een vreemde overlaat!'

Daarop was Lilly in de lach geschoten. 'Ik ben al zo vaak met vreemde mannen meegereden, de rit naar het restaurant zou ik vast ook wel overleven.'

'Daar twijfel ik niet aan, maar dan zou ik me het genoegen ontzeggen nog een paar minuten langer met je door te brengen. En dat laat ik in geen geval gebeuren.'

Maar waarom zou hij zich dat genoegen niet willen ontzeggen? Waar bleef hij nou? Nadat ze nog eens gecontroleerd had of haar haar en haar groene jurk goed zaten, hoorde ze motorgeronk. Toen ze uit het raam keek, zag ze dat koplampen het halfdonker doorsneden. Daar was hij!

Vlug pakte ze haar handtas en liep met bonzend hart naar de

woonkamer. Daar zaten Dean en Ellen op de bank televisie te kijken, een aanblik waarbij Lilly moest glimlachen. Zou ik met Gabriel ook ooit zo gelukkig zitten wezen bij zoiets gewoons?

'Gabriel is er, ik ga!' riep ze, en ze stormde de kamer uit en pakte haar jas.

'Veel plezier!' klonk het in koor. Ellen wuifde door de deur. Buiten stopte de auto, en zoals afgesproken toeterde hij even. Lilly voelde zich ineens net weer alsof ze naar een eindexamenbal ging. Of als Assepoester die door haar prins wordt afgehaald.

'Praat niet alleen over werk met hem, hoor je!' riep Ellen haar nog achterna, maar Lilly was de deur al uit en had alleen nog maar oog voor Gabriel, die uitstapte en haar met een kus begroette.

'Ik kan het bijna niet geloven, maar je gaat nu toch echt met me eten!' grapte hij toen en hij hield de deur aan de passagierskant voor haar open.

'Natuurlijk, wat had je dan verwacht?' riposteerde ze lachend en ze deed de gordel om.

'Dan moet ik maar snel wegrijden, zodat je niet op andere gedachten komt.'

'Maak je geen zorgen,' antwoordde Lilly giechelend. 'Bovendien heeft het niet steeds aan mij gelegen dat het etentje niet doorging.'

'Oké, oké, ik geef toe dat het ook door mij kwam. We moeten nu maar flink van deze avond genieten, dat hebben we wel verdiend, nietwaar?'

Tijdens de rit vertelde ze hem alles wat ze over Rose te weten was gekomen. Dat ze daarbij nauwelijks ademhaalde merkte ze pas toen ze Gabriels brede grijns zag.

'Het schijnt je echt aangegrepen te hebben,' merkte hij op toen ze even zweeg.

Lilly voelde dat het bloed naar haar wangen steeg. Zou dat ooit ophouden als ze bij hem in de buurt was? Maar eigenlijk wilde ze helemaal niet dat het ophield.

'Ja, dat is zo.' Maar iets anders nog veel meer, voegde ze er stilletjes aan toe en ze keek naast zich. De koplampen van de tegemoetkomende auto's ontrukten zijn profiel telkens weer aan de duisternis. Wat was hij toch knap! Lilly voelde ineens een brandend verlangen, een kloppend gevoel in haar onderlichaam zoals ze al lang niet meer had ervaren. Ze had haast geen trek meer in eten, ze wilde alleen hem nog maar. Niet te hard van stapel lopen, zei ze tegen zichzelf.

Het restaurant was ook deze keer goed bezet, en alsof hij merkte wat er tussen Gabriel en haar speelde gaf de kelner hun een tweepersoonstafeltje waarvandaan ze een mooi uitzicht hadden over de Theems, waarboven een volle ronde maan hing.

Een hele tijd keken ze elkaar alleen maar aan, en toen de kelner hun bestellingen had opgenomen, zei Gabriel: 'Fijn dat je er weer bent. En in die jurk zie je er geweldig uit.'

'Dank je. Je hebt je toch geen zorgen gemaakt?' Lilly glimlachte onzeker, streelde toen over de zijdeachtige stof. De jurk leek geluk te brengen. Dat Gabriel hem mooi vond deed haar plezier.

'Natuurlijk. Een beetje wel, want ik wilde toch dat je gezond en wel terug zou komen. Blijkbaar heb je niet alleen het raadsel van Rose Gallway opgelost, maar is de reis je volgens mij ook goed bekomen.'

'Ja, dat klopt, hoewel ik moet toegeven dat ik me soms behoorlijk onzeker heb gevoeld.'

'Onzeker? Jij?'

'Ja, het was allemaal zo nieuw en vreemd.'

'Dat heb je zo met onbekende oorden.'

'Het lag niet aan de stad of het land. Het kwam doordat ik in mijn eentje op stap was. Ik heb me de afgelopen jaren in mezelf teruggetrokken, ik was geloof ik zelfs bang voor de wereld.' Ze zweeg even, toen voegde ze eraan toe: 'Ik wil je iets vertellen. En dat wil ik omdat ook jij onder anderen ertoe hebt bijgedragen dat ik me weer in de wereld heb gewaagd.' Bevend haalde ze diep adem. Ineens was er iets in haar geknapt, bijna net als in het sprookje van de kikkerkoning, waarin de trouwe Hendrik de ijzeren ring om zijn hart verliest.

De volgende woorden kwamen toen rustig en vanzelf naar buiten. 'Kort voor Peter overleed, kwam hij nog een keer bij. Het was een bijzonder moment, want de tumor belemmerde hem om te praten, en meestal verkeerde hij in een sluimertoestand waarbij ik niet wist of mijn aanwezigheid wel tot hem doordrong. Maar op dat moment was hij ineens heel helder. Hij stak zijn hand naar me uit, streelde mijn gezicht en zei zo duidelijk als hij lange tijd niet was geweest: "Ik hou van jou." Ik ben toen in tranen uitgebarsten en heb hem gekust. Een fractie van een seconde geloofde ik dat er misschien een wonder zou gebeuren. Met de belofte elkaar de volgende dag weer te zien nam ik afscheid van hem en ik voelde me op een of andere manier... licht. Lichter dan op welke andere dag ook in de weken daarvoor. De volgende ochtend kwam het telefoontje. Ze zeiden dat Peter 's nachts rustig was ingeslapen...'

Ze moest even ophouden, want ineens waren ze er, de beelden die ze zo lang had weggestopt, die ze had verdrongen. En met de beelden kwam ook het inzicht. 'Zijn dood heeft de bodem onder mijn voeten weggeslagen,' vervolgde ze. 'Maar ik wist dat hij van me hield. En toen ik jou zag, toen ik je beter leerde kennen, wist ik dat jij me zou kunnen bevrijden.'

Op haar woorden bleef het minutenlang stil. Lilly veegde de tranen van haar wangen en keek toen naar Gabriel, die ook vochtige ogen had.

Hij keek haar indringend aan, aan zijn gezicht was te zien dat haar woorden hem diep raakten.

'Ik wil graag dat je iets weet,' zei hij nadat hij even had gezwegen. 'En wel dat niet alleen Peter van je hield, maar dat ik ook van je hou. Ook al hebben we vandaag pas ons eerste afspraakje, ik heb het sterke vermoeden dat het met ons iets...'

Verder kwam hij niet, want Lilly stond op en liep naar hem toe, en op dat moment kon het haar niet schelen dat het hele restaurant naar hen keek. Ze nam zijn gezicht in haar handen en kuste hem gewoon. 'Ik hou ook van jou, Gabriel. En ja, ik denk ook dat het tussen ons iets kan worden!'

Uren later keek ze naar het plafond van Gabriels slaapkamer en glimlachte breed over wat het lot haar had toebedeeld. Nog steeds kostte het haar moeite te geloven dat haar dit was overkomen. Maar naast haar lag Gabriel, zijn rustige adem vulde de stilte van het vertrek en haar lichaam brandde nog altijd van zijn kussen, zijn aanrakingen en hun omhelzingen, waaraan ze zich vol hartstocht hadden overgegeven. Wat had ze de seks gemist! En wat had ze ervan genoten Gabriel zo dicht bij zich te hebben, zo dichtbij dat er niet eens een veertje tussen hen paste. *Hij is het, hij is de ware, dat weet ik nu wel zeker.*

Misschien had Peter ook een hemelse vinger in de pap gehad. Tot nog toe had ze niet in krachten van gene zijde of in engelen geloofd, maar nu kwam ze in de verleiding dat te doen.

Wat er ook gebeurde, ze zou Gabriel niet meer laten gaan. Ook al was haar tijd in Londen binnenkort voorbij en moest ze weer terug. Ze zouden vast manieren en wegen weten te vinden om bij elkaar te kunnen zijn. Hoe dan ook. Wie zei dat je alleen in Berlijn antiek kon verkopen?

De volgende ochtend, na een telefoontje met Sunny, waarbij ze had vernomen dat de film goed opgeborgen in de winkel op haar lag te wachten, voelde Lilly zich in de wolken.

'Ik vlieg morgen terug,' maakte ze haar vriendin diezelfde avond kenbaar. 'De film is klaar en ik heb het gevoel dat ik op het punt sta het geheim van onze viool te ontdekken.'

Ellen nam haar in haar armen. 'Ik hoop voor je dat je moeder of iemand anders de man op de film kent. Daar hangt nu alles van af.'

'Ik zal hem vinden, daar kun je van op aan. En als ik het weet, bel ik je meteen!'

'En vergeet niet Gabriel op de hoogte te brengen. Die zal je vast op het vliegveld opwachten om je over te halen om te blijven.'

'Ik kom nog terug,' antwoordde Lilly lachend. 'En hij komt naar mij toe. Dat hoop ik tenminste.'

Natuurlijk had Ellen tot in de details willen weten hoe de

avond was geweest. Een paar bijzonderheden had Lilly haar niet verteld, maar er waren geen woorden nodig om te zien dat ze op dat moment een van de gelukkigste vrouwen van Londen was. Ellen had daarvoor een geoefende blik.

'Eindelijk! Ik wist wel dat je op een dag weer iemand in je hart zou toelaten. Hij is de ware, geloof me.'

En Lilly geloofde dat met heel haar hart.

Toen het vliegtuig de volgende ochtend op Berlijn-Tegel landde, voelde Lilly niet alleen gespannen verwachting, maar had ze ook het prettige gevoel thuis te komen. En ze voelde diepe dankbaarheid jegens Ellen, wat ze haar bij het afscheid ook heel duidelijk had gemaakt.

'Laat het alleen niet eeuwig duren voor ik je terugzie,' had Ellen haar daarop vermaand, waarna ze haar stevig omhelsd had.

Intussen waren de sneeuwhopen in blubber veranderd, maar de winkel zag er nog steeds net zo uit als Lilly hem had achtergelaten.

De winkeldochters waren er nog, maar er ontbraken een paar stukken. Blijkbaar had Sunny ze verkocht. Terwijl de dienstbodebel bij haar binnenkomst boven haar klingelde, vond ze de studente achter de toonbank, gebogen over een dikke stapel boeken en kopieën.

'Lilly!' schrok ze op. 'Je bent er weer!'

'Ja,' antwoordde ze. 'Na ons telefoontje stond het voor mij vast dat ik geen tijd meer mag verliezen. Ik wil de film vandaag nog aan mijn moeder laten zien.'

Het ontging Lilly niet dat Sunny haar verbaasd aankeek.

'Je ziet er goed uit, ben je onder de zonnebank geweest?'

'Nee, in Indonesië,' antwoordde ze terloops alsof ze het over het weer had. Waar heb je de cd?' Al tijdens de vlucht had Lilly zich voorgenomen niet lang in Berlijn te blijven. Haar moeder zou waarschijnlijk volkomen verrast zijn als ze bij haar thuis verscheen, maar ze had geen rust en wilde haar het filmpje in elk geval vandaag nog laten zien.

Sunny's ogen werden nu nog groter. Ze haalde de cd tevoorschijn, die ze in een papieren zakje had gedaan, en vroeg: 'Indonesië? Echt? Ik dacht dat je naar Londen wilde?'

'Daar ben ik ook geweest. Maar ook in Cremona en Padang.'

'Op reis!' liet Sunny zich ontvallen. Toen zocht ze steun op de toonbank. 'Vertel!'

'Later, als we een keer 's avonds samen eten. Nu moet ik eerst naar mijn moeder!' Lilly stopte de cd in haar tas en voor Sunny antwoord kon geven was ze alweer de deur uit, op weg naar het centraal station.

Na iets meer dan twee uur reizen kwam Lilly op Hamburg-Eppendorf aan. De straat waarin haar ouders woonden was een opeenvolging van bijna identieke huizen, die zich alleen door de kleur van het dak van elkaar onderscheidden.

De taxichauffeur, die in tegenstelling tot zijn Londense collega's zwijgzaam was gebleken, laadde haar koffers uit, nam zijn loon in ontvangst en reed weer weg.

Even gunde Lilly zich een blik in haar jeugd, die ze in dit huis had doorgebracht, toen stapte ze het tuinhekje door. Daarbij viel het haar op hoe stil het was.

Normaal gesproken deed haar vader buiten klusjes, zeker met dit zachte weer. Maar er was niemand te zien. En ook het huis leek wel verlaten.

'Mama?' riep Lilly verontrust in de gang. Toen zich niemand meldde nadat ze had aangebeld, had ze meteen zichzelf binnengelaten. Er maakte zich een onbehaaglijk gevoel van haar meester. Natuurlijk hadden haar ouders niet de hele dag muziek aanstaan of zaten ze voor de televisie, maar op het rinkelen van de bel reageerde altijd wel een van beiden.

En als ze naar huis kwam, rook haar moeder dat uren van tevoren.

Toen Lilly de woonkamer in kwam, schrok ze zich wezenloos. Haar moeder lag op de bank, met een hoogrood gezicht en gesloten ogen. Haar armen had ze om haar buik geslagen, alsof ze vreselijk pijn had.

'Mama?' vroeg Lilly terwijl ze vlug naar haar toe liep. Toen ze haar koele hand op haar moeders voorhoofd legde, merkte ze dat deze hoge koorts had. Bij die aanraking deed Jennifer Nicklaus haar ogen een beetje open.

'Lilly.' Haar stem kraste een beetje, haar lippen waren gebarsten.

'Mama, wat is er met u? En waar is papa?'

'Die is op stap,' kreunde Jennifer en ze vertrok haar gezicht.

'Wat hebt u?' vroeg Lilly paniekerig, maar ze dwong zichzelf rustig te blijven. Wat er ook aan de hand was, er moest een ambulance komen. Maar het was beter als ze wist welke symptomen haar moeder had.

'Mijn buik,' kreunde Jennifer. 'Die doet vreselijk pijn!'

Meer informatie had Lilly niet nodig. Vlug pakte ze haar mobiel en toetste het alarmnummer in.

Nadat ze had opgelegd ging ze naar de keuken om een thermometer, een schaal koud water en een schone stoffen zakdoek te halen, die haar moeder nog altijd in dezelfde la bewaarde als vroeger. Ze maakte hem nat en liep toen terug naar haar moeder.

'Mama, wat maakt u me nou?' vroeg Lilly en terwijl ze Jennifers voorhoofd koelde, keek ze ongerust op haar horloge. Daarbij zag ze dat het nog altijd op Engelse tijd stond. Ze zou het later aanpassen, als haar moeder in het ziekenhuis was. 'Hoe lang hebt u dit al?'

'Misschien twee dagen? Ik dacht eerst dat ik iets verkeerds had gegeten. Maar toen werd de pijn erger.'

'En waarom hebt u geen dokter laten komen? Waar is papa eigenlijk?'

'Die is met een paar vrienden van zijn zeilvereniging op stap.'

'Toen hij wegging, had u toen al pijn?' Je kon ervan op aan dat ze niets had gezegd omdat ze haar man zijn uitstapje niet wilde ontzeggen.

'Nee, het is twee dagen geleden begonnen.'

'En hoe lang blijft hij nog weg?' Lilly wist zeker dat haar vader zich verwijten zou maken als hij merkte dat zijn vrouw tijdens zijn afwezigheid ziek was geworden.

'Een week.'

'Een week!' barstte Lilly geschrokken uit. 'Waarom hebt u niemand gebeld? Niemand ingelicht?'

Of stond er misschien op haar voicemail thuis een bericht?

Voor Jennifer Nicklaus antwoord kon geven, kwam gelukkig de ambulance.

In de wachtruimte van het ziekenhuis waren er om deze tijd maar weinig mensen. De meeste die er zaten te wachten hoorden bij patiënten die net als zij met een ziekenwagen waren gekomen of erachteraan waren gereden. Omdat in de praktijkruimtes nog reguliere spreekuren werden gehouden, zou de grote drukte pas tegen de avond losbarsten.

Onrustig liep Lilly naar de hoek van de zaal, waar een snack- en een koffieautomaat stonden. Daar was ze nog het best beschermd tegen de blikken van de verpleegster, die haar al tweemaal om geduld had gevraagd.

Lilly wist niet hoe ze haar duidelijk moest maken dat het feit dat ze rondliep geen teken van ongeduld was.

Wat was het toch mooi op Sumatra, schoot het door haar heen, maar die gedachte schoof ze vlug opzij. Ze was blij dat ze haar ingeving had gevolgd en meteen naar Hamburg was gegaan. Ze geloofde niet in het bovenzinnelijke, maar ze was er wel zeker van dat haar instinct het ongeduld wegens de film in haar hart had geplant.

'Mevrouw Kaiser?'

Lilly draaide zich om en schrok toen ze de verpleegster vlak voor zich zag staan.

'Ja, wat is er?' vroeg ze enigszins verward.

'Dokter Rotenburg wil u spreken.'

Door die woorden viel alle vermoeidheid van Lilly af. Meteen pakte ze haar tas. Daarbij viel haar portemonnee eruit en kwam met een klap op de vloer terecht.

Met trillende handen raapte ze hem weer op, ze deed echter geen moeite hem terug te stoppen, maar liep met de portemonnee in haar hand achter de zuster aan.

Door de geur en de aanblik van de zieken die ze door de openstaande deuren van de spoedeisende hulp kon zien, begon haar maag te protesteren.

Bij een melkglazen deur aangekomen stopte de verpleegster, kondigde haar aan en gebaarde toen dat ze naar binnen kon gaan.

'O, prachtig, u wilt me dus meteen betalen!' grapte dokter Rotenburg toen ze zijn spreekkamer binnenstapte.

Lilly, die zijn grap niet direct begreep, keek hem verward aan, toen dacht ze weer aan de portemonnee in haar hand en liep rood aan.

'Excuseer me, ik...'

'Maakt u zich geen zorgen, ik rekende er ook niet echt op dat u me wilde betalen. Uw moeder heeft gelukkig een ziektekostenverzekering.'

De arts beduidde haar te gaan zitten, toen pakte hij de patiëntenstatus.

'Maar u bent vast niet hier vanwege mijn zwakke pogingen grappig te zijn. Als je twintig uur in touw bent, gaat op een of andere manier de komische noot verloren en slaat de galgenhumor toe. Dus zal ik maar meteen zeggen dat uw moeder er goed doorheen is gekomen.'

Lilly was opnieuw dankbaar voor haar plichtsgevoel ten opzichte van de winkel en voor Sunny, die haar de flim meteen in de hand had gedrukt. Het was haast niet voor te stellen wat er zou zijn gebeurd als dat niet het geval was geweest...

'We houden uw moeder nog een paar uur op de intensive care. Als daarna alles in orde is, kan ze naar haar kamer.'

'En wanneer kan ik naar haar toe?'

'Als ze bijgekomen is. Dat kan nog wel even duren. Maar in elk geval ziet het ernaar uit dat u nog wel een tijdje plezier aan haar zult beleven.'

31

'Hallo, Ellen, ik ben het, Lilly.' Weer thuis had Lilly besloten haar vriendin te bellen. Het bezoek bij haar moeder had haar nogal aangegrepen, omdat ze de sterke vrouw die haar had grootgebracht nog nooit zo hulpeloos had gezien. Ook al was duidelijk te merken dat het weer beter met haar ging. Toch wilde Lilly beslist met iemand praten en haar voorzichtige opluchting delen.

'Lilly!' riep Ellen uit. 'Gaat het goed met je?'

'Ja, met mij gaat het goed. Geen reden tot zorg.'

'En, is er nieuws?'

'Ja,' antwoordde Lilly. 'Mijn moeder ligt in het ziekenhuis.'

'Wat? Om godswil, wat heeft ze dan?'

'Ze had blindedarmontsteking. Maar ze is al geopereerd en heeft het allemaal goed doorstaan.'

'En dat vertel je me nu pas? Je had me toch kunnen bellen.'

'Dat had ik kunnen doen, maar ik was helemaal van slag. Ik ben nu in Hamburg en pas op het huis. Mijn vader maakt momenteel een uitstapje, hij is aan het zeilen met zijn veteranenvereniging. Die zal flink schrikken als hij hoort wat er gebeurd is.'

'En hoe gaat het met haar?'

'Alweer heel goed.'

Ellen leek even na te denken. 'Heb je misschien iets nodig?' vroeg ze. 'Morele steun? Ik zou een paar dagen naar Hamburg kunnen komen.'

Dat aanbod verraste Lilly nogal. Maar inwendig juichte ze. Met

Ellen erbij was het allemaal veel minder zwaar. En haar moeder was dol op haar vriendin. Als Ellen haar opzocht, zou dat haar ongetwijfeld goeddoen. Bovendien kon ze haar dan ook meteen het filmpje met de mysterieuze oude man laten zien.

De volgende ochtend, toen Lilly op het punt stond de cd op haar laptop te gaan bekijken, reed er een taxi voor. Eerst merkte ze het niet, maar toen er werd aangebeld en ze verschrikt van de keukentafel opkeek, zag ze Ellen door het raam.

Blij liep ze naar de deur, deed open en viel Ellen een fractie van een seconde later in de armen.

'Jij veroorzaakt maar toestanden,' zei Ellen verwijtend terwijl ze haar over haar rug aaide.

'Ik niet, mijn moeder! Geloof me, als ze er weer bovenop is, zal ik haar de oren wassen. Maar kom binnen, ik heb net koffie gemaakt.'

Toen ze aan de keukentafel zaten moest Lilly haarfijn vertellen wat er gebeurd was en hoe ze haar moeder had aangetroffen. 'Zo bang ben ik niet eens geweest op de vlucht naar Padang,' voegde ze eraan toe.

'Goed dat je een ochtendvlucht hebt genomen.'

'Ik weet het ook niet, het moet mijn zesde zintuig zijn geweest,' antwoordde Lilly peinzend. 'Ik dacht eerst dat mijn onrust kwam doordat ik haar beslist de film wilde laten zien. Maar misschien wist ik gewoon dat het niet goed met haar ging.'

'Ik wed dat het allebei was. "Dat is telepathie," zei mijn pleegmoeder altijd, en ik geloof dat daar iets in zit.'

Met de sneltram gingen ze 's middags naar de kliniek, wat Ellen de opmerking ontlokte: 'Ik voel me bijna weer zestien. Weet je nog dat we altijd 's middags met de tram naar de binnenstad gingen?'

'O ja, dat weet ik nog heel goed. En ik weet ook nog dat we het meerdere malen voor elkaar hebben gekregen met de trein te gaan.'

Ellen knikte bevestigend. 'Een keer wilde mijn pleegmoeder de politie inschakelen omdat ze dacht dat we ontvoerd waren.'

'Ja, ze had zelfs mijn moeder gek van ongerustheid gemaakt, terwijl we alleen maar in de trein in slaap waren gevallen en een tijdje nodig hadden om van het andere einde van de stad terug te komen.'

Voor Lilly daar nog iets op kon zeggen, klonk de aankondiging dat ze bijna bij hun halte waren.

'Ik heb nooit van die ziekenhuislucht gehouden,' zei Ellen terwijl ze door de gangen naar Jennifers kamer liepen.

'Dat geldt ook voor mij,' viel Lilly haar bij.

Toen ze in de kamer kwamen, waarvan de deur openstond, boog een verpleegster zich net over Jennifers arm om wat bloed af te tappen.

'Een ogenblikje!' riep ze toen ze de bezoekers zag. Bent u de dochters van Jennifer Nicklaus?'

'Ik ben haar dochter, dit is mijn vriendin Ellen,' verklaarde Lilly.

'Goed, komt u maar binnen, ik ben klaar.' Ze tikte nog een keer tegen de arm van de patiënt, toen haalde ze het bloedmonster weg.

'Lilly, liefje,' verwelkomde Jennifer haar dochter en ze sloot haar in haar armen. Het ziekbed maakte dat ze er breekbaar uitzag, maar over het geheel genomen maakte ze ondanks de slangen een veel betere indruk. 'Fijn je te zien. En je hebt Ellen meegebracht!'

Ellen glimlachte, toen stak ze haar hand uit. 'Ik ben blij dat het weer beter met u gaat, mevrouw Nicklaus. Toen Lilly me aan de telefoon vertelde dat u in het ziekenhuis lag, ben ik behoorlijk geschrokken.'

'Maak je geen zorgen, het gaat goed met me. Het was de blindedarm maar. Lilly heeft het vast weer erger gemaakt dan het was.'

'Je komt alleen in het ziekenhuis terecht als er iets ergs aan de hand is, mama,' verdedigde Lilly zich.

'Al goed kind, maar er is tegenwoordig niets gevaarlijks meer aan zo'n blindedarm.' Ze wendde zich weer tot Ellen. 'Je bent echt groot geworden, als ik dat zo mag zeggen. De laatste keer dat ik je zag was je net twintig en had je die jongen leren kennen, Dean, toch?'

Ellen glimlachte breed. 'Ja, precies, Dean.'

'Hoe lang zijn jullie nu al getrouwd? Dat moet toch algauw twintig jaar zijn, of niet soms?'

'Vijftien jaar,' verbeterde Ellen. 'De rest van de tijd hebben we gehokt.'

'Dat is toch bijna een eeuwigheid. Zulke huwelijken zijn tegenwoordig steeds schaarser. Maar jullie zijn vast niet gekomen om mijn geklaag over het huwelijk van tegenwoordig aan te horen. Lilly, wat heb je op je lever? Dat Ellen erbij is, betekent dat het om iets belangrijks gaat. Zij was er altijd bij als je me iets belangrijks wilde vertellen.'

Lilly glimlachte pijnlijk getroffen, maar het klopte. Als ze haar moeder iets niet durfde te bekennen, was Ellen er altijd bij geweest ter morele ondersteuning.

'Ik wil je een filmpje laten zien, dat is eigenlijk de reden dat ik naar Hamburg ben gekomen.'

'En niet om je oude moeder te zien? Dat is wel kwetsend.'

'Maar, mama...'

'Al goed, kind, ik plaag je alleen maar een beetje. Laat zien!'

Lilly haalde haar laptop tevoorschijn en zette hem aan.

'Een paar weken geleden kwam er een man bij me in de winkel die me iets ten geschenke heeft gegeven,' verklaarde Lilly kortweg.

'Wat heeft hij je gegeven?'

'Een viool. Hij zei dat die mij toebehoorde. Maar hij heeft me noch de reden genoemd, noch zijn naam gegeven, noch hoe hij eraan is gekomen enzovoort. Ik wou u vragen of hij u misschien bekend voorkomt. Het kan natuurlijk ook zijn dat het iemand uit Peters familie was, maar daar wil ik pas naartoe gaan als u zeker weet dat u hem niet kent.'

Daarop speelde ze de cd af. Er was geen geluid, maar de man was vrij goed te zien, en zijzelf ook. Bij de scène waarin de oude man Lilly de viool gaf, werd Jennifer ineens bleek.

Toen Lilly dat merkte, zette ze de cd vlug uit en vroeg: 'Is alles in orde, mama? Is er iets?'

'Nee, nee,' antwoordde Jennifer een beetje verward. 'Met mij is alles goed. Het is alleen...'

Daarop verviel ze in zwijgen. Lilly keek ontdaan naar Ellen, speelde al met de gedachte op de bel voor de zuster te drukken, maar Jennifer kwam alweer uit haar verstarring. Toen ze Lilly aankeek, leek het of ze was teruggekomen van een verre reis naar haar diepste herinneringen.

'Ik ken die man inderdaad.'

'Weet je het zeker? Wil je nog eens kijken?'

Jennifer schudde haar hoofd. 'Nee, ik denk dat dat niet nodig is. Ik heb hem jaren geleden ontmoet, je was toen nog een kind. En hij was toen natuurlijk net als ik veel jonger.'

'En hoe kwam hij op het idee dat de viool mij toebehoort?'

'Dat kan ik je niet zeggen, want ik heb hem destijds weggestuurd. Maar hij heeft me zijn naam genoemd en zelfs zijn adres gegeven.'

'Weggestuurd?' Verward keek Lilly naar Ellen, die daar echter ook niets mee kon beginnen.

'Ja, weggestuurd. Ik wilde er niets van weten, want hoe had die viool mijn leven kunnen verrijken? Ik had een man, een dochter en was bang iets te ontdekken wat mijn hele leven op z'n kop zou zetten. Soms is het beter de geest in de fles te laten...'

Was dat echt zo? vroeg Lilly zich af. Zo ja, dan was het voor haar al te laat, want de geest was al uit de fles en sommige van zijn geheimen kende ze al. Wat zou ze nog meer vinden?

'En het adres weet u nog?' vroeg Ellen door, waarop Jennifer knikte. 'Hoewel ik dat wat de man me wilde geven niet heb aangenomen, ben ik zijn naam nooit vergeten.'

32

Het huis met het rieten dak in een van de buitenwijken van Hamburg leek aan een opknapbeurt toe te zijn, en op het eerste gezicht wekte het de indruk dat de eigenaar niet thuis was. Een forsythiastruik naast het gebouw straalde in gele pracht, in de voortuin bogen sneeuwklokjes hun kopjes in volle bloei, terwijl lila krokussen betweterig boven het dunne gras uitstaken.

Een beetje aarzelend deed Lilly het tuinhek open, maar ze durfde niet zo goed het met stenen platen bedekte pad te betreden. 'Stel dat hij er niet is?' vroeg ze.

'Dan komen we een andere keer terug,' antwoordde Ellen. 'Nou, eropaf, je wilt toch weten of hij het is, of niet soms?'

Toen ze over het pad liepen, zag Lilly in de achtertuin een magnoliaboom in volle bloei. De zachtroze bloesems hoorden ook bij het stadsbeeld van Berlijn, maar nog nooit had ze ze zo bewust waargenomen als nu. Op Sumatra groeiden ook magnolia's...

Bij de voordeur aangekomen, waaraan een al wat verweerde blauw-witte deurkrans hing, drukte Lilly met bonzend hart op de bel en pakte toen Ellens hand. Die drukte de hare kort, en toen Lilly opzij keek knikte Ellen haar bemoedigend toe.

Het scheen Lilly een eeuwigheid te duren voor er iets gebeurde. Uiteindelijk klonken er voetstappen. Ellen liet Lilly's hand weer los, alsof ze wilde zeggen: het is jouw zaak, en je zult het voor elkaar krijgen.

Toen de deur openging, twijfelde Lilly er niet aan dat daar de man stond die haar de viool had gebracht.

Zijn verrassing duurde maar even.

'Mevrouw Kaiser?'

'Meneer Hinrichs? Mijn moeder heeft me uw adres gegeven.'

Er gleed een glimlach over het gezicht van de oude man.

'Ik vroeg me al af wanneer u hier zou verschijnen,' zei hij en hij stapte opzij. 'Komt u toch binnen.'

'Dit is mijn vriendin Ellen Morris, zij heeft me geholpen het verhaal van de viool te reconstrueren.'

'Aangenaam kennis te maken. Morris klinkt Engels, komt u daarvandaan?'

'Mijn man is Engelsman. Ik kom uit Hamburg.'

'En u hebt verstand van violen?'

Ellen glimlachte breed. 'Een beetje.'

'Nou, kom maar binnen dan!'

Het huis van Karl Hinrichs had heel goed als decor voor een historische zeevaardersfilm kunnen dienen. Langs de blauwgeverfde, van witte sokkels voorziene muren hingen olieverfschilderijen van oude schepen, in het wandmeubel lagen flessenschepen en oude meetapparaten. De staande klok naast het raam, waarvan Lilly de leeftijd op ruim honderdvijftig jaar schatte, stond bedaard te tikken. Als de slinger naar links zwaaide, werd hij door een zonnestraal gegrepen, die hem even deed opflitsen.

'U wilt natuurlijk weten hoe ik aan de viool gekomen ben,' zei hij nadat hij ze naar de zitgroep had gebracht, die net als veel van de spullen hier meer dan vijftig jaar oud was.

'Het interesseert me veel meer waarom juist ik de viool moest krijgen,' antwoordde Lilly. 'En waarom u zich zo vlug uit de voeten hebt gemaakt zonder iets uit te leggen.'

'Nou, dat is een heel verhaal.' Een ondoorgrondelijk lachje veroorzaakte rimpels in zijn verweerde gezicht. 'Hebt u zin in thee? Ik heb net gezet. En u zult moeten toegeven dat het daarbij makkelijker praten is.'

'Ja, graag,' zei Lilly, nadat Ellen haar had toegeknikt.

Terwijl de oude man naar de keuken verdween, keken Lilly en Ellen rond.

Lilly was vreselijk blij dat haar vriendin bij haar was. Het laatste stukje van de puzzel, bedacht ze.

Na een paar minuten kwam Hinrichs terug met de thee. De witte porseleinen kopjes deden Lilly denken aan een servies dat haar schoonouders hadden gehad.

'Ik was een piepjonge matroos, die om aan de dienstplicht te ontkomen op een handelsschip op de Indische Oceaan had aangemonsterd,' begon hij zijn relaas nadat hij thee voor hen had ingeschonken. 'In 1945, vlak voor de Duitse capitulatie, werd er door de Japanners een aanslag gepleegd op een passagiersschip in de buurt van Sumatra. We schoten te hulp, maar konden slechts toekijken hoe het stoomschip zonk. Onder de weinigen die werden gered, waren twee kinderen, twee meisjes, het ene was negen, het andere net twee. De oudste van hen had een vioolkist bij zich.'

Lilly voelde haar handen klam worden.

'Ze gaven te kennen dat hun vader en moeder ook op het schip hadden gezeten, maar ondanks lang zoeken werden de ouders niet gevonden. De naam van de moeder was Helen Carter. De twee meisjes heetten Miriam en Jennifer.'

Lilly keek naar Ellen. Die leek te raden wat ze wilde zeggen. Maar ze zwegen allebei en lieten de oude man verder praten.

'De twee meisjes werden door een christelijke missiepost opgenomen. Ik hield de viool in bewaring en wilde hem teruggeven, maar toen waren de kinderen ineens verdwenen. De zaak liet me niet met rust, ik deed naspeuringen en kwam erachter dat ze de meisjes na het einde van de oorlog naar Duitsland hadden gebracht. De kleine Jennifer naar de familie Paulsen in Hamburg, Miriam werd bij de familie Pauly ondergebracht.'

'Dat kan niet!' barstte Ellen uit, die opeens krijtwit werd.

'Maar zo is het wel gegaan,' antwoordde de oude man lachend. 'Jennifer en Miriam werden door adoptie Jennifer Paulsen en Miriam Pauly.'

Lilly en Ellen keken elkaar verrast aan. Miriam Pauly. Die

naam had Lilly lange tijd niet meer gehoord. Eigenlijk verbond ze er niet echt een persoon aan. Maar ze kende hem natuurlijk wel, ook al was hij voor haar maar een schaduw. Een schaduw die onverbrekelijk verbonden was met haar vriendin Ellen.

Toen ze opzij keek, zag ze dat Ellens ogen verraderlijk glinsterden. Zij verbond veel meer aan de naam Pauly. Het was immers haar meisjesnaam, want haar pleegouders hadden haar niet geadopteerd. En Miriam... Miriam was haar moeder. Haar moeder die lang geleden zo jong was verongelukt. Miriam Pauly en Jennifer Paulsen.

Het volgende moment trof het Lilly als een pijl. Als haar moeder en Ellens moeder zussen waren, dan waren zij...

Nichtjes! Dat kon toch niet waar zijn!

'Lang geleden wilde ik Miriam opzoeken om haar de viool te geven, die ik al die jaren in het huis van mijn moeder had gelaten. Ik heb geen idee waarom het meisje hem indertijd niet heeft meegenomen. In Duitsland kwam ik erachter dat Miriam kort tevoren bij een ongeluk was omgekomen. Dus wendde ik me tot het tweede kind, Jennifer, die inmiddels ook getrouwd was. Ik vertelde haar over haar zus, wat haar enorm leek te verrassen. Ze wees me af met als reden dat ze geen zus had en het allemaal een vergissing was. Begrijpelijk, want ze was ten tijde van het scheepsongeluk nog maar twee, en haar adoptieouders hadden haar blijkbaar nooit over haar zus verteld. Ik heb haar desondanks een brief geschreven waarin ik alles wat ik wist heb geprobeerd uiteen te zetten, maar daar heb ik nooit antwoord op gekregen. Toen wist ik dat ik het bij haar niet hoefde te proberen. Toen ik de viool ten slotte wilde weggeven, ontdekte ik het muziekblad tussen de voering. En ik besloot het opnieuw te proberen – bij u, mevrouw Kaiser.'

Op zijn woorden volgde zwijgen. Ieder van hen leek met zijn eigen gedachten bezig.

'Vertelt u me alstublieft nog iets,' begon Lilly ten slotte. 'Waarom bent u zomaar verdwenen nadat u me de viool had gebracht? U had me het verhaal toch ook meteen kunnen vertellen!'

‘Een mens leert van zijn ervaringen,’ verklaarde de oude man met een besmuikt lachje nadat hij een slok thee had genomen. ‘Ik wilde me niet langer met die viool bezighouden. En ik wilde ook niet dat u hem weer aan mij terug zou geven nadat ik zo veel moeite had gedaan om u te vinden. Dus heb ik de benen genomen. Ik hoop dat u het door de vingers ziet.’

Omdat ze na het gesprek met Hinrichs niet meteen weer naar huis wilden gaan, maakten Lilly en Ellen nog even een wandeling langs de Alster. Eerst zwijgend, toen begon Lilly: ‘Waarom hebben onze moeders nooit contact met elkaar gezocht?’

‘Jennifer, jouw moeder, was toen nog heel klein, waarschijnlijk kon ze zich haar zus niet meer herinneren. En Miriam...’

Ellen fronste haar voorhoofd. Ze beet even op haar onderlip, toen zei ze: ‘Misschien heeft ze geprobeerd contact op te nemen met haar zus.’

‘Denk je?’

‘Jouw moeder en mijn moeder zijn toch geadopteerd, nietwaar?’

‘Ja.’

‘Misschien hebben onze adoptiegrootouders geprobeerd het contact tussen hen te saboteren.’

‘Waar wil je naartoe? Mijn moeder was pas twee, die zal zich haar zus niet meer hebben herinnerd,’ wierp Lilly tegen.

‘Maar mijn moeder zou dat eigenlijk wel moeten hebben gedaan, of niet soms? Ik vraag me af of ze ooit een poging heeft gedaan haar zusje te zoeken.’

‘Wie weet wat haar adoptieouders haar hebben verteld. En een kind kan onmogelijk gaan zoeken naar haar zusje, de autoriteiten zouden haar geen inlichtingen verstrekken.’ Lilly haalde ontdaan haar schouders op. ‘We kunnen het best morgen nog eens naar mijn moeder gaan en het haar vragen. Als iemand die laatste vraag kan beantwoorden, is zij het wel.’

De volgende dag probeerde Lilly aan het ziekbed van haar moeder het verhaal zo rustig mogelijk te vertellen, hoewel ze barstte van de vragen. Ze kon nog altijd niet geloven dat Ellen en zij nichtjes waren.

Jennifer vouwde haar handen op de beddensprei en hoorde zwijgend toe terwijl Lilly en Ellen het verhaal van de twee ongelukkige vrouwen uiteenzetten.

Toen ze klaar waren heerste er minutenlang zwijgen. Ieder van hen was in haar eigen gedachten verzonken. Lilly keek naar het vertrouwde gezicht van haar moeder, wier geschiedenis ze nooit helemaal had gekend.

Zou Jennifer die geschiedenis net zo afwijzen als destijds de viool?

'Heeft mijn moeder, uw zus, ooit geprobeerd contact met u op te nemen?' zo verbrak Ellen ten slotte het zwijgen.

Daarop zuchtte Jennifer en verviel minutenlang in zwijgen. 'Ja, dat heeft ze gedaan,' antwoordde ze uiteindelijk. 'Lilly, als je weer thuis bent, kijk dan eens in de onderste la van de commode in mijn slaapkamer. Helemaal achterin ligt een brief. Laat die Ellen zien als jullie teruggaan, ja?'

Lilly knikte en wierp een blik op Ellen, die gespannen op haar onderlip beet.

'Toen ik nog klein was, had ik altijd deze herinnering,' vervolgde Jennifer, terwijl haar blik zich op een lege plek op de muur tegenover haar richtte. 'We waren op een boot, en mijn zusje en mijn ouders waren bij me. Meer wist ik niet, want ik was nog veel te klein. Het was als een foto, een momentopname, die ik met me mee heb gedragen. De aanval zelf kan ik me niet herinneren, evenmin als alles wat er daarna gebeurde. Ik wist alleen dat ik ooit familie had gehad, een vader en moeder, een zus.' Ze zweeg even en ging toen verder. 'Na verloop van tijd ben ik gaan denken dat mijn familie was omgekomen. Of dat ik het me maar verbeeld had. En toen verscheen op een dag die oude man met de viool, die beweerde dat ik een zus had gehad. Ik heb hem weggestuurd omdat ik dacht dat hij een fantast was. En toen ben ik op onderzoek uitgegaan. De tekst van de brief die ik daarna kreeg ben ik nooit vergeten. Hij was gedateerd op 14 augustus 1973 en de burgerlijke stand deelde me daarin mee dat ik geadopteerd was – en dat ik inderdaad een zus had gehad, die in een ander pleeggezin was ondergebracht.'

Lilly merkte dat Ellen de tranen in de ogen schoten.

'Mijn moeder is op 22 februari 1973 verongelukt, ze is op een gladde weg geslipt en tegen een boom geknald. Mijn pleegouders hebben me het pas verteld toen ik zestien was. Maar ze hebben er nooit een geheim van gemaakt dat ik een andere moeder had gehad.'

'Mijn ouders hebben me daar nooit iets over verteld,' antwoordde Jennifer. 'Ik confronteerde hen met de brief, wat ertoe heeft geleid dat we ruim twee jaar niet met elkaar hebben gesproken. Ik zette mijn naspeuringen voort en het resultaat was ontnuchterend. Mij werd verteld dat Miriam Pauly verongelukt was. Ik heb haar grafsteen gevonden en ontdekt dat haar zoontje samen met haar was begraven, en omdat ze niet getrouwd was, ging ik ervan uit dat er geen verdere familie was. Ook de mensen die Miriam geadopteerd hadden waren niet meer in leven. Omdat ik dacht dat er dus niemand meer was aan wie ik iets had kunnen vragen, heb ik de zaak laten rusten en er niemand iets over verteld. Als ik had geweten dat je mijn nichtje bent...'

'Mijn moeder heeft me niet meer kunnen vertellen dat ik een tante had,' antwoordde Ellen. 'Jeugdzorg wist nergens van en heeft me bij pleegouders ondergebracht.'

'Niemand had zoiets kunnen vermoeden, mama,' zei Lilly en ze legde haar hand op haar moeders arm. Het zou geweldig zijn geweest om samen met Ellen te kunnen opgroeien, maar geen van de hier aanwezigen zou nog iets hebben kunnen doen om daar iets aan te veranderen.

'Ik had die Karl Hinrichs moeten opzoeken en hem vertellen dat hij gelijk had. Maar daar kon ik me niet toe zetten. Hoewel ik mijn zus niet heb gekend, heb ik om haar getreurd, maar als ik naar jou keek, zei ik tegen mezelf dat wat er allemaal ook gebeurd mocht zijn, het niet voor niets was geweest. En nu ken ik dankzij jullie beiden het hele verhaal.'

33

Lilly werd gebeld toen ze net uit het ziekenhuis kwam en naar de sneltram liep. Intussen zou haar moeder bijna ontslagen worden, haar vader zou de volgende avond van zijn uitstapje terugkomen en daarmee liep helaas ook Ellens tijd in Hamburg ten einde. De volgende middag zou ze terugvliegen, naar Dean en de kinderen, wie ze zou vertellen dat tante Lilly echt hun tante was, een tante in de tweede graad om precies te zijn, maar toch.

'Nou, hoe staat het in Hamburg?'

Gabriel. Er gleed een glimlach over Lilly's gezicht.

'Heel goed. En in Londen?'

'Hoe gaat het met je moeder?'

Nadat ze bij Karl Hinrichs waren geweest, had ze Gabriel eerst een lange mail gestuurd en hem de hele geschiedenis over Ellen en haar familie en de viool uitgelegd.

'Beter, ze maakt zelfs alweer grapjes. Als alles goed gaat, komt ze overmorgen thuis. Mijn vader is totaal overdonderd, hij komt morgen terug.'

'Dat kan ik me voorstellen. Ik zou net zo gechoqueerd zijn.'

Lilly glimlachte dromerig. Het deed haar goed te merken dat de liefde in haar hart steeds groter werd, als een plant die scheuten en knoppen vormde. En het was fijn te weten dat het Gabriel net zo verging.

'Wanneer zie ik je weer?' vroeg hij nadat ze allebei eendrachtig hadden gezwegen.

'Het liefst zou ik meteen weer naar Londen vliegen,' antwoordde ze. 'Maar ik moet eerst eens naar de winkel kijken. Ik kan niet nog langer een beroep op Sunny doen, ze heeft al zo veel voor me gedaan.'

'Is het al eens bij je opgekomen dat je hier ook antiek kunt verkopen? Vooral als het om spullen uit Duitsland gaat. Koekoeksklokken doen het goed bij autochtonen en toeristen.'

'Jammer dan dat ik geen koekoeksklokken te bieden heb,' antwoordde Lilly lachend en ze herinnerde zich dat ze na hun eerste nacht samen precies hetzelfde had gedacht.

'Nou, dan moet je die dringend inslaan. Maar afgezien daarvan, wat vind je? Zou je het je kunnen voorstellen?'

'Als ik aan jou denk, kan ik me zoiets wel voorstellen,' antwoordde ze. 'Misschien ook om ooit naar Londen te verhuizen. Maar ik heb hier ook mijn ouders, en die worden er niet jonger op.'

'Er zijn nog altijd vliegtuigen,' hield Gabriel haar voor, en Lilly merkte dat hij het meende.

'Dat klopt. Daar zullen we het later nog wel over hebben.'

'Over vliegtuigen?'

'Nee, over mijn verhuizing naar Londen. Ik ken je nog maar een paar weken en misschien heb je eerder genoeg van me dan je denkt.'

'Dat is onwaarschijnlijk, want ik ben iemand die zijn hart niet zo makkelijk verliest, als je begrijpt wat ik bedoel. Ik moet meer mijn best doen om jou van mij te overtuigen.'

'Nog meer moeite? Is dat dan mogelijk?'

'Ik verzin nog wel iets, daar kun je zeker van zijn!'

Daarop namen ze afscheid. Lilly klapte haar mobiel dicht en keek vol geluk op naar de hemel. Er kwam net een stukje blauw tussen het wolkendek door, en iets verderop schoot er een zonnestraal richting aarde. Wie zou daardoor getroffen worden?

Met een zucht van geluk stopte ze haar mobiel in haar tas en stapte toen in de tram.

Toen ze bij haar ouderlijk huis aankwam, zag ze een onbekende auto voor de deur staan. Het nummerbord gaf aan dat het om een huurwagen ging. Hadden ze soms bezoek? Of had Ellen een auto gehuurd? Waarvoor?

Ze stapte het tuinhekje door en ademde de voorjaarslucht in, die zich vermengde met de lucht van natte aarde.

Sinds ze het raadsel van de viool kende, voelde ze zich rustiger. Dat Ellen niet alleen maar haar vriendin maar ook haar nichtje was behoorde tot het beste wat haar dit jaar was overkomen. Wat wilde ze nog meer?

Toen ze het huis in kwam, hoorde ze stemmen. Ellen praatte met een man...

Maar dat lachje kende ze toch!

Met grote stappen stormde ze op de deur van de woonkamer af en bleef daar als aan de grond genageld staan.

'Gabriel?'

Gabriel sprong op. Zijn lach was de meest onbeschaamde die ze ooit had gezien. 'Ja, dat ben ik.'

'Maar we hebben elkaar toch net gesproken, hoe kun je...' Voor ze haar zin af kon maken, ging Lilly een licht op. 'Je hebt me hiervandaan gebeld, nietwaar? Daarom heb ik het nummer niet gezien.'

Gabriel begon te lachen. 'Ja, dat klopt.'

'Maar hoe...' Haar blik dwaalde naar Ellen, die breed grijnsde.

'Vliegtuig, Lilly. Vliegtuig. Een van de beste uitvindingen van de mensheid. En Hamburg heeft een zeer druk bezochte luchthaven.'

Lilly was helemaal van de sokken. Tegelijkertijd begonnen in haar buik duizend vlinders met hun vleugels te slaan. 'Dan heb ik het je daarnet allemaal voor niks verteld?'

'Nee, zeker niet voor niks, want het heeft mijn wachttijd bij het stoplicht verkort.'

'Maar waarom heb je niets gezegd?'

'Omdat ik aannam dat de nieuwe Lilly dat wel kan hebben.' Daarop nam hij haar in zijn armen en kuste haar.

‘Tja, dan resteert ons alleen nog uit te zoeken waarom Lord Havenden zich niet aan zijn woord heeft gehouden en zijn zwangere geliefde zomaar liet zitten,’ zei Ellen peinzend toen ze aan de keukentafel zaten met koffie en gebak, dat Ellen bij een bakker in de buurt had gehaald.

Er gleed een haast triomfantelijke glimlach over Gabriels gezicht.

‘Jij hebt in de tussentijd weer iets ontdekt,’ giste Lilly, waarop hij knikte.

‘Op grond van de brief die ik bij de Carmichaels heb gevonden, heb ik naar de Havendens gezocht. Een niet zo eenvoudige onderneming, want die naam is al sinds enige tijd uitgestorven. Na wat speurwerk stuitte ik echter op de dochter van zijn zus, die nu in Devonshire woont, met een privéverpleegster welteverstaan. De oude dame heeft Paul Havenden weliswaar niet persoonlijk gekend, ze is pas in 1920 geboren, maar ze kon zich nog goed herinneren wat haar moeder haar had verteld. Volgens haar is Paul Havenden met zijn vrouw Maggie bij een scheepsongeluk op de Indische Oceaan om het leven gekomen.’

‘Wat?’ Lilly sloeg ontdaan haar hand voor haar mond.

‘Ik ben het nagegaan, en inderdaad is er in 1902 een ongeluk met een passagiersstoomschip gebeurd, dat ’s nachts in aanvaring is gekomen met een postboot. Menselijk falen zouden we dat tegenwoordig noemen, de kapitein van de postboot had de route verkeerd berekend.’

‘Dan was hij misschien toch van plan met Rose te trouwen?’

‘Mogelijk, wie zal het zeggen. Alleen kreeg hij niet de tijd zijn rechtschapenheid te bewijzen.’

Lilly had even nodig om dit te verwerken.

‘Wist Pauls nicht misschien iets van de brief die Rose naar zijn landgoed had gestuurd?’

Gabriel schudde zijn hoofd. ‘Nee, dat denk ik niet. En ik neem ook aan dat de brief die ik bij de Carmichaels heb gevonden Havenden Manor nooit heeft bereikt. Carmichael zal hebben vernomen dat Paul niet meer in leven was.’

'Dan heeft hij Rose dus laten geloven dat hij haar gewoon vergeten was?' Ellen schudde verontwaardigd haar hoofd. 'Hij had haar kunnen vertellen wat er gebeurd was.'

'Misschien wilde hij haar ontzien.'

'Ontzien?' Ook Lilly was nu kwaad. 'Wat zou erger kunnen zijn dan geloven dat er nooit van je is gehouden? Het bericht van Pauls dood op de oceaan zou Rose misschien zwaar hebben getroffen, maar ze had hoop kunnen houden dat hij echt van haar hield. Misschien had ze dan wat het kind betreft een andere beslissing genomen. En misschien had ze de kans gekregen nog een keer van iemand te gaan houden.'

Op dat moment ging Ellens mobiel over. Verrast schoot ze overeind, viste het rinkelende apparaat uit haar tas en verdween ermee naar de keuken.

'Nou, als dat geen teken is,' merkte Gabriel op, en hij trok Lilly weer naar zich toe en kuste haar. Ditmaal veel hartstochtelijker en gretiger dan daarnet onder Ellens ogen.

'Wat moet mijn nichtje wel niet van ons denken?' vroeg Lilly verwijtend.

'Dat wij tweeën vreselijk verliefd zijn?'

Lilly glimlachte breed. 'Oké, je hebt gelijk. Ik hoop dat je tijd hebt en een poosje in Duitsland kunt blijven. Ik wil je graag mijn winkel laten zien.'

'Hm, ik weet het zo net nog niet, als je geen koekoeksklokken hebt...'

Epiloog

Zonlicht stroomde Lilly's huis in de Berliner Straße binnen toen gerinkel haar onzacht uit haar slaap haalde. Morrend deed ze haar ogen open en pakte de telefoon naast haar.

'Met Kaiser.'

'Je zult het niet geloven!' klonk Ellens stem door de hoorn.

'Ellen?' Lilly wreef in haar ogen. Ze had het de afgelopen nacht later gemaakt dan haar bedoeling was geweest en nu constateerde ze met een blik op de wekker dat het al na tienen was. 'Wat zal ik niet kunnen geloven? Heb je de lotto gewonnen?'

'Nee, we hebben post gekregen!'

'Post?'

Op dat moment werkte haar verstand gewoon nog te traag om te begrijpen wat Ellen bedoelde. En waarom ze zo opgewekt was.

'Enrico heeft ons geschreven. Weet je nog wel?'

Terwijl de loomheid langzaam van haar af viel zag ze weer het station van Cremona voor zich en het prachtige palazzo. En natuurlijk ook de knappe bewoner ervan.

'Ja, ik weet het weer.' En ineens vielen haar de schellen van de ogen. 'O, mijn god, hij heeft toch niet...'

'Ja, dat heeft hij wel. Liever gezegd, zijn vriend heeft eindelijk de analyse van de bladmuziek af.'

'En?' Nu was Lilly klaarwakker. Na de resultaten van de afgelopen weken was er nog maar weinig wat haar kon verrassen.

'Je droom was nog helemaal niet zo verkeerd, wat het geheim betreft.' Ellen zweeg even.

'Nou, laat me niet zo in spanning zitten!'

'Er zit inderdaad zoiets als een code in de bladmuziek. De componiste heeft er mogelijk mee naar haar moeder verwezen, in de opeenvolging van noten zit een versleuteling die uiteindelijk een naam oplevert.'

'Hoe luidt die naam? En hoe heeft de vriend van Enrico het aangepakt?'

'Enrico leutert in zijn brief iets over ingewikkelde berekeningen. Zijn vriend heeft ze op het muziekblad aangetekend, maar dat is voor mij abracadabra. Ten slotte kwam hij met zijn berekeningen uit op een woord van vier letters.'

Lilly was het liefst door de telefoon gekropen om haar vriendin, die blijkbaar kostelijk van haar ongeduld genoot, door elkaar te schudden. '"Adit"?' vroeg ze.

'Nee, "Rose".'

'Wat?'

'"Rose".'

'Dat kan niet!'

'Waarom niet?'

'Dan heeft Rose het stuk dus niet gecomponeerd?'

'Dat valt er niet uit op te maken. Het is ofwel een verwijzing van Helen naar haar moeder, ofwel Rose heeft haar eigen naam in de bladmuziek vereeuwigd. Het is ook mogelijk dat Enrico's vriend net zo lang heeft zitten rekenen tot er iets uit kwam. Misschien is het allemaal puur toeval.'

'Misschien,' antwoordde Lilly, maar het korte moment van teleurstelling vervloog al snel. Ze had het grootste deel van het raadsel opgelost en daarbij zelfs haar eigen familie herenigd. Wat kon ze zich nog meer wensen?'

'Is Gabriel nog bij je?' vroeg Ellen toen.

'Jawel.'

'Doe hem de groeten van me, wil je?'

'Doe ik!' Toen hingen ze op. Lilly legde de telefoon weer op het nachtkastje naast haar bed. Daarna draaide ze zich om. Gabriel scheen het overgaan van de telefoon niet te hebben gemerkt, hij sliep rustig door. Lilly gunde zich nog een moment om naar hem te kijken. Hoewel ze dat de afgelopen dagen vaak had gedaan, dacht ze elke keer iets nieuws aan hem te ontdekken. Nadat hij zo verrassend was komen opdagen, had ze hem ertoe weten over te halen twee hele weken te blijven. Die liepen de volgende dag ten einde, en ze vond het nu al vreselijk dat ze afscheid van hem zou moeten nemen. Maar niet voor lang, want zij zou weer gauw naar hem toe gaan. De plannen om naar Londen te verhuizen waren weliswaar nog lang niet volledig uitgedacht, maar Lilly was er serieus mee bezig. Eerst wilde ze echter haar gedachten ordenen, haar leven opnieuw inrichten. Daar had ze tijd voor nodig. Maar ze had in geen tijden meer zo veel energie en vertrouwen gehad. Het zou haar lukken! Samen met Gabriel.

'Gabriel,' fluisterde ze zachtjes terwijl ze licht glimlachend een haarlok uit zijn gezicht veegde.

'Hm,' deed hij, maar ook haar gestreel leek zijn slaap niet te kunnen verdrijven. Ze boog zich voorover en kuste hem op de wangen, maar er gebeurde niets. Pas toen ze hem op zijn mond kuste schoot zijn arm omhoog en pakte haar vast. Met een juichkreet vlijde ze zich aan zijn borst.

'Hartelijke groeten van Ellen. Ze heeft post van Enrico di Trevi gekregen.'

'Dat heb ik gemerkt. Tenminste, dat Ellen belde.'

'Dan sliep je dus niet?'

'Wie kan nou blijven slapen bij dat gerinkel?'

'Ik dacht dat je misschien diep in dromenland was.'

'Dat is alleen maar als ik van jou droom, anders kan ik me bepaald snel uit het dromenrijk losrukken. En gelukkig hoef ik niet van je te dromen, maar heb ik je nu hier.'

Ze kusten elkaar opnieuw, toen keek Gabriel haar verwachtingsvol aan.

'Is er nieuws?'

'Alleen dat de bladmuziek waarschijnlijk een code bevat. Maar een die slechts één enkel woord oplevert: "Rose". Daarmee weten we nog steeds niet wie "De maneschijnsonate" gecomponeerd heeft.'

'Moeten we dat dan zo nodig weten?' vroeg Gabriel en hij gaapte uitgebreid.

'En dat zegt degene die al zo lang naspeuringen naar die twee vrouwen doet,' antwoordde Lilly en ze gaf hem een zachte por.

'Nou ja, om erachter te komen wanneer de compositie geschreven is, kunnen we ook het papier laten analyseren. Dan krijgen we een indicatie van de tijd waarin het papier is gemaakt en weten we het zeker. Maar dat zou toch bepaald niet romantisch zijn, nietwaar? We kunnen hen beiden op z'n minst één geheim laten houden – en de mensen laten gissen wie "De maneschijnsonate" heeft geschreven. Mensen worden door geheimen aangetrokken, weet je.'

Daarop trok hij haar in zijn armen en kuste haar.

LEES MEER VAN

Corina Bomann

Deel 1 van de *Waldfriede*-serie, dé nieuwe historische serie van #1 bestsellerauteur Corina Bomann

Berlijn, 1919. Dr. Louis Conradi bevindt zich op een kruispunt in zijn leven. De oorlog zette een streep door zijn plannen om als missionarisarts naar Afrika af te reizen, en in Zwitserland, waar hij nu woont, lijkt geen toekomst voor hem te zijn weggelegd. Dan hoort hij dat in Berlijn een ziekenhuis herbouwd wordt. Waldfriede – voorheen een chic sanatorium voor de rijken – wordt een hospitaal voor álle Berlijners. Hij meldt zich aan en inspireert onder andere de jonge verpleegster Hanna Richter om er ook flink de schouders onder te zetten.

In een stad waar de Eerste Wereldoorlog diepe wonden heeft achtergelaten, waar de Spaanse griep heerst en armoede om zich heen grijpt, waar de nog jonge Weimarrepubliek ten onder dreigt te gaan aan nationalistisch geweld, wordt het personeel van Waldfriede geconfronteerd met talloze problemen. Maar ze zijn vastbesloten een veilige haven te zijn voor de bewoners van hun stad – wat de roerige politieke tijden hun ook voorschotelen.

Verkrijgbaar als
e-book
& papieren boek

LEES MEER VAN

Deel 2 van de *Waldfriede*-serie

Via het leven en de liefdes van het personeel van het Waldfriede-ziekenhuis komt dertig jaar Berlijnse geschiedenis tot leven

Berlijn, 1929. Als het Waldfriede-ziekenhuis eindelijk naam heeft gemaakt dreigt de toekomst er radicaal anders uit te gaan zien. Nu een nieuwe golf van werkloosheid en armoede plaatsvindt vallen mensen makkelijk voor de beloftes van de nationaalsocialisten. Directeur Louis Conradi voelt de veranderingen aan en houdt de sympathie voor de partij angstvallig in de gaten. De constante zorgen eisen hun tol: Conradi's gezondheid gaat hard achteruit, maar hij moet zich sterk houden voor zijn patiënten en zijn personeel. En dus houdt hij zijn kwalen geheim, zelfs voor Hanna.

De komst van de jonge verpleegster Lilly Wegner is een frisse wind door het ziekenhuis, zeker als er iets moois opbloeit tussen haar en dokter Rudolph Kirsch. Maar hun liefde wordt al snel overschaduwd door angst: Kirsch is Joods. Als de Rassenwetten worden ingevoerd en alle Joodse werknemers worden ontslagen staan Lilly en Rudolph voor een onmogelijke keuze. Waar kunnen ze heen nu het net zich steeds dichter sluit?

Verkrijgbaar als
e-book
& papieren boek